我们这种叛徒

[英] 约翰·勒卡雷 / 著

杨懿晶 / 译

Our Kind of Traitor

John le Carré

上海译文出版社

圈内圈外

代约翰·勒卡雷《我们这种叛徒》前言

写过《纳尼亚传奇》的剑桥中古文学教授C·S·刘易斯，1944年在伦敦大学国王学院纪念集会上演讲，题目叫《圈内》(The Inner Ring)。

他先从《战争与和平》中一段小故事讲起。当鲍里斯·德鲁别茨科伊走进大厅，一位全副配饰勋章的老将军正在跟安德烈公爵说话。安德烈一见到鲍里斯，立即向他点头微笑，把那位正向他恳切陈述事务的老将军扔在一边，用略带法国味的俄语口音对他说："好的，你稍等。"这音调戏谑嘲讽，故作高人一等，表示轻蔑对方。鲍里斯瞬间领悟到，原来表面上由军队条例规定的官阶体系之下，另有一种真正阶级体系，在那个体系中，一位紫色脸膛(由此可见)、全副戎配的老将军急切期待一位下级军官拨冗听他汇报，而在他等候期间，那位下级军官正在跟另一位更低级军官亲热叙旧。

于是刘易斯说，是有这样一种东西，它能超越表面上看来井然有序的社会阶级体系，这东西无可名状，看起来不过是一些外人弄不清的切口和绰号，一种只有置身其内的人们使用的隐晦说话方式，他称之为Inner Ring——"圈内"。总是有一些人在"圈内"，有一些人在“圈外”，这圈子确实有那么一条边界——因为你总是会看到有一些人站在这条边界上，急切盼望进入其内。这个“圈子”，其准入或者驱逐向来无须正式手续。有人在被赶出去以后觉得仍在其中。而吸纳某个人进入某个圈子这件事，向来是圈内人的一大乐子。

有趣的地方是，当你千辛万苦进入一个“圈子”后，会发现在“圈子”中更有另一个“圈子”。演讲者在此使用一个比喻：pierce through the skins of an onion——说这就好像是你在穿越一层层洋葱。刘易斯说，每个人在其一生中各个阶段，都在渴望进入某个“圈子”。这种渴望，并不能用维多利亚时代无数讽刺小说中的趋炎附势来解释。因为讽刺小说挖苦那些人，一心一意想要钻进的那个社交圈，只是无数“圈子”中的一种。大多数人(刘易斯在此对在座听众稍作恭维)并不渴望公爵夫人的邀请、明亮的大厅、香槟酒或甚至获悉贵族和内阁丑闻。他们甚至只是在渴望某一个神圣小阁楼，凑在桌前的脑袋，弥漫的香烟味，以及一些仅有我们少数几个人与闻的、秘密的“美妙知识”(delicious knowledge)。有时候它们以艺术之名聚集，有时候人们称之为“共产主义小团体”(communistic côterie)。

要理解刘易斯那个年代的英国社会生活，“圈内圈外”似乎是一个关键。一个富有才智、受过良好教育的英国年轻人，他有年轻人特有的叛逆，也有旺盛求知欲，却面对一个井然有序的阶级结构。如果能够进入某个“圈子”，这对迅速穿越社会藩篱大有好处。这些神秘的“圈子”同时也意味着神秘的知识，以及不为外人所知的权利。他们渴望进入。

早年英国间谍机构招募新人，利用的正是这种心态。从很多著名大间谍的回忆录中，你会读到“old boy network”(老朋友网络)这种说法。日后回想起来，他们甚至不记得事情是发生在哪个具体日期，也不记得有什么具体官方程序，通常是闲闲的一句邀请，哪天下午你有空到我这儿来坐坐？或者顺口提到的一句介绍，我知道他，他正是你们需要的那种家伙。这位被引见的年轻人很乐意加入，他早就在盼望成为“圈内人”。这个拥有神秘莫测知识和权利的“小圈子”，能够让这些年轻的剑桥毕业生轻巧地绕过文官科层低级走廊，让他们站到当代事件(以及——他觉得是历史走向)的观测制高点。

麦克尤恩那部表面上是间谍小说、实则是作者本人回顾叛逆青春与体制冲突的新作《甜牙》(*Sweet Tooth*)中，开头有一段提到“西方世界正在进行中一场稳健革新”，提到新兵招募方式的变化(小说女主角此时试图加入军情五处)，他说年轻人也许认为他们发现一种新的交往方式，昔日的壁垒据说正在从根基处崩解。但那著名的套路——“搭搭肩膀”如今还在用。“hand on the shoulder”这个词组，在很多英国间谍的回忆录中读者也常见到(它甚至是勒卡雷小说中人常用的身体语言)。似乎麦克尤恩生怕读者不理解这句话的重要之处，当他把小说第一章截出作为短篇小说单独发表于《纽约客》杂志时，直接使用这个词组作为小说名字。搭上肩膀的那只手，是一个间谍圈外人被纳入“圈内”的信号。这只手有时来自导师，有时来自朋友或同学。搭搭肩膀，新人加入。

新人受到青睐满心欢喜，以为神秘世界的大门就此打开。不久他却发现(此前他从未想到过)圈内有圈——正如刘易斯演讲中所提。这个圈内之圈，在《甜牙》女主角，是那个只有男性可以进入的间谍行动项目管理圈。而对勒卡雷小说中人来说，则是那个“圆场五楼会议室”。

圆场——circus，这个词本身就很容易让人想到某种“圈子”。而五楼(fourth floor)或者顶楼(top floor)——这个勒卡雷小说中最神秘、最令人向往的所在，他笔下人物的内心圣地，其实也是作家本人试图借用虚构方式去染指的地方。当年在军情六处上班时，他偶尔去过，但他不属于那个地方，既不在那儿办公，也不参加那儿的每日例会——他在小说中揶揄的顶楼会议室晨祷。顶楼如此重要，以至几十年后他接受《每日邮报》采访时，顶楼仍占据对话重心，回忆60年代间谍生活，勒卡雷首先就描绘顶楼景象。关于那地方，他可没有一句好话。“布满灰尘的小套间”、“像蛛网一样让人毛骨悚然的走廊”、“鱼眼凸面镜反射的扭曲形象”、“接见室老妇人的视线”。那地方既神秘又让他气馁。说起来，勒卡雷在《锅匠，裁缝，士兵，间谍》中让圆场顶楼被一帮叛徒鼹鼠占据，暗中怀有那种幸灾乐祸也许他自己也说不清道不明?

评论者提及勒卡雷，有一个貌似内行的说法。因为他干过间谍，懂行，所以写得逼真。言下之意好像是在说，勒卡雷拥有一手好材料，写的都是亲身阅历。这其中包含双重低估，大概勒卡雷和MI6听着都会不以为然(尽管小说家和间谍都以给别人带来错觉为乐)。情报界人士会觉得，以勒卡雷当年的业内层级，他能知道几多顶楼秘辛？而在小说家这一头，那说法简直是无视其天赋虚构能力。

间谍老手退役写书写小说，英国很常见。格林写《人性的因素》，其男主角在情报机构中的地位，跟作者本人差不多。在某个地区分管科室中，专门负责一个不太重要的小国。英国还有一位女间谍小说家，斯泰拉·瑞明顿(Stella Rimington)，担任过军情五处最高主管，她在顶楼办公，那是《甜牙》女主角从未来到过的90年代军情五处大楼。瑞明顿后来担任布克奖评委主席，欧洲文学界似乎很有些窃窃私语，把这当作冷战秘密机构向文学伸手的又一证据。

至于勒卡雷，他正是刘易斯所描述的那个以为自己已成圈内人士，却发现圈内更有小圈子的家伙。在可以查到的生平简历中，1948年，他在瑞士、奥地利等地学德语时，被征入英国驻外军团情报机构负责审讯翻译。1952年，他在牛津大学念书，秘密为军情五处工作，收集汇报大学内左翼团体活动情况。1958年，正式加入军情五处。1960年，转而加入军情六处。在MI6工作期间，他很少有机会乘电梯攀上顶楼，向最高当局汇报工作。他从未像他的主人公史迈利那样，在顶楼有一间办公室。这个人物的原型部分来自约翰·宾姆(John Bingham)——勒卡雷最初起念要写间谍小说，也是接受他的建议。在情报界的地位，宾姆显然高于勒卡雷，据说二战时期英国著名的双重间谍计划“double cross”由他监管。

顶楼，表面上意味着机构内的地位层级，但在勒卡雷看来，顶楼更是一个秘密小圈子——一个他本人从未被纳入其中的秘密圈子。强调这个问题，是因为在那个秘密世界中，能不能获悉某些知识是由“圈内或是圈外”决定的。以勒卡雷在MI6(他小说中圆场)所处位置，他在小说中处理得各种秘密知识，想必主要来自他自己所谓底楼走廊闲言碎语，以及档案。勒卡雷学生时代参加过一些外围情报活动，60年代正式加入MI6。其时冷战方兴，在军情六处办公大厦底楼人士看起来，世界大事好像都在顶楼会议室秘密决定。对顶楼(那个Inner Ring)秘密的向往，似乎构成勒卡雷小说叙事的内在动机。叙述者跟读者一起——事实上，叙述者带领读者不断追寻圆场顶楼的各种秘密知识。以至于勒卡雷间谍事件看上去近乎某种学术活动。勒卡雷式007的冒险事业，不是要拯救或摧毁一个世界，而是要揭露或遮盖一个知识洞穴。勒卡雷小说的主人公会为一份缺页的卷宗迅速行动起来，也会为一个记忆盲点彻夜不眠，他们在审讯中为一个词语的精确性反复质询，他们熟悉档案目录卡的关键词，但有时会迷失在卡片与卡片、文件与文件之间的关联线索中，为跳不出思路惯性而焦虑。总体而言，他们是一群愁眉苦脸的行业历史学家。他们最光彩照人的英勇时刻，是在书房中巧设计谋，让对手吐露一两条关键信息。终于打开通向秘密洞穴的门道。这种隐秘的求知欲望，也许是那些在情报机构中比勒卡雷级别更高的间谍小说家无法感受到的。也许在伊恩·弗莱明、约翰·宾姆、斯泰拉·瑞明顿们那个圈子中，勒卡雷笔下的这类秘密知识是自由共享的。他们熟视无睹，无法想象这些知识本身便可以是惊心动魄的悬念。

勒卡雷小说的叙事者，正像他本人一样，总是置身于“圈外”视角。很多时候，主人公是一个情报圈外人。出于某种隐秘的激情，他不断深入，寻查一种圈内秘密。即使史迈利，在《锅匠，裁缝，士兵，间谍》中也已无奈退休，从圈外对顶楼那个腐坏的圈内发起独立调查。

这是一个极其狭窄的、极其受限的视角。就像是要不断挑战自己的叙事能力极限，勒卡雷有时甚至让他的叙述视角出自一个智力平庸的儿童。总是错误地判断大人们的举止行为。或者一个迟钝老妇，她所说每一句话，都很可能是一种妄想。常常线索来自片言只语，甚至只是一幅模糊的照片，一个记号，一段外国语音(幸亏主人公恰好能听懂这种声音)。秘密知识的碎片(或甚至仅仅痕迹)在一种寻根究底的激情下，缓慢地勾画出整幅叙事蓝图。

这是勒卡雷独特的叙事技艺，来自他本人的隐秘动机，来自他年轻时代某种渴望。直到他75岁时，在他的新作《我们这种叛徒》，他仍然选择从这样一种视角出发，来讲这个有关间谍和地下帮会两个小圈子的故事。

小说男女主人公是教师，是律师。这对情侣因为一次偶然机会，懵里懵懂闯入两个秘密圈子的切汇处。他们不得不竭尽所能去理解那些难以理解的秘密事物。他们必须从家庭琐事中甄别真相，在网球场闲言碎语中竖起耳朵，努力识别外国人的身体语言和神态表情，从零开始学习俄罗斯帮会、情报机构、地下金融业务的各种行话、切口、习惯用语。当他们被英国间谍机构讯问时，他们只能从问题中寻找答案，从别人对他们的提问中领悟那些虽然是他们本人所见所闻，但他们之前从未意识到的重要内容。

他们既不是英国情报机构圈内人，也不是俄罗斯帮会洗钱业圈内人。出于小说叙事者自己也无法说清的动机，几乎可以说是主动地介入到事件中。与平常中产阶级人士对已发出危险警号事物的逃避本能相对峙的，正是这种对圈内秘密的向往。不说清楚这一点，读者恐怕无法理解，为什么这一对情侣不是转身离去，而是奋而投身其中。

小白

2015年1月22日

为了纪念

西蒙·钱宁·威廉姆斯[1]，

电影制作人，魔术师，

值得尊敬的人。

① 英国著名导演及制片人。

这般境遇下的“王子”们

切齿痛恨背叛者，尽管他们钟情于背叛。

塞穆尔·丹尼尔[①]

① 塞穆尔·丹尼尔(1562? —1619)，英国诗人，剧作家。本句出自他的剧作《克里奥佩特拉》。

一

加勒比海。安提瓜岛。早晨七点。一位佩里格林·梅克皮斯，或者叫他佩里——一名杰出的全能型业余网球选手，直到不久前还在牛津大学一所知名学院教授英国文学——参加了一场三局制网球比赛。他的对手是一个名叫迪马的五十过半的俄罗斯人，肌肉壮实、腰杆笔挺，秃头，棕色眼睛，举止体面。这场比赛的来由迅速吸引了英国情报人员的注意；经过一番专业的密切调查，他们排除了机缘巧合的可能性。而实际上这件事情之所以会发生应该归咎为佩里的责任。

三个月前，佩里的生命轨迹随着他三十岁生日的到来起了彻头彻尾的变化，即使佩里本人不曾察觉潜伏在其背后的助力已经堆积了一年，甚至更久。早上八点，佩里坐进他在牛津大学的简朴房间，双手枕在脑后，之前跑过的七英里丝毫未能缓解他心里的不祥预感。他扪心自问：除了为他提供一个免于走出这座城市“梦想之巅”[①]的借口，自己已经过去的三分之一人生究竟所得几何。

* * *

为什么？

在外界看来，佩里堪称学术界无可比肩的成功典范。出生于一个中学教师家庭，受过良好的国家教育，以优异成绩从伦敦大学毕业后，被牛津一所古老、富有、注重个人学术成就的学院授以三年教职。他的名字，在旧时只有英国上流社会才配享有，取自哈德斯菲尔德②的亚瑟·佩里格林——十九世纪一名极富煽动性的卫理公会教派高级教士。

在校授课之余，佩里作为一名越野跑选手和运动员受人关注。每逢夜晚得闲，他就去当地一家青年俱乐部帮忙。一到假期他又忙着征服险峰和最艰难的攀登。然而当学院表示愿意为他提供一份终身教职时，佩里却拒绝了——就目前对一切都心灰意冷的他而言，这无异于终身监禁。

同样的问题：为什么？

上学期他以"不列颠：一个僵化的国家？"为题就乔治·奥威尔主讲了一系列讲座，他的言论为自己敲响了警钟。难道奥威尔会相信那些曾在二十世纪三十年代令他深受其扰而今却并无显著改善的东西——同样被过度教化的思想、同样导致社会瘫痪的政治无能、沉溺于挑起国外战争，以及关于权利的各种假想，到了 2009 年就会乐于安分守己?

台下面无表情瞪着他的学生对此毫无回应，于是佩里自己给出了答案：不，奥威尔将断然拒绝相信这一切。或者即使他曾经相信过，

---

① 牛津大学又以"梦想之巅"(city of dreaming spires)著称。这个短语源于英国诗人、评论家马修·阿诺德对牛津大学融洽、和谐的建筑风貌与布局的赞美。后者曾先后在牛津大学就学与授课。

② 英格兰西部约克郡阿尔克里斯区中的一座城市。

他也会带着他的信念走上街头。他将致力于打破那些沉重的壁垒。

* * *

他也曾将这个话题毫不留情地丢向嘉儿——他长期交往的女友，当时他们正吃过一顿生日晚餐，躺在她位于樱草花山的公寓床上。公寓是她从父亲那里部分继承来的，除此之外她父亲几乎一无所有。

“我不喜欢牛津剑桥的导师们，我也不喜欢自己是他们中的一员。我对学术界没兴趣，也不想再穿该死的长袍了。我要做一个自由人，”他激动地冲嘉儿长满金棕色鬈发的脑袋嚷嚷，后者正舒舒服服地枕在他的肩膀上。

得到的回答不过是一串心不在焉的同情的低语：

“对着一群无聊的本科生，拼命想给他们灌输点儿拜伦、济慈和华兹华斯[①]，而他们的至高理想不过就是毕业、上床和挣钱？我过去也是。和他们没两样。去他的。”

这话挑起了佩里的怒火：

“能把我真正留在这个国家的只有一场该死的革命。”

嘉儿，一名正处于职业上升期的年轻律师，性格活泼，容貌出挑、心直口快——偶尔为了自己也为佩里的一时之快而表现得过于直接，向他保证任何革命都不可能在没有他的情况下取得成功。

---

① 乔治·戈登·拜伦(1788—1824)，英国十九世纪初伟大的浪漫主义诗人。其代表作品有《恰尔德·哈罗德游记》、《唐璜》等。约翰·济慈(1795—1821)，出生于十八世纪末年的伦敦，杰出的英国诗人，也是浪漫派的主要成员。威廉·华兹华斯(1770—1850)，英国浪漫主义诗人，与雪莱、拜伦齐名，主要作品有《抒情歌谣集》、《序曲》、《远游》等。

两人都认为自己是事实上的孤儿。如果说佩里已故的双亲打从心底里坚信高尚的基督教社会主义禁欲准则，那么嘉儿就是与他们截然相反的人。她父亲是个讨人喜欢但毫无建树的演员，过早地死于酒精、每天的六十支烟和错给他任性妻子的一片深情。她母亲也是演员——只是不如她父亲讨人喜欢，在嘉儿十三岁那年离家出走，据传和一个助理摄影师在柯斯达布拉瓦[①]过着简朴的生活。

*　*　*

一旦佩里决定要从学术圈中愤而抽身——没有转圜的余地，如同佩里所有的人生抉择——他的第一反应就是要回归自己出身的草根阶层。朵拉和阿尔弗雷德唯一的儿子将驱使自己回归他们曾经坚信的一切。他将重新开始自己的教学生涯，重拾双亲曾经被迫放弃的梦想。

他将放弃知识分子的自视清高，报名参加一门名为“忠于上帝”的教师培训课程。根据他们的描述，取得合格后他将以一名中学教师的身份前往他的国家教育资源最稀缺的地区。

他将教授固定课程，还有任何他们愿意让他教的运动项目。他将要教的那些孩子需要他为他们指明实现个人生命价值的方向，而不仅仅是为了获得一张通往中产阶级上流社会的入场券。

但嘉儿似乎并未如其所愿地被他描述的这番前景所打动。在他坚持不懈追寻生命真谛的过程中免不了留下各种遗憾，而嘉儿对此大多熟悉得很：

是的，当他们在伦敦大学初次见面时，佩里就是个自我苦修型的

---

① 西班牙加泰罗尼亚的沿海地区，许多游览胜地的所在地。

学生。他曾追随T·E·劳伦斯[①]的脚步，在假期里踩着单车一路去了法国，直到他精疲力竭地翻倒在地。

此外，佩里还是个高山探险者，是个从不参加任何跑步比赛、也不玩任何游戏的人。无论是参加七人制橄榄球赛还是圣诞节时陪她侄子侄女丢沙包，佩里都没显出半分对胜利的渴望。

但佩里也会突然沉溺于奢侈享受，在匆忙回到他的小阁楼前舍得满足自己的各种愿望。在这个五月的清晨，阳光还没强烈到不适合比赛的地步，此刻，在受到经济衰退影响的安提瓜岛最好的度假村，佩里站在这里最棒的网球场上，面对站在球网另一边的俄罗斯人迪马；嘉儿穿了一件泳衣，戴一顶宽檐草帽，一条用来遮挡阳光的丝质披巾懒懒地搭在身上，露出大半肌肤。坐在她周围的观众看来多半互不相识且兴致不高，其中几个黑衣人似乎曾许下共同的誓言：不露出笑容，不开口说话，不对这场他们被迫观看的比赛显出任何兴趣。

* * *

在嘉儿看来，幸好这次加勒比之行早在佩里冲动地决定改变他的人生轨迹之前就计划好了。事情的起因要追溯到那个最黑暗的十一月，癌症带走了佩里的父亲，两年前他母亲因同样的病症去世。他们给佩里留下一笔不大不小的遗产。佩里无意保留这些继承来的财产，犹豫着是否要把他得到的一切都捐给穷人。但经不起嘉儿的软磨硬泡，他们最终以优惠得令人难以置信的价格安排了这次的阳光网球

① 1908年夏，劳伦斯利用长假，骑自行车去法国进行长途旅行，考察中世纪城堡。其时他正在牛津大学攻读现代史。

假期。

事实证明这次假期安排得正是时候，因为打从他们登上游轮的那一刻起，就不能再逃避面对他们必须做出的更重要的决定：

佩里究竟该用他的生命去做些什么？他们应该一起去做吗？

嘉儿应该放弃她的律师生涯，盲目跟随佩里走向虚无缥缈的未来？还是应该留在伦敦为她前景看好的事业继续奋斗？

又或许该是时候承认她并不比其他年轻律师更前途无量。倘若真是如此，她是否应该怀孕，而那正是佩里一直在催促她的？

即使是像嘉儿这样一向习惯大事化小的人——无论出于淘气还是自我防卫，都不能否认此刻两人正同时分别面对着人生的重大转折，都有相当严肃的问题亟待考虑，而一次安提瓜岛的假期似乎为此提供了理想的场所。

* * *

他们的航班晚点了，直到半夜才得以入住酒店。安布罗斯——度假村里无处不在的男管家，把他们带到订好的房间。他们起晚了；等他们在阳台上用完早餐后，阳光已经强烈得不再适宜打网球。他们在游人稀少的海滩附近游了泳，在泳池边吃了一顿饱足的午餐，下午懒懒地做了爱，晚上六点去了一家网球用品专卖店，放松愉快地挑挑拣拣，迫不及待地想要来上一局比赛。

从远处望去，度假村不过是一丛零星的白色小屋，散布在一条铺满沙滑石粉的一英里宽马蹄形沙滩上。两道海角岩的边缘布满矮灌木丛林。它们之间横亘着一道珊瑚礁，还有一条荧光浮标用来隔开吵闹的摩托艇。坐落在山腰平台上若隐若现的是度假村按锦标赛标准建造的网球场地。窄窄的石头台阶蜿蜒穿过开花的灌木丛，一直延伸到专卖店前门。穿过它就会进入这片网球爱好者的天堂，也就是佩里和嘉儿选择这个度假村的原因。

这片场地包含五个分球场和一个主球场。比赛用球都保存在绿色冰柜里。玻璃盒里的银质比赛奖杯上刻着过去几年冠军的名字，而马克——超重的澳洲职业教练，正是他们中的一个。

“能否请问一句，你们想和什么级别的选手对战？”他的提问方式十分谦和有礼，把佩里布满过往对战痕迹的球拍、他的厚白袜和穿旧耐用的网球鞋，以及嘉儿领口的曲线都尽收眼底却不予置评。

就两个已经度过大半青春但依旧处于盛年的人来说，佩里和嘉儿构成了一对赏心悦目的情侣。上天赐给嘉儿修长紧实、线条优美的四肢，高耸的小小的乳房、柔软的身体、英国人的白皮肤和一头漂亮的金发；她的笑容足以点亮生命最灰暗的角落。佩里则是另一种类型的英国人，瘦高个，关节突出，乍看之下还以为他脱臼了，细长的脖子上突出的喉结十分明显。他的步伐笨拙难看，像要摔倒似的；他还长着一对招风耳，在公立学校曾被冠以“长颈鹿”的外号，直到某些不明智地这么叫他的人被教训了一顿为止。然而随着年纪的增长，佩里身上增添了一种若有似无但毋庸置疑的优雅——并非刻意为之，因而更令人印象深刻。他有一头乱蓬蓬的棕色鬈发，一个宽阔的长了雀斑的额头，一双大眼睛隐藏在镜片后面，散发着一股天使般茫然的神气。

嘉儿知道佩里并不善于自我炫耀，并且出于一贯的保护欲，替他接过了职业教练的回答。

“佩里一直是女王杯资格赛选手[1]，有次他还打进过正赛，是吧？实际上你打进了大师赛呢。而且那还是他滑雪摔断腿六个月没训练之后的事，”嘉儿骄傲地补充一句。

“那你呢，女士？不知能否允许我大胆一问？”马克讨好地问道，在“女士”这两个字上加注的重音比嘉儿希望听到的还要更多一些。

“我是个蹩脚的选手，”她冷淡地回答。对此佩里回应，“纯属瞎扯，”澳大利亚人咂了咂牙齿，摇着他笨重的头表示不信，一边用大拇指摩挲着登记册的毛边。

“好吧，我这里有一对也许适合你们的人。对我的其他客人来说他们稍微太过‘高端’了，我不妨现在就告诉你们。坦白说我手头确实有大把人选，但也许你们四个能给彼此一场精彩的对决。”

他们的对手原来是一对从孟买来度蜜月的印度夫妇。中心球场被人占去了，但一号场地还空着。很快，在热身的四人就吸引了不少路人和其他场地选手的注意：从底线打出的流畅回球，让对手无力追赶的超身球，以及来自网前的回天乏术的高压扣球。佩里和嘉儿赢得了发球权。佩里让嘉儿先发，后者的一记双误让他们输掉了首盘。印度夫妇犯了和她同样的错误。场面一度陷入僵局。

直到佩里开始发球，他才显出自己的实力。他的一发势大力沉，当球落入对方场地时，另外两人很难对此做出回应。他连续得了四分。人群开始聚拢来观看这场赏心悦目的年轻选手之间的对战，就连球童都因围观人数的增加而愈发卖力。在第一局接近尾声时，职业教

---

① 英国的一项草地网球比赛，每年六月举行，通常被视为温布尔顿网球赛的前哨战。

练马克随便过来看了一眼，之后就再没有走开。直到三个回合过后他才皱着眉头若有所思地走回自己的店里。

漫长的第二局结束后，两队各得一分。第三局和决胜局都打到了四比三，佩里和嘉儿略胜一筹。即便嘉儿的状态有所下滑，佩里却已是火力全开，直到比赛结束他们的对手都没能再赢一盘。

人群逐渐散开，只剩四人流连在场地上互致赞扬，商量着再来一场比赛，也许今晚到酒吧里一起喝上一杯？没问题。印度夫妇离开了，留下佩里和嘉儿收拾他们的备用球拍和套头衫。

就在他们这么做的时候，那名澳洲职业教练带着一个肌肉壮实、腰杆笔挺的秃头男人折回到场地上。这个胸肌十分壮观的家伙戴着一只镶钻劳力士金表，灰色运动衫的下摆用束绳在腰部扎成一个蝴蝶结。

* * *

很容易解释佩里为什么会在观察这个男人身体的其他部分之前先注意到他扎在腰部的蝴蝶结。在听到有人叫自己名字的时候，佩里还没顾得上直起身来。他正在用一双绳底沙滩鞋换下自己那双有些年头但十分舒适的网球鞋。因而当他像所有又高又瘦、骨节突兀的人一样缓慢地抬起他窄长的头时，最先看到的是一双穿着皮革登山鞋的十分小巧的脚——几乎近于女性化的双脚像海盗那样叉开站立着，随后是两条包裹在灰色田径运动裤里的粗壮小腿；接着，直起身来，就是那个把裤腿微微吊起的蝴蝶结，打成系了两次的样子，考虑到它要负起拴住整条裤子的责任，这种结就该系成这样。

蝴蝶结系绳的上方是一个紧紧裹在一件绯红色顶级棉质罩衫里的

肚子，那一大块被包紧的躯干像是连自己的胃在胸部的哪个位置都分辨不出，再往上是一个东方式样的领口，要是系紧了会变成剪短的牧师白硬领，否则这人肌肉发达的脖颈肯定塞不进去。

领口上方是一张五十岁左右男人没有皱纹的脸，极有魅力地歪向一边、眉毛扬起着发出邀请，一双充满感情的棕色眼睛，正对他做出一个海豚的微笑①。皱纹的缺失并不意味着不经世事——恰恰相反。在佩里眼中那像是一张为了生活锻造的户外探险者的脸：那张脸，在很久以后他对嘉儿说，是属于一个已经成型的男人——另一个他立志要配得上的定义，然而所有他曾经付出过的男人般的奋斗都没能让他感到自己已经实现了这个目标。

“佩里，请允许我向你介绍我的好朋友和赞助人，从俄罗斯来的迪马先生，”马克说，往他虚情假意的声音里注入一丝礼节。“迪马认为你在那里打了一场相当精彩的比赛。我说得没错吧，先生？作为一个鉴赏网球比赛的行家，他一直在关注并且高度赞赏你，我想我可以这么说，迪马。”

“想来一局吗？”迪马问，并不把他棕色的带有抱歉意味的目光从佩里身上移开，后者现在站直了身子，正尴尬地轻微晃动着。

“嗨，”佩里说，有点喘不上气，伸出一只汗津津的手。迪马的手像工匠一样粗壮，大拇指第二个指关节处纹了一颗小小的星星或是一个星号。“这是嘉儿·珀金斯，我上不了台面的搭档，”他加了一

① 海豚并不微笑，只是因为嘴形的关系才使人产生它们总在微笑的错觉。此处是指迪马的微笑并不真诚。

句，感到需要稍稍放缓语速。

但在迪马能够做出回应之前，马克已经奉承着抗议地哼了一声。“上不了台面，佩里？”他表示反对。“你还能相信这个男人，嘉儿！你在场上打得棒极了，真的。那几拍反手穿越近乎神技，是吧，迪马？你自己这么说的。我们从商店里看到的。闭路电视。”

“马克说你参加女王杯，”迪马说，仍然朝着佩里假笑，声音又重又沉，带着喉音，还有轻微的美国口音。

“噢，那是好几年前了，”佩里谦虚地说，还在拖延时间。

“迪马最近买下了‘三座烟囱’，是吗，迪马？”马克说，好像这条新闻会在某种程度上让比赛的提议更具吸引力。“岛上这边最好的位置，没错吧，迪马？对它有了不起的计划，我们听说。你们俩住在‘库克船长’里吧，我确信，整个度假村里最好的小木屋之一，照我的看法。”

他们确实住在那里。

“嗯，就是这样。你们是邻居，对吧，迪马？‘三座烟囱’就在你们对面，越过海湾，半岛的最前端。这座岛上唯一一块还没开发的主要地产，但迪马就要解决那个问题了，没错吧，先生？有传闻说一只股票会优先发售给当地居民，我得说这是个相当正派的主意。另外，我听说你还在享受一个普通的野营计划。招待一些志趣相投的朋友和家庭。对此我很钦佩。我们都很钦佩。对一个像你这么有钱的人，我们称之为真正的勇气。”

“想来一局吗？”

“双人的？”佩里问，避开迪马紧盯不放的目光，转而不确定地望向嘉儿。

然而已经初战告捷的马克进一步扩大自己的优势：

“谢谢你，佩里，迪马不打双人赛，抱歉，”他巧妙地插了进来。“我们的朋友只打单人赛，是吧，先生？你是一个倚靠自己的人。你喜欢对你自己的错误负责，你对我说过一次。不久前你就是这么对我说的，我记得可牢了。”

眼看这时的佩里已经溃不成军却又同样跃跃欲试，嘉儿在一旁帮腔道：

“别担心我，佩里。要是你想打单人赛就去吧。我没问题。”

“佩里，我不相信你会不情愿和这位绅士较量，”马克坚持道，给了佩里最后一击。“我要是个赌徒，我都没法在你们中间挑一个下注，那可是个不折不扣的事实。”

迪马走开时的样子是一个跛子吗？那条微微拖着的左腿？或者那只是整天到处拖着庞大的上半身造成的疲劳？

* * *

也是在这时佩里第一次注意到两个无所事事地徘徊在球场入口处的白人男子吗？其中一人的双手在自己背后松松地握到一起，另一个的双臂交叠在自己胸前？都穿着运动鞋？金发的那个长着一张娃娃脸，另一个黑发的无精打采？

如果真是那样，也不过是下意识地，十天以后他不情愿地对那个自称卢克的男人，还有那个自称伊冯的女人承认，当时他们四人正在布鲁姆斯伯里[①]一座漂亮排屋的地下室里，坐在一张椭圆形的餐

① 位于伦敦市中心卡姆登区南部的一块区域，是伦敦花园最为密集的地方。

桌旁。

他们是从嘉儿在樱草花山的公寓乘一辆黑色出租车到这里的，开车的是一个高大、友好的男人，戴一顶贝雷帽和一只耳环。他说自己的名字是奥利。卢克已经为他们开了门，伊冯站在卢克身后等着。在一间铺着厚厚地毯、散发出新油漆气味的大厅里，佩里和嘉儿跟他们握了手，卢克殷勤地为他们的到来致谢，又把他们引到楼下这个改造过的配备了桌子、四把椅子和一个小厨房的地下室里。结了霜的半月形窗户被高高地安在内墙上，不时有几双过往行人蒙着阴影的脚匆忙走过上方的人行道。

随后他们的行动电话被没收了，又被要求签署一份隶属于《政府机密法》的声明。律师嘉儿读了条款后被激怒了。“除非从我的尸体上跨过去，”她大叫，而佩里，咕哝着“有什么区别？”，不耐烦地签字放弃了。在做了几条删减又加上几句她自己的措辞后，嘉儿也抗议着签了字。地下室里的灯光来自一盏孤零零挂在桌子上方的昏暗台灯。砖墙散发出一股淡淡的陈年波特酒①的气味。

卢克谦恭有礼，胡子刮得干干净净，四十五六岁样子，在嘉儿看来过于矮小。她用一种因紧张而起的假装诙谐的口吻对自己说，男间谍们的体格应该更大一号才对。他站得笔挺的样子、时髦的灰色西装和耳朵上方翘起来的几撮灰白的头发都让她感觉他更像是一个尽力表现出自己最好一面的彬彬有礼的专业技师。

另一方面，伊冯应该不比嘉儿大多少。在嘉儿对她的第一印象里

---

① 波特酒是一种加强型甜酒。由于不同的存放方式和勾兑手法，种类较一般的葡萄酒更多，通常在餐后搭配蓝纹芝士一同饮用。

她是个谨小慎微的人，但有一种书卷气的美。她穿着乏味的商务套装，黑色短发，没有化妆，看上去比她需要表现出来的年纪更大，而且，嘉儿又一次坚定而轻率地判断，作为一个女间谍她太过真诚。

“所以你其实不认为他们是保镖，”卢克说，他整洁的脑袋隔着桌子在他们两人之间转来转去。“在你们独处的时候，你们没有对彼此说，例如：‘嗨，那真是有点奇怪，不管他是谁，看来这个叫迪马的家伙给自己找了点贴身保护，’类似这样的话？”

这是佩里和我对彼此说话的方式吗？嘉儿想。我不知道。

“我看到了他们，很显然，”佩里承认。“但如果你在问的是，我有没有以为他们是什么人，答案是不。也许是两个想来打场比赛的家伙，我想，要是我想过什么的话”——认真地用他长长的手指摩挲着自己的眉毛——“我是说你不会立刻想到保镖，懂吗？好吧，你们这类人可能会。那是你们生活的世界，我猜。但假如你是一个普通公民，你是不会那么想的。”

“那么你呢，嘉儿？”卢克友好关切地询问。“你整天都在法庭里进进出出的。你看到这个邪恶的世界笼罩在它可怕的荣光里。你对他们就没有过自己的怀疑吗？”

“要是我有注意到他们，我可能也以为他们是两个色眯眯盯着我看的家伙，所以我就没理他们，”嘉儿回答。

可是这一套对伊冯——老师的宠儿——完全不奏效。“但那天晚上，嘉儿，仔细回想白天的事情”——她是苏格兰人吗？很可能是，嘉儿想，她对自己善于分辨各种口音的能力很是自豪——“你真的对两个在那里徘徊的人没有任何想法？”

“那是我们在酒店正经住的第一晚，”嘉儿说，被一波紧张的恼怒慑住了。“佩里已经为我们在‘船长甲板’订好了烛光晚餐，明白吗？我们有星光和满月和全力鼓噪的正在交配的牛蛙，一轮月光的倒影真的映在我们的桌子上。你真的认为我们会用一晚上的时间注视着彼此的眼睛谈论迪马的贴身保镖吗？我是说，让我们消停会儿吧”——担心自己听上去比她意图表现得更粗鲁——“没错，我们确实简短地谈到了迪马。他是其中一个我们还有印象的人。前一分钟他还是我们认识的第一个俄罗斯寡头[①]，下一分钟佩里就在责备自己同意和他单独打一场，还想打电话给那个职业教练取消比赛。我告诉他我会和迪马这样的男人跳舞，他们总是有最令人惊叹的技术。那让你住了嘴，是吧，佩里，亲爱的？”

佩里和嘉儿被一条像他们最近跨过的大西洋一样宽的鸿沟隔绝着，但幸亏面前有两个好奇的专业听众让他们释放自己的情感，他们继续了自己的故事。

* * *

第二天早晨，七点差一刻。马克站在石阶顶端等着他们，穿着他最好的白色运动衫，紧握着两罐冷藏过的网球和一纸杯咖啡。

“我真担心你们会睡过头，”他兴奋地说。“听着，我们很好，一切都没问题。嘉儿，你今天怎么样？非常漂亮，要是允许我这么说。你先，佩里，先生。我的荣幸。令人期待的一天，嗯？令人

---

① 俄语中的“寡头”意指上世纪九十年代苏联解体后在俄罗斯私有化过程中迅速致富的有钱人，并且他们并不一定像英语中的“寡头”那样拥有政治实权。在一些借用俄罗斯说法的西方英语媒体中也使用这个称谓指代此类俄罗斯富翁。

期待。”

佩里带头沿着第二组石阶往上走到小径左拐的地方。跟着道路转弯的时候，他迎面撞见两个穿短夹克的男人，就是前一天夜里那两个到处闲逛的家伙。他们一人一边杵在鲜花拱道旁，新娘走廊般的拱道通往中心球场的大门：一个自成一体的世界，被四周的帆布幕和二十英尺高的木槿树篱给围住了。

看到他们三人走近，那个长了一头漂亮金发的娃娃脸男人迈着小步往前，脸上挂着阴郁的微笑，打开双手做了一个经典的姿势，就是一个男人要给另一个男人搜身时会做的动作。佩里迷惑不解地站直身体停了下来，但还不够距离让他搜身，足足六英尺，嘉儿在他身旁。那个男人又往前走了一步，同时佩里带着嘉儿和他一起往后退了一步，一边喊道，“这到底怎么回事？”——实际上是对马克说的，因为无论那个娃娃脸还是他发色更深的同事都没表示出任何听见他问题的迹象，更别说是理解了。

“保安，佩里，”马克解释道，挤过嘉儿身边，安慰地朝佩里耳语。“例行公事。”

佩里仍然停在他站着的地方，四下转动他的脖子，一边消化这个建议。

“到底是谁的保安？我没听懂。你呢？”——对嘉儿说的。

“我也没有，”她附和道。

“迪马的保安，佩里。你以为是谁的？他是个大富豪。极其重要的国际人士。这些年轻人不过是在服从命令。”

“你的命令，马克？”——转过身，透过自己的眼镜指责地看着他。

“迪马的指令，不是我的。佩里，别犯傻。他们是迪马的人。跟着他到处跑。”

佩里把他的注意力转向那个金发保镖。“先生们，你们说英语吗，碰巧？”他问。看到那个娃娃脸不但拒绝改变姿势，反而表现得更强硬：“看来他不说英语。也听不懂，很明显了。”

“看在老天的分上，佩里，”马克恳求道，他微微涨红的脸上涌起一层更深的绯红色阴影。“稍微看下你的包，就完了。不针对个人。例行公事，就像我说过的。跟任何机场一样。”

佩里又一次向嘉儿求助：“你对这件事有看法吗？”

“我当然有。”

佩里把他的头歪向另一边。“我需要彻底搞清楚这件事，你瞧，马克，”他解释道，强调着他学者的威严。“我潜在的网球拍档迪马希望确保我不会把一颗炸弹扔到他身上。这就是这些人的意思吗？”

“外头有一个危险的世界，佩里。也许你没听说过，可我们其他人都知道，而且我们尽力接受它。恕我直言，我强烈建议你随波逐流。”

“或者，我也许会用我的克拉什尼科夫冲锋枪[①]打死他，”佩里继续道，把他的网球包提高一英寸，暗示那是他藏武器的地方；这时第二个男人从灌木丛的阴影里走出来，他站到第一个男人身边，但他们中还是没人给出一个意思明确的面部表情。

---

① 卡拉什尼科夫自动步枪的一种别称，即我们熟知的“AK”枪族。这种自动步枪操作简便、安全耐用。

“你是在小题大做，要是你不介意我这么说的话，梅克皮斯先生，”马克抗议，他刻意保持的礼貌在压力下开始逐渐失控。“在那里等你的是一场了不起的网球赛。这些年轻人是在履行他们的职责，而且依我判断他们会检查得很客气、很专业。坦白说我不明白你有什么问题，先生。”

“啊。问题，”佩里沉思着，把这个单词挑出来作为一个适合与他的学生们进行一次小组讨论的关键词。“那么允许我解释一下我的问题。实际上，我想起来了，我有好几个问题。我的第一个问题是，没有我的允许，任何人不能查看我的网球包，而在这种情况下我不会给出我的允许。另外也没人可以查看这位小姐的东西。同样的道理要遵循得很——”朝嘉儿示意。

“严格，”嘉儿肯定地说。

“第二个问题。如果你的朋友迪马认为我要暗杀他，为什么他还邀请我去和他打网球？”留出充裕的时间却没得到任何回答，除了一连串不悦的咂嘴声，于是他接着往下说。“还有我的第三个问题是，按照实际情况来看，这个要求，是单方面的。我有要求查看迪马的包吗？我没有。我也不想看。也许你在向他转达我的歉意时可以那么对他解释。嘉儿。你觉得我们去大吃一顿我们已经付过账的自助豪华大早餐怎么样？”

“好主意，”嘉儿由衷地表示赞同。“我都没意识到我饿坏了。”

他们转过身，忽略了职业教练的哀求，返身沿着台阶向下走。这时通往球场的大门打开了，迪马低沉的声音拉住了他们的脚步。

“别跑，佩里·梅克皮斯先生。你要想把我的脑浆打出来，就用一把该死的网球拍。”

* * *

“那么他大概几岁，嘉儿，你认为？”书呆子伊冯问，在她面前的便签簿上做着一份规规矩矩的笔记。

“娃娃脸？顶多二十五岁，”她回答，又一次希望她能在无礼和恐惧间找到一个平衡点。

“佩里？多大？”

“三十岁。”

“身高？”

“低于平均线。”

要是因为你有六英尺两英寸，佩里，亲爱的，我们就都在平均线之下了，嘉儿想。

“五英尺十英寸，”她说。

而且他的金发剪得非常短，他们一致认定。

“他还戴一根环式金手链，”她记起来，吓了自己一跳。“我有过一位客户，也戴一条跟它很像的手链。要是他遇到什么麻烦，他就会把链条散开，靠它们来摆脱困境，一环接一环。”

* * *

适当修剪过指甲但没做美甲的伊冯正从椭圆桌子的另一头把一叠新闻照片滑向他们。前景里，六个穿着阿玛尼式样西服的魁梧的年轻男人正为一匹得胜的赛马在庆祝，香槟酒杯为了拍照高举着。背景里是俄语和英语的广告牌。而在最左边——双臂交叠在自己胸前的——是那个新近剪过他的金发的娃娃脸保镖。和他的三个伙伴不同，他没戴墨镜。但在左腕上他戴了一条环式金手链。

佩里显出几分得意。嘉儿觉得一阵轻微的恶心。

二

嘉儿不清楚为什么是她负责了谈话的大部分内容。在她说话的时候，她听见自己的声音不断从地下室的砖墙上反弹回她这里，她在离婚法庭上说话的方式，那是她目前的专职所在： 现在我义愤填膺，现在我决不轻信，现在我听上去就像我缺席的两杯金汤力下肚的该死的母亲。

而今晚，尽管尽了自己最大的努力去掩饰，她仍不时发现自己因害怕而颤抖，那是她未曾料到的。如果她坐在桌子对面的观众听不出来，她可以。如果她没有搞错的话，在她身边的佩里也一样，因为他的头会时不时地靠向她，没有理由，只是带着焦虑的温柔凝视她，尽管他们之间还有那道三千英里的鸿沟。时不时地，他甚至会在讲述自己的故事版本之前在桌子下面匆忙捏一下她的手，以一种错误但情有可原的信念认为他是在给她的情绪一点休息的时间，而她所有的情绪却在沉淀、重组，一旦得到机会就跑出来更用力地搏杀。

*　*　*

佩里和嘉儿同意，即使他们没有真的漫步进中心球场，两人也是不慌不忙的。表现得如同仪仗队一般的保镖们陪伴他们信步走过鲜花绽放的下行路，嘉儿按着自己宽边太阳帽的帽檐，让她轻薄的短裙随着步伐摇曳：

“我是有点蹦蹦跳跳的，”她承认。

“非常，”佩里向桌子对面克制着笑意的两人表示赞同。

在球场大门处发生了一阵混乱，佩里似乎又要改变主意，直到发现他往后退行是为了让嘉儿走在他前面，对此她报以充分的淑女般的从容，以暗示即便刚才那一幕计划好的冒犯没有真正发生，它也并未就此消散。在佩里身后的斜坡上跟着马克。

迪马在中心球场上面对他们站着，双臂大张表示欢迎。他穿着一件宽松的水手领长袖上衣，还有到他膝盖之下的黑色长短裤。一顶遮阳帽犹如一只绿色的鸟嘴从他的秃头上往前伸出，已经在早晨的阳光里闪闪发亮。佩里说他怀疑迪马是否给它上过油。他粗壮的脖子上佩戴着一条似乎带有神秘涵义的廉价金饰链，与他镶嵌珠宝的劳力士相称：又一阵闪烁，又一件让人分心的东西。

然而让嘉儿感到惊讶的是，迪马并非是她走进球场那一刻最值得注意的人，她说。一群男女混杂的——在她看来怪异的——孩子和成人安坐在他身后观众席上。

“像一堆阴沉的蜡像，”她抗议道。“不只是他们在大清早七点过分隆重的打扮。是他们彻底的沉默和他们消沉的情绪。我在空着的最后排挑了个位子，想着，神啊，这是怎么回事？人民法院？还是教会游行？还是怎么回事？”

就连那些孩子们看上去彼此都很疏远。他们——孩子们——立刻吸引了她的视线。她数了数，有四个人。

“两个看起来没精打采的女孩，大约五岁和七岁，穿着黑色的罩裙，太阳帽挤在一起；旁边是一个丰满的黑人妇女，她肯定是某种形式的监护人，”她说，打定主意不让她的情绪流露出来。“还有两个亚麻色头发的未成年男孩，有雀斑，带着网球装备。所有人看起来都那么沮丧，你会以为他们都是从床上被踢起来的，又被拽到这里来当做惩罚。”

至于那些成年人，他们就是太疏离了，体型太大也太另类了，以至于他们都像是从查尔斯·亚当斯[①]的漫画里蹦出来的，她继续道。也不仅是因为他们的外套或者七十年代的发型。也不是因为那些女人不顾炎热穿着适合最阴冷冬天的衣服的缘故。是他们共同的忧郁。

“为什么没人说话？”她对马克耳语，后者未经邀请就出现在她旁边的座位上。

马克耸耸肩。“俄国人。”

“但俄国人老是说个不停！”

不是这些俄国人，马克说。他们大部分是在过去几天飞到这里的，还必须适应自己身在加勒比的事实。

“那里发生了一些事，”他说，朝海湾对面点点头。“据小道消息，他们正在举行几个重大的家族集会，并不都是友好的。不知道他们为了个人卫生都干了什么。一半的水源都变了色。”

两个胖男人吸引了她的注意，一个戴着一顶棕色小礼帽的正对着一部移动电话说个不停，另一个戴着一顶苏格兰花呢格子圆扁帽，顶

① 查尔斯·亚当斯(1912—1988)，美国著名漫画家，创作了“亚当斯一家”；以其独特的黑色幽默而闻名。

上缀着一个小红绒球。

“迪马的表兄弟们，”马克说。“这里每个人都是某个人的表亲。他们从彼尔姆来。”

“电烫发？”

“彼尔姆，俄罗斯[①]。不是烫头发，亲爱的。城市。”

往上一层是亚麻色头发的男孩们，嚼口香糖的样子好像他们对它怀有恨意。迪马的儿子们，双胞胎，马克说。没错，嘉儿又看了看他们，她看到了相似之处：结实的胸膛，挺直的后背，无精打采、睡意朦胧的棕色眼睛，早就贪婪地朝她看了过来。

她迅速、安静地吸了一口气，又呼出来。她正在接近法律术语里会被称作她的“致命一击”的问题，那个按理会彻底击溃证人的问题。那么现在她是要击溃她自己吗？可是当她重新开口时，她很满意没有听到一丝声音里的颤抖从砖墙上反弹回她这里，没有迟疑或其他明显的变化：

“还有矜持地和其他人分开坐的——故意分开的，看到的人差不多都会这么想——这个着实令人惊艳的十五或十六岁的女孩，乌黑的头发垂到她的肩膀，穿一件女式校服衬衣和一条不过膝的海军蓝校服裙，而且她看起来不属于任何人。所以我问马克她是谁。很自然地。”

非常自然，听过自己的表述，她宽慰地拿定了主意。桌旁没有一个人挑起眉毛。棒极了，嘉儿。

“‘她的名字是娜塔莎，’马克告诉我。‘一朵待摘的鲜花，’

---

① 彼尔姆(Perm)在英语中有“电烫发”的意思。

要是我原谅他的不敬。‘迪马的女儿，但不是塔玛拉的。她爸爸的心肝宝贝。’”

那么漂亮的娜塔莎，迪马的但不是塔玛拉的女儿，正在早晨七点——这会儿她应该在看她爸爸打网球——做什么呢？嘉儿问她的听众。读一本放在她膝盖上的皮面精装厚书，她像攥着一面贞操盾牌一样紧抓着它。

“可是漂亮得让人移不开眼睛，”嘉儿坚持道。又像是脱口而出：“我的意思是，漂亮得要命。”然后她想：哦天哪，我听起来正变得像个女同性恋，就在我全心全意想要让人觉得满不在乎的时候。

然而又一次，无论是佩里还是她的问询者们看起来都没注意到任何言外之意。

“那么我能在哪里找到不是娜塔莎母亲的塔玛拉？”她严肃地问马克，借这个机会悄悄从他身边移开。

“在你左手边往上两排。非常虔诚的女士。在当地被称为修女太太。”

她漫不经心地转过身去，目光落在一个幽灵般的女人身上，从头到脚都裹在黑色里。她的头发，也是黑色的，还有几撮零星的白发，绑成一个髻。她的嘴唇紧闭成一条向下的弧线，看着像是从来不曾笑过。她戴了一条淡紫色的薄绸围巾。

“还有在她的胸口，这个多了一条的主教级别的东正教金十字架[1]，”嘉儿大声说道。“这就是修女太太的由来，大概吧。”又像

---

① 两横一纵的十字架，又称为洛林十字架或大主教十字架。是希腊东正教会的象征。

是事后想到的："可是哇噢，她确实仪态不凡。一个真正抢镜的人"——她从事表演的父母留下的阴影——"你真的会感觉到那种气场。就连佩里都感觉到了。"

"之后，"佩里提醒道，躲避着她的视线。"他们不希望我们在事后声称有先见之明。"

好吧，我不被允许在那之前有先见之明，是吗？她有点想回敬他，可是成功越过娜塔莎这个难关让她感觉欣慰，随它去吧。

穿戴整洁、身材矮小的卢克身上有某种东西正在严重干扰她：她并非有意但还是不断撞上他目光的方式；他接触她目光的方式。一开始她怀疑他是不是同性恋，直到她发现他在看她衬衫上的一条缝隙，那里有一颗纽扣崩开了。他有的是一种失败者的勇气，她认定。他有一种正在与最后一个人搏斗的神态，而那最后一个人就是他自己。在她等待佩里的那些年里，她和好几个男人睡过觉，而其中有一两个她是出于善意才点的头，只是为了向那些人证明他们比自己以为的更好。卢克让她想起了他们。

* * *

佩里声称在和迪马一起为比赛热身时，观众——与迪马相比——几乎没有对他造成困扰，这么说的时候他专注地看着平放在自己面前桌子上的一双大手。他知道他们在那里，他还朝他们挥了挥他的球拍，没得到任何回应。他的主要精力都花在戴隐形眼镜、系紧鞋带和抹防晒霜上，还担心马克会让嘉儿不好过，又在考虑他能多快赢下比赛和离开。而他站在三英尺开外的对手还不断朝他发问：

"他们打扰你吗？"迪马真诚地低声询问。"我的支持者俱乐部？你想要我告诉他们回家去吗？”

“当然不，”佩里回答，还在为他和保镖们的相遇而不快。“他们是你的朋友，能看出来。”

“你是英国人？”

“我是。”

“英格兰的英国人？威尔士？苏格兰人？”

“实际上就是普通的英格兰人。”

佩里选了一条长凳，把他的网球包丢到上面，他没让保镖们查看的那一只，猛地拉开了拉链。他从包里摸出一对吸汗带，一条戴在头上，一条在手腕上。

“你是个牧师？”迪马用同样的真诚问道。

“为什么？你需要一个？”

“医生？某方面的医学工作者？”

“也不是医生，抱歉。”

“律师。”

“我就是打打网球。”

“银行家？”

“千万不要，”佩里烦躁地回答，摆弄着一顶皱巴巴的太阳帽，又把它丢回包里。

但事实上他感到的不止是烦躁。他已经被压制了而且也不介意被压制了。被职业教练压制了，又被保镖们压制了，要是他允许他们那样做。当然他没有允许他们，但他们出现在场地上——自动像边裁一样站到两边的底线——已经足够让他的怒火不停往上蹿了。更中肯一点，他是被迪马这个人给压制了，而他在早晨七点强行召集一帮流浪汉一样的人来看他获胜不过是加剧了这种冒犯。

迪马把一只手伸进他黑色网球长短裤的口袋里，掏出一枚印着约翰 · F · 肯尼迪头像的五十美分银币来。

“知道吗？我的孩子们说我找了个骗子帮我往里面掺了假，所以我会赢，”他吐露道，朝看台上两个长着雀斑的男孩暗示地点了点他的秃头。“我赢了猜面，我自己的孩子们认为我往这该死的硬币里掺了假。你有孩子了吗？”

“没有。”

“想要吗？”

“最后总会要的。”管好你他妈自己的事，换句话说。

“想要猜面吗？”

掺假，佩里对自己重复一遍。一个说一口破烂英语还带着不纯正布朗克斯[①]口音的男人是从哪儿找到像掺假这样一个词的？他猜了反面，输了，听到一阵嘎嘎的嘲笑声，观众席里有人打定主意要表现出兴趣的第一个迹象。他探寻的目光锁定在迪马的两个儿子身上，他们用手掩着嘴傻笑。迪马瞟了一眼太阳，选了背阴的一面。

“你带的是什么拍子？”他问，眨了一下他感情丰富的棕色眼睛。“瞧着不怎么正规。没关系，不管怎样我都会打败你的。”这时他开始走下场地：“你的女孩真棒。抵得上很多头骆驼[②]。你最好快点跟她结婚。”

这个男人怎么会他妈的知道我们还没结婚？佩里气炸了。

---

① 布朗克斯，纽约市最北部的一区。
② 在中东地区，人们常会用骆驼的数量来指代一名女性的漂亮程度。

*　*　*

佩里连续四次发球直接得分，就像他和那对印度夫妇比赛时一样，不过他打得太用力了，他知道，才不在乎。在回应迪马的发球时，他打出了做梦都没想到过的动作，除非他在自己的比赛中占尽上风并且是在迎战一名弱得多的对手：他往前站，足尖几乎压在发球线上，凌空抽击，让球大角度穿过场地或是刚好落在边线上——那个娃娃脸保镖双臂交叠着站在那里。但那只是最初几个回合的发球，因为迪马很快看穿了他的打法，把他逼退到底线上他应该站着的地方。

“所以之后我认为我应该冷静一点，”佩里承认，懊悔地朝他的谈话对象们咧嘴一笑，用手腕背面抹抹他的嘴唇。

“佩里是个一流选手，”嘉儿纠正他。“而迪马是个天生的好手。就他的体重、身高和年纪而言，棒极了。是吧，佩里？你自己这么说的。你说他藐视了地心引力。而且确实把它玩弄于股掌之间。亲爱的。”

“不需要纵身救球。很轻盈，”佩里承认。“而且是的，他是个好对手，不能要求更多。我以为我们会大发脾气，为压线球争执。我们没遇到任何那类问题。他真的是个好球伴。灵活得要命。控制他的击球直到最后一刻，甚至之后。”

“而且他有一只跛脚，”嘉儿兴奋地插了进来。“他打球的时候斜向一边，他偏好用右腿支撑，没错吧，佩里？而且他挺得特别直。而且他的一只膝盖上绑着绷带。但他还是很轻盈！”

“是的，嗯，我不得不放松一点，”佩里承认，尴尬地挠了挠他的眉毛。“比赛到后来，他的喘息听起来明显有点粗重。”

尽管喘得很厉害，迪马还是没有放松比赛间隙对佩里的调查：

“你是个大科学家？把这该死的世界炸飞了，像你发球那样？”他问，吞下一大口冰水。

“绝对不是。”

“政府官僚？”

这场猜谜游戏已经进行得够久了：“事实上，我教书，”佩里说，剥开一只香蕉。

“教书？就是教学生们的那种？像是一个教授，你教书？”

“没错。我教学生们。但我不是教授。”

“哪儿？”

“目前在牛津。”

“牛津大学？”

“对了。”

“你教什么？”

“英语文学，”佩里回答，并不特别情愿在这个时候向一个完全陌生的人解释自己前途未卜。

可是迪马还在享受探究的乐趣：

“听着。你知道杰克·伦敦？最棒的英语作家？”

“我个人不认同。”这是个笑话，但迪马并不买账。

“你喜欢这家伙？”

“崇拜他。”

“夏洛蒂·勃朗特？你也喜欢她？”

“很喜欢。”

“萨默塞特·毛姆？”

“不那么喜欢，抱歉。”

“我有全部这些人的书！好几百！俄语的！大书架！”

“很棒。”

“你读陀思妥耶夫斯基？莱蒙托夫[1]？托尔斯泰？”

“当然。”

“他们我都有。所有一流的家伙们。我有帕斯捷尔纳克[2]。知道吗？帕斯捷尔纳克写过我的家乡。叫它尤里亚金。那是彼尔姆。该死的疯子叫它尤里亚金。我搞不懂为什么。作家们才那么干。都疯了。看见我女儿了，在那边？那是娜塔莎，根本不在乎网球，爱看书。嘿，娜塔莎！给这边的教授问个好！”

娜塔莎迟疑了一阵，表示被打扰了，接着漫不经心地抬起她的头，慢慢地拨开她的头发，时间长到足够让佩里震惊于她的美貌，随后又把头埋回她的皮面精装厚书里去。

“真尴尬，”迪马解释道。“不想听我朝她大吼。看到她在读的那本书了？屠格涅夫。俄语排名第一的家伙。我买的。她想要书，我买。好了，教授。你发球。”

“从那一刻起，我就成了教授。我一次又一次地告诉他我不是教授，他就是不听，所以我放弃了。没几天，半个旅馆的人都在叫我教授。这真他妈怪，你都已经决定你甚至不会再当一个讲师了。”

佩里以五比二领先时他们换了边，让佩里感到欣慰的是嘉儿已经摆脱了马克喋喋不休的纠缠，坐到最上面一排的两个小女孩中间。

---

① 米哈伊尔 · 莱蒙托夫(1814—1841)，俄国作家，诗人，被视为普希金的后继者。

② 鲍里斯 · 帕斯捷尔纳克(1890—1960)，俄罗斯作家，诗人。代表作为《日瓦戈医生》。1958 年获诺贝尔文学奖。

*　*　*

比赛进入了一种合适的节奏，佩里说。并非有史以来最棒的比赛，但是——既然他降低了自己的水准——有观看的乐趣，假设有人想要被逗乐，这值得怀疑，因为除了那对双胞胎男孩，观众们都像是来参加一场复古主义者聚会的。所谓降低他的水准，指的是他稍稍放慢了节奏，接下将要出界的一击，或是打出一拍回球却并不仔细观察它的落点。可是既然他们之间年龄、技术和灵活性上的差距——要是佩里据实以告——到目前为止已经很明显了，他唯一关心的就是把它变成一场游戏，为迪马保留他的尊严，然后和嘉儿到“船长甲板”上享受一顿迟来的早餐：或者至少他是这么想的，直到他们又一次换边的时候，迪马把一只手紧紧扣在他的胳膊上，恼怒地朝着他低声咆哮：

“你他妈耍我，教授。”

“我什么？”

“那个长球出界了。你看到它出界了，你把它打了进来。你以为我是那种又胖又老的混蛋，要是你不对他发点善心就会立刻倒下死掉？”

“它压线了。”

“我是做买卖的，教授。我想要什么东西，我他妈的会去拿。没人能耍我，听懂了吗？想赌一千美金吗？让比赛有趣点？”

“不了，谢谢。”

“五千？”

佩里大笑着摇了摇头。

“你是个胆小鬼，哈？你个胆小鬼，所以你不敢跟我赌。”

“我猜肯定就是那样，”佩里表示同意，还能感觉到迪马的手在他左上臂留下的触感。

* * *

“战胜大英帝国！”

喊声在场地上回荡又消散了。那对双胞胎爆发出紧张的笑声，等待着回应。直到现在迪马都容忍了他们偶尔发作的高涨情绪。不再是了。把他的球拍放在长椅上，他沿着楼梯爬上观众席，走到两个男孩跟前，双手各伸出一根食指按在他们两个的鼻尖上。

“你们想让我拿皮带狠狠抽你们一顿是吗？”他用英语问，也许是为了佩里和嘉儿的缘故，不然他为什么不用俄语对他们说话？

对此其中一个男孩用比他父亲好一点的英语回答：“你没戴皮带，爸爸。”

完蛋了。迪马照着离他比较近的那个儿子脸上狠抽了一巴掌，他被打得半转过身去，直到他的腿被长椅挡住。紧跟着第一个巴掌又来了第二个，一样大声，用同一只手打了另一个儿子，让嘉儿想起和她在社交方面雄心勃勃的哥哥一同步行的情景。那是在他和他有钱的朋友们出去打野鸡的时候，一种她痛恨的活动，而哥哥会计分，用他叫做左管和右管的系统，意思是每只枪筒分别打死的野鸡数量[①]。

“让我恼火的是他们甚至连头都不转开。他们就坐在那里等着挨

① 英美打猎时多用双筒猎枪，每根枪管都有独立的击发系统，有双扳机和单扳机之分，但每次扣动扳机只发射一根枪管内的子弹。

打，”身为学校老师的儿子，佩里这么说。

但是，嘉儿坚持道，最奇怪的事情是对话仍然友好地继续了下去：

“过会儿你们想跟马克上网球课吗？还是你们想要回家跟你妈皈依宗教？”

“上课，拜托，爸爸，”两个男孩中的一个说。

“那你们就别再唧唧歪歪的，要不你们今晚就别想吃神户牛肉了。你们今晚想吃神户牛肉吗？”

“当然了，爸爸。”

“你呢，维克托？”

“当然了，爸爸。”

“你们要想鼓掌，你们给那边的教授鼓掌，别给你们屁都不如的老爸。过来。”

给了每个男孩一个结实的熊抱，比赛继续进行，在抵达它终将到来的结局前没有更多的插曲。

* * *

面对失败，迪马的承受力虚伪得令人尴尬。他不仅是虚伪，他被感动得掉下了赞赏和感谢的眼泪。首先他要把佩里搂紧在他厚实的怀抱里，佩里发誓他的胸膛硬得跟兽角做的一样，用俄罗斯人的方式拥抱了他三次。同时泪水从他的双颊上滚落下来，并最终落到佩里的脖子上。

“你真他妈是个公平竞赛的英国人，懂吗，教授？你是个他妈的英国绅士，书里写的那种。我喜欢你，懂吗？嘉儿，到这儿来。”对嘉儿来说那个拥抱甚至更热烈——而且谨慎，对此她十分感激。“你得管好这他妈的笨蛋，懂吗？他不会打球也没关系，但我向上帝发誓他真他妈绅士。他是公平竞赛的教授，懂吗？”——重复着那句口头禅，好像他刚把它发明出来似的。

他摇摆着走开，去朝娃娃脸保镖正递给他的一只移动电话暴躁地咆哮。

* * *

观众们缓慢地陆续退出了球场。小女孩们需要嘉儿的拥抱。嘉儿乐意效劳。迪马的一个儿子在去上课的路上大步走过佩里身边时拖着美式口音说“打得漂亮，哥们”，他的脸颊还因为掌掴红肿着。漂亮的娜塔莎让自己紧跟队列，手里抱着精装大书。她的拇指留在阅读被打断的地方。殿后的是倚在迪马手臂上的塔玛拉，她的东正主教十字架在完全升起的太阳中闪闪发亮。比赛的后果是迪马跛得更明显了。在他走路的时候，他用力挺直身体，下巴朝前杵着，肩膀耸起向着敌人。保镖们护送这一行人走下蜿蜒的石头小路。三辆安着黑窗的三排座汽车在旅馆后面等着送他们回家。职业教练马克是最后一个离开的。

“打得漂亮，先生！”——拍拍佩里的肩膀。“好球技。反手击球还不怎么完美，倘若允许我大胆一提。也许我们该在这方面稍稍改进一下？”

嘉儿和佩里肩并着肩，无声地看着那支车队沿着那条干路颠簸地消失在雪松树林里，它们挡住了那幢被称为“三座烟囱”的房子，抵御着刺探的目光。

*　*　*

卢克从他正在记录的笔记里抬起头来。像是为了保持一致，伊冯做了同样的动作。两人都在微笑。嘉儿尝试避开卢克的目光，可是卢克直直地盯着她，所以她不能。

“那么，要是可以的话，”他轻快地说。“又轮到你了，嘉儿。马克是个讨厌鬼。即便如此，他看起来确实是一个丰富的信息来源。关于屋主迪马，你们还能提供给我们什么有用的细节吗？”——然后两只小手同时轻轻抖动了一下，像在敦促他的马儿刨出更大的料来。

嘉儿瞥了一眼佩里，她不确定是为了什么。佩里没有回应她的眼神。

“他就是太阴险了，”她抱怨道，把马克，而不是卢克，当作她反感的对象，又皱起她的脸表示他的粗俗给她留下了挥之不去的印象。

*　*　*

马克几乎就靠着她坐在最后一排的长凳上，她说，然后他开始没完没了地谈论他的俄罗斯朋友迪马是个多么重要的百万富翁。按照马克的说法，“三座烟囱”不过是他的房产之一。他在马德拉群岛有另一处，在黑海的索契还有一处①。

“还有在伯尔尼②外的一幢房子，”她接着往下说，“那里是他

① 马德拉群岛位于非洲西海岸外，索契位于黑海东岸，两者均为著名的度假疗养地。

② 伯尔尼，瑞士首都。

的生意总部。但他四处云游。一年里他有时在巴黎，有时在罗马，有时在莫斯科，马克说的”——看着伊冯做了又一条笔记。“可是家在瑞士，要是把孩子们考虑进去的话，学校是某个给百万富翁子女上的国际学校，在山区。他谈到公司。马克猜他是老板。有一家在塞浦路斯注册的公司。还有银行。几家银行。银行业务是大头。那就是起初把他带来这个岛上的东西。安提瓜目前自夸有四家俄罗斯银行，按照马克的算法，外加一家乌克兰的。它们不过是商场里的黄铜名牌和某些律师办公桌上的一台电话。迪马是其中一块黄铜名牌。他买下‘三座烟囱’的时候，用的也是现金。旅馆出借给他的不是自己的手提箱而是洗衣篮，马克认为稍微有点不吉利。二十美元的纸币，不是五十美元的。用五十的太冒险了。他买下了整幢房子，还有一间破旧的糖磨坊，还有他们住的那座半岛。”

“马克提到过一个数字吗？”——卢克回来了。

“六百万美金。网球也不是纯粹的兴趣爱好。或者说起初不是，”她继续道，惊讶于她对马克那番可怕的独白竟然记得这么多。“网球在俄罗斯是一项重要的地位象征。要是一个俄罗斯人告诉你他打网球，他是在告诉你他富得流油。感谢马克了不起的学费，迪马回到莫斯科赢了一座奖杯，技惊四座。可是马克不被允许讲述那个故事，因为迪马自夸是自学成才的。只是因为马克太信任我了，才使他觉得可以破一次例。如果我乐意什么时候去一下他的商店，他在楼上有一间很棒的小房间，能让我们在那里继续我们的谈话。”

卢克和伊冯露出同情的微笑。佩里根本没笑。

“那么塔玛拉呢？”卢克问。

“中了上帝的邪，他这么说她。疯了一样地为这件事大吼大叫，岛上居民说的。不游泳，不去海滩，不打网球，不和她自己的孩子们说话，除非是谈上帝，完全忽视娜塔莎，几乎不和当地人交谈，除了埃尔斯佩思，安布罗斯的太太，前屋的管家。埃尔斯佩思在一家旅行社工作，但要是这家人来了她就会丢下一切去帮忙。不久前一名女仆借了一些塔玛拉的珠宝去参加一个舞会。塔玛拉在她能放回去之前抓住了她，还狠狠咬了她的手，以至于她缝了十二针。马克说如果是他被咬了他还要去打一针狂犬疫苗。”

“那么现在和我们说说过来坐到你身边的小女孩们，拜托，嘉儿，”卢克说。

* * *

伊冯领导着这场诉讼，卢克扮演着她的助手，而嘉儿站在听证席上试着控制自己的脾气，就是她告诫证人们在面临被逐出教会的痛苦时要做的事情[①]。

“所以那两个女孩是早就在那里埋伏好的，嘉儿，还是她们看到这位漂亮的小姐完全是一个人才跑上来找你的呢？”伊冯问，在检查自己的笔记时把铅笔咬进她的嘴里。

“她们走上阶梯，一人一边坐在我身旁。而且她们没有跑。她们是走上来的。”

“微笑？大笑？表现得调皮？”

“她们中没人微笑。半点都没有。”

① 在英国法庭上，证人通常先要手按《圣经》发誓所言属实。

“在你看来，那两个女孩是不是被任何一个照看她们的人派到你这里来？”

“她们完全是自愿过来的。这是我的意见。”

“你确定吗？”——苏格兰口音变得更明显，也更坚持了。

“我看着整件事情发生。马克挑逗了我一下，而我并不需要，所以我用力踏着楼梯走到最上排的座位，好尽我所能地远离他。没人在最上排的座位，除了我。”

“那么这时候两个小女孩的位置是在哪？在你下面？和你同一排？哪里，拜托？”

嘉儿吸了一口气控制自己，然后从容地开口：

“两个小女孩当时坐在第二排，和埃尔斯佩思一起。大一点的那个转过身来抬头看我，然后她对埃尔斯佩思说了什么。不，我没有听见她说的话。埃尔斯佩思也转过来看我，对那个大一点的女孩点头表示同意。两个女孩商量了一下，站起来走上台阶。慢慢地。”

“别逼她，”佩里说。

*　*　*

嘉儿的证言已经变得闪烁其词。起码在她作为律师的自己听来是这样，对伊冯也是如此，毫无疑问。是的，那两个女孩来到她面前。那个大一点的女孩行了个屈膝礼，肯定是她在舞蹈课上学来的，用非常正规、只带一点外国口音的英语问：“请问我们能和你坐在一起吗，小姐？”于是嘉儿大笑着回答，“当然可以，小姐，”然后她们分别坐到她身边，依然没有笑容。

“我问那个大一点的女孩她的名字。我说得很轻，因为每个人都是那么安静。她说，‘卡佳，’然后我问，‘你妹妹的名字呢？’然后她回答，‘艾莉娜。’艾莉娜转过来瞪着我，好像我是——嗯，很有侵略性地——我只是不明白那种敌意。我问，‘你妈妈和爸爸在这儿吗？’对她们两个说的。卡佳着实用力地摇了摇她的头。艾莉娜什么都没说。我们安静地坐了一会儿。好一会儿，对孩子们来说是的。而我在考虑：也许她们被告诫过在看网球比赛时不能说话。或是她们不能和陌生人说话。或者那是她们懂得的所有英语，或者她们有点自闭，或是某种意义上的残疾。”

她停顿了一下，期待得到鼓励或是一个问题，却只看见四只等待的眼睛，还有在她身旁的佩里，把他的头斜向那堵闻起来像她死掉的酒鬼父亲的砖墙。她在心里深吸了口气，滔滔不绝地说了起来：

“那时比赛换边了。于是我又试了一次：你在哪里上学，卡佳？卡佳摇了摇她的头，艾莉娜也摇了头。不上学？还是目前不上？目前不上，显然。她们过去一直在罗马的一所英国国际学校上学，但她们不再去了。没说理由，也没问。我不想太莽撞，但是我有一种我不能确定的糟糕的感觉。所以她们住在罗马？不再是了。又是卡佳。那么你是在罗马学到你这一口出色的英语的？是的。在国际学校她们可以选择英语或意大利语。英语更好。我指了指迪马的两个男孩。那是你们的兄弟们？更多的摇头。表兄弟？是的，有几分血缘关系的表兄弟。只有几分吗？是的。他们也上国际学校吗？是的，但是在瑞士，不是罗马。还有那个活在书里的漂亮女孩，我问，她也是个表姐吗？卡佳给出的回答，像忏悔一样从她那里硬挤出来的：娜塔莎是我们的表姐但只有几分血缘关系——又来了。她们两个还是没有笑容。但卡佳一直在抚摸我的丝绸裙子。好像她从没摸过丝绸似的。”

嘉儿换了口气。这没什么，她对自己说。这都是开胃小菜。等到明天讲全套五道大菜的恐怖故事的时候。等到我被允许在事后有先见之明的时候。

“等她摸够了丝绸，她把头靠到我的肩膀上，保持那个姿势，闭上她的眼睛。那就是我们持续了也许有五分钟的社交的重点，除了在我另一边的艾莉娜接到卡佳的暗示征用了我的手。她那一双锋利的、执拗的小爪子，而且她真的把我抓得很紧。然后她把我的手按在自己的前额上，把脸凑上去摩挲着，像是要让我知道她是有温度的，只是她的脸颊是湿的，让我意识到她一直在哭。然后她把我的手还给我，而卡佳说，‘她有时会哭。这没什么。’那时比赛结束了，埃尔斯佩思急匆匆地奔上台阶来领她们，而这时我想把艾莉娜裹进我的纱笼里带她和我一起回家，最好也带上她姐姐，可是既然我什么都不能做，而且不知道她为什么不高兴，也没从亚当①——嗯，夏娃——那里听说过她们，故事完了。”

* * *

但故事还没完。不会在安提瓜完结。故事正在动人地展开。佩里·梅克皮斯和嘉儿·珀金斯还在享受他们生命中最愉快的假期，就像他们在过去的十一月对自己承诺的。为了提醒自己他们的快乐，嘉儿独自回忆起故事未经审查的版本：

上午十点左右，网球比赛结束，回到小屋，佩里要洗澡。

---

① 原文为“know from Adam”，意为从未遇到过而且丝毫不了解某人。

做爱，一如既往的美好，我们还能那么做。佩里永远不会半途而废。他必须把所有的注意力一次集中在一件事情上。

中午或者晚一点。因为某些实际原因(见上)错过了自助早餐，在海里游泳，在泳池边午餐，回到沙滩，因为佩里要在沙狐球[①]上打败我。

下午四点左右。和得胜的佩里回到小屋——为什么他就不能让一个女孩赢哪怕一次？——打盹、阅读、又做爱、再打盹，丧失时间感。在阳台上的浴缸里边读书边喝光了迷你吧台里的霞多丽葡萄酒。

晚上八点左右。决定既然我们都懒得穿衣打扮了，那就在房间里叫晚餐。

还在享受我们一生一次的假期。还在伊甸园里，咀嚼着那只该死的苹果。

晚上九点左右。晚餐送到了，不是哪个老服务生而是可敬的安布罗斯自己推进来的，除了我们点的那瓶劣质加州葡萄酒外，还带给我们一支冰镇过的陈年克鲁格香槟，装在一只银色冰桶里的，在酒单上标价三百八十美元含税，他着手为我们布置起来，外加两只冰镇过的玻璃杯，一盘看上去非常可口的鱼子烤面包片，两条缎面餐巾和一段准备好的演说，他挺起胸膛、双手紧贴在身体两侧，像一名法警般用他最大的音量开始吟诵。

“这瓶上好的香槟是由独一无二的迪马先生本人送给你们的。迪马先生，他说感谢你们的——”从他的衬衫口袋里掏出一张便条和一

---

① 一种体育休闲运动，起源于十五世纪的英国宫廷。双方轮流将壶推向长桌的尽头，每局八球。在每一轮比赛中，当球全部推出后，推出最远的球为本轮的胜方。

副阅读眼镜——“他说，我引用：‘教授，我为这一堂精彩的彰显了公平竞赛的伟大艺术的网球课、为你表现得像一位英国绅士而感谢你。我也为你替我省了五千美元的赌资而感谢你。’另附他对如此美丽的嘉儿小姐的赞美，这就是他的口信。”

我们喝了几杯克鲁格香槟，一致同意到床上去喝完剩下的。

* * *

“什么是神户牛肉？”佩里问我，在一个重要夜晚的某个时刻。

“摸过一个姑娘的肚皮吗？”我问他。

“做梦也没想过，”佩里说，做出那个动作。

“没交配过的母牛，”我告诉他。“用日本米酒和最好的啤酒养出来的。神户牛的肚皮每晚都接受按摩，直到它们准备好被做成牛排。另外它们还是顶尖的知识产权，”我加了一句，那是真的，但我不确定他还有没有在听。“我们事务所为它们打赢了一场官司，而且是大胜。”

睡意笼罩下来，我做了一个预言性的梦，梦见我在俄罗斯，有坏事发生在小孩子身上，在黑白的战争时期。

三

嘉儿的天空渐暗，地下室也一样。随着日光的消逝，桌子上方暗淡的吊灯似乎燃烧得更无精打采了，砖墙也变成了黑色。在他们上方，街上传来的车辆的隆隆声变得不那么频繁。蒙着阴影、匆匆经过结了霜的半月形窗户的脚步也是如此。高大、友好的奥利，戴了一只耳环却没戴他的贝雷帽，匆忙走了进来，端着四杯茶和一盘消化饼干，又消失了。

尽管还是同一个在今天夜里早些时候开着一辆黑色出租车到嘉儿公寓接他们的奥利，但现在他们已经知道他不是一个真正的出租车司机，虽然在他宽阔的胸膛上炫耀地别着一枚许可徽章[①]。奥利，按卢克的说法，“带领我们远离麻烦”，可是嘉儿并不买账。一个受过教育的苏格兰加尔文主义者可不需要道德指引，而对于一个管不住自己眼睛又有着上流阶级魅力的谦和有礼的专业技师，什么样的指引都太迟了。

此外，在嘉儿看来，奥利谦卑的外表下隐藏了太多东西。他的耳环也让她感到困惑，那到底是一个性向的表征还是仅仅是个玩笑。他的口音也让她迷惑不解。她第一次在樱草花山住处的门铃电话里听到的是一口纯正的伦敦腔。当他透过司机隔间和他们谈论“我们在五月经历的阴沉天气——在令人愉快的四月之后”，还有“哎呀，开放的花要怎么才能挨过昨天晚上的暴雨？”——她察觉到隐藏的外国口音，他的句法也开始出现漏洞。那么他的母语是什么？希腊语？土耳其语？希伯来语？或者口音，像单只耳环一样，是他用来欺骗我们这些顾客的一种手段？

她希望她从没签过那份该死的声明。她希望佩里也没有。当他在那张表格上签字的时候，佩里并不是在签名，他是在加入。

* * *

周五是那对来度蜜月的印度夫妇的最后一天假日，佩里在说。因此他们已经同意好好打一场五局的比赛，而不是通常的三局，因而又一次错过了早餐。

“于是我们安排好去海里游泳，如果饿了的话也许去吃早午餐。我们挑了海滩比较拥挤的那一头。那不是我们通常会去的地方，但是我们盯上了‘海难酒吧’。”

嘉儿认出了他的专业语气。英语导师佩里。事实和简短的句子。没有抽象概念。让事实自己说话。他们选了一顶遮阳伞，他说。他们摊开他们的装备。他们正要往水里去，这时一辆安着黑窗的三人座汽车开过来停在**不准停车**的海湾里。从里面先是跨出了那个娃娃脸保镖，接着是那个坐在球场上的戴苏格兰圆扁帽的男人，今天穿着短裤

① 伦敦的出租车司机都是个体经营者。考试合格的司机除得到驾驶证外，还需佩戴一枚黄色或绿色的徽章。

和一件黄色鹿皮马甲，不过那顶苏格兰圆扁帽仍然牢牢扣在原处。然后是埃尔斯佩思，安布罗斯的太太，在她后面是一只大张着嘴的充气橡胶鳄鱼，后面跟着卡佳——佩里说，炫耀着他了不起的记忆力。而在卡佳后面出来的是一只巨大的带有握柄、画着笑脸的红色弹球，这是艾莉娜的，她也打扮成来海滩的样子。

最后娜塔莎出现了，他说，这时嘉儿插了进来。娜塔莎由我来操心，不用你管：

“但那是在一阵戏剧化的停顿后，而且是在我们以为那辆三人座轿车里已经没人了的时候，”嘉儿说。“打扮得十分惹眼，一顶客家式样的灯罩形帽子，一件带棒形纽扣的旗袍，一双古希腊式的凉鞋，系带绕在她的脚踝上，而且她还捧着自己的皮面精装厚书。在众目睽睽的沙滩上精挑细选出她的道路，然后懒洋洋地把自己安顿在一排遮阳伞中最远的那顶下面，开始了她认真得可怕的阅读。没错吧，佩里？”

“要是你那么觉得的话，”佩里尴尬地说，在他的椅子上猛地向后一靠，好像是为了让自己和她拉开距离。

“我就是那么觉得的。可是真正诡异的事情，真正让人毛骨悚然的事情，”她尖锐地说下去，反正娜塔莎已经安全离开了他们的话题，“是这一大家子中的每一个人，无论大人还是小孩，都在他们踩上沙滩的那一刻立即知道该往哪个确切的方向走，还有该做什么。”

那个娃娃脸保镖径直往“海难酒吧”走去，点了一罐根汁汽水，就靠这个他消磨了之后的两个小时，她说，坚守着主动权。那个戴苏格兰圆扁帽的男人，尽管他块头很大——一个表兄弟，按照马克的说法，从俄罗斯的彼尔姆来的很多表兄弟中的一个，城市，不是电烫发——沿着颤巍巍的台阶攀上一个救生瞭望台，从他的鹿皮马甲里拉出一个救生圈，把它吹了起来，坐在它上面，也许是因为他的痔疮。两个小女孩，沿着沙滩斜坡朝佩里和嘉儿已经安顿好的营地走下来，带着她们的鳄鱼和弹性球，身形宽大的埃尔斯佩思隔着一段距离跟在后面，提着她鼓鼓囊囊的篮子。

“还是走过来的，”嘉儿为了伊冯的缘故过分强调这一点。“不是蹦蹦跳跳或吵吵闹闹的。走过来的，看上去和她们在网球场时一样抿着嘴唇、肿着眼睛。艾莉娜把她的拇指咬在嘴巴里，愁容满面，卡佳的声音几乎就像一只人声报时闹钟一样友好：‘你愿意和我们一起游泳吗，拜托，嘉儿小姐？’于是我说——希望能让气氛缓和一点儿，我猜——‘卡佳小姐，能和你们一起游泳，佩里先生和我感到无比荣幸。’于是我们去游泳了。是吧？”——对着佩里，他已经点头表示赞同，又一次坚持把手放在她的上面，是一个支持的手势还是让她冷静下来，她并不清楚，但无论是哪种含义都产生了同样的效果；她被迫闭上了眼睛，在她准备好继续之前停顿了几秒，随后又滔滔不绝地说了起来。

“那是完全设计好的。我们知道那是设计好的。孩子们知道那是设计好的。可是如果有哪两个带着鳄鱼和弹球的女孩需要到水里去扑腾几下，那就是她们两个，没错吧，佩里？”

“绝对地，”佩里热情地附和。

“于是艾莉娜挂到我的手上，我几乎是反手拖着她走进水里的。卡佳和佩里跟在我们后面，带着那只鳄鱼。那段时间里我一直在考虑：她们的父母到底上哪儿去了，为什么是我们在代替他们做这些事情？我没有直接问卡佳。我猜我有种不祥的预感，知道那会是个糟糕的问题。在闹离婚，类似那样的状况。于是我问她那个戴帽子的不错的绅士是谁，坐在梯子上的那位？万尼亚叔叔，卡佳说。棒极了，我说，万尼亚叔叔是谁？回答，就是一个叔叔。从彼尔姆来的？是的，从彼尔姆。没有给出更多解释。比如：我们不再去上罗马的学校了。我是不是踩线犯规了，佩里？”

“完全没有。”

“那我继续了。”

*　*　*

好一会儿，阳光和大海起了作用，她继续道：“女孩们又跳又叫，佩里则彻底玩疯了，好像万能的波塞顿从海底升了起来，发出他海怪一样的叫声——不，说实在的，你确实，佩里，你确实棒极了，承认吧。”

他们蹒跚着爬上岸，精疲力竭，埃尔斯佩思要帮女孩们擦干身体、穿好衣服，还要擦防晒霜。

“可是实际上没过几秒她们就回来了，蹲坐在我毛巾的边缘上。她们脸上的一种表情告诉我那片阴霾还在，她们从刚才起就一直在躲避。没错，我想：冰淇淋和汽水。佩里，这是男人的工作，我对他说，履行你的职责。对吧，佩里？”

汽水？她对她自己重复道。为什么我听上去又像是我该死的母亲？因为我是另一个失败的女演员，有一副离开六亩地都能听见的嗓门，说的时间越久嗓门就越大。

“没错，”佩里给出迟来的同意。

“然后他大步走开去买它们，是吧？给每个人的焦糖坚果蛋卷冰淇淋，给女孩们的菠萝汁。可是当佩里要去给这些东西签单的时候，男招待告诉他所有东西都付过账了。是谁呢？”——她飞快地继续下去，还是那副假装出来的愉快口吻——“是万尼亚！那个总是那么友善的胖叔叔，戴着苏格兰圆扁帽困在梯子上。可是佩里，作为佩里，你不能接受他这么做，是吗？”

佩里细长的脖颈尴尬地摇了摇，说尽管从他站的地方几乎听不见对方说话，但还是明白了他的意思。

“他对接受别人的慷慨解囊病态地感到不舒服，没错吧？而且还是一个你不认识的人。于是佩里爬上梯子去告诉万尼亚叔叔，他太友好了，但是他情愿自己付账。”

她词穷了。佩里接过了她的话头，丝毫没有她那种绝望的多变：

“我爬上梯子，万尼亚正坐在他的救生圈上。我在遮阳伞下弯下腰，说了我要说的话，发现自己正盯着一把非常大的黑色手枪的枪托，从他的腰里戳出来。在高温下他解开了自己的鹿皮马甲，那东西就在那里，毫无遮挡。我不懂枪，感谢老天。也不想懂。你们这些人懂，毫无疑问。这是把家用尺寸的，”他遗憾地说着，向嘉儿投去哀伤的一瞥，他的痛苦没能得到回应，一片意味深长的寂静笼罩了下来。

* * *

“而你不予置评，佩里？”小个子卢克熟练地提问，想要填补对话的空隙。“我是说对那把枪。”

“不，我没有。我认为他没有看出我已经注意到了，所以我的策略是假装没看见，我认为那样才是明智的。我谢过他的冰淇淋，爬下梯子回到嘉儿那里，她正在和两个女孩聊天。”

对此卢克的反应相当激烈。似乎有某种东西激怒了他。有可能是间谍的礼节这个微妙的问题在困扰他吗？如果是你看到一个家伙的枪从他的马甲里戳出来而你又不怎么认识他，你会怎么做？告诉他那东西露出来了，还是直接忽略它？就像看到某个你不太熟悉的人没拉上他们的拉链。

苏格兰知识分子伊冯决定帮助卢克跳出他的困境：

“用英语，佩里？”她严厉地问道。“你用英语谢的他，我猜想。他也是完全用英语回答的吗？”

“他没用任何语言回答。不过，我确实注意到他戴了一颗表示哀悼的黑纽扣，别在他的马甲上，我有很长一段时间没看到这种东西了。而你不知道它们的存在，嗯？”他责难地询问。

为他的进攻感到困惑，嘉儿摇了摇她的头。是真的，佩里。证实有罪。我不知道什么哀悼纽扣，现在我知道了，所以你可以继续讲故事了，行吗？

“你没有想到要警告宾馆，比如说，佩里？”卢克顽强地问下去。“‘有个俄罗斯人佩着一把家用尺寸的手枪坐在救生员的瞭望台上？’”

“有很多种可能性，卢克，而那无疑是其中之一，”佩里回答，他的一轮挑衅的冲动还没有完全过去。“可是宾馆又该怎么做呢？种种迹象表明，如果迪马确实拥有那个地方，他控制了那个地方。不管怎样，我们还有孩子们要考虑：在所有人面前挑起一场争斗是否合适。我们认为不是。”

“那么岛上的警方势力呢？你没有想到过他们？”——又是

卢克。

“我们还有四天假期。我们不打算把它们都用来向警方做戏剧化的陈述，谈的还是那些他们总会涉足其中的事情。”

“那么那是一个共同的决定？”

“它是一个切合实际的决定。我的。我并不打算跑到嘉儿那里说，‘万尼亚的皮带里戳出了一把枪，你觉得我们应该告诉警察吗’——至少不在两个女孩面前。一旦我们独处，而我理出了头绪，我就告诉她我看见了什么。我们理性地详细谈论了这件事，而我们最终得出的结论是：不采取行动。”

嘉儿感到一阵不由自主地要为了爱支持他的冲动，于是用她诉讼律师的意见予以支援：“也许万尼亚带枪是有无懈可击的当地许可的。佩里知道什么呢？也许万尼亚不需要许可。也许一开始就是警方把枪给他的。我们并不特别熟悉安提瓜的枪支法，没错吧，佩里，我们两个都是？”

她有点期望伊冯会提出一个法律方面的相反观点，可是伊冯正忙于埋头查找收在她浅黄色文件夹里的辩护文件：

“我能麻烦你们两位描述一下这位万尼亚叔叔吗，拜托？”她用一种并不咄咄逼人的语调问道。

“有麻点，”嘉儿立即回答，再一次惊讶于是这点最先从她的记忆中凸现出来。五十多岁。用浮石磨过的脸。一个啤酒肚。她认为自己看到过他在网球场上偷偷摸摸地从一个烧瓶里喝酒，但是不能肯定。

“他右手的每根手指上都戴着戒指，”轮到佩里的时候他说。“并起来看是一个铜护指。稻草般的黑发从他帽子的后面戳出来，不过我猜他有点秃顶，那就是他戴着苏格兰圆扁帽的原因。他身上满是脂肪。”

是的，伊冯，那就是他，他们在一阵低语中达成共识，他们盯着她塞到他们鼻子底下的一张全幅的照片，他们的头碰到一起，对彼此又产生了感情。是的，那是来自彼尔姆的万尼亚，四个超重的愉快的白人男性中左手起的第二个，坐在一间夜总会里，被妓女、纸带和香槟酒瓶围绕着，在二〇〇八年的新年夜，鬼知道的什么地方。

* * *

嘉儿需要上个厕所。伊冯带她走上地下室狭窄的楼梯，来到豪华得不可思议的一楼。友好的奥利没戴他的贝雷帽，伸展开四肢坐在一把翼状扶手椅里，埋头在看一张报纸。不是你平时会看的报纸，是用俄语印刷的。嘉儿相信她认出了《诺瓦亚公报》，但是不能确定，也不想多问他一句。嘉儿小便的时候伊冯等着。厕所很华丽，配置了漂亮的手巾和带香味的肥皂，昂贵的墙纸上印着杰洛克斯[①]狩猎的图案。她们回到楼下。佩里仍然低头看着他的双手，不过这次两只手掌都朝上翻起，像是在同时预测两种命运。

“那么，嘉儿，”小个子卢克狡黠地说。“你又要大叫了，我想。”

事实上，不是大叫，卢克。是操他的尖叫，一声到目前为止已经在我心口堵了好一阵的尖叫，我想你也许已经注意到了，你的眼睛在

① 英国风俗小说家罗伯特瑟蒂斯笔下的滑稽人物形象，以逼真的对话和辛辣的社会讽刺为特色，生动描写了维多利亚盛世的乡间生活浮世绘。

我身上停留的时间已经比间谍的《跨性别礼仪指导手册》中严格认定必要的长度稍稍超出了一点。

* * *

“我就是没有想法，”她笔直地朝着自己的前方开口，但稍微偏向伊冯而不是卢克。“我刚刚犯了错误。我应该注意到的。我没有。”

“你绝对不需要责备自己什么，”佩里从她身边激动地出声反驳。“没人告诉过你，没人给过你最微弱的警告。如果要责怪什么人，迪马可逃不了。”

嘉儿不需要被安慰。她是一个深夜待在一间砖衬酒窖里的律师，收集着不利于被告的证据，而她自己就是那个被告。下午三点左右，安提瓜的沙滩上，她脸朝下躺在一顶遮阳伞下，上半身的比基尼解开了，两个小女孩蹲在她旁边，佩里则在她另一侧展开身体，穿着他的男学生短裤，戴了一副国家医疗系统配给他已经过世的父亲的镜框，镶了他自己的医嘱太阳眼镜片。

女孩们已经吃掉了她们的免费冰淇淋，也喝掉了她们的免费果汁。彼尔姆来的万尼亚叔叔坐在他的梯子上，他的皮带里插着那把家用尺寸的手枪；而娜塔莎——每次提到她的名字对嘉儿都是一次挑战；她必须让自己振作起来，像在学校马术课上那样干净利落地跳过去——娜塔莎躺在沙滩另一头，引人注目的孤独。与此同时，埃尔斯佩思已经后退到一个安全的距离。也许她知道接下来要发生的是什么。依靠她不被允许过分深陷的后见之明，嘉儿认为是这样的。

阴影又回到女孩们的脸上，她注意到。她体内的专业度担心她们也许在分担一个可怕的秘密。她在一周内的大部分时间里都不得不在法庭上聆听的东西，它们让她感到困扰，它们推动着她的好奇心：那些不闲聊也不淘气的孩子们；那些没有意识到他们是受害者的孩子们；不直视你的眼睛的孩子们；为了大人对他们做的事情而责怪自己的孩子们。

“我靠提问为生，”她抗议道。现在她正把所有事情告诉伊冯。卢克成了模糊的阴影，而佩里则在她的视界以外，故意被降级到那里的。“我代理过家庭案件，我让孩子们站上过证人席。我们在工作内做的一切，我们在工作外做的一切。我们不是两个人。我们就是我们。”

佩里向上伸展身体，长长的双臂做出一个游泳运动员划水的动作，一个意图缓解她的焦虑而非他自己的紧张的姿势，但嘉儿的焦虑没有被缓解。

“于是我对她们说的第一件事是：告诉我一些万尼亚叔叔的事情。她们对他太讳莫如深了，我认为他也许是个坏叔叔。‘万尼亚叔叔陪我们弹俄式三弦琴，我们很喜欢他，他喝醉的时候很有趣。’那是艾莉娜在说话。她已经决定要比她姐姐更合作。可我在想的是：一个喝醉的叔叔，和她们一起玩音乐，他还玩什么？”

“我们可以认为，交谈的语言仍然是英语？”伊冯问，以她对每一个细节的追求。不过现在柔和下来了，女人对女人。“我们没有转用基本法语或其他什么语言？”

“英语几乎是她们的第一语言。国际美语，搀了一丁点儿意大利腔。于是接下来我问，万尼亚是真正的叔叔还是礼节上的？回答：他是我们妈妈的兄弟，他曾经和赖莎阿姨结了婚，现在她和另一个没人喜欢的丈夫住在索契。我们正在排家谱，这对我来说很棒。塔玛拉是迪马的妻子，她很严格，她经常祈祷，因为她是圣洁的，她很善良才有了我们。善良？才有了我们？然后我说——现在我是一个相当聪明的律师了，问一些旁敲侧击的问题，不是直截了当的那种——迪马对塔玛拉好吗？迪马对他的儿子们好吗？意思是：迪马对你们是不是有点太好了？卡佳说，是的，迪马对塔玛拉好，因为他是她的丈夫而她妹妹死了；迪马对娜塔莎好，因为他是她的爸爸而她妈妈死了，对他的儿子们好是因为他是他们的爸爸。这就让我来到那个真正想问的问题，我向卡佳提问，因为她年纪大些：那么谁是你们的爸爸，卡佳？而卡佳说，他死了。艾莉娜也加入进来说，我们的妈妈也是。他们都死了。看到她们盯着我的脸，我做了一个类似'哦真的吗'的表情，我说，我为你们感到非常难过。他们过世多久了？我甚至根本不确定我是否相信她们。一部分的我仍然希望她们是在耍一些可怕的孩子把戏。现在是艾莉娜在说话，而卡佳已经进入一种有点恍惚的状态。我也是，不过那不相干。他们在星期三死的，艾莉娜说。着重强调了日子。好像都是那个日子的错。星期三是他们去世的时间，无论是哪个星期三。于是我问——情况就是变得越来越糟——你是说上个星期三？艾莉娜说，是的，一个星期前的星期三，四月二十九日：非常精确，确保我听懂了。所以是上周的星期三，和一起车祸相关的事故，而我就坐在那里看着她们，艾莉娜拉起我的手轻轻拍着，卡佳把她的头搁在我的膝盖上，已经被我彻底忘记的佩里用他的手臂环住我，而我是唯一一个在哭泣的人。"

* * *

嘉儿把她的食指指节咬在她的两排牙齿中间，这是她在庭上会做的另一个用来保护自己对抗非职业情绪的动作。

“后来我和佩里在小木屋里谈论这件事情，把它理出个大概，”她说，提高声音以表示出一种更超脱的态度，可是仍然把佩里阻挡在她的视平线外，同时试着让事情显出理所当然的样子：即使她们的父母在几天前死于一场车祸，两个小女孩还是可以在海边享受一段欢乐时光的。

“她们的父母死于星期三。网球比赛发生在之后的那个星期三。因此，整个家庭已经哀悼了一个星期，而迪马认为该是时候让她们到外面去接触点新鲜空气了：所以都赶紧振作起来，谁想打网球？要是他们是犹太人，我们都知道他们也许曾经是，或者他们中的一些人过去是，或者那对死去的父母过去是，那么也许他们一直坐在那里经过了七天服丧期①，到星期三他们应该重新回到生活轨道上，这与塔玛拉的基督教神圣信仰还有戴十字架的行为格格不入，但我们并没有讨论宗教上的一致性，没有和那群人讨论，他们中的大多数都认定塔玛拉是个古怪的人。”

又是她，不失敬意但坚定提问的伊冯：“我讨厌步步紧逼，嘉儿，可是艾莉娜说了那是一场车祸。这是她说过的一切吗？她说过，比如，车祸是在哪里发生的吗？”

“莫斯科外的某个地方。很含糊。她责怪那些道路。路上有太多洞了。每个人都开在路的中间好避开那些洞，所以汽车免不了会彼此相撞。”

“有谈到任何关于住院的事情吗？还是爹地和妈咪当场就死了？

---

① 犹太人死后，其家人要一连七天进行哀悼，每天早晨在死者家内举行仪式。

事情就是那样？”

“撞击死亡。‘一辆大卡车沿着马路中央飞速驶来，造成他们当场死亡。’”

“还有其他伤亡吗，除了这一对父母？”

“我恐怕在接下来的问题上表现得并不非常好”——感到自己开始颤抖。

“但总有个司机吧，比如说？要是司机也死了，那也该是故事的一部分，没错吧？”

伊冯没料到佩里会插话：

“卡佳和艾莉娜都没提到司机，无论死活，直接或间接，伊冯，”他说，用一种缓慢的、纠正的语调，那是他专为懒惰的学生和咄咄逼人的保镖保留的。“没有关于其他伤亡、住院或哪个人开的某辆车的讨论。”他的声音拔高了。“或是否存在第三方保险赔偿，或——”

“停，”卢克说。

* * *

嘉儿又去了楼上，这次没人护送。佩里留在原处，用一只手的手指箍住脑袋，另一只则不耐烦地在桌上敲打着。嘉儿回来了，坐下。佩里似乎没有看到。

“那么，佩里，”卢克说，一副尖锐的公事公办的样子。

“那么什么？”

“板球。”

“那要等到第二天。”

“我们注意到了。在你的文件里。”

“那为什么不去读呢？”

“我以为我们已经读过了，好吗？”

好吧，佩里勉强让步，第二天，同一个时间，同一片海滩，不同的区域。同一辆安着黑窗的三排座汽车停在**禁止停车**的海湾，鱼贯而出的不只是埃尔斯佩思、两个女孩和娜塔莎，还有男孩们。

尽管起初并不情愿，但“板球”这个词让佩里高兴了起来：“看着就像几匹在马厩里锁了太久的小马驹，终于被允许好好纵蹄狂奔一阵了，”他突然来了兴致，沉浸在自己的回忆里。

为了今天的沙滩之行，他和嘉儿为自己选择了一个尽可能远离那所被称为“三座烟囱”的房子的地点。他们并不是在躲开迪马和他的同伴，只是前一晚他们过得不很舒坦，犯了个低级错误，喝掉了他们备用的朗姆酒，起晚了，而且头痛欲裂。

“当然了，哪里都不能避开他们，”嘉儿插进来，认定又轮到她了。“整片沙滩上都没有这样一个地方。难道不是吗，佩里？整座岛上都没有，当我们开始回想整件事情的时候。为什么迪马一群人该死的对我们这么感兴趣？我是说，他们是谁？他们想要什么？还有为什么是我们？每次我们转过一个拐角，他们就在那里。我们开始感觉到那点。待在我们的小屋里，他们就在海湾对面，盯着我们。也许是我们幻想他们在看，那也一样糟。在海滩上，他们甚至都不需要双筒望远镜。他们只要探出身子越过花园围墙就能盯上我们。他们可没少这么干，毫无疑问，因为就在我们安营扎寨之后没几分钟，那辆黑窗户的三人座汽车就开来了。”

同一个娃娃脸保镖，佩里说，又接过话头。这次不在酒吧里，不在高地上的一片树荫下。没有彼尔姆来的万尼亚叔叔戴着他的苏格兰圆扁帽和家用左轮手枪，而是一个青豆般瘦长难看的替角，肯定一向都是个健身狂，因为他没爬上救生瞭望台，而是在海滩上来回冲刺，给自己测速，还在每头停下打一小段太极：

“泡泡头发型的家伙，”佩里说，他的笑意渐浓。“爱运动的。嗯，说狂躁也许更合适。不能坐定或站定五秒钟。不止是瘦。瘦成骨架了。我们记住了他，以为是迪马家族最新抵达的一名成员。我们已经认定迪马家有一长串从彼尔姆来的表兄弟姐妹。”

“所以佩里看了一眼孩子们，没错吧？”嘉儿说。“尤其是男孩们——你还想，老天，我们该拿这么多人怎么办呢？然后你有了一个超棒的适合假日的主意： 板球。嗯，我是说，要是你认识佩里就不会那么惊讶了。给他一只狗咬过的球和几根浮木，他会立刻撇下所有不打板球的人类。没错吧？”

“我们以应有的相当严肃的态度对待比赛，”佩里表示赞同，还在笑着，不易察觉地皱了皱眉。“我们用浮木搭了一个三柱门，把小树枝放在顶上当横木，码头上的人为我们找来勉强称得上是一根球棒和球的东西，我们聚集了一帮牙买加人和古板的英国人做外场手，突然我们就能六对六了，俄罗斯对抗世界其余地区，一场友谊赛。我让男孩们去说服娜塔莎过来守门，可是他们回来说她正在读某个叫做屠格涅夫的家伙，他们假装自己从没听说过。我们的下一个任务是把神圣的‘板球规则’传授给”——微笑展开成一个大大的笑容——“这么说吧，某些相当无视规则的家伙。不是古板的英国人或牙买加人，当然了。他们生来就是作为板球手长大的。可是年轻的迪马家族都是国际人。他们打过一点儿棒球，却丝毫不乐意听别人告诉他们要去投一个球而不是乱扔它。小女孩们需要一点照顾，可是一旦我们让古板的英国人挥起拍来，我们就能把他们当跑垒手使。要是女孩们无聊了，嘉儿就带她们离开去喝点东西，游个泳。你是这么做的吧？”

“我们已经决定最重要的事情是让他们不停地动，”嘉儿解释，决意要和佩里一样高兴起来。“不要给他们太多时间窝在一起。不管我们做什么男孩们都能玩得很高兴。至于女孩们——嗯，就我所观察到的，就算是要让她们笑一笑都……我的意思是，老天……”剩下的话没有被说出来。

看到嘉儿陷入困境，佩里迅速插了进来：

“要在柔软的沙地上弄出一片像样的板球场来简直太困难了，”他对卢克解释，而她正试着镇定下来。“投手陷了进去，击球手摔倒了，你能想象。”

“我确实能，”卢克真诚地表示赞同，迅速学会并调整成和佩里一样的语调。

“倒不是说那有什么影响。每个人都玩得很愉快，获胜方得到冰淇淋。我们算成平局，所以两边都有，”佩里说。

“那个新来的叔叔付的账，我想是这样？”卢克假设。

“被我制止了，”佩里说。“冰淇淋绝对是在我们的账上。”

看到嘉儿恢复过来，卢克换上一种更严肃的语气：

“那么是在两队都获胜的时候——这在一场比赛里可真够新鲜的——你看到了那辆停在那里的三人座汽车的内部？我想的对吗？”

“我们在想办法画出门柱来，”佩里赞同道。“突然汽车的边门打开了，而他们就在那里。也许他们想要点新鲜空气。或是看得更清楚些。天知道。就像是一次皇室出访。一次微服出巡。”

“边门开了有多久?”

保持警惕的佩里回顾自己出色的记忆力。完美的见证人佩里，从不相信自己，从不过快回答，总是自己承担责任。另一个嘉儿爱的佩里。

“真的不知道，卢克。不能确定。我们不能”——看了一眼嘉儿，她摇了摇头表示她也不能。“我看了；嘉儿看到我在看，对吗?所以她看了。我们都看到了他们。迪马和塔玛拉，肩并肩，坐得笔直，黝黑的和苍白的，瘦的和胖的，从汽车的后座盯着我们。然后砰地一下，门滑上了。”

“盯着，不是笑着，是这样，”卢克轻轻地补充，一边记下一笔。

“他有某种——好吧，我已经说过了——帝王的气质。是的。他们两个都是。尊贵的迪马家族。如果他们中的一个探出身来拉动一条丝绸流苏，让司机继续往前开，我压根就不会感到惊讶。”他就这个念头考虑了一下，然后点了点头表示认同。“在一座岛上，大人物会显得更重要。迪马一家就是——嗯，大人物。现在还是。”

伊冯又有一张要让他们考虑的照片，这次是一张警方提供的面部照，黑白的：正面的和侧面的，两只黑色的眼睛，一只黑色的眼睛。一张被打破的肿胀的嘴，属于某个刚自动招供过的人。看到这张照片，嘉儿不赞同地皱了皱她的鼻子。她瞟了一眼佩里，他们达成一致：不是我们认识的人。

可是苏格兰人伊冯并不气馁：

“那么要是我在他头上加一点卷曲的假发，想象一下，还有要是我为他稍稍清理一下他的脸，难道你们两个不认为这可能就是你们认识的那个去年十二月从一间意大利监狱里放出来的健身狂吗？”

他们认为可能是这样。互相靠近彼此，他们确定了。

*　*　*

邀请的提前通知是由值得尊敬的安布罗斯在同一天晚上的“船长甲板”餐厅里发出的，当时他正在倒酒给佩里试品。清教徒的儿子佩里没有出声。演员们的女儿，嘉儿，成了他们的代言人。她奖励自己扮演一回值得尊敬的安布罗斯：

“‘明天晚上我不得不放弃为你们年轻人服务的乐趣啦。你知道为什么？因为你们两个年轻人将会成为迪马先生和他夫人尊贵的神秘嘉宾，去参加他们双胞胎儿子的十四岁生日会，我听说你们已经亲自向他们传授过高贵的板球艺术啦。而我的埃尔斯佩思，她已经做好了你们见过的最大最好的核桃旋风蛋糕。再大一点儿，嗨，嘉儿小姐，那帮孩子肯定会想尽办法让你从里面跳出来的，他们那么爱你。’”

为他戏剧性的表白添上最后一笔，安布罗斯递给他们一个题写着致佩里先生和嘉儿小姐的信封。里面有两张迪马的名片，白色的，带毛边的，像婚礼请柬，印着他的全名：**德米特里·弗拉基米罗维奇·克拉斯诺夫，欧洲区董事，阿雷纳跨国贸易集团，尼科西亚，塞浦路斯**。在那下面是他公司的网址，以及一个在伯尔尼的地址，写明**住宅及公司办公室**。

四

倘若他们中的一个曾想过要拒绝迪马的邀请，他们从没向另一个人承认过这点，嘉儿说：

“我们去是为了孩子们。两个大块头的双胞胎少年要过生日了：棒极了。请柬就是那么塞给我们的，我们也是那么接受的。但对我来说是为了两个女孩”——再次暗暗祝贺自己没有提到娜塔莎——“至于佩里嘛”——她投给他一个怀疑的眼神。

“至于佩里什么？”卢克问，看到佩里没有回应。

她已经在回撤了，保护着她的男人。“他就是被整件事情过于吸引住了。是吧，佩里？迪马，他那个样子，那股生命力，已经成型的男人。这一群叛逃的俄罗斯人。那种危险。那种全然的不同。你们——嗯——是联系着的。那么说不对吗？”

“我听着有点像心理学术语，”佩里生硬地说，退回到他自己的世界里。

小个子卢克，一向是调停者，飞快地插进来干预。“所以从本质上来看，你们双方都有复杂的动机，”他摆出一副一个熟悉复杂动机的男人的态度。“那没什么错，当然啦？那是个相当复杂的场景。万尼亚的枪。装在洗衣篮里的俄罗斯现金的传说。两个小孤女绝望地需要你——可能大人们也是，你知道。而且是那对双胞胎男孩的生日。我是说，作为两个正派人，怎么能拒绝呢？”

“在一座岛上，”嘉儿提醒他。

“完全正确。而且最重要的是，要是有人敢说出来的话，你们的好奇让你们感到愉快。但为什么不呢？我是说，那是一个相当令人兴奋的复杂情况。我确信我会为它倾倒的。”

嘉儿确信他会的。她有一种那样的感觉，当年，小个子卢克曾为很多事情倾倒过，并且因此为他自己感到一丝担忧。

“而迪马，”她坚持道。“迪马对你是很大的诱惑，佩里，承认吧。当时你就是那么说的。对我是孩子们，可起到临门一脚作用的还是迪马对你。就在几天前我们还讨论过这件事，记得吗？”

她的意思是：在你书写你那份该死的文件，而我成了一个受制于基督教精神的人的时候。

佩里沉思了一会儿，很像他在酝酿什么学术假设时的样子，然后用一个大度的微笑肯定这个论点的正确性。

“是真的。我感觉被他指定了。更像是被过度推动了。事实上，我都不知道自己感觉到的是什么了。当时我也许是不知道。”

“可是迪马知道。你是和他公平竞赛的教授。”

* * *

“所以下午我们没去海滩，而是走到镇上去购物，”嘉儿继续道，说话时越过佩里转开的头朝向伊冯，但也没把佩里完全从她的故事里踢出去。“为过生日的男孩们，最容易想到的东西是一套板球装备。那是你喜欢的东西。你喜欢去买一套板球装备。你喜欢体育用品商店。你喜欢那个老头。你喜欢伟大的西印度群岛板球队队员们的照片。莱亚列·康斯坦丁？还有谁在那里？”

“马丁代尔。”

“还有索伯斯。加里·索伯斯在那里。你把他指给我看了。”

他点点头。是的，索伯斯。

“我们喜欢作为惊喜的部分。因为孩子们。安布罗斯让我从蛋糕里跳出来的念头也差的不远了，是吧？我也给女孩们买了礼物。从你那里得到一点帮助。围巾给年纪小的两个，一条相当漂亮的贝壳项链给娜塔莎，还有可替换的仿真宝石。”好了。她又把娜塔莎掺和进来了，又侥幸摆脱了她。“你也想给我买一条，但我不让你这么做。”

“为什么呢，嘉儿？”——伊冯，带着她谦和、睿智的微笑，试图营造一个轻松的场面。

“排他性。佩里很体贴，可我不想和娜塔莎配成一对，”嘉儿回答，对佩里，也对伊冯。“而且我肯定娜塔莎也不会想要和我配成一对的。谢谢，这是个令人愉快的主意，但还是留到下次吧，我对你说。没错吧？而且我真的是那么想的，要想在安提瓜岛的圣约翰买到体面的包装纸！”

她认真地说下去：

“然后就是把我们偷运进去的工作了，是吧？因为我们是大惊喜。那也应该造成轰动效应。我们想过要扮成加勒比海盗——你确实想过——不过我们认为那也许有点过头，尤其是对还在服丧期的人而言，即使我们并没有正式得知他们在服丧。所以我们就这么去了，稍微打扮了一下。佩里，你穿了你的旧夹克，还有你四处推销的灰色麻袋裤。你那副布赖兹赫德[1]的样派。佩里并不完全是那种你们会称之为潮人的家伙，但你尽力了。还有你的泳裤，当然了。我在我的泳衣外面罩了一条棉布连衣裙，套上一件开襟羊毛衫，以防天气变冷，因为我们知道‘三座烟囱’有一片私人海滩，我们也许会被邀请去游泳。”

伊冯一丝不苟地写下一段备注。给谁的？卢克用手托着自己的腮帮，倾听着她的每一个单词，在嘉儿看来有些太过专注了。佩里阴沉地盯着变暗的墙壁上一块墙砖组成的图案。他们所有人都在全神贯注地聆听她的绝唱。

* * *

听到安布罗斯让他们在六点到饭店入口处等着，嘉儿用一种更慎重的语气继续道，他们猜想自己会被其中一辆安了黑窗户的三人座汽车偷运到“三座烟囱”去，再从一扇边门进去。他们猜错了。

他们按指示走了一条小路到停车场，发现安布罗斯正等在一辆四轮驱动吉普车旁。他用一种密谋的兴奋解释，计划就是通过横贯整个半岛山脊的“天然小道”把神秘嘉宾运到房子的后门，迪马本人会在那里恭候他们。

她又一次模仿安布罗斯的声音：

“‘老兄，他们搞来彩灯挂在花园里，他们搞来一支钢管乐队，一个大帐篷，他们搞来一大堆一头牛身上能搞到的最嫩的神户牛肉。我不知道还有什么是他们没搞来的。还有迪马先生，他把一切都搞定

---

① 《布赖兹赫德》，又名《故园风雨后》，由马修·古德和本·卫肖主演，讲述一个平民小伙子查尔斯进入牛津大学后结识了出身贵族的塞巴斯蒂安，并由后者介绍进入了贵族庄园布赖兹赫德后与其家人之间发生的故事。

了，事无巨细都准备到了。他打发走了我的埃尔斯佩思，他整个吵吵闹闹的家族都到圣约翰另一头去看一场重要的螃蟹赛跑，这样我们就能把你们从后门偷运进来，你们两个今晚就是这么重要！’”

如果他们是在寻求冒险，单是“天然小道”就已经足够了。他们绝对是这几年来第一批使用这条路的人。好几次佩里真的得在矮树丛里开出一条道来：

“当然他喜欢这样。事实上，他应该去当个农民，是吧？然后我们从这条长长的绿色通道里出来了，迪马站在它的末端，看着像个快乐的牛头人身怪。如果真有这么个东西的话。”

佩里突然劝诫般地竖起他骨节突出的食指：

“我们最先看到的是迪马自己，”他严肃地发出警告。“没有保镖，没有家人。没有孩子们。没人监视我们。或者没有可见的。我们三个人，站在一片林地的边缘。我想我们都明显感觉到了。那种突如其来的隔绝感。”

可是无论佩里的这句评论有何深意都被嘉儿迫切匆忙的开口掩盖了：

“他拥抱了我们，伊冯！真的拥抱了我们。先是佩里，随后把他推到一边，再是我，又轮到佩里。不是那种异性的拥抱。大大的家人的拥抱。仿佛他好多年没见过我们了。或者再也不会见到我们了。”

“或者他绝望了，”佩里补充道，用同样最真诚的深思熟虑的语调。“我略微体会到了一点。也许你没有。在那一刻我们对他意味着什么。我们有多重要。”

“他真的爱我们，”嘉儿坚决地赶上来。“他站在那里，声明他的爱。塔玛拉也爱我们，他肯定。她就是觉得说出来有点困难，因为她自从有了毛病之后就有点疯狂。没有解释那个毛病有可能是什么，我们又能问谁？娜塔莎爱我们，但她这些天没跟任何人说任何话，她只是读书。整个家族都爱英国人，因为我们的人道和公平竞争。不过他没有真的说人道，他说什么来着？”

“精神。”

“我们站在那里，在通道的尽头，享受这道拥抱的大餐，而他在发表这通关于我们精神的演说。我是说，你能向一个只跟你交谈过六个单词的人表现出多少爱意呢？”

“佩里？”卢克示意。

“我认为他是英勇的，”佩里回答，这会儿他修长的手指摸着自己的眉毛，一个典型的表示担忧的姿势。“我就是不知道为什么。我们的文件里没有哪个地方记录下这点吗？英勇的？我认为他是”——耸了耸肩驱散自己毫无意义的情感——“我想到了遭受攻击时的尊严。我不知道是谁在攻击他。或是为什么。我什么都不知道，除了——”

“你和他一样处境危险，”嘉儿不失为善意地提醒他。

“是的。我是。他处于一个不利的位置。他需要我们。”

“你，”她纠正他。

“没错。我。那就是我想说的。”

“那你就说出来。”

* * *

“他陪着我们走出通道，绕到我们意识到是要通往房子后部去的地方，”佩里说，接着又打断了自己。“我猜你们确实想要一个那地方的确切描述？”他严肃地向伊冯提问。

“我们确实是，佩里，”伊冯同样迅速地回答。“每一点沉闷的细节，拜托，如果你不介意。”又回到她一丝不苟的笔记工作中去。

“在我们从树林里出来的地方，有一小段旧铁轨，被某种红色的煤渣覆盖着，也许是那些最初的建造者们造来当作支路的。我们不得不一路踩着坑洞上坡。”

“拖着我们的礼物，”嘉儿在一旁脱口而出。“你扛着你的板球套装，我拿着包装好的给孩子们的礼品，装在我能够找到的最漂亮的袋子里，这也不必赘述了。”

有人在听吗？她怀疑。佩里是可靠的消息来源。不是我。我只是小道消息。

“我们从后面接近的那所房子已经老旧不堪了，”他继续道。“我们已经被预先提醒过不要期待一座宫殿，我们知道这所房子就要被拆除了。可我们没想到会是一堆废墟。”身处国外的牛津导师摇身一变成了一名战地记者：“那是一座摇摇欲坠的装有铁条窗的砖头建筑，我推断是旧时奴隶住的地方。有一面刷了白漆的高墙，大概有十二尺，顶上装着带刺的铁丝网，又新又简陋。白色安全灯从高压电线架上照出来，围绕着它像是一个足球场，猛烈地照射随便哪个经过的人。我们能从我们小屋的阳台上看见那束光。彩灯装点在它们之间，应该是为晚上的生日派对准备的。监视摄像头，不过没有指向我们，因为我们在它们的另一边。我猜那是故意的。一个闪亮的新的空中碟状物，二十尺高，朝向北方，远到我能在我们回来的路上观察到它。指向迈阿密。或者休斯敦，也许吧。谁知道呢。”他考虑了一会儿。“嗯，你们显然应该知道。你们这帮人应该听过那东西。”

这是挑战还是玩笑？都不是。是佩里在展示自己能把他们的工作干得多出色，以免他们没注意到。是佩里这个面朝北方的登山者异常突出，在告诉他们他从不忘记一条路径。佩里不能拒绝挑战，哪怕形势对他不利。

“然后又是下坡路，穿过更多的树林，抵达一小片草地，在它的尽头是向外延伸的海峡。实际上，房子没有后部。或者它全是后部，随你以为吧。那是一座仿伊丽莎白时期大杂烩风格的平房，带凉台，用隔板和石棉造的，朝向三个方向。灰泥墙。狭窄的铅窗。仿造成半木结构的夹板，一个悬挂着一盏灯笼的后门廊。你在听吗，嘉儿？”

我会在这里吗，要是我没在听的话？“你做得很好，”她说。并未实际回答他的问题。

“额外建造的卧室、浴室、厨房，和正面有门的办公室，暗示这地方曾是某种公社或小社区。所以我的意思是，整体一片混乱。不是迪马的错。我们知道，感谢马克。迪马家族从没在这里住过，直到现在。从没打理过这个地方，除了某些应急的保安措施。这个印象对我们没有影响。恰恰相反。它有一种相当必要的现实感。”

总是求知欲很强的伊冯医生正从她的诊断笔记里抬起头来。“但是那里根本就没有烟囱，佩里？”

“两根连接在半岛西面边缘处的一座制糖磨坊的残迹上，第三根在树林的边缘。我认为我把它也写进我们的文件了。”

我们该死的文件？到这会儿你已经说过多少遍了？我们的文件，你写的而我没有被允许看过，可他们却看过了？那是你的该死的文件！是他们的该死的文件！她的双颊在灼烧，她希望他没有注意到。

“然后当我们往下朝房子走去，大概离它二十米，我猜，迪马放慢了我们的速度，”佩里说，紧张在他的嗓音里聚集起来。“用他的双手。放慢。”

“也是在这里他以一种串通一气的姿势把他的手指按到他的嘴唇上？”伊冯问，一边写字一边突然抬起她的头看向他。

“是的！”嘉儿插了进来。“就是在这里。很大的阴谋。先是慢下来，然后闭上嘴。我们猜想手指按在嘴唇上是给孩子们惊喜的一部分，所以我们合作了。安布罗斯说过他们会被打发去看螃蟹赛跑，所以他们仍然在房子里显得有点怪。不过我们只是以为计划有变，他们终究没去。或者我是这么想的。”

“谢谢你，嘉儿。”

为什么谢我，为该死的一切？为抢了佩里的风头？别客气，伊冯，我的荣幸。她飞快地接上去：

“这时迪马已经在让我们踮起脚尖走路。简直就要扼住我们的呼吸了。我们没有怀疑他——我认为要强调这点。我们在服从他，这不像我们中的任何一个人，但我们那么做了。他带我们到一扇门前，一扇房子的门，不过是一扇边门。门没锁，他只是推了一下，径直走了进去，然后突然转过身来，一只手举在空气里，另一只举到他的嘴唇上，像是——”像是爸比在圣诞哑剧里扮演圣诞老人，只是清醒着没喝醉，她要这么说，但没有——“嗯，这个相当强烈的眼神，敦促我们保持安静。是吧，佩里？到你了。”

“然后，他知道我们明白了，他示意我们跟上。我先走的。”佩里的语调欠缺最低程度的谨慎，与她相反——他用的是那种假装自己不是特别兴奋时的声音。“我们溜进一个空的厅。嗯，厅！它大概有十乘十二尺大，一扇破碎的、朝向西面的窗户，用遮护胶带做出的菱形窗格，傍晚的阳光透过它们倾泻进来。迪马还是把他的手指按在他的嘴唇上。我踏进去，他抓住了我的手臂，还是他在球场上抓住它的方式。一种自有的力量。我不能与之抗衡。”

“你想过你也许必须和它抗衡吗？”卢克问，带着男人的同情。

“我不知道该想什么。我担心嘉儿，我的想法是把我自己挡在他们之间。仅仅只有几秒。”

“长到让你明白这不再是孩子们的游戏了，”伊冯提示道。

“哦，是的，情况开始明朗了，”佩里承认，停顿了一下，一辆开过他们上方街道的救护车的尖叫淹没了他的声音。“你必须理解在那个地方有太多意想不到的喧杂声，没完没了的，”他强调，似乎一种声音引发了另一种。“我们就待在这间小厅里，但我们能听到风在这座摇摇晃晃的房子周围四处乱窜。而光线是——嗯，变幻不定的，用一个我的学生们喜欢的词。它正一层层透过西窗扑到我们身上。先是从海上翻卷而来的低云中透出的这层细碎的光，接着是一层乘驾在它之上的明亮阳光。在它没有够到的地方投下漆黑的阴影。”

“而且冷，”嘉儿抱怨道，表演般地抱住自己。“好像只有空房子。还有它们散发的那种冰冷坟墓的气味。而我在考虑的不过是：女孩们在哪里？为什么看不到也听不见她们？为什么没有任何人或任何东西的声音，除了风？如果没人在，我们是在为谁做这件神秘的勾当？我们在愚弄谁，除了我们自己？还有佩里，你的想法一模一样，不是吗，之后你这么告诉我的。”

* * *

而在迪马举起的手指后面，一张不同的脸，佩里说。所有的快乐都已经消失了。从他的眼睛里消失了。一本正经的。僵硬的。他真的需要我们感到害怕。好分享他的恐惧。我们呆站在那里的时候——而且，是的，害怕——塔玛拉幽灵般的形体在我们面前清晰起来，在小厅的一个角落里，她一直站在那，没让我们注意到，在最黑的幽暗处，在阳光形成的帘幕的另一边。她穿着同一条黑色长裙，就是她在网球比赛时穿过的那件，在她和迪马坐在三人座汽车的黑影里窥探他们的时候又穿过一次，她看起来就像是她自己的鬼魂。

嘉儿夺回了故事：

"我看到的第一样东西是她的主教十字架。然后是她的其余部分，在十字架的周围清晰起来。为了生日派对她把自己的头发编成辫子，还在脸颊上抹了胭脂，用唇膏胡乱在嘴巴周围涂了一圈——我是说，真的涂了一圈。她看起来疯得不轻。她没把手指按在自己的嘴唇上。她不需要那么做。她的整个身体都像一个红黑相间的警告信号。忘记迪马，我想。这真是回事儿。当然了，我仍然想知道她的问题是什么。因为老兄，她确实有问题。"

佩里开始说话，可是她固执地压过他的话头：

"她手里拿着这张纸—— A4 打印纸，对折——伸过来递给我们。是什么？是一份信仰传单？准备好去和上帝会面？还是她在给我们一张传票？"

"那么迪马呢，他在这里扮演什么角色？"卢克问道，又转向佩里。

"总算放开我的手臂了，"佩里说，扮了个鬼脸。"但是在还没确定他已经放开之前，我的注意力都在塔玛拉的那张纸上。接着她就把它强行递给我。而迪马对着我点了点头：读一读。但他的手指仍然按在他的嘴唇上。而塔玛拉真的着魔了。他们两个都着魔了，事实上。而且希望我们分享他们的恐惧。但是什么的恐惧呢？于是我读了。并不大声，当然了。甚至不是立刻。我不在光线里。我必须先把它拿到窗边去。踮着脚走过去的：你们明白我们着魔得有多厉害了吧。甚至在那之后，我不得不转过去背对窗户，因为阳光太强烈了。然后嘉儿从她的手提袋里把我的备用阅读眼镜递给我——”

“——因为像往常一样他把它们落在我们的小屋里了——”

“然后嘉儿踮着脚尖走到我后面——”

“你示意我的——”

“为了保护你——越过我的肩膀读了那张纸条。我猜我们读了，嗯，至少两遍。”

“还不止，”嘉儿说。“我是说，那是一种什么样的信任！他们干吗要做出这么信任我们的举动？是什么让他们突然以为我们就是那两个人？那真是——真是该死的强人所难！”

“他们没有太多选择，”佩里温和地评论，对此卢克赞同地点了点头，伊冯谨慎地复制了那个动作，而嘉儿愈发感到被孤立了，比她整晚感到的更甚。

* * *

或许通风不足的地下室里的紧张状态正变得让佩里不堪忍受。又或许——嘉儿的想法——他正感到一阵迟来的罪恶感在发作。他猛地把自己瘦长的身体靠回椅子里，放低他棱角分明的肩膀，好让它们放松一下，又伸出一根食指指向一本放在卢克小拳头间的浅黄色文件夹：

“不管怎样，你们已经有了她的供述——在你们面前的我们的文件里，所以你们不需要我再对你们重复一遍了，”他咄咄逼人地说。“你们可以自己读一读，好好记在你们心里。你们已经这么做了，大概。”

“即便如此，”卢克说。“要是你不介意，佩里。为了完整性，你明白的。”

卢克是在测试他吗？嘉儿认定他是的。就算是在佩里如此坚决地留在身后的学术界，他也以能够只阅读一遍就大段引用英语文献而著称。他的虚荣心在呼召，佩里开始缓慢地背诵，面无表情：

“德米特里·弗拉基米罗维奇·克拉斯诺夫，那个他们称为迪马的人，塞浦路斯的尼科西亚阿雷纳跨国贸易集团的欧洲区董事，愿意通过中间人佩里·梅克皮斯教授和律师嘉儿·珀金斯女士就全家人的永久居民权与大不列颠当局进行互惠商谈，以交换某些对大不列颠女王十分重要、十分紧急、十分生死攸关的信息。孩子们和家人将会在大约一个半小时内回来。有一个地方便于迪马和佩里进行交谈而没有被偷听的危险。嘉儿请到房子的另一个区域和塔玛拉做伴。这所房子里可能有很多窃听器。我们将**请不要说话**直到所有人从螃蟹赛跑回来庆祝为止。”

“然后电话铃响了，”嘉儿说。

* * *

佩里直挺挺地坐在自己的椅子里，好像他被通知会议正式开始了，双手和之前一样摊开平放在桌上，后背笔挺，但垮着肩膀，像是在考虑他将要做的事情的正确性。他的下巴摆出拒绝的姿势，尽管没人要求他去做任何需要被拒绝的事，除了嘉儿，她盯着他的表情是一种有尊严的恳求——或者是她希望如此，但也许她的目光只能让他感到恐惧，因为她已不再确定自己正做出什么样的表情信号。

卢克的语调是轻松的，甚至是温文尔雅的，这可能是他希望达到的效果：

“我试着想象你们一起站在那里的情景，你知道，”他热切地解释道。“那是一个真正不同寻常的时刻，你认为呢，伊冯？并肩站在厅里？阅读？佩里拿着那封信？嘉儿，你越过他的肩膀看着那张纸。两个人都实实在在地被震撼得无言以对。你们突然接到这个不同寻常的提议，对此无论如何你们都不被允许回应。那是个噩梦。只要迪马和塔玛拉被牵涉在内，更别提你们也被中途卷了进去。我想，你们两个，都不准备气冲冲地离开那所房子。你们被困住了。身体上和情绪上。我说得对吗？所以从他们的观点来看，到目前为止一切都还不错：你们沉默地表示同意。那是你们不由自主给他们的印象。完全不是故意的。只是什么都没做，只是出现在那里，你们就成了他们游戏的一部分。”

“我以为他们两个彻底疯了，”嘉儿说，好挫挫他的锐气。“有妄想症，他们两个都是，坦白说，卢克。”

“他们的妄想确切有什么症状？”——卢克并未受挫。

“我怎么知道？首先，认定有人在这个地方装了窃听器。还有小绿人[①]在偷听。”

可是卢克比她以为的更顽强。他尖锐地反驳道：

---

① 福克斯电视台《X档案》第二季的第一集，以外星人为故事线索。

“难道那就那么不可能吗，嘉儿，在你们俩都看到也听到之后？你肯定意识到了，到目前为止，你已经被牵扯到这起俄罗斯罪行里了。而且你是个有经验的律师，要是允许我这么说的话。”

* * *

接着是一阵长长的停顿。嘉儿不曾想过要和卢克针锋相对，但倘若他想争论一番，她随时愿意恭候。

“你提到的所谓经验，卢克，”她有力地开始了，“并不有幸包含”——但佩里已经阻止了她。

“电话铃响了，”他轻轻地提醒她。

“是的。好吧，不错，电话铃响了，”她承认。“它离我们有一码远。不到。也许两尺吧。它的铃声像火灾警报爆炸了一样。我们吓得心都要跳出来了。他们没有，我们是。一台长了青苔的四十年代样式的黑色挂式电话机，有一个拨号盘和一段铁丝网般的电线，放在一张摇摇晃晃的藤桌上。迪马拿起听筒，冲着它用俄语大吼起来，我们看着他的脸上展开一个并非出于情愿的尴尬笑容。关于他的一切都完全违背了他的自由意志。强迫的微笑，强迫的大笑，伪装的快乐，以及一叠声的‘是—先生，不—先生，三个袋子都满了[①]’，还有‘我想要赤手空拳掐死你’。眼睛始终盯着疯狂的塔玛拉，接受她给他的暗示。手指又竖在他的嘴唇前，告诉我们不要发声，拜托，他一直不停地在说话。没错吧，佩里？”——故意避开卢克。

---

① 这句话出自一首英国童谣，原文为“叭叭黑羊，你有羊毛吗？是—先生，不—先生，三个袋子都满了”。现多用于表示受够了某人的指令而表现出的不耐烦。

没错。

“所以这些是他们害怕的人，我认为。而他们希望我们也害怕他们。塔玛拉指挥着他。她点头，摇头，她的脸上抹了胭脂，她的整张脸都红了，摆出一张美杜莎[1]的脸表示非常不赞同。这样描述没错吧，佩里？”

“夸张了点，不过没错，”佩里尴尬地承认——然后，感谢老天，给了她一个发自内心的笑容，即使那是他内疚的笑容。

“那是当天晚上许多通电话里的第一个，我宁愿这么想？”机敏的卢克问，把他怪异的了无生气的眼神迅速从一个人投向另一个人。

“那天晚上在其他家人最后回来之前肯定来了半打电话，”佩里表示同意。“你也听到它们了，对吧？”——对嘉儿——“而它们不过是开头罢了。这段时间里我一直被和迪马一起关在房间里，我们听到电话响起来，要不塔玛拉会过来冲迪马嚷嚷叫他去接，否则迪马会跳起来急匆匆地自己去接，一边用俄语咒骂着。如果这座房子里还有电话分机，我从没见过。他告诉我那天夜里稍晚的时候，手机在这里不能用了，因为树林和悬崖，那就是为什么每个人都打固定电话给他。我不相信他。我认为他们是在确认他的下落，而打一所房子里的一个老旧的固定电话就是他们确认的方法。”

“他们？”

“那些不信任他的人。而他也同样不信任他们。他欠下人情的人。还有仇恨。他们害怕的人，所以我们也应该那样。”

换句话说，佩里、卢克和伊冯可以认识而我不可以的人，嘉儿

① 希腊神话中的蛇发女妖，接触她的目光会把人变成石头。

想。在我们那份该死的但不是我们的文件里的人。

“就在这时你和迪马退回到你们方便的地方，在那里你们能够交谈而不必冒被偷听的风险，”卢克推进道。

“是的。”

“而嘉儿，你过去和塔玛拉待在一起了。”

“身不由己。”

“但是你去了。”

“去了一间俗气的画室，散发着蝙蝠尿的臭味。一台等离子电视机在放俄罗斯东正教大弥撒。她带着一只锡手袋。”

“一只锡手袋？”

“佩里没告诉你吗？在那份我没看过的我们共同的文件里？塔玛拉走到哪里都带着一只黑色的锡制手袋。她把它放下来的时候发出当啷的声音。我不知道在哪个正常的社会里女人会带着她们的枪，但我有种感觉这就是她的‘万尼亚叔叔的枪’。”

如果这是我的绝唱，那我可要他妈的尽可能发挥好：

“那台等离子电视占据了差不多整面墙。其他几面墙上装饰着圣像。可以移动的那种。装饰着华丽的外框以增添它们的神圣性。男性圣徒，没有贞女。塔玛拉到哪里，圣徒们就到哪里，或者那是我的猜测。我有个那样的阿姨，从前是个妓女，后来皈依了天主教。她的每个圣徒都有不同的任务。如果她丢了她的钥匙，归安东尼。如果她要搭火车，克里斯托弗。如果她嚼几块烟草上了瘾，马克。如果一个亲戚病了，弗朗西斯。如果一切都太迟了，圣彼得。”

停顿。她词穷了：又一个差劲的演员，洗去装扮，跳出角色吧。

“那天晚上剩下的时间，简短一点，嘉儿？”卢克问，并没有特别去看他的手表，不过也差不多了。

“简单来说，让人垂涎欲滴，谢谢你。白鲟鱼子酱，龙虾，烟熏鳟鱼，无穷无尽的伏特加，成年人用醉醺醺的俄语说出美妙的三十分钟一轮的敬酒，巨大的生日蛋糕，裹着廉价俄罗斯香烟有益健康的烟雾一起吞下去。神户牛肉，在泛光灯照明的花园里打板球，一支没人听的不停演奏的钢管乐队，没人看的烟火表演，最后还站着的家伙们醉醺醺地游了一场泳，到午夜才回家，就着睡前饮料愉快地事后检讨。”

* * *

伊冯拿出一叠高清数码照片，拿出来的太晚了。麻烦指出任何你们相信自己能够认出的参加庆祝会的人，伊冯熟练地说。

他和他，嘉儿说，疲倦地指了指。

还有他也是，没错吧？佩里说。

是的，佩里，他也是。另一个该死的他。有天我们会看到俄罗斯有同等数量的女性罪犯。

一阵沉默，在伊冯仔细记录另一条笔记和放下铅笔的时候。谢谢你，嘉儿，你提供了最大的帮助，伊冯说。这是给好色的小个子卢克的暗示，让他简洁明了地处理后续。简洁明了是慈悲的：

“嘉儿，我恐怕我们要放你走了。你非常慷慨，是个很棒的证人，我们可以从佩里那里得到其他信息。我们非常感激。我们都是。谢谢你。”

她站在门边，不确定她是怎么走到那的。伊冯站在她旁边。

“佩里？”

他回答她了吗？她没注意到。她爬上楼梯，她的看守伊冯紧跟在她身后。在那个豪华的、过分装饰的大厅里，操伦敦腔、有外国口音的大块头奥利叠起他的俄罗斯报纸，艰难地站起来，然后，在一面年代久远的镜子前停了一会儿，小心地调整了一下他的贝雷帽，两只手都用上了。

五

“送你到前门，行吗，嘉儿？”奥利从他的出租车司机隔间里转过身来试探地问她。

“我很好，谢谢你。”

“你看上去不好，嘉儿。从我坐的地方看起来不好。你看起来很困扰。要我进去和你一起喝杯茶吗？”

一杯茶？杯茶？杯？

“不用，谢了。我没事。我就是需要睡一会儿。”

“没什么比睡个好觉更能让你恢复了，哈？”

“是的。没错。晚安，奥利。多谢你送我。”

她穿过街道，等着他开走，但是他没有。

“忘了手提包了，亲爱的！”

她确实忘了。她对自己感到恼火。也对奥利感到恼火——非得等到她踏上自家门槛才出声提醒。她又咕哝着谢了几句，说自己是个傻瓜。

“哦，不用道歉，嘉儿，我比你更糟。要是太放松了，我连自己的脑袋在哪都会给忘了。都确认好了吗，亲爱的？”

实际上，什么都没确认好，*亲爱的*。眼下没有。没确认好你是个间谍头子还是下属。没确认好你为什么戴着厚厚的眼镜在大白天开车去布鲁姆斯伯里，回程的时候伸手不见五指，你却什么都不戴了。还是你们间谍只能在黑暗里看见东西?

* * *

她从她过世的父亲那里部分继承来的不是只有一层的公寓，而是一套两层的套房，位于一座维多利亚式联排别墅的最顶上，就是那种赋予樱草花山魅力的漂亮的白色房子。她那个社会地位不断上升的哥哥，那个和有钱朋友们射杀野鸡的人，拥有它的另一半，而在大约五十年后，如果到那时他还没有酗酒致死，佩里和嘉儿又还在一起的话——对此现阶段的她表示怀疑，他们就得付钱才能摆脱他。

门厅里弥漫着二号住户勃艮第炖牛肉的怪味，还回荡着其他租客的争吵和电视频道的声音。佩里为了他的周末来访留在这里的山地自行车杵在它一贯的别扭位置，锁在落水管上。有一天，她警告过他，某些有魄力的小偷会连落水管也偷走。他的乐趣是在早晨六点骑着它到汉普斯特德公园，沿着标有**禁止骑车**的道路加速俯冲。

铺在通向她前门的四级狭窄的楼梯平台上的地毯已经破得不成样子，但底楼的租客并不觉得他应该自掏腰包，而除非他那么做了，另外两家也不会拿出钱来；嘉儿，作为无需付费的住在这里的律师，本该提出一个折衷的方案，但既然哪一方都不肯退让，又哪来该死的折衷方案?

可是今晚这一切都让她感到愉快：让他们尽情地去斗嘴，去放他们该死的音乐，让他们给她所有他们能提供的正常的感觉，因为，见他的鬼，她确实需要感觉正常。快把她从折磨中释放出来，让她找回正常的感觉。告诉她噩梦已经结束了，亲爱的嘉儿，不再有软言细语的苏格兰知识分子或操着伊顿口音的小个子间谍，不再有失去双亲的孩子们、漂亮得不可思议的娜塔莎、挂着枪的叔叔们、迪马们和塔玛拉们，还有佩里·梅克皮斯，我的上天送来的爱人，他近乎盲目的天真，不会因为他对过去的英格兰的奥威尔式的爱而把自己裹进牺牲的旗帜里，他令人钦佩地要和一个大写的C连接在一起的渴求[1]——和什么连接在一起？看在老天的分上——或是他的家庭自有的倒错的清教徒的自负。

爬上楼梯，她的膝盖开始颤抖。

在第一个坑坑洼洼的楼梯平台上它们抖得更厉害了。

在第二个平台上它们颤抖得如此剧烈，以至于她不得不让自己倚靠在墙壁上，直到它们慢慢站稳。

踏上最后一个平台的时候，她必须抓着楼梯栏杆拉住自己才能在耗尽最后一丝力气前抵达前门。

站在逼仄的门廊里，靠着关上的门，她听了听，嗅着空气中的酒味、汗臭或陈腐的烟味，或者所有这三种味道，几个月前她就是凭着这股味道在走上螺旋楼梯前就知道自己被入室盗窃了，上楼后发现她的床上被人撒了尿，枕头被割烂了，四条口红写的留言弄脏了整面镜子。

等到她彻底享受了那一刻带来的放松感觉，她才打开厨房的门，挂起她的外套，检查一下浴室，上了个厕所，给自己倒了一大平底杯

① 英语中骂人的粗话，此处大写的C指代女阴(cunt)。

里奥哈红酒，喝了一大口，又重新把杯子倒满，摇摇晃晃地拿着它往客厅走去。

* * *

站着，不坐下。她已经被迫坐得够久了，久得都快一辈子了，多谢。

站在那个毫无用处的由前任房主自己动手重建的全松木制乔治王时代风格的火炉前，盯着同样材质的长框格窗，六小时前佩里就站在那里：斜站着的佩里，像鸟一样，八英尺高，凝视着下方的街道，等待一辆熄灭了“待运”车灯的普通黑色出租车，牌照上最后两位数字是73，你们司机的名字会是奥利。

我们的长框格窗没有窗帘。只有百叶窗。佩里不喜欢纱窗帘，但是如果她真的想要，他会出钱付他那一半。佩里不赞成中央供暖，却担心她不够暖和。佩里，前一分钟还在说我们只能有一个孩子，以免造成世界人口过剩，接着又立刻说他想要六个。佩里，这个在他们被搞糟的假期结束后一回到英格兰就匆忙往牛津去的人，把自己锁在他的房子里，整整五十六个小时都从前线发来密码般隐晦的短信：

文件基本准备好了……已和必要的对象取得联系……

会在正午左右抵达伦敦……

请把钥匙留在门毯下……

“他说他们是一支分散的队伍，非等闲之辈，”他告诉她，一边看着一辆不对的出租车经过。

“他？”

“亚当。”

“那个回电话给你的男人。那个亚当？”

“是的。”

“姓还是教名？”

“我没问，他没告诉我。他说对付类似这样的情况他们有自己的安排。一幢特殊的房子。他不能在电话上说是哪里。那个出租车司机知道的。”

“奥利。”

“是的。”

“类似哪样的情况，说真的？”

“我们的。我就知道那么多。”

一辆黑色出租车开了过去，但它的灯还亮着。这么说不是一辆间谍出租车。一辆正常的出租车。司机是一个不叫奥利的人。又失望了一次，佩里搂住她：

“听着。你指望我还能怎么做？要是你有一个更好的建议，说出来听听。从我们回到英格兰起你就什么都没做，除了批评。”

“你也什么都没做，除了和我保持距离。哦，还有把我当成一个孩子看待。两性中较弱的一方。我忘了那点。”

他已经回去看着窗外了。

“亚当是唯一一个看过你那份信件、文件、报告兼目击证词的人吗？”她问。

“我不这么想。我也不指望他的名字真叫亚当。他就是说了亚当，像在说一个密码。”

“真的？我不知道他怎么能做到。”

她试着用几种不同的方式像说一个密码一样说了亚当，但佩里没理她。

“你确定亚当是个男人，对吧？不是一个声音低沉的女人？”

没有回答。没期待会有。

又一辆出租车开过去了。还不是我们的。一个间谍会怎么打扮呢，亲爱的？她妈妈会这么说。诅咒自己竟然还会这么想，她换下自己的办公室装束，穿上一条短裙和一件高领毛衣。还有一双朴素的鞋，绝不会引起任何遐想——当然了，除了卢克，但她怎么会知道？

“也许他堵车了，”她猜测道，还是没有回应，她活该。“随便了，接着说吧。你把信给了一位亚当。而一位亚当收到了它。否则他不会给你打电话，大概吧。”她在无理取闹，她知道。他也是。“多少页？我们的秘密文件？你的。”

“二十八，”他回答。

“手写的还是打字机打的？”

“手写的。”

“为什么不用打字机？”

“我认为手写更安全。”

“真的吗？谁的意见？”

“那会儿我还什么意见都没得到。迪马和塔玛拉确信他们到哪都被窃听了，所以我决定尊重他们的焦虑，不采取任何行动——电子的。可拦截的。”

“那不是太偏执了吗？”

“我肯定是的。我们都是偏执狂。迪马和塔玛拉也是。我们都是偏执狂。”

“那就承认吧。让我们一起变成偏执狂。”

没有回应。小傻瓜嘉儿又换了一种尝试：

“你想告诉我最开始你是怎么找到亚当先生的吗？”

“谁都能做到。在今天这根本不是问题。通过网络你就能做到。”

“你是通过网络做到的吗？”

“不是。”

“不相信网络？”

“不。”

“你相信我吗？”

“我当然相信。”

“在生活里我每天都能听到最让人惊讶的真心话。你知道那点的，对吗？”

“是的。”

“而你没听过我是怎么在晚餐派对上用客户的秘密招待我的朋友们的，对吧？”

“没有。”

再次试图打开缺口：

“你也知道作为一个年轻的出庭律师，为自己打工，没有帮助，害怕不知道从哪搞来或搞不来下一份工作，我很善于打发那些神秘兮兮的案件陈述，不会明确带来声望或回报的那种。”

“没人在对你陈述案件，嘉儿。没人要你做什么，除了谈谈。”

“对我来说那就是案件陈述。”

又一辆错误的出租车。又一阵糟糕的沉默。

“好吧，起码亚当先生邀请了我们两个，”她说，试着高兴起来。“我以为你把我从你的文件里彻底踢出去了。”

就在这时佩里又变回了佩里，她握在手中的匕首转向她自己了，在他那么受伤又充满爱意地看着她的时候，比起担心自己，她更担心佩里。

“我试过把你彻底踢出去，嘉儿。我尽了我最大的努力要把你踢出去。我相信我能够保护你不被卷进来。那没用。他们一定要我们两个。从一开始。他很——嗯——强硬。”无力的笑声。“你将要成为证人的方式。‘要是你们两个都在场，那么显然你们两个都要来。’我真的很抱歉。”

那是他。她知道那是他。一旦佩里试着伪装他的情感，他就不再是佩里了。

她很抱歉他感到抱歉。更多的抱歉。她倚在他怀里这么对他说的时候，一辆翻了牌子的黑色出租车出现在外面的街道上，最后两位数字是 73，一个相当接近伦敦口音的男声通过房子的对讲机通知他们他是奥利，他为亚当来接两位乘客。

* * *

而现在她又一次被排除在外。被阻挡，被质询，被放弃。

这个顺从的小女人，在等她的男人回家，又一大杯里奥哈葡萄酒帮助她做到这点。

好吧，这一切从一开始就是彻头彻尾的荒谬。她根本不该让他蒙混过去。但那不代表她必须干坐着玩弄她的大拇指，她没有。

就在那个早晨，尽管他不知道，当佩里一直顺从地坐在那里等待“亚当之声”的时候，她躲在事务所里，埋头敲着自己的电脑键盘，而且一次都不曾停在萨姆森离婚案上。

至于她为什么不在家用私人电脑，而是一直等到回了自己的办公室——反正她总是等了——对她仍然是个谜，倘若不是直接诱发自我谴责的原因。把它记在挑起无处不在的密谋气氛的佩里的账上。

她还留着迪马的毛边名片，一项死罪，既然佩里已经告诉过她把它销毁。

她已经上了网这件事——也就成了可拦截的——现在也成了一项死罪。可是既然他并未事先知会过她在他的妄想症里还有这条特殊的分支，他也就不能抱怨。

尼科西亚，塞浦路斯的阿雷纳跨国贸易集团网站上糟糕的、错漏百出的英语告诉她，这是一个专职为活跃交易者提供帮助的咨询公司。它的总公司在莫斯科。它在多伦多、罗马、伯尔尼、卡拉奇、法兰克福、布达佩斯、布拉格、特拉维夫和尼科西亚设有代表处。在安提瓜——竟然——没有。也没有铜牌银行[①]。或者至少没有提到。

“阿雷纳跨国贸易集团以在各个层面秘密且为企页(少了一个‘e’)[②]服务的闪光(拼错了)[③]而自傲。它提供顶级的机贵(少了一个‘p’)[④]和私人金融服务(拼对了)。备注：此网页目前正在重建。更多信息可向莫斯科办公室提请索要。”

---

① 指建立在海外专用于洗钱的不属于合法银行机构的空壳银行。

② 应为“企业”。

③ 原文为flare，此处应为flair，表示能力，天赋。

④ 应为“机会”。

泰德是一个为摩根士丹利卖期货的单身汉。她用事务所里自己的办公电话打给泰德：

"嘉儿，甜心。"

"一家机构自称是阿雷纳跨国贸易集团。你能为我从他们身上挖出点什么来吗？"

挖出点什么？泰德比任何人都善于追根究底。十分钟后他的回音来了。

"你那些俄国佬朋友。"

"俄国佬？"

"他们就像我。热情过头又富得流油。"

"是有多富？"

"谁也猜不准，不过看着像是巨富。五十多个子公司，交易记录都棒极了。你干上洗钱这行了，嘉儿？"

"你怎么知道？"

"这伙娘逼的俄国佬把钱转手得太快了，没人知道它在谁手上停留多久。我就知道这么多，但我拼了老命了。你会永远爱我吗？"

"我会考虑一下，泰德。"

她的下一步是厄尼，事务所里资源丰富、六十出头的管理员。她一直等到午餐时间，那时办公室里人最少。

"厄尼。帮个忙。谣传说我们想要调查那些声誉最高的客户公司时，有个见不得光的聊天网站能帮上忙。我吃惊坏了，我需要你帮忙调查一下。"

三十分钟过后，厄尼递给她一份编辑过的有关阿雷纳跨国贸易集团一些不正当交易的打印件。

哪个傻逼知道谁在管这家垃圾公司？这帮家伙换董事总经理比换袜子都勤快。皮尔斯·布鲁斯南

好好学学梅纳德·凯恩斯的箴言：发疯的市场也能比你撑得更久。你才是傻逼。罗素·克洛

阿雷纳的网站他妈的怎么了。它都不更新了。布拉德·皮特

阿雷纳的网站坏了但没过期。期权升到顶上来了。所有傻逼注意。玛丽莲·梦露

可我真的真的很好奇。这帮家伙找上我的时候表现得有多饥渴，然后他们就把我丢在那儿大口喘气，压根就没爽到。皮尔斯·布鲁斯南

嘿伙计们，听这个！我刚听说阿雷纳在多伦多开了一家办公室。罗素·克洛

办公室？你开什么玩笑！那就是个该死的俄罗斯夜总会，老兄。钢管舞娘、红牌伏特加还有罗宋汤。玛丽莲·梦露

嗨，傻逼，又是我。他们开在多伦多的办公室就是他们在赤道几内亚关掉的那一家吗？假如是，快去找封面报道的记者。现在就去。罗素·克洛

在谷歌上搜索阿雷纳跨国傻逼集团零命中！我再说一遍，零命中！整个机构业余得让人胸闷！布拉德·皮特

你碰巧相信来世吗？如果不，现在开始相信吧。你是在洗钱竞技场里和最大的香蕉皮斯基做交易。官方的。玛丽莲·梦露

他们对我都太热心了。这下倒好。布拉德·皮特

快滚。滚开，滚远点。罗素·克洛

* * *

她在安提瓜，飘浮在那里，多亏从厨房拿来的又一杯里奥哈葡萄酒。

她在听那个戴着紫色蝴蝶领结的钢琴师对着舞池里唯一一对在摇摇摆摆旋转的美国老夫妇低声吟唱西蒙和加芬克尔①。

她在抵挡那些漂亮侍者的眼神，他们无所事事，只好用自己的眼睛把她脱光。她在偷听那个仿佛整容过上千次的七十岁得克萨斯寡妇告诉安布罗斯把她的红酒拿来，只要不是法国产的。

她站在网球场上，假装有礼地和一头自称迪马的秃顶斗牛第一次握手。她记起他责难般的棕色眼睛和硬朗的下巴和他僵硬的、像埃里切·冯·史托洛海姆②一样往后倾斜的上身。

她在布鲁姆斯伯里的地下室里，这一刻是佩里的人生伴侣，下一刻又成了他多余的包袱，旅行的负担。她和三个人坐在一起，感谢我们的文件和其他随便什么佩里同时设法编造给他们的东西，他们知道一大堆她不知道的事情。

午夜过半，她独自坐在她钟爱的樱草花山住所的客厅里，萨姆森离婚案在她的膝头，身旁搁着一只空酒杯。

她迅速站起身来——唉哟——她爬上旋转楼梯到她的卧室，铺好床，一路捡起佩里留在地板上的脏衣服，把它们塞进浴室的洗衣篮

---

① 西蒙和加芬克尔(Simon & Garfunkel)是一支美国六十年代颇受欢迎的男声双重唱组合。

② 埃里切·冯·史托洛海姆(Erich von Stroheim，1885—1957)，上世纪二十年代好莱坞导演、演员。

里。他都五天没和我做爱了。我们会创下一个纪录吗?

她回到楼下，一步一级楼梯，用一只手控船[①]。她回到窗边，盯着街道，祈祷她的男人会被一辆尾号73的黑色出租车载回家来。星夜下，她和佩里一起颠簸在那辆黑窗户的三人座汽车里，而娃娃脸，那个留着短短的金发、戴一根环式金手链的保镖，在“三座烟囱”的生日狂欢后开车送他们回到自己的酒店。

“你今晚过得愉快吗，嘉儿？”

这是你的司机在说话。到目前为止，娃娃脸都没有泄露他会说英语。当佩里在网球场外挑衅他的时候，他一个字都没说。为什么现在他倒要说了？她感到怀疑，这辈子从未有过的警觉。

“令人惊叹的夜晚，谢谢你，”她用她父亲的声音宣布，代替佩里，他表现得像是聋了。“非常棒。我太为那些讨人喜欢的男孩们高兴了。”

“我的名字是尼基，记住了？”

“记住了。很棒。你好，尼基，”嘉儿说。“你从哪儿来？”

“彼尔姆，俄罗斯。好地方。佩里，你呢？你也过得愉快吗？”

嘉儿就要用她的手肘去撞佩里了，这时他回过神来。“棒极了，多谢，尼基。食物很棒。他们真的很友好。一级棒。到目前为止我们假期里最棒的夜晚。”

对一个新手来说不坏，嘉儿想。

“你们几点到‘三座烟囱’的？”尼基问。

---

① 这句话源于船员间流传的一句谚语：“一只手控船，一只手留给自己。”指在工作时总要留有余地保护自己。

“我们差点根本到不了，尼基，”嘉儿大声说道，咯咯笑着来掩饰佩里的迟疑。“是吧，佩里？我们选了那条‘天然小道’，不得不在那些矮树丛里劈出一条道来！你从哪儿学的这么棒的英语，尼基？”

“波士顿，马萨诸塞州。你们有刀？”

“刀？”

“要砍矮树丛，你们必须有把大刀。”

镜子里那双毫无生气的眼睛，它们看到了什么？它们在看什么？

“我倒希望我们有，尼基，”嘉儿大声回答，还披着她爸爸的伪装。“我恐怕我们英国人不带刀。”我在胡言乱语什么？随便了。听着吧。“好吧，有些英国人会这么干，坦白说，但不是像我们这样的人。我们是错误的社会阶级。你听说过我们的阶级制度吗？你知道，在英国，只有当你是中下层阶级甚至更糟的时候你才会带刀！”更多的尖声大笑，当他们绕过环状交叉路，向着前门开去的时候。

头晕目眩的，他们像陌生人一样在发亮的木槿丛中找到回自己小屋的路。佩里在他们身后关上门，上了锁，但没有开灯。他们在黑暗中隔着床面对面地站着。过了好久，没有声响。这不代表佩里没有想好他要说什么：

“我需要纸来写字。你也是。”他的“这里我做主”的嗓音，她猜那通常保留给散漫的没交每周论文的本科生们。

他拉上了百叶窗。他打开床头靠我这边的微弱的阅读灯，把房间的其余部分留在黑暗里。

他猛地拉开靠我这边的床头柜抽屉，掏出一本黄色标准拍纸簿：也是我的。上面写的是我对萨姆森离婚案出色的意见：是我作为一名顶尖初级皇家律师的第一个案子，是帮助我迅速成名致富的关键所在。

或者不是。

他撕下那些记录了我在法律方面真知灼见的纸页，把它们塞回到抽屉里，把我的黄色拍纸簿剩下的部分啪地一下一折为二，递来我的那一半。

“我要去那里面”——指向浴室。“你待在这里。坐到桌边，写下你记得的所有事情。所有发生过的事情。我也会那么做。你没问题吧？”

“我们俩在这间房里有什么问题吗？老天，佩里，我他妈的吓坏了。你呢？”

除却任何可原谅的想要有他陪伴的渴望，我的问题是完全合乎情理的。在我们的小屋内，除了一张经常使用、大得像橄榄球场的床，还有一张写字桌，两把扶手椅和一张圆桌。佩里也许已经和迪马交了心，可我呢，就得和疯狂的塔玛拉还有她蓄着胡子的圣人们困在一起？

“单个证人提供不同证词，”佩里判决道，朝着浴室走去。

“佩里！停下！回来！待在这！我是他妈的这里的律师，不是你。迪马都跟你说什么了？”

什么都没有，他的表情这么说。它拒绝一切情感。

“佩里。”

“嗯？”

“我他妈求你了。是我。嘉儿。记得吗？拜托你坐下，告诉我迪马跟你说了什么，把你弄得像个僵尸一样。好吧，不用坐下。站着告诉我。世界末日了吗？他是个女人？你们之间到底操他的发生了什么是我不能知道的？”

一阵畏缩。一阵可察觉的畏缩。足以让人感到乐观。搞错了。

“我不能。”

“不能什么？”

“把你卷进来。”

“胡说。”

又一阵畏缩。比起前一阵来好不了多少。

“你听着吗，嘉儿？”

你他妈的以为我在干什么？唱《日本天皇》①？

“你是个好律师，而且你前程似锦。”

“多谢。”

“你的大案子两星期内就要开庭了。没错吧？”

是的，佩里，说的没错。我前程似锦，除非我们决定要六个孩子，而那个萨姆森的离婚案定在十五天后听证，但依据我对我们领头的皇家律师的了解，不管怎么旁敲侧击我都不可能挖出一个词来。

“你是一家声名卓著的法律事务所的明星。你工作得那么努力。你总是那么对我说。”

确实是，没错，我超时工作的程度可吓人了。一个年轻的出庭律师，想得美，我们差点没挨过这个生命中最糟糕的夜晚，你他妈的说这些甜言蜜语是要告诉我什么呢？佩里，你不能这么做！回来！但她

① 《日本天皇》，或名为《秩父市》（*The Town of Titipu*），是一部1885年的两幕轻喜歌剧，旨在嘲讽英国官僚制度，而把故事背景设定在日本。

只是这么想着。那些话并没有跑出来。

“我们划条界线。一条隐形线。无论迪马对我说了什么都只有我知道。塔玛拉对你说的只有你知道。我们绝不跨界。我们履行客户保密条款。”

她说话的能力回来了。“你是在告诉我迪马现在是你的客户了？你和他们一样疯了。”

“我是在用一个法律比喻。从你的，而不是我的世界里借来的。我是说，迪马是我的客户而塔玛拉是你的。概念上来说。”

“塔玛拉没说话，佩里。没有一个，哪怕一个，他妈的单词。她认为这附近的鸟都被装了窃听器。时不时地，她要去向她其中一位蓄着胡子的保护人用俄语做一段祷告，在某个点上她指挥我到她身旁跪下，而我服从了。我不再是个英国圣公会的无神论者了，我是个俄国东正教的无神论者。除此之外，我已经准备好要和你分享塔玛拉和我之间发生的一切，哪怕是最微小的细节，而我已经和你分享了。我最大的担忧是我的手也许会被咬掉。我没有。我的两只手都完整无缺。现在轮到你了。”

“抱歉，嘉儿。我不能。”

“你说什么？”

“我不会说。我拒绝把你拖进这件事情里来，不能比你已经陷入的更深。我想让你和它划清界限。保持安全。”

“你想？”

“不。我不想。我坚持。我是不会动摇的。”

动摇？这是佩里在说话吗？还是那个与他同名的来自哈德斯菲尔德的极富煽动性的传道者？

“我是非常认真的，”他加了一句，以防她对此产生怀疑。

随后第一个佩里变形成了一个不同的他。从我心爱的、奋力挣扎的杰基尔的身体里冒出一个不知差劲多少的英国情报局的海德先生[①]：

“你也和娜塔莎说了话，我注意到了。说了好一阵。”

“没错。”

“单独的。”

“不是单独的，事实上。那两个小女孩和我们在一起，不过她们睡着了。”

“那就是单独的。”

“那是桩罪行吗？”

“她是个来源。”

“她是个什么？”

“她和你谈到她父亲了吗？”

“再说一遍？”

“我说：她和你谈到她父亲了吗？”

“跳过。”

“我是认真的，嘉儿。”

“我也是。非常认真。跳过，管好该死的你自己的事情，要不就告诉我迪马对你说了什么。”

“她有告诉你迪马是干什么的？他和谁打球，他信任谁，他们那

---

① 《化身博士》中的角色，白天善良的杰基尔喝下实验药剂在夜晚变身为邪恶的海德，后“杰基尔和海德”成为心理学中双重人格的代称。

么害怕的是谁？诸如此类的那些事情，你知道的，你也应该写下来。那可能会相当重要。”

说完这句话，他退到浴室里并且——他道德上的污点——锁上了门。

整整半小时，嘉儿都潦草地瘫坐在阳台上，床罩披在她的肩上，因为她筋疲力尽，连衣服都脱不动了。她想起那瓶朗姆酒，确保她会宿醉，不顾一切地给自己倒了一杯，然后是一打。她醒来发现浴室的门打开了，即时通讯员佩里东倒西歪地站在门口，不确定是否该出来。他的双手在背后捏着她的半本拍纸簿。她能看见它戳出来的一角，上面都是他的笔记。

“喝一杯，”她建议道，指了指朗姆酒瓶。

他无视了她。

“我很抱歉，”他说。然后他清了清嗓子，又说了一次：“我真的很抱歉，嘉儿。”

抛开所有的骄傲和理智，她冲动地跳起身来，朝他跑过去，拥抱他。出于安全考虑，他的双手一直背在身后。她以前从没见过佩里害怕，但这次他害怕了。不为他自己。为她。

* * *

她睡意朦胧地瞟了一眼自己的手表。两点半。她站起身来，想给自己再倒一杯里奥哈葡萄酒，又改了主意，坐进佩里最喜欢的椅子里，发现自己和娜塔莎一起躺在毯子下面。

“那么他是做什么的，你的麦克斯？”她问。

“他全心全意地爱我，”娜塔莎回答。“肉体上也是。”

“我是说，除此以外，他靠什么谋生？”嘉儿解释道，小心不要露出笑容。

那时将近午夜。为了抵御寒风和取悦两个非常困倦的小孤女，嘉儿用毯子和靠垫在围住花园的保护墙的背风处搭了一个帐篷。娜塔莎不知从哪抱着一本书出现了。起初嘉儿透过毯子间的一道缝隙认出她的罗马式凉鞋，等着粉墨登场。有好几分钟它们就停在那里。她是在听吗？她是在鼓起她的勇气？为了什么？她是打算出其不意地冲进来好让孩子们高兴？基于嘉儿至今尚未和娜塔莎说过一句话，她想象不到她可能的动机。

帐篷的垂幕分开了，一只罗马凉鞋小心翼翼地踏了进来，跟着是一只膝盖和娜塔莎转向一边的头，被她长长的黑发遮住了。然后是第二只凉鞋和她的其余部分。熟睡的小女孩们并未被打扰。在接下来的几分钟里，嘉儿和娜塔莎头靠头躺着，一言不发地透过分开的毯子看着尼基和他的战友们以令人不适的熟练程度齐齐发射的烟火。娜塔莎在发抖。嘉儿拉过一条毯子盖在她们两个身上。

“看样子我最近怀孕了，”娜塔莎说，用一种修饰过的简·奥斯丁式的英语，并非对着嘉儿，而是一种近似孔雀开屏般的展示，荧光的尾羽自夜空中纷纷掉落。

如果你足够幸运，能听到年轻人的忏悔，明智的做法是把你们的目光持续投射在远处的一个普通物件上，而不是瞪着彼此：嘉儿·珀金斯，作者的原话。在她开始为取得律师资格读书之前，她在一所学校为有学习障碍的孩子们上课，这是她学到的东西之一。而倘若一个刚满十六岁的漂亮姑娘突然向你坦白她认为自己可能怀孕了，这点就变得加倍重要。

*　*　*

“目前，麦克斯是一名滑雪教练，”娜塔莎这样回应嘉儿假装随意提到的她将要出生孩子的抚养问题。“但这是暂时的。他会成为建筑师，为没有钱的穷人们造房子。麦克斯很有才华，也很有同情心。”

她的声音里没有搞笑的意思。真爱是严肃的，容不下丝毫调侃。

“那么他的父母，他们是干什么的，我想知道？”嘉儿问道。

“他们开旅馆。给游客的。不怎么高级，但麦克斯对物质条件完全持达观的哲学观点。”

“一座山区旅馆？”

“在坎德施泰格①。山区里的村庄，非常旅游化。”

嘉儿说她从没去过坎德施泰格，但佩里曾到那里参加过一次滑雪比赛。

“麦克斯的妈妈没什么文化，但她很有同情心，也很虔诚，就像她儿子。他父亲则完全相反。一个蠢材。”

保持目前的状态。“那么麦克斯是属于正规的滑雪学校，”嘉儿问，“还是他是那种所谓的‘私人教练’？”

“麦克斯都靠自己单干。他只和那些他尊敬的人滑雪。他最爱到滑雪场地外去滑雪，那很美。还有冰川滑雪。”

他们是在坎德施泰格高处的一座偏僻的小屋里被自己的激情所震惊了，娜塔莎说：

---

① 位于瑞士阿尔卑斯山谷的小镇，四周环山，只有一千多人口。

“我还是个处女。也不懂那回事。麦克斯很体贴。他生来就对所有人都很体贴。甚至在激情里，他也还是很体贴。”

嘉儿打定主意要表现得泰然自若，问娜塔莎她在哪里上学，她最擅长什么科目，她已经考虑好要参加哪项考试。娜塔莎回答说自从跟迪马和塔玛拉住到一起，她就一直在弗里堡州的罗马天主教会学校当一周回家一次的寄宿生。

“很不幸地，我不相信上帝，但这毫无干系。在生命中时常会有这样那样的时刻激发你的宗教信仰。我最喜欢艺术。麦克斯也很有艺术家气质。也许我们应该一起到圣彼得堡或者剑桥去学习艺术。已经决定了。”

“他是天主教徒吗？”

“表面上麦克斯遵从他家人的信仰。这是因为他有责任感。但在骨子里他相信所有的神。”

那么在床上呢？嘉儿感到好奇，但没有发问：他仍然遵从他家人的信仰吗？

“还有谁知道你和麦克斯？”她用同一种令人舒服的轻松语调问道，到目前为止她都设法维持在这个调子上。“除了他父母，很显然。或者，也许他们也不知道？”

“情况有点复杂。麦克斯发过很重的誓，说他不会把我们的爱情告诉任何人。对此我很坚持。”

“甚至他妈妈？”

“麦克斯的妈妈不可靠。她的中产阶级天性根深蒂固，还唠叨。如果对她有利，她会告诉她丈夫，还有很多其他中产阶级的人。”

“有那么糟糕吗？”

“如果迪马知道麦克斯是我的爱人，迪马可能会杀了他。迪马对暴力可不陌生。那是他的天性。”

“那塔玛拉呢？”

“塔玛拉不是我妈妈，”她打断道，突然表现出她爸爸的暴力因子。

“那你会怎么做，如果你发现自己真的怀孕了？”嘉儿轻柔地问，仿佛突然出现一连串的罗马蜡烛映亮了背景。

“一旦确认，我们就会立刻逃往某个遥远的地方，也许到芬兰去。麦克斯会安排的。现在还不方便，因为他还在做夏季导游。我们还要等一个月。也许可以去赫尔辛基读书。也许我们应该杀了自己。我们会看的。”

嘉儿把最糟的问题留到最后，或许是因为她的中产阶级天性已经就这个问题的答案给了她警告：

“你的麦克斯年纪大吗，娜塔莎？”

“三十一了。但在心底里他还是个孩子。”

像你一样，娜塔莎。你在加勒比星空下给我讲述的这个童话故事也一样，一个有天你会遇上梦中情人的幻想？还是你真的和一个屎一样的三十一岁的滑雪懒鬼上了床，而他还不告诉他妈妈？因为如果你真的这么做了，那你可算找对人倾诉了：我。

嘉儿稍微大一点，不多。这个案子里的男孩不是一个滑雪懒鬼，而是一个一文不名的混血杂种，从当地一所语言学校退学，有一对离异的在南非的父母。她母亲在三年前脱离了家庭的庇佑，没留下任何可投递的地址。她酗酒的父亲，远不是一个暴力威胁，躺在医院里，忍受着末期的肝衰竭。嘉儿带着从朋友那里借来的钱，笨拙地把那个孩子流了产，而且从没告诉过那个男孩。

就像在今夜，她也没有说服自己去告诉佩里。基于目前的情况她怀疑自己永远不会。

*　*　*

嘉儿从她差点落在奥利出租车上的手提包里摸出她的手提电话，检查了一下上面的新讯息。什么都没有，她往下翻。娜塔莎的短信，全是大写字母，显出更多的戏剧性。仅仅一个星期的时间里，四条这样的讯息：

我背叛了我的父亲，我感到羞耻。

昨天我们在漂亮的教堂里埋葬了米沙和奥尔加，也许我很快就会和他们在一起了。

请告诉我早晨什么时候呕吐才是正常的？

——跟着是嘉儿的回复，保留在她储存的信息里：

大致来说是头三个月，但如果你感觉病了，**立刻**去看医生，四个吻，嘉儿。

——对此娜塔莎予以恰当的回击：

请别说我病了。爱情不是病。娜塔莎。

如果她怀孕了，她需要我。

如果她没怀孕，她需要我。

如果她是个破罐子破摔的成天想要自杀的青春期少女，她需要我。

我是她的律师和知心姐姐。

她只有我。

* * *

佩里那道看不见的界线已经划下了。

它没有商量余地，也没有时限。

就连网球都不管用了。那对来度蜜月的印度夫妇已经离开了。单人赛强度太高。马克是敌人。

如果做爱让他们暂时忘记这条界线的存在，它仍然在那里，等着在那之后把他们分开。

晚餐后，坐在他们的阳台上，他们盯着白色安全灯的弧光悬在半岛的另一头上空。如果嘉儿是在盼望能看一眼那些女孩，佩里又是在盼望看谁一眼呢？

迪马，他的杰伊·盖茨比？迪马，他自己的库尔茨？还是其他某个他钟爱的约瑟夫·康拉德的不完美的英雄？

他们被监听和监视的感觉始终挥之不去，日日夜夜，分分秒秒。就算佩里想要打破他自己定下的保持沉默的规定，被监听的恐惧也会迫使他抿紧嘴唇。

还剩两天，佩里在六点起了床，出去晨跑。睡了个懒觉后，嘉儿到“船长小屋”去放任自己吃一顿结结实实的早餐，却发现他在和安布罗斯密谋要提前他们离开的日期。安布罗斯遗憾地表示他们的机票是不能改签的：

“要是你昨天就提出来，你倒是可以跟迪马和他的家人一起顺利飞走的。除了他们都是头等舱而你只有老旧的经济舱。看来你没有别的选择，只能在这座上了年头的小岛再坚持一天。”

他们试着这么做了。他们步行进城，参观了每个他们应该参观的地方。佩里给她讲授了奴隶制度的罪恶。他们跑去岛上另一边的一片沙滩潜水，却只成了另外两个在大太阳底下无所事事的英国人。

直到在“船长小屋”用晚餐时嘉儿才终于失控了。忽略佩里自己定下的在小屋里禁止对话的禁令，他问她——令人难以置信——是否有可能在“英国情报部门”里认识某个人。

“可是我为他们工作，”她回击道。“我以为到现在你也该猜出来了！”她掩饰不住语气里的讽刺。

“我只是想，也许你事务所里的某个人能和他们接上线，”佩里用一种卑微的语气说。

“哦。那又能怎么样呢？”嘉儿厉声问道，感到热度蹿上了她的脸。

“嗯”——表示无辜的过于夸张的耸肩——“我只是突然想到，所有那些和特别翻译和拷问有关的事情——公开审讯、起诉和所有那些事情——间谍们肯定需要他们能够找到的一切法律援助。”

这太过分了。伴着一声响亮的“去你妈的，佩里”，她一路向下跑到小屋，瘫倒在自己的泪水里。

是的，她感到无比抱歉。他也感到无比抱歉。深感羞愧。他们俩都是。都是我的错。不，我的。让我们回到英格兰的家里，把这桩该死的事情结束掉。短暂地重新结合在一起，他们像垂死的泳者一样抓紧彼此，带着同样绝望的情绪做爱。

* * *

她又回到了长窗边，皱着眉头望向街上。没有该死的出租车。就连一辆错误的都没有。

“混账，”她大声咒骂，模仿着她的父亲。也对她自己——或是对那些混账——无声地：

你们他妈的把他怎么了？

你们他妈的想要他干什么？

要是迪马选了我而不是佩里做他的忏悔人你们会有什么感觉？如果那不是男人和男人之间，而是男人和女人之间呢？

如果是佩里坐在这儿，像个该死的废物，等着我带更多的秘密回来，说“哎呀，哎呀，我没可能和你分享，那是为了你好”，他会怎么想？

* * *

“是你吗，嘉儿？”

是吗？

有人把电话放到她手里，告诉她和他说话。但是没有人这么做。她是独自一人。那是当下的佩里，不是过去的，而她还站在那里，一只手抵在窗框上，望着街道。

“听着。我很抱歉，那么晚了，还有所有的一切。”

所有的一切？

“赫克托想在明天早上九点和我们两个人谈话。”

“赫克托是这么说的？”

“是的。”

保持理性。在一个疯狂的世界里，依附在那些你知道的东西上。

“我不能。我知道是周日，但我要工作。萨姆森离婚案从不休息。”

“那就打给事务所说你病了。这很重要，嘉儿。远胜于萨姆森离婚案。真的。”

“赫克托说的？”

“实际上我们两个都这么说。”

六

“他的名字是赫克托，顺便提一句，”老练的小个子卢克说，从他的那份浅黄色文件夹里抬起头来看了一眼。

“那是个警告还是一条神圣法令？”把脸埋在他张开的双手里的佩里问，这时卢克早已放弃期待得到一个回答了。

嘉儿离开后的一长段时间里，佩里没有从桌前移动过，既没有抬起他的头也没有在她的空椅子旁挪动他的位置。

“伊冯在哪？”

“回家了，”卢克说，又把头埋进他的文件夹里。

“被指派的还是自发的？”

没有回答。

“赫克托是你的上级领导吗？”

“就当我是B级名单里的，他是A级名单里的”——用铅笔做了一个记号。

“所以赫克托是你的老板了？”

“另一种表达方式。”

也是另一种不回答问题的方式。

事实上，佩里不得不承认，就目前为止所有可知的证据而言，卢克是一个他能够与之友好相处的人。没有极大的野心，也许。B级名单，就像他自我描述的那样。或许有点拿腔拿调的，一点儿公立学校的做派，可毕竟还是个好人。

“赫克托一直在听我们说话吗？”

“我猜是那样。”

“看着我们？”

“有时光听会比较好。像一出广播剧。”一阵停顿：“了不起的姑娘，你的嘉儿。在一起很长时间了？”

“五年。”

“哇噢。”

“为什么哇噢？”

“嗯，我猜我变得有点像迪马了。快点和她结婚。”

那是一片不可侵犯的领域，佩里考虑要这么告诉他，随后原谅了他。

“你干这行多久了？”他反问卢克。

“二十年吧，可能有点小误差。”

“国内还是国外？”

“几乎都在国外。”

“它会扭曲你吗？”

“再说一遍？”

“这份工作。它会扭曲你的想法吗？你有没有感觉到——嗯——职业瘾症？”

“你是说，我是不是精神病？”

“没那么严重。就是——好吧，就长期而言它对你有什么影响？”

卢克的头一直低垂着，但他的铅笔停止圈圈画画了，在他静止的动作里有种挑战的意味。

“就长期而言？”他重复道，带着某种探究的迷惑。“就长期而言我们都会死，我猜想。”

“我的意思只是：它是怎么抓住你的，代表一个付不起自己账单的国家？”佩里解释，意识到已经太迟了，他正变得力所不及。“优秀智能是如今唯一能让我们在国际顶级舞台上拥有一席之地的东西，我在哪里读到过，”他越弄越糟了。“对那些必须提供这样东西的人来说这肯定是一项重担，就那样。总得逞强，”他加上一句，并非有意指向卢克的矮小身材，对此他立刻就后悔了①。

他们阻碍重重的对话被一阵缓慢、轻柔，像是卧室拖鞋一样的脚步声给打断了，先是拖曳过了天花板，接着开始小心翼翼地沿着地下室的楼梯往下走。卢克像是接到指令一般，站起身来，大步走到餐柜边，拿起一托盘麦芽威士忌、矿泉水和三只玻璃杯，在桌上布置好。

脚步声来到楼梯底部。门打开了。佩里本能地站了起来。继而是一番相互的打量。两个同样身高的男人，对两人来说都不大寻常。要不是驼着背，赫克托也许会更高一些。他在佩里眼中像是某个古板、狂热的学院院长：宽阔的额头，平顺的白发向后梳成两道不大整齐的波浪。按佩里的猜测，他大约五十多岁，却永远穿着一件脏兮兮的

① 之前佩里说的那句话原文为“puching above one’s weight”，原用于拳击赛场，指勉强去打超越自己重量级的比赛。

棕色运动外套，手肘的地方缀着皮补丁，袖口处有两道皮革翻边。那条没了形状的法兰绒裤子像是佩里会穿的。那双磨损了的暇步士男鞋也是。那副粗糙的角质框眼镜就像是从佩里父亲的阁楼盒子里拣出来的。

终于，虽然已经过了很久，赫克托开口了：

“威尔弗雷德·该死的·欧文[①]，”他宣布道，用一种显得中气十足又不失敬意的语气。“埃德蒙德·该死的·布伦登[②]。西格里夫·该死的·萨松[③]。罗伯特·该死的·格雷夫斯[④]。还有其他那些人。”

“他们怎么了？”困惑的佩里问，在他还没来得及给自己时间思考之前。

“去年秋天你在《伦敦书评》上发表的关于他们的那篇文章！他娘的棒极了！‘勇敢者们的牺牲并不能为一项不公正的事业正名。P·梅克皮斯书。’太他妈了不起了！”

“呃，谢谢，”佩里无助地回答，觉得自己是个傻瓜，没能迅速理出其中的联系。

沉默渐渐归拢，赫克托又开始对他的战利品进行赞赏的检视。

“好吧，我要告诉你你是什么，佩里·梅克皮斯先生，先生，”他强调，仿佛他已经来到了他们一直在等待的结论。“你绝对是个他

---

① 威尔弗雷德·欧文(1893—1918)，英国诗人和军人，被视为第一次世界大战时期最重要的诗人，其诗篇多描写战争，极具现实感与震撼力。

② 埃德蒙德·布伦登(1896—1974)，英国诗人、作家、评论家，以散文和诗歌记叙他在一战中的经历。

③ 西格里夫·萨松(1886—1967)，英国近代著名的反战诗人及小说家。

④ 罗伯特·格雷夫斯(1895—1985)，英国诗人、学者、小说家和翻译家，专事古希腊及罗马作品的研究，著有回忆录《向一切告别》，讲述他在一战中的经历。

娘的英雄，那就是你，”——双手松垮垮地抓过佩里的手，随便地摇了一下——“那可不是在拍你的马屁。我们知道你是怎么想我们的。有些自己人也那么想，而且我们是对的。问题是，我们是城里唯一的一群人。政府是操蛋的一团糟，半数的行政部门都去外头午餐了。外交部的用处比梦遗好不了多少，这个国家的穷人和银行家拿光了我们的钞票，留给我们一丁点残渣。我们该怎么处理这种情况？对妈妈抱怨还是处理好它？”——不等佩里的回答——“在你来找我们之前，我确实快吐血了。可你来了。就一点”——他已经放开了佩里的手，正指挥卢克怎么倒麦芽威士忌——“给佩里，最小份的。多放点水，加上足够让他放松下来的硬货。介意我占用卢克边上的座位吗？还是我们这样太有那种你上次见你父亲是什么时候的意思了？讨厌鬼亚当，我的名字是梅雷迪斯。赫克托·梅雷迪斯。我们昨天在电话上谈过。骑士桥的公寓，太太和两个吃素的、这会儿已经长大成人的孩子。诺福克[①]的度假小屋，这两个地方的电话簿上都有我的名字。卢克，你不和其他那些猪在一起的时候你是谁？”

“哦，是卢克·韦弗。我们住在樱草花山上比嘉儿更高一点的地方。上一次被派遣到中美洲。第二段婚姻，一个普通的儿子，十岁了，刚到大学学院学校[②]上学，汉普斯特德，我们为这个激动得要命。”

“到结束都不要有太难对付的问题，”赫克托下令。

卢克倒了三小杯威士忌。佩里又一次坚决地坐了下去，等待着。A级名单上的赫克托坐在他正对面，B级名单上的卢克稍微靠在

① 英国东部北海之滨地区。

② 伦敦一所历史悠久的男子中学，伦敦大学的附属学校。

一边。

"好吧，操蛋，"赫克托高兴地说道。

"确实操蛋，"佩里同意，被搞糊涂了。

* * *

但对佩里而言，事实是赫克托振奋人心的集合号吹得正是时候，他令人激动的登场也一样。嘉儿的被迫离去——被他强迫的，无论理由是什么——留下的黑洞把他本已破碎的心丢进一片无尽的针对自己的愤怒和懊悔中。

他不该答应到这里来的，和她或是不和她一起。

他应该把他的文件递过去，然后告诉这些人："就那样了。你们得靠自己了。我就是那样，所以我不当间谍。"

那重要吗？他整晚都在他牛津的房子里那条磨光了的地毯上来回踱步，就他知道——却希望自己并不知道——将要选择的那一步进行自我斗争？

那么他去世的父亲呢？低等教士、自由思想者与好斗的和平主义者，对一切邪恶的事物口诛笔伐，从核武器到伊拉克战争，曾经不止一次为他惹下的乱子而被关进监狱？

还有他父亲般的外祖父？一个谦卑的职业泥瓦匠，自称的社会主义者，在西班牙内战中为共和党人而战，失去了一条腿和一只眼睛？

还有那个收到恐吓的爱尔兰姑娘西沃恩，梅克皮斯家二十年来每周四个小时的珍宝，命令她把他父亲废纸篓里的东西拿去给一个在赫特福郡警察局的便衣侦探？——这项任务对她而言过于沉重了，以至于某天她嚎啕大哭着向佩里的母亲坦白了一切，之后尽管他母亲一再挽留都再没出现在这幢房子周围？

还有仅仅一个月之前，佩里自己在《牛津时报》上刊登了一整版的广告呢？由一个他自己匆忙组织起来的自称“学者抵制私刑”的团体支持，敦促人们采取行动对抗英国秘密政府和施加在我们被打击得最厉害的公民自由上的看不见的攻击行为？

好吧，这些东西对佩里来说一直都无比重要。

它们依然重要，在他踌躇了长长一夜后的早晨，八点，他的腋窝下夹着一本环式讲座笔记本，他允许自己取道穿过这所不久他将会永远离开的牛津古老学院的方形庭院，沿着被虫蛀坏的木头楼梯往下走到巴兹尔·弗林的房间，教学主管，法律博士，十分钟前他要求和他就一件私人且机密的事情进行一次简短谈话。

* * *

两个男人只差三岁，但在佩里看来，弗林已经成了彻头彻尾的大学委员会的婊子。“我能把你塞进来，要是你立刻过来，”他殷勤地说，“九点我有个理事会会议，看样子他们要拖上一阵。”他穿着一套深色西装和一双方扣都擦亮了的黑色鞋子。只有他仔细梳过的及肩长发和他的全套正统着装显得格格不入。佩里没考虑过他要如何开始和弗林的谈话，而现在，他愿意承认，他的开场白，是匆忙选定的：

“上学期你勾引了我其中一个学生，”他脱口而出，就在刚跨过门槛的时候。

“我什么？”

“一个有一半埃及血统的男孩。迪克·班森。埃及人母亲，英国人父亲。说阿拉伯语。他想要一份研究补助金，可你反而建议他去跟你在伦敦认识的某些人谈谈。他没理解你的意思。他问了我的建议。”

“那是？”

“如果在伦敦的某些人是我认为的那些人，小心点。我想告诉他可别被卷进那里头去，但我不觉得自己可以那么说。那是他的选择，不是我的。我说的没错吧？”

“没错什么？”

“你为他们招人。你是个挖掘新秀的家伙。”

“他们是谁，确切点？”

“间谍们。迪克·班森不知道他要面对的是什么命运，那我该做什么？我不是在谴责你。我是在问你。是真的吗？你和他们有联系？还是班森的臆想？”

“你为什么在这里，还有你想要什么？”

佩里差点要在这个点上离开这个房间。他希望自己那么做了。实际上他真的转身朝门走去，然后制止了自己，又转回来。

“我需要和你在伦敦的那些人接上头，”他说，那本绯红色的笔记本仍然夹在他的胳膊里，等着那个“为什么”的问题。

“想加入他们？我知道这年头他们吸收各种各样的人，可是老天，你？”

又一次，佩里差点朝门走去。又一次他希望自己那么做了。可是不，他阻止了自己，吸了一口气，这次设法找到了正确的措辞：

“我凑巧在无意中发现了一些讯息”——他修长、不安的手指在笔记本上敲打了一下，发出砰的一声——“主动提供的，不想知道的，而且——”他迟疑了很长一段时间才用了那个词——“秘密的。”

“谁那么说的？”

“我。”

“为什么？”

“如果是真的，它可能造成伤亡。也可能拯救生命。这不是我要谈的。”

“也不是我的，我很高兴这么做。我挖掘新秀。我诱拐新手。我的那些人有一张完美的网络。他们也在遗产新闻里做一些关于自己的白痴广告。你可以选择任何一条路。”

“我的材料太紧急了，没法往那过。”

“紧急，又秘密？”

“如果真是那么回事的话，它确实非常紧急。”

“国家命运命悬一线？而那是本小红书①，你夹在你胳膊下面的，大概。”

“是一份记录文件。”

他们带着相互的厌恶彼此打量了一番。

“你不是当真要把它给我，是吧？”

“我要。是的。为什么不？”

“把你的紧急秘密丢给弗林？他会给它们贴上邮票，寄给他在伦敦的那些人？”

“差不多那样。为什么我该知道你们这些人是怎么操作的？”

“而你就能跑去寻求你不朽的灵魂？”

---

① 在西方国家，“小红书”多指《毛泽东语录》的口袋本。

“我会做我的事。他们干好他们的。那有什么错？”

“每件事都错了。在这个游戏里，它根本不是个游戏，传递信息的人至少有信息本身的一半重要，而且有时候他自己就是全部的信息。现在你要去哪儿？我是说，这一分钟？”

“回我的房间去。”

“你有一部移动电话吗？”

“我他妈当然有。”

“把号码写在这里给我，拜托”——递给他一张纸——“我从不把任何东西托付给记忆，那不安全。你的移动电话在你的房间里信号不错吧，我相信？墙壁不太厚？或是别的什么？”

“我那里信号非常好，多谢。”

“带好你的小红书。回你的房间去，你会接到一通某个自称他或她自己是亚当的人的电话。一位亚当先生或女士。我需要一段摘录。”

“需要什么？”

“让他们感到紧急起来的东西。我不能只是说，‘我手上有个腐败的布尔什维克认为他碰巧得知一个世界级阴谋。’我得告诉他们事情是关于什么的。”

咽下他的愤怒，佩里第一次有意识地试图给出一个封面报道来。

“告诉他们这是关于一个不老实的自称迪马的俄罗斯银行家的，”他说，在其他的表达途径都神秘地离他而去后。“他想要跟他们谈个条件。简称是德米特里，以防他们不知道。”

“听起来不可抗拒，”弗林语带讥讽，捡起一根铅笔，在同一张纸上潦草地书写起来。

佩里回到自己的房间后一个小时电话就响了，他听到的同一个轻佻的、略微有些沙哑的男声现在正在这个地下室里对他说话。

“佩里·梅克皮斯？棒极了。亚当。刚收到你的讯息。不介意我问你几个简短的问题好确保咱俩在担心的是同一件事情吧？不需要提到我们这位朋友的名字。只是要确定他就是那位朋友。他碰巧有个老婆吗？”

“他有。”

“胖的，金发派对女郎？酒吧女招待那种类型的？”

“黑发的，憔悴。”

“你碰巧撞上我们这位朋友的具体情境？时间？方式？”

“安提瓜。在一个网球场上。”

“谁赢了？”

“我。”

“棒极了。第三个小问题来了。你能多快赶来伦敦和我们接上头，还有我们能多快拿到你这份危险的文件？”

“这头到那头，大概两个小时，我估计。还有一个小包裹。我把它粘在文件里面了。”

“牢固地？”

“我想是的。”

“嗯，确保你粘牢了。在外封皮上用大写黑色字母写上**亚当**——用个洗衣店标签或别的什么。然后拿着它在接待处走动，直到有人注意到你。”

洗衣店标签？一个老光棍的声音？还是对迪马可疑的财务操作心照不宣的指代？

*　*　*

受到赫克托懒散地斜靠在距离他四英尺处的鼓舞，佩里的语调变得快速、热切起来，不是朝向学者们惯在半空中寻找的传统的避难所，而是径直丢到赫克托长着一对鹰眼的脸上；同时不那么直接地对着衣冠楚楚的卢克，惹人注意地坐在赫克托身边。

没有嘉儿对他的束缚，他感到能够自由地和这两个男人建立联系。他在向他们剖白自己，一如迪马曾向佩里剖白自己：男人对男人，面对面。他正在创造一种坦白的协同作用。他正在恢复他对话中的精确性，就是那种他所有文章里的精确性，好的或坏的，并不停下纠正他自己。

和嘉儿不同，她最喜欢模仿别人的声音，他做不到，要不就是某种愚蠢的骄傲不允许他这么做。但在他的记忆里，他还能听见迪马浓重的俄罗斯口音；在他的记忆里还能看到那张如此靠近自己的汗湿的脸，再进一点，他们的前额就要撞在一起了。就算是他现在描述它们的时候，他还能闻到从迪马嘴里冒出的噇噇的伏特加的气息。他在看着他重新倒满他的杯子，怒气冲冲地瞪着它，然后把它猛地抓起来一口喝干。他感到自己在不由自主地陷入一种和他的亲近关系里：一种突如其来的不可避免的联系，源于悬崖峭壁上的突发状况。

“但不是我们说的那种酩酊大醉？”赫克托问，啜了一口他的麦芽威士忌。“更像是你们这些蹭酒喝的家伙说的酒品不错，是吧？”

一点不错，佩里表示同意：没有神志模糊、多愁善感、口齿不清，只是令人舒服的：

“如果我们第二天早上去打网球，我打赌他肯定能发挥出他的正常水平。他的体内有架巨大的引擎，它是靠酒运转的。他为此感到自豪。”

听上去像是佩里也为此感到自豪。

“还是说我们误引了大师，”——赫克托，这会儿看出来了，是一个P·G·伍德豪斯[①]的追随者——“那种生来就比别人酒量差了几杯的家伙？”

“一点不错，伯蒂，[②]”佩里用他能做到的最好的伍德豪斯式的口吻表示同意，然后他们找了点时间匆忙大笑了一阵，B级名单上的卢克在一旁声援，打从赫克托来了之后他就扮演起了沉默的同伴的角色。

* * *

“介意我在这里插进一个关于纯洁无瑕的嘉儿的问题吗？”赫克托问。“不难对付的一个。一般程度。”

难对付的，一般程度的——佩里警惕起来。

“当你们两个人从安提瓜岛回到英格兰，”赫克托开始发问——“盖特威克[③]，没错吧？”

是盖特威克没错，佩里表示同意。

“你们俩分开了。我说得对吗？嘉儿回到她的法律职责和她在樱草花山的公寓里去，而你回到你在牛津的房子，在那里开始写作你不

---

① 佩勒姆·格伦威尔·伍德豪斯(1881—1975)，英国小说家和喜剧作家，作品多以一战前英国的上流社会为背景，被称为“当代最了不起的散文家”，“伟大的英国幽默大师”。

② 伍德豪斯笔下“吉夫斯”系列中的一个角色，一个迷迷糊糊的英国绅士。

③ 盖特威克机场，位于伦敦，是英国仅次于希思罗的第二大机场。

朽的散文。”

也没错，佩里承认。

“那么你们两人在这个点上取得了什么样的共识——理解是一个更好听的词——对于将要到来的事情？”

“将要到来的什么？”

“嗯，我们，就像后来发生的那样。”

不明白这个提问的目的，佩里迟疑了。“没有什么实际的理解，”他小心翼翼地回答。“没有一个明确的。嘉儿做了她该做的。现在我要做我该做的。”

“在你们分开的情况下？”

“是的。”

“没有联络？”

“我们联络。只是不涉及迪马。”

“而那么做的原因是……？”

“她没有听到我在‘三座烟囱’听到的东西。”

“所以仍然置身事外？”

“事实上。是的。”

“在你看来，到目前为止，她仍然置身事外。只要你能够尽可能地不把她卷进来。”

“是的。”

“你后悔让我们要求她也参加今晚的会面吗？”

“你说过你需要我们两个。我告诉她你需要我们两个。她同意一起过来，”佩里回答，他的脸色开始因为烦恼而阴沉下来。

“但她想要一起过来，我猜。否则她会拒绝的。她是一个有主见的女人。不是那种盲从的人。”

“是的。她不是，”佩里表示同意，很欣慰能对上赫克托慈祥的笑脸。

*　*　*

佩里在描述迪马带他去谈话的那个小空间：一个岗亭，他这么称呼它，六乘八英尺，杵在从餐厅一角通上去的船梯的顶端；一座华而不实的木头和玻璃的瞭望台，搭建在俯瞰海湾的半六角形塔楼，海风吹得护墙板嘎嘎作响，窗户吱呀乱叫。

“那肯定是整幢房子里最吵闹的地方。我猜，那就是他选择它的原因。我不相信这个世界上还能有一种麦克风能在那片噪声里窃听我们。”用一个男人正在描述一场梦境的那种渐染上神秘色彩的语气：“那真是一幢聒噪的房子。三根烟囱和三股风。在这个盒子里坐着我们，头抵着头。”

迪马的脸距离我的不过一只手掌的宽度，他重复了一遍，还越过桌子倾向赫克托，仿佛是为了说明到底有多近。

“好长时间我们只是坐着，瞪着彼此。我想他是在怀疑自己。也在怀疑我。怀疑他是否能够挨过这一切。他是否选对了人。还有我是否希望他相信他选对了，我表达得清楚吗？”

对赫克托来说，不能表达得更清楚了，很显然。

“他正试着克服自己心里一个巨大的障碍，我猜是关于将要坦白的一切。最后他突然蹦出一个问题，尽管那听上去更像个要求：‘你是个间谍，教授？英国间谍？’我起先以为那是个指控。接着我意识到他是在假设，甚至是希望，听到我说是的。于是我说了不，抱歉，我不是个间谍，从来就不是，永远不会是。我只是个老师，那就是我的全部了。但那对他来说还不够让人满意：

“‘很多英国人都是间谍。贵族。绅士。知识分子。我知道这点！你们是公平竞赛的人。你们是法治国家。你们有好间谍。’”

“我不得不再次告诉他：不，迪马，我不是，再说一遍，不是一个间谍。我是你的网球拍档和一个大学讲师，正处于我人生的转折点。我应该表现出愤怒的。但什么是应该表现的呢？我是在一个从未接触过的世界里。”

“而且彻底上钩了，我打赌你是的！”赫克托插了进来。“我愿意付出任何代价和你对调位置！我甚至愿意去打该死的网球！”

没错。上钩了，就是那样，佩里同意。在黑暗中不可抑制地想要看着迪马。乘在风上，不可抑制地想要听他说话。

* * *

困难的、容易的或者中等程度的，赫克托的问题来得都是那么轻柔又温和，几乎是一种令人感到安慰的声音：

“我想，除了你对我们有理由的保留意见，有一刻你真的希望自己是个间谍，对吧？”他暗示地问道。

佩里皱起眉头，尴尬地挠了挠他的一头卷发，没有立即给出回答。

* * *

“你知道关塔那摩[①]，教授？”

---

① 古巴城市，美国军事基地所在地。阿富汗战争后，美军在这里设立了专门关押塔利班战俘和“基地”组织成员的集中营。

是的，佩里知道关塔那摩。他认为自己对已知的关塔那摩的每一个方面都采取反对立场。但迪马要告诉他什么？为什么突然间关塔那摩对大不列颠来说变得那么重要、那么急迫、那么生死攸关——借用塔玛拉写的便条上的话？

“你知道秘密飞机，教授？该诅咒的飞机，被中央情报局的家伙们雇来的，把喀布尔[1]的恐怖分子运到关塔那摩去的那些？”

是的，佩里很熟悉这些秘密飞机。他曾捐了一笔可观的数目给一家法律慈善机构，后者想要控告它们的直系航空公司违反人权。

“古巴到喀布尔，这些飞机上没有货物，懂吗？知道为什么？因为从没有他妈的恐怖分子飞到关塔那摩—阿富汗去。可是我有朋友们。”

朋友们这个词看上去让他感到困扰。他重复了一遍，暂停了一会儿，用俄语喃喃自语了几句，再度开口前又喝了一轮伏特加。

“我的朋友们，他们和这些飞行员谈话，做交易，非常私人的交易，绝不回头，懂吗？”

懂了。绝不回头。

“知道他们把什么东西放到这些空飞机里吗，教授？没有海关，货物到了岸上，直接交给买家，关塔那摩—喀布尔，预先支付现金？”

不，佩里想不出一样可能的货物，从关塔那摩送到喀布尔，预先

① 阿富汗首都。

支付现金。

“龙虾，教授！”——他的手掌拍在自己粗壮的大腿上，伴着一阵狂野的大笑。“他娘的几千只从墨西哥湾运出去的龙虾！谁买这些他娘的龙虾？疯了的军阀！从军阀那里，中情局买囚犯。给军阀的，中情局卖的是他娘的龙虾。现金。也许还有给关塔那摩守卫的几万块钱的海洛因。最高等级。百分之九十九点九。不扯淡。相信我，教授！”

佩里应该觉得震惊吗？他试着这么感觉。把他拉到这座被风刮得摇摇欲坠的瞭望台上来，这真的是一个足够充分的理由吗？他可不这么认为。而且，他怀疑迪马也不这么认为。这个故事听上去更像是接下来的随便什么东西的铺垫。

“知道我的朋友们用这些现金干什么吗，教授？”

不，佩里不知道迪马的朋友们怎么处理这些通过走私墨西哥湾龙虾给阿富汗军阀得来的好处。

“他们把这些现金带给迪马。他们为什么那么做？因为他们相信迪马。很多、很多的俄罗斯企业家相信迪马！不只是俄罗斯人！大的，小的，我才不他妈在乎呢！我们统统拿下！你告诉你的英国间谍们：你们有黑钱吗？迪马会帮你洗白，没问题！你想攒起来省着花？到迪马这儿来！从各种各样的小路上，迪马搞出了一条康庄大道。把这告诉你他娘的间谍们，教授。”

* * *

“到这个地步，你怎么看待这个讨厌的家伙？”赫克托问道。“他流着汗，夸夸其谈，喝酒，开玩笑。他在告诉你自己是一个骗子和洗钱好手，他还在吹嘘他那些不正派的同伙们——你到底看到和听到了什么？他到底怎么了？”

佩里考虑了一下这个设定，仿佛是由一个更高等级的考官安排给他的，这会儿他开始这么看待赫克托了。“气愤的？”他假设道。“针对某一个或某几个还没确认的家伙？”

“继续说，”赫克托指示。

“绝望。也要确认。”

“有没有那种真正的仇恨，总是有益的？”赫克托强调。

“就要出现了，可以这么怀疑。”

“报复的欲望？”

“有这种意思，肯定，”佩里同意。

“深思熟虑？摇摆不定？狡猾的天性？再用力想！”——当玩笑说的，却被认真采纳了。

“所有上述的一切。毫无疑问。”

“那么羞愧呢？自我厌恶呢？那些都没有吗？”

吓了一跳，佩里沉思，皱眉，看着他。“是的，”他用一种拖长的语调承认。“是的。羞愧。变节者的羞愧。为竟然和我在做交易而羞愧。为他的背叛而羞愧。那就是为什么他不得不吹嘘那么多。”

“我是个该诅咒的洞察一切的人，”赫克托满意地说。“随便去问谁。”

佩里不需要那么做。

* * *

佩里在描述那段漫长的沉默，迪马汗湿的脸在半暗的光线里露出纠结的痛苦表情，他是怎么又给自己倒了一杯伏特加，猛地灌下去，抹一把脸，咧开嘴笑笑，愤怒地瞪着佩里，好像要质问他的存在，伸手过去抓着他的膝盖，好在自己表明观点的时候得到他的注意，放开他的膝盖，又一次遗忘了他。在最后，他又是怎么用一种极度怀疑的声音低吼出一个问题，在他们取得任何其他进展之前必须得到正面回答：

"你见过我的娜塔莎了？"

佩里见过他的娜塔莎了。

"她漂亮吧？"

佩里毫不犹豫地向迪马保证娜塔莎确实十分漂亮。

"十本，十二本书一个礼拜，她一点都不在乎。全给读了。你要有几个像这样的学生，你得他妈的高兴坏了。"

佩里说他确实会非常高兴。

"骑马，跳芭蕾。滑雪的时候优雅得像只该死的鸟。想知道吗？她妈妈。她死了。我爱那个女人。懂吗？"

佩里发出表示遗憾的声响。

"也许是我曾经干过太多女人了。有些家伙，他们需要很多女人。好女人们，她们想要成为唯一的。你到处乱搞，她们就有点抓狂了。真遗憾。"

佩里同意那是种遗憾。

"看在老天的分上，教授！"他俯向前，用他的食指捅了捅佩里的膝盖。"娜塔莎的妈妈，我爱那个女人，我爱她爱得都要发狂了，听见了吗？爱到你的内脏都像烧了起来。你的阴茎、睾丸、心脏、大脑，你的灵魂：它们只为这份爱活着。"他又用他的手背抹了抹自己的嘴，喃喃地说着“像你的嘉儿，很美”，喝了一口伏特加又继续说下去。“她狗娘养的丈夫杀了她，”他吐露道。“知道为什么？”

不，佩里不知道为什么娜塔莎妈妈的狗娘养的丈夫杀了娜塔莎的妈妈，但他在等着知道答案，就像他在等着知道他是不是在一所疯人院里。

“娜塔莎是我的孩子。娜塔莎的妈妈把这告诉他的时候，因为她不能说谎，那个狗娘养的杀了她。有天，也许我能找到这个狗娘养的。杀了他。不用枪。用这个。”

他举起自己那双纤巧得不可思议的双手让佩里查看。佩里尽责地对它们表示了赞赏。

“我的娜塔莎要去伊顿公学，懂吗？把这告诉你们的间谍们。否则不成交。”

有那么短短一瞬间，在一个疯狂旋转的世界里，佩里感到自己站在坚实的大地上。

“我不完全肯定伊顿已经招收女生了，”他谨慎地说。

“我出大钱。我造游泳池。不是问题。”

“就算那样，我想他们也不会为她改变规则。”

“那她去哪儿？”迪马不顾一切地质问，仿佛是佩里而不是学校在制造困难。

“有个地方叫罗丁。它相当于给女生上的伊顿。”

“英格兰的第一名？”

“人们都那么说。”

“知识分子的孩子们？贵族的？大官的？”

“它是一所针对英国社会上流阶级的学校，可以那么说。”

“花很多钱？”

“非常多。”

迪马只是稍微平复了一下。

“好吧，”他低吼了一声。“我们和你们的间谍做交易的时候。放在首位的条件：罗丁中学。”

* * *

赫克托的嘴张得老大。他直瞪瞪地看着佩里，接着是在他旁边的卢克，然后又是佩里。他用手梳理了几下他那头乱蓬蓬、脏兮兮的白发，明显不相信自己听到的东西。

“我操他的老天，”他低声抱怨。“他这么说的时候倒不提要给他的双胞胎儿子在王室近卫骑兵队里找个差使？你是怎么对他说的？”

“我保证我会尽我所能，”佩里回答，感到自己正在靠向迪马一边。“那是他以为自己深爱的英格兰。我还能怎么跟他说？”

“你做得一级棒，”赫克托热情地保证。小个子卢克也同意，一级棒是他们两个都用到的一个词。

* * *

“你记得孟买，教授？去年十一月？那伙疯狂的巴基斯坦人，干掉了整个他妈的世界？在他们的监狱里接受的指令？他们扫射的那家该死的咖啡馆？他们杀掉的犹太人？人质？旅馆，火车站？天杀的孩子们，妈妈们，都死了？他们怎么能操他娘的那么干，那些疯狂的狗娘养的？”

佩里没有回应。

“我的孩子们割伤一根手指，流上一点血，我就要吐了，”迪马愤愤地抗议。“我这辈子杀的人够多了，听见了吗？他们这么干是为了什么，这帮狗娘养的？”

没有信仰的佩里想要说“为了上帝”，却什么都没说。迪马让自己下了决心，随后突然采取了行动：

“好了。你去这样对你们天杀的英国间谍说，教授，”他促使自己进入下一轮进攻。“二〇〇八年的十月。记住这个该死的日子。一个朋友打电话给我。听到了？一个朋友？”

听到了。另一个朋友。

“巴基斯坦人。一个和我们有生意往来的企业家。十月三十号，该死的大半夜，他打给我。我在伯尔尼，瑞士，非常安静的城市，大把银行家。塔玛拉她在我旁边睡觉。醒了过来。把该死的电话递给我：找你的。就是这个人。在听吗？”

佩里在听。

“‘迪马，’他对我说。‘你的朋友，哈利勒。’狗屎。他的名字是穆罕默德。哈利勒，那是他的一个名字，专门用在某些与我有关的现金往来的生意上，谁他妈在乎呢？‘我有最新的市场消息给你，迪马。很重大、很新鲜的消息。很特别。你们这帮家伙要记得是我给了你们这条消息。你给我记住了？’好的，我说。当然。在他妈的凌晨四点，一些关于孟买股交市场的狗屎。没关系。我告诉他，好的，我们会记得是你，哈利勒。我们记性很好。没人怠慢你。你的最新消息是什么？”

“‘迪马，你最好赶快从印度股票市场上撤出来，否则你要亏大了。’‘什么，’我说，‘什么，哈利勒？你他妈疯了吧？为什么我们会在孟买亏大了？我们在孟买有一大堆相当不错的买卖。定期的、没他妈毛病可挑的投资，花了我五年时间去洗白——服务业、茶叶、木材、旅馆，太他妈干净了，太他妈庞大了，罗马教皇都能在它们里头主持弥撒了。’我的朋友没在听。‘迪马，听我说，赶快他妈的从孟买撤出来。也许一个月以后，你又会回到强势的位子上去，赚它个好几百万。但首先你得他妈的卖掉那些旅馆。’”

一只拳头又从迪马的脸上抹过，擦去汗水。他对自己低语了几句上帝啊，四下瞪着他们所处的逼仄的空间，像是在寻求帮助。“你会把这些告诉你们的英国官僚们，教授？”

佩里会这么做的，如果他可以。

“二〇〇八年十月三十号的夜里，这个巴基斯坦混蛋把我吵醒以后，我睡不踏实了，明白吗？”

明白。

“第二天早上，十月三十一号，我打给我该死的瑞士银行。‘把我他妈的从孟买撤出来。’服务业、木材、茶叶，大概占了我百分之三十的股票。旅馆百分之七十。几周以后，我到了罗马。塔玛拉打给我。‘快他妈的开电视。’我看到了什么？那些疯狂的巴基斯坦人操他的扫射了整个孟买，印度股票市场停止交易。第二天，印度旅馆下跌了十六个百分点到四十卢比，而且还在下跌。今年三月，它们跌到了三十一。哈利勒打给我。‘好了，我的朋友，现在你可以他妈的回去了。记得是我告诉你这件事的。’于是我他妈的回去了。”他刮得光光的脸上汗如雨下。“年底，印度旅馆到了一百卢比。我赚了两千万利润。犹太人都死了，人质都死了，而我是个他妈的天才。你把这些告诉你们的英国间谍，教授。上帝啊。”

那些倾流的汗水成了一张掩饰自我厌恶的面具。海风中腐朽的护墙板发出的吱嘎响声。迪马已经把自己说到了一个不能回头的地步。佩里一直在被观察、被测试、被发现是个不错的选择。

*　*　*

在楼上装饰得富丽堂皇的盥洗室里洗着自己的双手，佩里瞟了一眼镜子，他被这张开始让自己感到陌生的布满渴望的脸给吓住了。他匆匆忙忙地走下铺了厚地毯的楼梯。

“再来一小口？”赫克托问，懒洋洋地朝着饮料盘的方向挥了挥手。“卢克，伙计，给我们弄壶咖啡怎么样？”

七

地下室上方的街道上，一辆救护车疾驶而过，它的啸鸣像是在为全世界的痛苦哀嚎。

在那座被狂风侵袭的俯瞰海湾的半六角形塔楼里，迪马卷起他左臂的绸袖子。借着取代了已经消失的太阳的变幻不定的月光，佩里辨认出一尊袒露胸脯的圣母像，被摆着撩人姿态、极富挑逗性的天使们围绕着。刺青从迪马壮硕的肩膀根部向下延伸到他镶钻劳力士表的金表带。

“你想知道谁给我做的这个刺青，教授？”他用饱含感情的沙哑嗓音低语。“该死的六个月里，每天一个小时？”

是的，佩里想知道是谁把一个裸着上身的马利亚和她的女伴们刺在迪马结实的手臂上，还花了六个月的时间去做这件事。他想知道这位神圣处女和迪马为娜塔莎在罗丁要求一个位置或是用生死攸关的信息为他的全家人在不列颠要求永久居住权之间有什么联系，但他体内的那个英语讲师也在熟悉迪马，这个讲故事的人，有他自己的叙事弧[①]和间接展开的故事情节。

“我的露菲娜干的。她是个劳改犯，和我一样。营地妓女，有肺结核，每天一个小时。她刺完以后，她死了。耶稣基督啊，嗯？耶稣基督啊。”

一阵表达敬意的沉默，两个男人注视着露菲娜的杰作。

“知道什么是科雷马[②]吗，教授？”迪马问，他的声音还是沙沙的。“你听过？”

是的，佩里知道什么是科雷马。他读过他的索尔仁尼琴[③]。他也读过他的沙拉莫夫[④]。他知道科雷马是北极圈北边的一条河，古拉格群岛上最惨无人道的集中营就是以它命名的，在斯大林之前或之后[⑤]。他也知道劳改犯：俄国的囚犯，劳改犯，成千上百万的人。

“十四岁起我就是在科雷马该死的劳改犯了。罪犯，不是政治犯。政治犯是狗屎。罪犯是心地纯洁的。十五年，我在那里服刑。”

“十五年在科雷马？”

“当然，教授。我蹲了十五年。”

迪马声音里的痛苦已经消失了，取而代之的是骄傲。

“对刑事犯迪马，其他犯人都有敬意。为什么我去了科雷马？因为我是个杀人犯。好杀人犯。我杀了谁？卑鄙的苏联党棍，在彼尔姆。我们的父亲自杀了，累了，喝太多伏特加。我母亲，为了给我们

---

① 一个故事从头到尾的叙事结构，通常呈现为一个包括五个部分（阐述—上升动作—危机—高潮—下降动作/结局）的金字塔形结构。

② 西伯利亚东北部的一条河流。

③ 亚历山大·索尔仁尼琴（1918—2008），俄国作家，1970年以《伊万·杰尼索维奇的一天》获诺贝尔文学奖。

④ 瓦尔拉姆·沙拉莫夫（1907—1982），俄国作家，著有“科雷马”系列。

⑤ 古拉格最初指苏联劳动惩戒营的管理部门，后引申为整个苏联劳改体系的象征。

食物、肥皂，她得让那个卑鄙的党棍操。在彼尔姆，我们住在社区公寓里。八个糟糕的房间，三十个人，一个糟糕的厨房，一个厕所，每个人都臭烘烘的，抽烟。孩子们不喜欢这个差劲的操我们妈妈的党棍。我们得站在外面的厨房里，非常薄的墙，在那个党棍来看我们，带吃的来，操我妈妈的时候。每个人都盯着我们看：听哪，你们的妈妈，她是个妓女。我们会把自己的手盖在我们该死的耳朵上。你想知道点事情吗，教授？”

佩里想知道。

“这个家伙，这个党棍，知道他从哪搞来他的食物吗？”

佩里不知道。

“他是个操他的军需调配员！在兵营里发放食物。带着把枪。漂亮的好枪，皮套子，大英雄。你想试试在操什么人的时候你的屁股上还吊着一根枪带吗？你得是个大杂技演员。这个军需调配员，这个党棍，他脱掉鞋子。他拿下他漂亮的枪。他把枪放进鞋子里。好吧，我想。也许你操够了我妈妈。也许你不会再操她了。也许不会再有人盯着我们看，好像我们是妓女的孩子了。我敲了敲门。我打开它。我有礼貌。‘打扰了，’我说。‘是迪马。抱歉，卑鄙的党棍同志。我能借用一下您漂亮的枪吗？拜托看一次我的脸。你不看我，我怎么杀你？非常感谢你，同志。’我母亲看着我。她什么都没说。党棍看着我。我杀了这个操蛋的家伙。一颗子弹。”

迪马的食指停在他的鼻梁上，暗示着子弹打进去的地方。佩里想起在网球比赛中场休息时，同一根食指指在他两个儿子的鼻子上。

“为什么我杀了这个党棍？”迪马给出一个设问句。“是为了我保护她的孩子们的母亲。是为了对我疯狂的杀了他自己的父亲的爱。是为了俄罗斯的光荣，我杀了这个操蛋的家伙。是为了制止他们在走廊里给我们的那种眼神，也许吧。因此在科雷马我是受欢迎的犯人。我是硬汉——好家伙，没问题，心地纯洁的。我不是政治犯。我是罪犯。我是英雄，我是斗士。我干掉了军队里的党棍，可能还是契卡[①]干部。否则他们为什么判我十五年？我享有荣光。我不是——”

* * *

到了他的故事的这个点上，佩里迟疑了，他的声音也变得不太自信：

“我不是啄木鸟。我不是狗，教授，”他不确定地说。

“他的意思是告密者，”赫克托解释道。“啄木鸟，狗，母鸡：随便你选。他们都是告密者的意思。他是在试着告诉你他不是一个他其实是的人。”

怀着敬意向赫克托的高级知识点了下头，佩里说了下去。

* * *

“某天，三年后，这个好男孩迪马会变成一个男人。他是怎么变成男人的？我的朋友尼基塔会把他变成一个男人。谁是尼基塔？尼基塔也是值得尊敬的、也是好斗士，大罪犯。他会是这个好男孩迪马的父亲。他会是他的兄弟。他会保护迪马。他会爱迪马。那会是毫无保

---

① 十月革命后苏维埃俄国的国家安全保卫机构，全称全俄肃清反革命及怠工非常委员会，契卡是该委员会俄文缩写的音译。

留的爱。某天，对我来说是非常好的一天，值得骄傲的一天，尼基塔把我带进了黑手党罪犯组织[1]。你知道什么是黑手党罪犯组织？你知道什么是黑手党党魁[2]？”

是的，佩里知道什么是黑手党罪犯组织。他也知道黑手党党魁。他读过他的索尔仁尼琴，他读过他的沙拉莫夫。他在《古拉格群岛》里读到过，黑手党党魁是囚犯们的仲裁人和正义的实施者，囚犯间兄弟般的荣誉，发誓被一种严格的行为准则绑在一起，声明放弃婚姻、财产和对国家的承诺；黑手党罪犯组织敬重神圣职能并粗浅涉猎它的神秘领域；还有黑手党党魁是黑手党罪犯组织的单数，后者是复数。还有黑手党罪犯组织的骄傲是成为法律中的罪犯，一种与在他们生命中从未听说过一条法律的底层生活相去甚远的贵族制度。

“我的尼基塔和非常大的罪犯组织委员会说上话。很多大罪犯都出席了这次会议，很多好的斗士们。他对罪犯组织说：‘我亲爱的兄弟们，这是迪马。迪马准备好了，我的兄弟们。接纳他。’于是他们接纳了迪马，他们把他变成了一个男人。他们把他变成光荣的罪犯。但尼基塔必须继续保护迪马。这是因为迪马——是——他的——”

在迪马这个光荣的罪犯寻找那个适当的字眼时，牛津的户外训练

---

① 在俄罗斯，有组织的犯罪从沙皇时期就已经存在，这些组织的成员一般是强盗和小偷。苏联成立后，俄内务人民委员会对这些犯罪组织进行了全面镇压，将他们关进战俘集中营，但新的犯罪活动慢慢的在监狱中衍生开，形成了后来知名的 Vory v zakone 帮派，也就是由罪犯组成的俄罗斯黑手党。俄罗斯罪犯组织的真正泛滥发生在上世纪九十年代苏联解体带来的经济大浩劫时期，黑手党开始在俄罗斯自然扩张，苏联经济的国际化也给俄罗斯黑手党与外界犯罪组织勾结大开方便之门。

② “vor v zakonye”也是苏联时代出现的一个词，意为“犯了罪的囚犯”，和政治犯不同，被他们的同伙推选为首领的人，是罪犯中的领导者和纠纷的裁决人，还要遵循一些奇特的行为规则(比如不能结婚)。这些黑手党党魁多数都受到克格勃的控制，政府以此来监管和控制罪犯的世界，不仅在监狱内，也在监狱外。

导师佩里为他提供了帮助：

“门徒？”

“门徒！是的，教授！就像耶稣！尼基塔会保护他的门徒迪马。这很正常。这是黑手党罪犯组织的法律。他会保护他，一直。这是承诺。尼基塔把我变成了黑手党党魁。因此他保护我。可他死了。”

迪马用手帕在他宽阔的前额上轻拭，接着用手腕擦过他的眼睛，随后用他的食指和大拇指掐住自己的鼻翼，像一个游泳的人从水里出来时那样。当那只手放下来，佩里看到他在为尼基塔的死而哭泣。

* * *

赫克托说要休息一下。卢克已经做了咖啡。佩里要了一杯，在他要喝的时候又要了一块巧克力消化饼干。他体内的那个讲师正滔滔不绝，罗列着他的事实和评论，用他所能调动的所有准确性和精密性来陈述它们。但没有什么能浇灭他眼里激动的光芒，或是他消瘦的脸颊上的红晕。

或许他体内的那个自我修正者也意识到了这点，并为此感到困扰：这也就是为什么，当他继续的时候，他选择了一种不连贯的态度，几乎是唐突无礼的讲述方式，更像是为了保持教师的客观性，而不是冲动的冒险：

“尼基塔得了野营热。那是在冬至。零下六十摄氏度，或者差不多那样。一大批囚犯都要死了。守卫们才他妈不在乎呢。在那里医院不是用来治疗的，它们是等死的地方。尼基塔是个硬汉，花了好长时间才死。迪马照顾他。错过了他的监狱劳动，被关进惩罚的单间里。每次他们让他出来，他就回到医院里的尼基塔身边，直到他们再把他拽走。挨打、挨饿，剥夺光线，在零下的温度里被锁在一堵墙上。所有这些事情，你们这群人都外包给不那么讲究的国家，假装你们对此一无所知，”他加了一句，带着一种突然冒出来的挑衅，半开玩笑但没能达到预期效果。“他在照顾尼基塔的时候，他们同意迪马可以把他自己的被保护人带进罪犯组织的兄弟会里。那显然是一个神圣的时刻：垂死的尼基塔通过迪马任命他的继任人。圣杯的传递在三代罪犯间流转。迪马的被保护人——门徒，他现在很乐意这么称呼他，我恐怕这多亏了我——是一个名叫米哈伊尔的，化名米沙。”佩里重现了这个时刻：

“‘米沙是个君子，像我！’我告诉他们，”迪马对罪犯组织高层委员会的成员们宣布。“‘他是个罪犯，不是政治犯。米沙热爱真正的俄国而非苏联。米沙尊重所有的女人们。他强壮，他心地纯洁，他不是啄木鸟，他不是狗，不是军队的，不是营地卫兵，克格勃。他不是警察。他杀警察。他鄙视所有党棍。米沙我的孩子。他是我兄弟。接纳迪马的孩子进你们的罪犯组织兄弟会吧！’”

* * *

佩里仍然坚持着教学模式。下列要点，请记在你们的笔记本上，女士们和先生们。我将要读给你们听的段落描绘的是迪马个人历史的缩减版本，是他在那座被称为“三座烟囱”的房子的瞭望台上，在一轮又一轮的伏特加间详细叙述的：

“刚从科雷马被放出来，他就匆匆回到彼尔姆的家，刚好赶上埋葬他母亲。二十世纪八十年代初期是犯罪泛滥的年代。在快车道上的生活短暂而危险，但有利可图。带着他无懈可击的凭据，迪马受到当地黑手党罪犯组织的热烈欢迎。发现他对数字有着天然的敏感，他迅速介入非法货币投机、信用诈骗和走私活动里。一张迅速扩张的次级罪行列表把他带到了共产主义东德。以汽车偷窃、伪造护照和货币交易为专长。这一路上他让自己学会了说德语。他到哪都带着他能找到的女人，但他的继任合伙人是塔玛拉，一个专职交易例如女性服饰和必不可少的食物这类稀缺货物的黑市贩子，彼尔姆的居民。在迪马和志趣相投的同谋的资助下，她还运作一条勒索、诱拐和绑架的副线。这让她和当地一个竞争关系的兄弟会起了冲突，他们先是俘虏和折磨她，然后陷害她并把她交给警察，他们又折磨了她一阵。迪马解释了塔玛拉的问题：

"'她从来都不告密，教授，听到了吗？她是好罪犯，比男人都强。他们把她关进行刑牢房里。知道什么是行刑牢房吗？他们把她倒吊起来，强奸她十次、二十次，把她揍得半死，但她从不告密。她对他们说，去操他们自己。塔玛拉，她是了不起的斗士，不是婊子。'"

又一次佩里在说这个词的时候显得不怎么自信，又一次赫克托平静地为他提供了解答：

"婊子比狗或啄木鸟更糟。婊子违背了地下世界的准则。迪马这会儿感到强烈的罪恶感了。"

"那或许就是为什么他说这个词的时候结结巴巴的，"佩里猜测道，而赫克托说或许是那样的。

佩里又成了迪马："有天警察对她彻底厌烦了，他们把她扒光了，把她扔在他妈的雪地里。她从来不告密，听到了吗？她有点发疯了，好吗？和上帝交谈。买大把大把的硬币。把钱埋在操他的花园里，找不到了，谁他妈在乎？这个女人有忠诚，听到了吗？我永远不会让她走。娜塔莎的妈妈，我爱她。但是塔玛拉，我永远不会让她走。听懂了吗？”

佩里听懂了。

迪马开始挣大钱以后，他立刻把塔玛拉送去一家瑞士诊所休息疗养，然后和她结了婚。一年内他们的双胞胎儿子诞生了。就在婚礼上传来了塔玛拉的妹妹，奥尔加——漂亮得惊人的、年轻得多，订婚的消息，一个被罪犯组织高价悬赏的高级妓女。新郎不是别人，正是迪马心爱的门徒米沙，这时也已经从科雷马出狱了。

“随着奥尔加和米沙的结合，迪马的人生圆满了，”佩里宣布。“从今往后，迪马和米沙是真正的兄弟了。在黑手党罪犯组织的律法下，米沙已经是迪马的孩子，但婚姻使这条家庭的纽带更加牢固。迪马的孩子们会是米沙的孩子们，米沙的孩子们也会是他的，”佩里说，坚决地往后坐去，仿佛是在等待将要从讲堂后方传来的问题。

但赫克托，已经以消遣的态度观察了一会儿佩里退回到他的学术外壳里的行径，更愿意提供自己独到的讽刺的评论：

“这对这帮罪犯组织的家伙们来说是件该死的怪事，你说不是吗？这一分钟还在发誓放弃婚姻、政治、国家和它所有的一切，下一分钟就打扮得妥妥帖帖，伴着礼堂钟声昂首阔步地走过通道。再来一口这玩意儿。就一茶勺。水？”

一阵摆弄瓶子和水罐的动作。

“他们就是那样的人，不是吗？”佩里毫无缘由地回应道，啜着他非常寡淡的威士忌。“所有这帮奇怪的在安提瓜的堂兄弟和叔叔们。他们都是法律定义里的罪犯，跑来哀悼米沙和奥尔加。”

*　*　*

佩里坚定的讲师模式又回来了。言简意赅的历史学家佩里，仅此而已：

彼尔姆对迪马或兄弟会来说都不再足够了。生意在扩张。犯罪组织在互相结盟。交易在和外国黑手党之间形成。最棒的是，迪马这个从没受过正规教育的科雷马的*聪明的野兽*[1]发掘了自己对洗钱这一犯罪勾当的天赋。当迪马的兄弟会决定在美国开拓业务时，是迪马被他们派去纽约在布兰登海滩[2]建立一条洗钱链。迪马把米沙带去做他的执行人。当兄弟会决定在欧洲建立一条他的洗钱勾当的分支时，是迪马被他们指派接受这个职位。作为接受的条件，迪马又一次要求了对米沙的任命，这次是作为他在罗马的二把手。要求被准许了。现在迪马一家和米沙一家成了真正的一家人，一起做买卖，一起游玩，互换住宅，互相拜访，赞赏彼此的孩子们。

佩里又啜了一口威士忌。

"那是在*老头目*的年代，"佩里说，几乎是在怀旧。"对迪马，黄金时代。*老头目*是一个真正的*黑手党党魁*。他不可能出错。"

"那么*新头目*呢？"赫克托挑衅地提问。"那个年轻的伙计？有对他的任何了解吗？"

佩里没觉得可笑。"你知道那是他妈的怎么回事，"他咕哝道。又加了几句："那个年轻的头目一直都是个婊子。叛徒中的叛徒。他

---

① 原文为法语，指有头脑的人。

② 纽约布鲁克林的俄罗斯区。

是把罪犯组织交给国家的头目，那是任何一个黑手党党魁能做的最糟的事情。在迪马看来，背叛一个那样的人是一项职责，不是罪行。”

* * *

“你喜欢那些小孩子吗，教授？”迪马用一种伪装出来的超脱的语气问，他的头朝后甩去，假装在研究天花板上剥落的嵌板：“卡佳？艾莉娜？你喜欢？”

“我当然喜欢。她们讨人喜欢。”

“嘉儿，她也喜欢吗？”

“你知道她喜欢的。她为她们感到非常难过。”

“她们告诉她什么了，小女孩们，她们的爸爸怎么死的？”

“在一场车祸里。十天前。莫斯科外。一个悲剧。父亲和母亲都是。”

“当然。是个悲剧。是场车祸。非常简单的车祸。非常正常的车祸。在俄罗斯我们有很多这样的车祸。四个人，四把卡拉什尼科夫冲锋枪，也许六十颗子弹，谁他妈在乎？那是场该死的车祸，教授。一具尸体，二十、也许三十颗子弹。我的米沙，我的门徒，一个孩子，四十岁年纪。迪马把他带进罪犯组织，让他变成一个男人。”

一阵突然爆发的狂怒：

“那么为什么我不保护我的米沙？为什么我让他去了莫斯科？让婊子头目的混账们用二十、三十颗子弹杀了他？杀了奥尔加，我妻子塔玛拉漂亮的妹妹，米沙小女儿们的母亲。为什么我不保护他？你是教授！你告诉我，拜托，为什么我不保护我的米沙？”

倘若是愤怒而非音量赋予他的嗓音如此怪异的力量，那就是这个男人善变的本性让他把自己的愤怒放到一旁，取而代之的是斯拉夫人沮丧的沉思：

“好吧。也许塔玛拉的妹妹奥尔加，她不那么他妈的虔诚，”他说，承认了一个佩里未曾给过的观点。“我对米沙说：‘也许你的奥尔加看其他男人的时候还是太多，有漂亮的屁股。也许你别再外面乱搞了，米沙，待在家里一次，像我现在这样，给她一点关心。’”他的声音又一次低沉下去：“三十颗他妈的子弹，教授。那个婊子头目最好为了给我的米沙的三十颗子弹付点代价。”

* * *

佩里变得沉默不语。仿佛是一阵遥远的钟声敲响了讲座时段的终结，而他却迟迟没能反应过来。有一阵他表现得像是为自己在桌子前的存在感到惊讶。然后随着他瘦长的、骨节突出的身体突然抽动了一下，他再次回到当下的时间。

“基本上那就是当时的情况，”他说，用一种掩饰的语气。“迪马出了好一会儿神，回过神来，像是被我的存在搞迷糊了，痛恨我的存在，随后认定我没问题，接着又再次忘记了我，把他的手放到自己脸上，用俄语喃喃自语。接着他站了起来，在他汗渍斑斑的衬衫里四下摸索，掏出我封进文件里的小包裹，”他继续道。“把它递给我，拥抱我。那是一个动情的时刻。”

“对你们俩都是。”

“以我们俩不同的方式，是的，确实是。我想是的。”

他像是突然想尽快回到嘉儿身边。

“有跟这个包裹一起来的任何指示吗？”赫克托问，这时他身旁

B级名单上的小个子卢克在他整齐叠放着的双手上方暗自微笑着。

“当然。‘把这拿去给你的政党官员们，教授。一份来自世界第一洗钱专家的礼物。告诉他们我想要公平交易。’我写在我的报告里了，一字不差。”

“对包裹里是什么有想法吗？”

“只是猜想，真的。它是用药棉裹好的，然后是一层保鲜膜。就像你看到的。我猜想它是一卷录音带——从某种微型录音机上拿来的。或者说反正那东西摸上去就像那么回事。”

赫克托仍然没被说服。“而你没想要打开它。”

“老天，不。那是要给你们的。我只是确保它被牢牢地贴在卷宗封面的里面。”

赫克托慢慢翻动着佩里文件的纸页，漫不经心地点了下头。

“他把那东西贴身带着，”佩里继续说道，显然是想要挡开正在积聚的沉默：“那让我想到科雷马。那种他们肯定一直会玩的花招。秘密讯息之类的。那东西已经湿透了。我不得不用一条毛巾把它擦干，在我回到我们的小屋以后。”

“而且你没有打开它？”

“我说了我没有。我何必呢？我没有读别人的信的习惯。或者窃听他们。”

“甚至在你经过盖特威克海关之前也没有？”

“当然没有。”

“但是你感觉到它了。”

“当然我那么做了。我才告诉过你我那么做了。这又怎么样呢？透过那层塑料薄膜。还有药棉。在他把它给我的时候。”

“那么在他把它给你的时候，你是怎么对待它的？”

“把它放到一个安全的地方。”

“那是哪里？”

“什么？”

“那个安全的地方。是在哪里？”

“在我的剃须包里。我一回到我们的小屋，就径直走进浴室把它放在那里。”

“挨着你的牙刷，可以那么说。”

“可以那么说。”

又一阵长长的沉默。它对他们和对佩里一样长吗？他恐怕不是。

“为什么？”赫克托终于发问了。

“什么为什么？”

“剃须包，”赫克托耐心地回答。

“我认为那样安全些。”

“当你经过盖特威克的海关时？”

“是的。”

“你认为那是人人都会保存他们的磁带的地方？”

“我就是以为那里会——”他耸了耸肩。

“不那么显眼，在剃须包里？”

“差不多那样吧。”

“嘉儿知道吗？”

“什么？当然不。不。”

“我想也是。录音里说的是俄语还是英语？”

“我怎么知道？我没有听它。”

“迪马没告诉你里面录的是哪种语言？”

“他没有解释过那是什么东西，除了我已经告诉你的那点。多谢。”

他喝掉自己那杯非常寡淡的苏格兰威士忌的最后一口，然后把他的玻璃杯重重地放到桌子上，暗示就这样吧。但赫克托完全没有要分享他的急躁的意思。恰恰相反。他往前翻了佩里文件中的一页。接着又朝后翻了几页。

“那么再说一遍为什么？”赫克托追问。

“什么为什么？”

“为什么要那么做？为什么要为一个俄国骗子把一个不确定内容的包裹走私过英国海关？为什么不把它丢在加勒比，然后忘了它？”

“我还以为那是显而易见的。”

“对我是的。我不认为对你也是。有什么是显而易见的？”

佩里思索着，可是看起来找不到这个问题的答案。

“不如说因为它就在那里怎么样？”赫克托建议道。“登山的人不就是为了那个才攀登的吗？”

“大家都这么说。”

“一派胡言，事实上。那是因为登山的人在那里。别怪那座该死的山。怪那些登山的人。同意吗？”

“也许吧。”

“是他们这些家伙在看着远处的山峰。山可不在乎。”

“也许不吧，不。”——一个没有说服力的微笑。

“迪马有跟你谈论过你个人会在这些协商里扮演的角色吗，它们会被泄露出去吗？”在一阵佩里看来像是永无止境的暂停之后赫克托问道。

“一点点。”

“在什么样的情况下——一点点？”

“他想要我当他们的代表。”

“代表，为什么？”

“为了保证公平交易，很显然。”

“谁的公平交易，看在他妈的分上？”

“嗯，你们的，我恐怕，”佩里不情愿地回答。“他想要我确保你们这些人会遵守你们的承诺。他对政府官僚有种嫌恶，也许你已经注意到了。他想要赞赏你们，因为你们是英国绅士，但他不信任你们，因为你们是政府官僚。”

“那就是你感觉到的吗？”——用他大得过分的眼睛瞟了一下佩里。“我们是政府官僚？”

“可能吧，”佩里承认，又一次。

赫克托转向卢克，他仍然坚定地坐在他身边。“卢克，老弟，我以为你有个约会。我们不留你了。”

“当然，”卢克说，带着一抹轻快的向佩里道别的微笑，顺从地离开了房间。

* * *

麦芽威士忌是从斯凯岛[①]来的。赫克托倒了两杯烈酒，示意佩里自己加水。

---

① 又称天空岛，苏格兰内赫布里底群岛最大也是最北的岛屿。

“那么，”他宣布。“难题时刻。感觉能做到了吗？”

他怎么能说不呢？

“我们有个分歧。一个最大尺寸的分歧。”

“我没注意到任何分歧。”

“我有。那关系到你没有在你漂亮的文章里写给我们的东西，还有你到目前为止剔除掉的东西，除此以外你的口试毫无瑕疵。我应该都说出来吗，还是你会说出来？”

明显感到不安的佩里又一次耸了耸肩。“你来吧。”

“很乐意。在两种形式里你都没有报告迪马的条件中有一项关键条款，在你颇具独创性地把它放在你的剃须包，或者——像我们这些老人更乐意称呼它的——洗漱袋里，从盖特威克机场走私进来交给我们的时候。迪马坚持——不是一点点，如你所暗示的，而是作为一个分界点——塔玛拉也坚持，我怀疑这点更重要，除却表面因素——你，佩里，出席所有谈判，并且这些谈判都要用英语进行，因为你的缘故。他有碰巧在他迂回的叙述里对你提到这项条款吗？”

“有的。”

“但你不觉得要对我们提起。”

“是的。”

“那有可能是因为迪马和塔玛拉也规定参与进来的不仅仅是梅克皮斯教授，还有一位他们乐于称作嘉儿·珀金斯女士的小姐？”

“不，”佩里说，他的声音和下颌一样僵硬。

“不？什么不？不，你没有单方面地把这项条款从你的书面和口头报告里剔除出去？”

佩里的反应太过激烈和精确，显然他已经为此准备了一段时间。

但首先他闭上了自己的眼睛，好像是要和他内心的魔鬼商讨一番。“我会为迪马做这件事。我甚至会为你们这些人做这件事。但我会独自完成，或者压根不干。”

“在同一阵毫无条理、指向我们的长篇累牍的抨击里，”赫克托说了下去，丝毫不理会佩里刚对自己发表的这份戏剧化的声明，“迪马也提到一次安排在巴黎的会面，在这个将要到来的六月。七号，准确地说。一次并非和我们这些可鄙的政党官僚，而是和你自己还有嘉儿的会面，这让我们感到有点奇怪。你有可能解释一下那点吗？”

佩里要不是不能，就是不想。他正退缩回透着光亮的黑暗中，一只瘦长的手盖在自己的嘴巴上，像是要让它保持缄默。

“他看来像是在提出一次秘密会面，”赫克托接着说。“或者更确切一点，指向一次他已经安排好了而你显然已经同意了的会面。它会在哪儿，真让人好奇？带着一份昨天的《费加罗报》在午夜零点的埃菲尔铁塔下？”

“不，他妈的当然不是那样。”

“那是哪里？”

伴着一声低低的“该死”，佩里把一只手伸进他的夹克口袋，抽出一只蓝色信封，把它粗鲁地拍在椭圆桌上。它没开封。赫克托把它拿起来，一丝不苟地用他皮包骨头的白色指尖拉开封盖，抽出两张蓝色的印刷卡片，又把它们展开。然后是一张白纸，也是对折好的。

“这些票子具体是到哪儿的？”他在一阵令人困惑的研究之后问道，按任何正常的标准，这段时间都足够为他提供他要的答案了。

“你不会读吗？法国公开赛男子决赛。罗兰·加洛斯，巴黎。”

“你是怎么得到它们的？”

“我在旅馆里结算我们的账单。嘉儿在打包。安布罗斯把它们递给我的。”

“和塔玛拉这张友好的便条一起？”

“没错。和塔玛拉这张友好的便条一起。说得好。”

“塔玛拉的便条和票子一起封在信封里，我明白了。还是分开的？”

“塔玛拉的便条在一个单独的信封里，被封好的，之后被我销毁了，”佩里说，他的声音愤怒得像是结块了。“两张罗兰·加洛斯球场的票子是在另一个没有封口的信封里的。就是你现在拿在手里的那个信封。我丢掉了放着塔玛拉那封信的信封，把她的信放进去，和票子一起。”

“棒极了。我能读一下吗？”

不管怎样他还是读了：

“我们恳请你带上嘉儿和你做伴。我们会很高兴和你们重逢。”

“看在老天的分上，”佩里喃喃地说。

“请在比赛开始前十五分钟抵达位于罗兰·加洛斯的马塞尔·伯纳德[1]大道上的入口处。这条大道上有很多店铺。请用足够多的时间关注阿迪达斯产品的陈列柜。那会显得遇到你们是意外的惊喜。那会

---

① 马塞尔·伯纳德(1914—1994)，法国前网球运动员，在“二战”后的首届法网上以非种子身份获得冠军。

显得是上帝的安排。请和你们的英国官员讨论这项事宜。他们会理解这个状况的。”

“也请接受阿雷纳集团代表在贵宾包厢的款待。那将会提供便利，要是大英情报机构的负责人能够在此同时到巴黎进行非常谨慎的谈话。恳请确保这点。”

“以上帝之名，我们爱你。”

“塔玛拉。”

“这就是全部了？”

“全部。”

“而你感到烦恼。痛苦。为要交出自己的底牌而生气。”

“事实上，我他妈的相当不痛快，”佩里同意。

“好吧，在你彻底爆发之前，让我给你一点免费的背景材料。这也许是你能知道的全部了。”他向前倾身到桌子上方，他灰色的狂热分子的眼睛闪烁着兴奋。“迪马将要签署两份至关重要的文件，到时他会把他全部的、极富独创性的洗钱系统正式移交给更年轻的成员：也就是，头目和他的随从。其中涉及的金钱数目是天文数字。第一次签字是在巴黎，六月八号，星期一，你的网球派对之后的那天。第二次也是最后的签字——我们也许可以叫它终点——两天以后在伯尔尼，六月十号，星期三。一旦迪马签字交出他毕生的事业——因此，伯尔尼的签字加紧到了六月十号——他也就要准备好接受他的朋友米沙遭受过的同样不友好的待遇了：被打成筛子，换句话说。我是用插入语提到这点的，好让你注意到迪马计划的深度，他所处的绝境，还有增值的几十个亿——字面意思上的——正处于危急关头。直到他签完字，他都没有生命危险。你不能杀掉你还在产奶的奶牛。一旦他签了字，他就死定了。”

“那到底为什么要去莫斯科参加葬礼？”佩里反对，用一种遥远的声音。

“好吧，你和我不会去，我们会吗？”赫克托同意。“但我们不属于黑手党罪犯组织，而复仇要求它的代价。生存也一样。只要他还没签字，他就不会挨枪子。我们能回到你身上吗？”

“如果你必须这么做。”

“我们都必须这么做。你刚才提到你他妈的相当不痛快。嗯，我想你他妈完全有权利相当不痛快，而且是对你自己，因为在某个层面——在正常的社交层面——在不可否认的困境里，你表现得像个沙文主义的混账。为这个跟我翻脸没好处。看看你到目前为止搞出来的这堆乱七八糟的事情。嘉儿没参与，她渴望参与。我不知道你以为自己是生活在哪个世纪，但她和你一样有资格做她自己的决定。你是在认真考虑要向她隐瞒一张免费的法网公开赛男单决赛门票吗？嘉儿？——你的网球搭档，也是生活里的？”

佩里的手又一次盖在自己嘴上，发出一声被堵住的呻吟。

“就是这样。现在轮到另一个层面：非正常的社交层面。我的层面，卢克的层面。迪马的。你已经意识到的，相当正确，是你和嘉儿在全然意外的状况下踏进了一片布满炸弹的雷区。而像任何一个你这种类型的正派人，你的第一反应是把嘉儿从里面撵出去，并且让她待在外头。你也已经决定好了，除非我搞错了，你作为个人，听从了迪马的提议，把它传递给我们，也被任命为仲裁人或者观察员还是随便什么他想称呼的东西，是在遵守罪犯组织的法则，是在算计那些迪马计划要告发的人，极端制裁的一个正当案例。同意吗？”

同意。

“在何种程度上，嘉儿会被牵连伤害是个没有定论的问题。你毫无疑问也想到了那点。”

佩里想到了。

“那么让我们来算一算那些重要的问题。重要问题之一：你，佩里，是否有权利在道义上不知会嘉儿她身处的危险境地？在我看来的答案：不。重要问题之二：一旦她就这样被知会了，你是否有权利在道义上拒绝她要加入的选择，考虑到她和迪马家族的孩子们有感情上的牵绊，更不用提她对你本人的感觉？在我看来的答案：还是不，但我们可以晚点再争论那个。还有第三，有点招人讨厌但我们不得不问：你，佩里，她，嘉儿，你们作为一对伴侣，是否被这样一个念头吸引，为你们的国家做点该死的危险的事情，为了并不存在的回报，除了被宽泛地定义为荣誉的东西，建立在清楚知道如果你们胆敢四处炫耀这件事情，甚至是对你们最亲近的和最亲密的人，我们也会追踪你们到天涯海角？”他留出一段空白让佩里说话，但佩里没有，于是他接着说下去：

“根据记录，你们相信我们翠绿怡人的国土①亟待从它自己的手里被拯救。我碰巧也有此看法。我曾探寻过它的弊病，我曾生活在困境里。我的研究得出的结论是我们正在遭受着——作为一个往昔辉煌的国家——从上至下共同的腐烂。这可不是一个境况不佳的过时的老

---

① 这句话源自英国的一首爱国歌曲《耶路撒冷》，由休伯特·帕里作曲，歌词取自威廉·布莱克的短诗，被视作英国的“第二国歌”。

人的判断。我的机构里有一大帮人都宣称自己是客观中立地看待问题的。别把我跟他们搞混了。我是个晚期发作、满手血腥的，生来就不缺胆量的激进分子。还在听我说话吗？”

一下迟疑的点头。

“像我一样，迪马在为你提供去做一些事情的机会，而不是仅仅为它哀叹。而你呢，迫不及待又假装没在做那样的事，一个我认为从根本上不诚实的姿态。所以这是我强烈的建议：打给嘉儿，现在，把她从她的痛苦里解放出来，等你回到樱草花山以后把每个细节都告诉她，不管多微小，只要是你到目前为止还瞒着她的。然后在明天早上九点把她带来这里。今天早上，好好想想这件事。奥利会去接你们。然后，你们来签一份和今天你们两个都签了的那份相比更严酷也更不好懂的文件，而我们会在不把你们的情形变得更糟的前提下尽可能告诉你们这个故事的剩余部分，如果你们确实达成一致决定你们要去巴黎——或者要是你们决定你们不去，就尽可能少说，好让你们摆脱我们。如果嘉儿想要单独提出异议，那是她的事情，但我跟你打赌她十有八九会参与到这件事里，直到最后的结局。”

佩里终于抬起头来。

“怎么？”

“什么怎么？”

“怎么去救英格兰？从哪里？哦，从它自己那里。自己的哪一部分？”

现在轮到赫克托来反应了。“你只需要相信我们的话。”

“你们的机构的话？”

“就目前来看，是的。”

“以什么的力量？你们不应该是为了自己国家的利益撒谎的绅士吗？”

“那是外交官。我们不是绅士。”

“所以你们撒谎，为了保全你们的情报。”

“那是政治家。完全不同的游戏。”

八

一个晴朗的星期日正午，在佩里·梅克皮斯回到樱草花山和嘉儿重归于好后十个小时，卢克·韦弗放弃了他在家庭午餐桌上的位置——他的妻子埃洛伊塞已经煮好了分量可观的散养鸡和特别的面包屑牛奶酱，他的儿子本邀请了一位以色列同学——他的耳边回响着自己的道歉，抛下樱草花山上那座他勉强负担得起的连排红砖房，动身前往他相信是他起伏不定的间谍生涯中的决定性会面。

他的目的地，在埃洛伊塞和本被允许知道的范围内，是他的部门在朗伯斯区可怖的河边总部，被有法国贵族血统的埃洛伊塞取了个绰号：泰晤士河上的卢比扬卡①。事实上那地方是布鲁姆斯伯里，一如过去三个月都是。他选择的交通形式，尽管他内心翻腾着紧张的情绪，或者根本就是因为这种紧张的情绪，既非地铁也非公交车，而是步行，一种他在莫斯科工作期间养成的习惯，如果你想要在那里找一个没人注意的秘密交换地点，或是避让到一个露天的门廊上，在令人屏息的三十秒里移交现金或物品，三个小时的街头漫步在任何天气里都是免不了的代价。

从樱草花山步行抵达布鲁姆斯伯里，卢克通常允许自己走上整整一个钟头，这是他的锻炼，到目前为止，尽可能每天都走一条不同的路线，目的不在于甩开想象中的尾随者们，尽管他很少能摆脱这个念头，而是为了品味一座他在数年的海外工作后热切想要重新了解的城市的旁道小巷。

而今天，由于阳光和清空他的头脑以行动的需求，他已经决定在漫步往东穿过商业区之前先穿过摄政公园；而那又会让他的行程额外增加半个小时。他的情绪——充满期待和兴奋——也是担忧之一。他睡得很少，如果真的有睡着过。他需要让瞬息万变的思绪稳定下来。他需要看着普通的、没有秘密的人，花朵，还有外面的世界。

“一个由他说出来的诚恳的是的，和另一个诚恳的是的，该死的由她说出来的，”赫克托在加密的电话上激动地说。“‘男孩比利’会在今天下午两点听我们把话说完，而国王会在他的天堂里。”[②]

* * *

六个月前，当卢克从待了三年的波哥大[③]回家休假时，人力资源部的女王——在整个部门里被无礼地称为“人力女王”，通知他就要被解雇了。他早料到了。即便如此，他还是用了痛苦的几秒钟才解码

① 原文为法语。“卢比扬卡”是俄罗斯联邦安全局总部所在地，通常被用来指代“克格勃”。

② 《少年比利》是一首美国童谣，源自英国儿歌《我的男孩比利》，讲述比利在不断寻找他的妻子，而妻子却因年少离不开她的母亲。这首童谣常被与另一首英国民歌《国王兰德尔》联系起来，后者讲述一名求婚者被他的爱人毒杀。

③ 哥伦比亚首都。

她的讯息：

"机构正依靠自己一贯的众所周知的适应力从衰退中存活下来，"她向他保证，用一种乐观得过分愉快的语气，以至于他以为自己接下来要被任命为一名地区管理者而远不是将被强制调职的想法都可以被原谅了。"坦白点讲，我们在白厅的储备还从来没有这么高过，我很高兴这么说，我们的招募工作也从没这么容易过。我们最新吸收的年轻的希望之星里有百分之八十的人拥有一流学府颁发的一级荣誉学位[1]，而且没人再谈论伊拉克了。其中有些人是一级双学位。你能相信吗？"

卢克相信这点，但克制着没说自己在过去二十年里凭一个中等二级学位也表现得相当不错。

这些天来唯一真正的问题是，她解释道，用同一种坚决的乐观的语气，是卢克这样的人的能力和薪资等级已经达到了他们的自然分水岭，安置他们正变得越来越难。有些人甚至根本没法安置，她惋惜地说。可她该怎么办呢——告诉她——遇到一个年轻的上司，希望他的全体人员身上都没有冷战的包袱？真是太可惜了。

因此她能设法做到的最好的安排，她恐怕，卢克——和他在波哥大时一样出色，而且非常勇敢——附带说一句，他处理自己私生活的方式和她毫无干系，只要那不影响他的工作，毫无疑问没有影响——所有这些都被放在一个括号里急促含混地带过——将会暂时填补行政部的一个空缺，直到这个位置上现有的职员休产假回来。

---

① 英国大学的学位等级分为一等学位、二等学位(其中又分甲等和乙等)和三等学位，分别对应平均成绩 70 分以上、50—69 分和 40—49 分。

与此同时，和机构重新安置部门的人谈谈，看他们能在大世界里提供点什么，对他来说也许是个好主意：这点，和他可能在报纸上读到的那些无稽之谈相反，绝不是完全无望的。恐怖分子，还有国内动乱的威胁，在为私人安保部制造奇迹。她的一些最好的前军官现在挣的是他们在机构时的两倍多，而且热爱现在的工作。有他这样的实战记录——而且他的私生活也很稳定，人人都是那样说的，尽管那和她毫无干系——她毫不怀疑卢克将会得到下一个雇主的高度赏识。

“还有你不需要创伤后咨询或那一类的事情吧？”她着急地问，仿佛他就要离开了。

不是从你这里，多谢，卢克想。还有我的私生活并不稳定。

* * *

行政部阴暗的办公室位于底楼，而卢克的桌子和街道之间的距离近得就差把人真的扔到街上去了。在世界上绑架最多发的地区待了三年后，他很难适应一些事情，比如给在家办公的低级员工的里程津贴，但他尽力了。因此，在他接受宣判的一个月后，他接起很少会响的电话，听见自己被赫克托·梅雷迪斯召唤，要他立即赶去出了名过时的伦敦俱乐部和他共进午餐，不由感到无比讶异。

“今天，赫克托？老天。”

“早点来，别他妈告诉任何人。就说是每个月的那个时候或别的什么。”

“多早？”

“十一点。”

“十一点？午餐？”

"你不饿吗？"

时间和地点的选择都被证实和它可能表现出来的一样诡异。一个工作日早上的十一点，一间摇摇欲坠的帕尔马尔街[①]俱乐部里回响着吸尘器的轰鸣，工资过低的移民劳工们午间休息时节奏单调的喋喋不休的谈话，没有其他。带柱大厅空荡荡的，除了一个坐在小隔间里的衰老的看门人和一个在拖大理石地板的黑女人。赫克托，休憩在一个古老的雕刻王座上，交叠着他的长腿，正在读《金融时报》。

* * *

在一个由没有固定身份并且发誓保守秘密的人组成的机构里，总是很难得到有关任何同事的硬信息。但即使是以这些低标准来看，一段时间的西欧副局长，然后是俄罗斯副局长，接着是非洲和东南亚副厅长，然后现在，不可思议的，特殊任务局长，都是一个行走的谜题，或者，就像他的某些同事会说的，一个特立独行者。

十五年前，卢克和赫克托曾一起上过三个月的俄语高级课程，在一位年老的公主长满常春藤的老汉普斯特得的别墅里，和卢克现在居住的地方相距不到十分钟。夜晚来临，他们会一同在海斯附近散步，宣泄心中的情感。赫克托在那些天里是一个行动迅速的人，生理上和职业上都是。迈开他的瘦腿，小卢克就很难跟上他。他的谈话，总是从卢克的头顶上飘过，两种词义都适用[②]，并且伴有接连不断的感慨，从"历史上两个最伟大的骗子"——卡尔·马克思和西格蒙德·

---

① 伦敦的一条街道，因聚集了很多俱乐部而闻名。

② 此短语也有"不能理解他的话"的意思。

弗洛伊德——到一种始终保有当代良心的不列颠爱国主义的迫切需要——在这之后通常是一个典型的赫克托式的突然提问，这时他会要求回答良心究竟意味着什么。

自那以后，他们的轨迹鲜有交集。在卢克的实战生涯沿着它可预测的方向发展时——莫斯科、布拉格、安曼[①]，又是莫斯科，其间在总部替了一阵班，最后到了波哥大——赫克托则如有神助般地迅速晋升到了四楼，而就卢克所知，他的孤僻，也被下了定论。

但随着时间的流逝，赫克托体内的激进异见者逐渐显出抬头的迹象。一波新的机构权力经纪人正对王室施加更大的压力。赫克托，在一个距离高级官员办公室不远、但后来被证实其实也没那么近的地方，严厉批评了四楼那群“聪明的傻瓜”，他们“愿意牺牲机构的神圣职责，向当权者说出真相”。

在事态还没完全平息的当口，赫克托在主持一场激烈的事后检讨、讨论一次操作失误时，为嫌犯向联合机构规划人辩护，他声称，后者的看法已经“不正常地被他们舔惯美国屁股的脑袋给限制了”。

随后，在二〇〇三年的某个时候，无需惊讶，他不见了。没有告别派对，没有内部月度通讯上的讣告，没有含义不明的奖章，没留下邮件地址。先是他的编码签名从操作指令里消失了。接着它从分布列表里消失了。随后它从不对外开放的邮件地址簿，并且最终从加密的电话簿里消失了，这等同于一份死亡声明。

而取代这个人本身的，是不可避免的散布流言的群体：

他领导了一场针对伊拉克的顶楼叛乱，并且因为他的努力被解雇

---

① 约旦王国首都。

了。错了，其他人说。是阿富汗的轰炸，而且他不是被解雇的，他辞职了。

在一次针锋相对的争论中，他当面称呼内阁秘书长是一个“撒谎的混账”。又错了，一个不同的阵营说。是总检察长和“没有骨气的马屁精”。

其他有更确凿证据的人接着指出在赫克托离开机构前不久发生在他身上的个人悲剧，他唯一的、倔强的儿子阿德里安，不是第一次了，在一级毒品的作用下高速驾驶一辆偷来的汽车出了车祸。不可思议的是，唯一的受害者就是阿德里安自己，他的胸部和脸部都受了伤。但一位年轻母亲和她的婴儿险些被撞上，而“国家公务员之子离家出走，制造高速公路恐慌事件”成了丑闻。一系列其他过错也被算了进来。被这起事件击溃了，流言制造者说，赫克托从秘密世界里抽身出去，为了在他儿子身陷牢狱时给予支持。

然而，尽管这个版本具有一些优势——起码这个说法里包含了一些不能否认的事实，这对它有利——它也不可能是完整的故事，因为在他消失几个月后，赫克托本人的大头照出现在小报上，不是作为阿德里安心烦意乱的父亲，而是为了把一家成立已久的家族企业从那些被他戏称为“秃鹰投资人”的掌控中拯救出来，从而为他自己博得了一条轰动的头条。

有好几周，赫克托的关注者们都尽情享用着令人激动的小道消息，这家成立已久的、有着清白发家史的谷类进口海运公司有六十五名长期雇员，所有股东，他们“赖以为生的系统在一夜之间被关闭了”，根据赫克托，这个也突然发掘出自身公关天赋的人说：“倒卖公司资产和投机倒把的家伙们正在朝我们扑来，而六十五个最棒的英国男人和女人却面临流落街头的危险，”他这样通知媒体。果然，不到一个月的时间，头条都在咆哮：**梅雷迪斯击退秃鹰投资家——家族企业战胜收购者**。

而一年后，赫克托坐在他四楼的旧房间里，发了点小脾气，他喜欢这么说。

* * *

赫克托是如何通过谈判把自己弄回机构里，或是机构低声下气地去找过他，以及随便什么都属于一个所谓的特殊项目主管分内事的情况，对卢克来说都是无法克制自己不去考虑的秘密，同时他缓慢地跟随赫克托沿着他的俱乐部令人赞叹的楼梯往上爬行，经过它的帝国英雄们剥落的画像，走进发霉的图书馆，里面的书籍无人阅读。他继续沉思着，而赫克托拉上那扇巨大的桃花心木门，转动钥匙，把它丢进自己的口袋里，解开一只棕色旧箱子的皮搭扣，把一只封好的没贴邮票的机构信封塞给卢克，缓缓走到通到屋顶的框格窗边，向外看就是圣詹姆斯公园。

“想着比起在行政部吊儿郎当的，它也许更适合你一点，”他漫不经心地评论道，棱角分明的身体在肮脏的网眼窗帘前映出逆光的轮廓。

机构信封里的信是一份同样来自“人力女王”的打印件，就是她在两个月前对卢克进行了宣判。它用一种毫无生气的行文把他调往一个尚处于筹备阶段、对外宣称为“反诉焦点小组”的部门担任协调员的职位，对特殊项目部的主管负责，即时生效。它的远见将在于“先发制人地考虑从借由机构运行的产物获益颇多的客户部门有可能得到什么样的补偿”。这项任命为他的合同带来十八个月的延期，从而使他在机构服务的长度达到领取养老金的资格。如有任何疑问，电邮这个地址。

“对你有意义吗？”赫克托从他在长框格窗边的位置问道。

迷惑不解的卢克说了一些类似它帮助还贷的话。

“你喜欢先发制人？先发制人抓住你了？”

“不多，”卢克说，疑惑地笑了一声。

“‘人力女王’赞赏先发制人，”赫克托回击道。“那让她像发情的猫一样饥渴。推进焦点，你就安全了。”

卢克应该纵容这个男人吗？他到底想干吗？在上午十一点把自己拖到这间可怕的俱乐部来，给他一封甚至不是他写的信，还说一些打趣“人力女王”的英语的生硬的俏皮话？

“听说你在波哥大度过了一段困难时期，”赫克托说。

“嗯，起起伏伏，你知道，”卢克不失戒备地回答。

“碰上了你第二任太太，你是说？那类的起起伏伏？”

盯着他手里的信，卢克看到它开始颤抖，但靠着对自己的克制一言不发。

“或者那类起起伏伏，在机枪点被某个该死的你以为是自己同伴的毒贩给劫持了，”赫克托继续道。“类似那样的起起伏伏？”

“很有可能两者都是，”卢克生硬地回答。

“介意说说哪个先来的——劫持还是相遇？”

“相遇，很不幸。”

“不幸是因为，在你的毒贩有空把你关押在他丛林里的藏身处时，你可怜的好太太回到波哥大，听说你和隔壁的女孩擦出火花了？”

“是的。没错。她是那么做了。”

“因为这样，当你终于逃脱了毒贩的热情招待，并且在荒野里混迹了几天，回到家里，却没能得到期望中的英雄般的欢迎？”

“是的。我没有。”

“你全都说了吗？”

“对那个毒贩？”

“对埃洛伊塞。”

“嗯，不是全部，”卢克说，不太确定他为什么能心平气和地谈论这件事。

“你对她坦白了所有她已经知道的，或者肯定会发现的，”赫克托满意地提示。“把某些外出伪装成全部的、真诚的坦白。说得没错吧？”

“我想是的。”

“别打听，卢克，老朋友。别武断。就说明白吧。我们在过去一起的好日子里过得很愉快。在我的印象里你是个他妈的好办事员，那就是为什么你会在这里。你怎么想的？总体来说。你拿在手里的那封信。其他的呢？”

“其他的？嗯，我想我有点被搞糊涂了。”

“被什么搞糊涂了，确切点？”

“嗯，为什么这么匆忙，首先？没错，它是即时生效的。但这份工作不存在。”

“不需要存在。故事很清楚。经费不足，所以头儿跑去财政部求他们给点现金。财政部坚持自己的立场。‘帮不了你。我们都破产了。得费好大劲从所有那些曾经在你们身上捞过点好处的家伙那里把钱收回来。’我认为它的效果相当不错，考虑到当时的情况。”

“我肯定那是个好主意，”卢克真诚地说，自从他挫败地回到英格兰后，他还从没像现在这样茫然过。

“好吧，要是它不起效果，现在轮到你说话了，看在老天的分上。在这种情形下没有第二次机会，相信我说的。”

“它会奏效的，我肯定。而且我很感激，赫克托。多谢想到我。多谢帮忙。”

“‘人力女王’的计划是给你自己的办公桌，上帝保佑她。从财政部过去几个办公室。哦我可不能把那搞砸了。接受它。但我的建议是跟财政部保持距离。他们不想让你了解他们的情况，我们也不想让他们了解我们的。嗯，我们想吗？”

“我不认为我们想。”

“不管怎样，你不会太常待在那里。你会在外面走动，搜罗白厅的情报，把自己搞成一个让当权内阁头痛的家伙。一周来报到几次，向我汇报进展，摆弄你的经费，那是你的任务。你还接受吗？”

“不完全。”

“为什么不？”

“嗯，首先，为什么在这里？为什么不发邮件给在底楼的我，或是用内线电话打给我？”

赫克托从不轻易接受批评，卢克记起来了，而他现在也没有。“好吧，该死。假设我确实先给你发过邮件。或者打过电话给你，搞什么鬼？那样你就会接受吗？‘人力女王’提供的职位，像现在这样，看在老天的分上？”

太晚了，一个不同的、更振奋人心的情节开始在卢克脑中形成。

“如果你是在问我会不会接受‘人力女王’在这封信里向我提出的这个职位——问我一下，想象的——我的答案是是的。如果你问我——想象的，依然是——要是我发现这封信放在我办公室里的桌子上，或是在我的隔板上，我是否会察觉到可疑之处，我的答案是不，我不会。”

“以侦查员的荣誉？”

“以侦查员的荣誉。”

他们被一阵猛烈的门把手摇动声给打断了，接着是一阵愤怒的敲门声。随着一声厌烦的“哦操他的”，赫克托示意卢克躲到书架间去，打开门锁，然后把自己的头伸了出去。

“抱歉，老伙计，今天不行，我恐怕，”卢克听见他说。“在进行非正式库存盘点。惯例是一团糟。会员们把书带走又不登记。希望你不是他们中的一个。试试周五。这是我生平第一次乐意当个该死的荣誉图书管理员，”他继续道，在他重新关上门锁好的时候也没怎么费心放低自己的声音。“你现在可以出来了。未免你以为我是九月屠杀①的主谋，你最好也读读这封信，然后把它还给我，让我把它吞下去。”

这个信封是纯蓝的，而且很明显是不透明的。封盖上印有一个精致的跃立的蓝色狮子和独角兽的浮饰②。而里面，一张配套的蓝色信纸，最小尺寸的，印有一本正经的抬头：来自秘书处办公室。

---

① 九月屠杀是发生在法国大革命时期的一波牵动整个巴黎的暴动。屠杀平息后，整个巴黎的监狱的半数人口被处决。

② 大英帝国的标志，狮子代表英格兰，独角兽代表英格兰。

亲爱的卢克，

这是为了向你保证，今天午餐时你和我们共同的同事在他的俱乐部里私下进行的谈话得到我的非正式同意。

永远的，

——然后是一个非常小的签名，看起来像是被人用枪威胁着敲诈出来的：威廉·J·马特洛克(秘书处处长)，更常被称作男孩比利·马特洛克——或者如果你喜欢，干脆就叫“恶霸男孩”，实际上那些曾和他正面冲突过的人就是这么干的——机构任期最长、最强硬的问题处理者，也是首相身边的第三把手。

“谎话连篇，实际上，但除此以外这个讨厌的家伙还能干什么呢？”赫克托评论道，一边把信装回信封，又把信封塞进他破烂运动外套的一个内袋里。“他们知道我是对的，希望我是错的，不知道如果我是对的该怎么办。不想让我站在帐篷外头往里撒尿，也不想让我往外头撒①。把我锁起来、封住我的嘴巴是唯一的答案，但我可不乐意接受那个，从不。你也不，人人都这样说——为什么你没被老虎或者他们有的别的什么东西给吃了？”

“主要是昆虫。”

“水蛭？②”

“也包括它们。”

---

① 这句话引自美国总统林登·贝恩斯·约翰逊的一句话。1971 年时，他曾寻求办法迫使胡佛辞去联邦调查局局长一职，但当他知道难以成事之后，反而对胡佛的存在处之泰然。他认为：“宁可让他在帐篷里往外撒尿，也比站在外面往里尿好”，意为宁可把他握在自己手里妨害别人，也不能让他落在外人手里妨害自己。

② 也指榨取他人利益的人。

“别犹豫了。请坐。”

卢克顺从地坐下了。但赫克托依旧站着，双手深深地插在他的口袋里，佝偻着肩膀，怒视着没点火的壁炉，和它古老的黄铜火钳、拨火棍以及破裂的皮革环绕物。卢克突然感到图书馆内的氛围变得沉重压抑，如果不是威胁性的。也许赫克托也感觉到了，因为他尖刻的言语遗弃了他，而他凹陷、病态的面孔变得像个殡仪馆业务员一样冷酷。

“想问你点事，”他突然开口，更像是对着壁炉而非卢克。

“问吧。”

“你这辈子看过最悲惨、最他妈可怕的事情是什么？随便什么？除了被一把毒枭的乌兹冲锋枪枪口指着你的脸。双手被砍掉、鼓着肚子、快饿死的刚果儿童，因为饥饿疯狂地嚎叫，累得哭都哭不动了？被阉割的父亲们，鸡巴塞在他们嘴里，眼窝里满是苍蝇？刺刀插在屁股里的女人们？”

卢克从没在刚果工作过，所以他只好猜测赫克托在描述的是他自己的经历。

“我们也有自己差不多的经历。”

“例如什么？说出一两个来。”

“哥伦比亚政府有一个演习日。美国人会来帮忙，很自然。村庄被火烧。村民们被轮奸，被折磨，被劈成碎块。所有人都死了，除了那个活下来讲述这个故事的人。”

“是的。好吧。那我们都见过这个世界的一部分了，”赫克托让了步。“不只是在瞎搞。”

“不是。”

"还有到处都是的脏钱，靠痛苦赚来的好处，我们也都见过了。仅在哥伦比亚，数十亿。你已经见过了。上帝知道你的人都价值多少。"他没等着要答案。"在刚果，数十亿。在阿富汗，数十亿。在世界该死的经济体的八分之一：黑得像你的帽子一样[①]。我们都知道。"

"是的。我们知道。"

"沾了血的钱。就那么回事。"

"是的。"

"在哪无关紧要。可以是装在一个盒子里藏在索马里一个军阀床下，或是在伦敦城一家银行里，旁边挨着上好的年份葡萄酒。都不会改变事情的本质。都是沾了血的钱。"

"我猜是那样的。"

"没有魔力，没有冠冕堂皇的借口。敲诈勒索、毒品交易、谋杀、恐吓威胁，大规模强奸、奴役。沾了血的钱。告诉我，我是否在夸大。"

"我肯定你没有。"

"只有四种方式去阻止它。一：你去找干这些事情的家伙。抓住他们，杀了他们或是把他们轰到天上去。要是你办得到。二：你去找货物。在它到街上或市场上之前截获它。要是你办得到。三：把利益攥在手里，让那些混蛋破产。"

赫克托担忧地停顿片刻，像是在考虑某些远高于卢克薪资等级的

---

① "black-hat"意为赚黑钱的，而"black as your hat"则源于过去英国人的帽子多为黑色。

事情。他是想到了把他儿子变成一个惯犯和瘾君子的海洛因贩子吗？还是那些曾想让他的家族企业破产，让六十五个最棒的英国男人和女人流落街头的秃鹰投资人？

“还有第四种办法，”赫克托说着。“真正糟糕的办法。试过的最好、最简单、最方便、最常见，还是动静最小的。丢下那些挨过饿、被强奸过、折磨过，死于毒瘾的人。让人力成本见鬼去吧。钱是没有痕迹的，只要有足够的而且是我们的钱。尤其是，要敢想。抓小鱼，但把鲨鱼留在水里。一个家伙在洗好几百万的钱？他是个该死的骗子。把监管机构叫来，把他关进监狱。但是几十个亿？这才像话。十亿是个统计数据。”闭上眼睛，他陷入自己的思绪里，有一刻赫克托看起来像是他自己死后的面部模型：或者在卢克看来是那样。“你不必赞同我说的任何事情，卢克，”他友善地说，从他自己的白日梦里醒过来。“门全开着。凭我的声誉，这会儿一大堆家伙就要破门而入了。”

卢克想到钥匙还放在赫克托的口袋里，这个隐喻的选择因而显得相当讽刺，但他没把自己的想法说出来。

“你可以在午餐后回到办公室里，告诉‘人力女王’，万分感谢，但你更乐意在底楼待到你的工作期满。领上你的退休金，离毒枭和同事们的老婆远远的，在这辈子剩下的时间里无所事事地躺着，朝天花板吐唾沫。不会摔断任何一根骨头。”

卢克试着微笑了一下。“我的问题在于，我对朝天花板吐唾沫不大在行，”他说。

但没什么能阻止赫克托的强制推销：“我在提供给你的是一条无处可去的单行道，”他坚持。“要是你选择加入这档子事，你他妈的就无处可去了。要是我们输了，我们就是两个试着往自己老巢里泼脏水的失败的揭秘人。要是我们赢了，我们会成为被白厅摈弃的人——在威斯敏斯特丛林和所有岗位都是。更不用提我们用尽全力去爱、以之为荣和服从的机构了。”

“这就是我能得到的全部信息？”

“为了保全你自己还有我，是的。除非你先抵达圣坛，否则不能进去。”

他们在门口了。赫克托已经拿出钥匙，并且准备打开门锁。

“还有‘男孩比利’，”他说。

“他怎么了？”

“他会逮捕你。肯定会。大棒和胡萝卜那回事。‘那个讨人厌的疯子梅雷迪斯都跟你说了些什么？他想干什么，在哪儿，他都雇了谁？’要是那发生了，先告诉我，在那之后再跟我谈谈。在这件事上没人是干净的。每个人都有罪，直到被证明清白。成交？”

“到目前为止我在攸关利害的反审讯上都干得不错，”卢克回应，感到现在是他维护自己的时候了。

“都一样，”赫克托说，还在等他的回答。

“这次是俄罗斯人吗，碰巧？”卢克怀着希望提问，事后他把这一刻视作一个灵感迸发的时刻。他是个亲俄分子，并且一直为从任务中被调走而愤愤不平，就因为假定的对目标的过度喜爱。

“可能是俄国人。也可能是任何该死的东西，”赫克托回答，这时他大大的灰眼睛又一次因为他的信徒的热情被点燃了。

* * *

卢克有真的说过接受这份工作吗？他有说过——既然他在回顾往

昔，“是的，赫克托，我会到国外去，蒙上双眼，绑住双手，就像那天晚上我在哥伦比亚的时候，我也会加入你的改革运动”——或者表示那个意思的话？

不，他没有。

就算是在他们坐下来享用那顿被赫克托欢快地描述成世界上第二糟的午餐的时候——排第一的还有待发现，卢克仍然在考虑那些挥之不去的疑问，倘若他诚实面对自己：他是否被邀请加入机构那种明知不可取还时不时会发动的有着灾难性后果的秘密战争。

赫克托谦逊有礼的东拉西扯的开场白丝毫无助于缓解这些焦虑。在他的俱乐部阴森森的餐厅外部区域，坐在那张最靠近厨房嘈杂声的桌子上，他为卢克演示了一堂在公共场合运用非直接谈话的大师级别的课程。

在吃烟熏鳗鱼时，他把自己的问题限制在卢克的家庭上，不经意地正确提到他太太和儿子的名字，又一个让卢克确信他已经看过自己私人档案的迹象。牧羊人派①和学校卷心菜②被端上来的时候——由一个穿红色猎装的生气的老黑人放在一辆当啷作响的银色手推车上送过来的，赫克托转到更亲密但同样无关痛痒的简尼的结婚计划的话题上——原来简尼是他亲爱的女儿——最近她放弃了这一计划，自从发现跟她纠缠的那个家伙——按赫克托的说法——其实是个十足的混账：

“就简尼而言并不是爱，是上瘾——和阿德里安一样的，只是感谢上帝，不是毒品。那家伙是个悲观主义者，她是个老好人。一个愿

---

① 传统英式菜，主要由烤牛羊肉、蔬菜和土豆泥烤制而成。

② 一些欧美学校会组织学生种植卷心菜以培养他们对园艺的兴趣。

打一个愿挨，我们这么想的。我们什么都没说，没法说。没希望的。给他们在布鲁姆斯伯里买了幢可爱的小房子，都装修好了。讨厌的乡巴佬要给整间屋子铺上三英寸厚的地毯，于是简尼也想要。我自己恨死这些地毯了，但你还能做什么？距离大英博物馆步行就几分钟，对托洛茨基[①]和她的博士都正合适。幸好简尼蹬掉了这个小混蛋，感谢上帝，给她满分。经济不景气的好价钱，房东破产了，我应该不会损失多少钱。漂亮的花园，不太大。”

那个老使者带着一罐坑坑洼洼的乳蛋糕重新出现在桌边。赫克托挥了挥手让他走开，他低声咒骂了几句，拖着步子往二十英尺外的下一张桌子走去。

“还有一个不错的地下室，现在你不常看到了。有点味道。不冲。过去是某个人的酒窖。没有界墙。外头来往的交通情况还能接受。还好她没怀上那家伙的孩子。他们没采取保护措施，我知道简尼的。”

“听上去值得庆幸，”卢克礼貌地回应。

“是的，噢它可能发生的，不是吗？”赫克托同意道，身体前倾以确保厨房里当啷作响的噪声能盖过自己说的话。到这会儿卢克已经不太确信赫克托是否真有一个女儿。“我想你也许愿意租用这个地方一阵，不用租金。简尼不会靠近它，可以理解，但它确实需要有人住进去。我马上就给你钥匙。还记得奥利·德弗罗吗，顺便问一句？日内瓦一个白俄旅行代理商和哈罗一个卖炸鱼薯条的女士的儿子？快四

① 列夫·达维多维奇·托洛茨基(1879—1940)，苏联共产党，第四国际领袖，后被用来指代共产主义思想里的无政府主义者。

十五了瞧着还像十六？不久前你在圣彼得堡搞砸了一项窃听麦克风的任务时把你从窘境里解救出来的？”

卢克清楚地记得奥利·德弗罗。

“法语、俄语、瑞士德语还有意大利语，要是我们需要，执行任务时最好的后援。你会付他现金。我会给你一点那东西。你从明早九点整开始。给你时间去收拾你在行政部的桌子，把你的大头针和回形针拿到三楼去。哦是了，你会和一位友好的女士同住，她叫伊冯，其他名字无关紧要：职业侦探、装无辜的好手，坚强的人。”

银色手推车又过来了。赫克托推荐俱乐部的面包黄油布丁。卢克说那是他的最爱。乳蛋糕最好留到下次，谢谢。手推车离开了，被一片老年人愤怒的愁云笼罩着。

“另外，你能好心把自己看成少数被挑选出来的人之一吗，就像几小时前那样，”赫克托问，用一块被虫蛀过的缎子餐巾轻轻擦拭自己的嘴。“你会是包括奥利在内的名单上的第七个人，要是真有一张名单的话。我不希望在我没点头的情况下出现第八个人。成交？”

“成交，”这次卢克说了。

所以也许他确实给过肯定的回答。

* * *

那天下午，在他同被困在行政部的同事们冷冰冰的注视下，并且仍然能感受到俱乐部劣质葡萄酒的影响，卢克收好那些赫克托称之为大头针和回形针的东西，把它们送到三楼的隐居地，一间门上挂着**焦点反诉**牌子的房间——肮脏但还能接受——确实在等待它理论上的使用人。他拿着一件旧羊毛开衫，似乎有某种东西促使他把它挂到椅背上，它一直留在那里直到今天，就像是他的另一个自我的幽灵，无论他是在一个顺便经过的周五下午向在走廊里撞见的随便哪个人欢快地打招呼，还是来提交伪造的本周花销——之后都被他用于定期填补布鲁姆斯伯里的日常账户。

就在第二天早晨——这些天里他刚开始重新能够睡着——他第一次动身前往布鲁姆斯伯里，一如现在他正往那里走去，只是在他首航的那天，细密的大雨冲刷着整个伦敦，迫使他穿上自己的带帽连身雨衣。

* * *

他首先检查街道上的情况——在大雨里几乎不会有问题，但有些作战习惯是你改不掉的，无论你睡得多熟或是在多困难的情况下步行——从北往南检查一次，再从一条并入大道的小路到它刚好正对的目标房屋，门牌号是九。

就算是在大雨里，房子本身也跟赫克托保证过的一样漂亮：一幢由伦敦手制砖[①]建成的前墙面平坦的三层楼排屋，重新粉刷过的白色台阶通往一扇最近刷过漆的宝蓝色大门，门的上方安着一面扇形窗户，两旁各有一扇框格窗，前门台阶两边是地下室的窗户。

但没有单独建在外面的地下室楼梯，在他走上台阶、转动钥匙和走进屋子时卢克适当地注意到了这点，然后站在门垫上，先是听了听动静，接着脱去他湿透的外衣，从藏在他雨衣下面的便携袋里抽出一

① 直到二十世纪早期机制砖出现之前，伦敦和英格兰东南部地区大多使用这类手制砖建造房屋。

对干燥的鞋套。

厅里满满当当地铺着让人想尖叫的厚重的朱红色地毯：简尼及时蹬掉的那个小混蛋留下的东西。一把铺着吱吱作响的崭新绿色兽皮的古董门房椅[①]。一面古董镜子，奢侈地重新镀了金。赫克托想为他心爱的简尼做到尽善尽美，并且在他成功突袭了秃鹫投资家后，他大概是有能力负担这些装饰的。他上方有两道楼梯，也铺着厚厚的地毯。他招呼道："有人在吗？"——没有回音。他推开一扇通往客厅的门。原装的壁炉。罗伯兹[②]的画作，沙发和扶手椅套在高档质地的罩子里。在厨房里有高端设备和做旧的松木桌子。他推开地下室的门，朝着往下的石头台阶大喊："嗨——抱歉打扰了"——没有回音。

他爬上二楼的时候没听见自己的脚步声。在中间的平台上有两扇门，他左边的那扇用一块钢板和侧边两把齐肩高的铜锁加固过了。他右边的那扇就是一道门。没整理过的两张单人床，关着门的小卫生间。

赫克托给他的钥匙上还扣着第二把钥匙。试了试他左边的那扇门，他打开锁，踏进一间伸手不见五指的房间，闻起来有女性除臭剂的味道，埃洛伊塞过去喜欢用的那种。他摸索着打开灯。厚重的红色天鹅绒窗帘，几乎没有拉开，紧紧并拢在一起，用尺寸过大的安全别针固定在一起，偶然让他回忆起待在波哥大的美国医院里复原的几个星期。没有床。在房间的中央，一张空空如也的搁板桌，配有旋转座椅、电脑和阅读灯。在他前方的墙上，四扇安在天花板凹槽里的蜡布

① 一种起源于中世纪英格兰的椅子，通常垫衬高级兽皮或红丝绒，放在前门处供门房使用。这种椅子的椅背通常很高，用于抵御寒风。

② 大卫·罗伯兹(1796—1864)，出生于苏格兰，后移居伦敦，是第一位绘制埃及和泛巴勒斯坦地区的英国画家。

黑色百叶窗一直垂到地板上。

回到平台上，他把身子从栏杆上探出去，又一次大喊“有人在吗”，仍然没有回答。回到卧室里，他一扇接一扇地拉起那些黑色百叶窗，把它们归到天花板上属于它们的位置里。起初他以为自己是在看一张建筑师的草图，有整面墙那么宽。但是什么的草图？然后他以为它肯定是一大张算法。但是什么的算法？

他研究着那些彩色线条，读着仔细标示出来的斜体手写字，他一开始以为是镇名。但它们有类似牧师、主教、神父和助理牧师这样的名字，又怎么可能是镇名？黑色的线条变成灰色的，接着消失了。淡紫色和蓝色的线条，在距离中心南面的某个点上汇聚起来，或者它们是从那点发散出去的？

所有线条都延伸过太多旁逸斜出的迂回路线，太多回溯，太多拐弯、折回和方向的转变，向上、向下和向侧，要是他的儿子，本，在某次难以解释的暴怒情绪的控制下，曾躲在这同一个房间里，抓起一罐彩色蜡笔在墙上宣泄他百转千回的情绪，呈现出来的效果也不会有太多不同。

“喜欢吗？”赫克托问，站到他身后。

“你确定你把它画对了？”卢克反问，打定主意不要显出惊讶。

“她叫它金钱的无政府状态。我估计它对泰特现代艺术馆[①]正合适。”

“她？”

“伊冯。我们的铁娘子。多数时候在下午工作。这是她的房间。

---

① 英国第一家展示现代艺术的专题美术馆，由发电厂改建而成。

你的在楼上。”

他们一起爬上一个改建过的阁楼，光秃秃的房梁和天窗。一张和伊冯房间里同样配置的搁板桌。赫克托不喜欢带抽屉的书桌。一台台式电脑，没有终端。

“我们不用固定电话线，加密或其他形式都不，”赫克托说，卢克渐渐开始习惯他语气里掩藏的激烈情绪。“没有通到总部办公室引人注目的热线，没有邮件联系，加密的、解密的或被捣毁的。我们唯一要处理的文件就是奥利的橘色便条纸。”他手里正拿着一个：一张普通的记忆贴，在它橘色的塑料膜上标着数字七。“每张便条纸的传递都要追踪到我们每一个人，明白了？签名，收进来；签名，递出去。奥利负责流转，记录日志。跟伊冯一起待上几天你就会抓到窍门的。碰到其他问题再说。有问题吗？”

“我想没有。”

“我想也是。那就放松点，想想英格兰，别徘徊，也别搞糟。”

也想想我们的铁娘子。职业侦探、坚强的人，还有埃洛伊塞昂贵的除臭剂。

*　　*　　*

在过去的三个月里，卢克尽了自己的全力忠于他的使命；他衷心希望今天的自己还能这么做。两次，“男孩比利”马特洛克把他召去，奉承或威胁他，抑或两者都有。两次他都依照赫克托的指示躲闪遮掩、编造谎言，然后侥幸过关。那并不容易。

“不管是在天上还是地下，伊冯都不存在，”从第一天起赫克托就下过命令。“现在不，将来也不会存在。明白吗？那是你的底线。

也是你的上线。就算‘男孩比利’抓着你的睾丸把你吊在烛台上，她还是不存在。”

不存在？一个裹在黑色长雨衣和尖头兜帽里的端庄的年轻女人站在门廊上，在他到那里上班的第一天的第一个晚上，没有化妆，用双臂紧搂着一只鼓鼓囊囊的公文包的样子像是她刚从洪水里把它抢救出来，现在不，将来也不会存在？

“嗨。我是伊冯。”

“卢克。快进来，看在老天的分上！”

他们在她匆忙走进门厅的时候湿淋淋地握了一下手。奥利，执行任务时最好的后援，为她的雨衣找了一个衣架，把它晾在厕所里，让水滴在瓷砖地板上。一段长达三个月的不存在的工作关系就此展开。赫克托关于纸张的指示并不包括伊冯装满文件的包，卢克在同一天夜里稍晚些时候迅速意识到了这一点。那是因为她装在包里带进来的无论什么东西总是会在同一天被带走。再说一遍，因为伊冯不仅是调查员，她还是一个非法秘密来源。

有时她的包里会装着一大捆来自英格兰银行[①]的文件。其他时候，文件来自金融服务管理局、财政部或重大组织犯罪署。在一个至为关键的周五晚上——永远不会忘记——是一堆把包撑得快要爆开的六厚卷文档外加二十盒录音带，从政府通信总部自己神圣的档案柜里拿来的。奥利、卢克和伊冯花了整个周末以他们能够做到的所有方式复印、拍照和复制这些材料，好让伊冯能在周一破晓时分把它们归还给合法的所有者。

---

① 自1694年至今作为英国的中央银行，是全世界最大、最繁忙的金融机构。

究竟她是以正当途径还是偷窃手段得来的这些战利品，是从自己的同事或同谋那里顺走的还是哄骗来的，直到今天卢克都毫无概念。他只知道一旦她带着包来了，奥利就会把它迅速拿去他在厨房后的据点，在那里扫描包里的东西，把它们存到一根记忆棒里，再把包还给伊冯：而在一天结束时来到这里的伊冯再把它送还给她正式供职的随便哪个白厅部门。

那也是个从未揭晓的谜，在卢克和伊冯紧挨着坐在一起的那些漫长的下午，比对着著名秃鹰投资家们在一天内以光速将上亿美元现金转移过三大洲的签名，或是在厨房里聊天，一边享用奥利为午餐做的汤——番茄汤是他的专长，法式洋葱汤也不坏。还有被大家一致认同是个奇迹的蟹肉浓汤，他把半成品装在一只野餐保温瓶里带来，在煤气炉上加工完成。但只要涉及“男孩比利”马特洛克，伊冯就不存在，而且永远不会存在。几周的反审讯技巧训练给出的是这个答案：整整一个月被蹲铐在一个头脑不清楚的毒枭的丛林藏身处，而你妻子发现你情难自控地沉溺于女色也不会改变它。

* * *

“好了，我们来谈谈你对告密者有什么看法，卢克？”泰晤士河上的卢比扬卡——马特洛克在他的办公室舒适的角落里就着一杯好茶向卢克提问，他邀请卢克顺道过来坐坐，聊聊天，没必要告诉赫克托。“你是个知道告密者的教训的家伙。前几天我还想起过你，我们需要一个新的高级特工训练官。一份不错的五年合同，给某个刚好像你这样年纪的人，”马特洛克用他朴实的中部口音慢吞吞地说。

“特别坦白地告诉你，比利，你的想法跟我一样，”卢克回答，提醒自己注意伊冯现在不，将来也不会存在，就算“男孩比利”抓着他的睾丸把他吊在烛台上——毒枭的手下们没想到要用来对付他的一种手段。“赫克托的情报像是他凭空臆想出来的，真的。太神奇了，”他加了一句，表现出适当的困惑。

马特洛克似乎没听到这个答案，或是不喜欢这个答案，他语气里的亲切消失了，仿佛从没有过一样。

“提醒你，这是一把双刃剑，是一项与那件事情相似的训练任命。我们在寻找某位老练的军官，他的职业生涯会为我们满是理想主义色彩的年轻受训人树立一个模范的榜样。男性以及女性，我没必要强调。需要说服委员会不会有人针对这位成功的候选人提出任何不利建议。自然会由秘书处考虑这项提议。就你的情况而言，我们或许得稍微改造一下你的简历。”

“那太慷慨了，比利。”

“确实是，卢克，”马特洛克同意。“确实是。也多少取决于你目前的表现。”

* * *

谁是伊冯？在那三个月刚开始的时候，她把卢克——现在他可以说了，他可以承认了——稍微搞得有点抓狂。他爱她的端庄和隐秘，对此他渴望分享。她神秘的散发着香味的身体，要是她愿意把它展露出来，会是古典美的类型，他能清楚地想象出来。但他们会连续坐上几个小时，在她的电脑前紧挨在一起，或是专心研读她泰特美术馆的壁画，感受彼此的体温，不小心碰到彼此的手。他们会分享这场追逐赛里的每一次转折，每一次错误的跟踪、死路和短暂的胜利：所有这一切距离彼此不过几英寸，在一幢秘密房屋楼上的卧室里，一天里的大半时间都只有他们两人独处。

仍旧一无所获：直到有天夜里他们两个精疲力竭地单独坐在厨房的桌边，享用一碗奥利的汤，并按卢克的建议喝上一杯赫克托的艾莱岛[1]威士忌。他惊讶地发现自己正直截了当地问伊冯，除此以外她过的是什么样的生活，是否有人和她分享她的生活，一个能支持她压力重重的工作的人——还有，他又换上那副立即让他感到羞愧的笑容，补充说毕竟只有我们的答案才是危险的，没错吧，不是问题，要是她理解他的意思？

很长一段时间她都没有给出危险的回答：

“我是一名政府雇员，”她用机器人般的语调回答，有些人在参加智力竞赛时就是那么对着摄影机说话的。“我的名字不是伊冯。我在哪儿工作不关你的事。但我不认为那是你要问我的事情。我是赫克托发掘的，我猜我们两个都是。但我也不认为你要问我那个。你是在问我我的取向。还有，从这点延伸出去，我是否愿意跟你上床。”

“伊冯，我问你的时候根本没有那个意思！”卢克假装抗议。

“供你参考，我和一个我爱的男人结婚了，我们有一个三岁的女儿，就算是跟像你这么好的人我也不会随便乱搞。所以让我们接着喝汤，好吗？”她提议——奇妙的是，他们突然同时爆发出一阵畅快的大笑，紧张的状态被打破了，他们平静地退回各自的角落。

* * *

至于赫克托，在和他相处了三个月后，他是谁，除了偶尔发作的

---

① 大西洋沿海岛群内赫布里底群岛最南端的岛屿，被视为纯麦芽威士忌的圣地。

脾气？——赫克托灼灼发光的眼神和针对成为我们所有邪恶来源的金融城骗子们满是脏话和攻击的长篇演说？根据机构的秘密信息来源显示，在成功挽救他的家族企业的命运时，赫克托借助了某些他磨练了半辈子的见不得光的手段，就算以金融城毫无正派可言的标准来看也是恶劣的犯规。所以针对金融城恶棍的复仇是为了私人恩怨——还是负罪感？奥利通常不会轻信流言，但这次也很肯定：赫克托与金融城令人不快的经验——还有他自己对他们的利用，奥利说——把他在一夜之间变成一个复仇天使。“那是他许下的一个小誓言，”他在厨房里向他们透露，当时他们正在等待赫克托的其中一次夜间来访。“他要在离开前拯救这个世界，要是它想把他干掉。”

* * *

但那时的卢克早就是个习惯与忧虑为伍的人了。从孩提时代起他就习惯事无巨细地为一切感到担忧，有点类似于他坠入爱河的方式。

他担心自己的手表快或慢了十秒钟的程度并不比为一桩在除了厨房以外的每个房间都已经无效的婚姻的走向更甚。

他搞不清楚本的怒气是否还有青春期以外的原因，以及本是否听从母亲的指示拒绝爱他的父亲。

他为自己只能在工作时感到平静的事实而忧虑；而在他不工作时，就算现在独自步行的时候，他都是一堆分崩离析的碎片。

他烦恼着自己是否该咽下自尊，接受“人力女王”去看精神科医生的建议。

他为嘉儿感到担忧，还有他对她，或是某些像她的女孩的渴望：一个脸上焕发着真正光芒的女孩，不像埃洛伊塞——无论她到哪里，身后都拖着一片乌云，即使阳光正照在她身上。

他担心佩里，也试着不要嫉妒他。他惴惴不安地考虑着，倘若在行动中遇到紧急情况，佩里性格中的哪一半会占上风：是无畏的登山爱好者还是天真的学院道德家——随便了，有区别吗？

他为赫克托和"男孩比利"马特洛克日渐迫近的决斗而忧心忡忡，考虑着他们谁会率先爆发——或者假装率先爆发。

* * *

离开摄政公园这个避难所，他加入到一大堆期待便宜货的周日购物人群里。放松点，他对自己说。没事的。赫克托在负责，不是你。

他在数着经过的地标建筑。自从波哥大那件事后，地标对他就变得重要。要是他们绑架我，这些就是我的眼睛被他们蒙上前最后看到的东西。

中国餐馆。

"大拱门"夜总会。

"文人读者"书店。

这是我在跟袭击我的人搏斗时闻到的现磨咖啡。

那些是在我被他们痛揍前看到的艺术商店橱窗里被雪覆盖的松树。

这是门牌号九，这座让我重获新生的房子，走到正门前要先经过三级台阶，表现得像任何一个正常的屋主。

九

赫克托和马特洛克之间没有任何繁文缛节，礼节上的或其他的，也许从来没有过：只是两个积怨已久的人相互点个头，沉默地握个手，积聚成下一轮冲突的爆发。马特洛克是步行抵达的，他的司机把他在转角那儿放下了。

“非常漂亮的威尔顿地毯①，赫克托，”他说，一边缓慢地环视四周，像是要确认他最糟的怀疑。“你不能拍打威尔顿，不能这么做，在考虑价格和质量哪个更重要的时候。祝你愉快，卢克。只有你们两个，是吗？”——递给赫克托他的帽子。

“员工都去赛马场了，”赫克托说，把它挂了起来。

马特洛克是个宽肩膀的鲁莽家伙，一如他的昵称暗示的，宽额头，第一眼看上去像个叔叔，蹲下的动作又让卢克想到一个上了年纪的橄榄球前锋。他的中部口音，据底楼的八卦说，在新工党上台后变得更明显了，但他当选的前景却日渐黯淡。

“我们要去地下室，如果你对那没意见，比利，”赫克托说。

“我除了没意见也没别的选择，谢谢，赫克托，”马特洛克说，既不友好也不无礼，率先走下石阶。“我们要为这个地方付多少钱，顺便问一句？”

“你不用。到目前为止都算我的。”

“你领的是我们的工资，赫克托。机构可不用算你的。”

“只要你批准这项行动，我会提交我的账单。”

“而我会质疑它，”马特洛克说。“爱喝酒，你是吗？”

“这里过去是酒窖。”

他们各自坐下。马特洛克挑了上座。赫克托，通常是个顽固的技术恐惧者，坐到马特洛克左边，让自己正对一台磁带录音机和一个计算机操作台。赫克托的左边坐着卢克，从而让他们三人能够清楚看见一面不在场的奥利连夜建起来的等离子屏幕。

“你有找到时间勉强把我们扔给你的所有材料翻一遍吗，比利？”赫克托充满感情地问道。“抱歉妨碍你打高尔夫了。”

“如果你送给我的是所有，是的，赫克托，我都看过了，谢谢，”马特洛克回答。“尽管在你这里，我已经意识到了，全部这个词不过是一个相对的术语。事实上，我不打高尔夫，而且我对总结没什么兴趣，假设我能避开它们的话。尤其不想知道你的。我还能多看点初始材料，少给你点压力。”

“既然那样，不如我们现在再给你一些初始材料，弥补一下？”赫克托提议，一样和颜悦色。“我假设我们还是都会说俄语的，比利？”

“除非你在外头给自己挣外快的时候已经忘记了，是的，我想我

① 机制地毯的一种，由于生产工艺起源于英国的威尔顿地区而得名，色彩和谐，温馨典雅。

们还是都会说的。”

他们就像老夫老妻一样，卢克想，这时赫克托按下了录音机上的播放键。他们之间的每一次争吵都是上一次的重演。

*　*　*

对卢克而言，迪马的声音就像是一部彩色电影的开头。每次听着无辜的佩里装在洗漱袋里走私进来的录音带，他眼前就浮出同一幅关于迪马的画面：蜷伏在“三座烟囱”附近的森林里，在他整洁得不可思议的手里捏着一只便携录音机，离开房子的距离足以躲避塔玛拉所说的真实的或想象的窃听器，但又能在她叫他过去接另一个电话时尽快往回跑。

他能听见三股风在迪马反光的秃头周围缠斗。他能看见在他上方颤抖的树梢。他能听见树叶的沙沙声和一股水流的汩汩声，他知道那就是在哥伦比亚树林里把他淋得湿透的同一种热带暴雨。迪马的录音是一次还是分几次录好的？在录音的间歇他有给自己灌下成打的伏特加，帮助违背他黑手党罪犯组织的信条吗？现在他不用俄语而改用英语咆哮，也许是在提醒自己是在对谁坦白。现在他在恳求佩里。现在是对一大堆的佩里说话：

“你们这些英国绅士！拜托了！你们是公平竞赛**的人，你们活在一个法治国家！你们是纯洁的！我相信你们。你们也要相信迪马！”**

接着又是他的母语俄语，但十分注重语法的精确性，精心修饰过又特别注意发音清晰，在卢克的想象里他是在试着摆脱自己语言上科尔马时期的痕迹，准备与阿斯科特赛马场[1]的绅士和他们的太太们展开交往：

“他们叫做迪马的人，‘七兄弟’组织里最好的洗钱能手，自称‘王子’的逆行倒施的篡位者的理财人，向英国情报机构致意，希望通过以下宝贵信息换取英国政府可靠的保证。举例。”

随后只剩下风的声音，卢克想象迪马用一块丝绸大手帕抹去他的汗水和泪水——卢克自己的注解，但佩里确实反复提到过一块手帕——又从瓶子里喝了一大口酒，投入他完整的、不可挽回的背叛行为。

“举例。**‘王子’现名为‘七兄弟’的犯罪组织的日常运作包括：**

“一：**从中东进口被禁运的石油并重新贴上标签。我知道这些交易。很多腐败的意大利人和不少英国律师都涉足其中。**

“二：**把黑钱投进几百亿美金的石油买卖和税收里去。我的朋友米哈伊尔，也叫米沙，是为所有七个**黑手党**兄弟会服务的专家。为这个他也住在罗马。”**

又一阵声音的停顿，也许还有一下对死去的米沙沉默的祝酒，紧跟着又是一段兴高采烈的破碎的英语：

---

① 英国皇家阿斯科特赛马会是夏季里最盛大的社交节日，由安妮女王在1711年设立，并一直保有“全世界最奢侈赛事”的圣名。

“举例三：**非法伐木，非洲。首先我们把见不得光的木材变成能够交易的木材。然后我们把黑钱变成可以流通的钱！正常。简单。很多，很多俄罗斯罪犯在热带非洲。还有黑市钻石交易，兄弟会们非常感兴趣的新买卖。**”

还是英语：

“举例四：**假药，在印度生产的。很大量，没有治疗作用，让你呕吐，可能还会死。俄罗斯官方和印度官方之间存在非常有趣的关系。印度和俄罗斯的兄弟会间也有非常有趣的关系。他们叫做迪马的人知道很多有趣的名字，还有英国人，涉及这些纵向联系和特定的私人财务管理，瑞士为基地的。**”

总是忧虑的卢克为赫克托感到一阵会议主持人的危机：

“你这边的音量还合适吗，比利？”赫克托问，按下暂停键。

“音量很合适，谢谢，”马特洛克说，在音量这个词上放了足够的重音，暗示磁带的内容是另一个问题。

“那我们继续吧，”赫克托说，在卢克看来有点过于谦恭了，这时迪马如释重负地转回了他的母语俄语：

“举例：**在土耳其、克里特岛、塞浦路斯，在马德拉**[①]**，在众多滨海度假区：黑色旅馆，没有客人，每周两千万黑钱。这笔钱也是**

① 大西洋群岛名。

靠他们叫做迪马的人洗白的。特定的英国罪犯所谓的产权公司也是同谋。”

“举例：**欧盟官员和黑市肉类承包商的私下勾当。这些肉类承包商必须确保优质、高价的意大利肉类被出口到俄罗斯共和国。我的朋友米沙也以个人名义负责这类交易。”**

赫克托又一次按下暂停键。马特洛克刚才举起了他的手。“有什么要我帮忙的吗，比利？”

“他在读。”

“他在读有什么问题？”

“没有。只要我们知道他是在读什么。”

“我们的理解是他的妻子塔玛拉为他写了其中几条台词。”

“她告诉他该说什么，是吗？”马特洛克说。“我觉得我不喜欢这个主意。谁告诉她该说什么？”

“想要我快进吗？只是关于我们在欧盟的同事给人下毒的事情。如果那在你的职权范围以外，尽管叫停。”

“尽管往下放吧，赫克托。从现在起我会保留我的评价直到最后。事实上我不确定我们听到的是要求情报部门调查往俄罗斯的肉类销售，但你可以信赖我，让我去把这件事情调查清楚。”

*　*　*

对卢克来说，迪马将要讲述的故事着实令人震惊。他在生命中经历过的任何事情都没能让他的直觉变得迟钝。但马特洛克怎么看待它却是谁也猜不准的事情。又一次，迪马选择了塔玛拉的英语做武器：

“这个堕落的系统这样运作。一：‘王子’通过莫斯科的腐败官员安排一种特定的所谓慈善用肉的肉类。为了达到慈善的目的，肉类必须仅被用在俄罗斯社会有需要的地方。因此透过这类渠道被定义为慈善用途的肉类，无需支付任何俄国税款。二：我死掉的朋友米沙从保加利亚买进大量的死肉。食用这种肉很危险，很大量，很便宜。三：我死掉的朋友米沙和布鲁塞尔联盟的腐败官员勾结，确保所有的保加利亚死肉都被单独盖上欧盟的戳印，鉴定它们是最好的高质量的欧洲标准意大利肉类。在这项犯罪勾当里，我，迪马，个人为每具死尸付给那些非常腐败的布鲁塞尔官员每人一百欧元到瑞士账户，给非常腐败的莫斯科官员每具死尸每人二十欧元到瑞士账户。‘王子’得到的净利，扣除所有例常开支：每具死尸一千两百欧元。也许五十个俄罗斯人，也有孩子，因为这种坏的保加利亚肉生病、死去。这只是估计的。这则信息被官方否认了。我知道这些非常腐败的官员的名字，还有瑞士银行的账户号码。”

一段生硬的附言，被大声朗读出来：

“我太太塔玛拉·勒沃娃个人认为由犯罪腐败的欧洲和俄罗斯官员造成的保加利亚腐肉的不道德交易必须引起全球各处所有善良基督徒的注意。这是神的旨意。”

神在这段自白里的突然出现造成一个小小的间断。

“有人能告诉我什么是黑色旅馆吗？”马特洛克朝他面前的空气下令。“我凑巧在马德拉度过假。在我的旅馆里从没见过什么看上去很黑的东西。”

感到一种要去保护受到压制的赫克托的需要，卢克把自己看成是那个应该告诉马特洛克什么是黑色旅馆的人：

“你买一块最好的地，通常沿海，比利。你付现金，你造一座五星级的豪华度假村。也许几座。用现金。外加五十间或更多度假小屋，要是你有地方。你装进去最好的家具、餐具、瓷器、亚麻制品。从那时起你的酒店和度假小屋就客满了。除了从来没人住进去这点，你知道。如果一家旅行社打来电话：抱歉，我们都订满了。每月一辆警车开到银行里，卸下所有出租房间的现金，度假小屋的现金，饭店、赌场、夜总会和酒吧。几年后，你的度假村就能卖出好价钱，附赠完美的买卖记录。”

没有回答，但马特洛克露出的和蔼微笑逐渐扩到最大。

“它不仅仅是度假村，事实上。它也可以是那些莫名空置的白色度假村的其中一座——你肯定见过它们，沿着土耳其山脉蜿蜒向下直到海边——它可以是，嗯，大量的别墅，很显然，它可以是任何能够出租的东西。也可以租用，只要你能捏造文件。”

“今天你感觉怎么样，卢克？”

“很好，谢谢，比利。”

“我们正打算提名你为奖章候选人，义务之外的英勇之士，你知道吗？”

“不，我不知道。”

“是的，我们在考虑。一个秘密的奖章，注意，并不公开。不会在荣军纪念日的时候在你胸口闪光，记住。那不安全。再加上那会损坏惯例。”

“当然，”卢克说，完全糊涂了，就目前而言，想到一枚奖章也许是唯一能让埃洛伊塞摆脱她的抑郁的办法，不过那也可能是马特洛克的另一条诡计。尽管如此，他还是要说些恰当的客气话——表达他的惊讶、感激、愉快——却发现马特洛克对他不再感兴趣了：

“以我的愚见看来，赫克托，到目前为止我听到的，如果我省略那些废话，对此我很乐意，是连续的国际诈骗犯罪。没问题，的确，机构对国际诈骗犯罪和洗钱有法律上的兴趣。在时事艰难的时候我们曾和它稍微对抗过，现在我们却为它所累。我所指的那段不幸无所事事的时间是在柏林墙倒下后和奥萨马·本·拉登给我们搞出9·11那档子事前。我们为打击洗钱市场做出的努力和我们为争取更大一块北爱尔兰或其他随便什么能让我们的存在合理化的小任务付出的力气差不多。但那时候是那时候，赫克托。现在是现在，至于今天，也就是我们当下生活的时候，不管你喜不喜欢，考虑到你的和我的机构所处的时代以及它掌握的资源，比起用自己的丑事去牵绊伦敦金融城高度复杂的运作机制，它还有更好的事情要做，多谢。”

马特洛克突然住了口，心想，卢克心里除了赞同，不会有其他念头，但从赫克托严肃的表情来看，他绝不会为他鼓掌，于是马特洛克吸了口气，继续说下去。

“至于今天，进一步说，在这个国家里，我们也有一个非常庞大的、组合完备的、某种程度上被过度赞助的姐妹机构在对付严重的有组织犯罪，虽然着实不怎么样，也就是我理解的你指的那些在这里被揭露的东西。更别提国际刑警组织，和一大堆美国政府机构为了同样的工作互相竞争，还要小心别妨害了那个伟大国家的前途。我的观点是，赫克托——等我说完，拜托——我的观点是，我没看出为了什么要这么着急把我拉来这里。我们都知道你手头的东西很紧急，尽管我对此不太肯定。也许甚至它是真的。但它是我们的任务吗，赫克托？是我们的吗？”

这个提问显然是修辞式的，因为他又继续说了下去。

“或者是否有可能，赫克托，你正在非法入侵——你得自担风险——一个姐妹机构高度重视的禁区，越过我和我的秘书处经过充分研究得来不易的分界线，为此我们辛苦了好几个月？因为假如是这样，我对你的建议如下：收起你刚才在我面前玩弄的那些东西，还有你掌握的其他随便什么东西，并且把这些东西交到我们的姐妹机构手里，为自己践踏了它职权所在的神圣领域附上一封低声下气的道歉信，即时生效。等你把这件事情办完了，我建议你奖励自己，还有在这里的卢克，还有其他随便什么被你藏在衣柜里的人，当之无愧的两周病假。”赫克托那根传说中的神经终于绷断了吗？卢克急切地想要知道答案。把嘉儿和佩里拖下水带来的压力是否带来了太多恶果？还是他受到自己崇高使命的过度驱使，以致丧失了对战略的把控？

赫克托迟钝地伸出一根手指，摇着头叹了口气，按下快进键。

* * *

迪马冷静下来。迪马在阅读，无论“男孩比利”喜欢与否。迪马强大又威严，用自己最庄严的俄语朗声读着他的脚本：

“举例。二〇〇〇年在索契签订的七个联系紧密的黑手党兄弟会之间非常秘密的称为‘理解’的协议细节。在这项协议下，篡位的婊子‘王子’，在克里姆林宫远距离的纵容下，亲自安排所有七个联盟体一致同意：

“一：让他们自己获利，并且通过被他们叫做迪马的人设计的可靠渠道赚钱，从那时起七个兄弟会里排名第一的洗钱专家。

“二：所有共同的银行账户都会依据黑手党罪犯组织荣誉守则来管理，如有任何欺瞒，有罪的一方都要以死谢罪，此外，需要为之负责的黑手党兄弟会将被永久逐出。

“三：将在以下六个经济中心建立联盟的声誉：多伦多，巴黎，罗马，伯尔尼，尼科西亚，伦敦。所有洗白的钱款的最终目的地：伦敦。声誉最高的中心：伦敦。银行实体业务前景最佳地：伦敦。最好的保存和保护地：伦敦。这点也达成一致。

“四：模糊黑钱来源和把它送进安全港仍将是被他们叫做迪马的人主要的和唯一的任务。

“五：对钱的所有重要动向，这个迪马有首位签名权。‘理解’中的每个团体都要指派一位干净的特使。这位特使将只能拥有次位签名权的签名权力。

“六：如要对上述系统造成实质性的改变，根据黑手党法则要求所有七位干净的特使同时在场。

“七：经过二〇〇〇年的索契‘理解’协议的一致认可，他们叫做迪马的人作为所有洗钱组织总指挥的杰出地位由此确立。”

“阿门，我们也许该这么说，”赫克托低语道，又一次关上录音机，瞥了马特洛克一眼等待他的反应。卢克也做了所有这些动作，得到的是马特洛克宽容的微笑。

“你知道，赫克托，我认为我自己也能编出这些东西来，”他说，用肯定会被当成赞赏的姿势摇了摇他的头。“漂亮，我只能这么说。流畅，有想象力，把自己放在最高的位置上。你怎么能质疑这样一份令人赞叹的全球声明的真实性？我要先给他颁个奥斯卡。他说干净的特使是什么意思？”

“干净，类似于没有烙印，比利。没有任何先入为主的信念，犯罪的或是道德的。会计师、律师、兼职的夜间警察和情报官员，任何被吸收的能旅行、会签自己名字、对他的兄弟会抱有忠诚之心的兄弟，知道要是他敢监守自盗，有天醒来会发现他的睾丸被塞在自己嘴里。”

*　*　*

在卢克看来，相较于他难以抑制的自我，赫克托更像是个忧心忡忡的家庭律师，停下来回顾一番打坏的几张牌——显然是他为自己在这次会面中匆匆计划好的行军路线，再次按下快进键。

“地图，”迪马用俄语大吼。

“妈的！过头了，”赫克托低声抱怨，又倒回去一点。

“同样是有条件的，取决于英国可靠的保证，会是非常秘密，非常重要的地图。”

迪马继续说道，和之前一样，飞快地读着一页俄语写成的脚本：

“这张地图将会记录所有在这个正对你说话的他们叫做迪马的人控制下的黑钱流通的国际路线。”

在马特洛克的要求下，赫克托又一次按下暂停键。

“他这会儿在谈论的不是一张地图，是一张环节图，”马特洛克抱怨道，用一个人在纠正迪马不够丰富的词汇量时会用的语气。“我就叫它环节图了，如果你们没意见。我这辈子还是见过一些环节图的。它们试图伪装成各种颜色的成卷带刺铁丝网，不通往任何已为人知的方向，就我的经验来看。除非，用其他话来说，依我的判断，”他满意地加了一句。“我把它们和二〇〇〇年在黑海上进行的涉及秘密犯罪会议的声明归为同一类。”

你应该看看伊冯的环节图，它绝对无法被控制，卢克感到一阵痛苦的愉悦，想要这么对他说。

正取得一连串胜利的马特洛克可没那么容易打发。他摇着自己的头，露出怜悯的微笑：

“你知道吗，赫克托？要是我能为我们机构在过去那些年里信以为真的每一条来源未经证实的小道消息得到一张五镑钞票——不全是在我的时代，我很高兴这么说——那我早就是个有钱人了。环节图，比尔德伯格①计划，世界阴谋，还有西伯利亚布满生锈氢弹的旧绿工棚，他们对我来说都一样。按照它们机灵的制造者的标准来看也许并不富裕，可能按你们的标准也一样。可对像我这样的人而言，确实相

① 比尔德伯格俱乐部是包括欧盟在内的几乎所有欧洲联合机构的策源地，每年要求大约一百二十至一百四十名与会人员，“制定世界政策的前奏”。在会议上做出的决定稍后会成为八国峰会、国际货币基金组织和世界银行的既定方针。

当有钱，谢谢。”

赫克托到底为什么不揭穿恶霸男孩的老底？但赫克托看上去已经没有反击的兴趣了。更糟的是，让卢克失望的是，他都没费心播放迪马历史性提议的最后一部分。他关上了录音机，像是在说“试过那个了，没用”，一个灰心的微笑和一句悲伤的“好吧，也许你还是看看这些照片吧，比利”，拿起等离子屏幕的遥控器，关上了灯。

* * *

在黑暗中，一台业余摄影机摇晃着走过一座中世纪要塞的城垛，接着下行到一座泊满昂贵帆船的古老码头的防波堤。天色昏暗，摄像机质量很差，不足以在越来越暗的光线里拍摄。一驾九十英尺的蓝金色奢华游艇停在码头的防波堤外。它的大部分都挂上了彩色小灯，舷窗透亮。遥远的舞会音乐从水上传来我们这里。也许有人在庆祝生日或婚礼？它的船尾挂着瑞士、英国和俄国国旗。在它的桅顶上，一头金色的狼跃过一片绯红的天空。

摄像机推近到船头。游艇的名字，用花哨的罗马和西里尔镀金字母拼写出来的，塔蒂阿娜公主。

赫克托用一种没有起伏也缺乏热情的声音评论道：

“一个新近成立的名叫多伦多第一阿雷纳信用银行的公司的财产，在塞浦路斯注册的，属于列支敦士登的一家基金会，而它又属于一家在塞浦路斯注册的公司，”他干巴巴地宣布。“因此是个循环的所有权。把它给一家公司，然后再从这家公司拿回来。直到最近她的名字都是阿纳斯塔西亚公主，恰巧是‘王子’的前任甜心。他的新甜心名叫塔蒂阿娜，所以我们也许可以得出结论了。目前‘王子’因为他的健康状况不得不留在俄罗斯，汽船塔蒂阿娜公主在航海系统里登记在一家跨国财团名下，它的名字是——说来真怪——第一阿雷纳信用国际，一个完全不同的存在，注册在——你听了会感到很惊讶——塞浦路斯。”

“那他现在遇到什么麻烦了？”马特洛克咄咄逼人地问道。

“谁？”

“‘王子’。我不认为我是在犯傻，是吗？为什么他不得不留在俄罗斯？”

“他在等美国人放弃他们几年前对他提出的某些完全不合理的洗钱指控。好消息是，他不用等很久了。感谢华盛顿伟大白宫里的一处游说，很快就会一致同意他无须答辩。总是很有帮助的，当你知道有影响力的美国人把他们的非法境外银行账户设在哪儿。”

摄像机的镜头跃升到船尾。穿条纹衫、戴水手帽的俄国式船员们。一架直升机就要降落。摄像机转向船尾，不确定地降到海面，这时画面黑了下去。往旁边迅速拉了一下，乘客们在登船。衣着华丽的乘客们小心翼翼地沿着船梯往上爬时，忙碌的船员们出现在镜头里。

再度回到船尾。直升机已经降落了，但它的叶片还在缓慢地旋转。裹在飞舞裙摆里的时髦女士走下铺了红地毯的阶梯，抓着帽子。紧跟着是第二个时髦女士，然后是一群穿着便服和白色滑板鞋的时尚男士，一共六个人。乱哄哄地交换拥抱。含混的尖叫声和问候声盖过舞会的音乐。

镜头再次迅速拉向一边，这次拍到的是漂亮姑娘们。紧身牛仔裤，挑逗的短裙，她们爬上船梯时露出许多光溜溜的大腿和肩膀。一队乱糟糟的穿着哥萨克制服的小号手在这些漂亮姑娘登船时高声喊叫。

镜头僵硬地扫过聚集到主甲板上的客人们。到目前为止有十八个人。卢克和伊冯点过数。

影片定格了，变成一系列笨拙推近的特写，被奥利大大增强过了。字幕显示道“靠近杜布罗夫尼克，亚德里亚海的小港口，2008年6月21日”。这是伊冯、卢克和奥利三人小组加上的许多标题和字幕里的第一条，作为对赫克托口头评论的一种补充。

地下室里明显沉寂了下来。好像包括赫克托在内的房间里的每个人都在同步呼吸。即便是马特洛克都从他的椅子里往前坐直身体，一动不动地盯着他面前的等离子屏幕。

* * *

两个保养得当、穿着昂贵定制西服的企业家在交谈。他们后面，一个穿着白色光面蓬裙的中年女人裸露着脖颈和肩膀。她背向我们，戴一条四圈钻石组成的项链和相配的耳坠，谁都看得出它的价值。屏幕左侧，一名哥萨克使者的绣花袖口和白手套正递过一个盛着一杯杯香槟的银托盘。

两个企业家的近景。一个穿着一件白色晚礼服。他是个黑头发、宽下巴、有着拉丁裔外貌的人。另一个穿着一件英国派头很重的饰有黄铜纽扣的双排扣海军蓝上装，也可能是一件游艇夹克，那种英国上流阶级都想要的——卢克应该知道，他自己就是他们中的一员。和他的同伴相比，这第二个男人很年轻。他也很英俊，是十八世纪肖像画里年轻男人的那种英俊，他们在离开卢克的母校时把画像捐了出来：宽广的额头，后退的发际线，自傲的、类似拜伦那种运用感官权力的视线，一个漂亮的噘嘴，一个无论你有多高都能俯视你的姿势。

赫克托仍旧没有说话。三人小组的决定是让字幕表达任何人都能一眼看出的东西：那个穿带黄铜纽扣对襟上装的男人是女王陛下反对派的一名领导成员，为下届选举高层办公室出谋划策的一位影子部长。

让卢克感到欣慰的是，赫克托终止了令人尴尬的沉寂。

“他的提议是，依照党的宣传，将要把英国贸易置于国际金融市场的焦点位置，要是有人能告诉我那是什么意思，”他挖苦地评论道，稍微恢复了一点他旧时的派头。“当然还要终止滥用银行交易。但他们都会那么做的，不是吗？某天。”

马特洛克终于能开口了：

“你做生意的时候不能不交朋友，赫克托，”他抗议道。“这不是这个世界运转的方式，所有人中你应该最了解这点，早就在外头弄脏了你的手。你不能因为一个人在其他人的船上就谴责他！”

然而无论是赫克托的语气还是马特洛克不合情理的愤怒都没能缓和房间里的紧张气氛。而伊冯的字幕显示穿白色晚礼服的男人是个劣迹斑斑的法国侯爵，还是跟俄罗斯有紧密联系的蓄意收购者，这点也没能带来任何安慰。

*　*　*

“随便了。你从哪里搞来的这玩意儿？”在默不作声地沉思了一阵后马特洛克突然发问。

“什么玩意儿？”

“这段影片。业余摄影机。随便是什么。你从哪儿搞来的？”

“在一块石头下面找到的，比利。别的什么地方？”

“谁找到的？”

“我的一个朋友。或者两个。”

“什么石头？”

“苏格兰场。”

“你在说什么呢？伦敦警察局？你在干预警方证据，是不是？这就是你一直在忙活的？”

“我倒很希望我这么做了，比利。但我很怀疑。你介意听个故事吗？”

“如果它是真的。”

“一对来自伦敦郊区的年轻情侣为他们的蜜月旅行省吃俭用，在亚德里亚海岸①预订了一次全包旅行。在悬崖上散步，他们碰巧撞见一艘停在海湾里的豪华游艇，看见一个正在举行的奢华派对，把它拍了下来。在自己家里观看录影带时，就让我们以为是在索比顿好了，他们惊骇地认出了某些来自英国商界和政界的知名公众人物。想要补偿他们的度假费用，他们赶紧把自己的奖品寄给天空电视台新闻部。下一件他们知道的事情，是一小队穿着制服、携带枪支的全副武装的警察在凌晨四点跑到他们的卧室里，威胁要是不立即向警方交出他们录影带的全部拷贝，就要面临违反恐怖主义法的指控，于是他们明智地照做了。那就是真相，比利。”

* * *

卢克开始意识到自己一直低估了赫克托的表现。赫克托也许看起

---

① 地中海的一部分水域，分隔了亚平宁半岛和巴尔干半岛。西海岸属于意大利，东海岸则分属于包括斯洛文尼亚和克罗地亚在内的数个国家。

来糊里糊涂的。他的手里也许只有一小把无足轻重的筹码。但他在脑子里想好的行军路线可一点都不马虎。他还要向马特洛克介绍两位绅士，这时后退的镜头把他们也容纳进来，很显然他们也是对话的参与者。其中一个高挑、优雅、五十多岁，一副不明显的大使派头。他比我们未来的国家部长高了近一个头。他的嘴巴半开玩笑地张开着。他的名字，伊冯的字幕告诉我们，贾尔斯·德赛尔斯，皇家海军，已退役。

这时，赫克托自己接过了描述的任务：

“威斯敏斯特的当红说客，颇具影响力的掮客，他的客户包括世界上一些最讨人嫌的家伙。”

“你的朋友，赫克托？”马特洛克问。

“任何愿意掏一万美元换一次和我们一位不能收买的当权者面对面交流机会的人的朋友，比利，”赫克托回击。

第四个，也是这个小团体的最后一名成员——即使特写得有些模糊了——是上流社会至关重要的典范。精致的黑色镶边衬出他完美白色晚礼服的翻领。他的一头宛如银狐的浓密白发夸张地往后梳。他可能是一名伟大的指挥家？或是一名伟大的侍者领班？他戴着戒指的食指，幽默地竖起以示训诫，像是一个舞蹈演员的手指。他的另一只优雅的、空闲着的手轻柔且毫无冒犯之意地搭在未来部长的上臂上。他打褶的衬衫前襟上炫耀地展示着一个马耳他十字[①]。

一个什么？一个马耳他十字？他有可能是一名马耳他[②]爵士吗？

---

① 马耳他十字是医院骑士团以及马耳他骑士团所使用的符号，形状由四个“V”字组成，设计基于第一次十字军东征时所使用的十字。据说八个定点象征骑士的八项美德：忠心、虔诚、诚实、勇敢、荣誉、无惧死亡、向穷病之人伸出援手和尊敬教会。

② 欧洲岛国。

抑或是一枚勇气的勋章？或是一项国外的任命？或是他买给自己的一个礼物？在凌晨时分，卢克和伊冯为此耗费了很长时间去思考。不，他们达成一致。这是他偷来的。

埃米利奥·德洛罗先生，意大利裔瑞士公民，居住在卢加诺，字幕描述道，这次是由卢克在赫克托的严格指示下起草的，要求他的描述呈中立姿态。国际名流，马匹爱好者，克里姆林宫的政治掮客。

又一次，赫克托把最有分量的台词留给自己：

“他的真名，就我们所知道的，是斯坦尼斯拉夫·奥罗斯。亚美尼亚裔波兰人，祖先是土耳其人，自学成才，自我创造，杰出的人。目前是‘王子’的总管、帮手、听差、社交顾问及名誉负责人。”他的声音毫无停顿或改变：“比利，你为什么不从现在起接管他呢？你比我更了解他。”

马特洛克曾遭受过挫败吗？显然没有，因为他几乎不假思索地回击：

“我恐怕我跟不上你了，赫克托。拜托行行好提醒我一下，要是你愿意的话。”

赫克托愿意。他令人意外地恢复了精神：

“我们不久前的童年时代，比利。在我们长成大人之前。仲夏的一天，要是我记的没错。我还是布拉格站的负责人，你是伦敦运行部的负责人。你委托我在深夜把小面额的五万美金塞进斯坦尼斯拉夫停着的白色梅赛德斯后备厢里，不许提问。只有一点例外，那时他不是斯坦尼斯拉夫，他是法比安·拉扎尔先生。他从不费力转动他漂亮的脑袋说句谢谢。我不知道他是靠什么挣钱的，但你无疑是知道的。在那些日子里他正在往上爬。偷来的工艺品，大部分来自伊拉克。陪伴从日内瓦来的挥霍她们丈夫财产的有钱太太们。把事关外交的闺房密语卖给出价最高的人。也许就是我们买的东西。是吗？”

“我和斯坦尼斯拉夫或者法比安没有往来，多谢，赫克托。或是德洛罗，随便他怎么称呼自己。他不是我的伙伴。在你付钱给他的时候，我不过是个代表。”

“为谁？”

“我的前任。拜托你别审问我行吗，赫克托？恰恰相反，要是你没注意到，奥布里·隆格雷格是我的前任，赫克托，你们都知道的，想起来了吧，从我干上这份工作起就一直是。别告诉我你们不记得奥布里·隆格雷格了，要是那样我想你们八成是得了阿尔兹海默症了。盒子里最尖的针，是奥布里，直到他——某种程度而言——过早的离开。即使他偶尔确实会越界，像你一样。”

作为防卫，卢克想起来了，马特洛克只知道进攻。

“你相信我，赫克托，”他继续道，语气越来越强烈，“要是我的前任奥布里·隆格雷格要把五万美金付给他的伙伴，就像奥布里要离开机构追求更高的目标，要是奥布里要求我全权代表他接替他的任务，完成一桩私下非正式协议的最后结算工作，而他确实是那么做的，我可不会推三阻四还对奥布里说：‘等等，奥布里，让我先取到清算权，核对一下你的故事。’嗯，我会吗？可不是对奥布里！那些日子里奥布里和主管可不是这么做事的，秘密的，混乱的，我可能会神经错乱的，明白吗？”

赫克托终于再度找回了声音里的坚毅：

“好了，我们为什么不看看今天的奥布里是什么样子，议会副部长，他所在党派支持率最低的区域在议会的代表，妇女权利最坚定的拥护者，国防部军火采购处看重的顾问，还有”——轻轻打了个响指，像是真的忘了什么似的皱起眉头——“他还有什么职位，卢克？——某个职位，我知道。”

接到暗示，卢克听见自己激动地喊出了答案：

“新建的议会委员会负责银行业道德的部门主席。”

“而且并未彻底与我们的机构脱离关系，我猜？”赫克托提示道。

“我猜没有，”卢克同意，尽管天晓得赫克托干吗要在这一刻把他当成一个权威。

* * *

或许我们间谍，甚至是我们中那些退休的人，都不应该在被拍照的时候显得自然，只有那样才是对的，卢克反思。或许我们培养出一种秘密的恐惧，担心横亘在我们外在和内在自我之间的长城会被摄像机的镜头穿透。

显然奥布里·隆格雷格给人那样的印象。即使是无意间被一架距离海面五十米远的低档手持摄像机在光线条件不尽如人意的情况下捕捉到，隆格雷格看起来也像是在寻求塔蒂阿娜公主号灯火通明的甲板所能提供的每一缕阴影的庇护。

不得不说，这个可怜的家伙天生就不上镜，卢克承认，再次感谢自己的幸运星保佑两人从未有过交集。奥布里·隆格雷格有点谢顶，面相刻薄，还长着一个鹰钩鼻，众所周知，他不大能容忍那些不如自己的想法。在亚德里亚海的阳光下，他那些令人不悦的特征蒙上了一层发光的粉色，而那副无框眼镜也没能改善他五十岁银行职员的外形——除非，和卢克一样，你曾听过驱使他不断向前的永不停歇的精力和他不可原谅的智慧，让整个四楼蒸腾着革新的想法，也引发了接连不断的大佬间的不和；还有他对某种特定类型的女人——估计是那些乐于感到自己在智力上低人一等的类型——的不恰当的吸引力，她们中的最新示例正站在他旁边，其身份是："詹尼斯（简）·隆格雷格夫人，社交女王和基金筹款人"，紧接着是伊冯列出的许多有理由感谢隆格雷格夫人的慈善基金会的短名单。

她穿着一件时髦的露肩晚礼服。她精心打理过的乌黑的头发用一枚人造钻石发夹固定住。她的笑容亲切优雅，高贵的、微微摇晃的前倾是只有某些特定出身和阶层的英国女士才会有的姿态。以卢克严苛的眼光来看，她显得难以言喻的愚蠢。在她身旁跟着她两个还没到青春期的女儿，都穿着派对礼服。

"她是他的新人，没错吧？"满不在乎的工党支持者马特洛克突然大声喊了出来，声音大得有点不恰当，这时赫克托触摸了一下屏幕，画面消失了，头顶上的灯亮了起来。"他决定让自己迅速跻身政界又不用干任何脏活的时候娶的那个。工党党员奥布里·隆格雷格就是这样的人，我敢说！不管是过去还是现在！"

* * *

为什么马特洛克又这么高兴起来？——而且这次是真的？卢克从没期待过会看见他率直地大笑，即便在马特洛克情况最好的时候那也是件稀罕事。然而，他庞大的、穿着粗花呢衣服的身躯正因无声的欢笑起伏着。是因为隆格雷格和马特洛克好多年来都势不两立吗？是彼此都乐于享受来自另一方的敌意？是隆格雷格一向被看作是主管的大脑，而马特洛克却被不怀好意地认为是他的打手？是面对隆格雷格的离开，办公室智囊团把他们之间的世仇比作一场持续了十年之久的斗牛，而牛却申请了领受它的最后一击？

“是的，没错，一向是个有野心的人，奥布里是这样，”他评论道，像是一个在回忆死者的人。“还是个很会弄钱的人，我记起来了。不是你的同类，赫克托，我很高兴这么说，但在接近了。运作经费从来就不是问题，那很肯定，在奥布里掌权的时候不是。我是说，首先他到底是怎么跑到那艘船上去的？”——提问的马特洛克就在几分钟前还声称不能因为一个人跑到谁的船上去就谴责他。“再加上是在离开机构之后跟一个前秘密来源搅和在一起，对于这点守则里可是有相当严格的规定，尤其是在来源是个相当狡猾的客户的情况下，就像——随便他现在怎么称呼自己。”

“埃米利奥·德洛罗，”赫克托帮了他一把。“一个要记住的人，事实上，比利。”

“你以为他会知道得更清楚，奥布里会的，在我们教给他那些东西之后，居然和埃米利奥·德洛罗搅和在一起。你以为一个像奥布里这样手段高明的人会更慎重挑选他的朋友。他怎么会碰巧在那里？也许他有充分的理由。我们不该过早对他做出判断。”

“说点让你高兴的事吧，比利，”赫克托解释道。“幸运的是，奥布里和他最新的太太还有她的女儿们正在位于亚德里亚海岸的高山上野营度假。奥布里一个在伦敦银行业的密友打电话给他，名字未知，告诉他塔蒂阿娜公主号就停在附近举行派对，快点下来，一起乐乐。”

“在帆布帐篷里？奥布里？别瞎扯了。”

“在一个营地里折腾呢。新工党奥布里的平民生活，人民的公仆。”

“你会去野营度假吗，卢克？”

“是的，但埃洛伊塞讨厌英国的营地。她是法国人，”他回答，觉得自己听起来像个白痴。

“当你去度你的野营假期，卢克——注意，像你那样，避开英国营地——一般来说，你会随身带上你的晚宴礼服吗？”

“不会。”

“还有埃洛伊塞，她会带着她的钻石首饰吗？”

“她没有钻石首饰，实际上。”

马特洛克就这点想了想。“我猜你和奥布里偶遇过不少次，没错吧，赫克托，在你忙着搜刮金融城利润丰厚的地区，而我们其他人却在履行自己职责的时候？时不时一道喝上一杯，有吗，你和奥布里？城里人的那种方式？”

赫克托轻蔑地耸了耸肩。“时不时地互相撞见。没花太多时间聊他明显的野心，老实说。我没兴趣。”

这一刻卢克不得不克制住自己不要去抓椅子扶手，对他而言这些日子以来伪装变得不再那么容易了。

* * *

互相撞见？老天，他们曾经停战——然后又开始互相争斗。在所有打过交道的秃鹰投资家、公司资产倒卖者、黎明突击队[①]和外来淘

① 指在早晨股市一开盘时大量收购某家公司股份的恶意收购行为。

金者里——按赫克托的说法——奥布里·隆格雷格是最两面派、最阴险、最堕落、最不诚实和最有头脑的。

是奥布里·隆格雷格潜伏在那帮家伙中攻击了赫克托的家族谷物企业。是隆格雷格，借由一个可疑但组织精妙的中间人[①]网络，哄骗女王陛下的税务海关总署人员在深夜突然捣毁赫克托家的仓库，撕烂了上百个口袋，砸烂房门，吓坏了夜班工人。

是隆格雷格隐藏的白厅联络网放任安全健康部、国内税务局、消防部门和移民总署骚扰、恐吓那些家族雇员、洗劫他们的办公桌，抢走他们的账簿，质询他们的纳税申报单。

但在赫克托眼里奥布里·隆格雷格不只是敌人——那样未免太过笼统——他是个原型；一种典型的毒害症状，不仅在吞噬金融城，而且在侵蚀对我们最重要的政府部门。

赫克托并非作为个人与隆格雷格作战。也许他说的是真的，在他对马特洛克说隆格雷格让他感到厌倦的时候，因为他的论点的中心支柱就是他在追寻的男人和女人们，他们从骨子里都是让人厌倦的人：平庸的、陈腐的、麻木不仁的、呆滞无神的，唯一能把他们和其他惹人厌倦的人区分开来的只是他们对彼此互相利用的支持，还有他们的欲壑难填。

* * *

赫克托的评论变得敷衍起来。像一个不想让你朝任何一张牌靠得

---

① 一种新型间谍技巧，指临时执行一项由间谍机构外包业务的人，他们通常只知道信息的源头和目标，并不清楚牵涉双方的身份。

太近的魔术师，他迅速切换着伊冯为他收集到一起的那帮国际流氓。

镜头转到一个矮胖、傲慢、个子很小的男人在往自己的盘子里装自助餐：

“在德国圈子里被称作小个子卡尔，”赫克托轻蔑地说。“一半维特尔斯巴赫[①]血统——哪一半我记不起来了。巴伐利亚，按他们的说法那里的天主教极为黑暗；和梵蒂冈有紧密联系。跟克里姆林宫的关系更近。非直接选举的西德联邦议会成员——一堆俄罗斯石油公司的非执行董事，埃米利奥·德洛罗的密友。去年和他在圣摩里兹一道滑雪，还带上了他的西班牙男友。沙特阿拉伯人爱死他了。下一个讨人喜欢的家伙。”

过快地切换到一个蓄着胡子的漂亮男孩，披着一件亮闪闪的紫红色披肩，正和两个珠光宝气的主妇滔滔不绝地交谈着：

“小个子卡尔的新宠，”赫克托宣布。“去年因使用暴力的严重罪行被一家马德里法院判处三年劳役，靠一个小技巧逃脱了，多亏了卡尔。最近被任命为阿雷纳集团公司的非执行董事，跟‘王子’游艇的拥有者一种货色——啊，这个值得看一下”——轻按了一下操控键——“蒙特街的伊夫林·波帕姆博士，伦敦上流街区；他的朋友们叫他‘兔子’。在弗里堡和曼彻斯特学习法律。在瑞士取得执业执照，萨里寡头政治集团的幕僚和牵线人，他自己在伦敦西区急速扩张的律师事务所的唯一合伙人。国际主义者，享乐主义者，他妈的好律师。处事圆滑。他的网站在哪儿？等等。马上能找到。别管我，卢

① 德国古老的王公世家，巴伐利亚王室，曾经在德意志境内的几个公国和其他一些欧洲国家建立过几个王朝，对巴伐利亚进行了长达七百多年的统治。

克。你来吧。接好了。”

在赫克托喃喃自语、手忙脚乱的时候，等离子屏幕上的波帕姆（他—朋友们—的—兔子）博士继续耐心地向他的听众发表演说。他是个又高又胖的欢乐的男人，脸颊胖鼓鼓的，留着连鬓胡子，简直是从比阿特丽克斯·波特[1]的书里跳出来的。他穿着不合身的白色网球服，搂着他的拍子，还有一个清秀的女球伴。

波帕姆博士 & 没有合伙人的网站主页——当它最终显示出来的时候——由一张同样充满欢乐的脸统领着，在一件仿皇家外套的上部微笑着，双手比成一架法律天平的样子。在他下方是他的《使命宣言》：

- **我的职业团队的专业经历包括：在面对严重欺诈办公室的调查时，成功保卫国际企业银行领域领导者的权益**
- **在海外诉讼中成功代理国际顶尖客户，帮助他们在接受国际和英国法庭的质询时保持沉默的权利**
- **成功应对纠缠不休的法律质询、税务调查和向影响决策人不恰当或非法支付报酬的指控**

“而且这帮讨厌鬼不能停下不打网球，”赫克托抱怨道，这时他的流氓展示馆又回到之前迅速切换的速度。

* * *

在很短的时间里，我们走马观花在蒙特卡洛、戛纳、马德拉

① 英国童书作家与插画家，彼得兔是她创作中最知名的角色。

和阿尔加维的体育俱乐部里。我们在比亚里茨和博洛尼亚。我们试着跟上伊冯的字幕，还有她从社交杂志里抓来的各种有趣的照片，但那很难，除非你像卢克那样知道该期待什么，以及为什么。

但无论在赫克托不太稳定的指挥下迅速变换过多少人脸和地方，无论有多少穿着最新网球装备的衣冠楚楚的客人一闪而过，五名选手在其中反复出现：

- **风趣的“兔子”波帕姆，你面对纠缠不休的法律质询和向影响决策人不恰当或非法支付报酬指控时的不二选择**
- **雄心勃勃的、偏执的奥布里·隆格雷格，退休间谍，议会成员和家庭野营爱好者和他最新一任贵族出身的乐善好施的妻子**
- **女王陛下即将上台的部长，银行业道德的未来专家**
- **自学成才的、自我发现的、活泼迷人的社会名流，多国语言通晓者，埃米利奥·德洛罗，在瑞士本国和国际上奔忙的金融家，沉溺于**——我们通过一张扫描的剪报得知，你的阅读速度最好能赶上闪电——**“刺激的体育活动，从乌拉尔山脉无鞍赛马、加拿大直升机滑雪、快节奏网球赛，到莫斯科股交所的交易”**，拜一个技术障碍所赐，他在屏幕上停留的时间比他应得的更长，最后：
- **有贵族气质的、温文尔雅的公共关系大师贾尔斯·德赛尔斯，皇家海军，已退休，颇具影响力的掮客，让同行屈服的专家**——伴着赫克托提供的背景声：“威斯敏斯特的当红说客”。

灯亮了。换记忆棒。这所房子里的规矩：一个主题，一根记忆棒。赫克托喜欢把自己的口味分开归置。是时候去莫斯科了。

十

赫克托曾发誓保持沉默：也就是说，从他令人生厌的技术性沉思里解脱出来，他正坐在自己的椅子里，任由那个男中音俄罗斯新闻播报员替他完成自己的工作。和卢克一样，赫克托是俄语的改信者，并且骨子里是个——有保留的——亲俄分子。和卢克一样，每次看着正在播映的影片，他都承认自己为这个经典的、永恒的、全俄语的、厚颜无耻的巨大谎言的存在而震惊。

位于莫斯科的电视新闻通讯社能够相当不错地自我运作，无需赫克托或其他任何人的帮助。这个男中音对它正在详述的恐怖悲剧表达的极度反感已经超过了“称职”的范畴：这起毫无意义的飞车射击，这起肆无忌惮的谋杀，夺走了一对杰出的、具有奉献精神的、正处于他们最美好时光的俄罗斯夫妇的生命！这对受害人并不知道，当他们决定从自己定居的遥远的意大利回来探访他们深爱的祖国，他们的心灵之旅将会终结在这座被常春藤覆盖的墓碑下面，位于他们始终热爱的古老的神学院，洋葱般的圆拱顶和金钟柏树，坐落于莫斯科外的一个山坡上，处在一片缓慢增长的森林的边缘：

在这个阴郁的、不合季节的五月下午，整个莫斯科都在哀悼两位毫无过错的俄罗斯人；他们的两个小女儿，感谢上帝仁慈，在她们的双亲被我们社会的恐怖分子射成碎片时并不在车里。

看看被砸碎的窗户和布满弹孔的车门，一辆曾经高贵的梅赛德斯轿车烧毁的残骸倒向一边，被丢弃在白桦树前，粗暴的特写镜头拍下柏油碎石路上混合了燃油的无辜的俄罗斯血液；还有受害人本人扭曲变形的脸。

这起暴行，评论员向我们保证，激起了所有富有责任感的莫斯科公民正义的怒火。这种威胁什么时候才会画上句点？他们问。什么时候正派的俄罗斯人才能自由地在他们自己的公路上旅行，不被车臣下定决心散播恐怖和破坏的亡命之徒的劫掠分队枪击致死？

米哈伊尔·阿拉迪维奇——正在崛起的国际石油和金属交易人！奥尔加·勒沃娃——无私地为了俄罗斯的需求，投身于筹措慈善食物的供应！小卡佳和艾莉娜亲爱的父母！纯正的俄罗斯人，思念他们再也不会离开的祖国！

随着评论员愤慨的声调逐渐上扬，一列缓慢前行的黑色豪华轿车队在一架玻璃镶边摇弦琴的陪伴下沿着长满树木的山坡往上开到神学院的大门。队伍停住了，车门突然打开，穿着黑色定制西服的年轻男人们一下子钻了出来，在棺材旁站成送葬的队列。镜头切换到一个面容冷酷、身着全套制服和奖章的警察副局长，僵硬地坐在一张内嵌式的书桌前，周围满是总统梅德韦杰夫与总理普京的表扬信和相片：

令我们感到安慰的是，目前至少已有一名车臣分子自愿坦白了罪行，

他对我们说，镜头在他脸上停留了足够长的时间，确保我们能体会到他的愤怒。

我们回到墓地，一支由戴着花盆帽、长着柔软胡须的年轻东正教牧师组成的合唱队哼着格里高利[①]悼歌，抬着圣像，沿着学院的台阶列队走下，来到一个双人墓前，主要的吊唁者都等在那里。画面定格了，接着迅速拉近到每个吊唁者，伊冯的字幕出现在他们的下方：

塔玛拉，迪马的妻子，奥尔加的姐姐，卡佳和艾莉娜的姨妈：站得笔挺，脸藏在一顶黑色养蜂人宽檐帽下。

迪马，塔玛拉的丈夫：他光秃秃的、受尽折磨的脸上挤出的笑容是如此痛苦，要不是还有他亲爱的女儿，恐怕他自己也已经死了。

娜塔莎，迪马的女儿：她的长发如同一条黑色的河流延伸过她的背部，她苗条的身体裹在层层没有轮廓的黑色丧服下面。

评论员正在列举那些前来悼唁的了不起的和善良的人的名字。他们包括来自也门、利比亚、巴拿马、迪拜和塞浦路斯的代表。没有一位来自大不列颠。

镜头停在一个长满杂草的小山丘上，位于掩映在金钟柏树下的半山腰上。六个——不，七个——整齐划一的穿西服的二三十岁的年轻

① 格里高利一世(约540—604)，第六十四任罗马教皇。公元六世纪末，为了统一教会仪式中的音乐，他将教会礼仪歌曲、赞美歌等收集、整理成一本《唱经歌曲》(即“圣咏”)，后来就被人们称做“格里高利圣咏”。格里高利圣咏只用人声，歌词采用拉丁文，不用器乐伴奏。

男人聚集在那里。他们刮得十分干净的脸——有些已经开始发胖，都朝向距离他们二十米开外的斜坡下的露天墓地，迪马笔直的身影立在那里，他的上身按他偏好的军队姿势向后挺起，在他看向——不是墓地，而是那七个穿着西装、聚集在山丘上的男人们的时候。

画面是静止了还是在前进？迪马一直没有动作，所以这很难说。那群聚集在他上方山丘上的男人们也一样。有点延迟，出现了伊沔的字幕：

七兄弟

一个接一个，镜头给了他们每人一个特写。

* * *

卢克早就不再尝试透过这个世界的表象去判断它。他已经无数次研究过这些面孔，却仍然一无所获，他没能在任何一家汉普斯特德的房产经纪办公室，或是任何时髦酒店的酒吧里，从那些聚在一起的黑西装、黑箱子、商人类型的群体里找到这些与他隔桌相对的面孔，从莫斯科到波哥大都没有。

甚至当他们冗长啰嗦的俄罗斯名字出现时，完整的名字，包括父姓、刑事绰号和别名，他无法从他们脸上看出任何比穿制服的中层管理人员这类人更值得注意的东西。

但接着看下去，你会意识到其中的六个人——无论是经过设计的还是偶然为之，以第七个人为中心形成一个保护性的圆圈。更靠近一点看，你会注意到他们在保护的这个人并不比他们年长，他没有皱纹的脸快乐得像是一个天气晴朗时的孩子，不是那种你以为会在一个葬礼上看见的面孔。这张脸显然保养得很好，在卢克看来，你几乎肯定会以为隐藏在这张脸后面的思想也很健全。假设这张脸的主人在一个星期天晚上突然带着一个不幸的故事未经邀请就出现在卢克家门口，他会很难拒绝他。他的字幕？

“王子”

突然，所谓的“王子”离开他的兄弟，小跑下草坡，并且，毫不缩小他的步子或放慢他的速度，向迪马伸出双臂，后者已经转向他，双臂向后，胸部前挺，下巴骄傲地向前伸出以表现蔑视。但他蜷缩的双手，和他身体的其他部分形成如此鲜明的对比，似乎无法离开他的身侧。也许——卢克每次看到这段都会突然想到——也许他是在考虑这是他的机会，可以把他梦想用来对付娜塔莎妈妈的丈夫的手段用在“王子”身上——“用这双手，教授！”如果是那样，那么更聪明、更具战略意义的念头最终占了上风。

逐渐地，如果稍稍迟了一点，他的双手勉强抬起迎接那个拥抱，起初还是犹豫不决地，但随后，出于男人的意志或者相互的憎恶，成了一个爱人间的扭抱。

慢动作的亲吻：右颊到左颊，老党魁向新党魁。米沙的保护人亲吻了杀害米沙的凶手。

慢动作的第二次亲吻，左颊到右颊。

每次亲吻过后，都有短暂的追悼和沉思的间歇和两个沉痛的哀悼者间说不出口的慰问之词，如果真的有说出来，也没有除他们以外的人听见。

慢动作的嘴对嘴的亲吻。

* * *

在赫克托死气沉沉的双手间，录音机里的迪马正对英国官僚们解释他准备好要去拥抱那个男人的原因，在这个世界上，他最想要干掉的人：

“当然我们很难过，我对他说！但作为好黑手党**我们**理解**为什么必须要杀掉米沙！‘这个米沙，他变得太贪婪了，王子！’我们告诉他。‘这个米沙，他偷走了你该死的钱，王子！他野心太大，太危险了！’我们没说，‘王子，你不是真正的**黑手党党魁**，你是个堕落的婊子。’我们没说，‘王子，你接受国家的指令！’我们没说，‘王子，你给国家进贡了不少钱！’我们没说，‘你受国家雇佣杀人，你向国家出卖了俄罗斯人的灵魂。’不。我们是**谦卑的**。我们表示遗憾。我们接受现状。我们充满敬意。我们说，‘王子，我们爱你。迪马**接受**你杀掉他歃血为盟的门徒米沙的明智决定。’”**

赫克托按下录音机的暂停键，转向马特洛克。

“他这会儿说的实际上是一个我们已经观察了一阵的过程，比利，”他几乎是抱歉地说。

“我们？”

“克里姆林宫的监视人，犯罪学家们。”

“还有你们。”

“是的。我们的团队。还有我们。”

“那这个你们的团队如此密切观察的过程是什么呢，赫克托？”

“罪犯兄弟会为了有利可图的买卖互相靠拢，所以克里姆林宫也逐渐向罪犯兄弟会靠拢。克里姆林宫十年前严惩了寡头政治的支持者：回到帐篷里来，要不我们就抽干你的税，或者把你丢进监狱，或两者同时干。”

“我确信自己在哪个地方读到过，赫克托，”马特洛克说，他喜欢在表现自己严苛的同时附赠一个特别友好的微笑。

“好吧，现在他们对兄弟会说了同样的话，”赫克托镇定地继续道，“组织你们自己，收拾干净你们的行为，别杀戮，除非我们让你们去做，还有让我们一起搞点钱吧。你们难以征服的朋友又在这里了。”

新闻片段又开始了。赫克托按下定格键，选取一个角落把它放大。迪马和“王子”拥抱的时候，那个自称埃米利奥·德洛罗的男人，穿着配有白色俄国羊羔皮领的黑色外交官外套，站在半山坡上，赞同地注视着下方的这对组合——这时录音机里的迪马用断断续续的俄语读着塔玛拉的脚本：

“‘王子’的许多秘密支付都是由埃米利奥·德洛罗主持安排的，许多有着不同过往身份的堕落的瑞士公民因为他们的邪恶得到了‘王子’的注意。德洛罗是不少‘王子’精心安排的刑事案件的主要建言人，而在这些事情上‘王子’这个蠢货根本不够格。德洛罗有很多腐败的关系，同样在大不列颠。在需要安排特殊支付给这些英国关系时，这都是在得到‘王子’的首肯后根据毒蛇德洛罗的建议完成

的。一项建议被批准后，就轮到他们叫做迪马的人执行任务，为这些英国人开设瑞士银行账户。一旦尊敬的英国保证人到位了，他们叫做迪马的人也会提供位居国家高位的腐败英国人的名字。”

赫克托再次关上录音机。

“他不继续说了？”马特洛克讽刺地抱怨道。“他是合适的诱导人，我会替他那么说！他什么都会告诉我们，如果我们把他要的东西给他，再给点别的。就算他要编造出来。”

但马特洛克是否是在说服自己就是另一回事了。就算他是，在他听来赫克托的回答肯定像是在宣判死刑：

“那么也许这些也是他编造出来的，比利。一周前的今天，阿雷纳跨国贸易集团的塞浦路斯总部联合英国金融管理局①提交了一份正式申请，要求在伦敦金融城建立一家新的交易银行，在第一阿雷纳城市交易的名义下运作，此后并且一直都会被缩写成 FACT②，也就是 FACT 商业银行，或者私人有限公司，或者联合银行，或者不管他妈的什么银行。申请人声称得到了三家金融城内主要银行的支持，并确保有五千万美元的担保资产和上亿元的无担保资产。好几个亿。他们对究竟有几个亿讳莫如深，生怕惹上事端。这份申请得到不少颇有声望的金融机构的支持，本土的和国外的，外加一长串在本地赫赫有名的名字。你的前任奥布里 · 隆格雷格和我们的未来部长刚好是两个显

① 英国金融服务提供者的惯例机构，是一个独立的非政府机构，由其管理的公司出资建立，并直接向英国财政部长和议会负责。其法定目标是保持市场信心、促进金融稳定，保护消费者和减少金融犯罪。

② 第一阿雷纳城市交易的英文首字母缩写。

赫的名字。来自上议院底层的常规队伍也加入了他们的陈述。阿雷纳聘请的几名向金融管理局推行自己案例的法律顾问包括杰出的来自梅菲尔区蒙特街的邦尼·波帕姆博士。德赛尔斯船长，前皇家海军，自告奋勇地担任阿雷纳公共关系冲锋队的先锋。”

* * *

马特洛克的大头朝前垂了下去。终于他开口了，但仍旧没有抬起他的头：

“对你来说那没问题，是吗，赫克托，从旁狙击。还有你在这里的朋友卢克。那么机构在关键时刻的立场呢？你不再代表机构了。你是赫克托。而我们把情报处的要求外包给友好的公司又怎么样呢？银行肯定没有被排除在外。我们不是一支改革军，赫克托。我们不是被雇来捣乱的。我们是来帮忙的。我们是一个公务部门。”

在赫克托令人生畏的眼神里找不到多少赞同，马特洛克于是换上一副更私人的口吻：

“我自己一向是个安于现状的人，赫克托，也从不为此感到羞愧。要是有人会因为我们的国家又平安无事地挨过一晚上而高兴，那就是我。但你不是那样，没错吧？就像我们过去在冷战期间说给彼此听的那个关于苏联的老笑话：不会有战争，只有为了和平的奋斗，没有一块石头不会被倾覆。你是个专制主义者，赫克托。我是这么判断的。是你儿子给你带来了那么多痛苦。他让你昏头了。阿德里安。”

卢克屏住自己的呼吸。这是一块禁地。没有一次，在他和赫克托共度的所有亲密的时间里——挨在一起看上几个小时伊冯偷来的电影胶片，或是再听一次迪马喋喋不休的谩骂，然后在厨房里喝着奥利的汤，还有麦芽威士忌——卢克敢这样冒险提到赫克托离经叛道的儿子。他只是偶然从奥利那里听说在周三或周六下午不便打扰赫克托，除非情况危急，因为那是他到东安吉利亚的不设防监狱探视阿德里安的时间。

但赫克托表现得似乎没有听见马特洛克的冒犯之词，或者，假设他听见了，也没在意。至于马特洛克，他愤怒得过了头，很可能根本没注意到自己说了这些话。

“还有件事，赫克托！”他咆哮道。“什么是错的，当你下到这里来，把脏钱洗白，在每天结束的时候？没错，在外头有个替代性经济[①]。很大的一个。我们都知道。我们可不是小毛孩子。暗箱操作的比干净的更多，有些国家的经济就是那样，我们也都知道。看看土耳其。看看哥伦比亚，卢克的辖区。没错，也看看俄罗斯。你宁愿在哪儿看见这些钱？在外头的脏钱？还是干干净净的，好好地待在伦敦，在文明人的手里，为各种合法目的和公共利益提供方便？”

“那样的话也许你应该自己去取干洗的东西，比利，”赫克托安静地说。“为了公共利益。”

现在轮到马特洛克听而不闻了。突然他改变了策略，一种他长期偏爱的伎俩：

“这个我们一直听到的教授是谁？”他要求道，径直朝着赫克托发问。“还是没有听到？他是你所有这些情报的来源吗？为什么扔给我的总是片段，没有过硬的数据？你为什么不向我们表明他的身份——还是她的？我不记得任何有关一个教授的材料曾经到过我的办公桌上。”

---

① 替代性经济是一种与传统经济相分离的，并且在很大程度上独立运作的经济体系。它使用自己的货币和贸易方式，目标建立最大程度上的自给自足，提供充足的就业机会，为参与者提供高质量的物质和精神生活，并坚持可持续原则。

“想调查他，比利？”

马特洛克沉默地看了赫克托好一会儿。

“别客气，比利，”赫克托鼓励道。“接管他，不管是他还是她。接管整件事情，奥布里·隆格雷格和所有人。把它交给有组织的犯罪人群，要是你愿意。把警视厅、情报部门和武装部队都叫来，趁它还在你手上。局长不一定会感谢你，但其他人会。”

马克洛克永不言败。尽管如此，他语带挑衅的问题还是明显表示出了让步的意思：

“好吧。让我们换个方式，开诚布公地谈谈。你想要什么？要多久，多少？让我们给你需要的一切。再抖出点东西来。”

“我想要这样，比利。我想要和迪马当面谈谈，过三星期，他来巴黎的时候。我想要从他那里搞到交易样本，就像我们会从任何高价的背叛者那里搞到的：他清单上的名字，账户数字，还要看一眼他的地图——抱歉，环节图。我想要书面批准——你的——让他首先了解这点，如果他能提供他自称能提供的东西，我们会当场买单，照市价，全款，还有，在他试着把自己推销给法国人、德国人、瑞士人——或者，老天保佑，美国人的时候别干蠢事，那帮家伙都等着瞟上一眼他的材料，好确认他们现有的悲观态度，对这个机构，这个政府和这个国家。”一根瘦骨嶙峋的食指竖了起来，并且一直竖在那里，这时他瞪大的灰眼睛里重新泛起热切的光芒。“而且我想靠自己去干这件事。你明白吗？那就是说当我在巴黎站的时候不要通风报信，也不要任何层面的来自你的或机构的武力、经济或后勤支持，除非我要求。明白了？在伯尔尼也一样。我想要整件事情密不透风，也不要再试图收买任何人。不再有签名，不再有走廊上密友间的悄悄话。我会靠自己处理这件事情，用我自己的方式，利用在这里的卢克和我选择的其他随便什么来源。没错，继续吧，现在大吃一惊吧。”

所以赫克托确实在听，卢克满意地想：“男孩比利”用阿德里安来打击你，而你也让他付出了代价。

马特洛克的愤怒掺杂着毫不掩饰的怀疑。“甚至没有局长的话？没有四楼的批准，完全没有？赫克托·梅雷迪斯又要单兵作战了？为了你自己的目的从未经识别的来源主动获取信息？你太不切实际了，赫克托。你一直都是。别看你的人能给什么。看看他要什么。重新安置他的整个家族，新的身份、护照、安全屋、特赦、保障，我不知道他不要什么！你必须得到整个权益委员会的支持，书面的，然后你再来找我签字。我不信任你。从不。你从不满足。从不。”

“整个权益委员会？”赫克托问道。

“根据财政部条例组建的。整个权益委员会，召开全体会议，没有附属委员会。”

“所以是一帮政府律师，全明星阵容的外事处官员，内阁办公室，财政部，更别提我们自己的四楼了。你认为你能阻止那些，是吗，比利？在这种情况下？还有那帮议会监督的家伙呢？他们是个笑话。既有议会大厦、跨党派、地位显赫的奥布里·隆格雷格，还有船长那帮花了大价钱的唯利是图的议会合唱团，齐声哼唱着同一页上的赞美诗？”

“权益委员会的规模和结构是灵活的，也是可调整的，赫克托，你知道得很清楚。不是所有必要成员都必须随时在场。”

“这就是你的计划，在我甚至都没跟迪马谈过之前？你想要一个流言，在流言被打破之前？那就是你在争取的东西？太可惜了，在让他给你看看他都有什么可兜售的之前就把来源给浪费了，不计后果？你是在认真地这么建议吗？你要让事情在开始运转之前就停摆，只为保全你自己？而你还口口声声为了机构的利益。”

卢克不得不佩服马特洛克。即使到了现在，他还是没有放缓进攻。

“所以说到底我们都是在保全机构的利益！好了，好了。我很高兴听到这点，尽管有点迟了。那你在建议什么呢？”

“推迟你的委员会会议，直到巴黎之后。”

“还有呢？”

“别管你更好的判断和所有你看重的东西，比如你自己的屁股，你给我一张暂时的主管通行证，把这件事情托给一个特立独行的人，一旦事情搞砸了就能立即跟他撇清关系：我。赫克托·梅雷迪斯有他的优点，但他是个公认的我行我素的家伙，而且他越过了自己的权限。媒体请记录。”

“那要是这件事情没有搞砸呢？”

“你把能让你蒙混过关的最小规模的权益委员会集结起来。”

“而你会发表整件事。”

“而你会请病假。”

“那不公平，赫克托。”

“本来就没那个意思，比利。”

* * *

卢克从没搞清马特洛克正从他外套夹缝里抽出的这张纸的价值，上面写了什么，没写什么，是双方都签了名还是只有一方，那是否是一份附件，如果是，由谁在哪里保管，因为赫克托提醒过他，不是第一次了，他有一份合同，而他得在赫克托把他的货物摊到桌上时离开房间去留住它。

但他终生都会记得在落日的余晖里走回汉普斯特德的那段路，考虑着也许他应该在经过佩里和嘉儿在樱草花山的公寓时去顺道拜访，敦促他们赶紧逃命，趁还有时间。

而这时他的思绪一如既往地飘散开来，在他没做出任何足以刺激对手的举动的情况下，那个酩酊大醉的六十岁哥伦比亚毒枭，出于他和卢克都不理解的原因，决定不把卢克交给情报局——过去两年里他都是这么干的，却把他关进丛林里一个散发着恶臭的藏身处整整一个月，任由他那些貌慈心善的手下们摆布，之后带给他一套干净衣服和一瓶龙舌兰，让他自行寻找回到埃洛伊塞身边的路。

十一

六月，一个阴沉的星期六下午，嘉儿登上十二点二十九分从圣潘克拉斯站①开往巴黎的欧洲之星。在她曾设想自己会在这一刻产生的很多种情绪里，轻松无疑是排在最末位的。而轻松——尽管心头缠绕着各种警示和顾虑——正是她体会到的情绪；倘若她对面的佩里的表情还能靠得住的话，他也一样。要是轻松意味着毫无嫌隙，要是它意味着两人间重建的和平共处，意味着与娜塔莎还有女孩们从头来过，意味着在佩里摆弄他的土地自由社②的号码时抚平他的眉头，那么嘉儿确实感到轻松；轻松并不意味着她已经把她挑剔的大学教授丢到窗外，或是像佩里那样明显地陶醉在自己间谍大师的角色里。一半都没有。

在她看来，佩里对这项任务态度的转变是意料之中的，尽管你必须密切观察佩里才能知道他改变了多少：从大义凛然的拒绝到彻底投入赫克托称之为“那项工作”的事情里去。有时，是真的，佩里会表示出残存的精神或道德上的顾虑，甚至怀疑——这真的是处理这件事的唯一方式吗？没有一条更简单的途径能抵达相同的终点吗？——但他就是有本事向自己提出同样的问题，即使半悬在一座上千英尺的悬崖上。

促使他转变的根本原因的种子，现在她意识到了，不是由赫克托而是由迪马埋下的，从安提瓜回来后，他在佩里的词典里赢得了一种类似于卢梭“高贵的野蛮人”[3]的形象：

“设想一下，要是我们处在他的位置上，我们会变成什么样，嘉儿。你不能否认这点：被他选中简直是种荣誉。我是说，想想那些孩子们！”

哦，她当然想着那些孩子们。她日夜想着她们，她想的最多的还是娜塔莎，而这也是她没有阻止佩里的一个原因，否则，想想吧，被困在安提瓜岛的一个海岬上，加上他内心对上帝的恐惧，迪马在挑选一个信使、忏悔神父、囚徒之友，或是在指派佩里或者他自己担任的随便什么角色时都不会太挑剔。她一直知道在他体内沉睡着一个不切实际的浪漫主义者，等待着一次无私奉献的机会，而要是空气中飘浮着几缕危险的气味，那就更好了。

只是还少一个狂热的同伴吹响进攻的号角：直到赫克托应声出现，迷人、机智、故作轻松的、永恒的诉讼人，在她看见他的时候；典型的痴迷于正义的客户，终其一生都在证明他拥有威斯敏斯特教堂伫立于其上的那块土地。要是她的事务所在他的案子上花上一百年，也许能够证明他是对的，法庭也会作出对他有利的判决。但在此期间

---

① 即国王十字车站。

② “土地与自由”是十九世纪六十年代俄国民粹派组建的一个地下组织，其目的是为农民革命做准备。

③ 卢梭提出：在自然状态（动物所处的状态和人类文明及社会出现以前的状态）下，人本质上是好的，是“高贵的野蛮人”（noble savage）。好人被社会经历所折磨和侵蚀，而社会的发展导致了人类不幸的继续。

教堂仍会矗立在和过去差不多的地方，而生活也会一如既往地继续下去。

而卢克呢？好吧，卢克是卢克，相较于佩里而言，一个有经验的老手，毫无疑问：一个行家，谨慎、机智。同样，知道卢克不是负责人——他们最开始就保证过的——而是赫克托的副手，对佩里来说是种安慰，他不得不承认这点。既然在佩里眼里赫克托是不会犯错的，那么显然卢克处在这个位置上是合适的。

嘉儿可不那么确定。在他们两周的“适应期”里，和卢克接触得越多，她就越倾向于把他看成——除了他的焦虑、夸张的礼貌和他以为无人注意时因担忧而皱起的满脸皱纹——一个更值得信赖的人；至于赫克托，他大胆的保证、粗野的机智，还有势不可挡的说服力，一个我行我素的人。

卢克也爱上了她，对此她不感到惊讶，也没觉得不舒服。男人总是爱上她。知道他们把感情放在哪儿让人安心。佩里没注意到这点，对此她毫不意外。他的后知后觉同样也是一种安全感。

最令她感到不安的是赫克托的执着：那种他是一个身负重任的人的感觉——那种让佩里如此着迷的感觉。

“哦，我还在试验台上呢，”佩里曾这么说，在一次他过于热衷的漫不经心地自我批评的时候。“赫克托是已经定型的男人”——一项他始终渴求的荣誉，并且总是不愿自我授予。

赫克托是佩里的完成时？赫克托是个实干家，做了佩里只会空谈的事情？拜托，现在谁是身处第一线的人？佩里。谁在夸夸其谈？赫克托。

*　*　*

佩里不只是被赫克托迷住了。还有奥利。佩里，向来标榜自己善于判断谁是和他在一条船上的好人，就是不能相信，至少不像嘉儿那么相信，那个笨重的、看似健康状况不佳的奥利（他的忸怩作态单只耳环和过分聪明，还有她查不出根源又不愿唐突过问的故意隐藏起来的外国口音）会是一个天生的教育家：思维缜密、善于表达，坚持让每堂课都妙趣横生并留下深刻的印象。

无论是他们宝贵的被征用的周末，还是在事务所或法庭上度过了疲惫不堪的一天后的深夜；或是佩里在牛津待了整天，参加让人精疲力竭的毕业典礼，和他的学生告别，清理他的住处——都无所谓了。奥利瞬间就能让他们集中注意力，无论是被关进地下室，还是坐在托特纳姆考特路上一间拥挤的咖啡馆里。卢克待在外面的人行道上，大个子奥利戴着他的贝雷帽坐在自己的出租车里，而他们则摆弄着从他的秘密博物馆里拿来的各种小玩意儿：能够窃听、传达、录音或具备所有这些功能的钢笔、外衣纽扣和领带夹；以及给女士的，装饰珠宝。

“现在让我们看看哪些是适合我们的，或许，嘉儿？”奥利曾这样问过她，这时轮到她挑选装备。而当她回答说“假设你想听真话，奥利，我死也不愿戴这些东西”时，他们只好跑去利伯提百货[①]寻找更适合她的东西。

然而真正能让他们使用奥利的小玩意儿的机会，他急切地告诉

① 伦敦顶级的销售家居饰品为主的大型百货公司，位于牛津街。

她，几乎为零：

“赫克托，他不会允许让你们担负接近他们的主要任务，亲爱的。只是为了‘以防万一’。是为了防止你们突然听见没人想到过的好东西，没有生命危险或财产危险或类似的危险，我们要做的就是确保你们知道怎么操作。”

嘉儿事后才想到要怀疑。她怀疑奥利的这些小玩意儿其实是辅助的教学手段，给那些接受培训与他们共事的人灌输心理上的依赖感。

“你们的适应课会根据你们的方便进行，而非我们的，”赫克托在第一晚就告诉他们，用之后她再也没听过的傲慢语气向他新招募的队伍发表演说——所以也许他是太紧张了。“佩里，如果你在牛津被一个计划外的会议或随便什么给拖住了，就让它拖住吧，给我们打个电话。嘉儿，无论你在事务所干什么，别作多余的冒险。要点是举止自然和假装忙碌。任何你们生活方式的改变都会引人侧目，造成相反的效果。明白吗？”

接着，为了嘉儿，他重申自己对佩里许下的承诺：

“我们会告诉你们尽可能少的事情，在我们能蒙混过去的范围内，但我们告诉你们的任何事情都会是真的。你们是一对在国外的无辜的平民。那是迪马对你们的期望，也是我对你们的期望，也是在这里的卢克和奥利的。对你们不知道的事情别瞎掺和。对你们来说每张新面孔都必须是张新面孔。每个初次会面都必须是初次会面。迪马的计划是用他洗钱的方式来处理你们。把你们引进他的社交圈子，把你们变成不容小觑的砝码。事实上，他到哪里都会被软禁起来，从莫斯科就开始了。那是他的问题，而他得用心想法解决这个问题。迪马的任务是展示给我们看他能在哪里、什么时候处理什么问题。一如既往，主动权掌握在那个实际作战的可怜虫手里。”又是典型的赫克托式的后见之明：“我又说粗话了。让我放松一下，等我回个神。卢克和奥利都是文明人，所以扯平了。”

接着是一通说教：

“这不是，再说一遍不是，一堂培训课程。我们可没有几年的空闲时间：只有分散在几周里的几个小时。所以这是为了熟悉，是为了树立信心，是为了在短时间内建立信任。你们对我们，我们对你们。但你们不是间谍。所以看在上帝的分上别去尝试。监视更是想都别想。你们不是有监视意识的人。你们是一对在巴黎纵情享乐的年轻情侣。所以别他妈开始把时间浪费在商店橱窗上，偷瞄自己肩膀上方的倒影或是溜进旁边的小巷子里。移动电话稍微有点不同，”他继续道，没有一丝停顿。“你们两个有谁当着迪马或者他同伙的面用过手机吗？”

他们都在自己小屋的阳台上用过各自的手提电话，嘉儿为了萨姆森离婚案的事情打给她的事务所，佩里打给他在牛津的房东太太。

“迪马那伙人中有谁听到过你们的手机铃声吗？”

没有。肯定的。

“迪马或者塔玛拉知道你们两个或其中一个人的电话号码吗？”

“不，”佩里说。

“不，”嘉儿回答，稍微不那么肯定。

娜塔莎有嘉儿的号码，而嘉儿也有娜塔莎的。但在这个问题的范围内，她的答案是诚实的。

“既然如此，他们可以胜任我们的加密工作，奥利，”赫克托说。“蓝色的给嘉儿，银色的给他。你们两个，请把你们的电话卡交给奥利，他会做必要的处理。你们的新手机只会加密我们五个人之间的电话。你们会看到我们三个人被预设成了汤姆、迪克和哈利。汤姆是我。卢克是迪克。奥利是哈利。佩里，你是弥尔顿，跟那个诗人同名。嘉儿是杜利特尔，那个伊莉莎[①]。都设定好了。其他手机功能照常。什么事，嘉儿？”

出庭律师嘉儿：

“从现在起你会监听我们的电话吗，假设你还没有这么做？”

大笑。

“我们只会监听事先设定加密过的线路。”

“没有其他的？保证？”

“没有其他的。肯定。”

“就算我打给我的五个秘密情人也不会？”

“那也不会，唉。”

“那我们的私人短信呢？”

“当然不会。那是浪费时间，况且我们对那些东西也不感兴趣。”

“要是我们彼此间的预设线路都是加密的，为什么我们还要用那些搞笑的名字？”

“因为公车上的人都爱偷听。原告方还有问题吗？奥利，该死的麦芽威士忌在哪儿？”

“就来了，队长。实际上，我已经拿了一瓶新的来。”——还是那个令人愤怒的难以辨认的声音。

---

① 萧伯纳戏剧作品《卖花女》中的主角。

* * *

“你的家人怎么样，卢克？”一天晚上，在他们回家前，嘉儿在厨房里喝汤和一瓶红酒时这样问他。

她吃惊于自己之前从没问过他这个问题。也许——不怎么正派的想法——她并不想这么做，宁可一直吊着他。这显然也让卢克感到吃惊，因为他的手迅速抬到自己的前额去安抚一道突然爆出的青紫色小伤疤。一个间谍同行的手枪把？还是一个愤怒妻子的平底锅？

“只有一个孩子，很遗憾，嘉儿，”他说，好像他该为没有多要一个道歉。“男孩。让人吃惊的小家伙。本，我们叫他。教会我对生命所知的一切。棋下得比我好，我很自豪地说。是的。”抽动一下皱缩的眼皮。“问题是，我们从没找到时间下完一局比赛。这种情况太多了。”

这种情况？他是指变成一个酒鬼？当间谍？爱上什么人？

她曾短暂怀疑过他和伊冯之间有点什么，很大程度上源自伊冯对他无微不至的照顾。后来她认定他们不过是在一起工作的一个男人和一个女人：直到有天晚上她逮到他的眼睛时而盯着伊冯，时而盯着她自己，好像她们是某种更高的存在，她觉得自己这辈子从未见过一张如此悲伤的面孔。

* * *

是昨晚。学期结束了。教学也都结束了。再也不会有这样的两个星期了。厨房里，伊冯和奥利在煮一条盐水黑鲈鱼。奥利在哼唱《茶花女》选段，相当不错；卢克在欣赏，朝每个人微笑，夸张地摇晃着他的脑袋表示惊讶。赫克托带来一大瓶莫尔索干白葡萄酒——实际上，两瓶。但首先，他要和佩里还有嘉儿在主人寒酸的客厅里单独谈谈。坐着还是站着？赫克托站着，于是佩里——尽管他一直不想做个形式主义者——也那么做了。嘉儿挑了一把放在一幅罗伯兹的大马士革画作下方的高背椅。

“好吧，”赫克托说。

好吧，他们同意。

“好了，最后几句话。没有目击者。这项任务是危险的。我之前就对你们说过，但现在我要对你们再说一遍。这件事他妈的很危险。你们还来得及撒手不干，不用耿耿于怀。如果你们住到国外去，我们会尽力照顾你们，不过我们能得到的后备支援不值一提。或者我们可以这么说，在这个行当里，我们都得靠自己。你们不用道别。忘记奥利的鱼。到大厅拿上你们的外套，从前门走出去，什么都没发生过。最后的机会。”

很多次的最后机会，假使他知道真相的话。在最后两周里，佩里和嘉儿每天晚上都在讨论同一个问题。佩里坚持要她为他们两个做答，于是她那么做了：

“我们没问题。我们已经决定了。我们接受，”她说，听上去比她的本意显得更英勇，佩里则慢慢地用力点了一下头，说，“没错，确定，”听起来也不像他——他肯定清楚这一点，因为他迅速调转话头，把赫克托的问题还击给他：

“你们的人又怎么样呢？”他问。“你们有过犹豫吗？”

“哦，我们反正都要完蛋的，”赫克托漫不经心地回答。“那才是重点，对吧？假设你总是要完蛋的，总得有个好理由。”

对清教徒佩里而言，当然了，这句话可是相当对他的胃口。

* * *

根据他们抵达巴黎北站时佩里脸上的表情来判断，赫克托的那句话还在起着作用，因为他流露出一股嘉儿从未见过的经过克制的“我是英国人”的表情。直到他们抵达十五天使酒店——典型的佩里的选择：破旧、狭窄、不怎么稳固的五层楼的高度、迷你房间、两张熨衣板大小的床，距离巴克街[1]不过扔一块石头的距离——他们自愿参与的这项任务开始在他们身上施加影响。似乎他们在布鲁姆斯伯里的那幢房子里接受训练时感受到的那种亲密的家庭氛围——和奥利在一起的温暖舒适的一个小时，和卢克在一起的另一个小时，伊冯顺道来坐坐，赫克托正准备过来喝一杯睡前酒——曾给他们注入的一种与外界隔绝的安全感——而现在他们只剩下自己——已经消失了。

他们还发现自己丧失了自然对话的能力，正在用一种电视商业广告里完美夫妇的口吻和彼此交谈：

“我真的很期待明天，你呢？”杜利特尔对弥尔顿说。“我从没见过费德勒本人。我真的很激动。”

“我就是希望天气不要变糟，”弥尔顿回答杜利特尔，担忧地望了一眼窗外。

“我也是，”杜利特尔热切地表示同意。

“我们丢下这堆东西去给自己找点吃的怎么样？”弥尔顿提议。

---

① 巴克街得名于1550年设立的一个摆渡，用于运输兴建杜伊勒里宫的石块，位于巴黎七区。

"好主意，"杜利特尔说。

但他们真正在考虑的事情是：倘若比赛因雨取消了，天知道迪马会怎么做?

佩里的手机响了。赫克托。

"嗨，汤姆，"佩里傻乎乎地问候。

"安全入住了，弥尔顿?"

"没问题，很好。旅途很愉快。一切都很顺利，"佩里调动起足够的热情，代表他们两个回答。

"你们今晚会自己待着，没问题吧?"

"说的没错。"

"杜利特尔觉得舒适吗?"

"再好不过了。"

"假使你需要什么，打电话来。机构从不休息。"

* * *

他们往外走的时候，在酒店窄小的门厅里，佩里和一位与拿破仑之母同名的令人生畏的麦瑞夫人讨论了一下他对天气的担忧。他从学生时代起就与她相识了，而麦瑞夫人——如果可以相信她——对佩里视如己出。她站着刚好四英尺高，穿着她的卧室拖鞋，按佩里的说法，没有人，曾见过她拿掉自己卷发上的一条头巾。嘉儿欣赏着用法语说个不停的佩里，但他的流利程度对她一直是个挑战，也许是因为他不愿让她过多地了解自己早年的导师们。

在大学路上一家卖烟草的酒吧里，弥尔顿和杜利特尔吃了平淡无奇的牛排加薯条和一份毫无新意的沙拉，并一致赞同这是世上最美味的。两人没喝完他们的一升装本店特色红酒，于是把它带回了自己的酒店。

“你们平时干什么现在就干什么，”赫克托曾随随便便地指示他们。“要是你们认识住在巴黎的朋友又想跟他们聚聚，为什么不呢？”

因为我们不会去做我们平时要做的事情，那就是原因。因为我们才不想在迪马占据了我们所有注意力的时候和我们认识的住在巴黎的朋友到某个圣杰曼德佩区[1]的咖啡馆聚聚。还因为我们不想对他们撒谎，关于我们是从哪儿搞到的明天的决赛票。

* * *

回到自己的房间里，他们用牙刷杯喝掉了剩下的红酒，一言不发、全情投入地做了爱，棒极了。早晨到来时，嘉儿因为紧张起晚了，醒来发现佩里正望着雨点打在脏兮兮的窗上，又一次担心起万一比赛取消迪马会怎么做。如果比赛推迟到周一——这是嘉儿现在的想法——她是不是还得打电话给事务所，编造一个荒唐的喉咙痛的借口，也就是事务所惯用的指代一段糟糕时期的暗号？

突然一切都顺利了。享用过麦瑞夫人端到他们床边的咖啡和牛角面包——还赞赏地对嘉儿低语了一句“尺寸不错吧[2]”——接到卢克打来的一个空洞的电话，询问他们昨晚是否过得愉快，是否感觉精神不错，可以去看网球；他们躺在床上讨论下午三点的比赛之前该做点

---

① 巴黎左岸圣杰曼德佩区是一个以咖啡馆而闻名的街区，其中最知名的是花神咖啡馆和双叟咖啡馆。

② 原文为法语。

什么，留下充足的时间前往赛场，找到自己的座位，进场坐下。

他们的答案是轮流使用迷你洗手台梳洗，然后换衣服，按佩里的步速去罗丹博物馆，在那里他们排到了一队学生后面，一进花园就迎来一场大雨，在树底下避雨，到博物馆的咖啡吧里躲一会儿，看向门外，试图辨认云层移动的方向。

两人都同意丢下他们的咖啡，尽管谁都没有任何特别站得住脚的理由，他们决定去看看香榭丽舍大道附近的花园，却发现它们出于安全考虑都被关闭了。米歇尔·奥巴马和她的孩子们在城里，麦瑞夫人是这样说的，但那是个国家机密，所以除了麦瑞夫人和整个巴黎，没人知道。

马里尼剧院的花园——出人意料——是开放的，而且空无一人，除了两个穿着黑色西服套装和白鞋子的阿拉伯老男人。杜利特尔挑了一条长椅，弥尔顿对她的选择没有异议。杜利特尔凝望着栗树丛，弥尔顿盯着一张地图。

佩里了解他的巴黎，当然也清楚知道他们该如何前往罗兰·加洛斯球场——搭地铁去这里，乘公车去那里，完全能够确保他们及时赶上塔玛拉的最后期限。

尽管如此，他还是有足够的理由把脸埋进一张地图里，不然还有什么可做呢？如果你们是一对在巴黎纵情享乐的年轻情侣，并且已经决定——像两个傻瓜一样——要坐到雨中的一条公园长椅上？

“都还顺利吗，杜利特尔？有什么小麻烦需要我们为你解决吗？”这回卢克直接问嘉儿，听起来和她小时候所有珀金斯家族的男性家庭医生一个样：喉咙痛，嘉儿？不如我们把这些衣服脱了，然后检查一下？

“没问题，没什么需要你们帮忙的，谢了，”她回答。“弥尔顿告诉我，我们会在半小时内出发。”还有我的喉咙一点问题都没有。

佩里把他的地图折好。和卢克的谈话让嘉儿感到难以忽略的愤怒。她的嘴巴很干，于是她抿了抿自己的嘴唇，又舔了几下。这件事情还会让她有多光火？他们回到空阔的大道上，开始朝着凯旋门的方向往上走，佩里迈着大步走在前面，用那种他希望独处又不能的方式。

“你他妈的以为自己在干什么？”她朝他耳里吐着气说。

他躲进一座不通风的商场里，那里播放着震耳欲聋的摇滚乐。他正在往一扇黑魆魆的窗户里看，像是能从里面读到他的整个未来。他是在当间谍吗？——偶然嘲笑一下赫克托不要寻找假想跟踪者的指令？

不。他在笑。过了没多久，感谢上帝，嘉儿也笑了，手臂搭在彼此的肩膀上，他们难以置信地盯着一大堆形态各异的间谍玩具：价值一万欧元的著名品牌的可拍照腕表、公文箱窃听套装和电话干扰器，夜视镜、种类多得让人瞠目结舌的高压枪和手枪套，还有防滑腰带可供选择，外加任您挑选的辣椒、喷漆和橡胶子弹：欢迎来到奥利的秘密博物馆，专为偏执的妄想狂主管提供服务。

* * *

不是公车把他们带到那儿的。

他们没搭地铁。

一个年纪大得够当她爷爷的乘客起身前往她屁股上掐了一把也无关紧要。

他们像是一直在飘浮，仿佛他们就是那样来到罗兰·加洛斯球场的西门，站在一长列彬彬有礼的法国人中间，刚巧比塔玛拉指定的时间早到了十二分钟。

也就是那样，嘉儿一路轻飘飘地微笑着经过友好的穿制服的门卫，后者兴高采烈地对她报以同样的微笑；接着和人群一起沿着一条布满帐篷商店的大道往下走，迎接他们的是一支看不见的军乐队震耳欲聋的乐曲、瑞士山笛的呜呜声和大嗓门男人难以理解的建议。

但头脑冷静的出庭律师嘉儿细数着店面上的赞助商名：鳄鱼、史莱辛格[①]、耐克、海德、锐步——哪一个是塔玛拉在她的信里提到的？——别假装你已经忘了。

“佩里”——用力拽了拽他的手臂——“你可是诚心诚意地许诺要给我买双体面的网球鞋的。看。”

“哦，是吗？啊没错，我是说过，”化名弥尔顿的佩里表示赞同，仿佛他的头上弹出了一个写着“记起来了！”的气泡框[②]。

比她的期望更令人信服，他伸长脖子观察起离他最近的品牌——阿迪达斯。

“也是时候你给自己买点东西了，丢掉那双臭烘烘的、鞋帮底下都发霉了的旧鞋子，”爱发号施令的杜利特尔对弥尔顿说。

“教授！真不敢相信！我的朋友！你不记得我了？”

那个声音毫无预兆地出现在他们面前：安提瓜岛上空洞的声音，乘着三股风呜呜地吼叫。

---

① 英国皇室贵族品牌，从1881年至今一直从事上流社会的运动品牌经营，如高尔夫、马球、网球、板球、曲棍球等。

② 常见于欧美漫画中的效果，提示主人公的心理活动。

是的，我确实记得你，但我不是教授。

佩里才是。

我会一直看着阿迪达斯最新款的网球鞋，让佩里先行动，随后我再转过头去，表现出适当的喜悦和高度的惊讶，就像奥利会指示的。

佩里先行动了。她感到他从自己身边离开，转过身去。她估算着时间的长度，让他相信自己看到的东西。

“老天，迪马！安提瓜的迪马！——难以置信！”

别太多，佩里，小点声——

“天哪，你在这里干什么！嘉儿，看哪！”

但我不会看。不会立即去看。我在盯着鞋子呢，记得吗？而在看鞋子的时候，我总是全神贯注的，几乎是在另一个星球上，即便是网球鞋。太荒唐了，对那时的他们来说，他们反复练习这一刻，先在肯顿市集[①]，后来又在戈尔德斯格林的一家专卖运动鞋的商店外面；起先由奥利夸张地扮演从背后拍他一下的迪马，卢克充当无辜的旁观者，然后他们对调角色。但现在她很高兴他们那么做了：她知道自己的台词。

停下动作，听见他说话，回过神来，转身。然后表示出欣喜和高度的惊讶。

“迪马！哦我的老天！是你！太吃惊了！这简直太——这太棒了！”——然后是她高分贝的尖叫，她在打开圣诞包裹时用的，这时她看着佩里消失在迪马庞大的身体里，后者流露的喜悦和激动的自然程度一点也不输给她：

---

① 位于北伦敦的著名跳蚤市集，有伦敦朋克大本营之称。

“你在这儿干吗呢，教授，你这个差劲的讨厌的网球手！”

“可是迪马，你在干吗呢？”这会儿佩里和嘉儿联合起来了，不同声调发出的一阵尖叫，然后迪马又吼了起来。

他变了吗？他显得更苍白了。加勒比的太阳消失了。性感的棕色眼睛下面是两个泛黄的眼袋。往下延伸到嘴角的线条更深了。但同时，那副挺着身子“敢惹我你试试看”的腔调没有变化。还是那个站在小脚上的亨利八世。

而且这个男人是天生的演员，只要听听这些：

“你认为费德勒会像你打败我那样打败这个索德林吗？——你以为他会故意输掉这场要命的比赛，就因为他爱好公平竞赛？嘉儿，我对老天发誓，到这儿来！——我要抱抱这个女孩，教授！你还没跟她结婚？你他妈疯了！”——他把她搂近自己宽大的胸膛，用他的整个身体靠近她，先是一张湿答答的浸着泪水的脸颊，然后是他的胸，再是他的整个下肢，直到他们的膝盖都撞在一起；随后把她推开，好为她的脸颊施行不容分说的三位一体的三吻礼，左边、右边，又是左边；而这时佩里在一旁说“哦，我必须得说这真是世界上最难以置信的、完全不可能发生的巧合”，语气里学术性的抽离感比嘉儿认定合适的更多了些：不够自然，在她看来，于是她试图弥补，激动地把太多问题同时丢了过去：

“迪马，*亲爱的*，卡佳和艾莉娜好吗，看在老天的分上？我就是没法不想着她们！”——真的——“双胞胎还打板球吗？娜塔莎怎么样？你们都去哪儿了？安布罗斯说你们都往莫斯科去了。你们是到那儿去了吗？去参加葬礼？你看着很不错。塔玛拉怎么样？你身边那群古怪又可爱的朋友们和亲戚们都好吗？”

她真的问了最后那几句吗？是的，她确实问了。她在说话的时候，得到一些断断续续的回答，同时她逐渐意识到——如果只是模糊的感觉——一些打扮入时的停下来观赏这场演出的男人和女人的存在：又一个迪马支持者俱乐部——显然，不过是一群更年轻、更懂得伪装的人，与那群集结在安提瓜的死气沉沉的家伙相差甚远。那个混在他们当中的人是娃娃脸尼基吗？如果是，他给自己买了一身配上漂亮袖扣的阿玛尼米色夏季套装。那根环式手链和那块深海潜水表有好好待在袖口里吗？

迪马还在说，而她也在听她并不想听的事情：塔玛拉和孩子们从莫斯科直接飞到苏黎世去了——是的，娜塔莎也去了，她不喜欢该死的网球，她想回伯尔尼的家里，读读书，骑骑自行车。冷静下来。她有听出娜塔莎其实并不那么好的意思吗，还是仅仅是她的想象？每个人都在同时进行三场对话：

“你不再给那些要命的孩子们上课了，教授？”——伪装的义愤填膺——“你要去教法国孩子当英国绅士？听着，你住在哪儿？某个该死的小房子，顶楼，没错吧？”

接着，据她推测，是一段越过他的肩头、用俄语说出的同样机智的建议。但笑点一定是在翻译过去时丢失了，因为那群打扮时髦的看客几乎没人发笑，除了他们中间一个穿着整洁漂亮的小个男人。第一眼的时候，嘉儿以为他是某个导游，因为他穿着一件非常显眼的、口袋上用金线绣了船锚图案的奶油色海员夹克，带着一把深红色的伞，再加上一头往后梳的银发，这能让任何一个在人群中迷路的人立刻找到他。她捕捉到他的微笑，接着她对上他的视线。当她把视线移回到迪马身上时，她知道他还在看着她。

迪马要求看看他们的票子。佩里经常会弄丢票子，所以嘉儿带着它们。她背得出几排几座，佩里也是。但这并不妨碍她这会儿把票子递给迪马的时候假装自己并不清楚这些数字，或是假装茫然地微笑——对此迪马报以一声嘲弄的嗤笑：

“你带上望远镜了吗，教授？你坐得太他妈高了，你需要氧气！”

他又用俄语重复了一遍这个笑话，但站在他身后的人群又一次表现得像是在等待而非倾听。他的气喘吁吁是在安提瓜之后才发生的吗？还是今天才发生的？是心理作用的影响吗？还是伏特加的影响？

“我们有个要命的贵宾包厢，听到了吗？狗屁的合作伙伴。从莫斯科来的和我共事的年轻家伙。穿阿玛尼的小鬼头。有漂亮姑娘。看看她们！”

几个女孩确实抓住了嘉儿的视线：皮夹克、铅笔裙和短靴。漂亮的妻子？要不就是漂亮的妓女。如果是后者，无疑是最顶级的。而那帮“小鬼头”穿着会让人视线模糊的蓝黑色阿玛尼套装。

“三十个顶尖的座位，会让你爱得要死的食物，”迪马在大声推销。“你会来吧，嘉儿？加入我们？像淑女一样观看这场比赛？喝点香槟？我们有的是。嘿，来吧，教授。他妈的为什么不呢？”

因为赫克托告诉他别轻易上钩，就是他妈的为什么不。因为他越是不能轻易得手，你要引他上钩就会变得越难，而我对他也是一样，然后我们在你从莫斯科来的客人中的可信度就会越高。被逼到一个角落里，佩里在扮演佩里这件事上干得棒极了：皱眉、表现得客客气气的，一点点尴尬。就一个伪装的新手而言，他正做出一个有利的举动。即便如此，该是帮他摆脱困境的时候了：

“这两张票子是一份礼物，你瞧，迪马，”她柔声吐露道，碰碰他的手臂。“一个好朋友给我们的，一位非常可爱的上了年纪的绅士。为了爱。我不认为他希望看见我们把位子空在那里，你说是吗？如果他发现了，他会心碎的。”——这是某天他们和卢克还有奥利在喝睡前威士忌时想出来的。

迪马重组起自己的想法，在他失望地轮流盯着他们两个人的时候。

他身后的人群不安起来：我们不能就这么算了吗？

主动权掌握在实际作战的可怜虫手里……

解决了！

“那么听我说，教授，好吗？听我一次”——他的手指戳在佩里的胸口——“好吗，”他重复了一遍，吓人地点着头。“比赛之后。清楚了吗？一旦这场该死的比赛结束了，你就到包厢里来找我们。”他转向嘉儿，责备她搞砸了他的大好计划。“清楚了吗，嘉儿？你得把这个教授带到我们的包厢来。你还要跟我们喝香槟。场地上的比赛结束并不代表比赛就结束了。他们要在那里发表要命的演说、颁奖，一大堆乱七八糟的事情。费德勒轻松就能拿下。你要跟我赌五千美元他会输吗，教授？我给你三比一。四比一。”

佩里哈哈大笑。要是他信仰什么神，那肯定是费德勒。不行，迪马，抱歉，他说。就算是一百比一都不行。但他还没脱离险境：

“你明天要跟我打球，教授，清楚了吗？一场重赛”——手指还戳在佩里的胸口——“比赛结束后我会打发人来找你，你要过来到包厢里找我们，我们会安排一场重赛，不开玩笑。我要打你个屁滚尿流，之后给你安排个按摩。你会需要它的，清楚了吗？”

佩里没时间再抗议了。嘉儿眼角的余光瞟到那个拿红伞的银发导游离开了人群，往前趋近到迪马没有防备的后背。

“你不向我们介绍一下你的朋友们吗，迪马？你可不能把这么一位漂亮的女士单独留给自己啊，你知道，”一个丝绒般的声音略带责备地说，完美的英式语调里夹杂着微弱的意大利口音。“德洛罗，”他自我介绍。“埃米利奥·德洛罗。迪马的一个老朋友，从很早、很早以前。太高兴了。”分别和他们握了手，先跟嘉儿，殷勤地俯首致意，再跟佩里，免去了这一礼节，让她想起自己十七岁时在一家名为“浪子”的舞厅里，一个叫珀西的家伙硬是挤走了她最要好的男朋友，接着差点在舞厅地板上强奸了她。

“我是佩里·梅克皮斯，她是嘉儿·珀金斯，”佩里说。又加上一句漫不经心却让她印象深刻的补充说明：“我不是一个真正的教授，所以没什么好大惊小怪的。只是迪马让我没法专心打球的计谋。”

“那么，欢迎来到罗兰·加洛斯球场，嘉儿·珀金斯和佩里·梅克皮斯，”德洛罗回应道，绽开一个让她开始怀疑是永恒不变的夸张的笑容。“我们很高兴能在这场历史性的比赛后见到你们。倘若真有比赛的话，”他加了一句，戏剧化地抬了抬手，怪罪地瞟了一眼灰色的天空。

但最后几句话还是迪马的：

“我会派人去找你们，清楚了，教授？别抛下我。明天我会打你个屁滚尿流。我爱这个家伙，清楚了？”他朝那帮目中无人的穿阿玛尼的年轻人咆哮一通，给了佩里最后一个旁若无人的拥抱，随后在那支浅笑着集合到他身后的队伍经过自己身边时加入了他们向前漫步的行列。

十二

罗兰·加洛斯球场西侧第十二排，坐定在佩里身边，嘉儿怀疑地盯着那支拿破仑共和国卫队般的乐队——黄铜头盔、红帽章、白色紧身裤和过膝长靴，他们演奏定音鼓，用军号吹出最后一个音，随后他们的指挥登上木制主席台，戴着白色手套的双手高举过头，张开手指，像个时装设计师一样摆动起来。佩里在对她说话，却不得不一再重复自己。她朝他转过头去，然后靠到他的肩膀上让自己平静下来，因为她在发抖。佩里也一样，只是没有表现出来，因为她能感觉到他身体里脉搏的跳动——怦，怦。

“这到底是男子单打决赛还是博罗季诺战役[①]？”他高兴地嚷嚷起来，指着拿破仑的军队。她让他再说一遍，短促地笑了几声，捏了捏他的手，让他们都清醒过来。

“做得很好！”她贴近他的耳朵大喊。“你做得很棒！你是个明星！超级巨星！棒极了！”

“你也是！迪马看上去不错。”

“不错。但孩子们都已经到伯尔尼去了！”

“什么？”

“塔玛拉和小女孩们都已经到伯尔尼去了！娜塔莎也是！我还以为他们会待在一起呢！”

“我也是。”

但他的失望程度远不及她的。

拿破仑的军乐队太大声了。一个军团可能冲向他们后就有去无回了。

“他那么急切地想再和你打球，可怜的家伙！”杜利特尔大喊。

“我注意到了！”弥尔顿用力点点头，笑了一下。

“你明天有时间吗？”

“肯定没有。太多约会了，”弥尔顿回答，固执地摇了摇头。

“我恐怕也是。太棘手了。”

“非常，”弥尔顿同意。

他们只是孩子气呢，还是对上帝的敬畏已经钻进了他们心里？把他的手拉到她的嘴唇上，嘉儿亲了亲那只手，接着用她的脸颊贴住它，因为——尽管并未意识到这点——他快把她弄哭了：

在他一生中最应该尽情享受的日子，他却不能！对佩里而言，看到费德勒在法网决赛场上就像看到尼金斯基[②]在跳《牧神的午后》[③]！多少次她不情愿地听着佩里的长篇大论，和他一起蜷在樱草

① 1812年拿破仑侵入俄国时期的一次会战。

② 苏联著名芭蕾男演员和编舞家，在他的艺术中打破了因循已久的古典芭蕾模式，是当时少数会足尖舞的男性舞者。

③ 尼金斯基根据德彪西作品《牧神的午后前奏曲》创作的独幕舞剧，标志着二十世纪中叶现代芭蕾的到来。

花山的电视机前，都是为了费德勒，佩里热切想要成为的运动员？——费德勒，一个定型的男人，费德勒，像舞者一样奔跑，缩短或加大他的步伐，驯服那颗飞来的网球，在从一秒里分裂出来的微小的、悬而未决的瞬间，帮助自己找到合适的速度和角度——他的上身岿然不动，无论是在向后、向前或是向侧面移动——他神奇的预判力根本不是神奇的，嘉儿，而是眼—脑—身体的终极协调。

“我真希望你能享受今天！”她对着他的耳朵大吼，像是在下最后通牒。“把其他事情从你的脑袋里赶走。我爱你：我说我爱你，笨蛋！”

* * *

她天真地打量了一番坐在他们身边的观众。他们是哪边阵营的？迪马的？迪马的对头的？赫克托的？我们得靠自己。

在她左边，一个下巴线条硬朗的金发女人，她的纸帽子和宽大的女式衬衫上各有一个瑞士国家十字。

她的右边，一个中年悲观主义者，穿着连帽雨披，抵挡着其他人都假装没注意到的雨水。

在他们后面一排的座位上，一个法国女人领着她的孩子们欢快地唱着《马赛曲》，也许是错把费德勒当成了法国人。

同样漫不经心地，嘉儿扫了一眼他们对面露天看台上的人群。

“看到什么特别的人了吗？”佩里对准她的耳朵大喊。

“不一定。我觉得巴里可能在这儿。”

“巴里？”

“我们的一个律师！”

她在胡说八道。她的事务所里确实有一个叫做巴里的律师，但他讨厌网球，也讨厌法国人。她饿了。他们不只是没喝完罗丹博物馆的咖啡。实际上他们连午餐都忘了吃。意识到这点让她回忆起在贝里尔·班布里奇[①]的一本小说里，一场困难重重的晚宴的女主人忘记她把布丁放在哪儿了。她朝佩里大吼，想和他分享这个笑话：

"你和我到底错过午餐多久了[②]？"

但佩里没能立即听出这个文学隐喻。他正盯着场地另一边看台中间的一排落地窗。透过烟色玻璃能看见白色桌布和走来走去的侍者，而他正在考虑哪扇窗户属于迪马的贵宾包厢。她又一次感到迪马的手臂用力环抱着她，他的裆部像孩子一样无意识地贴着她的大腿。那股伏特加的酒气是昨天晚上的，还是今天早上的？她问佩里。

"他就是想让自己表现得正常，"佩里回答。

"什么？"

"正常！"

* * *

拿破仑的军乐队从战场上逃跑了。一次相当安静的撤退。一台架在头顶上方缆线上的摄像机滑过一片令人不快的黑色天空。娜塔莎。是她还是不是她？她为什么不回我的短信？塔玛拉知道吗？那就是她匆忙赶回伯尔尼的原因吗？不。娜塔莎会自己拿主意。娜塔莎不是塔

---

① 英国战后著名小说家，擅长黑色幽默的讽刺小说，曾获英国布克文学奖，著有《平静的生活》、《人人为己》等。

② 嘉儿提到的是班布里奇的小说《补时阶段》，主人公爱德华和他的情妇要共同举办一场晚宴，却因种种意想不到的突发事件不得不一再推迟晚餐开始和结束的时间。

玛拉的孩子。而塔玛拉，天知道，不符合任何人对母亲的想象。给娜塔莎发条短信？

刚撞见你爸爸了。在看费德勒。你怀孕没？吻你，嘉儿

没有回信。

球场沸腾了。先是罗宾·索德林，然后是罗杰·费德勒——恰到好处的谦虚和自信看上去像是只有神才能做到。佩里向前伸长身子，嘴唇紧紧抿在一起。他在朝圣。

热身时间。费德勒在几个反手击球上失误了；索德林的正手回球对一次友好的轮流击球显得有点过于挑衅。费德勒练了几个发球，单独的。索德林也这么做了，单独的。热身结束。他们的外套像剑鞘从宝剑上褪下一样滑落到地上。在浅蓝色的角落里，费德勒，他的翻领里面有一抹红色，头带上也有一个相配的红勾。在白色的角落里，索德林，他的衣袖和短裤都是荧光黄的。

佩里的视线又回到烟色玻璃上，于是嘉儿做了同样的动作。她看见的是那件口袋上绣着金色船锚的奶油色罩衫吗，飘浮在玻璃后面的那片棕色迷雾里？如果有人是你绝对不要和他一起搭出租车的，那就是埃米利奥·德洛罗先生，她想告诉佩里。

可是安静点：比赛已经开始了，观众无比欣喜地看到——但对嘉儿来说未免太快了——费德勒破了索德林的发球并先下一城。现在又轮到索德林发球。一个扎马尾辫的漂亮的金发女球童递给他一只球，屈了屈膝，然后迅速跑开了。边线裁判员大声宣判，像是被人捅了一刀。又下雨了。索德林双误；费德勒通往胜利的征程开启了。佩里的脸被单纯的敬畏点亮了，嘉儿发现自己又一次重新爱上了他：他不受影响的勇气，他决意要做对的事情——即使决心本身是错的，他需要保持忠诚，他拒绝为自己感到抱歉。她是他的姐妹、朋友、保护者。

佩里肯定也感到了一种类似的情绪，因为他握住了她的手，并且一直握着。索德林在为法网冠军而战；费德勒则是为了创造历史，而佩里要和他一起。费德勒以六比一拿下首盘。耗时不到半小时。

* * *

法国观众的礼数可真周到，嘉儿断定。费德勒是佩里的也是他们的英雄。但他们在每一个该给予索德林赞扬的时刻都一丝不苟地报以欢呼和掌声。索德林很感激，也表现出来了。他在冒险，也就是说他在给对方施加压力，期待出现受迫性失误；而费德勒仅仅出现了一次。为了挽回局面，他在距离底线十英尺的地方完成一记大力扣杀。

每逢佩里在观赏高水准的网球赛时，他都会进入一个更高、更纯净的领域。几个来回之后，他就能告诉你这个回合的走势，以及谁在控制比赛。嘉儿不喜欢那样。她是个喜欢击落地球的姑娘：重击一下，看会发生什么，是她的信条。就她的水平而言，这招很有效。

可是突然佩里不再看比赛了。他也没在盯着烟色玻璃。他一跃而起，冲到她前面——显然是在掩护她，大喊："搞什么呢！"——并不期待回应。

和他一道站起身来——这不容易，因为这会儿每个人都站起来了，用法语、瑞士德语、英语或是他们听到的随便什么语言嚷嚷"搞什么呢"，她的第一反应是她就要在罗杰·费德勒脚下看见两只死野鸡了：一左一右。这是现场观众纷纷起身造成的喧哗让她产生的错觉，以为那是一群受到惊吓的野鸡正像老式飞机般艰难地攀上天空，等着被她哥哥和他有钱的朋友射下来。她的第二个同样不着边际的念头是迪马被射杀了——也许是尼基开的枪，从烟色玻璃里被丢了出来。

但那个仿若一只羽翼凌乱的红鸟出现在场地上费德勒那一端的瘦高个并不是迪马，而且他肯定还活着。他戴着一顶“吉勒廷夫人”[1]偏爱的红帽子，穿着血红色的长筒袜。他的肩上搭着一条血红色的长袍，正站在费德勒刚才发球的那条底线后面和费德勒窃窃私语。

费德勒有点不知该说什么好——他们之前肯定没见过面——但他保持了自己在球场上一贯彬彬有礼的风度，尽管他表现得有点被激怒了，一种瑞士人表示不高兴的方式，提醒我们在他表面严丝合缝的礼节之下还有几丝破绽。毕竟，他是到这里来创造历史的，而不是为了把时间浪费在一个穿着红裙子突然蹦到场上来自我介绍的男人身上。

但无论他们说了些什么，一切都结束了，那个穿红裙子的男人朝球网跑去，挥动着裙裾和手肘。后面跟着一群动作迟缓的穿黑西装的绅士，滑稽地追着他跑，而人群不再出声了：这是一群正在运动的人，这是运动，尽管不太高级。那个穿红裙的男人跳过球网，但动作并不利落：在那里挂到几根网线。那条裙子不再是裙子了。它从来就不是。它是一面旗帜。另外两个黑西服出现在球网另一头。那面旗帜是西班牙的旗帜——西班牙[2]——但这仅仅是那个高唱《马赛曲》的女人说的，而她的见解又被后面几排一个嗓音沙哑的男人驳斥了，

---

① 指断头台，以法国人吉勒廷博士命名。

② 原文为西班牙语。

他坚持那面旗帜属于巴萨[1]。

一个黑西装终于拦截到了披旗子的男人，把他扑倒在地。又有两个人猛扑上来，把他拖进一条通道的深处。嘉儿盯着佩里的脸，比她见过的任何时候都苍白。

“老天保佑那结束了，”她低语道。

什么结束了？她什么意思？佩里表示同意。是的，结束了。

* * *

上帝不会流汗。除了肩胛骨间的一个深色小点外，费德勒的淡蓝色运动衫上毫无汗迹。他的动作略微有些迟缓了，但没人说得清究竟是因为雨、结块的红土还是旗子男造成的紧张影响。太阳被云遮住了，雨伞在整片场地上撑开，不知不觉比赛已经进入第二局，比分是三比四，索德林在重振旗鼓，而费德勒看着有些沮丧。他只想创造历史然后回家，回到他热爱的瑞士。而且，哦老天，进入决胜盘了——尽管很难称得上是“决胜”，因为费德勒的一发正一个接一个地飞过场地，佩里有时会打出的状态，只是快了两倍。第三局了，费德勒破了索德林的发球，他又回到完美的节奏中来，旗子男的影响终于被抛开了。

费德勒在自己获胜之前就流泪了吗？

无所谓了。现在他赢了。一切又变得简单而平静。费德勒赢了，就算他想把眼珠哭出来也没关系，佩里也在眨着眼掩饰他的男儿泪。他的偶像创造了他前来创造的历史，所有在场的人都为这个创造了历史的人起立，娃娃脸保镖尼基正沿着一排欢乐的人群向他们挤来；掌

---

① 原文为西班牙语。

声汇成一股一致的鼓点。

“我是那个在安提瓜开车送你们回饭店的人，记得吗？”他说，没有明显的笑容。

“你好，尼基，”佩里说。

“比赛看得还愉快吗？”

“相当不错，”佩里说。

“很不错，哈？费德勒？”

“一流的。”

“你想过来看看迪马吗？”

佩里不确定地看着嘉儿：轮到你了。

“实际上，我们有点赶时间，尼基。在巴黎有太多人等着我们去拜访——”

“你知道吗，嘉儿？”尼基难过地问道。“要是你不过来跟迪马喝一杯，我想他会阉了我的。”

嘉儿假装没听到这句话，把决定权留给佩里：

“随便你，”佩里说，又推给嘉儿。

“好吧，只喝一杯怎么样？”嘉儿提议，不情愿地让了步。

尼基示意他们先走，自己跟在后面，她猜这是保镖的习惯。但佩里和嘉儿没想着要逃跑。在主广场上，瑞士山笛正对着一大批蜂拥而出的雨伞吹奏一支令人心碎的哀歌。在走在后面的尼基的指引下，他们爬上一条光秃秃的石阶，进入一条每扇门都漆了不同颜色的花哨的走廊，像是嘉儿学校健身房里的储物柜，只是公司的名字取代了女孩的名字：蓝色的门是**迈耶·安布罗西尼有限责任公司**，粉色的是**希腊的赛古拉公司**，黄色的是**伊洛斯·瓦卡西亚公共有限公司**。而绯红色的是塞浦路斯的阿雷纳第一，尼基砰地一下打开挂在门柱上的一个黑盒子的盖子，轻敲了一个数字进去，然后等着里面的人伸出友谊之手把门打开。

* * *

狂欢过后：那是嘉儿踏进这个又深又低、装着斜面玻璃墙的贵宾室时产生的不敬的印象，在房间另一头能看到贴得如此之近的明亮的红土场，要不是德洛罗走出来挡在前面，她似乎伸手就能碰到那片场地。

在她面前排列着十二张桌子，每张桌子上坐着四到六个人。完全无视球场的规则，男人们都点起了他们的事后雪茄，彰显着他们拥有的或欠缺的能力，其中几个认真打量了她一番，考虑着上她会不会是更好的选择。而那些跟他们在一起的漂亮姑娘，有些在喝过那么多酒之后已经不那么漂亮了——好吧，她们能装出来，也许。在她们的行当里，那就是你要做的事。

离她最近的那张桌子是最大的，但也是平均年龄最小的，它被放置在比其他桌子要高的地方，好让迪马的“阿玛尼小鬼头”们显出比围绕着它的桌子更高的地位——一个由德洛罗推着嘉儿和佩里往前走时展示给他们的事实，为了让七个抱着酒瓶、姑娘和违禁香烟的执行董事们高兴，一群面无表情、目光坚定、身形健硕的家伙。

“教授。嘉儿。问个好，拜托，向我们的主人，董事会成员和他们的女伴，”德洛罗以他典雅的魅力提议道，又用俄语重复了一遍这个建议。

沿着桌子一连串沉闷的点头致意和问好。姑娘们绽开她们空中小姐般的微笑。

“你！我的朋友！”

谁在大喊大叫？对谁？是那个粗脖子、留着小平头的家伙，带着一伙人，叼着一根雪茄，他在朝佩里嚷嚷。

“你是教授？”

“那是迪马对我的称呼，是的。”

“你喜欢今天的比赛吗？”

“很棒。了不起的比赛。我感到很荣幸。”

“你也打得不错，哈？比费德勒强！”粗脖子的家伙嚷嚷道，炫耀着他的英语。

“嗯，不完全是。”

“过得愉快。好吗？好好享受！”

德洛罗敦促他们沿着桌子间的通道继续往前走。在烟色玻璃墙的另一边，戴着蓝色缎带镶边草帽的瑞士高官们正从总统包厢沿着雨水冲刷过的台阶往下走，英勇地面对闭幕式。佩里握住嘉儿的手。跟着埃米利奥·德洛罗穿过这些桌子着实要费点劲，挤过一堆脑袋，冲着一排大多都是男人的面孔说“太抱歉了，糟糕，嗨你好，没错，很棒的比赛！”，现在轮到阿拉伯人，现在轮到印度人，现在全是白人。

现在轮到一群喋喋不休的英国男人，一个个等着突然蹦起身来：“我是邦尼，你真是太讨人喜欢了！”——“我是贾尔斯，认识你很高兴！——你这个幸运的教授！”——一瞬间要接受的东西太多了，事实上，但这个女孩尽力了。

现在是两个戴着瑞士纸帽子的男人，一个又胖又结实，另一个瘦巴巴的，等着跟他们握手：彼得与狼，她冒出一个可笑的想法，但就是没法把它丢开。

“找到他了吗？”嘉儿转向佩里——这时她自己找到了他：迪马，蜷在房间最远端的角落，一个人窝在一张四人桌前，面前放着一瓶红牌伏特加，伸长着手腕，颧骨高耸，假装守卫着厨房的入口。埃米利奥·德洛罗正在她耳边低语，似乎他们认识一辈子了：

“事实上我们的朋友迪马有点儿抑郁，嘉儿。你知道那场悲剧，当然了，莫斯科的双人葬礼——他最亲爱的朋友们被疯子干掉了——是有代价的。你会看到的。”

她确实看到了。并且怀疑自己看到的有多少是真的：一个没有笑容、懒得表示欢迎的迪马，一个沉浸在悲伤的伏特加里把自己溺死的迪马，在他们接近的时候都懒得起身，而是从他和两个看守被流放过去的角落里愤怒地瞪着他们。这时金发尼基已经站起身来护卫在这位形容憔悴的哲学家的身侧，而那两个男人同时把注意力投注在他们的囚犯身上却又忽视彼此的行为里有种令人毛骨悚然的东西。

* * *

“你坐到这儿来，教授！别相信那个该死的埃米利奥！嘉儿。我爱你。坐下。服务生[①]！香槟。神户牛肉！冰淇淋！”

外面的场地上，拿破仑的共和国卫队又回到他们的位置上。费德勒和索德林正做出欢迎的姿势，和他们一起的是穿正装的安德烈·阿加西。

“你跟那边桌子的阿玛尼小鬼谈过了？”迪马阴沉沉地问道。

---

① 原文为法语。

“你想见见他妈的银行家、律师、会计？所有那些搞砸了这个世界的家伙？法国人，我们有，德国人，瑞士人。”他抬起头，冲着房间大吼：“嘿所有人，向教授问个好！这家伙在网球场上把我打趴下啦！她是嘉儿。他要跟这个姑娘结婚啦。要是他不娶她，她就要嫁给罗杰·费德勒啦。没错吧，嘉儿？”

“我想我就跟着佩里挺好，”嘉儿说。

那里有人在听吗？坐在大桌上目光坚定的年轻人和他们的女孩显然都没有，他们一听见迪马的声音就故意拥作一团。在稍微靠近一点的桌子上也是同样的情况，所有人都漠不关心。

“还有英国人，我们也有！公平竞赛的家伙们。嘿，邦尼！奥布里！邦尼，到这儿来！邦尼！”没有回应。“知道邦尼是什么意思？兔子。操他的。”

嘉儿饶有兴致地转过身去分享他的乐趣，及时认出一个留着连鬓胡子、身材圆滚滚的男人，“兔子”做他的昵称再合适不过。但她寻找奥布里的过程就没那么顺利了，除非他是那个秃头的一脸聪明相的高个子，戴副无框眼镜，正弓着背快速穿过通道往门赶去，他的雨衣搭在手臂上，像是一个突然想起自己要赶一班火车的人。

顶着他那一头漂亮的银灰色头发，圆滑的埃米利奥·德洛罗挑了迪马身旁的位置坐下。他的头发是真的还是顶假发？她想知道。如今他们做这些东西可在行了。

* * *

迪马在提议明天打球。佩里在编造他的借口说服迪马，像一个老朋友，在他们和他分开三个星期后，他不知怎么就成了这样一个角色。

“迪马，我真的办不到，”佩里抗议。“我们在城里有一大堆保证要去拜访的人。我没开玩笑。而且我跟嘉儿诚心保证过这回我们要去看莫奈的睡莲。真的。”

迪马用力吸了一口伏特加，湿了下他的嘴唇。“我们打球，”他说，像在陈述一个不由分说的事实。“国王俱乐部。明天十二点。我已经订好了。之后再来个他娘的按摩。”

“在雨里按摩，迪马？”嘉儿开玩笑地问。“别告诉我你开发了一种新怪癖。”

迪马忽视了她：

“我得去一家该死的银行碰头，九点，给那帮阿玛尼小鬼签一堆合同。十二点我要我的重赛，听到了吗？你不是胆小鬼吧？”佩里又开始抗议。迪马无视了他。“六号场。最棒的。打一个小时，去按摩，之后午餐。我付账。”

德洛罗总算允许自己介入调停，温和地开腔打岔：

“你们住在巴黎的什么地方，如果允许我问一句的话，教授？丽思？我但愿不是。在这里他们有好多很不错的小型旅馆，假使知道上哪儿去订的话。要是我早知道，我可以给你们举出半打。”

要是他们向你提问，别胡扯，坦率地回答他们，赫克托说过。一个单纯的问题，就给一个单纯的答案。佩里显然牢牢记住了这个建议，因为他已经在笑了：

“一个差到你简直不能相信的地方，”他大声说道。

但埃米利奥确实相信了，而且他很喜欢那个地方的名字，还用一本好好收在他带饰章的奶油色夹克的宝蓝色内衬里的鳄鱼皮笔记本记了下来。做完这件事后，以他最具说服力的迷人姿态对迪马说：

“如果你在提议的是明天打网球，迪马，我认为嘉儿是对的。你完全忘记这场雨了。就算是我们的教授朋友都不能让你在一场倾盆大雨里满意的。天气预报说明天的天气甚至会比今天更糟。”

“别他妈扫兴！”

* * *

迪马狠狠地往桌子上砸了一拳，玻璃的碎片四溅开来，一瓶勃艮第红酒差点倒翻在地毯上，还好佩里敏捷地接住它扶正。坐在烟色玻璃墙边的人仿佛都在经历炮弹轰炸过后的短暂失聪。

佩里彬彬有礼的恳求重新构筑起一种平静的假象：

“迪马，让我喘口气。我甚至都没带球拍来，看在老天的分上。”

“德洛罗有二十把他娘的球拍。”

“三十把，”德洛罗冷冰冰地纠正他。

“好了！”

什么好了？好了迪马又要砸桌子了？他汗湿的脸显得很固执，他踉跄着站起身来，下巴僵直地往前伸，他的上身朝后倾斜，抓住佩里的手腕，一把将他拖到自己身旁。

“好了，所有人！”他喊道。“教授和我，明天，我们要来一场重赛，我要把他打趴下。十二点，国王俱乐部。每个想来看的人，带好该死的伞，之后午餐。赢的人付账。也就是迪马。听到了吗？”

有些人听到了。一两个甚至笑了一下，还有几个鼓起了掌。主桌上起先毫无动静，接着有人用俄语低声评论了几句，引起一阵不友好的笑声。

嘉儿和佩里看了看彼此，笑着耸了耸肩。在这样一股不可抗力的推动下，在这样一个令人尴尬的时刻，他们怎么能说不呢？预见到他们要投降了，德洛罗力求先发制人：

“迪马。我认为你对你的朋友们有点过分了。也许在今年晚些时候再约一场比赛，好吗？”

但他已经晚了，嘉儿和佩里都太心软了。

“老实说，埃米利奥，”嘉儿说。“如果迪马真的那么想打球而佩里又愿意的话，为什么我们不让他们享享乐子？我愿意比赛，如果你愿意。亲爱的？”

亲爱的是个新词，更像是弥尔顿和杜利特尔会用的，而非他们自己。

“那好吧。但有个条件”——德洛罗，又在试图夺回自己的优势——“今晚，你们来参加我的派对。我在纽依利有间很棒的屋子，你们会喜欢的。迪马就喜欢，他是我们家的座上宾。我们从莫斯科来的令人尊敬的同事们也和我们一起。我太太，就这会儿，可怜的人，正在监督筹备工作。八点我派辆车到你们的宾馆来怎么样？你们爱怎么打扮就怎么打扮。我们都是随便的人。”

但德洛罗的邀请已经毫无意义。佩里大笑着——说这真的完全不可能，埃米利奥。嘉儿则抗议说她在巴黎的朋友们永远都不会原谅她的，不，她不能把他们也带来，他们有自己的派对，而嘉儿和佩里是派对的主宾。

于是他们同意明天十一点让埃米利奥的车到宾馆来接他们去参加雨中的网球赛，如果情况合适，德洛罗会杀了迪马，但根据赫克托的看法，直到伯尔尼之后他才能那么做。

* * *

“你们两个的角色扮演令人惊叹，”赫克托大叫。“是不是，卢克？嘉儿，你让人惊讶的直觉。你，佩里，你他妈的了不起的英国头脑。嘉儿倒也不呆。感谢取得那么大的进展。如此勇敢地深入虎穴。我听起来是不是像个童子军领队？”

“我会说你是，”佩里说，惬意地伸展手脚，躺在眺望塞纳河的拱窗下的一条躺椅上。

“很好，”赫克托满意地爆发出一阵欢乐的大笑。

只有嘉儿，坐在靠近佩里脑袋旁的一只脚凳上沉思着，一边用手玩弄他的头发，似乎没有参与到庆祝中来。

那是在圣路易岛的晚餐过后。这间位于古老要塞顶层的令人赞叹的公寓属于卢克的艺术家阿姨。她的作品——她从未屈尊出售，全都堆在墙边。她是一个漂亮且有幽默感的七十来岁的老太太。在抵抗运动时期，她作为一个年轻女孩与德军战斗过，她对自己在卢克的密谋里被指派的角色显然驾轻就熟：

“我理解我们是很久以来的朋友了，”几小时前她对佩里说，优雅地碰了碰他的手表示欢迎，接着自然地放开。“在你还是学生、对绘画有着永不知足的热情的时候，我们在我的一个好朋友的沙龙里遇见了。她的名字，如果你希望有一个的话，是米歇尔·德拉托，现在过世了，唉。我允许你接近我。你太年轻了，做不了我的情人。那样你觉得够了吗，还是你需要更多？”

“相当好了，谢谢！”佩里回答，大笑起来。

“对我来说还不够好。没有人年轻得不能成为我的情人。卢克会为你们提供脆皮烤鸭和卡门贝干酪。祝你们有个愉快的夜晚。至于你，我亲爱的，太娇嫩了”——对嘉儿——“对你这位失败的艺术家来说太好了。我开玩笑的。卢克，别忘了瑟芭。”

瑟芭，她的暹罗猫，正坐在嘉儿的膝头。

在晚餐桌上，佩里——依旧兴致高昂——成了派对的灵魂人物，无论是激动地赞扬费德勒还是回顾和迪马人为的偶遇，或是迪马在贵宾室里展现的绝技。在嘉儿看来，这就像是听着他在一次惊险的攀岩或并驾齐驱的越野跑之后放松下来。卢克和赫克托是完美的听众：赫克托，听得入了迷，一反常态的安静，只在要求再挤出一小点形容词的时候打断他们——那个也许是奥布里的人，他们认为他有多高？“兔子”，他紧张吗？——卢克在巨大的厨房和饭厅间来回走动，或是满上他们的玻璃杯——尤其关注嘉儿的杯子，接了一两次奥利的电话，但依然在很大程度上参与了他们的谈话。

只是现在，在晚餐和红酒起了效果之后，佩里高涨的情绪让位给了清醒过来的安静，赫克托又开始推敲起迪马邀请去国王俱乐部打球的确切措辞：

“那么我们假定信息藏在按摩里，”他说。“谁有什么想法吗？”

“按摩简直是挑战的一部分了，”佩里同意。

“卢克？”

“在我看来是显而易见的。提了几次？”

“三次，”佩里说。

“嘉儿？”赫克托问。

回过神来，和男人们相比，嘉儿显得不那么自信：

“我只是在想这点对埃米利奥和那帮穿阿玛尼的年轻人是否也显而易见，”她说，回避着卢克的眼神。

赫克托也在考虑这点：

“是的，嗯，我猜真实的情况是，如果德洛罗真的觉得有可疑，他会立即叫停这场比赛，我们就完蛋了。玩完了。但是，根据奥利最新的几份报告，各种迹象都指向相反的方向，没错吧，卢克？”

“奥利刚参加完德洛罗别墅外的一场非正式司机会议，”卢克解释，堆起他排演过的笑容。“明天的网球赛被埃米利奥宣传成签字仪式后的一场聚会。他那些从莫斯科来的绅士们已经看过了埃菲尔铁塔，对卢浮宫又没兴趣，于是他们对埃米利奥来说就有点棘手了。”

“那么关于按摩的信息呢？”赫克托提示道。

“就是迪马为佩里和他自己在赛后预定的同时进行的两段疗程。奥利也已经确认过了，尽管国王俱乐部的网球设施是世界顶尖的，但它更引以为傲的是自己的安保。保镖们在护送进更衣室、桑拿或按摩房后就会被恳请离开。他们会被邀请坐进俱乐部的休息室或是自己的防弹车里。”

“那俱乐部的常驻按摩师呢？”嘉儿问。“在你们这些家伙密谋的时候他们要做什么呢？”

卢克准备好了答案，还有他特别的笑容。“周一他们放假，嘉儿。他们只在有预约的时候来。就连埃米利奥都不知道他们明天不会来。”

* * *

在十五天使酒店里，凌晨一点，佩里终于睡着了。踮着脚尖下楼到厕所里，嘉儿锁上门，借着最低瓦数的灯泡微弱的光线重新阅读她在头天晚上七点收到的短信，就在他们出发去岛上吃晚餐之前。

我爸爸说你们在巴黎。一个瑞士医生宣布我怀孕九周了。麦克斯正在登山，没有回音。嘉儿

嘉儿？娜塔莎用我的名字作签名？她绝望得连自己的名字都忘了？还是她的意思是“嘉儿，拜托，我恳求你”？——那种意思的嘉儿？

昏昏欲睡的，她调出那个号码，在她意识到自己做了什么之前，按下绿色的通话键，连上一条瑞士服务线路。一阵恐慌，她挂掉电话，这会儿完全清醒了，转而发了一条短信：

直到我们交谈之前什么都不要做。我们需要当面谈谈。爱你，嘉儿

她回到卧室，重新爬进马尾毛被子里。佩里睡得很沉。告诉他还是不告诉他？他要承受的已经够多了？明天是他的大日子？还是我对娜塔莎保密的誓言？

十三

爬进埃米利奥·德洛罗的司机驾驶的梅赛德斯里，为此麦瑞夫人恼火地看到她酒店外面的道路至少堵了十分钟——而那个笨蛋司机甚至拒绝降下窗户接受她的责骂！——佩里·梅克皮斯为焦虑而苦恼的程度远超出了他愿意向嘉儿承认的地步，后者为了这个场合用维维安·韦斯特伍德的外套搭配她赢下首个案子后买给自己的哈伦裤好好打扮了一番："要是那些高级妓女也来看比赛，我最好使出浑身解数，"她告诉佩里，摇摇晃晃地站在她的床上试图保持平衡，好在洗手盆上方的镜子里看到自己的样子。

* * *

前一晚，从他们的晚餐聚会回到十五天使，佩里意识到麦瑞夫人正从她掩藏在接待处后面的据点瞪大了眼睛看着他。

"不如你先上去开灯什么的，我一会儿就上来？"他建议，嘉儿感激地打了个哈欠表示同意。

"两个阿拉伯人，"麦瑞夫人悄声道。

"阿拉伯人？"

"阿拉伯警察。他们互相说阿拉伯语，对我说法语。阿拉伯裔法国人。"

"他们想知道什么？"

"一切。你在哪里。你干什么。你的护照。你在牛津的地址。小姐在伦敦的地址。和你有关的一切。"

"你告诉他们什么了？"

"什么都没说。你是老顾客了，你付账，你有礼貌，你不会喝醉，你一次只带一个女人，你被一个住在岛上的艺术家邀请走了，你会回来得很晚，不过你有钥匙，你可以信任。"

"我们在英国的地址呢？"

麦瑞夫人是个小个子女人，她高卢人式的耸肩相较于她的身材而言显得有点过分夸张："所有你写在登记卡上的东西，他们都拿走了。如果你不想让他们拿到你的地址，你就该写个假的。"

得到一个她不会对嘉儿透露半点风声的保证——我的老天，这不会对她产生什么影响的，她也是个女人！——佩里打算立即打给赫克托，但作为佩里，而且考虑到刚才喝掉的数量可观的陈年苹果白兰地，他断定就实际情况来看目前没人能够有所作为，最好还是等到天亮再行动，上床睡觉去。在新煮好的咖啡和牛角面包的香味中醒来，他惊讶地发现嘉儿裹着她的披肩坐在床尾，盯着她的手机。

"坏消息？"他问。

"只是事务所。来确认。"

"确认什么？"

"你打算要今晚送我回家的，还记得吗？"

"我当然记得！"

“好吧，我不走了。我给事务所发了短信，他们要把萨姆森离婚案交给赫尔加去搞定了。”

她讨厌[①]的赫尔加？穿着渔网袜把男人生吞活剥，把事务所里的男性律师当成七弦琴弹得团团转的赫尔加？

“老天，到底是什么促使你那么做的？”

“你，一部分是。出于某种原因我不觉得自己能在这么岌岌可危的时候离开你。明天我要陪你去伯尔尼，我猜那是你接下来要去的地方，尽管你没告诉我。”

“就那样？”

“为什么不？就算我在伦敦，你还是会担心我的。所以我最好还是待在你能看到我的地方。”

“你就没想到如果你和我在一起我会更担心。”

他这么做很无情，他知道，她也知道。为了缓和气氛，他想把自己和麦瑞夫人的对话告诉她，又害怕那会更坚定她要留在他身边的决心。

“你好像忘记了那些孩子，在所有这些成年人的麻烦事里，”她说，把自己的语气调整成责备的样子。

“嘉儿，这完全是胡扯！我在尽我所能，我们的朋友们也是，用他们的——”最好不要说完这句话。最好用暗示来谈论。在他们两周的熟悉期后，只有上帝知道谁会在什么时候偷听。“孩子们是也一直都是我首先考虑的问题，”他说，只是这句话不完全正确，他感到自己脸红了。“他们是我们之所以会在这里的原因，”他执意道。“我

---

① 原文为法语。

们俩都是。不只是你。没错，我关心我们的朋友们，而且我会对这件事情负责到底。而且没错，它让我着迷。整件事。”他动摇了，让自己陷入窘迫。“这事关与真实的世界保持联系。孩子们是其中的一部分。一大部分。现在是，你回伦敦以后也会是。”

可要是佩里期待她会被这通冠冕堂皇的长篇大论打发走，他可是错看了他的听众。

“但孩子们不在这里，不是吗？也不在伦敦，”她执拗地回答。“他们在伯尔尼。按娜塔莎的说法，他们在沉痛哀悼米沙和奥尔加。男孩们整天泡在足球场上，塔玛拉只顾和神对话，所有人都知道有大事要发生了，但他们不知道是什么。”

“按娜塔莎的说法？你到底在说什么？”

“我们是短信笔友。”

“你和娜塔莎？”

“没错。”

“你没告诉我！”

“你也没告诉我关于伯尔尼的安排。有吗？”——吻了吻他——“有吗？为了保护我。所以从现在起，我们要彼此保护。一个人卷进去了，两个人都要进去。同意吗？”

* * *

到目前为止达成一致的只有在他冒雨去巴黎春天买网球装备时她会把自己收拾停当。其他要讨论的事情，就佩里这方面而言，绝对不能达成一致。

让他烦扰不堪的不只是麦瑞夫人的夜间访客们。意识到正在逼近的、不可预知的危险的心情已经取代了昨晚的轻松愉快。浑身湿透地站在巴黎春天的门厅里，他给赫克托打电话，订下约会。十分钟后，他脚边放了一只崭新的网球袋，装着一件运动衫、短裤、袜子、一双球鞋，还有——他肯定是疯了才会买这东西——一顶遮阳帽，他又试了一回，这次接通了。

“对他们的描述？”赫克托问，佩里把话听完后觉得他未免也太不起劲了。

“阿拉伯裔。”

“哦也许他们是阿拉伯人。也许他们还是法国警察。他们给她看自己的名片了吗？”

“没说。”

“你也没问？”

“不，我没有。我有点醉了。”

“介意我让哈利过去跟她聊聊吗？”

哈利？啊是的，奥利。“我想这一切已经够戏剧化了，不过还是谢了，”佩里僵硬地回答。

他不确定该如何继续下去。或许赫克托也是：

“不过没动摇吧？”赫克托问。

“动摇？”

“怀疑。重新考虑。那天快要到来的紧张情绪。神经过敏，看在老天的分上，”赫克托不耐烦地说。

“就我而言，完全没有动摇。只是在等我该死的信用卡账被销掉。”他没有。那是个谎言，他不明白自己到底为什么这么说，除非是在要求他不会得到的同情。

“杜利特尔精神好吗？”

“她是这么以为的。我不。她强烈要求到伯尔尼去。我很肯定她不该去。她已经完成了她的任务——出色的，昨晚你自己这么说的。我希望她收工，按计划今晚回伦敦，待在那里直到我回去。”

“嗯，她不会的，不是吗？”

“为什么不会？”

“因为她十分钟前打给我说你会打给我，谁也休想改变她的主意。所以我宁肯把那当成最后的决定，而且我建议你也接受。要是你赢不了，就得学会接受。你还在听吗？”

“不完全是。你怎么回答她的？”

“我很为她高兴。告诉她无疑是必需的人选。考虑到那是她的决定而且什么都不能改变她的主意，我建议你跟她统一阵线。想听听前线上的最新消息吗？”

“说吧。”

“一切都按计划进行。七人帮和我们的伙伴都在签字仪式上出现了，所有人看着都愁眉苦脸的，但那有可能是他们的宿醉在作祟。他正在配枪保镖的护送下回纽依利去。在国王俱乐部订好了二十人份的午餐。按摩师都准备好了。所以计划没变，只除了一点：今晚回伦敦，明天你们两个一起飞苏黎世城[①]，到机场取电子机票。卢克会去接你们。不只是你一个人，那是之前的计划。你们两个。还在听吗？”

“我想是的。”

“你听上去很暴躁。是昨晚饮酒过度的影响吗？”

---

① 苏黎世城是苏黎世州的首府。

“不。”

“好吧，别让它影响你。我们的伙伴需要你发挥最佳水平。我们也是。”

佩里考虑过是否要告诉赫克托嘉儿和娜塔莎是短信笔友的事情，但更明智的想法——如果真的是明智的——占了上风。

* * *

梅赛德斯里弥漫着一股陈腐的烟草味。一瓶喝剩下的矿泉水插在后座位的缝隙里。司机是个圆头圆脑的大个子。他没有脖子，只有卡在侧面短须里的像是被剃刀砍出来的几道红色印迹。嘉儿穿着像是随时都可能从她身上滑落的丝质衫裤套装。佩里从没见过她比现在更漂亮。她的白色长雨衣——一件稍早从纽约的波道夫·古德曼[①]买来的奢侈品——放在她身旁。雨像冰雹一样接二连三地打在车顶。挡风玻璃前的雨刮器艰难地呜咽着左右摇摆。

圆头大个子把梅赛德斯转进一条岔路，在一排时髦的公寓前停下，摁了一下他的喇叭。第二辆车停在他们后面。一辆盯梢的车？想都别想。一个穿着一件夹棉雨衣、戴着宽檐防水帽、身材滚圆的快活的家伙从前门跑了出来，重重地压进副驾驶座，身子晃了晃，他的前臂压在座位靠背上，双下巴搁在前臂上。

“好了，来打网球的是，我会说，”他叽叽喳喳地拉长着调子宣布。“教授先生自己，其中一个。而你是他的伴侣，我亲爱的，你当

① 美国著名的时尚传统百货公司之一，云集了世界首席设计师的名牌。

然是。甚至比昨天更好[1]，如果我可以这么说的话。我申请整场比赛的时间都能独占你。”

“嘉儿·珀金斯，我的未婚妻，”佩里拘谨地说。

他的未婚妻？她真的是吗？他们没讨论过这点。也许弥尔顿和杜利特尔谈过了。

“哦，我是波帕姆博士，世界的邦尼，帮令人作呕的有钱人在法律上钻空子，”他继续道，他粉色的小眼睛贪婪地轮流看着他们，仿佛在决定要抓走哪一个。“你也许还记得迪马粗暴地在几千号人面前侮辱我，但我用自己的蕾丝手帕把他掸开了。”

佩里似乎不愿作答，于是嘉儿加入了：

“那你和他的联系是什么呢，邦尼？”嘉儿欢快地问道，这时他们的车再度开上了大路。

“哦，我的心肝，我们几乎完全没有交集，感谢上帝。就叫我‘埃米利奥的一个老朋友’吧，在他周围提供帮助。他是自作自受，可怜的家伙！上回是一群迟钝的阿拉伯王子来购物狂欢。这回是一伙沉闷的俄罗斯银行家。穿阿玛尼的小鬼，能想象吗！还有他们亲爱的女伴”——放低声音，改说悄悄话——“我还没见过更高价的女伴呢。”他贪婪的小眼睛放肆地停留在佩里身上。“但你这个可怜的亲爱的教授啊，尤其是”——泛起血丝的眼睛悲伤地看着佩里——“多么仁慈的举动！你会在天堂得到奖赏的，我能预见。但你又怎么能拒绝那个被那些可怕的杀戮害得悲伤欲绝的暴徒呢？”回到嘉儿。“你们会在巴黎待很久吗，嘉儿·珀金斯小姐？”

---

① 伴侣（更常指妻子）的英语是 one's better half。

“哦，我希望我们可以。恐怕我不得不回去工作，无论天气如何”——嘲讽地看了看落在挡风玻璃上的大雨。“你怎么样，邦尼？”

“哦，我四海为家。我是个迁徙者。这里一个小窝，那里一个小巢。我降落，但从不长久。”

一个指示牌指向**马术俱乐部**，另一个指向**鸟亭餐馆**[①]。雨略微小了一点。那辆盯梢的车还在他们后面。一扇装饰华丽的大门出现在他们右手边。大门对面是一条紧急停车带，司机把梅赛德斯停在那里。那辆不祥的车停在一旁。黑色的玻璃。佩里等着看它的一侧车门被打开。缓缓地，其中一扇打开了。一个又老又胖的女人走了出来，跟在后面的是她的德国牧羊犬。

“一百米，”司机咕哝道，朝着大门比了一个下流的手势。

“我们知道，蠢蛋，”邦尼说。

他们肩并肩地走过那一百米，邦尼·波帕姆替嘉儿打伞，佩里把他的新网球袋护在胸前，雨水顺着他的脸颊冲刷下来。他们在一幢低矮的白色建筑物前停下。

在雨棚下的最高一级台阶上站着埃米利奥·德洛罗，穿着一件带毛领的齐膝长雨衣。另一边站着昨天的三个刻薄的年轻执行官。几个女孩闷闷不乐地嘬着她们不被允许在俱乐部室内抽的香烟。在德洛罗一边的还有一个穿灰色法兰绒男裤和罩衫的咄咄逼人的高个子灰发英国人，一看就是有封号的阶层，伸出一只满是斑点的手。

“吉尔斯，”他解释道。“昨天在一间闹哄哄的房间里见过了。

---

① 两个名称均为法语。

不用费心记住我。埃米利奥找上我的时候我刚巧经过巴黎。看样子不该随便打电话给你的老伙计。当然啦，要我说我们昨晚还是过得非常热闹。真遗憾你们两个家伙没能过来”——现在是对佩里——“会说俄语吗？还好我会说一点。我恐怕我们尊贵的客人们没提供其他太多语言方面的选择。”

他们蜂拥进去，德洛罗带的头。湿漉漉的周一午餐时间：一个没多少会员的日子。在佩里目力范围内的左边，戴眼镜的卢克窝在角落里的一张桌子边。他的耳朵里塞着蓝牙装备，正专心致志地看着一台光洁的银色手提电脑，在外人看来就是一个要务缠身的生意人。

要是你碰巧看到什么人隐约觉着跟我们有点像，那肯定是幻觉，昨晚赫克托警告过他们。

恐慌。心里一沉。天哪，嘉儿在哪？一阵恶心，佩里四处搜寻，却发现她就在房间的中央，和吉尔斯、邦尼·波帕姆还有德洛罗聊得正欢。保持冷静，待在我看得到的地方，他在心里对她默念。低调点，别过度热情，冷静。德洛罗在问邦尼·波帕姆现在喝香槟是不是太早了，邦尼回答那取决于年份。人群爆发出一阵大笑，但嘉儿的笑声最响。是时候去解救她了，佩里听见业已熟悉的吼声“教授，我对天发誓！”，转身看到三把雨伞沿着台阶往上走。

在中间那把雨伞下面的，是背着一个古驰网球袋的迪马。

在他左右两边的，是尼基和那个一直被嘉儿称作“憔悴的哲学家”的人。

他们踏上最后一级台阶。

迪马“砰”的一声关上他的伞，把它推给尼基让他拿着，独自大步走过旋转门。

“看到他妈的雨了？”他冲着整个房间挑衅地问。“看到天空了？十分钟，我们就会看到太阳出来的！”对佩里：“你想换上你的网球装备吗，教授，还是你要穿着那身该死的西装让我把你打趴下？”

观众不怎么热心地笑了起来。昨天那出超现实的哑剧将要上演自己的第二幕。

* * *

佩里和迪马走下一段光线不足的木制楼梯，网球袋提在手里。迪马的俱乐部会员在前头带路。更衣室散发出一股味道。松木香精、陈腐的蒸汽，汗湿的衣服。

“我带了球拍，教授！”迪马朝着楼梯上喊。

“棒极了！”佩里喊了回去，和他一样大声。

“大概有六把！操他的埃米利奥的球拍！那家伙打得超臭但有好拍子。”

“他的三十把里的六把，没错吧！”

“你猜对了，教授！你猜对了！”

迪马在告诉他们我们要下去了。他不需要知道卢克早就把消息泄露出去了。在楼梯底下，佩里回身观望。没有尼基，没有憔悴的哲学家，没有埃米利奥，没有一个人。他们走进一间阴暗的木板镶边的更衣室，瑞典风格。没有窗户。一扇标着**盥洗室**字样的木头门。还有两扇标着**按摩间**。两扇门的把手上都挂着**使用中**的标牌。你去敲右边那扇门，但不要抢在他准备好之前。现在对我重复一遍。

“昨晚过得不错，教授？”迪马边换衣服边问。

"棒极了。你呢？"

"狗屎。"

佩里把他的网球袋随手丢到一条长凳上，拉开拉链，开始换衣服。已经脱光的迪马背对着他。一幅巨大的蛇和梯子的图案从他的后脖颈一直延伸到他的屁股，覆盖了整个后背。在他背部中间的位置，一个穿着四十年代式样泳衣的女孩正遭到咆哮的野兽的攻击。她的大腿陷在一棵生命树里，树根伸到迪马的臀部上，枝杈在他的肩胛骨上蔓延。

"我得去撒尿，"迪马宣布。

"别客气，"佩里开玩笑地说。

迪马打开厕所的门并顺手锁上。稍后他走了出来，手里拿着一根管子样的东西。那是一个打了结的避孕套，里面放着一根记忆棒。从正面看，迪马有着米诺陶洛斯[①]一样的身躯。他的黑色胸毛一直长到他的肚脐。想来剩余的部分也很可观。他在洗手池的水龙头下把避孕套冲洗了一番，拿到他的古驰网球袋那里，用一把剪刀剪掉顶端，把它松开来，又把两段避孕套递给佩里让他丢掉。佩里把它们放进夹克一边的口袋，突然想到一年内嘉儿会在里面找到它们然后问，"什么时候要孩子？"

迪马以对一个囚犯而言相当快的速度穿上一套护具和一条蓝色网球短裤，把记忆棒丢进短裤的右边口袋里，套上一件长袖运动衫、袜子、球鞋。他统共只花了几秒钟。冲淋房的一扇门打开了。一个胖胖的、上了年纪的男人走了出来，腰上围着一条浴巾。

---

① 希腊神话中的半人半牛怪，后被忒修斯杀死。

"各位好！"

你好。

那个上了年纪的胖男人拉开他的储物柜的门，任由浴巾滑落到他脚边，拿出一个衣架。第二扇冲淋房的门打开了。又一个老男人走了出来。

"太可怕了，这场雨！"第二个老男人抱怨道。

佩里同意。这场雨——确实很可怕。他用力敲了敲右边桑拿室的门。敲了三下，实实在在的。迪马站在他身后。

"它被占掉了，"第一个老男人提醒他。

"被我占了，"佩里说。

"星期一不开门，"[①]第二个老男人劝他。

奥利从里面把门打开。他们和他擦肩而过。奥利关上门，安慰性地在佩里肩上拍了两下。他拿掉了自己的耳环，头发光溜溜地往后梳。他穿着一件医师的白大褂。他像是丢掉了原来的奥利又换上了另一个。赫克托穿着一件白大褂，但没费心扣上扣子。他是按摩师主管。

奥利在把木楔塞进门框里，底下两个、边上两个。佩里对奥利总是有种感觉——这些都是他早就做过的事情。赫克托和迪马第一次面对面，迪马朝后仰着身子，赫克托朝前俯着，一个咄咄逼近，一个畏首畏尾。迪马是个在等待他的下一项惩罚的老罪人，赫克托是知道自己要什么的政府官员。赫克托伸出他的手。迪马握了握，接着用自己的左手抓住，同时用右手去掏自己的右边口袋。赫克托把记忆棒递给

① 以上这段对话都是用法语进行的。

奥利，后者把它拿到一张靠墙的桌子上，拉开按摩袋的拉链，抽出一台银色笔记本电脑，打开机盖，插上记忆棒，动作一气呵成。穿着那件白大褂，奥利显得前所未有的魁梧，动作却加倍敏捷。

迪马和赫克托只字不语。囚犯面对政府官员的时刻已经过去了。迪马不再向后倾斜，赫克托也不再往前倾身。他的灰色眼睛睁得大大的，眼神坚定，却也带着疑问。眼神里没有占有，没有征服，没有胜利。他像是一个要决定该如何手术，或是该不该手术的外科医生。

“迪马？”

“是的。”

“我是汤姆。我是你的英国官僚。”

“一把手？”

“一把手捎来他的问候。我是代表他来的。那是哈利，”——指向奥利——“我们说英语，教授在场监督公平交易。”

“好吧。”

“那我们坐吧。”

他们坐下了。面对面。佩里——监督公平交易的人——坐在迪马身边。

“楼上还有一个我们的同事，”赫克托继续道。“他正独自坐在酒吧里对着一台银色笔记本电脑，跟哈利这台一样。他的名字是迪克。他戴着眼镜和一条党员的红领带。当你今天晚上离开这家俱乐部的时候，迪克会起身，慢慢穿过大厅，带着他的银色笔记本电脑从你面前走过，穿上他的深蓝色雨衣。为了以后，请记住他的样子。迪克说话和我、和一把手具有同等效力。明白吗？”

“我明白，汤姆。”

“需要时他也说俄语。和我一样。”

赫克托瞟了一眼自己的手表，又看了一眼奥利。“在你和教授上楼之前，我需要留出七分钟的时间。要是需要你们在那之前上去，迪克会让我们知道的。你对这个安排满意吗？”

“满意？你操他娘的疯了吧？”

例行盘问开始了。佩里做梦都没想过会有这样的例行盘问。但两个男人似乎都意识到了它的必要性。

赫克托先来：“你现在有没有，或是过去有没有，和其他另外的国外情报机构接触过？”

轮到迪马：“我向上帝发誓，没有。”

“连俄罗斯的都没有？”

“没有。”

“你知道你圈子里的哪个人曾经和其他国外情报机构接触过吗？”

“没有。”

“没有人在其他地方兜售同样的讯息？向任何人——警方、公司、个人，世界上的任何地方？”

“我不知道有那样做的人。我想让我的孩子们去英国。现在。我想要我那个操他娘的交易。”

“我想让你得到你的交易。迪克和哈利想让你得到你的交易。这里的教授也想。我们都在同一战线上。但首先你得说服我们，而我也得说服我在伦敦的官僚同事们。”

“‘王子’会杀了我的，操他的。”

“他那样告诉你了吗？”

“当然。在该死的葬礼上：‘别伤心，迪马。很快你就会去陪米沙了。’像个笑话。不好笑的笑话。”

“今早的签字仪式怎么样？”

“很好。我他妈的半辈子都过了。”

“那我们来安排剩下的一半吧，好吗？”

* * *

这次卢克总算知道自己确切是谁以及他为什么在这里。俱乐部的管理层也知道。他是迈克尔·德斯帕德先生，一个有钱人，他在等自己性情古怪的姨妈过来请他吃饭——他的姨妈是一个没人听说过的住在圣路易岛上的著名艺术家。她的秘书为他们订了张桌子，但作为一个性情古怪的姨妈，她也许不会出现。迈克尔·德斯帕德知道她就是那样；俱乐部的人也是，一个富有同情心的侍者领班把他带到酒吧一个安静的角落里，在这样一个湿漉漉的星期一，他可以在这里尽情等待，顺便还能处理点公务——太感谢你了，先生，非常感谢你：花上一百欧的小费，生活会变得更轻松些。

卢克的姨妈真的是国王俱乐部的会员吗？她当然是！或是她已故的保护人伯爵过去是，有什么区别呢？奥利把他的人格面具转到卢克姨妈秘书的那一面。而且奥利——赫克托的观察十分正确——是工作中最好的后援，至于姨妈，她会肯定任何需要肯定的事情。

卢克感到满足。他觉得平静，毫不慌张，运作良好。他也许只是一个忍气吞声的客人，被塞进俱乐部房间里一个无需社交的角落。戴着他的角质眼镜架和蓝牙耳机，还有打开的手提电脑，他可以伪装成任何一个在周一早晨疲惫赶工的执行官，完成他本该在周末完成的工作。

但在他心底，他感到如鱼得水，对一切都把握十足：他从未觉得如此满足和自由。他是尚未打响的战役中即将到来的暴风雨里坚定的声音。他是前插的观察哨站，向总部汇报。他是观察入微的指挥官、有建设性的战士、对他陷入困境的指挥官忽略或不愿看见的关键细节有着敏锐洞察力的副官。对赫克托而言，那两个“阿拉伯裔警察”是佩里对嘉儿的安全过度担忧的产物。要是他们真的存在，他们不过是“两个在周日晚上没有其他事可做的法国条子”。但对卢克来说，他们是未验明的执行情报人员，无法确认或否定，但要被留存到有更多信息的时候。

他瞟了一眼自己的手表，然后是屏幕。佩里和迪马踏上通往更衣室的楼梯后过了六分钟。奥利通报他们进入按摩室后过了四分二十秒。

抬起他的视平线，他观察了一番在他面前自顾自上演的场景：首先是那些干净的黑手党，叫他们阿玛尼小鬼也许更好，正闷闷不乐地狼吞虎咽夹鱼子酱的烤面包，一边狂饮香槟，都懒得和他们价格不菲的妓女搭话。他们的日常工作已经结束了。他们已经签了名。他们就要去伯尔尼了，他们的下一站。他们无聊、宿醉又缺少休息。昨晚他们的女人让他们失望了：起码卢克是这么猜测的。嘉儿是怎么称呼那两个一直坐在角落里喝气泡水的瑞士银行家的？彼得与狼。

太完美了，嘉儿。关于她的一切都是完美的。看看她现在的样子，像一位高官在房间里应酬。流动的身体，诱人的屁股，不停移动的双腿，还有那种怪异的母性的魅力。嘉儿和邦尼·波帕姆。嘉儿和吉尔斯·戴塞尔斯。嘉儿和他们俩。埃米利奥·德洛罗，像只飞蛾一样接近，把自己拉进他们的组合里。一个不能把自己的眼睛从她身上移开的四处转悠的俄罗斯人也来了。他是矮胖的那个。他已经丢开了香槟，开始要起伏特加来。埃米利奥扬起自己的眉毛，提了一个卢克听不见的滑稽的问题。嘉儿同样给了一个有趣的回答。卢克无望地爱着她，那是卢克爱的方式。一向如此。

埃米利奥的眼神掠过嘉儿的肩膀瞟向更衣室的门。那和他们的笑话有关吗？——埃米利奥在说，那两个家伙在下面干什么呢？我应该过去把门砸开吗？而嘉儿回答，你敢，埃米利奥，我肯定他们现在享受得很呢——她会那么说的。

卢克朝他的通话口说：

“时间到了。”

本，要是你现在能看到我。看到我最好的一面，而不总是那些糟糕的地方。一周前，本塞给他一本《哈利·波特》。卢克试着读了读，非常努力。夜里十一点回到家——累得半死，或是躺在他关系破裂的妻子身边无眠的夜晚，他试过了。又总是一开始就放弃。他对幻想的把戏真的毫无感觉——这不难理解，他可以争辩，考虑到他的整个人生都是一场虚妄，哪怕是他的英雄主义。毕竟被抓住又被主动放走，哪有什么英勇可言？

“它很不错吧，是吗？”本问过他，厌倦了等待他父亲的反应。“你喜欢它，爸爸。承认吧。”

“我喜欢，它棒极了，”卢克慷慨地回答。

又一个谎言，而且他们都知道。距离这个世界上他最爱的人又远了一步。

* * *

“别说话了，各位，立刻，拜托。谢谢！”邦尼·波帕姆，大家以他马首是瞻，正向无知的平民们发表演说。“我们英勇的角斗士们终于同意现身赛场，赐我们以荣光。我们所有人，请立刻前往竞技场！”竞技场这个词引发了一阵心照不宣的大笑。“今天没有狮子，除了迪马。也没有基督徒，除非教授是一个，对此我不敢保证。”更多的笑声。“嘉儿，我亲爱的，请为我们引路。我也曾见过不少华丽的装束，但是，请允许我这么说，没有一件被穿得如此优雅。”

佩里和迪马走在前面。嘉儿、邦尼·波帕姆和埃米利奥·德洛罗跟在后面。他们之后，几个干净的黑手党和他们的姑娘。你们能有多干净？然后是孤身一人的矮胖子，只有他的伏特加酒瓶作伴。卢克看着他们走进树荫里不见了。一缕阳光照亮开满鲜花的小路，随后消失了。

* * *

比赛是罗兰·加洛斯的重演：即便她努力追寻那种感觉，但无论是在当时还是之后嘉儿都没有任何在观看一场伟大雨中球赛的连贯的意识。偶尔她会好奇选手的感觉是否和她一样。

她知道迪马猜对了硬币，因为他总能猜对。她知道他选择背向涌来的乌云的场地而不是发球。

她记得刚开始自己认为球手们打出了一场精彩的对抗表演，接着，像是全情投入的演员们，他们忘了自己本该投入到一场事关迪马荣誉的生死决斗。

她记得自己为在标出场地界限的湿滑胶带上滑动的佩里担忧。他会蠢到去做扭伤自己脚踝的事情吗？迪马随后做出了同样的动作。

尽管她像昨天崇尚赛场风度的法国观众那样一丝不苟地为迪马和佩里的击球鼓掌，但她真正关注的还是佩里：部分是为了保护他，部分是她隐隐觉得自己能够通过他的身体语言得知他们是不是在楼下更衣室的赫克托那里交了好运。

她也记得被打进潮湿红土后放慢速度的网球发出微弱的撞击声，以及她时不时任凭自己陷入错觉，以为这是昨天决赛的最后阶段，再把自己拉回现实的时间。

随着比赛的时间越来越长，击球也变得越来越沉重。心不在焉的佩里总是过早地击打慢球，出界或是——令他感到羞愧的几次——干脆没打到球。

还有邦尼·波帕姆，在某个时刻俯到她肩膀上，问她现在是否想赶在下一场暴雨来袭之前逃开，还是待在这儿看着她的男人，跟他一起淋个湿透？

她把他的邀请用作一个躲到厕所去查看自己手机的借口，看看是否有微乎其微的可能娜塔莎延续了和她最近的对话。但娜塔莎没有。也就是说一切都和今天早晨九点时一样，她已经熟记于心的文字，即使在她重读的时候依然有着不祥的预兆：

这幢房子让人不能忍受塔玛拉只和上帝待在一起卡佳和艾莉娜太惨了我的兄弟们只会踢足球我们知道有厄运在等着我们所有人我再也看不到我爸爸的脸了娜塔莎

作为回应，按下绿色的通话键，听到一片虚空，挂线。

＊　＊　＊

同样她也意识到了，在比赛第二次因雨暂停后——还是第三次？——完全浸湿的红土上开始出现小圆坑，显然已经吸不进更多水了。因此来了一位彬彬有礼的俱乐部工作人员向埃米利奥·德洛罗抗议，指着场地的状态，用双手在身旁做出摇晃的动作告诉他“不能再打了”。

但埃米利奥·德洛罗肯定有着超乎寻常的说服力，因为他自信地挽起那名工作人员的手臂，把他领到一棵山毛榉树下，对话以那位工作人员像一名得到教训的小学生那样迅速溜回俱乐部而告终。

在这些断断续续的观察和回忆里，她体内的律师始终在场，又一次为那层从外面看上去快要濒临破裂的能言善辩的保护膜而烦心，这并不一定就代表我们所知的自由世界的终结，只要她还能联系得上娜塔莎和女孩们。

随后，在她还没整理好这些纷乱的思绪之前，看哪，迪马和佩里在隔着网握手，比赛结束了：在她看来，并非达成和解的对手之间的握手，而是一场如此明目张胆的同谋的骗局，那些所剩不多的挤坐在看台上的忠实观众应该把他们轰下台，而不是为他们鼓掌。

在这一片混乱中——反正这一天也不可能更诡异了——那个一直缠着她的矮胖的俄国人突然不知从哪儿冒了出来，对她说他想要操她。非常直白的说法：“我想要操你，”然后等着好的或者不行的回答：一个过分坦诚的三十出头的都市年轻人，皮肤很坏，手里握着一个空的伏特加酒瓶，眼里满是血丝。一开始她以为自己听错了。她的脑子和她所处的环境一样嘈杂。实际上她请他重复一遍自己的话，上帝保佑。但那之后他没了勇气，把自己限制在距离她五码远的地方，就因为那样她才愿意把自己置于邦尼·波帕姆的保护之下——她勉强能找到的最佳选择。

作为回报，她向他透露自己也是个律师，一个她始终惧怕的时刻，因为那会导致尴尬的相互比较。但对邦尼·波帕姆来说那不过是一个表示震惊的机会：

“哦，我的老天”——他翻了翻白眼——“我受不了了！好了，我只能说，你可以随时来看我的案件摘要。”

他问是哪个事务所，于是她告诉了他，再自然不过。不然她还能怎么办?

她花了很多时间在考虑打包的事情上。那部分她也记得。比如她是不是该用佩里的新网球袋来装他们的脏衣服，还有其他同样重要的关于离开巴黎启程前往娜塔莎那里的事情。佩里把他们的房间保留到今晚，所以他们在晚上搭火车回伦敦前的时间都能用来打包最后一点东西，在他们已经踏入的这个世界里，处于潜在监视下的正常人要去伯尔尼的时候就会这么做，即使他们并不该去那里。

* * *

按摩室里提供浴袍。佩里和迪马正穿着两件。他们三个人又坐在桌边，根据佩里的手表来看，他们已经坐了十二分钟。奥利穿着他的白大褂在角落里，埋头对着他的手提电脑，他的按摩包放在脚边，偶尔他会涂写一张便条递给赫克托，后者把它加进面前的一堆字条里。布鲁姆斯伯里地下室里的那股幽闭恐惧症的气息又回来了，只是少了酒的气味；附近也有某种类似的噪音，提醒他们真实的生活近在咫尺：管道的隆隆声，更衣室里的声音，冲马桶的水声，一只出了问题的空调轻微的噪声。

“隆格雷格拿了多少？”赫克托瞟了一眼奥利的其中一张便条后问。

“千分之五，”迪马闷闷地回答。“阿雷纳得到银行许可证的那天，隆格雷格拿到第一笔钱。一年后，第二笔。再过一年，最后一笔。”

“付到哪里？”

“瑞士。”

“知道账户号吗？”

“到了伯尔尼我才能拿到。有时我只有名字。有时只有账户号。”

“贾尔斯·德赛尔斯呢？”

“特别佣金。我只是听说过，不能确认。埃米利奥告诉我：德赛尔斯得到这笔特别佣金。但也许埃米利奥把它留给自己了。到伯尔尼后我就能弄清楚。”

“大约多少的特别佣金？”

“实实在在的五百万。也许不是真的。埃米利奥是只老狐狸。什么都偷。”

“美元？”

“没错。”

“什么时候支付？”

“和隆格雷格一样，但要付现金，无条件，两年，不是三年。阿雷纳银行正式挂牌后付一半，一年的交易过后再付一半。汤姆。”

“怎么了？”

“听我说，好吗？”他的声音突然又有了生气。“伯尔尼之后我会得到一切。在协议这件事上，我都要是自愿的，听到了吗？我不会签任何我不愿意签的东西，我有这个权利。你把我的家人搞到英国去，明白吗？我到伯尔尼去，我签协议，你把我的家人弄出来，我给你我的心，我的命！”他转向佩里。“你见过我的孩子们，教授！老天啊，他们会他妈的以为我是什么人啊？他们都该死的瞎了还是怎么了？我的娜塔莎她疯了，吃点东西啊。”他又朝向赫克托。“你把我的孩子们弄到英国去，现在，汤姆。然后我们来谈条件。只要我的家人一到英国，我就什么都知道。我才不他妈的在乎呢！”

就算这番说辞打动了佩里，但赫克托坚毅的面部表情依然固执地露出拒绝的意思。

“该死的门都没有，”他回击道。全然不顾迪马的抗议：“你太太和家人会一直待在他们现在的地方，直到星期三的签字仪式结束。要是他们在伯尔尼的签字仪式结束之前从你的房子里消失，他们是把自己置于险境，把你置于险境，也把这场交易置于险境。你在房子里有保镖吗，还是‘王子’把他赶走了？”

“伊戈尔。有天我们会把他变成黑手党兄弟的。我爱这个家伙。塔玛拉也爱他。孩子们也是。”

我们会把他变成黑手党兄弟？佩里对自己重复了一遍。当迪马安坐在他位于萨利外围的乡村宫殿，娜塔莎在罗丁而他的男孩们在伊顿时，我们会把伊戈尔变成黑手党兄弟？

“目前有两个人在护卫你。尼基和一个新人。”

“为了‘王子’。他们会杀了我。”

“星期三你在伯尔尼的签字仪式是几点？”

“十点。早上。联邦广场。”

“尼基和他的伙伴参加今天早晨的签字仪式了吗？”

“不可能。等在外头。这帮家伙都是蠢蛋。”

“那么在伯尔尼，他们也不会参加签字仪式咯？”

“不可能。也许坐在休息室里吧。老天，汤姆——”

“银行会在签字仪式后为这个场合举办一场招待会。贝尔维宫酒店，不低于这个标准。”

“十一点半。盛大的招待会。所有人都会去庆祝。”

“记下了，哈利？”赫克托招呼在角落里的奥利，奥利抬了抬胳膊示意。“尼基和他的伙伴会参加招待会吗？”

迪马的沉着像是弃他而去了，迎接赫克托的是一阵疾风骤雨般的激烈情绪。

“我操他的保镖们？”迪马难以置信地抗议道。“他们想到招待会上去？你疯了吗？‘王子’不会在要命的贝尔维宫把我干掉的。他会等上一个星期。也许两周。也许他会先干掉塔玛拉，干掉我的孩子们。我他妈的怎么知道？”

赫克托凛冽的眼神丝毫没有动摇。

“确认一下，”他坚持道。“你很肯定那两个保镖——尼基和他的伙伴——将不会参加贝尔维的招待会。”

他宽阔的肩膀往下一沉，迪马坠入某种显而易见的失望里。“肯定？我对什么都不肯定。也许他们会来招待会。天哪，汤姆。”

“假设他们会去。只是为了应变。他们不会在你去小便的时候跟着你吧。”

没有回答，但赫克托还在等着。踱步到房间的角落里，他站到奥利身后，越过他的肩膀盯着电脑屏幕。

“那么告诉我你觉得这个方案怎么样。不管尼基和他的伙伴跟不跟你去贝尔维宫，招待会举行到一半的时候——就假定是中午十二点吧，任何一个你能搞定的接近的时间——你去撒个尿。给我底层”——对奥利——“贝尔维宫为底层的客人准备了两处盥洗室。一处在你进入大厅后的右手边，接待处的另一边。我说的对吗，哈利？”

“一点不差，汤姆。”

“你知道我说的盥洗室的意思吧？”

“我当然知道。”

“那是你不要去的一处。到另一处去你得左转，下一道楼梯。它在地下室，用的人不多，因为不方便。楼梯在吧台旁边。吧台和电梯之间。你知道我说的楼梯是什么吧？下到一半的地方有一扇门，没上锁的时候可以推开。”

“我在这个酒吧喝过很多次酒。我知道那道楼梯。但在夜里他们会上锁。有时候白天也可能会。”

赫克托回到他的座位上。“星期三上午那扇门不会上锁。你走下那道楼梯。楼上的迪克会跟着你。地下室里有道边门通到街上。迪克会准备一辆车。他要把你带去哪儿取决于我今晚在伦敦做出的安排。”

迪马又一次向佩里求助，这回眼泪都在他的眼睛里打转：

“我想要我的家人到英国，教授。告诉这个官僚：你见过他们。先送孩子们走，我跟在后面。那对我没问题。‘王子’想趁我的家人在英国时把我干掉，谁他妈在乎？”

“我们在乎，”赫克托激动地驳斥。“我们想要你和你全部的家人。我们想要你们平安抵达英国，像夜莺一般欢唱。我们希望你们快乐。现在瑞士学校的学期才过了一半。你对孩子们有什么计划？”

“莫斯科的葬礼过后，我告诉他们，操他的学校，我们去度个假。回去安提瓜，或是索契，到处闲晃，享享乐子。莫斯科的事情之后，我告诉他们一切都是狗屁。上帝。”

赫克托依然不为所动。“所以他们待在家里，辍学了，等着你回去，想着你或许要离开，却不知道去那儿。”

“神秘假期，我对他们说。像个秘密。可能他们相信我了，我不知道。”

“星期三上午，你在银行和在贝尔维宫庆祝的时候，伊戈尔会干什么？”

迪马用他的大拇指挠了挠自己的鼻子。

“也许在伯尔尼购物吧。或者带塔玛拉去俄国教堂。或者带娜塔莎去马术学校。要是她不读书的话。”

“星期三上午，伊戈尔需要在伯尔尼购物。你能打个电话告诉塔玛拉这点吗，自然点？她得给伊戈尔一长条购物清单。你们从神秘假期回来后会需要的必需品。”

“没问题吧。可能。”

“只是可能？”

“没问题。我告诉塔玛拉。她有点不正常。她没问题。当然。”

“伊戈尔在外面购物的时候，这里的哈利，还有教授，会把你的家人从房子里带走，去度他们的神秘假期。”

“伦敦。”

“或是一个安全的地方。这里或那里，视情况而定，看要怎么才能尽快安排你们到英国去。要是，基于你到目前为止已经提供给我们的信息，我能说服我的官僚上司们相信之后的信息也都值得信任——尤其是你将要在伯尔尼掌握到的信息——我们就能在周三晚上安排专机送你和你的家人到伦敦。那是一个承诺。这里的教授是见证人。要是不行，我们就把你和你的家人送到一个安全的地方并且看顾你们，直到我们的一把手说‘到英国去’。那就是我理解的当下形势的真相。佩里，你可以确认那点。”

“我可以。”

“在伯尔尼的第二场签字仪式上，你会怎么记录你要得到的信息？”

“我没问题。首先我和银行经理是单独在一起的。我有这个权利。也许我会告诉他，给我这堆狗屎的复印件。在我往上面签字之前我需要复印件。要是他不肯干，谁他妈在乎？我记性好得很。”

“一旦迪克把你从贝尔维宫酒店搞出来，他就会给你一个录音机，你就把你看到和听到的一切都录下来。”

“没有他妈的边境。”

“你什么边境都不会穿过，除非你到英国去。那点我也向你保证。佩里，你听到我的话了。”

佩里听到他的话了，尽管如此，有段时间他变得恍恍惚惚的，瘦长的手指抵在他的下巴上，失神地瞪着前方。

“汤姆说的是真的，迪马，”最后他终于承认。“他也对我承诺过了。我相信他。”

十四

第二天下午四点，星期二，卢克到苏黎世克洛滕机场来接嘉儿和佩里——在樱草花山公寓度过了一个不安的夜晚，两人都没睡着，各自为不同的事情而担忧：嘉儿主要惦记着娜塔莎——那突然的沉默是为什么？——但也包括那两个小女孩。佩里想着迪马和其他扰人心烦的事情：从现在起赫克托会从伦敦发来行动指令，而卢克会实地指挥控制，奥利是后援，他自己也是，无需确认。

从机场出发，卢克把他们载到距离伯尔尼市中心往西几公里一家古老的山间乡村小旅馆。那间旅馆很可爱。曾是田园牧歌般的山谷令人沮丧地被毫无特色的公寓建筑、霓虹招牌、高压电线架和一家成人用品店给填满了。卢克等着佩里和嘉儿办理入住手续，然后和他们一起坐到饭店餐厅一个安静的角落里喝杯啤酒。很快奥利加入了他们，没有再戴贝雷帽，而是换上了一顶黑色宽檐软呢帽，他随意的戴法遮掉了一只眼睛，却不能挡住他难以抑制的自我。

* * *

卢克悄声传递着最新的讯息。他对嘉儿的态度生硬且疏远，绝无轻佻的痕迹。他告诉在场的人，赫克托之前倾向的选择毫无成功的希望。在试探了伦敦的意见后——他没在佩里和嘉儿面前提起马特洛克——赫克托明白自己没法在明天的签字仪式后立即安排迪马和家人飞往英国，因而不得不实施他的备选方案，也就是动用瑞士边境的一座安全屋，直到他获得批准。赫克托和卢克就应该选择哪个地点考虑了很长时间，并得出结论，考虑到这个家庭的复杂性，地理上的距离并不等同于保密。

“奥利，我相信那也是你的意见？”

“毫无保留，卢克，”奥利说，用他掺杂着外国口音的不怎么准确的伦敦腔。

初夏的瑞士是个好地方，卢克继续道。另外，按照毛的战略[①]，在人群里寻求掩护好过在每张陌生面孔都会招来注意的小村庄里四处招摇——尤其要是那张脸碰巧属于一个傲慢的光头俄罗斯人就更麻烦了，还带着两个小姑娘，两个咋咋呼呼的少年，一个令人心醉神迷的漂亮少女和心不在焉的妻子。

就算是以单打独斗的战术制定者的观点来看，距离也不能提供任何保护：恰恰相反，伯尔尼-贝尔普[②]的小型机场是私人飞机隐蔽起飞的理想之所。

* * *

卢克之后轮到奥利，而奥利，和卢克一样，也显得轻松自如，他

---

① 指毛泽东。

② 瑞士联邦首都伯尔尼的主要机场。

报告的方式松散而细致。检测过一系列可能的地点后，他说，他锁定了劳特布龙嫩山谷[1]的一间专供出租用的小型现代度假屋，人气很高，位于翁根地区的度假村外沿，距离他们目前的位置有一个小时的车程，搭火车只要十五分钟。

“坦白说，要是有人朝那间度假屋多看一眼，我都会原封不动地回敬给他们，”他挑衅地结尾，拉了拉他的黑帽檐。

高效的卢克随即递给他们每人一张标有度假屋名字和地址的普通卡片，还有它的固定电话号码，在手机不管用时拨打必要的无所妨碍的电话，尽管奥利声称度假村里的讯号接收毫无问题。

“那么迪马要在那里困多久？”佩里问，担负起他囚犯之友的角色。

他并不真正期待一个有信息量的回答，但卢克却出人意料地合作——肯定要比同样情况下的赫克托配合得多。还有好几道白厅的铜墙铁壁留待攻破，卢克解释道：移民处，司法部，内政部，等等。赫克托目前致力于尽可能多地绕过他们，直到迪马和家人被安全地安置到英国境内。

“预计我负责的时段是三到四天。要是我们运气好就少几天，运气差就多几天。在那之后，后勤流转就要生锈了。”

“生锈？”嘉儿怀疑地惊呼。“像一根水管？”

卢克脸红了，接着和他们一起笑了，随后又试图解释。类似这样的操作——从没有过相同的两次——必须不断被修正，他说。从迪马消失在人们视线中的那一刻起——也就是明天中午，因此，要是一切顺

① 瑞士境内最大的自然保护区之一，有“瀑布镇”之称。

利——就会有人以某种方式追捕他，至于是哪种方式就无从知晓了：

“我只是想说，嘉儿，从明天中午起，必须分秒必争，我们得做好依据情势在短时间内做出决断的准备。我们能够做到那点。我们是在工作。我们就是靠这个挣工资的。”

敦促他们三个早点休息，又说哪怕他们有最微不足道的需要都可以尽管打给他后，卢克动身返回伯尔尼。

“要是你们打电话到酒店总机，记得我是约翰·布拉巴宗就行了，”他提醒他们，露出一个不自然的微笑。

* * *

独自待在他位于伯尔尼金碧辉煌的贝尔维宫酒店二楼的房间里，阿勒河[①]从他的窗下流过，伯尼尔高地[②]黝黑的山峰映在橘色的天空中，卢克试着连线赫克托，听到的是他经过处理的声音，告诉他除非屋顶塌下来了，要不就留条该死的信息，在这种情况下卢克的推断能力跟赫克托一样好，所以快点说，别瞎抱怨，这句话让卢克大笑起来，也确认了他之前的怀疑：赫克托被困在一场生死攸关的、全然无视传统工作时长的官僚斗争中。

他还有另一个紧急号码，但目前就他所知没有紧急情况，于是他留了一条亲切的类似“屋顶还好好在那里”效果的信息：弥尔顿和杜利特尔都就位了，精神抖擞，哈利的状态棒极了，以及请向伊冯问好。接着在他下楼展开对酒店的勘察行动之前，他花时间洗了个澡，

① 流经瑞士中部和北部的河流，是整条河流都在瑞士境内的最长河流，全长二百九十五公里。

② 瑞士首都伯尔尼附近的一处行政区划，阿勒河、少女峰等著名景点均位于此区。

穿上他最好的西装。他的自由感反而比在国王俱乐部时更甚。他是赤足上阵的卢克，驾着祥云：没有四楼来的令人战栗的最后通牒，没有过量的控制不了的旁观者、偷听者和飞在头顶的直升机，还有其他现代情报活动可疑的诱捕伎俩；也没有嗑多了可卡因的军阀把他锁在一座丛林的藏身处里。只有赤足上阵的卢克和他忠诚的小分队——他照例爱上了其中的一个——而赫克托在伦敦为了信仰和原则而战，准备给予他最大的支持：

"要是有疑问，只管丢开它。那是一项命令。别多管闲事，只要他妈的去干就行了，"昨晚在查尔斯·戴高乐机场匆忙喝一杯临别威士忌时赫克托曾督促过他。"我不会背黑锅。我就是那只他妈的黑锅。这笔买卖非胜即败。干杯，愿上帝保佑我们。"那一刻卢克感到某种情绪在翻搅：一条与赫克托联系在一起的超越共事关系的神秘纽带。

"阿德里安怎么样了？"他问，想起马特洛克那次毫无必要的进攻，于是试图做点补偿。

"哦，好点了，谢谢。好多了，"赫克托说。"这会儿那帮精神科医生认为他们已经治疗得相当不错。六个月，他就能出来了，要是他规规矩矩的。本怎么样？"

"棒极了。很不错。埃洛伊塞也是，"卢克回答，希望自己没问那个问题。

酒店前台一个时髦得让人难以置信的接待员告诉卢克，按照惯例经理先生正在吧台那边招待客人。卢克径直走向他。在需要他这么做的时候他也很擅长。不是奥利那样的躲在背后支持你的艺术家，或许，更像是守在你前面的人，当着你的面，生机勃勃的小个子英国人。

“先生？我的名字是布拉巴宗。约翰·布拉巴宗。我第一次住在这里。能允许我说句话吗？”

他能——经理先生，让自己振作起来，迎接想象中的坏消息。

“这是我住过的最精致的、维护最好的新艺术派[1]酒店之一——你们也许不用爱德华时期这个词！——包括所有我在旅行中住过的酒店。”

“你是个酒店经营者？”

“抱歉不是。就是个人微言轻的记者。《时报》，伦敦。旅游版。完全没打过招呼，很抱歉，为私人原因来这儿的……”

参观开始了：

“这里是我们称为皇家沙龙的舞厅，”经理开始背诵一段驾轻就熟的独白。“这里是我们称为丰饶宫的小型宴会厅，这里是我们举办鸡尾酒招待会的荣誉厅。我们的主厨对他的小点心相当自豪。这是我们的拉泰尔拉斯餐厅，事实上这里汇聚了所有最时髦的伯尔尼人，当然也少不了我们的国际贵宾。不少知名人士都在这里用过餐，包括电影明星，我们能为您提供一长串名字，还有菜单。”

“那厨房呢？”卢克问，他希望把一切都掌握下来。“要是主厨不反对的话，我能偷瞄一眼吗？”

经理先生——多少有些累了——已经带他参观了所有能参观的地方，而卢克也恰如其分地表达了自己的赞赏之情，记了大量笔记，为

---

① 新艺术运动开始于1880年代，在1890年至1910年间达到顶峰，主张运用高度程序化的自然元素，赋予传统的装饰艺术以活力。

了消遣还用自己的手机拍了几张照片——要是经理先生不介意的话，但当然啦，他的报纸会派个真正的摄影师过来，要是那没问题——当然没有——他回到酒吧，犒赏自己一份精致得不合理的总汇三明治和一杯瑞士玫瑰酒，为他的采访之旅添上最后几笔必要的润饰，包括一些无甚特别的细节，类似盥洗室、逃生梯、紧急出口、停车场设施和目前正在施工规划中的屋顶健身房，随后回到自己的房间打给佩里，确保他们两边一切都好。嘉儿睡着了。佩里希望自己也能尽快睡着。挂了电话，卢克想到这已经是他和睡在床上的嘉儿距离最近的一次了。他打给奥利。

“一切都很好，谢谢你，迪克。转移可行，要是你担心的话。关于那些阿拉伯条子你有什么收获，顺便问一句？”

“我不知道，哈利。”

“我，也没有。但要我说永远别信条子。其他一切都好，嗯？”

“到明天为止。”

卢克最后打给埃洛伊塞。

“你过得好吗，卢克？”

“挺好，真的，谢谢。伯尔尼是座漂亮的城市。我们应该找个时间一起过来。带上本。”

那就是我们一贯的谈话模式：为了本。那样他就能充分感受到自己有一对快乐的异性恋父母。

“你想跟他说话吗？”她问。

“他还没睡？别对我说他还在做他的西班牙语作业？”

“你那里比我们晚了一个小时，卢克。”

“啊是的，当然。好吧，是的，拜托了。要是可以的话。

嗨，本。”

“嗨。”

“我在伯尔尼，自作自受。伯尔尼，瑞士。首都。这里有个很不错的博物馆。爱因斯坦博物馆，我这辈子见过的最棒的博物馆之一。”

“你去了一个博物馆？”

“就半小时。昨晚我到这里的时候。他们正巧延迟闭馆。只要走过酒店过去的那座桥。于是我就去了。”

“为什么？”

“我感觉想去。门房推荐的，于是我就去了。”

“就那样？”

“是啊。就那样。”

“他还推荐了什么？”

“你什么意思？”

“你有没有吃奶酪火锅？”

“要是你自己一个人就不那么有趣了。我需要你和妈妈。我需要你们两个。”

“哦，是啊。”

“要是一切顺利我这周末就会回来。我们去看场电影，或者干点别的。”

“我还有这篇西班牙语论文要写，嗯，要是没问题的话。”

“当然没问题。祝你好运。是关于什么的？”

“还真不知道。西班牙的玩意儿。拜。”

“拜。”

那个门房还推荐了什么？我没听错吧？就像那个门房给你送了个妓女吗？埃洛伊塞都跟他说什么了？看在老天的分上，我干吗要告诉他我去爱因斯坦博物馆了，就因为我看到了放在门房桌上的那本小册子？

* * *

他回到房间里，调到英国广播公司世界新闻频道，又关上电视。一半的真相。四分之一的真相。这个世界对自己到底了解多少，它可不敢说出来。自从波哥大以后——他已经发现了——自己不再总有勇气独处。也许他已经坚持得太久，现在他四分五裂的自我就要开始分崩离析了。他走到迷你吧台，给自己倒了一杯威士忌加苏打，把它放到床边。只一杯，就那样。他想念嘉儿，接着是伊冯。伊冯在通宵查看迪马的贸易样本还是躺在她完美丈夫的臂弯里？——要是她有一个，对此他偶尔会感到怀疑。也许他是她编造出来挡开卢克的。他的思绪又回到嘉儿身上。佩里也是完美的吗？也许是吧。除了埃洛伊塞，谁都有一个完美的丈夫。他想到赫克托，阿德里安的父亲。赫克托每周三和周六探访他在监狱里的儿子，要是一切顺利还剩六个月。赫克托这个私底下的萨沃那洛拉[①]，有个聪明人曾这么称呼他，狂热地想要改造他深爱的机构，明知这是一场他就算取胜也没有胜利可言的战役。

他听说这些天里权益委员会有自己的战场房间。这看来很合理：在某个超级、超级秘密的地方，悬在电线上或是埋在地下一百米的地

① 意大利宗教、政治改革家，多明我会宣教士，抨击罗马教廷和暴政，领导佛罗伦萨人民起义，建立该城民主政权，被教皇阴谋推翻后判火刑处死。

方。嗯，他也曾去过类似那样的房间：在迈阿密和华盛顿，他和他在中央情报局，缉毒署，酒精、枪支和烟草管理署或是天知道什么机构的同事[1]交易情报的时候。他经过慎重观察后的意见是那些地方的人脑子都不大正常。他看着那些被洗过脑的家伙们的身体语言的变化，他们丢弃了自我和他们的常识，转而拥抱他们并不真实的世界。

他想到马特洛克，在马德拉度假却不知道什么是黑色旅馆。马特洛克被赫克托逼入死角，拿阿德里安的名字做武器，直接瞄准开火。马特洛克坐在他的小窗户里望着泰晤士河，单调地祭出他愚笨的手段，先是大棒，再是胡萝卜，然后一起上[2]。

好了，卢克没进攻，但他也没投降。他并不狡猾，他清楚自己这方面的欠缺：他的一份年度机密报告里曾提到操控力不足，私下里他相当满意这个评价。他从不把自己看成一个操控者。他更喜欢坚守。坚持。守住一点，无论艰难困苦：决不放弃——无论你是被锁在一圈栅栏里还是坐在马特洛克舒适的位于泰晤士河上的卢比扬卡办公室里的另一把扶手椅上，喝着他的威士忌，回避他的问题。一个人可能会逐渐沉浸在他自己的思绪里，只要听着它们就行了：

“一份三到五年的训练学校的合同，卢克，外加给你太太的舒适住宅，有助于缓解那些我不必提及的问题，一份重新安置的津贴，美妙的海洋性气候，街区里的好学校……你不需要卖掉你在伦敦的房子，要是你不愿意，不要在价钱低迷的时候……出租是我的建议，享受那份收入。和底楼的财务处谈谈，就说我让你顺便过来的……倒不

---

① 原文为法语。
② 意即奖励加惩罚的策略，又被称为独裁者的怀柔政策，语出老罗斯福在 1901 年参观明尼苏达州博览会时的演说。

是说我们身处赫克托的财务同盟，很少有人是。”表示适当担心的停顿。“赫克托不是在强人所难，我相信，卢克，你不是随随便便效忠什么人的，要是我可以这么说？……他们确实跟我说奥利·德弗罗被他迷惑了，顺带提一句，我认为他这么做不大谨慎。你说奥利是全职吗？还是更像在打零工？”

一小时后再重复一遍——为了赫克托好。

“到目前为止，‘男孩比利’是支持还是反对我们的？”那次卢克在查尔斯·戴高乐机场和赫克托临别共饮时曾这样问他，这时他们很高兴不用再谈论太私人的话题了。

“‘男孩比利’会到任何他以为适合他爵士身份的地方。要是他非得在守猎员和偷猎者之间选择一个，他会选择马特洛克的立场。但是，一个像他这么痛恨奥布里·隆格雷格的人不会太坏，”赫克托又补了一句。

在其他情况下，卢克也许会质疑这个自信的断言，但不是现在，不在赫克托与黑暗势力决战的前夜。

* * *

周三的早晨还是来了。嘉儿和佩里还是睡了一小会儿，一大早就起了床，准备好和奥利共进早餐，之后他去寻找他们的“皇家马车”——他是这么叫它的，而他们列了一张单子去当地超市为孩子们买东西。毫不意外地，这让他们想起那天下午，安布罗斯唆使他们走上那条通往“三座烟囱”的生长得过分茂盛的丛林小道，他们也是这样往圣约翰去购物，但这次他们的选择更无趣：水，纯净的和起泡的，碳酸饮料——哦还有，好啦，让他们喝点可口可乐吧(佩里)——

野餐食物——通常比起甜食孩子们更喜欢咸辣味的东西，就算他们自己不知道(嘉儿)——每人一个背包，无所谓它们不是“公平贸易”的；几个橡胶球和一根棒球棍，那是他们能想到的最接近板球的东西，但要是真的需要，我们会教他们圆场棒球[①]——更有可能，既然男孩们是棒球玩家，他们会教我们。

奥利的“皇家马车”是一驾二十英尺[②]的绿色运马拖车，木制侧板，帆布顶篷，后部有容纳两匹马的空间，中间用挡板隔开，底板上有给人用的靠垫和毯子。嘉儿小心地坐到靠垫上。佩里，很高兴将要展开一段艰苦的旅程，跟在她后面跳了上去。奥利收起活动梯，把它插回原来的地方。这下他的黑色宽檐帽的用途就很明显了：现在的奥利是快乐的罗姆人[③]，赶着去参加马术表演。

佩里的手表显示他们驾驶了十五分钟，停车时在松软的地面上前冲了一下。不要捣鬼也不要偷窥。奥利警告过他们。一阵热风吹过，他们头上的帆布顶篷像大三角帆一样飘扬起来。根据奥利的计算，他们距离目的地还有十分钟。

* * *

独行者卢克，在预科学校时他的老师们这样称呼他，源自某本早已被遗忘的探险小说里的孤胆英雄。这让他感到有点不公平，难道他在八岁的时候就已经展现出四十三岁时折磨他的那种孤独的特质了吗?

---

① 一种英国传统游戏，一说是现代棒球的雏形。

② 货柜船及货柜码头的货运能力，二十英尺是一个标准大小的货柜大小，适用于各种运输方式。

③ 吉卜赛人的自称。

但他一直都是独行者卢克，现在他也是独行者卢克，戴着角质框架眼镜和一条赤红色的俄罗斯领带，坐在贝尔维宫酒店大堂华美夺目的玻璃穹顶下敲击着银色手提电脑，一件蓝色雨衣显眼地搭在一只皮椅的扶手上，椅子一边是入口的玻璃大门，另一边是带廊柱的荣誉厅，里头正在举行的是阿雷纳国际贸易集团主办的一场正午时分的餐前开胃鸡尾酒会[①]，美观大方的铜制标牌为宾客们指引方向。是独行者卢克，透过数面优雅的门镜留意着抵达的客人，伺机凭借一己之力帮助一个愤怒的背叛者从敌军阵营中溜走。

在过去的十分钟里，他用一种有点消极的敬畏的目光看着这群人：先是埃米利奥·德洛罗和两个瑞士银行家——嘉儿的经典比喻，彼得与狼——不起眼地走了进来，跟在后面的是一帮穿灰西装的家伙，接着是两个年轻的沙特阿拉伯人——从他们的外表推断，又来了一个中国女人和一个宽肩膀的肤色黝黑的男人，卢克武断地判定他是希腊人。

然后是一群单独进来的百无聊赖的阿玛尼小鬼，干净的黑手党七兄弟，没人保护，除了纽扣眼里插着一支康乃馨的邦尼·波帕姆，还有无精打采的迷人的吉尔斯·德赛尔斯，用一根银色手柄的手杖搭配他完美得令人生厌的套装。

奥布里·隆格雷格，这会儿他们需要你的时候你在哪儿？卢克想问他。避免惹人注意？聪明的家伙。稳稳当当地坐在议院里和免费的法网公开赛门票是一回事，一笔几百万的海外回扣外加给你愚蠢的老婆几颗钻石也没差，至于在金融城一家掌握着上亿新近洗白资金新成

---

① 原文为法语。

立的不错的银行当一名非执行董事更是没什么可说的。但跑去一家瑞士银行参加一场隆重的受人瞩目的签字仪式可就有点超出他的承受范围了，更别提所有人都盯着你呢：起码在这个瘦高个、光头、坏脾气的议员奥布里·隆格雷格趾高气扬地走上楼梯时卢克是这么想的——这个人本身，不再是一帧画面了——迪马，世界排名第一的洗钱高手在他身旁。

卢克往他的皮椅里缩了缩，又把他的银色手提电脑盖拉高一点，他知道要是自己一生中也能有一个可以被称为尤里卡的时刻①，那就是现在，在这里，再也不会有像这样的时刻，再一次感谢他从没信仰过的上帝，在机构的这些年里他从没正眼看过奥布里·隆格雷格，就他所知，隆格雷格也没有正眼看过他。

即便如此，直到那两个人完全从他身边经过往荣誉厅去了——迪马几乎撞上他——卢克才敢抬起头迅速观察一下镜子，为业务情报奠定了如下几个细节：

细节一：迪马和隆格雷格没在交谈。也许他们自抵达后就没谈过话。他们只是单纯一起出现在台阶上。另外两个男人跟了上来——境遇良好的中年瑞士会计师类型——更有可能，在卢克看来，隆格雷格也许跟他们中的一个或是两个交谈过，至少比迪马的可能性更大。尽管这个观点毫无根据——他们可能在早些时候交谈过——卢克稍稍感到安慰，毕竟在你的努力快要取得成果时发现你盯上的家伙和一个你不认识的重要角色有私交可不是件让人舒服的事情。再说，就隆格雷格这个目标而言，他除了在脑袋里盲目狂喜地吼叫“他在这里！我

① 原文为希腊语 Eureka，意为“找到了”，多指灵光闪现、突发灵感的时刻。

看到他了！我是目击者！”外也没有别的想法了。

细节二：迪马已经决定要隆重退场。为了他的大日子他炫耀地穿了一套蓝色细条纹双排钮定制西服；为他娇贵的双脚选了一双缀流苏的黑色小牛皮意大利便鞋——不太适合匆忙逃亡，在卢克喧杂的脑海里闪过这个念头，但这也不是一次匆忙逃亡，这是一次井然有序的撤退。迪马不合时宜的满不在乎的表现——作为一个刚为自己签下死刑判决书的家伙——让卢克感到震惊。也许他是在品味复仇的前奏：一个老黑手党党魁将很快再次赢回他的骄傲，一名被谋杀的门徒将得到补偿。或许，处于焦虑中的他很高兴这些欺骗、躲闪和伪装就要到头了，并且已经在畅想等待他和他的家人的绿色宜人的英国。卢克很清楚那种滋味。

酒会在进行中。一个语气急速的低沉的男中音从荣誉厅里传了出来，声音渐响，又弱了下去。某位尊敬的宴会来宾正发表演说，先是一阵急速的俄语，现在又换成一轮英语。彼得？狼？德赛尔斯？不。是尊敬的埃米利奥·德洛罗；卢克认出那个在网球俱乐部里的声音。鼓掌。教堂般的寂静，一轮体面的祝酒。为了迪马？不，为了尊敬的邦尼·波帕姆，卢克也认得这个正在做出回应的声音，他的笑声让他愈加肯定。他看了看自己的表，拿出他的手机，打给奥利：

“还有二十分钟，要是他准时的话，”他说，视线再次回到自己的银色手提电脑上。

哦，赫克托。哦，“男孩比利”。你们等着听我今天撞见谁了。

* * *

介意在我走之前听几句临时瞎诌的训话吗，卢克？赫克托问道，在查尔斯·戴高乐机场一口喝干他的威士忌。

卢克不介意稍微听几句。阿德里安、埃洛伊塞和本都被抛在脑后了。赫克托刚刚说完对“男孩比利”马特洛克的看法。他的航班在播送登机讯息了。

在作战计划里，有两种可能性，只是为了灵活应变——还听着吗，卢基[1]？

听着呢，赫克托。

第一，你制订了你的计划。我们照样完成了。第二，计划失败了。直到它失败为止，坚持我们决定要做的事情，死死地，否则你就完蛋了。现在和我握个手吧。

* * *

时间到了，卢克坐在那里盯着自己银色手提电脑屏幕上一大堆啰嗦的政府文件，等着迪马独自一人从荣誉厅出来，一个问题在他脑海里盘旋不去：关于赫克托临别谏言的回忆是在他看见娃娃脸尼基和“憔悴的哲学家”坐到玻璃门两边两把黑色高背椅上之前就闯进他的头脑里了？还是看见他们在那的震动勾起了这段回忆？

还有是谁先叫他憔悴的哲学家的？是佩里还是赫克托？不对，是嘉儿。相信嘉儿。嘉儿的形容都是最棒的。

那到底是为什么，尤其是在他认出他们的那一刻，荣誉厅里慷慨激昂的演讲融成了一片含混不清的说话声，大门打开了——事实上是一边的门，现在他看清了——走出来的是迪马一个人？

① 卢克的昵称。

卢克不仅产生了时间上的混淆感，还有位置。在迪马从他身后逐渐接近的过程中，尼基和“憔悴的哲学家”从他前面站起身来，把卢克夹在他们之间的一个中间点，不知该往哪个方向看。

一阵狂怒的从他右肩后上方传来的俄语咒骂提醒他迪马在他身后停下了：

“你们他妈的想干什么，你们这帮吃屎的家伙？你想知道我在干什么，尼基？我要去撒尿。你想过来看我撒尿？滚出去。到你们的贱人‘王子’身上撒去。”

门房从他的桌子后面小心地探出头来。那个不可思议的德国接待员——可没表现出这种谨慎——掉转头来看了一眼。打定主意对这一切装聋作哑，卢克漫无目的地敲打着他的手提电脑。尼基和“憔悴的哲学家”仍旧站在那里。毫不动摇。也许他们怀疑迪马要径直冲出玻璃门穿过大街。恰恰相反，他低低地骂了一声“操你妈”，继续穿过大厅，走上那条通往吧台的短走廊。他经过电梯，在通往地下盥洗室的石阶上方站住了。这时他不再是一个人了。尼基和哲学家站在他身后，而在尼基和哲学家身后几尺开外的地方站着谦恭的、无人注意的小个子卢克——手提电脑夹在他的腋下，蓝色雨衣搭在他的手臂上——需要上个厕所。

他的心脏不再狂跳，他的脚步轻捷。他的听觉和头脑都很清晰。他在提醒自己，他了解地形而保镖们不，而且迪马也了解，这就让保镖们更有理由——要是他们真的需要一个——待在迪马的后面而非前面。

这两个在剧本里没出现的人的在场显然让迪马感到与卢克同样的震动。那让他感到挫败，迪马也是，他们还会去骚扰一个对他们已经没用的人，按他自己的，也可能是他们的估计不久就要死了。只要不在这里，不是现在。只要别在光天化日下，在整个宾馆都在看的时候；干净的黑手党七兄弟，一名杰出的英国议员和其他高官，正在二十米远处放下他们的香槟和开胃菜。除此以外，一如已经被证明的，“王子”对他的杀戮十分挑剔。他热衷于事故，或是车臣劫匪的偶发行动。

但这并非亟须探讨的话题。要是计划搞砸了，用赫克托的话说，那就是时候轮到卢克灵活应变了，是时候别瞎抱怨放手去干——再次借用赫克托的话，是时候记起在这些年里接连不断地徒手对抗课程上灌输给他的东西了，只是他从未被迫实行过，除了在波哥大的那一次，公平点说，当时他的表现最多也就是中等——胡乱挥了几拳，随之而来的黑暗。

但当时是毒枭的党羽占据了出其不意的优势，而现在手握优势的是卢克。他手边没有多余的剪纸刀，或是一整袋的零钱，或是打结的鞋带，或是其他导师们过分热衷的相当可笑的小型家用杀人装备，但他有一台最新式的银盖手提电脑，还有，感谢奥布里·隆格雷格，满腔的怒火。它悄然进驻到他的身体里，像一个及时赶到的朋友，此刻比起勇气，它是更好的朋友。

* * *

迪马正伸手去推下到石阶一半处的那扇门。

尼基和“憔悴的哲学家”紧挨着站在他身后，卢克立在他们身后，但不像他们离迪马那么近。

卢克有点不好意思。下楼到盥洗室去是一个人的私人事务，卢克也是一个有隐私的人。尽管如此，他正在经历的是生命中一个重要的心明澄澈的时刻。这一次，主动权掌握在他的手里，而不是其他任何人。这一次，他有充分的理由去进攻。

为安全起见。他们站在那里面对的这扇门偶尔会上锁，一如迪马在巴黎时正确指出的，但今天它没有。它肯定是开着的，那是因为钥匙就在卢克的口袋里。

因此门是开着的，看得见下方光照不足的楼梯。迪马仍然走在前面，但形势突然发生了变化：卢克挥动手提电脑重击了一记，“憔悴的哲学家”来不及抗议就从迪马身边滚下楼梯，发出很大的声响，还撞上了尼基，让迪马有机会一把抓住他痛恨的叛变的金发保镖的喉咙——按佩里的说法，那就是他在听到迪马描述自己要如何干掉娜塔莎过世母亲的丈夫时他想象出来的那副样子。

一只手紧紧掐着他的喉咙，迪马把尼基满脸惊讶的脑袋撞到左右两边的墙上，直到后者毫无用处的绵软脱力的身躯瘫倒在他脚下，他躺在迪马脚边说不出话来，反倒促使迪马一再猛踢他，先是对着腹股沟，然后是脑袋两边，用他穿着不适合这个场面的意大利皮鞋的右脚脚尖。

这一切在卢克眼中都以一种相当缓慢而自然的方式上演着——尽管有些失控，却带来一种酣畅淋漓的神秘的胜利感。用双手握住一台手提电脑，用力高举过头，像挥动一把刽子手的斧头那样毫不费劲地砍向那个躺在他脚下几级台阶上的憔悴的保镖的脖子，这弥补了过去四十年里他经受过的每一点最微小的伤害，从暴虐的军士父亲给他的孩提时代留下的阴影，到他痛恨的英国私立和公立学校时期，还有好些他睡过的和希望自己没睡过的女人，到那片囚禁他的哥伦比亚森林和波哥大的外交隔离区，他在那里犯下了这辈子最愚蠢也最身不由己的罪行。

但归根结底，最大的动力毫无疑问是要让奥布里·隆格雷格为背叛机构的信任付出代价这个念头，尽管它也许欠缺理智；因为卢克，像赫克托一样，热爱这个机构。机构是他的母亲和父亲，也是他仅信的神明，即使有时它的手段难以评价。

而这种感觉，回过头来想想，发生在为他珍视的黑手党兄弟哀恸的迪马身上也无可厚非。

* * *

有人应该在尖叫，但其实没人。在楼梯底下，两个男人瘫坐在彼此身上，仿佛是在表示对黑手党兄弟会恐同准则的蔑视。迪马还在踢打尼基，他被压在下面，而“憔悴的哲学家”的嘴巴像条搁浅的鱼般张张合合。卢克小心地回身沿着楼梯往上，重新锁好那扇弹簧门，把钥匙放回他的口袋里，转而加入楼下没有变化的那一幕。

抓住迪马的手臂——他一定要在离开前踢上最后一脚——卢克领着他走过盥洗室，往上爬了几级台阶，穿过一片未经使用的接待区域，直到他们来到一扇标着**紧急出口**的铁门。这扇门无需钥匙，取而代之的是一只装在墙上的绿色锡盒，外面罩着一层玻璃，里头是一只红色应急按钮，用来应付火灾、水灾或是恐怖袭击一类的紧急情况。

在过去的十八个小时里，卢克仔细研究了这只装着应急按钮的绿盒子，还不厌其烦地跟奥利讨论了它最可能会有的特性。根据奥利的建议，他事先拧松了把玻璃罩连接在金属底板上的黄铜螺丝，找出一根貌似可疑的红皮电线，那根线通往酒店内部，把应急按钮和酒店的中心报警系统连在一起。照奥利的推断，剪断这根红皮电线应该能够在无需引起酒店工作人员和客人大批紧急撤离的情况下打开紧急出口。

用左手取下松动的玻璃罩，卢克试图用他的右手去按那个红色按钮，却发现他的右手暂时失去了知觉。于是他又一次用了自己的左手，大门以瑞士人的效率迅速打开，正如奥利推断的，街道在那里，晴朗的一天在那里，召唤着他们。

卢克把迪马推到他前面——出于对酒店的好意或是为了造成两人是恰好走到街上的两名身穿西装的体面伯尔尼居民的效果——他停下来关上身后的门，同时确认了——感谢奥利——他从酒店的撤离没有造成类似情况下通常会引起的警报。

距离他们站的地方五十米有一个地下停车场，名字着实奇怪，叫赌场停车场。在第一层正对出口的地方停着卢克为这一刻租来的宝马轿车，而在卢克没有知觉的右手里捏着在抵达车门前就能打开它们的电子锁匙。

“老天啊，迪克，我爱你，听到我说话了吗？”迪马在大口喘气的间歇低语。

卢克用他麻木的右手去够放在自己外套热烘烘的内衬里的手提电话，把它拽了出来，用他的左手食指摁下接通奥利的按键。

“现在是加入行动的时候了，”他以一种庄严、平静的语气下令。

* * *

运马拖车正在努力对抗一个下倾的坡面，而奥利在警告佩里和嘉儿他们要加入行动了。他们驶上一条颠簸的山路后等在紧急停车带上，听着牛铃，闻着干草的味道。他们停车、转弯，再后退，现在他们又在等待，但只是为了让奥利拉起后挡板，他做得很慢以保持安静，慢慢露出他的黑色宽边软呢帽。

奥利身后是一座马厩，在那之后是一片围场和几匹漂亮的小马，栗色的，都小跑了过来，为了看上他们一眼，接着又跑了回去。隐约能看到马厩边上一幢深红色的挑檐现代大木屋。有前门廊和侧门廊，都上了锁。前门廊对着大路而侧门廊没有，于是佩里挑了侧门廊说，“我先走。”已经商定既然奥利和这家人不熟，他就待在货车这里，直到他们叫他。

佩里和嘉儿往前走的时候，他们注意到两台闭路电视摄像机低头照着他们，马厩上一架，屋子上一架。估计这是伊戈尔的职责，但伊戈尔被派去买东西了。

佩里按了铃，一开始他们什么都没听见。这种沉默让嘉儿感到不自然，于是她自己按了铃。也许它坏了。她长按了一阵，接着又短促地按了几下，催促屋子里的人。最后它终于起效了，能听见年轻人不耐烦的脚步声在接近，门闩被拉开，锁开了，出现的是迪马其中一个亚麻色头发的儿子： 维克托。

但他并未朝他们露出会把他的满脸雀斑挤作一团的微笑表示欢迎，相反，维克托不确定地紧张地盯着他们。

“你们找到她了吗？”他用一口国际学校的美式英语问道。

这个问题是朝佩里而非嘉儿问的，因为这会儿卡佳和艾莉娜已经冲了出来，卡佳抓住嘉儿的一条腿，正把自己的脑袋往上蹭，而艾莉娜向嘉儿伸出双臂要求一个拥抱。

"我的姐姐。娜塔莎！"维克托不耐烦地朝佩里大喊，一边怀疑地看着那辆运马拖车，好像她有可能被藏在里面。"你们——有——看到——娜塔莎吗，看在老天的分上？"

"你妈妈呢？"嘉儿问，挣脱开那两个女孩。

他们跟着维克托穿过一条闻起来有樟脑味的镶嵌板的走廊，走进一间光线暗淡的低矮的起居室，玻璃门通向一个花园，在那后面是围场。塔玛拉把自己塞在房间最暗处的两个皮质行李箱之间，戴了一顶围着一块面纱的黑帽子。嘉儿朝她走去时看到她被面纱遮住的染成红褐色的头发和涂了胭脂的脸颊。俄罗斯人在旅行前通常会坐下，嘉儿曾在哪里读到过，也许那就是为什么现在塔玛拉正坐在那里，也是嘉儿站到她面前往下盯着她涂了胭脂的僵硬的面孔时她仍然一动不动坐着的原因。

"娜塔莎怎么了？"嘉儿问。

"我们不知道，"塔玛拉回答，朝着她面前的空气。

"为什么不知道？"

这会儿两个双胞胎接过话头，塔玛拉被暂时忘记了：

"她去上骑术学校，然后就没回来了！"维克托坚决地说，他的兄弟阿列克谢跟在他后面走进房间，弄出一阵声响。

"不，她没有，她只是说过她要去马术学校。她只是说过，傻蛋！她撒谎，你知道她撒谎了！"——阿列克谢。

"她什么时候去的马术学校？"嘉儿问。

"今天早上。很早！大概八点钟！"维克托嚷嚷，赶在阿列克谢能够插话前。"她在那里有个约会。什么花式马术的展示课！爸爸大概十分钟前打电话来，说我们要在中午准备好！娜塔莎说她在马术学校有这个约会。得去那里，一个不能打破的约定！”

“所以她去了？”

“当然。伊戈尔用沃尔沃载她去的。”

“胡说！”——又是阿列克谢。“伊戈尔把她带到伯尔尼去了！他们从不去他妈的马术学校，你个白痴！娜塔莎对妈妈撒谎了！”

律师嘉儿强迫自己回到正轨上：“伊戈尔把她放在伯尔尼了？他带她去哪儿？”

“火车站！”阿列克谢大叫。

“哪个火车站，阿列克谢？”佩里严厉地问。“现在镇定下来。伊戈尔把娜塔莎带去伯尔尼的哪个火车站了？”

“伯尔尼中央火车站！国际车站，老天啊！它哪里都去！去巴黎！布达佩斯！去莫斯科！”

“爸爸让她去那的，教授，”维克托坚决地说，故意降低他的声音以示和歇斯底里的阿列克谢的不同。

“迪马那么说的，维克托？”——嘉儿。

“迪马让她去火车站。伊戈尔是那么说的。你想让我再给伊戈尔打个电话吗，让你跟他谈谈？”

“他不能，你个白痴！教授不说俄语！”——阿列克谢这时快哭了。

还是佩里，跟之前一样坚定：“维克托——等一下，阿列克谢——维克托，再对我说一遍——慢点。阿列克谢，我听完赫克托说话立刻就来听你说。现在说吧，维克托。”

“伊戈尔说她是那么告诉他的，那就是他把她放在中央火车站的原因。‘我爸爸说，我得到中央火车站去。’”

“伊戈尔也是个混蛋！他都没问为什么！”阿列克谢大叫。“他太他妈笨了。他怕死爸爸了，所以他就把娜塔莎丢在火车站然后说再见！他不知道原因。他去买东西了。要是她回不来了不是他的错。爸爸让他那么做的，所以他那么做的，所以不是他的错！”

“你怎么知道她没去上马术展示课？”嘉儿问，这时她已经评估了他们证词的分量。

“维克托，拜托，”佩里很快地说，赶在阿列克谢能插嘴之前。

“一开始是马术学校打电话给我们，娜塔莎去哪儿了？”维克托说。“一小时一百二十五，她没取消。她应该去上这个狗屁花式马术的。他们备好了马等着。于是我们打了伊戈尔的手机。娜塔莎在哪儿？在火车站，他说，爸爸的命令。”

“她穿了什么？”——嘉儿出于好意转向快要发疯的阿列克谢。

“宽松牛仔裤。一件类似俄罗斯女罩衫的东西。像个富农。她完全没有线条了。她说不喜欢男孩们盯着她的屁股看。”

“她带钱了吗？”——还是对着阿列克谢。

“爸爸什么都给她了。他把她彻底宠坏了！我们每个月有一百，她大概有五百。买她着迷的书、衣服，鞋子；上个月爸爸给她买了把小提琴。小提琴大概要上百万。”

“你们都试过打给她了？”——现在嘉儿转向维克托。

“没停过，”维克托说，到目前为止他已经把自己塑造成一个镇定、成熟的男人。“每个人都打了。阿列克谢的手机，我的手机，卡佳的，艾莉娜的。没人接。”

嘉儿朝向塔玛拉，想起她的存在：“你试过打给她吗？”

塔玛拉也没有回答。

嘉儿朝向四个孩子："我想在我跟塔玛拉说话的时候你们最好都到另一个房间去。要是娜塔莎打来了，我必须第一个跟她说话。大家都同意吗？"

* * *

塔玛拉黑漆漆的角落里没有其他椅子，佩里拉过一条由两只雕刻出来的熊支撑的木头凳子，他们两个坐在上面，看着塔玛拉黑色的小眼睛无神地在他们之间移动。

"塔玛拉，"嘉儿说。"为什么娜塔莎害怕见到她爸爸？"

"她肯定是有孩子了。"

"她那么告诉你的？"

"没有。"

"但你注意到了。"

"是的。"

"你注意到多久了？"

"那不重要。"

"但在安提瓜就注意到了？"

"是的。"

"你跟她谈过吗？"

"没有。"

"和她爸爸？"

"没有。"

"你为什么不跟娜塔莎谈谈呢？"

"我恨她。"

“她恨你吗？”

“是的。她妈是个婊子。现在娜塔莎也成了个婊子。没什么好惊讶的。”

“要是她爸爸发现了会怎么样？”

“也许他会更爱她吧。也许他会杀了她。上帝会安排的。”

“你知道谁是孩子的父亲？”

“也许有好多父亲呢。马术学校。滑雪学校。也许是邮差，或者伊戈尔。”

“你一点都不知道她现在在哪里？”

“娜塔莎不信任我。”

* * *

马厩外的院子里开始下雨了。围场里两匹漂亮的栗色马匹用头互相顶撞着玩。嘉儿、佩里和奥利站在运马拖车的阴影里。奥利已经用他的手机和卢克通过话了。卢克谈起话来不怎么方便，因为迪马和他一起在他的车里。但从现在起由奥利接手的讯息已经确认无疑。他的声音保持了一贯的镇定，但他不完美的伦敦腔因为紧张变得乱七八糟：

“我们得立刻离开这里。情况不容乐观，我们的护卫队不可能待在一路了。娜塔莎有他们的手机号码，他们也有她的。卢克不希望我们撞见伊戈尔，所以我们该死的不能那么做。他说你们必须把每个人都带上，现在，拜托，佩里，我们现在就撤，明白了？”

佩里回身朝房子走到一半时嘉儿把他拉到一旁：

“我知道她在哪儿，”她说。

“看样子你知道不少我不知道的事情。”

“没那么多。足够了。我要去找她。我想让你支持我。别装腔作势地说些女人跟在后面的东西。你和奥利带这家人走，我找到娜塔莎后就带她跟上来。那就是我要告诉奥利的，我需要知道我有你的支持。”

佩里像是忘了什么事情似的举起双手捧住自己的脑袋，接着投降般地让它们落到身侧：“她在哪儿？”

“坎德施泰格在哪儿？”

“到施皮茨[1]去，乘辛普朗[2]线上山。你有钱吗？”

“足够了。卢克的。”

佩里无助地看着房子，然后轮到戴着他的软呢帽不耐烦地等在运马拖车旁的大个子奥利。又转向嘉儿。

“老天啊，”他茫然地呼了一口气。

“我知道，”她说。

---

① 瑞士中部城镇，热门旅游景点。

② 瑞士南部本宁阿尔卑斯山脉与勒蓬廷阿尔卑斯山脉之间的山口。

十五

和佩里·梅克皮斯一起爬过山的人都知道，他在紧急情况下既能头脑清醒地考虑问题，也是个当机立断的人，而他也自傲于能够把握两者间的细微差别。他为嘉儿而担忧，意识到这项行动无法预料的危险性，娜塔莎的怀孕和嘉儿认为有必要向他隐瞒这件事的想法让他大为震惊。同时他尊重她的理由，又为此埋怨自己。塔玛拉如同狄更斯小说里某个脾气暴躁的老妇发疯似的嫉妒娜塔莎的形象让他觉得恶心，催生着他对迪马的关切之情。他在按摩室里看他的最后一眼让他对自己产生了与以往不同的理解：一个未经改造的、终身的罪犯，承认杀人犯和排名第一的洗钱专家是我的责任和朋友。尽管他尊敬卢克，但他仍然希望赫克托没有在行动处于一击即中或是全盘皆输的关键时刻把战场留给他的二把手。

假设他攀上了一块情况糟糕的岩壁而绳子又在他身下断裂了，他会以同样的态度来应付眼前的这场完美风暴[①]：稳住、评估风险，照看最弱的队友，找到一条出路。这正是他眼下在做的事情，蜷坐在运马拖车里，迪马亲生的或是收养来的孩子们围绕在他身旁，都在一个隔间里；塔玛拉不可约束的影子被隔间的木条分割成一条条的阴影。

你手上有两个俄罗斯小女孩和两个俄罗斯少年和一个精神状态不稳定的俄罗斯女人，你的任务是把他们弄到山顶上去，不让任何人注意到。你该怎么办？答案：你坚持到底。

勇气大增的维克托要求无论嘉儿去什么地方都要陪伴在她左右，他不在乎，哪儿都行。阿列克谢嘲笑他，坚持说娜塔莎只想要她爸爸的注意，而维克托就想要嘉儿的。小女孩们也不想在没有嘉儿的情况下到任何地方去。她们要待在房子里守卫它，直到她把娜塔莎带回来。这段时间里伊戈尔会照顾她们的。面对他们的恳求，自然肩负起小组领导者角色的佩里耐心但果决地重复着同一个答案：

"迪马的愿望是让你们立即跟我们离开。不，这是一段神秘之旅。他告诉过你们的。一旦我们抵达那里你们就会知道我们要去哪儿，但那是一个令人激动的地方，而且你们以前从没去过。是的，他今晚会加入我们。维克托，你拿这两只箱子，阿列克谢拿那两只。不需要上锁，卡佳，谢谢你，伊戈尔随时会回来。猫必须留下。猫比人更恋家。维克托，你妈妈的圣像呢？在箱子里。很好。那只泰迪熊是谁的？噢，它也得跟我们一起走，不是吗？伊戈尔不需要一只熊而你需要。现在请每个人去一趟洗手间，无论你需不需要。"

在运马拖车里，女孩们起先沉默不语，接着突然吵嚷起来，而且相当欢快，很大程度上要归功于奥利和他的宽边黑呢帽，在他躬身迎接他们进他的"皇家马车"时庄严地从他头上掉了下来。在一片嘈杂声中每个人都必须大声说话。行驶中吱嘎作响的运马拖车可不隔音。

我们去哪儿？——女孩们大喊。

---

① 指独立发生时没有危险性但一并发生时会带来灾难性后果的事件组合。

操他的伊顿公学——维克托。

秘密——佩里。

谁的秘密？——女孩们。

迪马的，傻瓜——维克托。

嘉儿要去多久？

不知道。取决于娜塔莎——佩里。

她们会在我们之前到那里吗？

看样子不会——佩里。

为什么我们不能把头伸出去看看外面？

“因为那完全不符合瑞士法律！”佩里提高声音，但女孩们还是得朝他靠过来听他说话。“瑞士人给一切都立了法！从一辆移动的运马拖车后部把头伸出去看外面尤其是项重罪！这么干的人会到监狱里待上很长时间！还是找找看嘉儿往你们背包里放了什么吧！”

男孩们可没那么好对付：

“我们一定得玩这种小孩的玩意儿吗？”维克托在呼呼的风声中怀疑地大喊，指着一只从背囊里戳出来的塑料飞盘。

“是那么计划的！”

“我以为我们要去打板球！”——还是维克托。

“那样我们就能去伊顿上学！”——阿列克谢。

“我们会试一下！”——佩里。

“那么说我们不是要到山上去！”

“为什么不？”

“你不能在他妈的山上打板球！没有平地！农夫们会发火的！所以我们是要到某个平坦的地方去，没错吧？”

“迪马告诉你那是个平坦的地方吗？”

“迪马像你！神秘兮兮的！也许他被困在一大坨屎里了！也许条子在追他！”维克托大声嚷嚷，显然这个念头让他兴奋不已。

但阿列克谢被激怒了：

“你不能那么问！那一点都不酷。那样问你爸爸的事情太他妈丢人了，混蛋。在伊顿他们会为这个干掉你的！”

维克托把塑料飞盘拽出来，决定重新考虑一下，作势要借着钻进马车里的风测试一把它的平衡性。

“好吧，就当我没问！”他喊道。“我彻底收回来！我们的爸爸没被一大坨屎困住，条子爱死他了。这个问题被收回来了，满意了？这个问题从没被问过。这是一个过去的问题了！”——抛开这个问题里打趣的部分，它让佩里不禁揣测男孩们从前是否曾被转运过：也许过去在彼尔姆充满杀戮的时光里，那时的迪马还在奋力往上爬。

“我能向你们两位先生问点事情吗？”他说，示意他们往前，直到他们蹲在他跟前。“我们要在一起待上一阵了。好吗？”

“好！”

“那么或许你们可以在你们的妈妈和小妹妹面前把狗屎和他妈的这类词丢开？在嘉儿面前也是。”

他们相互商量了一下，耸了耸肩。好吧。就那样吧。我们才不在乎呢。但维克托是吓不倒的。他把双手拢到嘴边往佩里的耳朵里喊悄悄话，那样女孩们就听不见了：

“那个大葬礼，听到吗？我们在莫斯科举行的那个？那个悲剧？几千个人来哀悼了，记得吗？”

“它怎么了？”

“一开始是一场交通事故，记得吗？米沙和奥尔加在一场交通事故里被干掉了。狗屁。它从来就不是一起交通事故。是一次枪击。谁射杀了他们？一伙什么都没偷却花大价钱买了一大捧冲锋枪子弹的车臣疯子。为什么？因为他们痛恨俄罗斯人。狗屁。从来就没有他妈的车臣分子！”

阿列克谢用力捶打他，试着用自己的手掩住维克托的嘴，但维克托把它撞开了。

“随便在莫斯科找个人问问。问问我的朋友彼得。米沙是被打死的。他要起来反抗这伙暴徒。所以他们要除掉他。还有奥尔加。现在他们要尝试在警察找到爸爸之前把他也除掉。没错吧，妈妈？”他冲隔栏对面的塔玛拉大喊。“他们管那叫一点小小的警告，让大家看看谁是管事的！妈妈知道所有那些事。她什么都知道。她因为绑架勒索在彼尔姆警察监狱里待了两年。被不间断地审问了七十二小时，五次。被打得死去活来。彼得看过她的档案。受了不少酷刑。官方认可的。没错吧，妈妈？那就是为什么她跟除了上帝之外的人什么都不说。他们打得她说不出话来了。嘿，妈妈！我们爱你！”

塔玛拉往阴影里退得更深了。佩里的手机响了。卢克，干脆而且充满防备：

“都好吗？”卢克问。

“到目前为止，是的。我们的朋友怎么样？”——佩里问的是迪马。

“很高兴，在车里，就坐在我旁边。代他问好。”

“也问他好，”佩里谨慎地回答。

“从现在起，只要有机会，我们就分成更小的队伍。那样更方便行动，也更难认出来。你能稍微乔装一下那两个男孩吗？”

“怎么做？”

“只要让他们看上去有点区别就好。让他们看上去不那么明显是双胞胎。”

“没问题。”

“挑一辆拥挤的火车上。或者把人分散开。男孩一人去一个车厢，你和女孩们到另一个。让哈利到因特拉肯[①]给你们买车票，你们就不用都到同一个柜台前面排队了。明白了？”

“明白。”

“杜利特尔有消息吗？”

“没那么快。她刚离开。”

这还是他们第一次直接谈起嘉儿的脱队。

“好了，她做的没错。别让她有其他的想法。就那样告诉她。”

“我会的。”

“她是上帝派来的，我们需要她成功。”卢克在打哑谜。他别无选择。迪马正坐“在车里，就在我旁边”。

艰难地爬过女孩们身边，佩里拍了拍奥利的肩膀，在他耳边大喊出正确的指令。

* * *

卡佳和艾莉娜已经找到了她们的乳酪卷和薯片，正靠在一起大声咀嚼，一边低声哼唱。时不时地她们转过身去看着奥利的帽子咯咯直笑。有次卡佳打算伸手去碰它，但还是没敢那么做。双胞胎吃着他们

① 瑞士著名度假胜地，位于少女峰山脚下。

的香蕉在下一盘袖珍象棋。

“下一站，因特拉肯，姑娘小伙们！”奥利侧过肩喊道。“我会停在火车站，和夫人带上行李搭第一班火车上山。你们这些可爱的小朋友去好好散个步，吃根香肠，也许吧，等你们愿意上来了就跟到山上来。满意吗，教授？”

“我们都很满意，”佩里征询过女孩们的意见后肯定地说。

“喂，我们可是一点都不满意！”阿列克谢抗议地喊起来，张开双臂往后摔到靠垫上。“我们太他妈悲惨了！”

“有什么特别的原因吗？”佩里问道。

“什么都是原因！我们要去坎德施泰格，我知道的！我不会再到坎德施泰格去了，永远！我不要去攀岩，我他妈不是一只苍蝇，我恐高而且我不喜欢和麦克斯作伴！”

“全错了，”佩里说。

“你是说我们不是要去坎德施泰格？”

“是的。”

但嘉儿是，他又想了一遍，瞟了一眼自己的手表。

* * *

三点了，感谢在施皮茨及时搭上的那班火车，嘉儿已经找到了那座屋子。那不难。她问了邮局的人：有人知道一个叫麦克斯的滑雪教练吗？一个私人训练员，不是瑞士官方滑雪学校的？父母经营一家旅馆？那位坐在小窗口[①]的魁梧的女士不很确定，于是她询问了分类

① 原文为法语。

柜台的那个瘦弱的男人，他觉得自己认识，但为了保险起见又问了那个往黄色大推车里装包裹的男孩，答案一路传了回来：主街上右手边的洛伊斯利酒店，他姐姐在那里工作。

主街上闪烁着一地不合季节的点点晨光，两旁的山脊上笼罩着薄雾。一窝蜜色的小狗在人行道上惬意地沐浴在阳光里，或是歇在商店的遮雨棚下。拄着手杖，戴太阳帽的观光客探头细看纪念品店的橱窗，一小群旅客散坐在洛伊斯利酒店平台的小桌前吃着蛋糕和奶油，用吸管从高高的玻璃杯里喝咖啡。

一个穿瑞士民族服装超时工作的红发女孩是唯一提供服务的人，嘉儿试着和她谈话，她让嘉儿坐下等她过去，与她通常的反应不同，她顺从地坐下而不是又一次径直往外走，女孩过来时她先点了一杯她不想要的咖啡，然后才问她是否碰巧就是了不起的高山向导麦克斯的姐姐，对此女孩突然绽开一个灿烂的笑容，这下她有充裕的时间招待嘉儿了。

"噢，还不是个向导呢，实际上，不是官方认可的，至于了不起，我可不知道！首先他必须参加考试，那可是相当难的，"她说，为自己的英语水平感到自豪，也乐于操练一下。"很不幸麦克斯起步有点晚了。之前，他想当个建筑师，但他不想离开山谷。事实上他相当不切实际，不过老天保佑，这会儿他终于安定下来了，明年他就会取得资格了。我们希望！或许他今天也在山上。你想让我打给芭芭拉吗？"

"芭芭拉？"

"她人真的很好。我们都说她彻底改变了他。我不得不说正是时候！"

花朵。麦克斯的姐姐在从她的便笺本上撕下来的两张纸上写给嘉儿。

“在瑞士德语里这是一朵小花的意思，但它也可以是大花，因为瑞士人喜欢在所有他们偏爱的东西前面都加上一个‘小’字。你走过学校后左手边最末一幢新建的小木屋。芭芭拉的爸爸为他们造的。事实上，我认为麦克斯很幸运。”

花朵是一对年轻伴侣的田园住所，用新近砍下的松木造的，窗框上点缀着簇簇红花，红色棉布条纹窗帘挂在窗户里，配套的红色烟囱顶管，屋檐下是一串手工雕刻的哥特体铭文，感谢上帝的恩赐。前花园是一片种下不久、刚修剪过的草坪，点缀着一架新搭起来的秋千和一个崭新的充气嬉水池，外加一个新的烧烤架，劈好的木柴整整齐齐地堆在装饰着七个小矮人的前门旁。

就算这不是一座真的房子而是虚拟的，嘉儿也不会感到惊讶，但眼前的一切都是真实的。情况并未急转直下，它干脆就坏到了极点：但还是不及她在往这里来的火车上想到的诸多情况，也赶不上她此刻按下门铃，听见一个女人欢快地答应“请稍等，芭芭拉就来了①！”的时候想到的各种事情；尽管她既不懂德语也不懂瑞士德语，但她知道那是在告诉她芭芭拉就来了。而芭芭拉确实来了：一个仔细打扮过的样貌姣好的女人，高挑的个子、身材苗条，比嘉儿大不了多少，整体给人相当不错的印象。

“你好②，”她说，看到嘉儿抱歉的微笑，有点喘不过气地换成英语：“你好！有什么能帮你的？”

---

①② 原文为德语。

穿过打开的门廊，嘉儿听到婴儿悲伤的啼哭声。她吸了口气，绽开笑容。

“但愿能吧。我是嘉儿。你是芭芭拉吗？”

“是的。是的，我是！”

“我在找一个名叫娜塔莎的高个黑发女孩，一个俄罗斯女孩。”

“她是俄罗斯人？噢，我不知道。那也许能解释一些事情。你是医生吗？”

“恐怕不是。为什么？”

“是的，噢，她在这里。我不知道为什么。能请你进来吗？我得去照看一下安妮。她在长第一颗牙。”

跟在她身后轻快地踏进屋里，嘉儿闻到扑过爽身粉的婴儿甜香干爽的味道。一排生着兔子耳朵的毛毡拖鞋挂在黄铜挂钩上，提醒她脱掉自己脏兮兮的户外便鞋。芭芭拉等着她穿上其中一双。

“她到这里多长时间了？”嘉儿问。

“已经一个小时了。可能更久。”

嘉儿跟着她走进一间通风很好的起居室，落地玻璃门敞开着通向另一个小花园。房间中央摆着一个婴儿游戏围栏，一个金色卷发的女婴坐在里头，嘴里含着一只奶嘴，周围摆着一圈崭新的玩具。娜塔莎坐在墙边的一只小矮凳上，她的头埋在交叠起来的双手里，头发遮住了她的脸。

“娜塔莎？”

嘉儿跪到她面前，把一只手放到她头上，拢住她的后脑。娜塔莎畏缩了一下，随后任由那只手留在上面。嘉儿又叫了一次她的名字。毫无反应。

“还好你来了，我必须要说，”芭芭拉以她瑞士人的方式自顾自说个不停，一边把安妮抱起来放到她的肩膀上轻轻摇晃。“我都准备去叫斯特勒医生了。也可能去找警察，我不知道。这是个问题。真的。”

嘉儿轻抚着娜塔莎的头发。

“她按了铃，我正在喂安妮，不是奶瓶，最好的母乳。现在我们往门上装了一个窥镜了，眼下的日子你从不知道会发生什么。我看了看，我怀里抱着安妮，我仔细考虑了一下，好啦，站在我门口的是个普通女孩，长得相当漂亮，我必须承认。她想要进来，我不知道为什么，也许是来和麦克斯预约的，他有很多客户，尤其是年轻的，因为他本身非常有趣。于是她进来了，她四下张望，她看了看安妮，她用英语问我问题——我不知道她是俄罗斯人，通常不会想到的，不过眼下这些日子你倒真应该这么想，我以为她或许是犹太人，或是意大利人——‘你是麦克斯的姐姐吗？’我说不是，我不是他姐姐。我是他太太芭芭拉，请问你是谁，有什么我能帮你的吗？我是个忙碌的母亲，你能看出来。你想和麦克斯约个时间吗？你是来登山的吗？你叫什么名字？她说她是娜塔莎，不过实际上我已经有点开始怀疑了。”

“怀疑什么？”

嘉儿拉过另一张凳子坐到娜塔莎身边。她的手臂绕过去环住娜塔莎的肩膀，把她的头轻柔地拉向自己的，直到能够感到彼此太阳穴处的脉搏剧烈的跳动。

“噢，嗑药之类的。现在的年轻人，我是说我真的搞不懂，”芭芭拉愤愤不平的样子像是一个年纪大她两倍的人。“坦白说外国人，尤其是英国人，把毒品搞得到处都是，问问斯特勒医生。”她安抚了一下发出一声尖叫的婴儿。“和麦克斯一起的也是，他的年轻客户，老天，甚至在高山木屋里，他们都在嗑药！我是说喝酒我还能理解。可是烟卷真的不行。我给她咖啡、茶、矿泉水。也许她听不见我，我不知道。也许她在经历一次迷幻危机[①]，按那些嬉皮士的说法。但老实说有孩子在这儿我真的不想说这些，可我真的有点害怕。”

“可你没打给麦克斯？”

“在山里？在他陪着客人的时候？那对他就太糟糕了。他会以为她病了，他会立刻赶回来。”

“他会以为安妮病了？”

“当然啦！”她顿了顿，重新考虑了一下这个问题，嘉儿猜想这不是她通常会有的反应。“你认为麦克斯会为了娜塔莎回来？那太荒唐了！”

嘉儿轻轻拉过娜塔莎的手臂，把她扶起来，等她完全站直后，嘉儿拥抱了她，接着把她带到前门，帮她换回室外穿的鞋子，换好自己的，然后带她穿过那片完美的草坪。她们一走出大门后她就打给佩里。

她在火车上打给过他一次，到村里后又打过一次。她答应过要不间断地打给他，因为卢克不能亲自跟她谈话，因为迪马正和他一起坐在什么地方，所以请让佩里当中间人。她知道情况不容乐观，她能从佩里的声音里听出来。他越是平静，她就越是明白形势险峻，她还设想了一段可能的情节。于是她也换上一副平静的口吻，或许向佩里传

① 因服用过多迷幻药而产生幻觉，伴随身体上的不适感，在嬉皮士中被称为“bad trip”。

回了同样的信号：

“她没事。很好，听到吗？我找到她了，和我在一起，她活得好好的，我们在路上了。我们现在要走到火车站去。我们需要一点时间，就那样。”

“多久？”

现在轮到嘉儿小心说话了，因为娜塔莎正挂在她的手臂上。

“足够让我们平复情绪再补点妆。还有件事。”

“什么？”

“谁都不想被问到她们去了哪里，好吗？我们经历了一次小小的危机，现在结束了。生活还要继续。不只是我们什么时候到的问题。还有在那之后：会牵涉进来的人谁都不要提问。那两个女孩没问题。男孩我就不敢保证了。”

“他们也会照做的。我会负责的。迪克肯定要高兴坏了。我要立刻告诉他。快点来。”

“我们尽力。”

* * *

在回到山谷拥挤的列车上没有说话的机会，但这无关紧要，因为娜塔莎表现得根本不想说话；她还处在震惊中，有时似乎意识不到嘉儿的存在。但坐在从施皮茨驶出的火车上，在嘉儿温柔的哄劝下，她慢慢恢复过来。她们坐在一间头等车厢里，挨着彼此，直直地看着前方，一如她们在“三座烟囱”帐篷里的样子。夜色很快降临了，除了她们没有别的乘客。

“我太——”娜塔莎打破沉默，抓住嘉儿的手，但之后就说不下去了。

“我们等待，”嘉儿朝着娜塔莎低下去的头坚定地说。“我们有的是时间。我们把自己的感情搁置起来，我们享受生活，我们等待。那就是我们要做的全部事情，我们两个。你在听我说话吗？”

点头。

“那就坐起来。不用放开我的手，只要听着。过几天你就会到英国。我不清楚你的兄弟们是不是知道那点，但他们知道那是一段神秘之旅，从现在往后说不准哪天就开始了。首先会在翁根做短暂停留。到英国后我们会给你找一个很棒的妇科医生——我的——你会弄清楚自己的感受，然后你做决定。好吗？”

点头。

“这段时间里，我们甚至不要去想它。我们把它从我们的脑袋里抹掉。你脱掉身上穿的这件可笑的罩衫”——满是感情地拽了拽她的袖子——“你要打扮得漂漂亮亮的，显出身材。不会被看出来的，我向你保证。你会那么做吗？”

她会的。

“所有决定都等到了英国之后再做。它们不是糟糕的决定，它们是理智的。你要平静地做决定。是等你到了英国，而不是拖到那时候。为了你爸爸，也为你自己。好吗？”

“好的。”

“再说一遍。”

“好的。”

要是佩里没说那是卢克希望她说话的方式，嘉儿会用这种语气说话吗？——他说眼下无疑是最糟糕的让迪马接受这个爆炸性新闻的时候?

幸运的是，是的，她会的。她会一字不差地说出同一段话来，而且她是真心这么说的。她是自己过去的。她知道她在说的是什么。她一直这么告诉自己，在她们的火车驶进因特拉肯东站，一路换乘到劳特布龙嫩和翁根的时候，她注意到一个穿着时髦夏季制服的瑞士警察穿过空荡荡的站台朝她们走来，旁边跟着一个穿灰色西服的表情滞重的男人，棕色的皮鞋擦得锃亮；那个警察露出怜悯的微笑，随便在哪个文明国家看到这种笑容你都别想再能笑得出来。

“你说英语吗?”

“你怎么猜到的?”——微笑着回应。

“大概是你的肤色吧，”他说——她认为就一个普通的瑞士警察而言这显得太过鲁莽。“但这位年轻的女士不是英国人”——看了看娜塔莎的黑头发和不甚明显的亚洲人特征。

“噢，其实她可以是的，你知道。这些天里我们都无所不是，”嘉儿用同样随便的口吻回答。

“你们有英国护照吗?”

“我有。”

那个表情滞重的男人也在微笑，这让她不寒而栗。他的英语也稍微有点好过头了：

“瑞士移民局的，”他宣布。“我们在做例行检查。我恐怕开放国境以后我们发现了不少偷渡者。不太多，但有一些。”

制服警又说话了：

“你们的票根和护照，谢谢。你们不介意吧?要是你们介意，我们就把你们带去警察局，然后我们在那里进行检查。”

“我们当然不介意。是吧，娜塔莎？我们就是希望所有警察都能这么有礼貌，没错吧？”嘉儿欢快地说。

在她的手提包里翻找了一阵，她找到了自己的护照和两张票根，把它们递给制服警，后者用过分缓慢的速度查验起来——全世界的警察都被告知要展现出这样的姿态以提高诚实公民的紧张程度。灰西装从他的肩膀后面探头来看，随后把她的护照拿到自己跟前，再次重复了同一套动作，把护照还给她后微笑着转向娜塔莎，她的护照已经拿在自己手里了。

灰西装接下来的动作——在嘉儿之后对奥利、佩里和卢克的重述里——既不称职也不很聪明。比起一个俄罗斯未成年人，他似乎对一个英国成年人的护照更感兴趣。他翻到签证页，再翻到她的照片页，照着她的脸比对一番，露出明显赞赏的微笑，看了一会儿她的罗马和西里尔字母的名字，把护照还给她的时候愉快地说了一句“谢谢你，女士。”

“你会在翁根停留很久吗？”制服警问，一边把票根还给嘉儿。

“大约一个星期。”

“也许是要看天气？”

“哦，我们英国人太习惯下雨了，我们压根不会注意到的！”

她们会在二号站台上找到等着她们的下一班车，三分钟后出发，今晚的最后一班，所以最好不要错过，否则你们就得住在劳特布龙嫩了——警察礼貌地说。

直到她们坐上的最后一班列车开到半山腰时娜塔莎才再次开口说话。直到那时她似乎都在酝酿愤怒的情绪，瞪着黑漆漆的窗户，像个孩子似的往上面呼出一层雾气，再愤怒地把它抹净。但无论她是在生麦克斯的气，还是为了那个警察和他穿灰西装的同伴，又或是因为她自己，嘉儿都猜不透。可是突然间她抬起头来直直地盯着嘉儿：

“迪马是罪犯吗？”

“我认为他不过是一个非常成功的商人，你说呢？”熟练的出庭律师回答。

“那是我们要去英国的原因吗？——那就是神秘之旅的全部内容吗？突然他对我们说我们要去上很棒的英国学校了。”没有回应：“自从莫斯科之后整个家庭都变成——变成彻头彻尾的罪犯了。问问我的兄弟们。那是他们的新乐子。他们只谈论犯罪。问问他们年长的朋友彼得，他说自己为克格勃工作。它都不存在了。是吗？”

“我不知道。”

“现在它是联邦安全局了。但彼得还是说克格勃。所以他可能在撒谎。彼得知道我们的一切。他看过我们所有的档案。我妈妈是罪犯，她丈夫是罪犯，塔玛拉是罪犯，她爸爸被枪杀。在我两个兄弟眼里，所有从彼尔姆来的人都是彻头彻尾的罪犯。也许那就是警察问我要护照的原因。‘请问你是从彼尔姆来的吗，娜塔莎？’‘是的，警察先生，我是从彼尔姆来的。而且我还怀孕了。’‘那你就非常有罪了。你不能到英国的寄宿学校去，你必须立即进监狱！’”

说到这里，她把头搁到嘉儿的肩膀上，之后她说的每一句话都是俄语。

* * *

薄暮降临到玉米地上，租来的宝马车里也是一片幽暗，因为他们一致默认了不给自己留下一丝光线，无论内外。卢克为这段旅途准备了一瓶伏特加，迪马喝了一半，但卢克也没光闻酒香。他给了迪马一只袖珍录音机，想趁他还记得清楚时录下伯尔尼签字仪式的细节，但被迪马一把推开了：

“我都记得。没问题。有备份。记得住。到了伦敦，我什么都记得。你告诉汤姆。”

自打他们离开伯尔尼后，卢克都只选支路，开上一段，找个地方停一阵，好让他的追踪者们——要是他们真的存在——赶超过去。他的右手肯定出问题了，他似乎仍然感觉不到它，但只要他使用手臂的力量并且不去想他的手，开车就不成问题。他在殴打“憔悴的哲学家”的时候肯定伤着它了。

他们像两个逃难的人用俄语低声交谈着。为什么我们要压低声音？卢克自问。但他们就是那么做了。在一片松树林的边缘他再次停车，这回给了迪马一件蓝色的工人束腰外衣，外加一顶黑色的厚羊毛滑雪帽遮住他的光头。他帮迪马叠好他的西装，放进宝马后备厢的一只行李箱里。现在已经是晚上八点，天气开始转凉。在抵达劳特布龙嫩山谷开口处维尔德斯维尔的村庄附近时，他再一次停下来，他们收听瑞士新闻的时候卢克无可奈何地测探着迪马半隐在黑暗中的脸上的表情，因为他不懂德语。

“他们找到那两个混蛋了，”迪马用俄语低声咆哮着。“两个喝醉的俄罗斯傻帽在贝尔维宫酒店干了一架。没人知道原因。摔下几层楼梯，伤了自己。一个人进了医院，另一个没事。进医院的家伙情况相当不妙。那是尼基。也许那混蛋窒息了。说了一大串谎话，傻得要命，瑞士警察不相信，两个人说的谎都不一样。俄罗斯大使馆想安排他们飞回本土。瑞士警方声称，‘别他妈这么快，这两个混蛋身上还有我们没调查清楚的事情呢。’俄罗斯大使气炸了。”

“气谁？”

“瑞士人。”他咧嘴一笑，又从伏特加瓶子里喝了一大口，冲卢克晃晃瓶子，卢克摇头拒绝了。“想知道怎么搞的吗？俄罗斯大使打给克里姆林宫：‘这两个发疯的傻帽是谁？’克里姆林宫打给婊子‘王子’：‘你们这帮混账干吗要在瑞士伯尔尼的高档酒店里打个你死我活？’”

“‘王子’说什么了？”卢克问，并不像迪马那般轻浮。

“婊子‘王子’打给埃米利奥。‘埃米利奥。我的朋友。我的智囊。你的两位好伙计在干吗呢，在伯尔尼的高档酒店里打个你死我活？’”

“埃米利奥说什么呢？”卢克坚持要问个究竟。

迪马的情绪低落下去：“埃米利奥说：‘那个白痴迪马，世界第一的洗钱专家，他从这个该死的星球上消失了。’”

向来不精于密谋的卢克在心底算计。先是在巴黎的两个所谓的阿拉伯警察。谁派他们去的？为什么？然后是贝尔维宫的两个保镖：为什么他们在签字仪式后去了酒店？谁派他们去的？为什么？谁在什么时候知道多少？

他打给奥利。

“一切顺利，哈利？”——意思是，谁到了山顶上的安全屋？还有谁没到？意思是，我还要去负责一个失踪的娜塔莎吗？

“迪克，有好消息，我们那两个拖后腿的家伙几分钟前刚刚归队，”奥利的声音令人宽慰。“她们自己找过来的，没费多少周折，一切都好极了。你能在十点左右赶到山的另一头吗？到时天就黑了，比较合适。”

“十点没问题。”

“格伦德车站的停车场。一辆漂亮的红色小铃木。我会待在你一开进来就能看见的地方，但会距离火车尽可能远。”

“同意。”意识到奥利没挂电话：“有什么问题，哈利？”

“噢，我听说在因特拉肯车站有不少警察出没。”

“说来听听。”

卢克一言不发地听着，把手机放回他的口袋里。

*　*　*

在山的另一头，奥利提到的艾格尔峰山脚对面格林德瓦尔德[1]的村庄。奥利已经报告过要从翁根到劳特布龙嫩那头除了山区铁路外别无他法：夏季小道对岩羚羊和偶尔来访的鲁莽的摩托车手也许够好了，但对一辆载了三个人的四轮交通工具来说就不够了。

但卢克很坚决——奥利也是——在前往他的藏匿地的过程中，迪马无论打扮成什么样都不该被人看见，无论是铁路工作人员，检票员还是其他乘客；尤其是在夜里乘客数量更少也更显眼的时候。

接近茨韦吕契嫩的村庄时，卢克选了左边的岔路，开上一条蜿蜒的沿江公路前往格林德瓦尔德。格伦德车站的停车场里塞满了德国游客丢下的汽车。开进停车场，卢克看见裹在一件夹棉厚夹克和一顶带耳罩的尖顶帽里的奥利，坐在一辆静止不动的开着侧灯的红色铃木吉

---

① 位于艾格尔峰脚下的小镇。

普车里；这让他松了一口气。

“这是给你们的毯子，以防刮起冷风来，”奥利用俄语说，一边匆匆忙忙地让迪马钻进车里坐到他身边，卢克把行李递给奥利，到一棵山毛榉树下停好宝马，自己坐进了后排。“林间小路是禁止使用的，但不禁止有事要做的当地人，像是管道工或是铁路工一类的。所以你们也是那类人，要是我们被拦下检查我会解释。我不是当地人，但这辆吉普是。它的主人告诉过我该说什么。”

至于是哪个主人和要说什么只有奥利才知道。一个好的后备军从不泄露他的来源。

* * *

一条狭窄的混凝土小路蜿蜒向上，隐没在山峰的夜色中。一对下行的前车灯朝他们开过来，停下，退到树林里：一辆运建材的卡车，卸了货的。

“从上面开下来的车都要退回去，”奥利压低嗓门赞许地说。“当地的规矩。”

一名穿制服的警察独自站在路中央。奥利放慢车速让他看一眼贴在铃木挡风玻璃上的黄色三角贴。警察退后了。奥利轻松地举手示意。他们经过一排低矮的小木屋和明亮的路灯。焚烧木头的烟雾混合着松树的味道。一个荧光招牌标识着**布朗德格**。路面成了一条未经修建的林中小路。小溪潺潺地流向他们。奥利打开大灯，换挡。引擎发出一阵更高亢哀伤的嗡嗡声。小路被重型卡车压得坑坑洼洼的，铃木颠簸得很厉害。和行李箱一起坐在后排的卢克在它震动摇晃的时候抓住侧边的扶手。坐在他前面的是迪马被裹住的背影，头戴在羊毛帽子里，形似马车夫披肩的毛毯从他肩上垂下来，随风而振。在他身边的是几乎和他一样魁梧的奥利，在驾驶铃木穿过一片开阔的草地、把一对岩羚羊驱赶到树下的阴影里时紧张地俯身向前。

空气变得愈加稀薄，也更寒冷。卢克的呼吸急促起来。露水在他的脸颊和前额上形成一层冰冷的水膜。他感到自己的眼睛在流泪，他的心跳因为松木的气味和攀岩的紧张而加速。森林再次包围了他们。动物的红眼睛从树林深处朝他们发着光，但卢克没时间去探究他们是猛兽还是小崽。

他们突破了丛林的防线，再次开上一片空地。轻薄的云层蒙在一片星空上，天空的正中是一片黑色的虚无，把他们按进山腰里，再把他们挤出来，推到世界的尽头。他们正在经过艾格尔北峰的悬崖下方。

“你来过乌拉尔山区吗，迪克？”迪马转过头来用英语冲卢克大喊。

卢克有力地点头，微笑着表示肯定。

“像彼尔姆！在彼尔姆我们有像这样的高山！你去过高加索吗？”

“只到过格鲁吉亚地区！”卢克喊着回答。

“我爱这里，听到吗，迪克！我爱！你也是，哈？”

短暂地——尽管他还在担心那些警察——卢克能够爱上这里：他的爱一直都在，在他们沿着往小谢德格去的山脊往上行驶，掠过盘踞在那里的豪华酒店洒下的橘色灯光的光晕时也是如此。

他们开始下行。在他们的左边，沐浴在月光中的，出现了一道冰川刚健的蓝黑色影子。在山谷遥远的那头，他们瞥见缪伦[1]的灯光，还有翁根变幻不定的灯光，时不时地从密林深处透射过来，仿佛要将他们再次拉回过去。

① 瑞士中部著名旅游胜地，山景极佳。

十六

对卢克而言，在翁根小阿尔卑斯度假村里的日日夜夜像是被预先神秘设定好了，一会儿让人忍无可忍，一会儿又充满家人和朋友们齐聚成一个大家庭共同度假时才会有的美妙的平静。

奥利选择的那座丑陋的用作出租的小木屋位于村庄宁静的尽头，一块由两条乡野小路隔出的三角地上。在冬季的几个月里，它被出租给一家德国的低地滑雪俱乐部，但在夏季，任何付得起租金的人都能租到它，无论是南非的通神论者[①]，挪威的拉斯塔法里教徒[②]还是鲁尔区[③]的穷孩子。因此一个成员年纪出身全然各异的家庭正是村庄期待的访客。大批从屋前走过的疲惫的夏季游客中无人对它多加注意：至少奥利是这么说的，他花了很多空闲时间躲在二楼窗户的窗帘后面监视情况。

从屋子里往外看，这个世界美妙得超乎想象。从顶层往下，你会看见劳特布龙嫩山谷仿若传说的美景；向上，圣母峰上的玫瑰丛在你眼前闪耀着剔透的光。在你背后的是未被破坏的草原和长满树林的山麓小丘。但从外部来看这座小木屋简直是一个建筑灾难：像个巨大的洞穴，平凡无奇，毫无特色，与周围的一切格格不入，白色的灰泥墙和土气的装饰只会强调它试图融入乡村的强烈愿望。

卢克也在监视。每逢奥利外出搜寻食物也搜集当地的流言蜚语，是卢克——这个习惯性焦虑的人——始终留意着路过的可疑人物。但即便他如此留心，都不曾发现过一双好奇的眼睛逗留在两个小女孩身上，无论她们依从嘉儿的指令在花园里练习自己的新跳绳，还是到房子后面的草坡上采集西洋樱草，再用奥利从超市买来的干西米果酱罐永久保存起来。

就连那个化浓妆、穿丧服、戴深色太阳镜、双手交叠在自己的膝盖上，像个洋娃娃般一动不动坐在阳台上的小个子老太太也没招来任何非议。自从旅游业兴起后，瑞士的度假村就一直在接待这类人了。是否曾有哪个路人恰好在某天夜里透过窗帘的缝隙瞥见一个戴着羊毛滑雪帽的大个子男人俯身坐在一块棋盘前，对面是两个年轻的对手——佩里是裁判，嘉儿和女孩们则在另一个角落看着从弗里兹相片店买来的影片光碟——噢，要是这幢房子之前从没接待过一个疯狂迷恋象棋的家庭，它也见过其他样的。他们为什么要知道或在意，世界第一的洗钱专家在和他那两个早熟的儿子对垒时，面对他们联合起来的智慧依然能够取得胜利？

倘若同样是这两个少年在第二天被看见——穿着他们小心搭配过

---

① 通神论者企图通过探索自然和宇宙的内在联系，追求能够提供个体灵启和救赎的神秘知识和智慧。

② 拉斯塔法里教是1930年代自牙买加兴起的一个黑人基督教宗教，该教信徒相信埃塞俄比亚皇帝海尔·塞拉西一世是上帝在现代的转世，是《圣经》中预言的弥赛亚重临人间。

③ 位于德国西部北莱茵-威斯特法伦境内的城市群，曾是德国的煤矿区。

的不同的衣服——努力攀登从后花园一路往上延伸至曼丽申峰[1]的险峻石径，佩里在前面催促他们往上爬，阿列克谢在赌咒说他随时都会他妈的摔断脖子，而维克托则坚持说他刚刚看见一只完全长成的雄鹿，即使那不过是一只岩羚羊——噢，那又有什么特别呢？佩里甚至把他们用绳子绑在一起。他找到一小块合适的突起岩壁，租了登山靴，买了绳子——绳子，他严肃地解释，是一个登山者私人且神圣不可侵犯的东西——并教给他们如何荡过一个深渊，即使这个深渊只有十二英尺。

至于两位年轻的女士—— 一个十六岁左右，另一个也许大了十岁，同样美貌——带着她们的书本躺在一棵繁茂的枫树下，它不知怎么躲过了开发商的推土机，在帆布椅上伸展四肢——噢，要是你是一名瑞士男性，也许你会行注目礼，然后假装自己没有在看，或者假设你是个意大利人，你也许会看着她们鼓起掌来。但你不会冲到电话机前向警方告密，说你看到两个可疑的女人在一棵枫树的树荫下阅读。

至少卢克是这么告诉自己的，奥利也是这么告诉自己的，佩里也是，还有作为社区监视队增补成员的嘉儿也一样——不然他们还能怎么办？——这并不表示他们中有人能够暂时摆脱——就连小女孩们都不能——他们是在争分夺秒地躲藏和生存的念头。当卡佳吃着奥利做的早餐煎饼、培根和枫糖浆时问“我们今天要去英国吗？”——或是艾莉娜，更直接地，“为什么我们还没去英国？”——她们代表的是坐在桌边的每个人，从卢克自己开始；他成了这群人里的英雄，鉴于自从摔下伯尔尼酒店的台阶后他的右手就一直被封在石膏里。

---

① 位于少女峰地区正中央的山峰。

"你要起诉那家酒店吗，迪克？"维克托跃跃欲试地问道。

"我要就这个问题咨询一下我的律师，"卢克回答，朝嘉儿笑了笑。

至于他们究竟会在何时启程去伦敦："噢，也许不是今天，卡佳，但可能是明天，或之后的一天，"卢克向她保证。"不过是你们的签证什么时候能来的问题。我们都知道官僚是什么作风，就算是英国的，对吧？"

* * *

但那是何时，哦是何时?

白天，黑夜，无论清醒还是昏昏欲睡，卢克每小时都会问自己这同一个问题，而赫克托的报告如潮水般毫无间歇地涌来：一会儿是会议间隙的几句密语，一会儿是漫长的又一天结束后，凌晨的一长串哀诉。被内容相悖的报告轰炸得晕头转向，起先卢克试图每接收到一条讯息就把它们记录下来——一项官方认定的不可原谅的重罪。看着自己的右手指尖从石膏里可怕地戳出来，他费力地在奥利从村里文具店买来的 A4 散页纸上写下他自己才能看懂的速记，只写一面。

以被认可的训练学校的方式，他从一只相框上偷来玻璃压到纸上，每完成一面就把它擦干净，成品藏在一只水箱后面，远离任何可能会让维克托、阿列克谢、塔玛拉或迪马自己找到并想起来要搜查他房间的地方。

但随着赫克托发来前方消息的间隔之短和复杂程度逐渐压垮了他，他劝服奥利为他弄来一只口袋录音机，很像迪马的那只，把它连上自己加密过的移动电话——在训练部门眼里又是一项致命的重罪，但当他清醒地躺在床上，等待赫克托下一波独具个人特色的报告到来时却是一个了不起的帮手：

- 这是在刀刃上，卢基，但我们要赢了。
- 我要绕过“男孩比利”，直接攻到部长那儿去。我说了那要几个小时，不是几天。
- 部长说跟副部长说去。
- 副部长说要是“男孩比利”不签字放行，他也不会。他不会单独签字放行的。他要得到整个四楼的支持，否则就不能成交。我说了去他妈的。
- 你不会相信的但“男孩比利”改主意了。他在拼命挣扎，可就算是他也不能对真相视而不见，它都塞满他的警报器了。

所有这一切都是在卢克把“憔悴的哲学家”打翻到楼梯底下后的第一个二十四小时里发生的，起初赫克托热情洋溢地赞扬了这项壮举，但经过考虑他又说他认为自己暂时不该用这件事去打扰副部长。

“我们的朋友真的杀了尼基吗，卢克？”赫克托用最漫不经心的口吻提问。

“他希望是的。”

“是的。好吧，我想我还没听到那个消息，你呢？”

“完全没消息。”

“那是另外两个家伙，任何相像都是完全的巧合。同意？”

“同意。”

*　*　*

到了第二天正午，赫克托听起来有点沮丧，但并不消沉。最终内阁还是裁定必须召集一定数量的权益委员会成员，他说。他们坚持必须充分知会“男孩比利”马特洛克——重复一遍，充分——到目前为止赫克托坚持保密的各项操作细节。他们会安排一个四人工作小组，分别来自内政和外交办公室、财政部和移民处。被排除在外的成员会被事后邀请来批准这项建议，对此内阁办公室预计就是走个流程。尽管百般不情愿，赫克托还是接受了他们的条款。随后相当突然地——是在同一天夜里——风向转了，赫克托的嗓门提高了一个八度。卢克的违禁录音机为他重现了那一时刻：

赫克托： **那帮讨厌的家伙不知怎么跑在我们前面了。“男孩比利”刚收到他金融城线报的警告。**

卢克： 怎么**跑在我们前面了？他们怎么能？我们都还没行动呢。**

赫克托： **根据“男孩比利”的金融城线报，金融服务管理局正在行动，要否决阿雷纳建立一个大银行的申请，而我们就是那帮搞砸这件事的家伙。**

卢克： 我们？

赫克托： **机构。整个机构。城里的大人物都在嚷嚷犯规。三十个被收买的寡头中立议员在起草一份无礼的信件上交财政部长，指责金融服务管理局有反俄歧视，要求立即移除所有针对这份申请的不合理阻碍。上议院里的可疑分子们都怒气冲冲的。**

卢克：但那全都是胡扯！

赫克托：试试对管理局那么说去。他们**知道的不过是中央银行拒绝相互借钱，而事实上他们拿了政府好几十个亿，就为让他们那么干。现在，你瞧，阿雷纳恰好赶上挽救它的完美形象，把该死的几百个亿放到他们热乎乎的小手上。谁他妈在乎这些钱是哪儿来的？【**这是在提问吗？如果是，卢克没有答案。**】**

赫克托【突然爆发】：压根没有什么不合理的阻碍**，操他妈的！都没人提出过什么不合理的阻碍！从昨晚起，阿雷纳的申请就烂在管理局的待处理件里了！他们没碰头，他们没开会，他们都没开展他们的例行询问。但这些都没能阻止萨里寡头擂响他们的战鼓，或是给财经编辑发简报"一旦阿雷纳的申请被驳回了，伦敦金融城就会落在华尔街、法兰克福和香港后面，沦为可怜的第四名"。那会是谁的错？机构的，被一个该死的赫克托·梅雷迪斯给耍了！**

随之而来的又一阵沉默——长得让卢克不得不问赫克托他是否还在那头，对此他得到的是一句暴躁的"你他妈以为我还能在哪？"

"好吧，至少'男孩比利'来帮你了，"卢克提示道，试图提供他自己感受不到的安慰。

"一次完全的反转，感谢上帝，"赫克托由衷地回答。"要是没有他，不知道我会怎么样。"

卢克也不知道。

* * *

"男孩比利"马特洛克，突然成了赫克托的同盟？赫克托事业的转折点？他新找到的战友？一次完全的反转？比利？

还是“男孩比利”给自己额外上了一小档保险？不是说“男孩比利”是坏人，不是那种邪恶的坏，不是奥布里·隆格雷格的那种坏，卢克从没那样想过他——你不会那样想你间接的上司，你的双重或三重间谍，在对立的势力间游走。那根本不是比利。他要那样做就太明显了。

那么这次伟大的转变究竟是在什么时候发生的？为什么？卢克吃惊不小。还是或许“男孩比利”早就私下叛变到了别的阵营，这会儿已经准备好为赫克托提供表面的、实则一无所有的帮助，从而得知赫克托最严防死守的秘密？

比方说，那个周日下午，比利走出布鲁姆斯伯里的安全屋，为他受到的丢脸的奚落而伤心，那时他想过什么？对赫克托的爱？还是严肃考虑在事情未来走向里他自己的位置？

在那次会面过后痛苦反思的日子里，“男孩比利”都邀请了金融城里哪些大人物去吃午餐——尽管他或许还是一样小气——而且要求他们发誓保密，明知在大人物的字典里秘密是他一次只告诉一个人的事情？也知道他为自己赢得一个朋友，事情就会迎来一线微妙的转机？

此外，在这枚掷入金融城一潭死水的小鹅卵石引起的许多道涟漪中，谁知道是哪一点叩响了奥布里·隆格雷格——金融城局内人和步步高升的国会议员——分外敏锐的注意力？

还是邦尼·波帕姆？

还是吉尔斯·德赛尔斯，媒体马戏团的导演？

以及其他所有像隆格雷格、波帕姆和德赛尔斯那样等着在走势转变的一瞬跳上阿雷纳旋转木马的直觉敏锐的人？

只除了一点——借用赫克托的话，旋转木马的走势尚未转变。既然如此，为什么还要往上跳？

卢克多么希望有人能和他分享他的想法，但与以往一样，他什么人都没有。佩里和嘉儿在圈子外面。伊冯遥不可及。至于奥利——噢，奥利是实际作战中最好的支援，但在对垒需要搏命的高风险阴谋时可就不怎么聪明了。

* * *

嘉儿和佩里出色地扮演着孩子们的代理父母、剧团领班、独角戏演员和导游的角色，奥利和卢克则一直细数着警报信号，把它们解除或是加到卢克日渐增长的忧虑清单上。

在一个上午的时间里，奥利注意到一对情侣从房子的北面经过两次，随后又从西南面经过两次。其中一次那个女人戴了一条黄色围巾，穿着一件罗登呢外套；第二次换成一顶软趴趴的太阳帽和一条宽松长裤。但靴子和袜子没换，拿着同一根登山手杖。男人第一次穿着短裤，第二次换成豹纹垮裤，戴同一顶蓝色鸭舌帽，走路时双手始终放在自己的身体两侧，几乎不因跨步而移动。

奥利在训练学校里教过监视这门课，因此很难反驳他。

嘉儿和娜塔莎在因特拉肯东站和瑞士当局的遭遇促使奥利一直小心监视翁根火车站的动静。奥利和一名火车站雇员在艾格尔酒吧里不动声色地喝了一轮啤酒，据他说翁根的警力——通常仅限于解决鲜有的打群架，或是不怎么上心地寻找毒品贩子——在过去的几天里增加了。入住旅馆的人被检查，一个脸刮得光光的、蓄着胡子的光头男人画像被暗中出示给火车站和缆车点的售票人员。

“照我看过去迪马根本不会蓄胡子，你觉得呢，他当初在布莱顿海滩成立自己的第一个洗钱点那会儿？”一次在花园里安静地散步时他问卢克。

大胡子和小胡子都不会，卢克冷淡地承认。这都是他为了把自己弄到美国去采用的新身份的一部分。直到五年前才把它们剃掉。

还有——就当它是巧合吧，但奥利不这么看——在车站书报亭拿一份《国际先驱论坛报》和当地报纸的时候，他认出同一对来屋子踩过点的可疑情侣。他们坐在等待室里盯着墙壁。两小时后，开走了几趟往不同方向的列车，他们还在那里。奥利找不到任何理由解释他们的行为，只能是出了岔子：来换班的监视小队错过了火车，所以这两个人只好等着，看上级打算拿他们怎么办，或者——考虑到他们选择的位置正对着一号月台——等着某个从劳特布龙嫩来的人从列车上下来。

“再加上奶酪店那位和气的女士问我要喂饱多少人，我可不喜欢那样，不过她也许是在暗示我的肚子太大了，”他总结道，像是要为卢克理清思路，但他们两个都不是擅长幽默的类型。

房子里住着四个学龄儿童的事实也让卢克焦虑不安。瑞士学校还在上课，那为什么我们的孩子不去上学呢？他去村里的诊所检查右手时医疗护士也是这么问他的。他的回答烂透了——大概是“国际学校在放期中假”之类的——连他自己都说服不了。

* * *

到目前为止，卢克坚持要迪马待在屋子里，而迪马出于对他们的亏欠勉强遵守了。在贝尔维宫楼梯上那场打斗之后的日子里，迪马起初认为卢克做的一切都是对的。但随着时间慢慢过去，卢克必须不断为在伦敦的官僚们寻找一个又一个借口，迪马的情绪起了变化，先是抵抗，再是反叛。厌倦了卢克，他以一贯直截了当的方式带着他的问题找上佩里：

“要是我想带塔玛拉去散个步，我就要带她去，”他咕哝着。“我看见一座漂亮的山峰，我想给她看看。这不是他妈的科雷马。你去告诉迪克这点，听到吗，教授？”

从浅滩到那几条俯瞰山谷的长椅要爬上一条水泥路，为此塔玛拉认为她需要一辆轮椅。奥利被派去找一辆来。她染红的头发、夸张的唇色和深色墨镜让她像个假扮的巫师，而穿着连衫裤工作服、戴着羊毛滑雪帽的迪马也好不到哪去。但在一个对各种人类反常行为都不以为意的社区里，迪马和被他带到房子后面慢慢推上山去的塔玛拉倒像是某种理想的老年伴侣，共同欣赏着史塔巴哈瀑布[①]和劳特布龙嫩山谷壮观的景色。

要是娜塔莎陪着他们——有时她会去的——她也不再是被憎恨的、迪马深爱的亲生骨肉，丢给在监狱里被折磨得半疯又被踢出来的塔玛拉；她是他们乖巧、体贴的女儿，亲生的还是收养来的无关紧要。但娜塔莎多数时候还是在读她的书，或是在她爸爸落单的时候找到他，对他说几句好话，摸摸他的光头，还会亲吻它——好像他是她的孩子。

佩里和嘉儿也是这个正在成型的新建家庭不可或缺的部分：嘉

① 瑞士著名景观瀑布，距离少女峰不远。

儿永远在为女孩们设计新的活动，指给她们认识草坪上的母牛，带她们去奶酪店看霍贝尔芝士被刨成碎屑，或是去树林里寻找鹿和松鼠；而佩里则扮演着深受男孩们钦慕的领队，带领他们消耗掉多余的精力。只有在嘉儿提议清晨和男孩们打一场四人网球赛时，佩里才会一反常态地提出异议。在巴黎打完那场地狱般的比赛后，他坦言，自己需要时间恢复。

* * *

藏好迪马和他那一大群人不过是卢克日益加剧的焦虑中的一小部分。在他楼上的房间里整夜等待赫克托的例行汇报，他有太多时间收集证据，表明他们在这个村子里的存在正引起不受欢迎的注意；此外，他还会在无眠的长夜里编造些密谋的理论，随着黎明的来临，它们又被不愉快地唤回现实。

他很担心自己作为布拉巴宗的身份，还有贝尔维宫勤奋的经理先生现在是否已经把布拉巴宗检查酒店设施的行为和两个躺在楼梯底下被打垮的俄罗斯人联系起来了；以及，在警方的协助下，调查是否从那点延伸到格林德瓦尔德的格伦德火车站、一棵山毛榉树下停的一辆特定的宝马车。

他设想过的最极端的情况——坐在车里的迪马满不在乎地参与了一部分情节的重建——大致如此：

其中一个保镖——可能是“憔悴的哲学家”——设法把自己拖上楼梯，捶打那扇被锁上的门。

或是奥利对紧急出口电子设备想当然的推测被证实有点过于想当然了。

无论哪种情况，警报都会鸣响，骚乱的消息会传到荣誉厅里参加阿雷纳鸡尾酒会的拥有更佳知情权的客人耳里：迪马的保镖们遭人袭击，迪马消失了。

现在一切都要立即行动。埃米利奥·德洛罗警告干净的黑手党七兄弟，他们拿出自己的手机警告他们的黑手党罪犯组织兄弟们，那些人再转而警告待在自己城堡里的“王子”。

埃米利奥警告他的瑞士银行家朋友们，那些人再警告他们处在瑞士政府高位的朋友们，不排除警察和情报部门，这些人生命中的首要任务就是保卫瑞士银行家神圣的名声，逮捕任何敢于抨击他们的正直和诚实的人。

埃米利奥·德洛罗进一步警告奥布里·隆格雷格、邦尼·波帕姆和德赛尔斯，他们再警告他们需要警告的人，如下可见。

驻伯尔尼的俄罗斯大使接到来自莫斯科的紧急指示——“王子”推动的——要求在保镖们开口前释放他们，更要紧的是追踪迪马的下落，尽快把他遣送回他的祖国。

瑞士政府，到目前为止都十分乐意为富有的金融家迪马提供庇护，挑起一场在全国范围内对刑事犯迪马的搜捕。

但即便在这个让人悲哀的故事里也会有一个转折，而且就算卢克有心反驳也颠覆不了。这两名保镖是在何种情况下——怀疑或有确凿的情报——在第二场签字仪式后出现在贝尔维宫酒店的？谁派他们去的？有什么目的？为什么？

或者换个说法：“王子”和他的同党是否已经知道，举行第二场签字仪式的时候，迪马就计划要违背他不可违背的黑手党罪犯组织誓言，做一个永世不得翻身的婊子？

但在卢克冒险把这些忧虑和迪马分享时——即使他尽量说得轻描淡写——他只看到迪马的冷漠和疏忽。赫克托本人也不怎么乐意接受：

“照那个路子，我们在第一天就完蛋了，”他几乎大吼起来。

* * *

换座房子？在夜里飞到苏黎世，巴塞尔，日内瓦？为了什么，最终？为了逃开一大帮气急败坏的家伙？——神秘的投机商、房东、房屋中介，村里的蜚短流长？

“我能给你们搞几把枪，要是你们有兴趣，”奥利建议，又一个想让卢克振作起来的徒劳的尝试。“根据我听到的消息，村里每户人家手里都少不了几把，无论新规定怎么说。是为了防备俄罗斯人来。这些人真不知道住在这里的是什么人，是吧？”

“好了，我们还是但愿他们不知道吧，”卢克回答，露出一个勇敢的微笑。

* * *

佩里和嘉儿认为他们日复一日的生活里有种田园牧歌般的东西，某种——迪马会闷闷不乐地说——单纯的东西。他们像被安置到一片远离人类的偏远地区，要求他们履行法定抚养任务的职责。

要是佩里没跟男孩们出去攀岩——卢克敦促他选择偏僻的小路，而阿列克谢最终发现自己并不恐高，他只是不喜欢麦克斯——他就在黄昏时和迪马一起散步，或是和他一起坐在森林边缘的长凳上，看他愤怒地盯着山谷，那股强烈的怒意一如他当初钻进“三座烟囱”胡椒瓶似的乌鸦巢里，突然停下自己的独白，愤怒地望向黑暗，用手背擦过他的嘴唇，喝一大口伏特加，再次怒目而视。有时他要求带上自己的袖珍录音机独自待在丛林里，这时奥利或卢克会轮流在远处监视。但他始终把磁带放在自己身上，那是他保障条款中的一部分。

过去的这段时间——无论以前曾有过多少类似的日子——让他变得苍老，佩里注意到。也许他背叛的恶行终于打垮了他的内心。也许，在他眺望永恒，或是对着自己的袖珍录音机窃窃私语时，他在寻求某种与自己内心讲和的方式。他对塔玛拉表现出的温柔像是要证明这点。也许一种重生的朝向宗教的黑手党罪犯组织的天性为他找到了接近她的道路：

“我的塔玛拉，到她死的时候，上帝早就聋了，她对他祈祷得太他妈用力了，”他骄傲地评价，给佩里留下一种印象：对于自己的救赎，他已不复乐观。

佩里也惊讶于迪马对他的包容，似乎他越是蔑视卢克一旦做出就要遗憾收回的永无定形的承诺，他对佩里的容忍度就越高。

“你别担心，教授。有天我们都会幸福的，听到吗？上帝会搞定这个烂摊子，”他走在小径上时宣布，他的手用力搭在佩里的肩膀上：“维克托和阿列克谢认为你是某个他妈的英雄。也许有天他们会成为你的黑手党兄弟。”

佩里没有被随着这个建议而来的一阵大笑所蒙蔽。这些天里他越来越多地把自己看作迪马一贯付出的深厚男性友谊的承继者：死去的尼基塔，他把迪马变成一个男人；被谋杀的米沙，他的门徒，令他羞愧的是他没能保护他；再加上所有在科雷马及之后引领过他囚徒生涯的斗士和意志坚强的人。

* * *

相形之下，佩里成为赫克托的午夜神父这项不合适的指派来得十分突然。他知道，嘉儿也知道——卢克无需告诉他们，每日的搪塞推诿已经足够——事情在伦敦并不像赫克托预计的那么顺利。他们从卢克的身体语言里就能得知——尽管他试图掩盖——紧绷的情绪也在透露他的秘密。

于是，某天早晨，佩里听见自己的手提电话响起它加密过的铃声，这让他立即坐直起来，而嘉儿，没留下打听是谁打来的电话，迅速去楼下查看还在睡觉的女孩们。他听到赫克托声音的第一反应是他要让自己去为卢克打气，或者——他更盼望的是——让他在把迪马一家偷渡到英国这件事上扮演一个更积极的角色。

“介意我跟你聊几分钟吗，弥尔顿？”

那真的是赫克托的声音？——还是一台录音机，而且电池快用完了？

“尽管聊吧。”

“波兰哲学家，我时不时读一点的。”

“他的名字？”

“柯拉柯夫斯基[①]。以为你也许听说过他。”

① 莱谢克·柯拉柯夫斯基(1927—2009)，二十世纪波兰著名的哲学家、哲学史和宗教史学家，也是作家和翻译家，享有国际声誉。

佩里听过，但不认为有必要说出来。“他怎么了？”这个人酗酒？喝了太多斯凯特岛的麦芽威士忌？

“对善恶的观点非常严苛——这些天里我感觉越来越能认同——柯拉柯夫斯基这个人。恶是恶，周期性的。并不根植于社会环境。与贫困、毒瘾或任何事情都无关。恶是一种绝对且完全独立的人类本性。”长久的沉默。“考虑过你是否要接触一下看看？”

“你还好吗，汤姆？”

“我随便读了读他，你瞧。在毫无希望的时刻。柯拉柯夫斯基。你竟然没读过他，真让人惊讶。他有一条法则。在这种情况下相当不错的一条。”

“这一刻怎么就毫无希望了呢？”

“无限羊角法则①，他这么叫它。不是说波兰人定了一条明确的法令。也不明确，会告诉你一些事情的那种，不过告诉你有这么回事。他的法则的核心是，任何一个单一的事件都能找到无数的解释。无限的。用我们两个都能理解的话说，就是你永远不知道哪个混蛋会为了什么来揍你。相当令人欣慰的话语，我认为，在这种情况下，你觉得呢？”

嘉儿已经回来了，站在门口，在听。

“要是我知道情况如何，也许我能有更好的判断，”佩里说——同时也对嘉儿说。“有什么是我能帮你的，汤姆？你听上去不大好。”

“我想你已经帮过了，弥尔顿，老伙计。谢谢你的建议。明早

① 只要相信一种信仰，就不惜寻找任何理由为它辩护。

再见。”

再见？

“他身边有什么人吗？”嘉儿问，爬回床上。

“他没提起。”

按奥利的说法，赫克托的妻子艾米丽自从阿德里安出车祸后就不再和他一起住在伦敦了。她更偏爱诺福克的度假木屋，那里离监狱更近。

* * *

卢克僵硬地站在他的床边，手提电话的耳机塞在他的耳朵里，再用奥利的应急数据线连上放在洗手池旁的录音机。这时是下午四点半。赫克托一整天都没打来，卢克发出的短信也都没有回音。奥利出去买新鲜鳟鱼肉，也给卡佳买维也纳炸牛排[①]，她不喜欢鱼肉。还有给每个人的家常薯条。这些天里食物是一个重要的话题。他们隆重地对待每一顿饭，因为每餐都有可能是他们的最后一餐。有时塔玛拉会在饭前用俄语做长长的祷告，在胸前画上好多个十字。其他时候，当他们看向她，等待她做祷告时，她拒绝了，暗示这群人已经不再受神恩宠。这天下午，为了填补晚餐前的空余时间，嘉儿决定带小女孩们下到图鲁梅尔巴哈瀑布[②]去看从险峻山间轰鸣而下的水流。佩里对这个计划可不怎么乐意。她答应会带上自己的手机，但在深山里天知道她能收到什么讯号？

---

① 一道奥地利特色美食，在牛排外裹上面包屑、蛋液和面粉等炸制而成。
② 世界上唯一的冰河瀑布。

嘉儿不在乎。无论如何她们都要去。牛铃在草坪上铃铃作响。娜塔莎在枫树底下阅读。

“所以就是这样，”赫克托的声音坚如磐石。“这整个该死的灰心绝望的故事。你在听吗？”

十七

卢克在听。从半个小时到四十分钟。该死的灰心绝望的故事完了。

接着，因为没必要着急，他又听了一遍，又一个四十分钟，躺在床上。故事的篇幅不长。一出错综复杂的戏剧，无论悲喜，到了恰当的时候总会揭晓的。今天早晨八点，赫克托·梅雷迪斯和比利·马特洛克被传唤到四楼副部长的套房里，面对一个他们同僚组成的私设法庭。随后他们面临的指控被宣读。赫克托复述了一遍，夹杂着他自己骂骂咧咧的感叹：

“部长说内阁部长召见了他，并向他提出一项具体的提案：即，一个叫比利·马特洛克的和一个叫赫克托·梅雷迪斯的串通一气，试图抹黑一位奥布里·隆格雷格——议会成员，金融城显贵和萨里寡头政治团体的马屁精——的名望，为了报复上述这位隆格雷格对两位被告造成的已知的伤害：也就是，比利要报复他们在四楼势不两立时奥布里给他吃的所有哑巴亏；而我则是因为奥布里曾试图把我家该死的公司搞破产，再拿去拍法国人的马屁。内阁部长脑袋里已有的判断是我们的个人恩怨正在影响我们的业务判断。还听着吗？”

卢克在听。为了听得更仔细，现在他坐到了床沿上，他的头埋在双手里，录音机搁在他旁边的被子上。

“随后，我作为意图扳倒奥布里的主谋，被要求解释我的立场。”

“汤姆？”

“迪克？”

“到底为什么扳倒奥布里——就算那是你们两个的最终目的——就跟送我们的朋友和他的家人到伦敦去扯上关系了呢？”

“好问题。我会以同样的态度回答。”

卢克从没听过他如此愤怒。

“境外有消息称，照部长的说法，我们的机构正意图公开一名线人，他将会对阿雷纳集团在银行业的抱负造成实际损害。需要我详细阐述一下副部长乐意称为联系的东西吗？一家光鲜亮丽的俄罗斯银行，大救星，摆在台面上的数十亿美金，在他们的本土还有更多钱，保证不仅会投放手头这笔数目甚巨的钱款到一个现金流短缺的资金市场，还会投资英国工业界的几大巨头？就在这个大救星的好意即将落到实处的当口，我们情报处的讨厌鬼们却跑来捣乱，把一大堆莫须有的道德罪名的脏水到处乱泼，什么有利可图的犯罪。”

“你说你被要求解释你的立场，”卢克听见自己提醒赫克托。

“我解释了。解释得相当不错，我不得不说。把我掌握的一切都告诉他了。我没给他的，比利都给了。一点一点地——你会吃惊的——部长开始仔细听了。换成谁都会很难办的，要是他的上司执意充耳不闻，但在那天结束时他表现得像位淑女。把所有人都请出房间，只留下我们两个，听我们从头再说了一遍。”

"你和比利？"

"比利现在待在我们的帐篷里头朝外面使劲撒尿了。一次大马士革的转变[1]，迟来总比不来好。"

卢克对此表示怀疑，但还是好心决定不表露他的疑问。

"那我们现在到哪一步了？"他问。

"回到我们开始的地方。正式但非官方，比利加入了，包机算在我的账上。在玩笔吗？"

"当然没有！"

"那就听好了。这是我们的做法：要想行动起来，就别回头。"

* * *

他听了两遍，随即意识到他是在等自己有勇气打给埃洛伊塞，于是他打了。看起来我很快就能回家了，也许就在明天晚上，他说。埃洛伊塞说卢克必须做任何他认为对的事情。卢克询问了本的情况。埃洛伊塞说本很好，谢谢。卢克发现自己流鼻血了，躺回床上直到晚餐时间，和佩里私下聊了聊，他正在阳光房里和阿列克谢还有维克托一起练习攀岩结绳。

"有空吗？"

卢克把佩里带到厨房，奥利正在那里对付一只不愿配合的深底煎锅，它拒绝达到适合油炸自制薯条的温度。

---

① 意指保罗归信，又称保罗改宗。见《使徒行传》第 9 章第 1 至 19 节，保罗在往大马士革的路上，被天上的光照耀，后决定改信基督教。

“介意让我们单独待几分钟吗，哈利？”

“没问题，迪克。”

“总算有好消息了，感谢上帝，”奥利一离开卢克就说了起来。“赫克托搞到一架小飞机，格林威治标准时间明天夜里十一点会到贝尔普[1]待命，贝尔普到诺索尔特[2]。起飞和降落不会有人看见，来往两地机场的路上也都安排好了。老天知道他是怎么让事情反转的，但他就是办到了。天一黑我们就用吉普车把迪马载到山那头的格伦德去，再把他直接送去贝尔普。他在诺索尔特降落后，他们会立即把他带去一间安全屋，要是他把之前声称会说的事情都说出来，他们就会正式引渡他，其他家庭成员随后就能跟来。”

“要是他说出来？”佩里重复了一遍，他狭长的头颅询问似的歪向一边，卢克尤其讨厌这个姿势。

“噢他会的，不是吗？我们知道的。这是摆在台面上的唯一协议，”佩里一言不发，于是卢克说了下去。“我们在白厅的负责人不会费心照看整个家庭，直到他们知道迪马手上真的有料。”佩里依然没搭腔：“这是赫克托唯一能绕开必要的程序让他们有所进展的办法。所以我恐怕就是那样了。”

“必要的程序，”佩里终于开口了。

“那就是我们要对付的东西，很遗憾。”

“我还以为要对付的是人。”

“没错，”卢克反驳道，被激怒了。“这就是为什么赫克托希望

---

① 伯尔尼中部的一个自治市，靠近伯尔尼—贝尔普机场。

② 伦敦西北部的一个小镇，位于外伦敦自治市伊灵区内。

你去做那个告诉迪马的人。他认为最好由你而不是我说出来。我完全同意。我建议你不要现在去说。明天傍晚就足够提前了。我们不需要给他整晚时间考虑。我建议六点左右，让他有时间做好他的准备。”

这人不会支持不住吗？卢克自问。我还要被这个歪脑袋盯多久？

“那要是他没说呢？”佩里问。

“没人想到那么远。一步步来。这些事情就是这么运作的，很抱歉。没什么是一目了然的。”他意识到自己的失误，立刻试图改正：“我们可不是学者。我们讲究行动。”

“我得和赫克托谈谈。”

“他就说你会那么回答的。他随时准备接听你的电话。”

* * *

独自一人，佩里沿着小路走向他曾和迪马一起散步的树林。走到一条长凳前，他用手掌抹去夜间的露水，坐下，等着理清自己的思绪。在他下方点着灯的屋子里，他能看见嘉儿、四个孩子和娜塔莎围成一圈蹲坐在阳光房的地板上，大富翁游戏盘放在他们中间。他听见卡佳愤怒地尖叫了一声，紧接着是阿列克谢抗议的大吼。他把自己的手机从口袋里抽出来，在黄昏的微光里盯着它看了一会儿，随后按下接通赫克托的拨号键，立即听到了他的声音。

“你想听委婉一点的版本，还是赤裸裸的真相？”

这是赫克托老伙计，他喜欢的赫克托，在布鲁姆斯伯里安全屋里严厉指责过他的人。

“真相就好。”

“是这样。要是我们把我们的朋友带来，他们会听他说话，他们会进行裁定。这是我能从他们那里搞来的最好结果了。就在昨天，他们还没准备好走到这个地步呢。”

“他们？”

“当权者。那些他们。你他妈的以为是谁？要是他达不到他们的期望值，他们就会再次把他丢回原来的地方。”

“什么原来的地方？”

“可能是俄罗斯。有什么分别？重点是，他会满足他们的期望的。我知道他会的，你也知道他会的。一旦他们决定让他留下，大概也就一两天的时间，他们会为整个麻烦买单：他太太，孩子们，他的朋友的孩子们，还有他的狗，要是他有一只的话。”

“他没有。”

“重点是，他们原则上接受了所有捆绑的条件。”

“什么原则？”

“你真的在乎？一整个早上我都在听这帮读书太多的白厅混账们在细节上吹毛求疵，我可不想再来一遍。我们说好了。只要我们的朋友能提供他们需要的东西，剩下的人就能如期启程。那是他们的承诺，而我只好相信他们。”

佩里闭上眼睛，深吸一口山间的空气。

“你要我做什么？”

“不会比你从第一天起已经做到的更多。放低你高贵的原则，为了更大的利益。给他灌点迷汤。要是你对他说结果是不确定的，他就不会来。要是你告诉他我们不加限制地接受了他的条件，但他还需要一小段时间才能和他爱的家人重聚，他就会来。你还在听吗？”

“算是吧。”

“你告诉他真相，但你要有选择地说。要是让他抓到一点把柄以为我们在算计他，他就会揪住不放。我们也许是公平竞赛的英国绅士，但我们也是背信弃义的阿尔比昂[①]混蛋。你都听进去了吗，还是我在自说自话？”

“我听到了。”

“那就告诉我我错了。告诉我我误解了他。告诉我你有更好的计划。除了你不会再有别人。这是你的光荣时刻。要是他不信你，他谁都不会信。”

* * *

他们躺在床上。过了午夜。嘉儿，快要睡着了，几乎没有说过话。

“他变得有点不像他了，”佩里说。

“赫克托？”

“就是那种感觉。”

“也许他一开始就不是那个样子，”嘉儿提醒他。又过了一会儿：“你决定好了吗？”

“没有。”

“照我看你已经有决定了。没有决定就是一个决定。我看你已经决定了，所以你才睡不着。”

* * *

第二天夜里，六点差一刻。奥利的奶酪火锅被一扫而空，大家都

① 英国已知的最古老的旧称。

吃得津津有味。只剩迪马和佩里留在餐厅里，面对面站在一架多色合金大吊灯下。卢克训练有素地去村里巡逻。女孩们，在嘉儿的鼓励下，又在看《欢乐满人间》[1]。塔玛拉自己坐到客厅去了。

“官僚们能给的就这么多了，”佩里说。“你今晚到伦敦去，你的家人过几天再去。官僚们坚持那样安排。他们必须遵守规矩。一切都有规矩。就算是这件事。”

他在用短句子说话，观察着迪马最细微的表情变化，等待一丝缓和的迹象，或是些许理解的表示，就算是抗拒也好，但他从面前的这张脸上读不出任何情绪。

“他们希望我一个人去？”

“不是一个人。迪克会跟你一起飞去伦敦。一旦走完流程，官僚们对他们的规矩感到满意了，我们就会跟着你到英国。嘉儿会照看娜塔莎，”他加了一句，暗自祈祷能够借力于他猜想迪马最关心的事情。

“她病了，我的娜塔莎？”

“老天啊，不。她没病！她年轻。她漂亮。有气质。单纯。在一个陌生的国家里她需要有人照看，就那样。”

“当然，”迪马同意，点了点他的光头表示肯定。“当然。她和她妈妈一样漂亮。”

他的头突然扭向一旁，接着低了下去，像是在凝望某个拒绝佩里进入的焦虑或回忆的黑洞。他知道了吗？塔玛拉——出于一时的怨

---

① 迪士尼公司于 1964 年上映的真人动画作品，改编自澳大利亚儿童文学作家 P · L · 崔弗斯的同名小说。

恨、亲密或健忘——告诉他了吗？迪马——与娜塔莎预料的相反——默默背负了她的秘密和痛苦，而没有冲去找麦克斯？佩里唯一确定的是，他以为会看到的狂怒和拒绝正转化为一个囚徒面对当局权力时认命的顺服；意识到这点比可能触发的暴怒更让佩里不好受。

“就几天，嗯？”迪马重复道，听起来有点像在宣判无期徒刑。

“几天，他们那么说的。”

“汤姆说的？几天？”

“是的。”

“他是个好家伙，汤姆，哈？”

“我相信他是。”

“迪克也是。他几乎杀了那个狗娘养的。”

想到这点，他们沉默了一阵。

“嘉儿，她会照看我的娜塔莎？”

“嘉儿会很小心照看你的娜塔莎。男孩们会帮她。我也会在这里。我们会照看整个家庭直到他们过去。然后我们会在英国照看你们所有人。”

迪马考虑了一下，似乎渐渐有了想法。

“我的娜塔莎会去罗丁中学？”

“也许不是罗丁。那点他们保证不了。也许是其他更好的地方。我们会给每个人都找个好学校。没问题。”

他们在一同描绘一幅假想的前景。佩里知道的，迪马似乎也知道，也乐意接受这点，他的背挺直了，他的胸口起伏着，他的表情松弛下来，换上佩里记得他们在安提瓜岛网球场上初次相遇时那副伪装的笑容。

"你最好尽快跟那姑娘结婚，教授——听到了吗？"

"我们会给你请柬的。"

"抵得上好多头骆驼，"他喃喃地说，被自己的笑话逗笑了——在佩里看来并非挫败的笑容，而是为了逝去的时光，仿佛他们已经认识彼此一辈子了，对此佩里开始抱有同感。

"你会跟我去温布尔顿打一场吧？"

"当然。或者去女王俱乐部。我还是那里的会员。"

"当真，好吗？"

"当真。"

"想打赌吗？让它有趣点？"

"赌不起。可能会输。"

"你个胆小鬼，哈？"

"恐怕是的。"

然后是他担心会来的拥抱，被宽大、潮湿、颤抖的躯干束缚住好长一段时间，一直，一直。但在他们分开后，佩里看到迪马的脸上已经没有了生气，他棕色的眼睛里也没有了光芒。随后，像是听从了谁的命令，他突然向后转，往客厅走去，塔玛拉和全家人在那里等他。

* * *

佩里从来没有可能会和迪马一起飞往英国，无论在那天晚上还是其他时候。卢克一向都知道，也无需向赫克托提问，再听他直截了当地回答"不"。要是因为某些不可预见的原因出现肯定的答案，卢克会抗议的：在他对事情的专业规划里，就是不能接受未经训练、空有一腔热情的外行去护卫受到高度重视的背叛者飞行。

因此，卢克同意让佩里和他们一起去机场并非出于对佩里的同情，而是为了更好地执行计划。当你要把一个重要来源在没有任何过硬保障的前提下从他的家庭带走，交到你自己供职的机构手里，他几乎没有讨价还价的余地，噢是的，在那样的情况下聪明的做法是给他一点安慰——让他自己挑选的忠诚的朋友陪着他。

但要是卢克能预见到分别时那揪心的一幕，他肯定会让他们悄悄离开。夜色降临。房子里安静下来。迪马把娜塔莎和他的两个儿子叫到温室里嘱咐一番，而佩里和卢克等在听不见他们说话的前厅里，嘉儿故意和女孩们继续看着《欢乐满人间》。为了在伦敦迎接他的间谍先生们，迪马穿上了他的蓝色细条纹西装。娜塔莎熨好他最好的衬衫，维克托擦亮他的意大利皮鞋，而迪马忧心忡忡地穿上了：要是在走到奥利吉普停靠点的路上把它们弄脏了怎么办？但他在考虑这些的时候并不知道奥利正拿着一双迪马尺寸的橡胶套鞋在厅里等他，还有为夜间山路行车准备的毯子、手套和厚羊毛帽。迪马肯定跟他的家人说了不要跟过来，因为他是一个人出来的，看上去就像他在奥布里·隆格雷格的控制下穿过贝尔维宫酒店旋转门时那样神采奕奕，坚定无畏。

看到他出来，卢克的心又悬了起来，自从波哥大后他还没有这么紧张过。这是我们的王牌见证人——卢克自己会是另一个。卢克会是躲在幕后的证人A，或是表露身份的卢克·韦弗。他会成为一个遭受排挤的人，就像赫克托也会。他会帮忙把奥布里·隆格雷格和他的随从牢牢钉在桅杆上，还要拿下训练学校见鬼的五年合同，外加靠近它的一套舒适住宅、海洋性气候和附近为本准备的好学校；这还不算，再添一笔丰厚的薪金，他在伦敦的房子可以出租而不用出售。他不会再错把滥交当成自由。他会尝试，和埃洛伊塞一起尝试，直到她再相信他。他会和本下完所有棋局，找一份能让他在合理时间下班的工作，还要有真正的周末，上帝啊，他不过才四十三岁，而埃洛伊塞都没到四十。

如此，在卢克走到迪马身边的时候，他有一种既是结束又是开始的感觉，他们三个人加入到奥利身后，一同往下走到农场，走向那辆吉普车。

* * *

在一开始的车程中，全情投入的攀岩者佩里的注意力有些涣散：在月光的掩映下悄无声息地穿过树林，向上往小谢德格去，奥利在开车，卢克坐在副驾驶位上，每次奥利借着侧面射进来的光线拐过一个险弯，迪马魁梧的散发着潮气的身体就会抵在佩里的肩膀上；除非真的坐不稳了，否则迪马并不费心撑住自己，宁愿在旅途中一次次地撞到佩里身上。是的，当然，艾格尔峰北壁幽灵般愈发接近的黑影成了佩里视线的标杆：开过阿尔皮格伦的小火车站，他敬畏地凝视着被月光照亮的白蜘蛛峰[①]，计算着通过它的一条路径，对自己许诺和嘉儿结婚之前他来要试一次，最后一次纪念单身。

将要抵达谢德格的顶峰，奥利熄灭了所有车灯，他们像贼一般偷偷摸摸开过大饭店的两幢巨大建筑。能看见在他们下方格林德瓦尔德的灯光了。他们开始下行，进入森林，看见布朗德格的星点灯火透过树丛闪烁在他们身上。

---

① 艾格尔峰北壁上部的一部分，得名于此处冰原向四周辐射状分布的充满冰雪的裂缝形态酷似一只白色的蜘蛛而得名。

"从现在起是硬面路了，"卢克侧过身解释，以防迪马受到颠簸行车的影响。

可迪马没听见，他也不在乎。他一直在看着后面，一只手按在自己的胸口，另一只手臂伸在佩里肩膀后面的座椅上。

路中央的两个男人在挥动一只手电筒。

* * *

那个没拿手电筒的男人举起他戴了手套的双手发出指令。他打扮成城里人的样子，穿一件长大衣，裹着围巾，但没戴帽子——尽管他都半秃了。那个拿着手电筒的男人穿了一套警服，披着坎肩。奥利车没停稳就冲他们高兴地喊了起来。

"嘿，朋友们，这里发生什么事啦？"他用一种佩里从没听他说过的歌唱般的瑞士法语行话问道。"有人从艾格尔峰上摔下来啦？我们连只兔子都没见着。"

迪马是个有钱的土耳其人，卢克在做简要背景介绍时提过。他一直住在帕克酒店，他太太在伊斯坦布尔，病得很重。他把自己的车留在格林德瓦尔德了，我们是跟他同行的几个好心肠的英国旅客。这个说法经不起推敲，但对付一次性检查也许能行。

"为什么这个有钱的土耳其人不从翁根坐火车到劳特布龙嫩，再换出租车到格林德瓦尔德？"佩里问过。

"别跟他讲理，"卢克回答。"他认为这样走，开一辆吉普车翻过山去，能为自己省下一个小时。有一班半夜从克洛滕飞往安卡拉[①]

① 土耳其首都。

的飞机。”

“有吗？”

那个警察正用手电筒照吉普车挡风玻璃上的一张紫色三角贴纸。上面印着字母G。那个穿着城里人衣服的男人徘徊在他身后，被手电筒的光掩盖在黑暗里。但佩里敏锐地感觉到他正在仔细审视这个欢快的司机和他的三名乘客。

“这是谁的吉普车？”警察问，又回过头去检视那个紫色三角。

“阿尼·斯图里。伐木工。我朋友。别跟我说你不认识格林德瓦尔德的阿尼·斯图里。他住在主街上，就在发电站旁边。”

“你们今晚从谢德格开下来的？”警察问。

“从翁根。”

“你要从翁根一路往上开到谢德格去？”

“你以为我们干什么了？飞？”

“要是你们从翁根往上开到谢德格去，你们必须要有第二个行车证，劳特布龙嫩发放的。你们挡风玻璃上的行车证是谢德格-翁根地区专用的。”

“你到底是哪边的？”奥利说，仍旧固执地打他的幽默牌。

“事实上，我从缪伦来的，”警察毫不动摇地回答。

* * *

随之而来的一阵沉默，奥利开始哼一首小调，又一件佩里从没看他做过的事情。他在哼歌，同时借助警察的手电光在塞满了司机侧门储物格的票据堆里四下翻找。汗水流下佩里的后背，但他坐在迪马身旁一动不动。他坐下的时候从未有过一座险峰或艰难的攀登把他吓出一身冷汗。奥利翻找的时候还在哼歌，但他的小调已不再那么理直气壮了。我是一位住在帕克酒店的客人，佩里对自己说。卢克是另一位。我们是在帮助一个急得发疯的土耳其人，他不会说英语，他太太生命垂危。对付一次性检查也许能行。

那个穿便衣的男人往前走了一步，俯身查看吉普车里的情况。奥利的小调正变得越来越没有说服力。最后他像是被打败了似的往后一靠，手里举着一张皱巴巴的纸片。

“好了，也许这个能让你满意，”他示意道，把第二张行车证塞给那个警察，这是一个黄色而非紫色的三角形，上面没有字母 G。

“下次，确保两张行车证都贴在挡风玻璃上，”警察说。

手电熄灭了。他们继续前行。

* * *

以佩里的非专业眼光来看，那辆宝马还好好地停在卢克把它留下的地方——没有警察留下的固定非法泊车的夹子，没有粗暴地塞在雨刮器下的罚单，就是一辆停着的轿车——无论卢克在找什么——佩里和迪马被指示继续坐在吉普车的后座里，他和奥利则小心翼翼地围着车子绕圈——他们都没能找到，因为现在奥利已经准备打开驾驶座一侧的车门，而卢克示意他们赶紧过去，在宝马里还是同样的座位安排：奥利开车，卢克坐在前排他的旁边，佩里和迪马在后排。在整个停车和搜寻的过程中，佩里注意到，迪马压根没有移动过或做出一点表示。他这是囚犯的姿态，佩里想。我们要把他从一个地方转移到另一个，细节不是他要操心的。

他往后视镜里张望，看是否有跟在车后的可疑灯光，却一无所获。偶尔会有一辆看似在跟踪他们的车，然而一旦奥利放慢车速，它就会超过去。他瞄了一眼身边的迪马。在打盹。他还戴着那顶用来遮掩他的光头的黑色羊毛帽。卢克坚持要他戴着，穿不穿细条纹西装都一样。迪马时不时地靠到他身上，油腻腻的羊毛把佩里的鼻子弄得痒兮兮的。

他们到火车站了。在钠光的照映下，迪马的脸成了一张忽闪忽闪的死气沉沉的面具。佩里看了看他的表，不为什么，只是需要知道时间给自己一点安慰。一个蓝色的标志指示着贝尔普机场。三条线——两条线——现在右转进入连接路口。

* * *

机场暗得不合规矩——哪个机场都不该这么暗。那是第一件让佩里感到惊讶的事情。没错，过午夜了，但你还是会期待看到更亮的灯光，就算是一个像贝尔普这样只能起飞降落、尚未取得足够国际航线认可的小机场。

而且没有手续：除非把卢克跟一个身穿蓝色工作服的男人正在私下交谈的动作看成一项手续——这个不耐烦的脸色灰败的男人似乎是附近唯一的工作人员。现在卢克正给他看某张文件——太小了，肯定不是护照，到底是一张卡、一份驾驶执照，还是一个塞了钱的小信封?

不管它是什么，那个穿蓝色工作服的脸色灰败的男人需要借助更好的光线来检视，因为他转过身去，弓着身子站到身后的一束聚光灯投下的光线里，当他转回身来朝向卢克的时候，之前拿在他手里的随便什么东西从他手里消失了，要么就是他攥紧了那东西，要么就是偷偷塞还给了卢克，但佩里没看到他那么做。

在这个脸色灰败的男人之后——他没用任何语言留下一句话就消失了——是一条满是灰色屏幕的减速带，但没人注意它们就走过了。减速带后，一条静止不动的行李传送带，还有两扇笨重的电子感应门，在他们走近之前就打开了——我们已经在机场了吗？不可能！——然后是一个空荡荡的候机大厅，四扇玻璃门径直通往停机坪：还是没人来检查他们的行李，或是他们自己，让他们脱鞋，脱外套，躲在一块钢化玻璃的窗口后面闷闷不乐地看着他们，冲他们打个响指，示意他们把护照递过去，或是不慌不忙地问他们几个让人不安的问题，比如为什么来这个国家，来多久了。

要是他们在这里得到的不受盘查的优待归功于赫克托那头的秘密谋划——卢克是这么对佩里暗示的，赫克托自己也实际确认了——佩里只有一句话：脱帽致敬，向赫克托。

在佩里看来，通往空旷停机坪的四扇玻璃门像是被上了锁又固定住了，但在一条船上的卢克知道得更多。他径直走向右手边的门，轻推了一下——看哪！——它顺从地滑进自己的外框，一丝新鲜的冷空气蹿进房间，迎面拂上佩里的脸；他感激这阵风来得正是时候，因为他浑身湿热，极不舒服。

门大敞着，夜晚在召唤，卢克把一只手——轻轻地，而非居高临下地——搭在迪马的手臂上，示意他从佩里身边离开，领着他毫无异议地穿过门口，踏上停机坪，像是事前告知过的，卢克在那里突然左转，让迪马走在他身旁，留下佩里尴尬地跟在他们身后，像是某个不太确定自己是否被邀请的人。迪马身上有种东西不一样了。佩里意识到那是什么。迈出门口，迪马脱掉了他的羊毛帽，把它丢进手边的一只垃圾箱里。

佩里跟在他们后面转身时，他看到了卢克和迪马肯定早就看见的东西：一架双引擎飞机，没亮灯，螺旋桨缓慢地转动着，停在五十码开外的地方，驾驶舱里坐着两个几乎看不见他们身影的幽灵般的飞行员。

没有再见。

是否有什么值得高兴或难过的事情，佩里不知道，无论在当时还是以后。已经有过太多拥抱，太多问候，真诚的或牵强的，在他们不断相聚又分别的过程中持续累积完成的一场道别、问候、互致爱意的盛宴，或许容不下再多一次的表达。

又或许——总是或许——迪马被自己的感情淹没了，说不出话来，也无法回头，甚至根本不能看他。也许在他走向那架小飞机时泪水早就在他的脸上决堤，他一步接一步地走着，步子小得让人吃惊，谨慎得像在走跳板。

至于卢克——这会儿落后迪马一两步，像是要让他独自享受并不存在的聚光灯和摄影机——也没对佩里说一句话：卢克眼里只有走在他前面的那个已经成型的男人，而非独自站在他身后的佩里。用他的尊严在前进的迪马：光头、挺着身子，努力压制着自己的跛脚，却不失庄严。

当然卢克为自己在和迪马关系里的位置制定了策略。要是没有策略，卢克就不是卢克了。他是佩里年轻时曾爬过的坎布里亚山[①]上聪明的行动迅速的牧羊人，集中他所能有的每一丝精神和体力，催赶能

① 位于英格兰西北部。

为他带来奖赏的母羊爬上台阶，往黑洞一般的机舱里去，随时准备看到他退缩、逃跑、突然停下和拒绝。

但迪马没有退缩、逃跑或是突然停下。他笔直地朝黑暗里大步前行，眼见黑暗吞没了他，小卢克立刻加快步子赶上了他。有人从里面为他们关上舱门，或是卢克自己关的：一阵仓促的铰链的摩擦，两下金属沉闷的碰撞声，似乎门从里面被锁上了，机身上的黑洞消失了。

佩里对起飞的过程也没有清晰的记忆：除了他想着要给嘉儿打个电话，告诉她老鹰起飞了，或者类似的措辞，然后为自己找辆公交或出租车，或者干脆走回城里。他不太清楚自己距离贝尔普市中心在什么位置——要是真有个市中心的话。接着他想起奥利就站在他身旁，也记得他搭了趟便车回到在翁根的嘉儿和那个没有父亲的家庭身边。

飞机起飞了，佩里没有挥手。他看着它升空，敏捷地左右倾斜，因为从贝尔普机场起飞要对付不少丘陵和小山，飞行员必须反应很快。这两个飞行员就是。看样子是有商业执照的。

没有爆炸。至少没有一声传到佩里的耳朵里。过后，他倒希望能有一下。只有类似戴手套的拳头打进沙袋的重击声，还有一道让他突然看清整片黑色山麓的耀目的白光，接着就什么都没有了，看不见也听不到，直到顶灯闪烁的警车、救护车和消防车队尖啸着赶来回应那道消失的闪光。

* * *

目前阶段的半官方裁定是仪器故障。引擎故障是另一项原因。到处流传着姓名未知的维护人员消极怠工的小道消息。很长一段时间里，可怜的贝尔普机场都成了替罪羊，遭到专家们毫不留情的批驳。地面控制可能也受到了谴责。两组专家委员会无法统一意见。保险公司倾向保留赔偿，直到事故原因被调查清楚。烧焦的尸体仍然无迹可寻。从表象判断，两名飞行员都毫无问题：真实握有执照的飞行员，此外还有丰富的飞行经验，可靠的家伙，都结婚了，没有使用违禁药物或酒精的迹象，他们的档案里没有任何不利的记录，两人都住在哈罗区[①]，他们的妻子相互间关系不错。因此是两起悲剧，但就媒体关心的程度而言，只值一天的版面。究竟为什么一名英国驻波哥大大使馆的前工作人员会跟一名“居住在瑞士的可疑俄罗斯富豪”同乘一架飞机，就连八卦小报都没能找到合理的解释。性？毒品？军火？七零八落的证据里没有一项能够被证明。恐怖袭击——时下报道的万灵药——也被考虑进去，却又立即被否决了。

没有组织声明对这起事件负责。

---

① 位于大伦敦外伦敦西北部的自治市。

鸣　　谢

谨向费德里科 · 瓦雷泽，牛津大学犯罪学教授，表达我诚挚的谢意，他也是好几本俄罗斯黑手党研究领域开创性作品的作者，感谢他耐心地给予我建设性的意见；感谢贝朗杰 · 里乌把我带进罗兰 · 加洛斯球场的后台；感谢艾瑞克 · 德布里克，他带我参观了一家位于布洛涅森林区①不对外开放的网球俱乐部，与我的国王俱乐部颇有不同；感谢布兹 · 伯杰纠正我的击球技术；感谢安妮 · 弗里尔，我卓有远见的、忠诚的法国编辑；感谢克里斯 · 布莱恩斯给予的有关孟买股票市场的建议；感谢查尔斯 · 卢卡斯和约翰 · 罗莱，诚实、廉洁的银行家，大方地就他们行业内操作稍欠谨慎的同行的行为给我指点；感谢鲁斯 · 哈尔特 · 施密特，为我在瑞士的旅行免去不少不必要的行程；感谢乌尔斯 · 冯 · 阿尔门，带我穿越伯尔尼高地荒凉的小道；感谢伯尔尼的贝尔维宫酒店经理乌尔斯 · 布雷尔允许我在他出众的酒店里安排了一个稍显难堪的场景；感谢我珍贵的秘书，薇基 · 菲利普斯，在她难以计数的技能里又增添了校对这一项。

还有我的朋友阿尔 · 阿尔瓦雷斯，最慷慨也最精明的读者，向他致敬。

约翰 · 勒卡雷，2010 年

① 巴黎第十六区，为有钱人的聚居区。

图书在版编目(CIP)数据

我们这种叛徒/(英)约翰·勒卡雷(John le Carré)著；
杨懿晶译. —上海：上海译文出版社，2019.4
(约翰·勒卡雷作品)
书名原文：Our Kind of Traitor
ISBN 978-7-5327-8060-0

Ⅰ.①我… Ⅱ.①约… ②杨… Ⅲ.①长篇小说-英
国-现代 Ⅳ.①I561.45

中国版本图书馆CIP数据核字(2019)第039501号

John le Carré
Our Kind of Traitor

图字：09-2011-618号

我们这种叛徒
[英]约翰·勒卡雷 著 杨懿晶 译
责任编辑/宋玲 装帧设计/储平工作室

上海译文出版社有限公司出版、发行
网址：www.yiwen.com.cn
200001 上海福建中路193号
山东临沂新华印刷物流集团有限责任公司印刷

开本890×1240 1/32 印张12.75 插页5 字数209,000
2019年4月第1版 2019年4月第1次印刷
印数：0,001—6,000册

ISBN 978-7-5327-8060-0/I·4950
定价：59.00元

第1章

聂载沉下了山冈，走到桥头溪边，停在牧童身后，叫道：“石头！”

石头是他族兄的儿子，家就住在他家近旁。

那牧童转头，突然看见聂载沉站在溪边望着自己笑，眼睛顿时瞪得滚圆，一把丢掉手里刚摸起来的几个螺蛳，大叫一声：“二叔！”跟着从水里爬了出来，奔到聂载沉面前。

“二叔，你怎么突然回来了？咦？二叔你的头发怎么没了？”石头看着聂载沉的短发，吃惊不已。

聂载沉从行囊里拿出路上随手买的用作干粮的吃剩下的几个油馓子，递了过去，问道：“你婶奶奶好吗？”

石头的婶奶奶就是聂载沉的母亲。

石头吞了一口唾沫，也不管头发了，接过油馓子，忙道：“好！昨天我才跟着爹去砍柴，给婶奶奶也送了一捆柴火呢！”

小石头说完咬了一口吃的，老牛也忘了牵，光着脚转身就朝里头跑去，一边跑，一边大声喊：“二叔回来了！我二叔回来了！”

聂载沉顺手牵起牛走进去。许多村民听到小石头的喊声，从院门里出来。

村民对聂载沉的父亲十分敬重，连带着对他也是，听说他出去后投军也封了官，看见他真的回来了，纷纷和他打招呼。

聂载沉笑着与村民寒暄，看见石头搀着他太公出来，太公颤巍巍地喊自己的小名。

太公是村落里年纪最大的长者。

“沉哥回来啦？回来好！回来好！太公好久没看见你了！咦，沉哥，你的头发呢？”

聂载沉见众人都盯着自己的头发，笑着上去叫了声太公，说广州将军现在不管人留什么发了，因在军中，所以剪短了方便。

村民诧异，议论纷纷。太公唏嘘不已，叹息道：“世治礼详，世乱礼简啊！唉，这世道……”

聂载沉取出一袋烟叶奉上：“我不在的时候，多亏太公你们代我照顾母亲，这是从外头带的烟叶子，您老人家抽抽看，要是好，下回我再带。”

太公又高兴起来，笑道：“都是一家人，应该的，不用见外。赶紧回家吧，你娘还不知道你回来。”

聂载沉快步来到村后一座暮色笼罩下的安静院落前，轻轻推开门，穿过打扫得干干净净的庭院，走过挂着一块“耕读传家”四字老牌匾的堂屋，朝着后屋走去，叫了声娘。

聂母独居，歇得早，此时刚吃过饭，这会儿在屋里就着窗口透进来的最后一点余光做着针线活，忽然听到儿子的呼唤声，迟疑了下，抬起头。

聂载沉推开了房门。

“娘，我回来了！”

“载沉！”聂母惊喜不已，急忙放下手中针线去迎儿子，“你怎么突然回来了！娘刚才听到你的声音，还以为听岔了！”

聂载沉道：“我都好久没回来看娘了，娘没生我的气吧？”

聂母笑着摇头，端详着儿子，问他怎么头发没了。本还有些紧张，得知军中大部分都这样，广州将军现在已经不管了后，她松了口气，又说他比上回看见时瘦了许多，要他坐下去，自己立刻去给他做饭。

这时，外头传来一阵杂乱的脚步声，石头母亲和村庄里的另几个妇人拿着家中吃食过来了，有红薯、玉米，石头母亲还拿来了一条平常舍不得吃的烟熏腊肉。

今年年成不好，聂母知道大家日子都很紧，连连推辞。妇人们笑道："我们都是看着沉哥长大的，沉哥如今出息，我们都高兴。难得他回一趟家，几口吃食而已，婶娘不要就是瞧不起我们了。"

聂母只好收下，连声道谢。妇人们不走，又打趣聂载沉："沉哥也不小了，从小就是我们太平最俊的后生郎，要不是婶娘不说亲，家里肯定早被人踏平了门槛。大家都说沉哥在外头有了媳妇呢！这趟回来，怎么还不带媳妇？我们可都在等着呢！"

聂载沉笑而不语，任众人取笑。大家说笑了一阵，也知道聂载沉刚回来，母子应当有话要说，也就走了。

天渐渐暗了下来，聂载沉吃完母亲给自己做的柴火饭，收拾了东西，来到母亲住的屋子，看见母亲坐在桌边，桌上放着个针线篓，母亲正飞针走线地做鞋。

桌上点着一盏油灯，光线有点暗，聂载沉看着母亲低头露出的白发，心里触动，上去拨亮了油灯。

"不用这么亮，费油。娘眼睛好，看得见。"聂母说。

聂载沉将油灯拨到最亮。

"娘，你身体最近怎么样？腿脚还疼吗？"

"都挺好。现在天气好，腿也不怎么难受了。家里的事情我自己都没问题，平常挑水砍柴有他们帮我。你安心在外头做事就是，不要挂念。"母亲一边说，一边低头继续做着活，语气如常。

聂载沉望着灯下慈母眼角的皱纹和苍苍的白发，一时心绪翻涌，只觉难以启齿。

该怎么告诉她，自己就要娶妻这件事？他喜欢白家的女儿，从渐渐上心，无法忘记，到后来，喜欢得只要一听到“绣绣”这两个字，心跳就会不由自主地加快。

但是再喜欢，他也从没想过得到她。

他才二十一岁，已经做到了标统的位子，人人提及，都说他年轻有为，但她随便穿戴的一件首饰，就是他花十年军饷也买不起的，更不用说供养她，让她享受着和从前在白家一样的生活了。

他知道自己离能够梦想得到她的资格，还很远。而现在，因为一时控制不住，他做了不该做的事，人生也随之彻底改变。他竟然就这样轻而易举地拥有了她，简直如同做梦。

她被人诟病的那些骄纵和任性，在他的眼里原本完全无关紧要，他甚至觉得她本来就该是这样的。她若不这样，也就不是那个破了他的戒律，把他迷得无法自控的白锦绣了。

可是一旦谈婚论嫁，就不只是自己和她两个人的事了。她的任性，也就变成了他的隐忧和负担。

他知道母亲一定会很高兴的，只要他开口说他就要娶妻了，不管他娶的女孩是怎样的，母亲都会欣然同意，因为他要娶她。开口说这个并不难。

但是这婚事来得实在太过仓促，对他来说如此，他知道，对白锦绣应当也是一样。他无法保证自己能对她保有长久的吸引力，毕竟，他是如此乏味的一个人。如果他不能长久地吸引她，她真的很快就会对自己情松爱弛，两人不能长久，到了那时，他又该怎么告诉灯下这个欢喜地怀着殷殷期盼的母亲？

聂载沉心绪紊乱，几次想要开口，话到嘴边，却总是说不出来。

“载沉，刚才你婶她们开你的玩笑，你别往心里去。娘一直没和你提，这两年你不在家的时候，咱们太平好些人家过来说亲，当中也有不错的大户，但娘没跟你说，就是怕娘看中的你不喜欢，勉强答应了，日后还耽误人家姑娘。娶妻是一辈子的大事，宁可晚些，也不能草率，更不能将就。你在外头好多年了，娘记得你出去的时候，身子骨还单薄呢，娘当时不放心，又知道咱们太平这地方小，关不住你，一咬牙就放你走了，一转眼，你也成大人了……”聂母一边低头做着活，一边絮絮叨叨，“你在外头，娘不求你大富大贵，只要你平平安安，往后再娶个贤惠的体贴你的人，你俩和和美美过日子，再生个一男半女，白头到老，娘这辈子也就没什么可求的了。”

聂载沉眼眶忽然有点发热。

“你怎么都不说话？怎么了？”聂母停了手中的针线，借着灯光看了他一眼。

聂载沉一顿，摇了摇头。

“你这趟突然回来，是不是有事啊？娘见你好像有心事。”聂母狐疑地看着他。

聂载沉忽然临时改了决定。

“没事。”他微笑道，“确实是长久没回来，正好有事经过，就顺道回来看一眼娘。”

聂母放心地笑了：“没事就好，娘就放心了。你赶了大老远的路，累了吧？刚才你吃饭时，娘帮你铺好了床，你早些去歇息。娘再做一会儿针线，也就睡了。”

这一夜，聂载沉躺在这间他从小长大的屋里，听着窗外声声秋虫鸣叫，度过了一个辗转难眠的夜。

第二天，他帮母亲翻修了猪圈破漏的屋顶，砍了足够她烧一两个月的柴火，在家里又过了一夜，留了些钱，又给石头家送去了二十个银圆，然后辞别母亲，踏上返程。

返程的行囊里，多了几件母亲之前陆续为他做的新衣。

他回到广州的时候，距离他出发时已经过去了一个多月。刚回到西营自己的宿舍，放下东西，他手下的几个营官就闻讯而来，兴高采烈地告诉他一件他不在时发生的事——一标那帮平日聚在蒋群身边的人，背地里说他靠着白家的关系才上位做了标统。前些天放假出去，他们就叫上陈立等人跟了上去，借故寻衅，将那帮人围住狠狠地揍了一顿。对方知道高春发会袒护，于是避过高春发，直接抬着一个被打断腿的人告到了康成面前。他们本来都做好了受罚的准备，没想到康成只罚了他们每人半个月的军饷，对方也被痛斥了一番，简直是占到了大便宜。

“大人，当时我们兄弟可都气坏了，实在替你不平，就是关禁闭吃鞭子，也非要教训教训那帮患眼红病的！将军大人这回居然还挺明理，倒是我们兄弟之前没想到的！”

他们又怎么知道康成的心思？自家儿子不可能娶白锦绣了，最怕的就是便宜了顾家。现在一拍两散，谁也别想，外甥女最后嫁给了无关利害的聂载沉，这对于康成简直是意外之喜，他自然乐见其成。

“大人你放心，要是那些人还敢胡说八道，我们兄弟见一回打一回！”

从决定找白成山提亲的那一刻起，聂载沉就知道这种背后的议论是少不了的。他禁止手下的人往后再这样行事，随后去找上司报了个到，径直去了西关白家。

刚才去见高春发时，高春发告诉他，他未来的岳丈白成山在前几天已经带着白小姐到了广州。

白成山在家，得知他回来了，十分高兴，领他到了书房，笑着让他坐。

“什么时候回来的？路上怎么样？你母亲呢？”

聂载沉没有坐，依旧站着说：“今天刚到的广州。我母亲没有随我来。她腿脚有些不便，路途遥远，所以不便过来。具体婚事，您这边看着办就行。”

白成山有点意外，再一想，又起了疑虑。身体不便固然是个原因，但莫非是因为聂母也有齐大非偶的想法，不是很支持儿子娶自己的女儿，所以才对婚事没那么热络？

两家门庭相差悬殊，这是事实。设身处地想一下，如果是自己儿子娶妻，面临这样的情况，自己未必也完全没有顾虑。

“你母亲那边，真的没再说别的什么吗？如果令堂有顾虑，婚事该怎么操办，咱们都可以商量的。”白成山说。

“我母亲没什么顾虑，对婚事是乐见的。”聂载沉说。

他既然主动开口找自己求娶女儿，以后必会负起他的责任。对这一点，白成山深信不疑。这也是他能放心把女儿交给聂载沉的缘故。

对这个女婿，白成山实在是太过满意，也是出于私心，并不想中间再出什么岔子，于是听他这么说，也就不再多问。白成山沉吟了下，道：“这样吧，等你们这边事情办了，你带着绣绣去看你母亲，在那边也办一下。该有的，咱们都不能缺。”

聂载沉向他道谢。

“这边原本初步选了几个日子，想等你母亲到了和她商量。既然这样，我就做主了，你和绣绣的婚期就定在月底，怎么样？”

“一切听凭岳父安排。”聂载沉答应下来，陪着白成山又说了一会儿话，告退而出。

他从白成山的书房里出来，没走几步，脚步就停顿下来——他看见白锦绣就站在走廊尽头的拐角处，看着自己，长发垂腰，身穿蓝色长裙，纤腰一握，素面干净似雪，看起来文雅又清丽。

走出书房那扇门时，他心事不解，只觉满心负罪，但是现在，突然这样看到已经一个多月没见的她，聂载沉忽然觉得自己的心跳加快了。他走不动路，站在原地，看着她朝着自己慢慢走来，走到面前，低声说:“我天天待在家里，好闷。我要去后头的园子里逛一下，又怕有虫子，我要你跟着我！”说完转身就走。

她的语气起先是抱怨，最后是命令，可是细听，从头到尾，又带着满满的撒娇意味。

聂载沉望着她的背影，不由自主地迈步。一前一后，他跟着她穿过白家后头那毗连曲折的重重屋廊和门墙，最后停在了一口小水池旁。

池子里养了十几尾大红鱼，风一吹，池边一株老柳的黄叶便飘飘荡荡地落到浮着绿藻的水面上，犹如叶叶扁舟，惹得鱼儿不时浮上水面追逐啄食，泛起一圈圈的细细涟漪。

这一个多月的时间，对于白锦绣来说，真真是度日如年，梦里也全是情郎的身影。好不容易父亲带她来了广州，她盼啊盼，终于盼到他回来了。

父亲不许她在两人结婚前私下和他一起，可是她忍不住。真是没用啊！分明之前还气他有点心不甘情不愿，现在才一个多月不见，就天天地想，今天一知道他来了，又装不出女孩子该有的矜持。

白锦绣在心里暗暗地鄙夷自己。

现在这里静悄悄的，只有他们两个人。她暗暗地希冀他抱住自己，对她说，过去的这一个多月里，他很想她。或者，他要是害羞，那就由她抱住他的脖颈，悄悄对他说，她很想他，那也是很好的。

两人面对面地站着，几缕柳枝在风里微微飘荡。园中如此宁静，静得仿佛能听到黄叶落到水面的声音、鱼儿水下唼喋的声音，还有她自己的心跳。

白锦绣偷偷瞄了他一眼，却发现他看着池子里的鱼，思绪似是陷入某种恍惚，注意力根本就没在自己身上，心中顿时失落无比，刚才的旖旎念头一下就消散了，更不用说扑过去抱住他，说自己想他了。

她勉强压下心中不快，揪下来一段在身畔飘荡着的柳条，若无其事地说："你母亲来了吗？要不我去接她，住到我家里？房间我都已经准备好了，很清静，不会有人打扰她的。"

聂载沉抬眸，望着她一眨不眨凝视着自己的那双美丽的眼眸，这一刻，心中忽然涌出了无比的愧疚与深深的懊悔。

他感到自己是如此糟糕和不堪。他不应该这样瞒着她的，这也不是他一贯的做事方法。他或许应该和她谈一下，当然，前提是他一定会负责的，会努力给她能给的最好的生活——如果她想明白了，依然愿意下嫁的话。

"绣绣，你真的喜欢我吗？你想清楚了，嫁给我，你以后真的不会后悔？"他迟疑了下，望着她，问道。

白锦绣的心火再也忍不住，忽地蹿了出来。

那天之后，她对他的反应就耿耿于怀，心底仿佛有根刺，一直没法彻底忽略。她承认一开始是自己想要设计他的，可是后来，她真的已经发狠要算了，是他追了出来强行留下她的。现在倒好，都要结婚了，他竟然还在这里问她这种无聊透顶的话。她实在忍不住要发脾气了。

"聂载沉，你到底什么意思？你觉得我是很随便的人，是不是？"

聂载沉急忙摇头："不是，你别误会——"

"你就是这样想的！你瞧不起我！"满满的委屈涌上心头，白锦绣眼圈红了，"我知道你一开始就很勉强！那就算了！我又不是嫁不出去，非要嫁你不可！"

她把手里那段叶子已经被揪光，连枝也快要揪烂的柳条狠狠地抽在他的脸上，在他脸上留下了一道红痕，转身就走。

“绣绣——”聂载沉急忙追了上去。

“不许你再这样叫我！你给我听着，我现在就后悔和你一起了！我无须你负责什么，算得了什么啊！你给我滚，别再让我看到你！”

白锦绣说完还不解气，看见路边一只花盆上头铺了一层小鹅卵石，顺手抓了起来，朝他丢去。小石子砸到他的身上，哗哗地掉了满地，她提起裙子丢下他跑了。

“绣绣！”

聂载沉追了上去，见她越跑越快，一下就转过了一丛花木。他心里一急，几步追了上去，她却早已不见踪影，不知道跑上了哪条岔道，仿佛秘境里的一只精灵，彻底消失在了他的眼前。

四周花木郁郁，几只野蜂嗡嗡地飞舞在路边一簇秋海棠的花蕊上，盘旋了几圈，见无蜜可采，又振翅飞走了。

聂载沉停下脚步，心慢慢地下沉，纷乱无比。

“聂姑爷。”

片刻后，白家的一个花匠路过，见他一个人停在花径上，身影仿佛凝固，躬身叫了一声。

聂载沉回过神来，朝望着自己的花匠点了点头，打起精神回到前头，问了声遇到的一个白家用人，被告知小姐刚才回到房间里去了。

他还不知道她的房间在哪里，又问了一声，在白家用人的注目中，找了过去。

她房间的门紧紧地闭着。他叩门，轻声叫她开门，里头却始终没有动静。

“绣绣，你开下门好吗？我真的没那个意思……”

门开了，她眼睛红红地站在门口，说：“聂载沉，我觉得我之前确实冲动了，我需要再考虑下这件事。你回吧，惊动我爹，对大家都不好。”

她关上了门。聂载沉在门外默立片刻，终于转身离去。

他终究还是没有再去找她。他回到西营，默默地等待着白家派人来传话，说婚事暂缓，或者直接取消。

他每天照常晨起晚归，在校场上挥汗如雨，操练着士兵。和士兵摔打时，下手也变重了，弄得士兵们现在都有点怕他，不敢和他过招。他必须要白天在校场上耗尽身上的最后一丝力气，晚上回来才能入睡。

他不止一次地告诉自己，她要是真的想清楚了，那也很好，她原本就是不该属于他的海市蜃楼。但是午夜梦回，心底那无法抹去的深深的遗憾和愧疚，总是令他彻底失眠。不只是他的生活，连同他整个人，已经彻底被那个叫白锦绣的女孩子搅乱了。他的头顶现在悬了一柄剑，他等着它掉落下来，插自己一个血窟窿。

全都是他该受的。他活该。

但是他等待着的最后审判，竟然始终没有到来。

白家那边一直平静无波，就像没发生任何事似的，管事们依旧忙忙碌碌地准备着喜事，三天两头地找他问事，又带来裁缝给他量体制衣，打算做中式和西式两套喜服。十来天后，多家报纸同时刊登了一则以白成山和聂母的名义联合为儿女举办结婚典礼的启事。

聂载沉觉得自己像在做梦，晕乎乎地被推着前行。

婚礼的前几天，他被刘广叫去，说要拍结婚照。他匆忙放下手头的事，赶到那家照相馆。

白锦绣已经在那里了，坐在一面大镜子前，七八个人众星捧月似的围着她，忙着给她整理头纱和身上那件白色的婚纱。

她应该是广州城第一个穿着婚纱拍结婚照的新娘，美得不可方物。她笑盈盈地看着镜中的自己，和奉承着她的那个叫托马斯的洋人照相师说说笑笑。当视线落到镜中，停在她身后的那个年轻男人的身上时，她眯了眯眼，和他对望片刻，接着站起来，微微翘着她漂亮而骄傲的尖尖下巴，朝他走了过来。

聂载沉心跳得如同震雷，手心里捏满了汗，看着她一步一步地走到自己面前，似笑非笑地道："站着干什么？还不去换衣服！"

"托马斯，叫你的人帮他换衣服！"她转头吩咐了一声。

照相师立刻笑容满面地上来，恭敬地道："聂先生，请到更衣室来。"

聂载沉如梦初醒，转身跟着进了更衣室。

他脱了身上的军服，换上那套为自己定做的用来搭配她婚纱的西服。照相馆的助理为他整理着领口的蝴蝶结时，他看见她忽然走了进来，让助理们都出去。

更衣室里只剩下了他们两个人，原本就不大的空间顿时变得越发逼仄。

聂载沉望着她停在自己面前，伸出那双纤纤玉手，不紧不慢地为自己整理着领结。她的动作自然而亲昵，让他忽然生出一种错觉，她仿佛已经是自己的小妻子了。

他微微低头，凝视着她。她没看他，眼睛盯着他的领口。

“聂载沉，别以为我舍不得你。我是看事情都排开了，若是现在取消婚礼，我爹没法跟他那些朋友交代！我是为了照顾我爹的面子，和你无关！”

“给我出来，拍照！敢再丧着脸，坏了我的心情，我饶不了你！”她整理好他的领结，看也不看他一眼，命令了一声，丢下他转身就出去了。

聂载沉默默地跟着她走了出去。

“看这里，看这里！对，很好！新郎再靠近新娘一点，笑！”

“啪——”在刺目的镁光灯里，聂载沉和他那个美丽的新娘，定格在了一张照片之中。

第2章

几天后，南商白成山的千金白锦绣和新军年轻军官聂载沉的婚礼成了广州当日最大的新闻。广州本地多家报纸报道，以大版面刊载新婚夫妇的照片，又详加当天结婚的各种消息，细到诸如酒席、来宾、新娘的美丽衣裙和各种昂贵首饰、婚礼布置用花等，甚至有撰稿者费尽力气拼凑出了一份婚宴的菜单，无一遗漏，一一刊登，以满足广大市民窥知白成山嫁女的强烈好奇心。

这场婚礼据说耗费高达十万大洋，这还是白家考虑到此前水灾过去不久，不欲过度铺张奢靡的结果。报童背着报纸满街叫卖，多家报社当天报纸早早售罄，连加印也被争购一空。

因为白成山的坚持，仪式是照中式婚礼的流程来办的。聂母未到，位子就由白家族亲里一位年长全福姑姑代替。当晚参加婚礼的贵宾，除了白家亲友、生意伙伴、各国驻广州领事，还有不少特意从上海和京津南下的官员和巨富。

白锦绣一身大红龙凤喜服，头盖盖头，全身上下穿戴着大概有几十斤重的各种赤金首饰。和聂载沉完成婚礼后，夫妇两人先坐车离开酒店被送回了白家。

白成山为女儿的婚礼另外购置了一辆豪华汽车用于代步，今晚驾着婚车的司机就是从前那个不慎摔断腿而丢失工作的倒霉鬼。但今天他不再倒霉，笑得嘴巴都快咧到耳朵根了。白家少爷白镜堂亲自给他包了个大红包，以表对他当日缺席而促成妹妹和妹夫这桩天赐良缘的谢意。

汽车载着新婚夫妇稳稳地停在西关白家的大门前。门前的地上，沿着台阶铺出一条长长的宽阔的红色地毯，红毯一直通到桥头，那株凤凰树上也张灯结彩，挂满一个个贴着双喜的红色小灯笼，处处充满喜庆的味道。

前头的婚车停下后，后头跟着的几辆随车也停下，喜娘和另外一些随从自车里下来，拥上去要接新婚夫妇。

刘广穿着一身崭新的衣裳，带着白家用人站在门口整齐相迎，看见汽车停下，笑着上去打开车门。

白锦绣坐在车里，早扯下了自己的盖头，眼睛看着前头，一声不吭。这会儿车门一开，她撇下众人就要朝里走去。

“哎！小姐！盖头！盖头！”追上来的喜娘急忙提醒。

“闷！”白锦绣把盖头往聂载沉的手里一扔。

“闷也要盖！进洞房吉利！宽宽的新被四角乍，上头绣着和合花，两位新人龙戏水，来年生个胖娃娃。”

喜娘把涂得跟抹了血似的嘴巴凑到她的耳边，低声念着好话哄她。

白锦绣本已提起龙凤裙的大红嵌金刺绣裙摆就要走了，顿了一下，终于还是停下了脚步。

喜娘松了口气，忙拿过聂载沉手里握着的盖头，帮白小姐又盖了回去，这才左右扶着，送了进去。

聂载沉跟上去，上楼直接到了新房。

白镜堂还是按照原先的设想，把楼上位于东侧尽头相对独立的两间大屋打通了，重新布置一遍。虽然时间紧张，但出得起钱，自然什么都没耽误。

进了新房，白锦绣坐在那张宽大的奢华大床上。等聂载沉照着喜娘的吩咐取了她的盖头，撒过花生、枣子，她起身坐到梳妆台前，卸掉压得她脖子都快断了的凤冠，去了金首饰，卸了妆，把人全都打发走，关上门，就去浴室洗澡了。

她洗完澡，身子被一件遮掩得严严实实的丝绸睡衣裹住，打开门从浴室里出来，经过聂载沉的身边，自顾自爬上床睡了下去。

聂载沉进了浴室，看见盥洗台上随手丢着几件她的衣物，吹风机上也缠着几根乌黑的长发丝。他帮着收拾了，自己也洗了澡，最后走了出来。

他走到床前，望着床上的人，停下了脚步。她背向着他侧卧，腰上松松地搭着被角，一头刚洗过吹干的乌黑长发蓬松地散落在枕上，身子陷进柔软的床垫里，显得人越发娇小。

聂载沉在床前站了一会儿，见她一动不动，似已睡了过去，慢慢伸手正要关灯上床，床上一只白皙的脚从被子下伸了出来，接着，冷冷的声音传来："睡沙发去！"

聂载沉的手停了一停。

他很快关了灯，房间里陷入昏暗。

他转身走到卧室靠墙摆着的一张长沙发前，躺了下去。

酒红色的天鹅绒窗帘拉着，但还是有几缕外面的灯光从缝隙里透进来。

眼睛很快就适应了环境，他躺了片刻，慢慢地转过脸，看着床上那个变得模模糊糊的身影。床上的她仿佛睡着了，只是偶尔无声无息地翻个身。

夜渐渐深了，到了晚上十一点多，聂载沉听到楼下传来一阵动静，开门声里夹杂着被刻意压低的说话声，应该是白成山或者白镜堂夫妇送完客陆续归家了。这动静只持续了片刻，耳畔便又恢复了宁静。

夜真的深了。

聂载沉最后看了一眼床上的人，以臂当枕，闭上了眼睛。没过片刻，他听到床上发出一阵动静，借着模糊的夜色，他看见她轻轻爬了起来，在抽屉里摸出什么东西，然后爬下床，光着脚去了外面的起居间。

聂载沉等了一会儿，不见她回来，于是从沙发上起来，走了出去，看见她靠在窗前，夜色之中，有一点红光在明灭闪烁。

聂载沉看了片刻，来到她的身后，低声道："绣绣，去睡觉吧。"

她仿佛没有听到，依然那样立着。窗户开着，夜风从窗外涌入，拂动着她披散下来的长发。

他继续等了一会儿，忍不住伸手去拿她的烟。她终于慢慢转过脸，盯着他看了一会儿，将还燃着的烟头压在了他伸过来的手背上，来回重重碾了几下。

他忍着手背上传来的一点灼烧痛感，任她灭了烟，丢在窗台上，然后撇下他回往卧室。

聂载沉在原地停了片刻，跟着进了卧室，看见她已经回到床上躺了下去，他也躺回到沙发上。

过了许久，在他以为她已经睡着的时候，忽然飘来一缕细细的抽泣声。

虽然声音非常轻，抽泣的人仿佛也在极力压抑着，不肯让他听到，但是他还是察觉到了。

聂载沉心微微一抽，一下就从沙发上翻身而起，快步走到床前，伸手要开灯，却听到床上传来一声带着浓重鼻音的命令："不许开灯！"

聂载沉这回没有犹豫，还是开了床头灯。

柔和的昏黄的灯光洒满了卧室。她朝外躺着，见灯突然开了，立刻抬臂挡住脸，人往后缩，又翻了个身，改成背向着他。

"关灯！关灯！我叫你关——"

她口中含含糊糊地发着命令，那声音又被接踵而来的自己也没法控制的一声抽泣吞没。接着她就趴在枕上，把自己的脸深深地埋进丝绸枕面里，只剩下两只肩膀还在微微颤抖。

她的身子缩在大床里侧，离他有些距离，聂载沉只能一脚跨上床，单膝跪在她的身边，俯身朝她靠过去，伸手轻轻地握住了她的肩。

"绣绣……"他叫她。

"不要碰我！你去睡你的沙发好了！"

她像一条鱼似的挣扎着，拒绝他碰自己，更不肯让他瞧见自己的脸。但他不放手，终于将她整个人从床上抱了起来，令她朝着自己，露出了她的脸。

那张漂亮的脸上泪痕斑斑，胡乱粘着几缕发丝，眼红红的，枕上还印着一大块潮湿的痕迹，想必刚才已经无声地偷偷哭了好久。

聂载沉的心痛了，一手抱着她，一手笨拙地为她擦着泪，低低地哄她：“绣绣你别哭，别哭了……”

白锦绣再也忍不住了，像只受伤的小兽，呜的一声扑到他的怀里，眼泪流得更凶了。

“你这个坏人！你怎么对我这么坏！我真的要伤心死了！”

她的手紧紧地攥着他的衣袖，两只脚丫胡乱踢他。

“前些天你为什么都不来找我？你是不是真的不想负责任了？我只让你一个人亲过，你却还怀疑我……”

不管他怎么哄，怎么向她道歉，她始终不听，一直哭，好不容易没了声音，眼泪却还在流，直到他将她搂在怀里，躺了下去，说：“绣绣，我没有怀疑你。我也喜欢你，我真的喜欢你……”

她终于慢慢地止了哭，却还紧紧地闭着哭得红肿的眼，叹了口气。

“我不信……你不会喜欢我的……你是那么狠心的人……你说不理，就不理我了……”

身下的床垫很软，两人额贴着额，彼此的体温和呼吸也慢慢混在了一起。聂载沉在她的气息里仿佛闻到了花朵的香甜味道。

“绣绣，我不会不理你的……”

他含含糊糊地应着她，仿佛一只寻蜜的蜂，情不自禁地朝她的脸再贴过去一些，最后，轻轻地吻住了她的唇。

白锦绣被他紧紧地抱着，感受着他的抚慰。在他那温柔如水的安抚之下，她渐渐地忘记了自己心中那郁积了许久的委屈、伤心和害怕。

她真的害怕。就在今天的婚礼之前，她还在害怕着，怕他会像那天站在她的房间门外那样，回头走了，一走，就再也不回来找她了。

她恨得想要拿小刀子扎他，恨得想真的从此再也不要他了。可是到了最后，她还是屈服了。

她真的舍不得不要他，她做不到。

直到这一刻，她那颗晃晃悠悠在半空飘浮许久的心，才犹如终于找到了一个落脚之处。

她不再流泪，弯着唇角，依偎在他的胸膛上。

聂载沉轻声问她：“你还生气吗？”

白锦绣想摇头，却“嗯”了一声：“气呢！”

他顿了一下：“绣绣……”

白锦绣倏然睁开眼睛："你叫我一声姐姐，叫了我就不气你了。"

他一愣，看着她亮晶晶的眼眸。

她缩回抱着他的腰的手，用指尖戳了戳他："快叫啊！"她催促着，在他怀里扭了扭身子。

聂载沉定了定神，为难地小声说："可是绣绣，明明你比我小……"

"我月份比你大！就是比你大！快叫！"

他闭上嘴，不肯叫。

"好啊，你不听我的！我又生气了！"

白锦绣伸手去挠他的痒。聂载沉忍不住发出一声低低的笑，急忙松开她，往后躲去，又伸手去挡她攻击自己的手。

白锦绣看见了自己刚才留在他手背上的那个被烟头烫过的伤痕，心里一下懊悔无比，不再和他玩笑，握住他的那只手，凑上去小心地亲了一下。

"痛吗？"

他起先摇头，摇了一下，又点头。

"有点痛。"他说。

"我真的太坏了。你会不会讨厌我？"

这次他飞快地摇头："不会。"

"我这么对你，你为什么不躲？你是木头吗？！"她又恼了，这回是真的恼——就只会叫她去睡觉，别的一句都没有！

"你不是一直在生我的气吗？"他轻声地说，"不过绣绣……你要是不抽烟了，那就更好了。"说完，带了点小心，看着她。

白锦绣跪坐在他身旁，咬着唇，一声不吭，过了一会儿，她忽然点头道："好，我听你的，以后就算心情不好，我也不抽了。我说到做到！我这就去扔掉。"

她坐了起来，手脚并用地从他身上爬了过去，伸出手，要去打开床头柜的抽屉。

聂载沉的喉结微微动了一下："绣绣，不用现在，明天也行——"他伸出手，轻轻地握住她的手腕，声音有点异样。

“那我去楼下给你找个药膏，帮你擦擦药。”

她没回头，整个人从他身上爬了过去，下了床。

聂载沉忽然伸手抓住她，一把就将她拉了回来。

白锦绣往后仰，一下跌到他的身上，脚上刚套进去的一只拖鞋都飞了出去。

“啊！你干什么——”她没防备，被他吓了一跳，仰头对上他的眼眸，抱怨了一声。

“绣绣，我已经不痛了……”他将她压住，凝视着她，低声道。

白锦绣一愣，忽然仿佛明白了什么似的，脸一下又红了，闭上眼睛，胡乱“唔唔”了两声：“不行……”

深夜两点，聂载沉迟迟未睡。他的心跳慢慢平复下去。她在他的怀中沉沉睡去，这一刻四周是如此宁静。

他低头看着睡在身边的她，伸手轻轻帮她拭去刚才呜呜哭时眼角还挂着的一点残泪，关了灯。

房间里再次陷入黑暗。

发生了那么多的事，最近他一直没睡好觉，此刻他的身体也感到了一些倦意。他在夜色中闭上眼，却一直睡不着。忽然，他听到楼下的客厅里，传来一阵电话铃声。

这里离楼下客厅有些距离，但因为是深夜，四周没有半点别的声音，铃声依稀可闻。

过了一会儿，他又听到了敲门声。

“聂姑爷！找你的电话！”

白锦绣从睡梦中被异响惊醒，眼睛还闭着，下意识地伸手就去摸身边的人。

聂载沉轻轻拍了拍她的背，让她继续睡，自己开了灯，迅速套上衣服来到外间，打开了门。

“谁打来的？”

“说是一个你的手下，有急事！”接电话的白家用人应道。

聂载沉目光微微一沉，立刻下楼，拿起了电话。

打电话的是他标下的营官申明龙。

“聂标统，出事了！刚刚这边传来消息，说今晚有新党组织队伍要连夜偷袭攻打广州！高大人和将军他们都在城里，怕是喝醉了酒，联系不上。我见事情大，怕万一出事，只好打扰大人了，还望大人见谅！”

聂载沉立刻说无事，又问：“你们其余人呢？方大春陈立他们呢？”

“都知道了！现在就是不知道该怎么行事，上头的人都不在，就等大人了！”

“你们盯着一标的动作，我立刻过去！”

聂载沉放下电话，回到楼上新房里，穿起衣服。

“什么事啊？你不累吗？这才几点……你不睡觉要去哪里？”白锦绣坐了起来，揉着眼睛，迷迷糊糊地问他。

“城外出了点事，据说新党今晚要攻打广州，我过去看一下。”

白锦绣的睡意顿时飞了，吃惊地睁大眼睛，从床上爬了下去。

“真的吗？真的要打过来了吗？怎么办？怎么办？”

她有点慌。她不像舅舅舅母那样痛恨新党，也知道新旧交替，只是个时间问题而已。可是今晚是她和聂载沉大婚的好日子，她没想到那些新党的人竟然选在这个时间来打广州。

“别怕，有我在。”聂载沉已经穿好衣服，安慰她。

白锦绣跑过去，像条八爪鱼似的从后面死死地抱住他。

“你一定要小心！”

“你放心，我会的。”聂载沉转身，也抱了抱她，“我要立刻去看一下。为防万一，你去叫醒岳父，跟他也说一下，让他安排人守着家，要是还有人手，再立刻派一些去保护今晚来参加婚宴的贵宾。”他顿了一顿，说道。

大约是怕吓到她，他说话的语气十分温和，但白锦绣立刻听出了他话里的意味。

新党的人以前也打过广州，但没成功。现在选今晚这个时机再次来打，虽然对她而言是个很坏的消息，但不得不说，对他们，这是个极好的机会。

之前他们没有半点动静，舅舅等人毫无防备，今晚喝得大醉，城里还有许多重要的贵宾，如果广州就这样被一举攻下，他们手中的筹码，实在很重。

她立刻松开刚才还紧紧抱着他不放的胳膊："好！我这就去！"

聂载沉点了点头，拿了汽车钥匙，看了她一眼，转身要走。白锦绣忍不住又跑了过去，抱住他亲了一下他的下巴。

"你要当心。"她再次叮嘱。

聂载沉将她整个人从地上抱起来，重重地亲了她一下，然后走到床前，将她放了下去。

"记住我的话。我走了。"

他捋了捋她的头发，转身快步离开。

他一走，白锦绣就穿好衣服，匆匆跑到父亲的卧室，叫醒了人，把事情说了一遍。

白成山吃了一惊，立刻叫人赶去将军府通知康成。

康成固执，痛恨一切新的事物，除了必要的电报机，电话他也不装一个，到现在，将军府里还没有一部电话。派人出去后，白成山又叫醒了沉睡中的白镜堂，父子二人照着聂载沉的吩咐，立刻安排保护贵宾。

张琬琰披散着头发也跑了出来，脸色发白，十分紧张，听到白锦绣说聂载沉已经赶去了，这才稍稍放下了心，双手拜了拜天，拜完，又恨新党的人挑今晚搞事，接连骂了几声，见小姑神色不安，连忙抱住安慰起来："你别怕，广州城之前那些人就打过，没那么好打的。妹夫也会平安的。"

聂载沉开着那辆还贴着大红洒金双喜的汽车疾驰出了城，朝着西营赶去，隐隐听到城东的方向传来几声火炮声，但炮声稀落，响了几下，又停住，隔一会儿，再传来几下。

他将汽车油门踩到最底，十来分钟就赶到了西营，远远看见大门外火光点点，聚集了一些人。

他将汽车开到近前，停了下来，推开车门下去。等在门口的陈立见他这么快就到了，急忙跑了过来。

“聂大人！幸好咱们兄弟听了你的话，今晚都没喝醉。果然出事了！”

“一标有什么动静？”聂载沉打断了他的话，问道。

陈立立刻道：“蒋群现在在动员官兵，说情况危急，现在上头又联系不上，怕广州城有失，要临时紧急调遣军队过去保护广州！”

聂载沉停下脚步，沉吟不语。

陈立听到城东又隐隐传来几声火炮的声音，急得不行：“聂大人！你赶快做决定啊！新党这回卷土重来，一定做好了周全的准备，万一广州被突袭成功，那就是大事了！”

聂载沉的视线从城东那片漆黑的夜空收回来，说：“不是新党，有人假借新党之名，虚张声势，想趁今晚这个机会图谋而已。立刻调集人手，控制住二标的人马，不放一枪一炮出去！”

第4章

聂载沉快步往里走去，快走近大门时，他的脚步忽地一顿。

大门两旁的昏暗角落里，突然拥出来几十名手持长枪的士兵，领头的是一标蒋群手下的一个哨官，喊了一声“开枪”，自己率先朝着聂载沉射了一枪。

“趴下！”

聂载沉刚才就察觉到门后的异样，冲着陈立等人喝了一声，猛地跃扑在地，迅速拔出随身的一把手枪，扣下扳机。

“砰”的一声，子弹从那个哨官的脑门中央穿射而过，哨官连叫声都没来得及发出，手中长枪落地，后仰栽倒在地，身体扭了几下，就停止了挣扎，只剩额头的那个血洞不停地往外汩汩冒着污血。

这几十个士兵奉命预先埋伏在这里，就是专门用来对付聂载沉的。此刻他们见哨官开枪就死，情状可怖，全都愣住了，一时不敢再动。

陈立回过神来，破口大骂，爬起来抄起家伙叫自己的人跟上，下令朝对面开枪反击。聂载沉拦住他，朝着对面的士兵说道：“平常都是抬头不见低头见的，让开，往后还是同营兄弟，否则，别怪我不讲情面！”

这几十个一标的士兵平时虽然跟着蒋群混，但心底对聂载沉还是存了几分敬畏，今晚接到任务，得知要在门口埋伏击杀他，原本就有些忐忑，现在见头目一枪倒地，聂载沉又这样说话，一时你看看我，我看看你，没人敢再轻举妄动，慢慢地放下了枪。

聂载沉上去，经过一个士兵的近旁，拍了拍他的肩，走进西营大门。

西营后头巨大的校场里，此刻站满了被紧急集合过来的新军士兵。除了一标的官兵，还有闻讯而出的骑兵营、炮兵营，黑压压到处都是人，火把熊熊燃烧，把校场四周照得亮如白昼。

蒋群站在一个高台上，旁边是一标标统张志高，下面围着一圈亲信。他把脑后那根还没剪掉的辫子盘在头顶，挥舞着拳头大声喊话：

“弟兄们，新党就要打进广州了！都给我抄起家伙，走，这就进城！听张标统的命令行事，保护将军大人！保护广州！事成之后，大家都是功臣，个个有赏！”

下面的人议论纷纷。

“张标统，蒋大人！没有上命，就这样贸然进城，是不是有些不妥？”下面一个属方大春管的一标哨官喊道。

“张标统的命令，你们也敢质疑？”蒋群喝道，转头看向张志高。

张志高上前说道：“今晚白家喜宴，将军和高大人他们全都喝醉了酒，怎么下命令？新党就是趁着这个机会才突袭广州的！都听到城东那边的炮声了吧？情况紧急，顾参谋已经去借防营兄弟支援了！”

“听到了吗？都听从指挥！立功的机会来了！再磨磨蹭蹭，功劳就被防营的人给抢走了！要分功的，不论哪个营，一视同仁，都跟我来！”

蒋群大喊着，周围的亲信也跟着喊，带领着人要冲出去。

人人都知，蒋群是顾景鸿的亲信，听他说总督府公子也参与了，又有张志高下令，一标的官兵很快跟从，不但如此，骑兵营、炮兵营的人也被煽动，纷纷朝外而去，校场上一时人潮涌动。

就在这时，校场口的方向传来两道尖锐的枪声，一下镇住众人。官兵循声望去，看见那边过来了一群人。

“聂标统！”

火光中，众人认出那个过来的人竟是今晚洞房花烛的聂载沉，无不惊诧，纷纷停住脚步。

蒋群看见聂载沉来了，脸色一变。

今晚是顾景鸿谋划已久的行动。他利用白成山嫁女全城防备松懈的机会，派从前暗中联系的一群土匪和听从他指挥的旧军，冒充新党在城东佯装攻城，这边由张志高和蒋群带人一道奔去，东西两路会合，拿下将军府，占领广州。

现在朝廷对各省的掌控已极是无力，至于南疆广州，更是鞭长莫及。之前靠康成苦苦维持才几次抵御住乱攻，只要这个计划成功，除掉康成这块绊脚石，广州便会落入顾景鸿手中，日后是和新党联络，扩大自己的影响力，继而掌握新的权力还是另外图谋，看情况而定就行。

无论情势怎么变化，谁能把广州和包括白家在内的这一群重要人质牢牢握在手中，谁就能在日后的乱局中掌控主动权。

这个计划最大的顾虑，是在新军中素有威望的聂载沉。为防变数，他这才在外面安排人等着。他不来最好，人在城里，一个光杆司令，再厉害也没用；万一来了，只要露面，乱枪打死。

只要他死了，拿下广州后，再把高春发控制住，剩下的那些平时亲近他的新军官兵也就如同群龙无首，不足为惧。

计划安排得可谓天衣无缝，可蒋群万万没想到，聂载沉突然这样出现在了这个地方。

“打死他！打死这个姓聂的，重重有赏——”

他回过神来，大喊一声，拔枪就朝聂载沉射击，但还没来得及开枪，方大春早已瞄准了他。

“砰”！蒋群胸口中弹，大叫一声，从高台上一头栽了下去。

高台附近起了一阵骚乱。

“都听着！东城炮声有诈，是有人蓄谋趁机作乱，不是新党攻城！聂标统带着将军命令到来！今晚没有允许，谁敢出这西营一步，概以谋逆之罪论处，就地正法！这个姓蒋的就是第一个！”

方大春大吼。陈立等人迅速带人上前，缴了蒋群那帮亲信的枪，接着爬上台子，三两下就制伏了惊呆的张志高。与此同时，混成协的官兵也从校场的入口大量拥入，迅速将校场包围起来。

众人被这突然的变故镇住，上万人的校场里，鸦雀无声，看着聂载沉快步登上高台。

聂载沉朝张志高笑了笑，说道：“张标统，不好意思，有劳你了。东边的炮火是怎么回事？你再给下头的弟兄们说一下。”

“快说！”陈立将枪口顶住他的后腰，厉声喝道。

张志高知道今晚的行动事关重大，他心里也不是很有底，但顾景鸿坚持要实施计划，他看计划安排得十分周详，今晚也确实是个大好的机会，想来应该没什么大问题，就决定跟从。现在聂载沉赶到，蒋群又当着自己的面被当场打死，看来他是知道隐情，彻底翻脸了，现在自己腰后顶着一把枪，也不敢违抗命令，只好道：“弟兄们，刚才说得没错！东城那边其实是顾景鸿带着人干的，目的是占领广州！我也是被逼无奈！现在聂标统到了，大家都听从聂标统的指挥！”

官兵哗然，校场里掀起一阵嘈杂。

方大春朝天又开了一枪，四周再次安静下来，无数双眼睛投向聂载沉。

聂载沉说：“这回我娶妻，蒙同营诸多兄弟看得起，不管有无交情，全都凑了份子送来贺礼，聂某感激在心。今晚是我洞房夜，有人挑在这时候生事，是和我聂某过不去！聂某希望诸位弟兄给我个薄面，听从安排，予以配合，这才是送给聂某的最重的贺礼。等事情解决，聂某再请大家痛饮，以表谢意！”

先是击毙蒋群，当场见血，再有方大春和陈立等人的严厉措辞，加上后来出现的持枪混成协士兵，新军官兵都是见过世面的，这意味着什么，心知肚明。

气氛原本极其凝重，听完他这番话，官兵们不禁松了口气，校场里发出一阵笑声。

当兵的吃的是刀头舔血的饭，慕强本是天性。新军官兵本就对聂载沉很是佩服，尤其之前那场去发风波过后，他的威望迅速压过了总督府公子顾景鸿。即便是在顾景鸿影响力颇强的一标里，也有许多官兵暗中对他很是佩服，真正忠于顾景鸿的人为数并不是很多。现在见他这么说话，士兵们纷纷举枪：“聂大人放心！我们听你的！请聂大人下令！”

聂载沉朝四面抱拳作揖，表过谢意，道：“那我就僭越，暂时承担号令之责。”

“一标、二标，原地待命，作后援之用。骑兵营和混成协的官兵，立刻随我进城！”

“是！谨遵聂大人之命！”官兵纷纷高声应答。

聂载沉从台上下来，吩咐方大春和陈立留在这里，防止再次生变，让申明龙和宋全跟着自己先率骑兵营入城，其余两名营官带着士兵以最快的速度跟上。安排完后，众人各自行动。

他带着骑兵营很快就从西门入了广州城，一进城，第一件事就是拨出两队人马，一队去西关保护白家，另一队去守着贵宾下榻的饭店，自己随后往将军府赶去。

这时，防营都统吴国良奉命带着假扮新党的士兵和一支几百人的匪兵从东门顺利入城，等了一会儿，看时间差不多了，却不见约好的蒋群带队到来，心里暗骂的同时又怕错过良机，不能夺得大功。他知道今夜广州几乎没有什么像样的防范可言，这样千载难逢的机会，他不再犹豫，立刻朝着将军府出发，很快赶到后，下令将前后门围了起来。

他虽然被顾景鸿说动，贪图事成后的好处，答应跟着干一场大事，但他对炮轰将军府，干掉康成这件事，心里还是有点打鼓。他不想自己动手，包围地方后，带着人站在后头，让那几百个匪兵先打头阵。

这些匪兵全是土匪出身，杀人不眨眼，自然没什么顾忌。领头的名叫祝春林，架起大炮就下令发射。

白家来的人刚才已经赶到，康成醉得死死的，将军夫人好不容易把他弄醒。听到消息后，康成暴跳如雷，不顾夫人阻拦，叫人牵马，正要亲自赶往西营，突然听到大门的方向传来炮声，接着，一枚火球从天而落，落到堂前，轰然爆炸，瞬间炸塌了半片屋顶，一个站在近旁的用人当场就被炸死了。

将军夫人被丁婉玉扶着，正拦着康成，惊恐万分，尖叫了一声。

康成大吃一惊。

“将军，不好了！前门被新党的人围住，出不去了！”

一发过后，炮弹如雨，不停地从墙外飞进来，将军府里树木断裂，瓦砾横飞，又燃起了火。用人从睡梦中惊醒，惊恐逃窜，乱成一团。

康成知道新党和自己结怨已久，看这架势，对方今晚是要自己的命了。他当机立断，命令府里一队亲兵护送夫人和丁婉玉从后门逃出去，先逃往西关白家暂时避难，没想到才打开后门，迎面就是一阵机枪扫射。前头几名亲兵还没来得及开枪还击，就被打死在了门口。

“关门！关门！”康成厉声大吼。

“出不去了！你快拿主意啊——”将军夫人攥着丈夫的衣袖，声嘶大叫。

康成知道府邸已被包围，门很快会被破开，他咬牙切齿，又心乱如麻。

看这样子，西营的新军一时怕是赶不过来了。他心知自己今晚是不可能有好结果了，很快就做了决定，命剩下的人护着夫人和丁婉玉藏到地窖去，听天由命，又叫人取来自己的衣帽，撇下哭得快要晕过去的夫人，掉头就往书房走去。

大炮轰了一番，吴国良下令暂停。匪兵打破大门冲了进去，见人就杀，一路杀到了康成的书房。

书房里亮着光，祝春林一脚踹开门，看见康成头戴花翎，身穿朝服，挂着朝珠，端坐在一张椅子里，一脸凛然。祝春林不禁一愣，怕有埋伏，不敢贸然进去，看了一圈，感觉没什么异样，这才跨进书房，冲着康成笑嘻嘻地躬了个身，假意道：“将军大人，您这是在做什么？”

康成没见过这个匪兵头子，只当他是新党，遂横眉怒目，恨恨地呸了一声，怒骂道：“你们这些祸国殃民的逆党！今天既然落到你们手里，要杀就杀！我康成堂堂广州将军，岂会容你们羞辱于我？”

他说着，抄起桌上放着的一把枪，朝着对面就要射击。

祝春林赶紧退了出去，神色也变得狰狞，骂道：“死有余辜！你想死，那就成全你！”说着举起手中长枪，瞄准康成。

“砰——”

枪声在耳边炸响。

康成怀着悲壮，闭着眼睛等死，枪声过后，却发现自己没事。他定了定神，睁开眼睛，看见祝春林脑袋开花，倒在书房的门槛上，竟已毙命。

他低头看了眼自己手里的枪，有点不敢相信，正发着呆，忽然听到一阵脚步声，一个军官一步跨了进来，问道：“将军，你还好吧？”

“载沉！”

康成简直以为自己在做梦，大喊一声，猛地从椅子上站了起来，心知定是他带着人及时赶到，心头一阵狂喜，大悲大喜之下，人一时撑不住，一下晕了过去。

聂载沉见康成晕倒，除此应该没有大碍，便叫人照看着他，自己转身走了出去。

吴国良和他的手下已被新军包围，被堵在将军府近旁的一条巷子里。吴国良听到将军府里传出一阵密集的枪声，知道刚才那些冲进去的匪兵应该都被打死了，自己现在是进不能，退也没路，正发着慌，忽然看见将军府的大门外亮起一团光，一个年轻的新军军官走出将军府大门，手下和他说了几句什么，指了指自己的这个方向。

那军官停下脚步，转过脸，朝着这边看了过来。

火光熊熊，映出他的面容，一头短发，很是显眼。吴国良认出他是聂载沉，心知今夜是不能善了了。

他带来了一个营的一千人马入城，不算少，都是自己手下的精兵，虽然碍于先天条件不足，战斗力没法和新军比，但全力拼一下的话，说不定还能搏条命。不料聂载沉看了片刻，竟没什么动作，和一旁的一个手下说了几句话，那人就朝着自己这边跑了几步，大声喊话：“对面的听着！蒋群已经死了！聂大人发话，知道你们都是听命于人！不管今晚做过什么，现在缴枪投降，既往不咎！聂大人会保证你们的安全！要是负隅顽抗，全部就地剿杀！刚才冲进将军府的人就是你们的前车之鉴！”

深夜寂静，巷子里的防营官兵听得清清楚楚，不禁心动，低声议论个不停。

“吴大人，聂载沉都带兵来了，蒋群那边肯定真的坏了事，光靠我们打，除了送命，没半点好。聂载沉是个人物，听说还很讲义气，之前他有个兄弟擅自剪了辫，要被康成砍头，他为了救人，自己也去了发。现在他都招降咱们了，咱们不如见好就收。当差不过是为了混口饭吃，跟谁不是跟？索性归顺过去，往后跟着他混，说不定比现在要混得好……”

吴国良的一个干将小声地劝。剩下的人纷纷点头。

“是啊，是啊，吴大人三思，千万不能冲动啊……”

吴国良早就没了抵抗的心，刚才只是开不了口，现在手下都在劝，就顺势说：“我是为了你们考虑，也只能这样了。”

防营官兵一听，急忙将手里的枪举过头顶，一边大声喊着“不要开枪”，一边争着从藏身的地方出来，照着新军士兵的命令把枪丢在地上，排队蹲在墙角。

吴国良知大势已去，想着既然投了，也要有个投名状，便忍住羞臊，走到聂载沉的面前说道：“聂大人肯放过我们兄弟，大家都很感激。实不相瞒，今晚的行动，不止我这一支队伍，顾景鸿还亲自带了一支人马在东城外埋伏着，用作支援。”

混成协的官兵已经赶到了。聂载沉知道城内应当没大碍了，便留了部分人马在城中维护治安，自己带着剩余人马迅速赶去城东察看情况，以免顾景鸿再生事端。

他赶到东城郊外，天已微亮，搜索一番，并不见顾景鸿和他那支人马的踪影，最后抓到一个逃兵，审问一番后，逃兵说顾景鸿获悉变故，知道计划失败，天没亮就带着兵撤退了，不知去向，他不想跟从，就偷偷溜了出来。

聂载沉迅速赶到防营的驻地，那里已是空空荡荡，军械库里的枪械和弹药已被搬空。派去总督府的人回来说，总督大人闭门不见，府邸由亲兵和巡防营的一些人马守卫着，详细情况，不得而知。

天已经大亮，聂载沉知道顾景鸿不可能回总督府了，就派人守卫好广州四方城门，自己匆匆进城，心里记挂着人，正要先回西关白家看一下情况，却被告知白成山已经去了将军府，便也改道过去了。

昨晚下半夜，城里城外突然炮声隆隆，枪声响得更是跟炒豆子似的，也不知道是谁在打谁。那些住在将军府附近的民众个个吓得躲在屋里不敢露头，后来听声音消了下去，看着似乎没事了，这才钻出来到街上打听消息。将军府附近已戒严，街道进不去，人们就聚在外头，有的说是新党，有的说是土匪，莫衷一是。忽然远远看见一个年轻的新军军官骑马而来，后头跟着一队扛枪士兵，大家顿时停了议论，盯着看个不停。等年轻军官走了过去，有人喊了起来："他就是昨晚的新郎官，白家女婿！那个聂姑爷！听说昨晚就是他平了乱子！"

"真是一表人才啊！"

"怪不得白老爷招他做女婿！"

街上顿时爆发出一阵热烈的呼喊声。众人踮脚翘头张望着，队伍过去了老远，还是不肯离去。

将军府附近昨夜的尸体已被清理，但地上到处都是血迹。门口站着一队新军士兵，看见聂载沉下马，朝他敬了个礼，说康成已经苏醒，白老爷父子刚到，就在里头。

聂载沉颔首，跨过那座被大炮轰没了飞檐一角的将军府大门，走了进去。

第5章

康成已经苏醒，身上除了几处被昨晚近旁爆炸带出的碎片擦出的轻伤，没有什么大碍。

白成山父子一早要去贵宾下榻的德隆饭店探望安抚客人，因得知将军府昨夜发生的变故，便先行过来探望康成。在场的还有高春发等几个昨夜醉酒没能第一时间赶到的新军和陆军衙门里的高级官员。

聂载沉进到将军府议事大厅时，人人面色凝重，气氛极其压抑。康成已经知道了昨夜所谓“新党”偷袭的真相，正暴怒着要高春发立刻带人去顾家抓人。

他的所谓抓人，是说抓顾家父子二人。

高春发早就派人去过了，不禁面露为难之色：“回将军，我去的时候，总督府大门紧闭，顾大人没露脸，派了个管事见我，说顾大人完全不知公子昨夜做过什么，也是今早才知道他擅自调兵包围了将军府，极其震怒，也正在四处拿人，抓到了就会主动处置，自己也会请求朝廷责罚……”

康成怒道：“那个老狐狸！我不信他不知道！小的跑了，派人过去，先把老的抓起来！”

“顾大人有防备，府邸四周有不少亲兵把守，似乎还有火炮，强行抓人，我怕起冲突，炮火殃及附近建筑……”

总督府周围民房密布，距离使馆也不远。康成被提醒，又想到对方的官职级别并不受自己钳制，强行忍住怒气，从椅子上猛地站起来，说：“我这就发电报给朝廷，上本参他一个父子同谋的谋逆大罪，请到圣旨，把他革职查问！”说着他高声唤来书记官，正要口授电报，看见聂载沉进来了，正站在大厅口，眼睛一亮，朝他疾步而去。

“载沉，快进来！“他又转向白成山，说，“昨晚要不是载沉及时赶到，我已经被那帮人给谋害了！广州昨晚能平安保住，载沉更是居功至伟，我会向朝廷如实禀明情况，给载沉封官进位！”

白成山看着自己的女婿，没说什么，但脸上露出了微笑。

“岳父，将军，高大人！”

聂载沉走了进来，和在场的几个比自己官位高的人逐一打招呼。

“载沉，你昨晚辛苦了，坐吧。”白成山示意他坐过去。

聂载沉向自己的岳父道谢。高春发走了过来，拍了拍他的胳膊，问了几句昨晚事发时的情况，道：“载沉，听说你当时就判断东门那边来的不是新党，你是怎么知道的？”

聂载沉道：“广州虽算不上固若金汤，但绝不好打。新党发动一次起义没那么容易，人马和武器并不好搞，有之前贸然行动失败的教训，他们这回理应更加谨慎。昨晚东门那边的防守，实话说，几乎没有，几十把枪而已，要拿下易如反掌。他们既然深夜偷袭，讲的就是攻其不备，这样三番两次开炮，唯恐旁人不知似的，自然有问题了。”

高春发点头：“确实！幸好载沉你及时识破顾景鸿的阴谋，当机立断，否则情况不堪设想！”

“聂标统实在是高啊！佩服，佩服！白老爷也是慧眼识人，招了一个乘龙快婿啊！”

几个陆军衙门的官员奉承完聂载沉，接着拍白成山的马屁。

白成山微笑着谦虚了两句，看着女婿的眼神里却透出了一点小小的得意，转头对康成道："载沉也忙了一夜，应当累了，你这里没事了的话，不如叫他先回家休息吧。我也要和镜堂去德隆饭店看一下客人。"

"好，好……"康成正要点头，外头一个管事跑了进来，通知了一个消息，说各国领事一道派了个代表来，说他们听说了昨晚的情况，对广州的安危深表忧虑，要康成立刻给出一个应对法子，以安抚侨民。

康成平日本就厌恶他们，这会儿怒火攻心，哪有心思去应对，又知道他们不好对付，昨晚的事闹得确实大，便忍住头疼对聂载沉道："载沉，要不劳烦你帮我再走一趟？昨晚的事你最清楚了，至于怎么应对，你随便说两句，帮我应付应付，完事了你再回去休息？"

昨晚是亲外甥女的洞房花烛夜，却弄出这样的事端，把新郎官都拉去打仗了，现在却还不放人，康成心里有些歉疚，说完转向白成山："绣绣那里，等我空下来了，我再赔个礼，叫她千万不要怪舅舅。"

白成山自然说无妨，心里也记挂着客人的情况，说了两句就和白镜堂起身离开了。

聂载沉也出来准备去使馆，送白成山上马车的时候，他问道："绣绣昨晚没受惊吓吧？"

白成山道："昨夜确实有一伙可疑人马在家附近出现过，不过你派的人后来很快就到了，大家平安无事。她这会儿在家，没事。"

聂载沉点头，扶着白成山上了马车，和白镜堂道了声别，说自己忙完事就回去。

他目送马车离开，转身去往位于沙面的租界。到了使馆，几国领事聚在一起，正在讨论着昨晚的事。除了领事，还有十来个商人，其中就有那个之前在古城和白成山做过生意的外国商人约翰逊。一看到聂载沉进来，他的眼睛就亮了。

"哈喽，我的朋友！我们又见面了！"

约翰逊上来就给了聂载沉一个大大的拥抱，亲热得仿佛两人是失散多年的兄弟。他松开聂载沉，对领事说：“他就是我之前对你们提过的那位姓聂的大人！”

许多双眼睛看了过来。

其实昨晚的婚礼上，聂载沉已经见过这几个人了，就朝对方点了点头。

一个领事脸上带着笑，走过来和他握手，说：“我知道，你就是昨晚娶了白家小姐的聂载沉，聂大人。你很厉害！我们都知道了！昨晚多亏了你！顾景鸿我也认识的，没想到他竟做出这样的事，破坏了广州的安定局面，这很不对！我们很不高兴！早上我们也派人去总督府提出严正抗议，但顾大人没有回应，我们很失望。我们希望你以后能继续保护广州！”

聂载沉简单说了下昨晚的经过和早上康成的决定，应付完他们便告辞离开。几个领事让他转达他们对白成山的问候。聂载沉出来，约翰逊一直送他出了使馆大门，低声道：“聂大人，往后你要是需要购买什么东西，记得找我，东西最好，价格绝对公道！”

聂载沉看了他一眼，和他握手告别，取了自己的马，正要离开，忽然听到身后传来一道声音：“聂载沉？”

聂载沉转头看见一个留着双撇胡、年纪和白成山差不多的老人站在使馆附近的一辆马车旁，手里拄着拐杖，正看着自己。一旁是几个配枪的军装侍卫。

这个老者虽然身着长袍马褂，但一看身上就带着军人的特质。

他的名字人尽皆知，是朝廷现在头几号的实权大臣，身任要职，姓马，昨晚也来参加过婚宴，聂载沉见过他一面。

其实刚才来的时候，他就瞥见这辆马车停在这里，因为没看见这个老者，加上行色匆匆，当时也没多留意。现在他才发觉，对方停在这里仿佛有一会儿了，似是在特意等自己。聂载沉略一迟疑，快步走了上去，行了个礼：“马大人！”

对方脸上露出笑容，摆了摆手：“听说你从前毕业于军校？我以前做过中央练兵处的军学司司正，可算是你的老师。你叫我老师就行。”

“学生不敢。”聂载沉应道。

马大人笑道：“别客气。昨晚是你的洞房夜，你娶了白老爷的千金，本是人生得意时，没想到出了这种乱子，实在扫兴！昨晚有你派来的人保护，我在饭店睡得很好。白老爷有眼光，白家在北边也有不少生意。怎么样，你有没有兴趣来北方任职？比起广州，那里能为你这样的年轻人提供更多建功立业的大好机会。”

聂载沉知道这个老者城府极深，可能不像表面看起来那么慈祥简单，何况现在北方局势他心知肚明，更是无意掺和进去，便恭敬地道：“多谢老师美意，但学生在这里已久，无意北上。”

马大人盯着他：“年轻人只要有本事，去哪里不能出人头地？我听说康成对你确实很是器重，你昨夜救了他，已经是报答了。现在走的话，正是时机。”

聂载沉说：“学生胸无大志，加上本就是南方人，怕去了北方，水土不服。”

马大人沉吟片刻，笑道：“既然你无意北上，我就不勉强你了。很巧，北边昨天也出了大事，我马上就要动身回去。至于什么事，你很快就会知道。国家眼下最需要的，就是像你这样有所担当的年轻人。日后你若想去，随时找我。只要你来了，我必提携。”

“多谢老师！”

马大人颔首，拍了拍他的肩，转身上车离去。

聂载沉目送马车离开后，翻身上了马。

才一夜而已，他就觉得自己想她了。

他想到昨晚她钻在自己怀里那又温顺又听话的模样，就感到仿佛有一缕轻微的电流从他的后背倏然流遍全身，击穿了天灵和脚底似的。

他忍不住心猿意马，忽然急着想回去，至于马大人说的昨天北方出的大事，千里之外，他一时也管不了那么多，先回去见她要紧。

他匆匆上路，往西关白家而去，走到一半，忽然听到身后传来一阵疾驰的马蹄声。

“聂大人！聂大人！出事了！高大人叫你立刻去陆军衙门！”

聂载沉转头，看见一个士兵骑马追了上来，冲着自己高声喊道。他立刻就想到了马大人刚才提过的那句话。

高春发的人都追上来了，他立刻驱散脑海里的杂念，掉头回去，匆匆来到陆军衙门。

电报室里，高春发的手里拿着报务员刚打出来的一沓电报，在房间里走来走去，神色难看极了。见他进来，高春发把手里的电报递了过来。

“载沉，大事不好了！”

聂载沉接过来，看了一眼。

电报通知，昨天，北边有新军起义成功占领了地方，同时宣布脱离朝廷管制，独立自治。

“你看着吧，用不了多久，别的地方就会群起效之！广东新党活动本就猖獗，我怕也要出事。我们必须立刻采取手段，严加防范！”

昨夜聂载沉走后，白锦绣就没再合过眼，一直在等他，等到了天亮。

这个白天，她还是没能等到她的新郎回家，又等到了天黑，才等到聂载沉让一个人回来传话，告诉她他有事，没法脱身，晚上即便回来，也会很晚，让她不要等自己。

发生了什么事，白锦绣也知道了。

昨天的报纸头条，全是关于她那个盛大婚礼的各种报道，但一夜过去，就变成了另外一个大消息——真正的大事。

北方有地方率先宣布脱离朝廷而自治。街头巷尾，到处都是谈论这件事的人。

从报纸上一看到这个消息，白锦绣就知道这个白天别想再见到他了，但得知他晚上可能还是回不来，她的心里难免失望，更感到担心。

珠宝店的掌柜派了个伙计来，说新到了一批好货。张琬琰约她去看看，她哪里有心情出去，天一黑就收拾了早早回到新房里，也没心思画画，躺在床上，手里捧着一本《草叶集》，枯等到了凌晨三点多，终于熬不住困，昏睡了过去。

聂载沉是在凌晨五点回来的。他推开虚掩的门，经过给他留了灯的外间，走到卧室，看见她躺在床上睡着了，脸上压了一本书，床头灯还亮着。

他轻手轻脚地走到床边，把书从她脸上拿开，合起来放在一旁，低头看了一会儿睡得很熟的她，关了床头灯，转身走到昨夜被她指派去睡的沙发前，和衣躺了下去。

白锦绣醒来的时候，发现床头灯已经灭了，手里拿着的诗集也不见了，房间里光线昏暗，但那是天鹅绒的窗帘遮挡了光线的缘故。已经早上六点多了，天亮了。

白锦绣很快清醒过来，转过头，看见房间的沙发上躺了一个人。

聂载沉回来了！

白锦绣掀开被子下床，赤着脚，轻轻靠到他的旁边，借着从窗帘缝隙里透进来的一缕晨光，端详着她沉睡中的新郎，她好不容易才得到的男人。

他显然是在快天亮的时候才回来的，面容带着疲倦，就这么仰面躺在沙发上，沉沉地睡了过去。

白锦绣想让他躺到床上去睡，那样更舒服些，但她迟疑了下，没叫醒他，只是拿了被子，轻轻地替他盖在身上，然后坐在沙发前的地上，一手托腮，胳膊肘顶在腿上，歪着脑袋看他睡觉的样子。

他真的长得好好看呀。英挺的鼻，有着男性完美线条的下巴。她爱亲吻他的这里，把他撩得脸红心跳，真的能给自己带来莫大的满足和成就感。连他眉宇之间那道因为时常皱眉而留下的再也无法消除的细细褶皱，也是性感得恰到好处。

她越看越是喜欢。要不是怕弄醒他，她好想现在就凑上去亲他。

到底是怎么样的一个婆母才会养出这样的儿子？虽然有点担心她不喜欢自己，但她真的好想他能快点带自己去见见他母亲。

窗外的天光越来越亮。她看了他好久，终于忍下想偷偷亲他的念头，起身蹑手蹑脚地走到窗前，把窗帘拉严实，不让光线干扰他的睡眠，自己到外头穿好衣服洗漱，下楼去了。

这时候父亲通常早就起来了，应当在吃早饭，但这会儿却不见人。大哥送小侄儿去上学了，下头只有嫂子张琬琰在。

她看起来有些惶然，看到白锦绣，开口就问聂载沉昨晚回来有没有和她说什么关于现在形势的话。

白锦绣摇头："他天快亮了才回来，一回来就睡了。"

"这么大一个朝廷，难道真这么快就撑不住了？这也太……"她不停地叹气。

白锦绣没说话，坐了下去，低头吃了几口早饭。这时，管事走了过来，问道：“小姐，老爷问姑爷醒了没？要是醒了，叫他去趟书房。”

张琬琰说：“刚才忘了和你说，你舅舅一大清早就来了，把你爹给吵醒了。好像是咱们广东哪里又出了什么乱子……这都叫什么事啊！”

白锦绣想了下，对管事说：“他刚睡下去没一会儿，我去看看。”

她放下筷子，用帕子拭了拭唇，直接来到父亲的书房外。书房的门虚掩着，舅舅的说话声正从里头传出来，听起来十分焦虑。

“姐夫，北边那事一出，全都乱了套了！我得到消息，这边的乱党也想要趁乱去打惠州！高春发说新军人心涣散，他现在未必能镇得住人，载沉的话倒是更有用。姐夫，你帮我和载沉谈一下，叫他务必约束士兵，收拢人心，全力对付那些作乱的新党！我今天就升他做统制！”

白锦绣轻轻推开一道门缝，看了进去。父亲坐在椅中，眉头紧皱，一言不发。

“姐夫，我给你下跪了——”康成唰地掀起袍角，真就要给白成山跪下了。

“舅舅！”

白锦绣再也忍不住，喊了一声。

康成回头，看见外甥女推开门，快步走了进来，停在自己面前。

“舅舅，你醒醒吧！就算聂载沉帮你守住广州，乃至整个广东，你又能做什么？让朝廷恢复它早已腐烂的体面，让所有人都服服帖帖地继续以当奴才为荣？舅舅，你自己心里明明知道的，大势所趋，你挡不住。”

“绣绣！你怎么说话的？”白成山看了眼脸色灰败的康成，咳了一声，制止女儿。

“舅舅，你有你的坚持，绣绣尊重你的意愿。但聂载沉是我的人，就算他点头，我也不会让他陪着舅舅为这个早该覆灭的腐朽朝廷陪葬！他忙了一夜，回来才刚躺下去，我不想吵醒他。”

白锦绣说完，转身走了出去。

白锦绣回到楼上房间，听到浴室里响着流水的声音。

她走进卧室，沙发上已经没人了，那条被子也被折好，整齐地放回了床上。

他醒了。

白锦绣蹑手蹑脚地走到浴室门口，轻轻推开门，看了进去。

他背对着她赤脚踩在地上，正在洗澡。水流冲在他的背上，飞溅起点点水珠。

白锦绣怕被他捉住了害臊，正想后退，一不小心，手碰了下门把，发出轻微的“咔嗒”一声，他立刻就听到了，转过脸看了过来。

白锦绣吓了一跳，慌忙要溜，但视线掠过搁在门边置物架上的衣物和浴巾，心里忽然又冒出了一个念头，索性一不做二不休，当着他的面就伸手进去，麻溜地把他的衣服和浴巾统统都捞了出来。

她一得手，忍不住就笑了，抱着衣物往后退去。

聂载沉刚才醒来，发现她给自己盖了被子，人不在床上，应该是起身下楼了。

自己在外连着两天没有洗澡换衣，他就先去冲了个澡，没想到门外伸进来一只手，当着他的面把他的衣物拿走了。听到她发出哧哧的笑声，聂载沉有点哭笑不得。

“绣绣，把衣服还我。”他朝外说道。

“不还！聂载沉，你就这么出来好了。我最近想画人体，没有合适的模特，你帮个忙。”她的声音隔着门飘了进来。

聂载沉想都没想，立刻摇头：“不行。别调皮了。把衣服放回去。”

“不放不放，就是不放！你不给我画，有本事就待在里头，不要出来！”

“绣绣，你听话，别调皮了……”他的声音听起来很无奈。

白锦绣才不听话，不停地摇着脑袋：“不听不听，就是不听！我没调皮，我是认真的！你快点出来吧！你要是不给我画，我就去找别人当我的模特。我说到做到！”

浴室里安静下来。白锦绣等了好一会儿，没听到里头再有动静，忍不住又轻手轻脚地回到门边，再次推开一道缝，正眯着眼睛察看，门缝里突然伸出来一只男人的手，攥住她的手腕，将她整个人一把拽了进去。

白锦绣惊叫一声，这才发现他就站在门后等着自己过来，发现被抓，她使劲地甩手，想要甩开他。

“聂载沉你耍赖！没意思！我不玩了！不玩了！”

他的眼底掠过一缕连他自己也没察觉的浅浅笑意，将她轻轻摁在门上，制止了她的挣扎，低头看着她：“把衣服还给我。”

声音低沉又充满磁性，仿佛琴弓擦过大提琴琴弦时发出的华丽又美妙的颤音，轻轻地钻进了她的耳中。

白锦绣终于意识到自己双手正被他捉着，两人靠得是这么近。

她的脸悄悄红了，停止了挣扎，垂下眼皮不去看他，说：“你不让我画，我就是不还你！”

他仿佛也察觉到气氛有点不对，迟疑了下，轻轻地松开了原本攥着她手腕的那只手。

“绣绣，听话……”他低低地哄她。

随着他说话，他的喉结上下滚了一下，上头沾着的几滴水珠顺势滚落。

白锦绣盯着看了一会儿，仿佛受了什么召唤似的，情不自禁地朝他凑了过去，张嘴亲了他的喉结一下。

他仍那样站着，一动不动，但呼吸声粗重起来，变得清晰可闻。

白锦绣忽然心慌起来，决定不玩了，说："你等等啊，我现在就去拿衣服还给你——"

她嘴里胡乱说着话，转身慌慌张张地溜走了。

良久，聂载沉出来，见白锦绣躺在床上休息。他穿好自己的衣服，正系着扣子，床上的被子底下伸出来一只脚，弯了起来，涂着朱红指甲油的脚趾钩住了他裤腰上的皮带。

"不准你走，我要你再陪我一天！"

刚才她嚷着累，现在躺在床上，却不睡觉，这样拦住他，脸红扑扑的，眼睛乌溜溜的，闪烁着星星的光，乌黑的长发凌乱地散在枕上，漂亮得叫他简直无法挪开视线，更不用说她那能要人命的撒娇了。

北方出的那件事，影响极大，好像一座摇摇欲坠的高楼被抽去了最后一根保持平衡的支木，很快就会有一场暴风骤雨席卷全国。他今天还有事，凌晨回来，本意也只是怕她等自己等得生气，看一下她，略作休息而已。

但是现在，对着这样的她，他实在是挪不动脚步。

他躺在她的身边，看着她高高兴兴地蜷在自己怀里，乖得像只吃饱喝足的猫咪。

耳畔静悄悄的，白天的光线被窗帘挡在外面，卧室里半明半暗，像午后摊开了一本诗集，旁边是一杯散发着淡淡热气的咖啡，慵懒而静谧，令人身心愉悦。

白锦绣舒展开自己的双腿，环着他的胳膊，闭目片刻，忽然想起刚才被他拒绝的那件事，睁开眼睛，指尖戳了一下他。

"聂载沉，我之前被你看过的那幅自画像，你当时说要忘掉的。后来忘了没？"

他不说话。

"你说话呀！"她催他。

他怎么可能忘得掉？后来的那段时间，他只是尽量不去想而已。

他避而不答，闭着眼睛："你刚才不是喊累吗？睡觉。"

她说："我不累了。你没忘掉是不是？"

他睁开眼，看着她的脸。

"聂载沉，你想，我刚认识你没几天，你就看了我的画像，你还食言，你要赔我的！你就答应我吧！让我画你好不好？我真的好想画。很简单的，不用你做什么，你只要一动不动保持我想要的姿势就行了。"

为了游说这个顽固又矜持的男人配合自己，为艺术"献身"，她一下来了劲，坐了起来。

"你知道在西方的艺术体系里，为什么要画人体、雕塑人体吗？"不待他回答，她又接着说，"按照西方的美学观念，神是按照他的样子创造了人类，人体自然就是世间万物里最完美的形体。这不仅是一种美学观，也是人类对自我的欣赏和赞美。你要是不懂，你就这么理解，人体的皮肤表层下，有脂肪层，还有肌肉和骨骼结构，男人，女人，每个人都不一样，想准确地分解并表达出线条和色泽，不是一件容易的事。大师也只有在达到了很高的水平时，才能画出人体的杰作，更不用说在画作中表达自己的想法了。对于每一个画油画的人来说，这是对自己的挑战。"

他凝视着她说话时神采奕奕的模样，一言不发。

她解释完，向他投去满含期待的目光："聂载沉，你给我画好不好？"

枉费她一番耐心解释，都是对牛弹琴，他居然还是迟疑，不愿爽快点头。

"你答不答应？答不答应？你再不答应，我真的不理你了！"

白锦绣像一只小老虎扑了上去，两只胳膊搂着他又亲又咬。知道他怕痒，就不许他躲，挠他的痒。

他发出一阵笑声，低声恳求着她："绣绣，绣绣，你别这样，别这样好吗……"

外间传来轻轻的叩门声，管事那带着小心翼翼的声音也跟着飘了进来："小姐！聂姑爷醒了吗？又有电话找他，说是急事……"

白锦绣一下停住，噘起嘴，懊恼地看着他："我不许你去接！"

聂载沉朝她歉然一笑，抱着她放回床上，自己坐了起来，翻身下床，很快整理好刚才被她弄乱的衣裳，回头看了一眼她，想了下，又回来，附耳低声说："等我有空了，我就让你画，好不好？"

白锦绣这才高兴起来，抱着他亲了一口。

他笑了，让她再休息一下，自己出去接电话。

他一出去，白锦绣也就起来了，很快穿好衣服下楼去。

舅舅早已经走了。白锦绣见他放下电话，神色凝重，就问是什么事。

"绣绣，今天我本来就有点事，刚又说化州那边也出了乱子，我要出去了，今晚可能回不来，你不用等我。见到岳父的话，帮我问声好。"

白锦绣刚才听到说有电话找他，就知道没好事，虽然心里不愿，但也只能点头："好，你去吧。你肚子饿了吧？我去看看，叫人给你弄点吃的，你吃完再走。"

她匆匆要去厨房。

"不用，早上回来前我吃过东西的，不饿。"

他让她不用送自己，出门而去。

白锦绣目送他离开，收拾了心情去找父亲。她看见父亲独自站在书房的窗前，面向着大门的方向，刚才应该也看到聂载沉离开了。

舅舅对她一向很好，刚才那样说话，她心里其实也有点不好受。但没办法，她非说不可。她觉得自己是对的。

她迟疑了下，走到父亲身后，轻声说："爹，刚才说化州那边又有乱子，急着找他，他出去了，叫我帮他向爹问个好，等他回来，就来找爹说话。"

白成山转身，点了点头，没说什么。

白锦绣偷偷觑了眼父亲的脸色，小声地说："爹，早上我对舅舅说的那些话，你不会怪我吧？我不是故意惹舅舅伤心的……"

白成山沉默片刻，叹气道："罢了！你舅舅他是有些伤心，但也没办法。你说得确实没错，但愿你舅舅能想通。我等下要出门，你去休息吧。"

见父亲不怪自己，白锦绣松了口气，点头退出书房。

这个白天，父亲和哥哥一道出去了，嫂子看起来也很忙，打扮好就出去了，也没叫白锦绣一道出门，阿宣上了学，家里只有白锦绣一个人。因为局势不稳，人心惶惶，城里的娱乐也一下子少了，平常那些聚会邀约也没了，白锦绣更是没心情去哪里玩，就自己在房间里画画度过了白天。

晚上，聂载沉果然没有回来，说有事离开广州，离开前给她打了个电话，也没说具体去哪里或者什么事，只说他明天就回来，让她不要担心。

他应该真的很忙，语气听起来有点匆忙，白锦绣也不好意思再占着电话和他多说什么闲话，很快就结束通话，早早上床睡觉了。

第7章

天黑了，在外头忙了一天的白镜堂回到家里，张琬琰从小姑的房间里把儿子弄走，督促他睡觉后，回到房里，坐在梳妆台前，一边卸妆，一边问丈夫生意谈得怎么样。

这次小姑结婚，很多来的宾客都是白家的商业伙伴，送走了一些，还有一些留下顺便和白家谈生意的，其中就有之前一直在谈的一桩在广州扩股轮船招商局分局的事。因为不是小事，所以白天白成山亲自出面，白镜堂跟着父亲一道出去，这会儿才回来。

自从出了柳氏借钱的事，这些时日，在外人面前自然瞧不出来，但回到房里，除了必要的家事，张琬琰极少主动和他说话，即便开口，也都是嘲笑和讽刺。两人更是同床异梦，虽然睡在一张床上，却各自盖被。现在听她问正事，白镜堂就简单说了两句，说进展很顺，但因为局势突变，就暂时搁置一下，等稳定了再跟进。

张琬琰的本意也不是问什么生意，不过话引子而已，听了也就不再多问，拿着梳子，梳了下头发，说："我今天出去了一趟，去了十八浦的柳家。"

白镜堂手一顿，转头见妻子手握梳子，似笑非笑地盯着自己，顿时想起那天她拿梳子砸破自己额头的事，心里不禁发毛："你不会是去闹事吧？那笔钱，我跟你说过的，我是真的问心无愧。柳氏生性清高，也不是你想象中的那种人……"

"行了，我不过这么一说，你心里要是没鬼，能吓成这样？"张琬琰听到丈夫维护柳氏，心里不快，把梳子"啪"地按在桌上，出言讥讽了一句，又见他神色有点紧张地看着自己，这才勉强压下情绪，说，"我是去了柳家，可不是你想的那样闹事打人脸。柳家人不是做生意的料，我查过了，布店早就入不敷出，到处欠着账，根本就开不下去。那一千两，我不用他们家还了，另外把布店盘了下来，给的钱足够他们回老家买屋置上几十亩好地，放租子也能吃饱饭。柳家兄嫂答应了，立刻带人回乡去了。"她说完盯着丈夫，"我这么做，你不会是有意见，觉得我赶跑了你的人吧？"

白镜堂一阵茫然，又松了口气，见妻子盯着自己，回过神来，忙道："挺好的，我没意见。"他没想到，张琬琰最后会这么办了这个事，一时百感交集，说，"琬琰，多谢你了。"

张琬琰"哼"了一声："算了吧，你不怪我插手坏了你的好事，别见了我跟见鬼似的，我就谢天谢地了。"

说完，她拿回梳子，继续对着镜子梳头。

白镜堂年轻时，和世上的大多数男子一样，向往的是绿鬓视草、红袖添香，爱的是温柔贴心、柳絮才高，后来被迫娶了张琬琰。张家女儿的容貌自然是好的，人也能干，但她的性格，他却不是很喜欢。这么多年，他虽和柳氏再无往来，但夫妇从无交心。现在从前的人突然冒了出来，境况堪怜，向自己求助。毕竟是旧日的心头白月光，白镜堂虽然没想过要怎么样，但对柳氏，确实存了几分怜惜遗憾之心。他本一直担心张琬琰要抓住这个事大闹，没想到最后竟这样处置了。

自己平日只顾在外头忙，她打理着这么大的白家门面，这回妹妹成婚，时间仓促，诸多杂事，千头万绪，也都是她在忙，最后却妥妥帖帖，没一处不到的地方。以前，虽因她性格强硬，自己不够耐心，夫妇间常有小口角，他对她的一些言词和举动也不大喜欢，总觉得少了大家风范，但在柳氏没出现之前，两人的关系也不至于冷到现在这种地步。

他诧异之余，不禁也有点惭愧。

张琬琰现在其实也就不过二十七八的年纪，但因为平日总是浓妆丽服，反倒显老，这会儿卸了白天的浓妆，面庞干净，看起来倒显得年轻了不少。

他迟疑了一下，慢慢地朝她走过去，说："琬琰，这回的事，我确实有错，我给你赔不是，你别见怪。你忙了一天，也累了，咱们晚上早些休息。你去洗澡吧，我帮你拿衣服。"

嫁进白家这么多年，张琬琰还是头一回听到丈夫给自己说这样的软话，帮自己做这样的事，心里半是欣喜半是心酸。既然他借坡下驴，自己也不是刚嫁人不懂事的小姑娘，先前的事再抓着不放也没意思，过去也就算了，于是顺势"唔"了一声。

晚上夫妇歇下，同盖一被，一番温存过后，说起这几天发生的事，张琬琰叹了一声："我以前还不赞成爹把绣绣嫁给聂姑爷，现在看来，爹真的有先见之明。要不是聂姑爷顶着，这回广州还不知道成什么样了。有爹在，虽说咱们也不怕出乱子，但有聂姑爷这样的人，自然更好。说出来你别怪我，我不担心聂姑爷，我现在担心起咱们家的小姑奶奶了。那性子，我看着她从小到大，真的说风就是雨。别看她现在和聂姑爷好得蜜里调油，白天送人走的时候，一脸不舍，简直恨不得粘上去才好，可说不定哪天翻脸不要人家了呢！不是我乌鸦嘴，万一要是被我说中，那该怎么办？"

白镜堂又恼了，皱眉看着妻子："我说，你能不能不要这么爱管闲事瞎操心？杞人忧天说的就是你吧？我看我妹妹，好着呢！"

张琬琰是习惯了管事，里外一把抓，但她现在是真的担心小姑的性子，说变就变。记得结婚前的那些天，她还懒洋洋不大乐意似的。张琬琰见丈夫不高兴，忙不提了，改口说："将军府被大炮轰烂了好几间屋，起了火，还死了十几口人，舅母吓得不轻，听说都病倒了。明天我找个空，带绣绣去看下她吧，免得说我们没有礼数。"

白镜堂点头，夫妇又闲话了几句，睡了下去。

聂载沉这一夜果然没回来。白锦绣也是一夜没睡好觉，一听到远处传来什么异样动静就躺不住，非要爬下床跑到窗户边看个究竟，唯恐又是哪里在放炮打枪。这一夜睡睡醒醒，第二天她也不想起来，睡到了九点多，张琬琰叫人来敲了好几次门，她才无精打采地下来吃东西，听嫂子说要和自己去看舅母，白锦绣自然说好。

“那行，收拾好了就过去吧。早去早回，了一桩事。”

和自己的闷闷不乐恰成对比，嫂子今天看起来心情很好，容光焕发的，好久没见她这样了。

白锦绣“哦”了一声，吃了几口回到房间，在衣柜里挑来挑去，挑了件颜色明亮的漂亮新衣穿了起来，又化了个精致的妆容，对镜自照，简直是艳光四射的绝代佳人，新婚宴尔的滋润，处处写在脸上，这才满意了，跟张琬琰出了门。姑嫂坐马车到将军府，被管事迎进去，来到舅母的屋子。

舅母果然病了，躺在床上，头上包了块帕子，脸色蜡黄，看起来有气无力的。丁婉玉坐在床边，正拭着泪，听到管事在门外说白家姑嫂二人来了，忙撇过头，用帕子飞快地擦了擦眼睛，起身迎了出去。

“表嫂！”

她叫了张琬琰，又转向白锦绣，目光飞快地掠过她的全身，从头到脚。

“表妹！”

她面露微笑，但笑容确实有些勉强，脸色看起来也不大好。

作为抢男人战争的胜利一方，白锦绣自然展现出胜利者该有的风度，微笑着叫她“表姐”，又问舅母的身体情况。

“姨母那晚受了点惊吓，有点不适。已经看过郎中了，也吃了安神定心的药，再休息两天，应当就会好了。”

张琬琰走进去，坐到将军夫人的床边，连声安慰，又骂顾家和那些闹腾不停的新党，说：“要不是现在朝廷难，按下葫芦起了瓢，顾家儿子干出杀头刨祖坟的事，哪还能容他老子在舅舅眼皮底下猖獗？舅母，你别气，自己身子要紧，那些人啊，老天看不过眼迟早要收的！”

舅母的目光落到白锦绣的身上，颤巍巍地坐起来，张琬琰忙抢着扶她，往她腰后塞了个靠枕。

舅母坐定，叫白锦绣来到自己身边，问道：“绣绣，你舅舅平日待你怎样？”

“舅舅对我极好。”白锦绣应道。

舅母死死地攥住她的手：“绣绣，你回去帮你舅舅个忙，和聂载沉好好说说，叫他务必帮着守好广州！你舅舅从前得罪了不少乱党，他们都恨他，广州要是守不住，乱党杀进来，我们一家子都会没命！你表哥听说了家里的乱子，要回来，你舅舅不许他回来。可是北边眼瞅着也不能待了。要是广州再丢了，可叫我们怎么活啊！”

舅母说着流下了眼泪。

白锦绣沉默了。

“舅母求求你了！”舅母挣扎着，使劲地攥着她的手，攥得白锦绣的手都疼了。

白锦绣迟疑了下，说：“不管接下来怎么样，舅母你放心，都是一家人，我爹还有载沉，一定不会不管舅舅舅母你们的。”

将军夫人听了，慢慢地松开她的手，躺了回去，脸朝里，冷笑似的自言自语：“我今天算是知道了，都白疼了！全是没良心的。大难临头各自飞，说的不就是现在吗？”

白锦绣没说话。一旁的张琬琰一听，不高兴了，变了脸，说：“舅母，你这是什么话？我是听说你这边前夜出了大事，你也吓病了，这才特意拉着刚新婚没两天的小姑子诚心诚意上门探望，你说话这一顿呛，是欺负我小姑子脸嫩是吧？有这样做长辈的吗？还什么白疼不白疼，就说前夜，要不是我们家聂姑爷及时赶到救了舅舅，舅母你这会儿还能躺在这里落我们的脸？”她站了起来，“绣绣，走了！”

她说完，拉起白锦绣的手就走。

将军夫人含羞带愧，用手帕捂住嘴，不停掉泪。丁婉玉急忙拦住张琬琰，带着笑脸替自己姨母赔礼，说她是惊吓过度，整夜无眠，以致说话乱了心神，叫两人不要见怪。

张琬琰这才转怒为笑，又回去安慰了将军夫人几句，最后被丁婉玉送了出来。

张琬琰带着小姑子坐马车回家，评论道："丁婉玉倒是会做人，不过没用，命不好！不像绣绣你，生下来就是小福星，给爹免了一场大灾不说，现在该嫁人了，天上就掉下个聂姑爷。你先前还不肯嫁呢，是你的，你推都推不开！"她握住小姑的手，笑眯眯地看着她，"绣绣，这么好的姻缘，别人求都求不来，你可要好好把握啊，千万不要耍孩子脾气了，知道吗？"

聂载沉自然是里里外外哪儿哪儿都好。他的好，也没人比自己更清楚。但白锦绣可不想让张琬琰知道，聂载沉其实是她费尽心机、不要脸皮强行倒贴才弄到手的，并不是因为她命好，老天爷就迈着长腿跑到面前非塞给她不可的。于是她一声不吭。

张琬琰说完，拍了拍小姑子的手，又想起将军夫人刚才的话，心里还是有点气，"哼"了一声："不是我诅咒，我看眼下这太平，过两天就要玩完，看你舅母还怎么摆谱！"

白家少奶奶张琬琰的嘴，厉害过人，不但先知先觉，连时间都精准得吓人。

聂载沉是在当天傍晚回家的，风尘仆仆，一回来，就直接去了白成山的书房。翁婿两人在书房里说了大约半个小时的话后，白锦绣看到他从书房里出来，又直接出了门。

白锦绣憋不住，来到书房找父亲，问聂载沉刚才和他都说了什么，现在又去了哪里。

白成山拄着拐杖，站在西墙的一扇窗前，眺望着远处天空尽头的灰暗暮色，身影凝伫许久，缓缓地道："广州也要变天了。载沉去替你舅舅安排后路。"

第8章

晚上将近十一点，白锦绣终于等到聂载沉再次回家。

虽然心里有无数的话想问他，但见他显得很疲倦，白锦绣就忍着没开口，猜想他可能还没吃晚饭，一问，果然如此。幸好她有所预备。她陪他吃了饭，回到房间，让他去洗澡，洗完澡，两人一起躺了下去，她才靠到他的怀里，问："你累吗？"

聂载沉正闭着眼睛，听她发话，睁眼看了她一眼，摇了摇头，接着立刻伸臂将她搂住，亲吻她。

白锦绣这才知道他误会了，"哎哎"了两声，急忙抓住他的手："不是不是！我不是这个意思！我听爹说你去我舅舅那里了？"白锦绣咬了咬唇，"我舅舅昨天早上来找我爹，想叫我爹给你施压，被我说了，他就走了。但我从小到大，舅舅对我真的很好，我有些担心他。现在情况怎么样了？你找他有什么事吗？"

她说完，从他的怀里爬起来，趴在他的身边，睁大眼睛看着他。

聂载沉和她对望片刻，说："确实有点事。你舅舅已经不适合再留在广州了。

他必须立刻走。你放心，我会保证他的安全。我安排好了人，明早就送他一家离开广州，先动身去香港。他可以带走全部的财产，我也会保证他银行财产的安全。还有你表哥，他现在在北边，如果要一道走的话，我也会派人送他南下，将他送到你舅舅身边，让他们一家团聚。”

白锦绣刚松了口气，忽然又想到一个问题，迟疑了下，轻声说：“聂载沉，我舅舅仇视新党，以前做过不少破坏他们行动的事，他们也曾暗杀过我舅舅。现在这种局面，我舅舅是众矢之的，不知道多少双眼睛盯着，你放我舅舅走，万一新党对你……”

她停下来，凝视着他。

聂载沉看见她眼睛里流露出的紧张和担忧，心里一暖，说：“之前立场不同而已。你舅舅也是替广州民众做过一些实事的，不算罪大恶极。”他顿了一下，说，“我在讲武堂读书的时候，就知道他们了。我的很多同学也是如此。新党确实鱼龙混杂，有时为达目的，手段极端，组织也很涣散。成员们抱着同一目标相聚，为发展力量，来者不拒，其中必然会有怀私心之辈，即便朝廷覆灭，往后恐怕也会生出分歧，但其中，更不乏志存高远之人。我心里有数，你不用为我担心。”

白锦绣一愣，冰雪聪明如她，立刻就明白了他的意思。

其实想想也没什么可奇怪的。朝廷腐朽成这样，少年横刀，一腔血气，谁愿继续跪地为奴？她一下就放了心，吁了口气。

“绣绣，你会不会怪我？”他望着她，语气带了点小心。

从前喜欢，却裹足不前，顾忌明珠耀目，自己爱无所倚，又何尝没有顾忌立场相对，抱负未展。

但是他的女孩立刻摇头，扑到他的怀中，伸出胳膊抱住了他。

“我可高兴了。你要是和舅舅他们一样，我大概也不要你了。”她娇声娇气地说。

聂载沉这几天奔波的疲倦，立刻消失得无影无踪。

“绣绣……”

他低低地叫了声她的名字，向她索吻。

白锦绣让他亲着自己，心里却总觉得哪里还是有些放不下。过了一会儿，她的眼前忽然浮现出那天舅舅被自己当面拒绝后的绝望黯然的眼神，气喘吁吁地推开他："聂载沉，我舅舅是怎么说的？他答应了吗？"

"他答应了。"他说。

白锦绣却还是有点不放心，走起了神。他很快察觉到了她的恍惚，停了下来："你怎么了？"

白锦绣这才回过神，朝他歉然一笑，摇了摇头："我没事。"

说完，抱紧了他的肩背。

聂载沉端详了她片刻，说："不早了，你累了的话，睡吧。"

他替她盖好被子，又关了灯，让她睡觉。

夜深了，白家用人都已休息，四周宁静无比。

白锦绣在聂载沉的身边闭目而卧，听着卧室里时钟的秒针走动时发出的单调而轻微的嘀嗒声，仍是久久无法入眠。她总觉得仿佛会有什么不好的事情要发生，心底忐忑不安。

过了一会儿，她感到身边有只手朝着自己伸了过来，摸了摸她的脸，接着，他的声音在耳畔响起："绣绣，你怎么了？有事的话，和我说。"

白锦绣定了定神，坐起来开了灯，对上他投来的目光，吞吞吐吐地说："我有点不放心我舅舅，他有点顽固……"

聂载沉一怔，看了眼时钟。已经是次日凌晨了。

他略一沉吟，掀开被子，翻身下了床，开始穿衣。

"你睡吧，我再过去看看。"

"我和你一起去！舅舅明早就要走了，我送送他也好。"她立刻爬起来说。

聂载沉回头看了她一眼，点了点头。

白锦绣很快穿好衣服，跟着他出了房间。两人没有惊动别人，下楼出了大厅，他驾车载着她出了门。

汽车行驶在空无一人的广州街头，很快来到将军府。

聂载沉昨夜离开后，康成吩咐了一番，独自去了书房。将军夫人知道穷途末路，这已是最好的结果，只好一边抹眼泪，一边忙着指挥用人收拾要带走的值钱东西。这个要带走，那个舍不得，翻箱倒柜，自然弄出了动静，消息很快就在将军府里传开，那些没法一起离开的用人都开始惊慌不安。

将军府大门紧闭着，门房却不在，也不知道跑到哪里去了。聂载沉拍了一会儿门，见无人应答，选了个墙角的位置，后退一阵助跑，身轻如燕，利索地攀上了围墙，随即纵身跃下，从里面打开了门，接白锦绣进来。

将军府里好些地方都还亮着灯火。

白锦绣往里匆匆而去，走进前堂，迎头碰到一个抱着包袱慌慌张张看着要跑的用人。包袱里仿佛塞了好些镀金的铜盘铜碗，没塞好，一路跑，一路掉，砸在地上，发出当当的声音。那用人又回头去捡，突然看见白锦绣走了进来，吓得不轻，包袱掉落在地，人也跟着跪了下去，不住地磕头："表小姐饶命！表小姐饶命！新党就要来了，老爷要跑了，再不跑我们也要被杀头。不是我一个人，大家都在拿……"

"我舅舅呢？"白锦绣打断他问道。

"将军……将军好像在书房……"

白锦绣立刻朝着书房奔去，到了门前，见里头灯火亮着，推开门，一下惊呆了。

书房里只有康成一人。

他坐在椅子里，身穿常服，脸色灰败，闭着眼睛，手里拿着一把枪，枪口正对着自己的一侧太阳穴。

"舅舅！"

白锦绣飞奔而入，扑到康成面前，一把将他握枪的手拽了下来，人也跟着跪在了他的膝前。

"舅舅，你要干什么？你怎么这么想不开？"

白锦绣的眼泪夺眶而出。

康成慢慢地睁开布满血丝的眼睛，低头看着白锦绣，一动不动。

"舅舅！我知道你在想什么。可是舅舅，知其不可为而为之，固然值得仰望，却要有个前提——追求的是正义和光明。如果死抱着黑暗和腐朽，非但不是孤勇，反而是螳臂当车，愚不可及！这个朝廷它早就不该存在了，舅舅你自己难道不知道吗？你已经尽力了！尽力了，就谁也没有资格怪罪你，包括你的那些祖先！舅舅，你要是就这样死了，绣绣不但不敬重你，反而要瞧不起舅舅。我听说舅舅年轻的时候喜欢游山玩水，可是这些年，我从没有见你出去游历过一次。对于舅舅来说，现在死可太容易了，但是舅舅要是往后好好替自己活，做喜欢的事，才是真正的大勇。”

她说完，紧紧地抓着康成的手，呜呜地哭。

聂载沉快步走了上来，把枪从康成的手里拿走，卸下了子弹。

“舅舅，你答应我，往后好好生活，听到了没？你要是没了，往后绣绣就没了疼我的舅舅，绣绣会很伤心的……”

康成定定地望着自己的外甥女，潸然泪下，半晌，他终于抬起颤抖的手，轻轻摸了摸她的脑袋，哽咽道：“好，舅舅听你的……”

白锦绣这才松了口气，从地上爬起来，擦着自己的眼泪。

“绣绣，你先出去吧。”康成缓缓转头，看着聂载沉，“我有话要和他说。”

白锦绣知道舅舅应该不会再寻死了，看向聂载沉，见他朝自己点了点头。她对他很是放心，于是就退了出去，把门带上。

书房旁边有间花厅，她正要过去坐，看见舅母被丁婉玉扶着往这边匆匆跑来，于是转身迎了上去，叫了声舅母。

“怎么了，怎么了？你们突然半夜过来，是不是又出什么事了？不让走了？”

舅母神色惶惶，上前一把抓住白锦绣的手，手心冰冷。

见她还不知道舅舅刚才差点自尽的事，白锦绣也就不说了，免得徒惹她惊慌，就说没事，只是知道舅舅明早就要离开，自己过来辞别。

舅母松了口气，嘴里喃喃地说：“没事就好，没事就好……时间紧，绣绣你自己随便坐，舅母还有点东西没收拾好，先回了……”

她带着丁婉玉，转身又匆匆走了。

第9章

白锦绣来到花厅坐了下去，托腮望着桌上的一支烛火，想着刚才要是晚来一步，极有可能舅舅一时想不开，已是开枪自尽，心里还是有点后怕。

正出着神，忽然听到身后起了脚步声，她以为是聂载沉，转头却见舅母又找了回来，也不知道想干什么，于是站起来迎了上去。

“绣绣，绣绣，舅母刚才太急了，有件事忘了说。我跟你舅舅这一走，往后怎么样还不知道，舅母就你丁表姐一个外甥女，不能让她跟着受苦。现在到处都在乱，说是苏州那边的乱党也在攻打县城，你表姐不能回老家了，舅母想叫你爹再帮最后一个忙，能不能暂时帮我们照顾一下你丁表姐？”

白锦绣说：“舅母，载沉既然答应送你们走，你把表姐带在身边就没问题。但舅母要是实在不放心，这对我们家也不过小事一件，吃饭添双筷子而已。我只怕表姐见外，不愿意。她要是不愿，我们也不方便留。舅母，你不妨叫表姐来，我问问表姐自己的意思。”

“绣绣，你也知道的，你表姐好强，脸皮又薄，怎么好意思自己开口？舅母的意思，是你们这边能不能主动帮我留她……”

白锦绣摇头：“舅母，表姐和您感情一向深，说不定就是不想离开您呢？总要有她自己一句话，否则万一强人所难，那就不好了。”

“绣绣……”舅母眼眶又红了。

“姨母！”丁婉玉的声音突然传来。

白锦绣转头，见丁婉玉也来了。

“姨母！东西还没收拾好，你怎么一个人来这里了？我刚一直找你呢！走吧，我们回去。”

丁婉玉疾步而入，走到将军夫人的身边。

“婉玉，我刚才是想……”舅母扭头看向白锦绣，仿佛还有点不甘心。

“姨母，我陪您一道走，挺好的，您什么都别多想！”

她打断了将军夫人的话，扶着她径直走了出去，从出现到离开，没有看白锦绣一眼。

白锦绣目送两人离去，站了一会儿，见书房那个方向还是没动静，就又坐了回去。再等了片刻，她正想出去看一下，转头见丁婉玉不知道什么时候竟回来了，就站在花厅口，悄无声息。

走廊里的夜灯刚才被风吹灭了，也没用人来点，周围一片昏暗，只有花厅里的一点幽暗烛光照在她的脸上，明暗不定。她直挺挺地立着，两道目光落在自己身上，乍一看，有点瘆人。

白锦绣没想到她去而复返，跟鬼似的无声无息停在自己身后，实在是吓了一跳。她定了定神，问：“表姐有事？”

丁婉玉慢慢地走了进来，停在白锦绣面前，目光和昨天一样，又从头到脚将她打量了一遍。但和昨天又有些不同。

昨天是隐秘的，飞快的，而现在，白锦绣感到她的目光像针，毫不遮掩地刺在自己身上。打量完，她的唇动了动，说：“白锦绣，你现在看到我，心里一定很得意吧？先是抢走了聂大人，现在连姨父姨母都要靠着你的施舍才能保全性命，你觉得自己很了不起，是吧？”

其实并非始于之前两人争男人而结下的嫌隙，早在白锦绣出国前，她在舅舅这里遇到丁婉玉，就知道她不喜欢自己。自己确实不招人喜欢，也就爹和兄嫂护短，这一点，白锦绣是承认的。但丁婉玉一直是个非常能忍耐的人，从前再怎么不喜，她也不会显露出来。像现在这样毫无遮掩，直接当面表达她对自己的厌恶，倒是头一回。

也没什么可奇怪的。遭逢大变，连舅舅都撑不住了，丁婉玉不想再压抑自己，也是人之常情。

白锦绣没作声。

“但是我瞧不起你！”丁婉玉继续冷笑道，“你有什么本事？要不是有父兄当靠山，就凭你自己，你能为所欲为，骄纵放肆，没半点教养，还自以为谁都不如你？”

白锦绣完全明白了。她这是长久以来，如鲠在喉，临走之前，不吐不快，终于忍不住，要恶心一下自己。

但白锦绣也不是什么善茬，忍一下还行，第二下，可就忍不下去了。

“是啊，丁表姐，你说得没错。可我就是命好，你的命不好，我又有什么办法？”白锦绣忽然想起嫂子张琬琰的话，顺口借用了。

丁婉玉的脸色大变，顿了一下，再次开口，听起来连声音都微微发颤：“白锦绣，你别得意！你看看你现在这副嘴脸，这就是你的真面目！我不信聂大人会喜欢这样的你！他只是被你暂时蒙蔽了，等他彻底认清你的嘴脸，你看他会怎么样！”她的情绪仿佛陡然失控，说话又急又快，“我看得出来，聂大人绝对不是贪恋权势的人！他现在是娶了你，但要说他心甘情愿，我不信！聂大人那么明智的人，怎么会不知道齐大非偶的道理？一定是你见不得我好，这才用尽手段，把他抢走了！”

她浑身战栗，眼角流下一串晶莹的泪珠。

“像他这样的人，无论什么时候，无论去到哪里，都不会被埋没！靠他自己，他就能出人头地，光宗耀祖！但是因为现在娶了你，他所有的荣耀都会被世人轻看一等，提起他，就会被打上一个白家的烙印。这对他来说，难道不是耻辱，不是负担？我不信他能毫不在意，心甘情愿！我真是替他不值！白锦绣，没有你，他会过得更好！你这个自私的女人，你一点都不为他考虑！你根本就配不上他！他需要的，是一个真正理解他、支持他的妻子，而不是像你这样一个只想着怎么满足自己欲望的骄纵女人！你只会拖他的后腿，总有一天，他会再也无法忍受，像丢破鞋一样地丢掉你！”

她再次呵呵冷笑：“连儿子结婚这样的大事，做母亲的都不露面。再多的理由，也就一句话，人家一家上下，根本不想结这门亲！也不知道是要了什么手段才结成了婚，也就只有你自欺欺人。白锦绣，你高兴就好……”

“啪”的响亮一声，白锦绣狠狠地甩了她一巴掌。

这一巴掌打完，她感到手心疼痛而麻木，犹如无数针尖密密地在刺，她这才反应过来，一时定住。

花厅里突然陷入了死寂。

“你打我？你竟敢打我？”丁婉玉捂住火辣辣的一侧脸，惊呆了。

白锦绣回过神来：“我打的就是你！丁婉玉，你少做你的白日大梦了！我白锦绣再自私，再配不上他，他就是被我迷住，喜欢我，娶了我！你嫉妒得吐血也没用！至于以后，也轮不到你操心！我和他不但白头偕老，还要子孙满堂！我劝你丁婉玉，命不好，就多积德，实在积不了德，积点口德也行，说不定哪天老天爷大发慈悲就治好了你的红眼病，不用整天再觊觎我的男人！要不要脸？”

丁婉玉自视清高，不幸遭逢变乱，能做靠山的姨母现在也要倒了。她自己是宁愿饿死，也不会开口要白家收留。刚才她实在是被白锦绣拒绝的态度深深地刺伤，这才再也无法忍受，折了回来。

她一向鄙夷这个表妹没有教养，骄纵无礼，但也是今天，才真正见识到了她骄纵到了何等肆无忌惮的地步，简直是可怕。她被这一大耳光抽得半晌才回过神，掩面低头，疾奔而出，身影很快就消失在了走廊里。

丁婉玉跑了，白锦绣那只刚打了人的手却还在微微颤抖。她在原地僵立着，心里不停反复地告诉自己，丁婉玉全都是在恶意中伤。什么娶她对他是耻辱和负担，什么他母亲不来是不愿结亲，都是在胡说八道！这个女人因为嫉妒，彻底地失心疯，故意满口恶言诋毁自己。她白锦绣是不会上当的。

可是她的心里仿佛刺进去了一把刀，胸间的一口气，如被巨石死死压住，气透不出来，就无法顺畅呼吸，连站都要站不稳了。

终于，她的手扶上桌子，慢慢地坐了下去。

书房里，康成喃喃自语："佛山、中山、肇庆、东莞、汕头……全都要完了，广州沦为孤城。我费尽心血栽培的精锐新军，现在连我自己都调遣不动。如果不是你，我手中有这样一支军队，还是可以再战的，你们也别想那么容易就拿下广州。只要广州在，南边就还有希望。所谓为他人作嫁衣裳！"他缓缓地转头，看着立在自己面前的这个年轻军官，"聂载沉，我早该想到你是什么人的。朝廷这样了，还怎么可能指望网罗到像你这样的人效忠？但我对你的器重，你自己知道，你在背叛我的时候，就没有过半点犹豫和愧疚？"

聂载沉说："将军，你到现在还是没有想明白。我的全部所为，不是针对将军个人的。我尊重将军的立场，我也能理解你，但我无法同情。"

康成停了半晌，看着面前这个态度依然恭敬的年轻军官，终于苦笑道："成王败寇，你已经不是我的下属了，现在我要靠你才能苟活，你又何必还对我这么恭敬？"

聂载沉说："将军，你是绣绣的舅舅，如同我的舅舅。"

康成不再说话，怔怔坐了良久，再次开口道："聂载沉，你还年轻，要知道，世道不是理想。我知道你们追求什么，现在你们看起来是胜利了，但不要以为局面就会朝着你想的方向发展。人心叵测，再多的什么追求，也是争权夺利的幌子，现在不过是换了个更好听的名目罢了。自古以来就是如此，今人怎能逃脱？"

"多谢舅舅提点。我辈尽力而为，也就问心无愧。"

康成闭目，再睁眼，说："我到任广州后，怕朝廷推诿，不拨军饷，几年间陆续截留了些税银，以我私人之名放在钱庄里，原本想着哪天山穷水尽，勉强也能撑个几天。现在没用了……"他起身，脚步沉重地走到墙边的书柜前，扭开机关，从露出的一个暗格里拿出一只匣子，取出里头的一沓银票，连同自己的印鉴，推了过去。

聂载沉有些意外，看了他一眼，道："恭敬不如从命，载沉谢过将军了。"

康成慢慢地坐了回去，拂了拂手，又闭上了眼。

聂载沉朝他躬身，转身出了书房，找到附近那间花厅，看见白锦绣独自坐在里头。她趴在桌上，一动不动。灯火黯淡，身影细弱，仿佛倦极了，等着自己等得熬不住困，就这样睡了过去。

已经是凌晨两三点钟，原本就是人最困乏的时刻。

他放轻脚步，走到她的身畔，轻轻叫了她一声。

白锦绣慢慢地抬起头，睁开眼睛。

一阵夜风不知道从哪个角落钻进来，一下扑灭了烛火。昏暗的夜色里，聂载沉见她站了起来，或是没站稳，身子晃了一下。

他立刻伸手，将她一把扶住。

黑暗中，白锦绣在他肩上靠了一会儿。

"聂载沉，我有点走不动路，你抱我。"

她的声音含含糊糊，听起来有气无力。

聂载沉感到她的脑袋软软地耷在自己怀里，摸了摸她的头发。

"你累了吧？没事了，回去了。"

他横抱起她，转身走了出去。

第10章

回去的路上，聂载沉开着车，不时看一眼身旁的白锦绣。她缩在座椅里，脑袋微歪，靠在车门一侧，闭着眼睛。

已经入秋，深夜略有寒凉，他将汽车停在路边，脱了自己的外衣盖在她的肩上。

她没有反应，好似睡了过去。

聂载沉继续开车，回到白家，停好车，下来走到她座位的一侧，打开了车门。

她睁开眼，手搭在车门上，抬脚要下，聂载沉已经弯腰将她整个人抱了起来，在她耳边低声说：“你困了。我抱你上去吧。”

白锦绣就没动了。

这个时刻，人人都在沉睡，白家寂静无比，只有门房还醒着，目送聂姑爷抱着小姐走了进去，转身关了大门。

聂载沉抱着她穿过客厅，上了楼，进到房间，将人轻轻地放在床上，替她脱鞋，又盖上被，接着脱自己的外套，转身要挂起来的时候，白锦绣忽然从床上爬了起来，伸臂从后抱住了他的腰。

她抱得很紧，聂载沉感到她的脸仿佛也贴在了自己的后背上，微微一怔，随即转头笑道:“怎么又不睡了？刚才在路上不是困得……”

话音未落，被她一拽，他就到了床边，一下跌坐在床沿上，接着身上一重，被她扑倒，仰面翻在了床上。

她手脚并用地爬到他的身上，胳膊抱住他的头，柔软的唇压在了他的唇上。

“聂载沉，我要你爱我……”

她一边胡乱地亲着他，一边含含糊糊地说。

她的举动来得很是突然，聂载沉毫无防备。并且，与其说她亲吻他，倒不如说是在啃咬。

其实，明早他还有重要的事要一大早出门。忙了大半夜，现在快凌晨三点，他应当抓紧时间休息才对。但他根本没法自控。

呼吸和心跳慢慢地恢复过来，他抱着怀里一动不动仿佛倦极昏睡过去的女孩，长长地呼出一口气。天快要亮了，再过一会儿，他就该起床离开她了。

想到这个白天又要和她分开，他有点舍不得，想再看一眼她动人的模样，他实在没法抵御这种诱惑。他睁开眼眸，低头看向怀里的她。

她没有睡着，竟也睁着眼，仰脸看着自己。

两人四目相对，最后是她垂下眼眸，伸来一只胳膊，缠在他的肩颈上，唇又贴上了他的下巴。

“绣绣，你怎么了？”

白锦绣闷闷地摇头，眼角忽然红了。

聂载沉一怔，以为自己恍惚间看错了，抬手要捧着她的脸看个究竟。

白锦绣其实已经倦极了，可是在她的心底深处却仿佛张着一道口子，他一离开她，她就感到失落。她被这样的感觉紧紧地攫住，无法摆脱，忽然有点想哭，又不愿流泪被他看见，见他要捧着自己的脸看，她急忙忍住泪水，偏开脸不让他看，飞快地爬起来，关掉了床头灯。

天还未明，房间里陷入了昏暗。

“都怪你……你欺负人……”

她躺了下去，在他耳边絮絮叨叨地埋怨，是他熟悉的撒娇的语调。

聂载沉放心了，又不禁懊悔起来：“是我不好。你睡吧。”

白锦绣低低地“嗯”了一声，脸贴着他，片刻后，说：“你今天还有事，你自己再休息一会儿。我好了。”

“没关系，我不累。”他柔声道。

将明未明的黎明前的夜色里，白锦绣忽然又感到自己的眼睛有点热，她紧紧地闭着眼，一动不动，假装已经睡着了。

五点半，窗外天光发白了，聂载沉要走了。

他看了眼怀里沉沉睡去的她，抽开抱着她的手臂，轻手轻脚地下了床。

白锦绣慢慢睁开眼眸，望着曚昽晨光里那道就要离开的背影，忽然轻声问他：“聂载沉，你什么时候带我回家去看你母亲？”

这句话，从新婚夜开始，就盘绕在她的心里。每次看到他，她都想问，却又总是问不出口。这会儿忽然再也忍不住，就这样脱口问了出来。

他的背影一顿，片刻后，慢慢转身，望着床上的她，神色显得有点迟疑：“绣绣，我……”

白锦绣看出了他的犹豫，顿时胆怯了。

其实她并不是因为凌晨被丁婉玉的话提醒了，而是她在心里早就这么隐隐怀疑，只不过之前，疑虑没有像现在这样强烈罢了。

难道真的是他母亲不愿他娶自己，这才不来参加婚礼？

话是问出了口，但她真的不想从他的嘴里听到任何她不想听的话，更害怕他说出什么可怕的答案。所以一问完，她就后悔了，没等他再说下去，立刻从被窝里爬了出来，一把抓过他的衣服，朝他丢了过去。

“算了算了，我就随口问问。你现在太忙了，我知道的，等什么时候你有空了，再带我去好了。何况路应该很远，来回也要好久，我现在其实也有很多事的。我不急。”

她朝他扔完衣服，就又躺了回去，用满不在乎的语气这样说道。

聂载沉接住她丢给自己的衣服，又看了一眼躺回去的她。

“昨晚真的好累啊……”白锦绣掩嘴打了个哈欠，“你收拾好了就去吧，我就不送你了。我困了，要睡觉。”

她说着闭上了眼睛。

聂载沉看了眼时钟，很快穿好衣服，洗漱了下，走了回来，见她已经翻了个身，紧紧地裹着被子，面朝里一动不动地睡去了。

他在床前看了她一会儿，走过去将窗帘拉紧，不让一点光线漏进来，然后出了卧室，轻轻地带上了门。

耳畔沉寂下来，片刻后，白锦绣从床上爬了下去，赤脚跑到窗前，拉开窗帘的一道缝，悄悄地看了下去——他出了客厅，身影出现在庭院里，朝着大门走去。

庭院里停着两辆汽车。一辆是她刚回来时父亲买给她的很拉风的劳斯莱斯，另一辆是结婚时置办的黑色别克，外形沉稳。父亲买车的本意就是让他以车代步。

两辆汽车都停在门房旁边，看门的老李已经起来了，远远地看见他出来，笑着迎了上去，朝他躬了个身，递给他保管着的车钥匙。

白锦绣看到他笑着和老李说了两句话，摆了摆手，没有接车钥匙，出了大门。

他已经走了，她在窗帘后又站了好久，慢慢转身，回到床边，自己重重地扑在床上，闭上了眼睛。

她睡到下午，懒洋洋地爬起来，收拾好下了楼，看见父亲坐在客厅里，大哥和刘广正在向他禀事。

“爹，舅舅一家已经安全离开广州，明晚就能到香港。那边的接应，我都已经安排好了，没有半点问题，爹您放心就是了。”

白成山沉默良久，唏嘘一声，没再说什么。

就如同舅舅一家的离开，是那么突然，却又是一个早已注定的结果，旧的时代，也这样突然被宣告了死亡。没多久，一个普通的清早，伴着一阵震天动地般的鞭炮声，一个重大新闻如同插翅般迅速传遍了整个广州城——清朝覆亡，民国成立。

那段时间，报纸上天天都是欢庆民国到来的各种报道。而在广州的街头巷尾，最大的变化，就是龙旗纷纷降下，摇身变为新警察的旧警招摇过市，大声吆喝，督促家家户户抓紧在门口改挂新的旗帜，以表欢庆。满大街都是争着剃头的民众，剃头匠忙得连喝口水的时间都没有。

广州最忙碌的人，自然不只是剃头匠。

宣告民国成立的头一天，总督府就被方大春带领着新军包围了。总督仓皇逃窜，不知去向。原本的广州旧军，现在也是支离破碎，一部分防营的人跟着顾景鸿已经走了，现在又逃散一批，剩下的纷纷投靠聂载沉，希望能被编入新军。

第二天，聂载沉被新军官兵举为广州最高长官，暂领司令之职，司令部就设在原来的陆军衙门。

没了将军和总督的广州，有了最高临时司令部，暂摄广州军政，但局面还是非常混乱。广州之外，到处是趁火打劫的流兵和土匪，佛山、肇庆、顺德、韶州，原本驻在各地方的军队纷纷打着“拥护新旗帜”的口号跟着蜂拥而起，大小势力相互乱战。

聂载沉将新军更名为粤军，定了新番号后，他没有领兵入城，而是继续驻扎在西郊，等待局势变化的同时，忙于剿匪平乱，稳定南粤局面。他早出晚归，接连几天不能归家都成了家常便饭。

外面虽然还乱哄哄的，但广州城很快就恢复了秩序，城里的豪门富户慌乱了几天，争相跑到西关白家拉关系、套近乎，打听各种内幕。但见白成山岿然不动，白家也看起来和从前一模一样，自然也就放下了心。

没多久，城里就恢复了原本的歌舞升平，宾客如云，不但大小饭店酒楼照旧营业，还纷纷挖空心思推出所谓的“民国新式菜”来招揽客人，没两天还冒出了一家效仿上海开办的舞厅。

康成做广州将军时，极其厌恶这种场所，不允许开业，但现在自然没有这种禁令了。舞厅一开，全城奔走相告，客人爆棚，广州简直是夜夜笙歌，一片太平。

白天聂载沉忙得很难看到人影，晚上有时就在司令部里过夜。白锦绣这段时间也不得空，各种聚会和活动的邀请如雪片飞来，新成立的妇女自立社团和筹办中的女子新式教育机构纷纷邀她做董事。驻广州的各国领事夫人见形势稳定，也陆续开办沙龙舞会并邀白锦绣出席。

很多事她没法推掉，何况那些公共事业，她也是很愿意做些力所能及的事的。

她忙碌了好些天，昨晚参加完法国领事夫人举办的一个派对，下半夜才回家。聂载沉也有事，前几天出了广州，还没回来。

今天终于得空，白锦绣在房间里睡到了下午，被一阵拍门声惊醒。她头昏脑涨地爬起来开门，见嫂子站在门口。

“什么事，嫂子？”白锦绣打着哈欠问她。

“载沉昨晚没回来？”张琬琰进屋，左右看了下。

白锦绣“嗯”了一声，坐到镜子前，拿梳子梳自己的长发。

“你们上次一起，隔多久啦？”张琬琰跟过来，低声问她。

“嫂子你问这个干什么？”白锦绣脸有点热，含含糊糊地应道。

“你们才刚结婚，就跟牛郎织女一样，怎么行？嫂子刚问过，他今天早上回城了，人在司令部里，嫂子帮你炖了一盅汤，很补的。你赶紧起来，别睡了，打扮打扮，给他送去补补。”

张琬琰转头，连声叫丫头进来伺候小姐梳洗穿衣。

白锦绣心里一动，没作声，半推半就地任由张琬琰指挥，打扮好了，叫来司机，提着那盅乍看也不知道是什么、闻起来有点怪味的大补汤坐车出了门。

第11章

白锦绣坐的汽车开到了广州临时司令部，也就是原来的陆军衙门。

这地方占地颇大，是一所好几进的四合平屋，前头是办公区，最后一进是住的地方。虽然以前是陆军衙门，但广州的历任长官，谁也不会想拨款修缮这个地方，年长日久，建筑破旧，除了门面看着还算气派，走进去，地上青砖翘裂，墙角是漏雨留下的水渍，反正到处可见年久失修的痕迹。

广州临时司令部成立后，为了办事方便，就将本部直接设在了这里。

汽车停在门口，白锦绣提着东西下去，看了眼大门，登上石头台阶，朝里走去。

门口站着几个持枪的卫兵，看起来有点青涩，不认得她，就拦下盘问。

白锦绣正要解释自己是谁，左侧一间用作司令部侍从官办公室的平房前的走廊上走过来一个人，那人听到门口的动静，看了过来，眼睛一亮，赶忙跑过来，啪地立正，朝白锦绣敬了个礼："夫人！"

"知道她是谁吗？聂司令的夫人！白家的大小姐！还不快让路！"那人对卫兵说道。

卫兵一愣，急忙让路，朝白锦绣敬礼，又偷偷地看她。

“夫人，您是来找聂司令的吧？您随卑职来，卑职给您带路。”侍从官殷勤地替白锦绣引路。

白锦绣认出了这个人。这个侍从官就是从前在西营站岗的那个士兵，以前她曾叫他替自己留意聂载沉“访客”的动静。聂载沉被举为广州司令后，她有一天突然记起自己当初答应那个卫兵给他好处，就在聂载沉面前随口提了一句。后来她就忘了这事，没想到今天会在这里遇到。

“夫人您走这边，小心门槛高。”

侍从官的态度十分恭敬，领着她穿过前头的行政、军务、机要、通讯、后勤、秘书等办公室，往司令室走去。

办公室里的人原本都在忙碌着，发现白锦绣来了，许多人都认得她，纷纷停下手上的事，跑出来向她敬礼，“夫人、夫人”的叫声响个不停。

白锦绣无意成为司令部里众人注目的焦点，在此起彼伏的叫声和投向自己的目光中穿行着，她的心里忽然有点别扭，后悔不该这样贸然跑来。但人都来了，也只能硬着头皮继续进去。所幸很快到了地方，侍从官带她停在门口，说：“这里就是聂司令平常办公休息的地方。司令上午回城，又去了长洲岛，暂时还没回来，夫人您先休息。”

长洲岛在黄埔，就是从前白锦绣被绑架时，土匪索要赎金的第一交易点。黄埔本就偏僻，岛上更是荒凉，只有个先前创办的军事学堂。

白锦绣点了点头，朝他道了声谢。侍从官急忙摆手：“不敢当。要不是夫人您还记得卑职，加以提携，卑职怎么能从西营调到这里就职？夫人您之前的吩咐，卑职都还记着。”

这个侍从官确实牢牢记着白小姐当初对自己的吩咐。他也没立过别的什么功，突然被调到了这里，知道是因为白小姐没忘记当初对自己的承诺，他自然一心效力，对她比对聂司令还要忠诚。所以昨天，他其实擅自干了一件事。

昨天，同升班的那个小玉环又来这里，看着愁容满面的，说想求见聂司令。自然，她没遇到人，坐在轿子里在司令部外等了良久，也没说是什么事，最后失望而去，被他看在眼里。他想起白小姐对自己的提携之恩，不能不报，于是昨晚下班后，借用通讯室里新安装的那部电话，悄悄给白家打了个电话。

他原本是想找白小姐的，但白小姐不在，接电话的是白家少奶奶。他就把事情说了，让她转告白小姐，说完要挂电话时，白家少奶奶忽然吩咐他，让他不要把这种事情再告知白小姐了，还说往后要是再有类似的事，直接和她说。

白家少奶奶当时声音严肃，他不敢不从，所以这会儿见白小姐来了，他也不敢多说。

白锦绣听他这么说，想起自己以前的那些糗事，有点汗颜，笑了笑，随意点了下头，让他忙去，自己推门走了进去。

他的办公室很大，里面空无一人，陈设也很简单。灰泥地面，连墙都没有刷白，除了大办公桌后的墙上悬着的醒目的崭新旗帜，实在没什么特殊的地方。

白锦绣把食盒放在桌上，看见房间角落里还有一扇门，走过去推开，里头是供他暂歇的休息室。一张铁床，一个衣柜，一个放盥洗物的架子。

白锦绣打量了一眼，出来坐在外面的椅子上，等了好久，还是不见他回来。隔壁秘书室里的一个王姓秘书官闻讯而来，陪在一旁，怕她焦急，不住地解释，说那边地方荒凉，没法直接通讯，要不现在派个人赶过去，把聂司令叫回来。

白锦绣自然拒绝，说："你忙去吧，我也没事，我自己等等就行。"

秘书官退了出去。白锦绣起身来到里头他的休息室，坐到床上试了试，感觉很硬。她掀开下头的铺盖看了看，是一床薄薄的旧棉，就想着回去给他换副新的。接着又走到衣柜前，打开柜门。

结婚后，他原本的日常衣物自然都在她那里，她又替他添置了不少上好衣料的冬夏服装。现在这个衣柜里，有一套备换的制服，除此，还有几身看起来像是手工缝制的穿在里面的衣裳，叠得整整齐齐，静静地放着。

白锦绣拿出来一件，翻了几下。

她虽然被家里娇生惯养大了，四体不勤、五谷不分，但还是一眼就认了出来，衣料不是现在工厂机器织出来的很时兴的工业布，而是用织布机手工织的土布。

白锦绣没见过他穿这几套内衫，拿着衣服，在手上翻来覆去看了好几遍，明白了。

她相信他不会做出私留别的女人送给他的衣物这样的事。这应该是他上次回老家，他母亲亲手给他做的衣裳。他带了过来，大概不想让自己看到，所以平常不穿，特意收在了这里。

这种被排斥在外的感觉，实在令她很是难过。她的心情一下低落下来，发了一会儿的呆，回过神来，怕被他知道自己发现了这个，小心地照着原样折叠好，放回去的时候，视线落在了衣柜的角落。

她伸手过去，掀开衣物，又看到了一样眼熟的东西——之前他去古城求亲，离开的那个清早，她特意追上去塞给他的那只金表的匣子。

她拿起匣子，打开盖，看见自己送的金表就在里头，表面崭新而锃亮，金光灿灿，显然，一次也没用过。

白锦绣慢慢地把东西放了回去，恢复原样，关上柜门，在原地站着，黯然发呆片刻，再也没有留下的心情，走了出去。

秘书官时刻留意着隔壁司令办公室里的动静，见她出来，手里拿着包，看起来似乎要走，忙跟了出来：“夫人，您要走了？”

白锦绣强作笑颜：“我还有点事要办，顺道来这里看一下而已，我先走了。”

她朝秘书官点了点头，转身离去。

司令部里的人见司令夫人、白家大小姐要走，呼啦啦全拥了出来，不顾她的辞谢，坚持送她到了大门外，列队欢送。

白锦绣和众人微笑着点了点头，上车后，命司机开车离去。一坐进车，她脸上的笑容再也挂不住了。回到白家，她径直上楼回了自己房间，躺在床上，闭着眼睛，没一会儿，听到嫂子张琬琰的声音从门外传了进来，叫自己开门。

她压下心中的烦乱，起身过去开门。

张琬琰看了眼她的脸色，走了进来：“怎么这么早就回来了？见到载沉了？他怎么没和你一道回来？”

白锦绣勉强笑道：“他还有事，又出去了，我懒得等他，就回来了。”

张琬琰盯着她看。白锦绣知道她精得很，不想被她察觉什么，转身走到桌前，背对着她，假意收拾自己的一摞画稿，说："嫂子你还有事吗？"

张琬琰走到她旁边，拽着她的手把她强行拉到椅子上，两人坐了下去，说："绣绣，你觉得我和你大哥，关系怎么样？"

"挺好的。"

白锦绣知道大哥和嫂子关系应该不是特别亲近，但也算过得去。除了前段时间有些怪异，最近两人看起来又好了，所以随口应了一句。

张琬琰叹了口气："算了吧。以前你是小姑娘，有些事，嫂子不方便和你说。现在你嫁人了，嫂子和你说说也是无妨。我和你哥，你肯定知道的，他以前是勉强娶了我。我自己也是不好，太要强，脾气差，也做不出那些做小伏低哄男人的事，所以留不住你哥的心。他对我，就那样吧！"

白锦绣一愣，有点摸不清她突然和自己说这个的目的，一顿，说道："嫂子，你要是有委屈，你和我说。他要敢做对不起你的事，我非骂死他不可！我再告诉爹去！"

"不是不是！你误会了！"张琬琰怎么肯让小姑子知道那个柳氏的事，忙摇头道，"嫂子和你说这个，是想提醒你，男人心里头喜欢的，都是那种看着柔柔弱弱又听话的女人，别管心肝烂不烂，狐狸精还是耗子精，反正在男人跟前装就行了。绣绣，你的性子……"张琬琰瞥了眼小姑，"嫂子把你当自家人，才和你实话实说。你的性子，这世上恐怕没哪个男人会真的喜欢……"

白锦绣低头不语。

张琬琰咳了一声："当然，你可别误会，嫂子不是说载沉他不喜欢，他肯定喜欢。但你要是能稍微改那么一点点，磨磨自己的性子，对他再好一些，哪怕就是装，他肯定也更喜欢，是不是？虽说咱们不稀罕他喜不喜欢，但毕竟成了亲，做了夫妻，能拴住男人的心，自然更好，绣绣你说对不对？"说完，她又长长地叹了一口气，"这真的是嫂子十年婚姻得出的教训。嫂子和你说，也是想你少走些弯路而已。"

白锦绣依然低着头，一动不动。

张琬琰看着她的样子，一时猜不透自己这个小姑子到底在想什么。

她和聂载沉结婚前，张琬琰见她那副懒洋洋的样子，怀疑她不怎么情愿，大概是迫于公公的压力才勉强点头的，就和丈夫当初娶自己时的情况类似。但白锦绣的性格又和她大哥完全不同。她现在就算答应，以后说不定也会变卦，所以那时候张琬琰很不看好这门亲事。

但她没想到，结婚才几天，小姑子和新姑爷竟然好得不得了，看着他的眼神都像是抹了蜜糖。她就疑心聂载沉或许颇有本事，把小姑子收得服服帖帖，片刻也离不了他。

既然木已成舟，她自然也盼着两人好，否则日后真要是有个什么不好，坏的也是小姑子和白家的名声，所以她松了口气。而现在，情况突然急转直下，又出了她料想不到的意外。

聂载沉获得军队支持，成了广州司令，忙得经常看不到人影，和小姑相处的时间自然也就少了，她怕小姑被冷落了。何况这世上大多数的男人，哪个不是有钱有权了就生出花花心思？他现在一下成了大人物，多少双眼睛盯着，就算他自己没别的念头，也禁不住别有用心的女人想打他主意。

张琬琰对这种事，因为有着切肤之痛，所以恨得咬牙切齿。昨天凑巧接到了司令部侍从官的电话，她当时心中就警铃大作，生怕小姑子知道了忍不住大闹，那样非但无济于事，反而会将聂载沉推远。于是她当机立断，不让小姑子知晓，自己打算悄悄帮她处理干净，免除后患。今天又打听到聂载沉回广州了，也不知道他什么时候回家，于是她特意帮小姑子炖了那盅补汤，催她送去。

“我给你炖的东西呢？”张琬琰问她。

白锦绣原本有点恍惚，听到她问这个，“哦”了一声，抬起头说：“我留在他那里了，让他的秘书官转话，叫他回来吃了。”

“嫂子，你炖的是什么？我没见过里头的东西，闻起来有一股怪味。”

白锦绣感觉味道应该不会好吃，反正她是闻了就没胃口，而且里面的几样炖料看起来也很怪，顺口就问了一声。

张琬琰笑了，凑到她耳畔，低声道：“那可是好东西，人参三鞭汤！牛鞭、鹿鞭、黑狗鞭，用的都是顶好的料。三鞭合用，配人参大补元气。还加了红枣，调和脾胃，去除燥性，不伤身体。隔水足足炖了两个时辰，大补！”

白锦绣一愣，这才明白过来，嫂子让自己给他送去的，竟然是……

她顿时窘得不行，怕万一被他认出药材，想歪了自己，慌忙站了起来：“嫂子，我忽然想起来，我还有点事，我要出去一下……”

她撇下张琬琰，抬脚就走。

“哎！我还没说完呢——”张琬琰追了两步，见她已是疾步出了房间，匆匆下楼，没一会儿，那辆别克汽车就又开了出去，忍不住摇头道，“唉，这说风就是雨的性子……哪天才能改改啊！愁死我了……”

白锦绣催司机快些开。

她刚才在司令部的时候，盼着他能快些回来，现在却巴不得他再晚点，好让她能先把那盅丢脸的东西扔了。偏偏广州城里马路不宽，这会儿又将近傍晚，街上挤满了各种马车、骡车和行人。最后可算到了司令部，车一停，没等司机下来给她开门，她自己就下了车，快步上了台阶。

卫兵见她又来了，没等她开口问，主动说道：“夫人，聂司令刚才回来了！”

白锦绣心一跳，急忙跨进门槛，朝着那间办公室快步而去。

聂载沉刚从城外回来，秘书官抱着一堆公文，跟着他进了司令办公室，见他脱帽，立刻放下手里的东西，要替他接着。聂载沉自己挂了帽，转过头，看见桌上放着一只食盒。

秘书官看了一眼，忙笑着道：“这是夫人送来的。夫人下午来过这里，等了司令您好一会儿，您没回来，她就先走了，吩咐我转告，请司令回来就把东西吃了。”

聂载沉正好饥肠辘辘，顺手打开食盒的盖子，见是一盅炖料。

秘书官有点好奇夫人给司令送来的是什么好吃的，凑过去瞥了一眼。

“三鞭汤？”

秘书官以前是陆军衙门里的文案官，家中太太给他弄过这个，一眼认了出来，诧异之下，忍不住当场脱口而出，看向身边这个年轻的司令官。

聂载沉一愣，立刻盖回盖子，盯了秘书官一眼。

这时，他忽然听到外头走廊上传来一阵略显急促的脚步声，像是女子鞋跟落地的声音。接着，办公室的门很快被人推开了。

白锦绣急匆匆地赶来，一推开门，就找自己放在桌上的食盒，看见东西虽然拿了出来，所幸盖子还盖着，应该没动过，终于松了口气。

秘书官刚才话一出口，就知道自己多嘴了。他对上聂司令投向自己的两道目光，心里正懊悔着，忽见白小姐去而复返，他装作什么也没看见似的，脸带着笑说桌上的文件要司令官审阅签字，说完，冲着白锦绣躬了躬身，赶紧退了出去，顺手带上了门。

第12章

秘书官一走，办公室里只剩下了她和他两个人。

白锦绣偷偷瞄了他一眼，见他站在桌旁，没动，也不说话，视线好似看着地面，感觉有点怪。

她没多想，现在最要紧的就是先把那盅汤扔了。

她迈步走到桌边，伸手匆匆收拾食盒，嘴里说："我回家了才知道，这汤还没煮好，不能喝，我先带回去了。你忙完了自己回家……"

她拎起来转身就走，手背一热，被他伸手握住了。

他轻轻拿掉她手里提的食盒，放回桌上，那只手却没松开她，还是握着，将她轻轻拉到了他的面前。

窗外暮色重了，办公室里的光线变得昏暗。正是司令部里的工作人员结束一天工作要归家的时刻。

"丁零丁零"，耳畔忽然飘入一道响铃声，接着，远处有人拖长声音喊话："放衙了——放衙了——关闭门窗，谨防火烛——"

这是从前陆军衙门每天散衙时喊班人的日常提醒，现在虽然变成司令部了，但依然照旧。

近旁没有声音，仿佛什么人都没有，远处却隐隐传来几声说笑和拖动椅脚与地面发出的摩擦声，听起来分外清晰。

白锦绣知道他在看着自己。

两人结婚已经有些时日了，现在这么简单地被他看着，她竟也感到害羞，心跳有点加快，不敢抬眼和他对望——都怪那盅讨厌的大补汤！

他还是不说话，她有点慌，只好自己找话，好打破这叫人尴尬的静默。她眼睛盯着他领口的那颗扣子，小声说："大家都要走了，你什么时候走……"

"让他们先走好了……"

他低低地应了她一声，接着就将她搂入怀中。

白锦绣被他亲得两腿发软，有点站立不稳，他就将她抱起来坐在桌上，压着那摞秘书官刚刚送来的文件。

天早已黑透，隔壁秘书室里的人在犹豫再三之后，似乎也陆续悄悄地走光了。这里只剩下了他们两个人。

耳畔静悄无声，聂载沉凝视着趴在自己怀里的女孩。

他再不是单身一人，白家小姐是他的妻子。他必须要比从前更加努力，才能有资格去做她的男人，才能更好地保护她。

结婚后，她看起来对自己是那么依恋。每天早上他走的时候，她总是显得很不舍，两人分开超过一两天，她就变得焦虑不安。这难免让他生出一种感觉，这样的她，怎么可能会在将来的某天不再喜欢他，不要他了？

或许当初他对她的顾虑，还有大嫂张琬琰的论断，都是错的。她会一直这么喜欢他，也愿意和他生儿育女，陪他一直到老。

可是当日的一念之差，他没有将自己娶妻的事告诉母亲。不仅如此，直到现在，他还对她隐瞒着这个事实。

聂载沉的心里忽然涌出一阵强烈的愧疚和负罪感，再也忍不住了。

"绣绣……"

他试探着，轻声地叫她。

她一动不动，看起来仿佛是熟睡了，但是没一会儿，那对长而翘的眼睫毛微微动了下，她倏然睁眼，像个顽皮孩子似的“哧”地轻声一笑：“我醒着呢。怎么了？”

她的眼眸亮晶晶的，笑盈盈地看着自己，微微歪着脑袋，等着他开口。

对着这样的她，聂载沉刚才集聚起来的想要向她坦白、继而求她宽恕的勇气忽然又消失了。

她现在这么欢喜，知道了的话，一定会生气。要是再也不肯原谅他，真的不要他了，那该怎么办？

聂载沉甚至有点不敢想象那一幕。

他沉默了。

白锦绣等了一会儿，催他道：“快点说啊，什么事？”

“没什么。”

聂载沉终于还是没有足够的勇气说出口，避开她的目光，含糊地应了一声。

下次吧，下次等到合适的机会，他一定向她坦白，请求她的原谅。他对自己说道。

白锦绣见他又没话了，自己偷偷看了一眼衣柜，忍住想要开口问他的冲动，改而问他最近在忙什么。

聂载沉立刻告诉她，他现在在做两件事——

第一，是要培养军事人才，储备新的力量，这一点非常重要。他打算将长洲岛上原本创办的那个陆军海军小学堂扩建成军校。第二点则更是急迫。新旧之交，各地虽然都改旗易帜响应，但实际各自为大，动辄交战。他要统一全省，刻不容缓。

“过些天我会把全省的地方头头都请来，坐下一起协商此事。”他说道。

白锦绣知道这背后绝对不会只是一个会议这么简单，那些人的手里都有枪和人马，没有一个是善茬。她不禁紧张起来：“你要当心！”

“你放心。我会的。”他安慰她。

他的话很简短，但笃定的语气，让她一下获得了安心的感觉。

她不再多说什么，在他怀里闭目又靠了一会儿，睁开眼睛说：“这个礼拜六，二十一号，晚上你能腾出空吗？我想你早些回家陪我一起吃晚饭。我们都好久没一起吃过晚饭了。”她的语气带点抱怨。

聂载沉想了下，点头道：“好，我会早点回去，陪你吃饭的。”

白锦绣想了下，又说道：“聂载沉你要保证！你要是食言，我会生气的！”

“我向你保证。”

聂载沉顺着她的要求保证。

白锦绣高兴地抱住他，用力地亲了一口：“我会等你的！”

这个礼拜六其实是聂载沉的农历生日，还有五天。白锦绣想给他过两人结婚后的第一个生日，但他自己看起来完全不记得有这一回事了，白锦绣也就不说，想到时候给他一个惊喜。

为了他的这个生日，她已经悄悄准备了好些天。

他不用自家的汽车，也不戴送他的金表。她也不敢问。现在过生日，她想送他礼物，自然不再买什么贵重的东西了。

早几年起，上海就开始流行织毛线，还出了一本专门教人怎么织各种漂亮花纹织物的妇女杂志。白锦绣买来一本，又购了开司米羊绒线，推掉一切没必要的社交活动，最近有空就躲在房间里一个人忙碌着。

她自知没本事去织复杂的衣服手套什么的，就选了最简单的围巾，想送给他当礼物。一开始自然手拙，好不容易织了半条，回头检查，发现下头竟落了好几针，围巾上有几个窟窿眼，丑极了。没办法，她只好拆了重新织，这样反反复复，织了拆，拆了织，终于赶在他的生日前把围巾织好了。

虽然手指都被毛衣针戳肿了，但看着自己亲手织出来的围巾，想象他看到后惊喜的样子，她的心里就充满了快乐。

终于等到礼拜六的这一天。早上他出门前，说晚上六点前一定回来，陪她一道吃晚饭。

傍晚，她泡过澡，换了条漂亮的裙子，精心打扮完毕，将围巾用一条粉色缎带扎起来，绑出一个漂亮的蝴蝶结，又取了一张洒过香水的小卡片，在卡片上留了个地址，和围巾一道装在一个盒子里，放在床中间，最后还在盒子上压了一朵玫瑰花。这样准备好后，她才出了门，叫司机送她到德隆饭店。

德隆饭店的前身是法兰西银行大楼，现在是广州最高级的西式饭店。老板弗兰是白锦绣以前在欧洲读书时认识的同学，两人很谈得来。他的父亲是使馆官员，他跟着来了中国，但没随家人留在北边，而是追着白锦绣跑来广州，盘下这栋建筑，改成了饭店。

白锦绣早和他定好了今晚的房间。弗兰早早地等在饭店大厅里，看见白锦绣到了，风度翩翩地迎上来，贴面虚碰了下她的脸颊，嘴里发出“啵”的一声，随即躬身用法语说：“亲爱的，你今晚太美丽了。非常荣幸能为你和你的聂先生服务。房间已经准备好，请随我来。”

白锦绣见他一本正经，忍住笑，跟着上去，来到房间。

这是位于顶楼的一个最大最好的房间。

“亲爱的，今晚不只这个房间，整层楼都是属于你们的，没有人会来打扰你们。你看。”

弗兰打开门，站在门口，指着房间让白锦绣看。

房间里没有亮灯，取而代之的是金色烛台。地毯上有一条用红色玫瑰花瓣铺的路，从门口入内，直通那张铺着崭新寝具的巨大圆床，床的中间还摆着一个同样用玫瑰花朵扎成的花束，上头是个射箭的小丘比特。

“亲爱的，庆贺生日的蛋糕已经准备好了，晚餐随时待命，红酒也冰过了，是我从罗曼尼康帝酒庄带来的，一直舍不得喝，今晚就替你们助兴了，到时送到房间来。另外还有乐队。现在就只等着聂先生来了。”

“怎么样，还满意吗？”弗兰用得意的语气问。

白锦绣挺满意的，点了点头。

弗兰遗憾似的耸了耸肩，视线落在她的脸上：“我追女人的时候，都没像今晚这么用心过！祝你们过得愉快！”

他金发蓝眼，相貌英俊，生性风流，又舍得花钱，相好过的女人，大概能从凯旋门排到埃菲尔铁塔，但他人真的挺好的。

白锦绣笑着向他道谢，请他自便。

弗兰离开后，白锦绣看了眼时间，快晚上六点了。

想到聂载沉回家看到自己布置的一切，她忽然又紧张又兴奋。但愿他喜欢自己给他准备的这个生日之夜。她想。

聂载沉看了眼时间，晚上五点半了。

前两天，他收到一个消息，韶州的陈济南暗中正密谋突袭广州。他就一边派人继续暗中监视，一边考虑着动手的最佳时机。

陈济南是原广东军镇的统制，驻湖广边境的韶州，手下有五千多人马，是一支老牌的地方劲旅。民国成立后，他立刻回到韶州，表面改旗易帜拥护，也接受了聂载沉作为广州最高军政长官的管辖，实则他极不服气。

这也是人之常情。陈家祖上三代都掌地方要职，是军旅世家，他手下的这支人马，对他忠心耿耿。他有资历，有枪炮，有过往战绩，而那个聂载沉，不过一个毛头小子，踩狗屎运娶到白成山的女儿，现在借着原新军的拥护掌控了广州，实际隐隐已有号令全省的地位，他怎么可能服气？

聂载沉更是心知肚明。现在别地的人马，表面看着对广州临时司令部是顺服了，实则都在盯着势力最大的陈济南。

想要统一全省，结束乱局，他就必须拿陈济南祭旗，这毫无疑问。

和她约好的时间快到了。聂载沉匆匆结束会议，回到办公室，收拾了东西，走出司令部的大门，正要回白家，身后忽然传来追赶的脚步声。

秘书官手里拿着一份刚收到的电报追了上来。

“司令，有急电！”

电报是奉命监视陈济南的人发来的，说陈济南今天秘密会见了南雄和连州的人，十几门重金从国外新购入的大炮也于今天被秘密运上轮船，伪装成普通货物，正分批往广州而来。

聂载沉沉吟片刻，转身回到办公室，先往白家打了个电话。

接电话的是用人，说小姐不在家，刚才恰好出去了，不知道去了哪里。

聂载沉一顿："小姐回来，你帮我和她说一声，我这边有紧急要务，晚上不回去了，下次再陪她吃饭。"

用人答应了。

聂载沉又打了个电话，调"太平"和"绥靖"两艘炮舰出港拦截，挂了电话，往西营而去。

第13章

白锦绣打发司机开车回家，好让聂载沉开车来这里——和公事无关的事，他应该不会拒绝用自己的车。

她在饭店的房间里等着他来。

六点钟过了，七点钟，天完全黑了下来。她始终没有等到聂载沉的到来，等到八点钟，终于忍不住，往家里打了一个电话。

“小姐，你去哪里啦？正想找你说事呢。先前姑爷打电话回来，说他今天晚上临时有事，叫小姐你自己吃饭，别等他……”

白锦绣放下电话，满心的欢喜和期待瞬间化为泡影。

她在床边呆呆地坐了片刻，转过头，看着地毯和床上铺着的美丽的玫瑰花，眼睛慢慢地红了。

她命令自己不要哭，不过是给他过个生日，本只是想要送他一个惊喜罢了，又不是什么大不了的事。何况他也不会无缘无故地爽约，肯定是有重要的事，不来就不来。

但是不争气的眼泪，还是掉了下来。

她一个人默默地掉了一会儿泪，忽然想起饭店的厨师和乐师都还在等着，急忙擦去眼泪，等情绪平复了些，对着镜子瞧不出什么异样了，她出去打开门，让候在外头的侍者代自己去通知乐队取消，然后让厨师把做好的蛋糕和菜肴先送来房间。

或许他晚些会回家，看到了卡片，再来这里，自己给他庆贺生日，那也是一样的。白锦绣安慰着自己。

漂亮的蛋糕和精致的菜肴，还有那瓶插在冰块里的法兰西红酒，很快送了过来。

白锦绣继续等，一直等到深夜，他始终没有来。

菜冷透了，烤乳鸽身上那层蜜色的泛着令人垂涎的油光蒙上一层冷白，冰罐里的冰块化掉，凝结的水珠，沿着红酒瓶壁慢慢地滚落。

白锦绣趴在那张巨大的圆床上，到了下半夜，红着眼睛，最后沉沉地睡了过去。

这一夜，西营的军事会议室里，电灯亮了一夜，电报机一直开着，不停地发送指令，同时也接收着来自前方的最新消息。

聂载沉和军事部的要员，在清晨四点多的时候，收到了最后一份等待着的电报。

之前派出的两个步兵团和一个炮营在一夜之间全部调集完毕，抵达指定位置，随时可以向着韶州发动进攻。

炮舰也成功拦截下了轮船，将全部大炮连同船上人员扣押，随即掉转方向，连夜回往韶州，预计最晚今早九点可以抵达。

抵达之后，水陆两路同时向着韶州发动进攻，先下手为强。

那些观望中的墙头草，更需要一个榜样。陈济南就是送上门的最好榜样。

聂载沉对秘书官口述："以司令部的名义发电，通告除陈济南外的全部地方长官，两天后到广州参加会议，共商大事。收报后务必立刻动身，逾期不至，后果自负！"

秘书官记下，奔去电讯室发送。

聂载沉看了下时间，现在距离开火的上午九点还有几个小时。暂时无事，他解散会议，让跟着熬了一夜的军事部成员先去休息，自己去洗了把脸，随即赶回西关。

他是在清晨五点多回到白家的。

这么早，白家用人都还没起来。他没有惊动旁人，直接上楼回了房间，推开门，轻手轻脚地走到里间的卧室。

他的脚步停了下来——她不在床上。借着曚昽的晨光，他看见床上放着一个压了玫瑰花的精致的长方盒子。

聂载沉有点错愕，快步走到床边，打开床头灯，拿起盒子，打开盖，看见里面是一条折叠得整整齐齐的围巾，漂亮的蝴蝶结下，压了一张小卡片。

他拿了起来，视线落到卡片上留下的那两行娟秀的字上，愣住了。

昨天是他的生辰，他完全忘了这个事。原来她要他回家陪她吃饭，是为了替他庆贺生日。不但如此，她还亲手织了一条围巾送给他！

他捏着手中那柔软的开司米围巾，怔了片刻，忽然想起她说他要是食言，她就会生气的话，心跳了一下，急忙放下围巾，转身匆匆奔了出去，从门房处拿了汽车钥匙，直接就往卡片上留的地址疾驰而去。

凌晨五点多的广州街道，天蒙蒙亮，街边除了早食摊和挑着担子赶早市的零星路人，空空荡荡。

聂载沉开着汽车，一口气赶到德隆饭店，甚至来不及泊好车，把车钥匙丢给迎出来的门童，自己就往里面奔了进去。

饭店总共七层，她住在顶层。这么早，操控升降梯的人恰好不在。聂载沉等不及让升降梯慢吞吞地下来，奔到楼梯前，三步并作两步地往上奔去。

白锦绣被门铃声惊醒，睁开略带浮肿的眼，从床上爬了下去，走过去打开门。

弗兰站在门口，看见她现身，松了口气："亲爱的，很抱歉这么早打扰你，但我听说昨晚聂先生没来，你这里又一直没动静，我有点不放心。你还好吧？"

白锦绣勉强打起精神，微笑道："是的，我很好，没事。他后来临时有急事，来不了，我叫他不用来了。”她转头看了一眼房间，摊了摊手，用轻松的语调说，“布置得这么美的房间，空置了太可惜。所以我自己睡了一晚。”

弗兰大笑：“这样就好，能有幸邀你来我这里过一夜，也是我莫大的荣幸！你还有什么需要我帮忙的吗？”

白锦绣看了眼天色：“我的司机昨晚开车回家了，劳驾你帮我叫辆车，我想回家。”

“我正好没事，我送你吧！”

白锦绣向他道了声谢，让他稍等，自己进去拿了包，走了出来。

她还有些头昏脑涨，走到门口，高跟鞋的鞋跟被厚厚的地毯绊了一下。

“亲爱的，当心点！”弗兰立刻伸手扶了她一把，体贴地道。

白锦绣定了定神，向他道了声谢，收回自己的手，正要迈步往电梯去，脚步却顿住了。

聂载沉来了。他就站在走道的拐角处，视线落到弗兰的身上，仿佛迟疑了下，随即朝这边继续大步走来，最后停在她的面前。

“绣绣。”他叫了她一声，又朝着那个盯着他看的法国人微微颔首，“我是聂载沉，白小姐的丈夫。”

弗兰脸上露出笑容：“聂先生？久闻大名！我在报纸上见过你的相片！我是白小姐的朋友，你叫我弗兰就行！白小姐昨晚原本想在这里为你庆贺生日，可惜聂先生太忙了，希望下次你能再来，品尝一下我这里正宗的法国美食，我相信聂先生一定会喜欢的！”

聂载沉随意点了点头，转脸看着白锦绣。

白锦绣却没有看他，对弗兰笑道：“谢谢你，等下我和我丈夫一起回家吧。”

“好的！有什么需要，尽管告诉我。”

弗兰走了，白锦绣一言不发，转身往里走去。

聂载沉急忙跟着她进去，关上门，看她走到那张大圆床前，趴着躺了下去，脸压在枕头上，一动不动。

聂载沉慢慢走到她的身边。

“绣绣，昨晚真的是我不好。我完全不知道你为我准备的这些……我要是知道，一定会回来先向你解释的。你别生气……”

房间里静默着，白锦绣还是那样趴着，仿佛睡了过去。

“我早上一回去，就看到你送给我的礼物了，我真的很喜欢。都是我不好，你别生气了，好吗？”

她依然没有什么反应。

聂载沉俯身朝向她。

“绣绣！绣绣！”他靠到她的耳边，不停地轻声叫她的小名，起先是恳求的语气，见她始终没有反应，渐渐变得焦灼起来，“绣绣，你说话好不好？”

床上的她终于动了一下，慢慢地爬了起来，坐在床边，看着面前的他，好一会儿，没有作声。

没有料想中的责备和恼怒，这么沉默的她，让聂载沉变得更加不安。

“绣绣，你说话，你别这样……”

聂载沉握住她的一只手，紧紧地抓着。

白锦绣看着他那双布满淡淡血丝的眼睛，听他声声地叫着自己绣绣，再多的气，也早就没了，心也软了下去。

现在这种时候，到处乱成一团，广州也不可能是无事之地。昨晚一定是出了什么重要的大事，他肯定没睡觉，熬了一夜。他都这么辛苦了，她不过是没等到他回来过生日而已，她怎么可能真的生他的气？

她的眼圈慢慢红了，摇了摇头，终于说：“我不生你的气了。我只是有点难过……”她顿了一下，“不过现在也好了。我知道你有事，不凑巧而已。我没事了，你别担心。”

她朝他露出了笑容。

聂载沉看着她坐在床边眼睛含着泪花却朝自己笑的样子，怔了。他沉默片刻，慢慢地抬起手，轻轻替她擦拭眼角。他越擦，她眼泪就掉得越多，很快打湿了他的手指。

“讨厌！都怪你不好！本来已经不哭了！”

白锦绣推开他替自己擦泪的手，打了他一下，又“呜”了一声，扑到他的怀里。

聂载沉彻底地松了一口气，将她接住，和她并头躺在枕上，温柔地亲吻着她。

她闭着眼睛任他亲吻，过了好一会儿，等他放开自己，睁开眼睛凝视着他，伸手摸了摸他的脸，柔声说：“你昨晚没睡觉吧？累的话，就在这里睡吧。我不打扰你休息。”

她要缩回刚才搂着他的胳膊，却被聂载沉抓住了。他看了眼房间：“这些都是你布置的吗？你辛苦了。昨晚真的怪我不好。”

白锦绣摇头道：“是我和弗兰说，他帮着布置的。”

聂载沉顿了一下，又看了一眼四周，慢慢地坐了起来。

“绣绣，这床太软，我有点睡不惯。不睡了。”

白锦绣爬起来，跪着压了压床垫：“没有呀！不是和家里的差不多吗？”

聂载沉闭上眼，没躺一会儿，再次坐了起来。

“绣绣，我真的睡不惯。天也亮了，我开车来的，我先送你回家吧。”

“那好吧。”

白锦绣见他就是不肯睡，也就顺着他了，跟他从床上坐起来，手插进他的胳膊里，挽住了他。

“我们走吧。”她笑着说。

第14章

这一夜就这样过去了。白锦绣跟着聂载沉回到家中。

她昨晚没睡好，现在有点困倦。聂载沉安置好她，自己也陪着她睡了下来，又歉疚地向她解释，说等下他又要走了。今天还有重要的事，他在九点前必须回去。

在嫁给他之前，白锦绣真的不会相信，自己的心胸竟然能够大度到这个程度。听他说又要走了，她心里是有些失落，非但没有生气，反而心疼他累，要他再抓紧时间休息下，她先不睡了，到点会叫他起来。等他走了，她再补觉就是。

所有的失落、难过和委屈，她都能自己消化掉。就和聂载沉放在衣柜里的他母亲做给他的衣物和他从未用过的那块金表一样，想起来虽然心里就像有根刺，但其实，也没那么重要。

白锦绣真的想让他开心。和自己结婚，要是能让他感到开心，也就是她最大的开心了。她真的愿意为他做任何事，只要她能做得到。

聂载沉是怀着对她的歉疚和庆幸之情离开的。歉疚是自然的，而之所以庆幸，是聂载沉以前真的没想到，她竟能这么地体贴自己，他甚至有一种受宠若惊之感。

但是现在他事情真的太多，一忙起来，确实也就没有心思再顾别的。很快，两天之后，就是会议召开的日子。

这个会议非常突然。肇庆的朱铁生、惠州的马宏辉、潮州的刘继祖、清远的宗敬先等人，原本要么是地方总兵、统制，要么是世家豪强，趁几个月前的覆灭大乱起势，占领地方，靠着手中兵马做了一方头号人物。自然，人人毫不犹豫“咔嚓”一下剪掉辫子，挂上新的旗帜，一夜之间，全都成了新党人物。

和地方头号人物陈济南不一样的是，他们手中的枪不够多。人马好弄，想弄枪却不是容易的事。钱是个大问题。很多地方本就穷，百姓又一直被反复搜刮，税收就那么点，能养着人马就不错了，实在没有多余的钱去弄枪。

而聂载沉不但凭着先天优势，手中握着原新军的主力，现在又是广州临时司令部的司令，相当于前广州将军，还兼了总督的行政位，地位高高凌驾于上。他突然要他们来广州开会，电报里的语气又很强硬，众人不敢不给这个面子，但又不甘心就这么来开会。要是老老实实来，就表示他们服从了他的权力。而一旦服从，就意味着往后要失去最重要的自主权。所以在收到电报后，他们暗中商量了下，决定如期参加会议，看看那个姓聂的小子到底想干什么，但必须带着自己的警卫营入广州，兵马也跟随在后，起一个威慑的作用。

这一天，各地十几名代表，如期陆续抵达广州。聂载沉早就获悉他们带着警卫营来了，随行兵马也在后头，光朱铁生的警卫营就有几百人，个个持枪，耀武扬威，排场很大。

他任由警卫营入城，自己也没露面，只安排了人接待，包下了一间条件不错的大旅馆，让各地代表入住后，当晚于大三元设宴，由方大春和司令部秘书官代表自己替他们接风洗尘。

众人都十分防备，哪里有心思吃饭喝酒，走了个过场后，第二天早上，被告知会议在西营召开，众人就去了。

西营大门大开，卫兵也没有阻拦他们的警卫，朱铁生、马宏辉等人进去，到了会议室。

说好的九点开会，聂载沉却没到，只有几个一看就是军校学生的青涩士兵忙着倒茶，分烟，招呼他们。

昨晚聂载沉没有亲自为他们接风，众人心里本就不快，现在见他开会竟还迟到，更是恼怒。但人都来了，也只能等，等了许久，还是不见他来，有人沉不住气了，拍桌骂娘，有人抬脚要走，走到门口，却被一队不知道从哪里冒出来的持枪卫兵拦住。领队的军官微笑道："聂司令早上临时有事，一时来不了，命卑职给各位将军赔礼。请将军们再稍等，他很快就到。"

众人骂娘，强行要出去，有拔枪恐吓的，也有高声叫自己警卫来的，会议室的大门前乱成一团。

那军官见状，竟沉下脸，做了个手势。卫兵倏然列队，齐齐举枪，整齐地拉下枪栓，几十个枪口，瞬间全对准了会议室的大门。

"这里是西营！谁敢闹事？"军官冷冷地道。

众人都惊呆了，等反应过来，有脾气暴躁的，当场跳了起来，让卫兵冲自己开枪。正闹得厉害，马宏辉喊道："姓聂的来了！"

众人看去，见一个身穿军服的年轻人出现在走廊里，正朝这边大步走来。

没见过聂载沉的，之前也都在报纸上看过他的照片。众人这才停了吵闹，纷纷看向朱铁生。

肇庆是地方力量相对强大的地区，朱铁生在肇庆当了多年统制，现在也是地方除陈济南之外的二号人物，比马宏辉、刘继祖这些人沉得住气。刚才他也没闹，现在见聂载沉现身，才冷笑道："聂司令，我们这帮老兄弟是给你面子，今天才过来开会的。你给我们弄这么一个下马威，是不是有点不厚道了？"

聂载沉命令卫兵收枪，笑道："早上临时有事，这才来迟了，下面的人又不懂规矩，得罪各位前辈了，我给诸位赔礼。"

他说完，走了进去。

众人相互看了几眼，忍气跟了进去，各自重新入座。

聂载沉单独坐在长方形会议桌的主位，目光掠过左右的人，微笑道："民心向来思统，我今天请诸位来，就是商量怎么规划这块南疆宝地，保证日后统一行动，免得各自为政，纷争不断。我想先听听你们的意思。"

话音落下，没有一人发声，有的自顾自抽烟，有的面露冷笑。

聂载沉不动声色，继续道："那我就说了。全省现状如何，大家心知肚明。我听说现在各地税赋也都流入地方腰包，去向不明，这不是好事。特殊时期，广州司令部身兼数职，要担负全省的财政，除了军事费，还有各种民生支出。光靠广州税赋，实话说，非常吃紧，再养着你们地方那么多人马，很不合理。必须整合改编，把钱用在更需要的地方。我粗略统计过，除去陈济南，你们手里加起来有三万多人，人数过多，没必要全部保留。所以我决定精简成一个加强师，每个地方只保留必要的一个保卫团，人数不超过一千，定下一个用兵标准，将不合标准的全部裁掉！往后地方税收也统一上缴，只留一个团的军饷，其余收归广州，按制拨返。"

会议室里的人脸色大变。马宏辉立刻道："姓聂的，你凭什么这么决定了？不是说叫我们来商量吗？"

聂载沉笑道："刚才我请你们发言，你们全都不说话。你们没意见，那就我来定，有问题吗？"

刘继祖一把扔了手里的香烟，站了起来，朝外走去："我没空陪你玩过家家。姓聂的小子，你自己玩吧！"

剩下的人也大声嘲笑，纷纷跟着站起来，一起朝外走去。

聂载沉靠在椅背上，不紧不慢地道："诸位都是大忙人，好不容易把你们请来这里，不谈出一个结果，你们觉得我会让你们走吗？"

他语气平淡，但威胁之意却扑面而来。

众人一愣，停住脚步，转头盯着聂载沉。

"姓聂的，你敢？"

聂载沉说："你们的警卫营刚进来就被缴枪了。至于外头的那些人马，就算对你们忠心耿耿，不会被钱收买，但我要是真想对你们不利，恐怕也是远水解不了近渴。"

众人脸色大变。朱铁生城府再深，对着这么咄咄逼人的一个后辈，也是忍耐不住了，猛地拍案而起："聂载沉，你不要得寸进尺！我们今天即便全都没了，你以为你日后就能高枕无忧？”

聂载沉自然不会真的对这些人全部下手。除人容易，但这些人在地方盘踞多年，根深蒂固，确实就像朱铁生说的一样，后患无穷。

他需要的只是杀鸡儆猴。

他说：“今早我不是有事迟到了吗？确实有点事。陈济南今天没来。你们知道他为什么没来吗？”

众人原本也是心存疑虑，相互看了一眼。

刘继祖“哼”了一声：“陈统制可不像我们好说话，愿意给你个面子。没想到你不识好歹！既然这样，还有什么可说的！”

聂载沉笑了笑：“刘将军，你错了。不是陈济南不给我面子，而是我不需要他来这里开会。”他的语气转为严厉，“实话和你们说吧，陈济南表面拥护，实际居心叵测，竟然密谋炮轰广州，破坏局面。要不是我及早察觉，派出炮舰拦截，广州现在恐怕已经是废墟一片。他这是咎由自取。就在你们来广州的路上，我已派遣部队前去攻打韶州，二十四小时，就拿下了韶州！”

他把一个文件夹朝着众人甩了过去。

“这是战报电文。今早我收到了最新电文，陈济南潜逃，被他手下的士兵击毙了。”

朱铁生等人脸色大变，拿过电文，争相翻了几下，会议室里气氛跟着大变，众人议论个不停。

朱铁生合上电文，勉强道：“我不信！他手下五六千的人马，跟了他多年，打过不知道多少仗，怎么可能这么快就让你攻下韶州？”

聂载沉说：“他是有几个忠心的下属，也很有能力，可惜啊，水陆两路同遭攻击，再加上他自己的十几门大炮，下头的人又没得到多少好处，你们说，他们是愿意继续留着脑袋吃饭，还是上去替陈济南卖命当炮灰？”

会议室里顿时陷入死寂，半晌，马宏辉跳了起来：“我不信！你让我发电报！我要发电报回去问！”

聂载沉看了他一眼，示意门外的手下将他带去通讯室。

马宏辉匆匆去发电报，会议室里众人一言不发，有人唉声叹气，有人埋头抽烟。

聂载沉坐着，冷眼看着众人。

大约二十分钟后，马宏辉回来了。

“怎么样，韶州真的完了？”

马宏辉有气无力地点了点头：“韶州，真的……一夜就丢了……陈济南，也死了……”

众人“啊”了一声，全都静默下来。

聂载沉环顾一圈会议室里的人，冷冷地道：“你们谁有陈济南那样的想法，现在就可以走。但我实话告诉你们，我是不会允许在我的管制下有自立为政的人存在。你们面前有两条路，第一是走陈济南的老路，第二是协商改革。走第二条路，我的军事部里，会给你们留下相匹配的位置。你们自己考虑吧。”

聂载沉站起来，撇下会议室里的人，迈步走了出去。

白锦绣知道聂载沉最近在忙什么，他好像要收编各地军队，制定全省统一的行政制度。

他那么忙，早出晚归，她自然尽量不给他添事。这天，是嫂子张琬琰母亲的寿辰。他陪着她到了张家，给张母拜过寿后，没留下吃寿宴，有点事先走了。

嫂子和大哥两人都忙着应酬客人，照应不到她。阿宣跟着她玩了一会儿，也和几个年纪相仿的伙伴溜到后花园去了。

同桌的女客大多是张家的亲眷，自然都认识她，对她毕恭毕敬。要么看着不敢搭讪，要么过来主动搭讪，说的也都是奉承的好话，实在无聊。寿宴又还没结束，她也不好就这么回去。白锦绣坐了一会儿，起身出去方便。回来的时候，走到贵宾厅外，她听到同桌的女客们正议论着自己和聂载沉，起先说的都是好话，夸聂载沉一表人才，又有本事。

“白老爷也真有眼光，挑了个这样的女婿，这不是捡到宝了吗？”张家的大姑说。

“可不是嘛！这样的年轻人，到哪里去找啊！”另一个亲戚附和道。

听到她们夸赞聂载沉，白锦绣心里一阵甜蜜，比听到她们夸自己还要欣喜，就停了脚步，没有立刻进去。

“其实绣绣也真的是个福星。我们琬琰以前跟我闲谈时，常说她小姑子小时候生出来旺白老爷。现在聂姑爷娶了她，这才几个月啊，他这官就嗖嗖地升。我看绣绣也是旺夫。”张琬琰的一个姨婆跟着说。

众人又点头：“对，对，绣绣和聂姑爷，就是天生一对。”

白锦绣自然不相信什么旺夫之类的话，但听到她们说自己和他天生一对，就更加不好意思这么进去了，正想悄悄退出来，等她们结束话题再进去，忽然听到张家大姑又说：“不过有个事，我就有点纳闷。绣绣成亲了，都还住在娘家。虽说聂姑爷家世是比不上白家，但这样跟着绣绣住在白家，有点不大好看。前几天我就遇到个不知事的人，竟然问我白家是不是招了个倒插门的上门女婿，被我给说了一通！”

姨婆忙道：“这个我也奇怪，先前特意问过琬琰。琬琰说是聂姑爷知道自己忙，照顾不到绣绣，体贴绣绣，怕她跟出来住不习惯。是聂姑爷好。”

众人“哦”了一声。另一个亲戚却又说：“话虽这么说，但外人可不这么想，难免误会。所以说啊，聂姑爷真是个好脾性的人，处处替绣绣着想。像我家那口子，没本事，脾气还大，明明靠着我爹混日子，却最忌讳别人说他靠我娘家。别说我带着他住娘家了，有一回被他知道有人说他靠我娘家，他竟然气得跑出去喝了个大醉，你们说好笑不好笑？所以说啊，男人越有本事，越能忍，也不计较这些破事。”

满桌人点头赞同。三姑六婆又说了几句，渐渐岔开话题，说起别的家长里短来。

白锦绣站在厅外，怔了一会儿，听到里头的人说自己怎么还没回来，要去找，这才回过神，装作刚回来的样子，走了进去。

宴席终于结束。大哥喝醉了酒，嫂子带着阿宣晚上留宿张家。张琬琰让白锦绣也跟她一起住下，说明早再一道回去。白锦绣归心似箭，婉拒说自己坐马车回去就可以了。

张琬琰见留不住她，只好随她，送她出了大门，正要叮嘱用人护送好小姑子，忽然看见门外停了一辆汽车，聂载沉从车里下来。她很是高兴，推了推白锦绣："最好不过了！载沉接你来了！"

聂载沉走到两人面前，叫了声大嫂，对白锦绣说："我事办完了，过来接你回家。"

白锦绣就和张琬琰辞别，跟着他上了车，开往西关白家。

聂载沉开着车，留意到她一言不发，似乎怀着心事，便问："绣绣，你怎么了？"

白锦绣看了他片刻，说："聂载沉，我不想住在家里了。我想搬出去和你单独住！"

聂载沉把车停在路边，转脸看着她："你怎么了，好端端地突然要搬出去？"

白锦绣笑道："你这么惊讶干什么？你那么忙，白天我总是见不到你，也就晚上那么点时间才能在一起。我家和司令部又那么远，一个城西，一个城东，我不想让你在路上来回浪费时间。何况，我也想离你更近些。地方我都想好了。司令部的后头以前本来就是内宅，供官员家眷居住，现在空着，我搬过去，名正言顺。你觉得呢？"

"不行！那里条件不好，不适合你住。"聂载沉拒绝。

"我就要住！我不在乎！别人能住，我为什么不能？我想和你离得近点！你答应我嘛！"

白锦绣靠过来，胳膊搂着他的脖子撒娇。

"绣绣……"聂载沉还是犹豫。

"你是不是不想我离你那么近？你烦我？"白锦绣看着他。

"不是不是，你别误会……"

"不是就行。就这么定了！我自己叫人收拾地方，收拾好就搬过去，不用你操心！"她笑盈盈地说道。

第15章

白锦绣一锤定音，决定搬出白家，和聂载沉一起住到司令部后头的宅邸里。

聂载沉觉得不合适。

那地方虽然比普通广州民众住的民宅要好得多，毕竟是正儿八经的官邸，三进的四方大屋，还带了个庭院，但实在老旧破败，根本没法和她住惯了的白家相比。他不想她因为自己吃这种没必要的苦。但要是不答应，又怕她认为自己不想她离他那么近，聂载沉自然不敢再多说什么，只剩点头的份。

这会儿广州形势大致定了，白成山前些时候刚回古城。即便他还在，他开口阻拦，白锦绣未必就听，何况是白镜堂和张琬琰的劝？

第二天，白家的管事就带着人去那里收拾地方，白锦绣在家里忙着整理东西。

张琬琰从娘家回来，一听到这个消息，立马过去看了一下，回来连连摇头，劝正在收拾衣服的小姑："绣绣，那地方嫂子刚去看过，你俩住，小倒不算小，但实在太寒碜了，院里都是草，地砖到处翘，转春就返潮，采光也不好！你在家住得好好的，干什么去住那里？"

白锦绣说："草拔了，装纱窗，洒些石灰，墙刷白，没问题的。"

聂载沉的衣物不多，收拾好后，她继续整理自己的东西。

张琬琰其实隐隐有点猜到是怎么回事——她先前也想过，聂载沉随小姑子长久住在白家，外头肯定有人多嘴，但看聂载沉自己并不在乎，她自然也就不再多事。何况让小姑子一直住在家里多好，图个放心。

小姑子之前懵懵懂懂的，对这种事完全没上心，也不知道怎么回事，现在突然就想着搬出去了。

"是不是你听到外头人说什么了？"张琬琰问她。

张琬琰自己其实也没少听到。

白锦绣手一顿，继续折着衣服。

"我说你怎么这么死心眼？载沉要是自己想出去住，你自然不好再住在家里。但我听说当初爹要给你们在外头置办房子，是他自己说要住在咱们家。他现在也没说什么，你又何必搬？"

白锦绣迟疑了下，终于说道："嫂子，当初就算爹给我们另外置办房子，用的也是我们白家的钱。他大概觉得没分别，索性就住在我们家了。他是个有心事也不说的人。以前也就算了，现在不一样了，他还住我们家，我怕他介意了也不讲。"

"何况，就算他自己真的不在意，我也不想让他因为迁就我，让别人在背后说他闲话。"她又补了一句。

张琬琰十分诧异，没想到小姑子竟然想得这么多。她看了白锦绣片刻，叹气道："行，行，你有理！真是叫人没办法！"

事情既然没法改了，张琬琰也只能配合，又过去亲自盯着，指挥人把那地方的杂草除了，补好缺角的围墙，往屋角撒石灰雄黄，翻修屋顶，刷白墙，再搬走里头年长日久也不知道什么人用过的陈旧家具，忙忙碌碌了半个月，等换掉最后几件家具，大体也就差不多了。

这天，聂载沉一早就去了黄埔长洲岛。一套新的家具送到，张琬琰陪白锦绣一起过来布置。小姑子忙忙碌碌，指挥人把东西抬来抬去地看位置，张琬琰和送货的掌柜有点亲戚关系，就送人出去。

这座宅邸和前头的司令部虽然相邻，但各自开了个大门，中间不通。宅子大门对着的是一条相对僻静的路，平时车马不多，只有住在附近的人来回经过。顺着这条路走个几十步右拐，上到一条大马路，就是司令部的大门。

张琬琰和掌柜的在门口说着话，忽然看见两个轿夫抬着一顶青布小轿从小路上拐了过来，一侧跟着个看起来像是酒楼戏院跟班模样的人，沿着小路往司令部大门那头走去。张琬琰心里一动，和掌柜告了声辞，跟了上去。果然，那顶轿子停在了距离司令部大门不远的一个角落里，轿帘掀了起来，里头露出一个穿了身粉蓝褂裙的年轻貌美女子。女子和跟班说了几句话，那跟班就朝大门跑了过去。

张琬琰上前一些，听到跟班在打听聂司令，卫兵说不在。跟班就问什么时候回来，卫兵说不知道。跟班迟疑了下，又问聂司令去了哪里，可否告知，自己有要紧的事寻他。

卫兵不耐烦地道："你是什么人？有要紧事就和我说，等司令回来，我替你转告！"

跟班又不说了，回头看了眼轿子，跑了回来，学了一番。

轿子里的女子静默片刻，轻声说："就在这里等吧，晚些应当能等到的。"

跟班应了声好，不料身后忽然传来一道声音："聂司令是随便什么人都能见的吗？真有事，和我说，我带话！"

跟班转头，看见身后站了个衣着华丽的少妇，一看就是富贵人家的太太，正两只眼睛冷冷地盯过来。跟班不禁噤声，看向轿子里的女子。

女子迟疑了下，问道："敢问夫人贵姓？"

张琬琰看着她："你就是同升班的什么小玉环吧？你问我是谁？我就是你要找的聂司令的嫂子！"

小玉环脸色微僵，顿了一顿，从轿子里下来，说道："白少奶奶在上，小女子不知，刚才失礼了。并没有什么要紧的事，只是今天路过，想起来前次水灾，聂司令助力过我们班子，想向他道声谢。聂司令不在，我也该回了，不敢烦扰少奶奶。"

她朝张琬琰微微躬身，转身低头上了轿，匆匆离去。

张琬琰盯着轿影很快消失在路口，这才回到后头，在白锦绣面前半句也没提，继续帮她收拾房子。

再过两天，房子收拾得能住人了，张琬琰派好跟过去的人，选了个好日子，等得迫不及待的白锦绣高高兴兴地搬了过去。

小姑子是如愿以偿了，住得离聂载沉的司令部也更近，但张琬琰心里记挂着一件事，就是那天碰到的那个小玉环。

这个小玉环抱着什么念想，张琬琰不用想也知道。她见得多了。先前接过那个电话后，她就一直没忘，现在小姑子单独搬出去了，就必须立刻处理，免得日后万一多事，惹小姑子闹心，影响夫妇感情。

张琬琰很快就打定主意，送小姑子搬家回来后，当天就出去了一趟。次日，她乘了一顶轿子来到城南，找到了那个同升戏班。

同升班原本位列广州四班之一，票务兴隆，小玉环因为唱功容貌身段俱佳，也渐渐有了些名气。不料上次白家请戏班唱戏，把同升班剔除，同行借机暗中恶意攻击，可笑市民跟风，导致风评不利。现在虽然算不上境况艰难，但生意确实大不如前，追捧小玉环的客人也少了。上月，小玉环新排了一出戏，班主原本指望她能再次翻身走红，却除了一些老客还捧着，反响远不及预期，风光不再。班主十分失望，知道小玉环和如今的广州司令聂载沉有旧缘，就逼她去找人，叫她请聂载沉帮忙。要是能得到他的捧场，让人知道两人关系非同一般，小玉环的身价自然大涨，再不济，有他暗中相助，往后也是不愁前途。

晚上有一台戏，票虽卖光了，价钱却比从前要便宜几分。屋漏偏逢连夜雨，昨晚，戏班租用场地的地主又找来，说这个地方另有别用，宁可赔些钱也要他们三天内搬离。

偌大的一个戏班，三天内能搬到哪里去？班主百般央求，对方却态度坚决，只说自己另有用处。班主满腹烦恼，就又把小玉环叫来，半是哀求半是逼迫，要她赶紧想办法再去找聂载沉帮忙。这会儿忽然被告知白家少奶奶来了，班主十分惊诧，忙将人迎了进来，恭恭敬敬地让上座，上好茶，等她坐了下去，自己站在一旁，赔着笑脸小心地问她有何贵干。

张琬琰道:“把你那个叫作小玉环的干女儿叫来!”

班主听她语气不善，有些惊惧，哪里还敢多问，忙去叫人，心里却暗怪小玉环没用，正主没搭上，竟这么快就招来了白家的人。

小玉环进来，低眉垂首，站在一旁。

张琬琰叫班主等人都出去了，淡淡地说:“那天在司令部外和你偶遇，既是遇上，也是缘分，我见你当时愁眉苦脸，又说要等聂司令回来，我今天就特意过来，代聂司令问你一声，你找他到底什么事?”

“在我面前，你就别说什么路过道谢的话了。”她又道了一句。

小玉环低声道:“少奶奶特意来问，小女子也就不再欺瞒。起因是前次贵府叫戏班唱戏，也不知道怎的，同升班没能入贵府的眼，被剔除出来，过后我们便境况艰难，我干爹更是日日愁烦。我见他年纪大了，实在不忍心，这才想着去找聂司令求个情。要是我们哪里有做得不到得罪的地方，还请大人大量，我们日后一定改。”

张琬琰打量着小玉环:“你倒挺会说。可惜了，这小嘴巴里说出来的都是什么骗鬼的话!既然是为这个，前日遇到了我，你怎么不说?我不是白家人吗?什么求情的话，你非得找聂司令说才行?”

小玉环的脸渐渐涨红，低头不语。

“你这样的人，我见多了。十有八九，身世飘零，确实可怜。只可惜，心眼不正，说难听点，不识相。聂载沉是有妇之夫，当初和我小姑结婚，全广州的报纸登满了消息，到处都在说，你是眼睛瞎了还是耳朵聋了，你不知道吗?明明知道，还一而再再而三地去找他，莫非你想取代我小姑?”

小玉环肩膀抖了一下，慌忙摇头道:“我有自知之明，不敢有这样的念头!”

张琬琰冷笑:“听听，可算说出来了。不敢取代我小姑，那就是想做小，或者干脆没名没姓在外头伺候，你也愿意是不是?既然这样，我不妨替你安排一个人家。我听说城南有个刘老爷很捧你，有意娶你做他的九姨太。他年纪是大了点，但家里有钱。你找男人不就是为享福吗?你的卖身契在班主那里吧?我去要过来，帮你风风光光嫁出去，怎么样?”

小玉环脸色变得苍白，跪了下去，不住地磕头，哭道："我知道错了！求少奶奶饶了我！我往后再也不敢多事了！"

张琬琰盯着她，等她磕了十几个头，哭得人也倒在了地上，这才眯了眯眼，转向门口，喝道："偷听的，给我进来！"

班主吓了一跳，他刚才唯恐小玉环说是自己逼她去找人，好在她没供出来，这才松了口气，慌忙进来。

张琬琰冷冷道："这地方，我看上了，限你们三天内给我搬走！不走的话，别怪我到时让人来扔你们的破烂箱子！"

她说完，站起来就走。

班主早就听出了内情，现在自保要紧，也顾不得什么干爹干女儿的情分了，慌忙拦住张琬琰，说道："少奶奶你放心！明天，不，今晚的戏也不用她上了，今晚我就让她走！我这里不会收她了！求少奶奶息怒，放过我们班子。我们上下加起来几十张嘴，还有家里老小一大堆人，这要是没了地方，可叫我们怎么活！"

小玉环倒在地上，面白如纸，泪眼蒙眬。

张琬琰停下脚步，看了小玉环一眼，"哼"了一声："也罢！你把卖身契还给她，我再给个地址，你把她送出广州。我认识个有名的大戏班班主，让他把人收了，调教调教，日后只要自己还肯唱，想来也不至于饿死！"说完，她又冷笑，"这个世道啊，人人都觉得自己有难处。你们是，我也是。可说起来，人家可不管个中是非，铁定要说我们仗势欺人。"

"不敢，不敢！遵命！遵命！我这就给她卖身契！你还不快谢过少奶奶对你的提携？"班主连声催促小玉环。

小玉环终于勉强从地上爬了起来，一边簌簌流泪，一边朝着张琬琰磕头。

张琬琰看都不想再多看一眼，扭头迈步离去。

第16章

日子过得快，一转眼，白锦绣搬出来已经好几天了。

和走进来就嫌弃的张琬琰相比，白锦绣的心里倒是十分满意，尤其是只要想到聂载沉每天就在一墙之隔的地方做着事，她就觉得这地方简直太好了。

嫂子和管事只是粗粗帮她收拾了一下，居住的细节和摆设，全靠她自己打理。搬进来后，白锦绣每天早上送聂载沉出门去司令部，只要一有空，就忙着布置屋子。她给聂载沉设计了一个书房，还专门准备了接待访客的会客室——这里经常会有访客到来，有找他的，也有找她的。她还打算把屋子布置完，过两天再在庭院里种些花草，这样只要推开窗户，就是满眼的绿意。

先前她一直参与的女子中学终于筹备完毕，定了校址，也开始招收第一批女学生。这一天，她要去学校参加招生宣传活动。

她有两辆汽车，但开汽车实在招眼，因为聂载沉的缘故，她也不想太过招摇，就没让司机开车送。

这是民国成立后广州开办的第一间综合女校，因为她的参与，很受社会关注，教育官员和报社记者都来了，她一到学校，就成了众人关注的焦点。忙忙碌碌，到傍晚才完事，她婉拒了校长等人的相送，走出来的时候，身边跟了几个女学生。

白锦绣鼓励她们好好读书，往后争取拿到奖学金，像男子那样出国留学，开阔视野。女学生们十分憧憬。

白锦绣和她们说着话，不知不觉到了校门口，无意间一抬眼，忽然看见校门外的角落里站着一个人，那人似乎在等人，而且瞧着等了有些时候了。

他正在看着自己，脸上带着微微笑容。

是聂载沉！

早上两人分开时，他没说今天要来这里接她。

在搬过来之前，白锦绣想着往后找他可方便了，想去就去，几步路就到。但现在真的搬过来了，她反而不好意思无事随便去司令部打搅他。现在突然在这里看见他，她立刻和女学生们道别，快步朝他走了过去。

她真的很不争气，结婚都这么长时间了，他不过是来接自己而已，她竟然还挺激动的。大概是他平时太忙了，对她来说，这真的是个小惊喜。

白锦绣奔到他的面前："你怎么来了？你没事了吗？"

"我从外头回来，没事了，过来接你。"他望着她微笑道。

白锦绣"嗯"了一声，满心欢喜。

聂载沉看了一眼那几个停在学校门口不肯走，还不停地看着这边的女学生，叫随行的警卫先回去。

"回去吗？"他问她。

怎么可能？难得他有空。白锦绣摇头："我想去逛街。你陪我！"

他微微一怔，随即点头："好。"

结婚这么长时间了，今天是他第一次陪她逛街。

"我们走吧！"她高高兴兴地说。

他要走了，却又回头看了一眼身后的学校。

"你看什么？"她立刻问。

他起先不肯回答，经不住她逼问，终于说："也没什么。就是刚才在这里等你，看到你出来，我忽然想起我第一次去接你的事。当时没想到……”他停住，不说了。

白锦绣也跟着回头看了一眼身后，顿时想起两人第一次见面时的情景。当时她本来就心情不好，又把他当成大哥派来监视自己的人，对他趾高气扬，根本就不屑一顾。她也是没想到，后来她怎么就那么喜欢他，还非要嫁给他不可。

她见他望着自己，目光带着淡淡笑意，不禁疑心他在嘲笑自己，一阵恼羞，抬脚重重踩了一下他，在他的皮靴上留下一片自己鞋底的印痕，这才转身跑了。

他笑着追了上来。

天渐渐黑了。白锦绣拉着他先去吃了东西，再逛城隍夜市，到了晚上九点多，又吃了顿消夜，最后一手拿着一只彩纸糊的风车，一手拿着一个糖人，心满意足地回到了住的地方。

一走进大门，她就停住了。

“我从没走过这么多的路！我的脚要断了！我实在走不动了！聂载沉你抱我进去！”

从白家跟来这里的门房开完门，人还在一旁没走。

聂载沉看了一眼，没动。

“快点啊！我真的要站不住了！”她顿了下脚。

聂载沉不再犹豫，立刻抱起了她。

门房赶紧背过身，闩好门，躲进了自己的屋子。

聂载沉抱着她走了进去，一脚才跨进门槛，就迫不及待地转身，将她狠狠地摁在了门后的墙角。

门枢被她的背撞了一下，发出粗重的咯吱声。

屋里没有亮灯，黑漆漆的，风车和糖人掉在了地上，黑暗中，传来两人渐起的喘息声。

已经下半夜了，外头的风忽然大了，仿佛要下一场夜雨，远处还起了阵阵的春雷。

白锦绣却还没有睡意，躺在他的怀里，向他描述着自己对庭院的规划。

“前些天我嫂子嫌院子里有棵槐树，不好，说什么口木为困，要砍掉。我不让，她说再种一棵。我说要种就种三棵好了。知道为什么吗？《周礼》说，周王家的院子里有三棵槐，好方便太师、太傅、太保上朝找准自己的站位。你说槐树吉利不吉利？咱们也学学周王好了，干脆就种三棵吧。

“我还要再种些芭蕉。我小时候画画，可喜欢画芭蕉了。郑板桥写过芭蕉，说‘芭蕉叶叶为多情，一叶才舒一叶生。自是相思抽不尽，却教风雨怨秋声’，我小时候也不懂是什么意思，就觉得好美。你想，一叶才舒，一叶又生，芭蕉真的是叶叶多情，相思不尽……”

她起先还能听到他“嗯嗯”地应着自己，过了一会儿，没了声音，只剩下她自说自话了。她转头见他闭着眼睛已经睡着了，看了他一会儿，凑过去轻轻亲了他一口，然后关了灯，卧在他的身边。

快要下雨了，风变得有些大，不知道哪扇窗棂还没完全修好，晃动着被吹得发出一阵咯吱声。

明天得再叫个人来检查下窗户。白锦绣渐渐也困了，闭上眼睛，在心里模模糊糊地想。

就在这时，外头忽然传来门房的说话声：“聂姑爷，聂姑爷，外头有人找……说有人命关天的急事……”

门房声音很轻，聂载沉没反应。白锦绣推了推他。

门房在外头又重复了一遍。他立刻醒来，一下坐了起来，下床走了出去，很快又回来了。

白锦绣见他神色看着有点怪异，心里不安，坐起来问他：“怎么了，什么人命关天的事？”

他一边穿衣，一边说：“绣绣，刚才是城北夜守的士兵来找，说城外有人要入城，是有人割脉自杀，流了很多血，快死了，城外没有治的地方，求放他进来找人救命。报出了我的名字，士兵就来通知我了。”

“自杀的是小玉环，来的人是她的跟班。我去看看吧。”他很快穿好衣服，顿了一下，望着她道。

白锦绣诧异无比，也不知道那个小玉环怎么就突然出城了，更不知道她为什么要自残，心里下意识的念头就是不让他去，但他已经穿好衣服了，听起来事情也挺严重的，那一句“不许你去”就说不出口了。

“好吧，你去看看吧。”白锦绣故作大度，答应了。

“开车去吧，方便点。”她又说道。

这是真的在心疼他了。

他点了点头，看了她一眼，走过来让她躺回去，替她盖好被子。

“你放心，我尽快回来，你先睡。”

他走了出去，很快离开了。

聂载沉开着车，很快来到城北，让人打开城门。小玉环身边的那个名叫阿金的跟班看见他现身，扑通一声下跪，磕头道：“聂大人，求求你了，帮忙救命，她一出城就病倒了，上不了路，躺了几天，昨晚一时想不开，拿刀割了手。小的实在是没办法……流了一地的血，真的快要死了……”

阿金哭得一把鼻涕一把泪。

聂载沉让他起来，也没问别的，就问人在哪里。

“旅店掌柜嫌晦气，我就背她出来了，想找人救命，人就在这里……”

阿金飞奔到路边，抱起被铺盖卷住的人，跑了过来。

聂载沉让他把人放进车里，载着送到了城里的一家西医医院。

医生闻讯赶来，立刻召人紧急救护。聂载沉等在手术室外，听着阿金替小玉环求情：“聂大人，你千万不要怪她。她真的很不容易。孤身一人，好不容易在戏班里算是站稳了脚跟，又得罪了白……”

阿金顿了一顿，停了下来。

聂载沉眉头微蹙，一言不发。

医生在抢救室里忙碌了许久，终于走了出来，说人失血晕厥，但好在伤口凝固，现在救回来了，情况稳定，等苏醒过来，住院观察一下，再多休息几天就没事了。

聂载沉向医生道谢，看着小玉环躺在病床上，被护士推着送进病房。

她还没苏醒。聂载沉没有马上离开，继续在外头等待，一直等到天快亮了，终于听到里头传出一阵动静，阿金从病房里奔了出来：“大人，她醒了！”

聂载沉抬眼，见小玉环仿佛要坐起来，就走了进去：“躺下吧，不要起来。”

“多亏大人送你来这医院，救了你。刚才大人一直在外头等着你醒来呢！”阿金站在一旁，欣喜地说道。

小玉环已经病了几天，瘦削了许多，现在因为失血而苍白的脸上，也慢慢浮出了一缕淡淡的血色。她眼睛湿润，凝视他片刻，挣扎着爬了起来，要向他磕头，颤声道：“因为我，劳烦大人了，恳请大人见谅。”

聂载沉让跟班扶她躺回去，她不躺，仍是跪着，说完话，眼泪就落了下来。

“怎么回事？忽然要去北边？”聂载沉问她。

她慢慢低头，没有开口。

一旁的阿金小声说：“前些天，白家少奶奶忽然找了过来，不让她待在广州了，要她去北边。班主不敢不从。她出了广州就病倒了，病了好几天，一时想不开，这才割了手……”

阿金说着，小玉环的眼泪不停地落。

聂载沉没说话。

小玉环哽咽道：“大人，你千万不要见怪。先前我去找你，也是被班主逼的，并不是故意要给大人添乱。现在这样，我真的不怪别人，都是我自己的命……”

她抬手掩面，泪水从指缝间不停地涌出。

“大人，她从没去过北边，很是害怕。求大人再帮个忙安置一下，往后再慢慢寻个新的出路。”跟班又跪了下去。

聂载沉沉默片刻，道：“少奶奶这样的安排很好。等身体好了，你就照她说的去吧。我会再派个人送你。等习惯了，南北都一样，没什么分别。”

小玉环慢慢地放下掩面的手，睁大眼睛看着他。

“大人……”她忽地失声痛哭，眼泪掉个不停。

聂载沉看着她：“有件事你需要明白，我救你一次，救不了你一辈子。这是最后一次了。我太太还在家里等我，我回了。你遵医嘱休息吧。”

他说完转身，走出病房，很快就将身后的哭声抛下了。

聂载沉走后不久，伴着一道从头顶压过的春雷，天就下起了雨。

雨越下越大，大风刮得窗户不停摇动，咯吱作响，听着仿佛就要掉下来了。

忽然，伴着一道轰雷声，电灯眨了几下，灭了。应该是司令部前头的电路出了什么问题。

屋里黑漆漆的，伸手不见五指，白锦绣害怕，哪里敢下床，用被子把自己的头紧紧捂住，缩在床角里，心里只盼他能快点回来。

风雨刮了一夜，天明才停歇，熬了一夜的白锦绣，从恐惧中又陷入了猜疑和焦虑。

那个小玉环干吗要自杀？她是不是死了？或者还没死，缠着聂载沉不让他回来？

她心里跟猫抓似的，万分难受，懊悔自己昨夜没跟着他同去。听到外头有了动静，应该是女佣起了身，在外头打扫昨夜被大风吹落的枝叶，白锦绣哪里还躺得住，也爬了起来，往身上胡乱裹了件披肩，打开门，蹚过积水的院子，来到大门口，打开门，不停地朝外张望。

大概清晨五点半的时候，他终于开车回来了。

白锦绣松了口气，急忙迎他进来，顾不得换去脚上的湿鞋，就问他："怎么样？不会是死了吧？"

他看了她一眼，摇了摇头："我送她去医院了。醒了，休息几天就没事。"

"没事就行。真是的，好好的自杀什么……"

真不想活了，也不跑远点，害他大半夜地冒着风雨跑出去，自己又担惊受怕一夜。白锦绣抱怨了一声，也懒得问缘由。

"就这一次！我可跟你说，下回她要是再闹什么自杀，死了我也不让你再去！关我们什么事？"

他又看了她一眼，没作声。

“你累了吧？还早，你再睡一会儿？”

他摇了摇头，说早上还有事，不睡了，等下就要出去。

“那你饿了吧？你等等。”

白锦绣跑了出去，催厨娘赶紧去做早饭，自己也在一边打着下手。

早饭很快做好了，白锦绣陪着他一起吃。他很快吃完一碗粥，放下了筷子。

“还要吗？”

他摇头。

“你怎么吃这么点？不行！再吃一碗！”

白锦绣亲手又替他添了一碗。他吃了。白锦绣托腮看着他。

聂载沉再次放下筷子，看着她，迟疑了下，欲言又止。

白锦绣这才终于察觉到他似乎有话要说，就问：“你怎么了？有事？”

聂载沉想了下，最后还是决定提一下，说：“绣绣，小玉环的事，现在过去了。往后你再也不要放在心上。你也放心，我不会和她或者任何别的女人有不该有的任何关系。”他顿了一顿，说，“但是，我也希望，你往后不要再用这样的手段逼迫人。有事的话，你和我说，我会解决的。”

白锦绣愣住了。他的语气温和，但是她还是察觉到了他话里隐隐的责备。

“我怎么逼迫人了？”她一脸困惑地问。

“嫂子前几天去了戏班，要她离开广州去北方。你知道的吧？”

白锦绣一怔，突然明白了过来。难道是嫂子知道了什么，替自己把人赶跑了，然后这个小玉环想不开自杀？

她张了张嘴，沉默了。

聂载沉见她这副模样，心里叹了口气。他不赞同她用这样粗暴甚至可以说是仗势压人的手段去赶走她讨厌的人。但是对着这样的她，他又实在没有办法。

他无可奈何，抬手揉了揉自己的脑门，说：“算了，没事了，下次有事，先和我说一声就行。我先走了。你再去睡吧。”

他回到卧室，换了身衣服，戴上帽子，回头见她跟了进来，双手背后，靠在门口盯着自己，一脸倔强的表情。他走过去摸了摸她的头发，哄她去睡觉。她站着就是不动。他就抱着她躺在床上，给她脱鞋盖好被子，这才走了出去。

白锦绣压下心里涌出的伤心和失落，躺在床上发呆片刻，爬起来换了身衣裳，叫司机开车送自己去西关白家。

汽车开到大门前，她看见之前被她从古城安排去办事的阿生站在门口，身上背了个行囊，风尘仆仆，看着才到似的。

“小姐！我回来了！我见到聂姑爷的母亲了！”

阿生听到汽车开近的声音，扭头见白锦绣从车里下来，跑过来说道。

第17章

结婚后，他母亲没能参加婚礼的事，成了白锦绣挥之不去的心病。

男人是她主动追求的，更是用了手段才弄到手的，他本来就不是很愿意。这个先天的劣势，让从不知道世上还有看人脸色这回事的白家小姐在婚后无师自通地学会了察言观色。她无比希望，聂载沉只是因为一时没想通，更希望他能从娶她这件事上获得像她一样的开心。但她很快察觉到，他有心事，对何时带她去见他母亲这件事也显得很被动。这难免叫她惴惴不安。

就像丁婉玉之前讥笑的那样，白锦绣也疑心，或许是他的母亲不愿儿子结这门亲事，他又必须要对自己负责，这才有了难言之隐。

但她不是一个遇事束手束脚，只等别人大发慈悲上来成全她的人。即便他母亲不喜欢她，她也可以努力试着去争取。正好现在聂载沉很忙，根本抽不出时间安排带她回乡的事，她怕他母亲越发不满，万一认为自己对她不敬，所以一个多月前，她把阿生从古城叫来，让他先去聂载沉的家里代自己探望聂母，解释他们为何没能迟迟过去看她的原因，顺便帮她探个虚实，看看聂母对这件婚事到底是什么样的态度，好让她心里先有个底。

阿生到了太平，找到地方，携着礼物登门，看过聂母后，也知道了另一件事。他惴惴不安，回来后一路紧赶，总算在今早入城，一口气也没歇，立刻回到白家想找小姐禀告，这么巧在大门外就遇到了。

白锦绣回家是想找大嫂问下关于小玉环的事，但看到阿生终于回来，她更想知道他这趟出门的详情，就先不进去了，按捺下纷乱的心情，叫他上了车，让司机下去，开口就问："怎样？我婆婆她都好吗？腿脚怎样了？"

"老夫人身体都好，腿脚也没大问题。"阿生应道。

白锦绣呼出一口气，又问："那我叫你留意的那件事呢？婆婆她说起我，有没有不满意的样子？"

"小姐，有个事，你听了别生气……老夫人她……"阿生仿佛结巴了，吞吞吐吐，半晌也说不完一句话。

"到底是什么事？我婆婆怎么了？你快给我说！"白锦绣急得恨不得拍他一巴掌。

阿生"哎"了一声，心一横，说道："小姐，老夫人她好像根本就不知道姑爷已经成亲的事，更不知道小姐了！"

"什么？"白锦绣吃了一惊，一下睁大眼睛，"这怎么可能？"

阿生看着她的脸色，小心地道："是真的……聂姑爷老家在太平县，要翻过一座山才到，我雇了人，带着见面礼上门，说我是白家的人，受小姐的差遣，先来探望老夫人。谁知老夫人没听过我们白家的名字，还问小姐你是谁。我见情况不对，就没敢说小姐你和聂姑爷结婚的事，只说咱们是聂姑爷在广州这边的朋友，知道老夫人一个人在老家，正好路过，就过来代聂姑爷探望老夫人的身体。"

"老夫人她人是极好，对我客客气气，还非要给我做东西吃。可是她怎么会不知道聂姑爷娶了小姐的事？难道是聂姑爷没和老夫人说？反正我去的时候，正好遇到一个县城来的媒婆，要给聂姑爷做媒，被老夫人推了……"

阿生嘀嘀咕咕，满脸费解。

白锦绣宛如五雷轰顶，心头仿佛有一口气突然提不上来，堵住胸口，无法呼吸，人也没了任何反应。

“小姐？小姐？”

阿生见她脸色突然发白，担心不已，慌忙叫她。

白锦绣终于呼出那口气，闭着眼，咬紧牙，手慢慢地捏成了拳头。

“小姐，是不是有误会？你要是人不舒服，赶紧先进去休息……”阿生打开车门要下去。

“站住！”白锦绣突然睁开眼睛，叫住了他。

“这件事除了我，谁也不能泄露半句！包括我爹，我哥还有我嫂子！”白锦绣吩咐道。

阿生一愣，随即点头：“行，我知道了！我不会说的！”

“你去休息吧。路上辛苦你了。”

白锦绣打发走阿生，再次闭目，独自在座椅上靠了片刻，抑制不住胸间波浪翻涌无法平息的强烈情感，猛地睁开眼睛，冲着车外的司机喝了一声：“去司令部！”

司机载着她掉头上路，回到司令部，停在大门前。她下了车，迈步就往他办公室径直而去。

她知道他娶自己是勉强，但她万万没想到，竟然勉强到了这样的地步。

别说什么婆婆喜欢不喜欢了，根本都是她自己多想。事实是她这个大活人，连在他母亲面前存在的资格也没有。

虽然搬过来也有几天了，但这还是她头一回在白天闯入司令部。这个时间，里头的人都已来了，忽然看见她从大门疾步而入，朝着司令办公室奔去，脸色极是难看。等她走了过去，人们纷纷出来张望。

白锦绣一口气冲到他的办公室前，一把就推开了门。

门被撞到墙上，又反弹回来，发出“砰”的一声，声音响亮。

聂载沉和七八个军事部的要员在开会，忽然听到响声，停了说话，抬头见她站在门口，神色异样，不禁一愣。

秘书官正低头坐在一旁飞快记录着，被推门声吓了一跳，手一抖，墨水一下滴到了衣服上。他有些恼怒，抬头想看看是哪个冒失鬼竟然敢在司令办公室这样开门。

“夫人？”他脱口叫了一声，怒气顿时没了，诧异不已。

办公室剩下的那几个人齐刷刷地扭头，发现是司令夫人这样闯进来，相互看了一眼，纷纷站起来向她问安：“夫人早！”

对着这满屋子的人，白锦绣一阵茫然，终于意识到自己这样的举动并不恰当。她回过神，转身就走，像来时那样又匆匆出了司令部的大门。

“你们继续。我去去就来！”

聂载沉已经不只是尴尬了，心里更是不安，也顾不得别的，朝向自己投来各色目光的下属们略略交代了一句，立刻走出办公室，追了出来。

他一跨进卧室，就看见她在胡乱地翻着衣柜和抽屉，东西散了一地，顿时又是惊讶又是不解。

“绣绣，你怎么了？你在做什么？”

白锦绣停下，转头道：“我送给你的表呢？”

聂载沉一愣。

“给我！”她蓦然提高音量。

她的声音听起来仿佛在发抖。聂载沉迟疑了下，走到隔壁书房，从书桌的抽屉里取出金表，拿了过来。

“绣绣，你要做什么？”他再次发问。

白锦绣一言不发，从他的手里拿过金表，砸在了地上。

“啪”的一下，表盖和表身分离，飞了出去。

她上前，又重重踩了一下，再把表面裂了的金表一脚踢进床底，这才转身回到衣柜前，终于找到了那条她织的围巾，扯了出来，拿起剪刀。

聂载沉看着她毁了金表，眼看她又要把亲手织给自己的围巾毁了，一下从惊呆中回过神，一个箭步上去，一把握住她的手腕，把围巾和剪刀强行从她手里夺走。她要，他不给，她就追着，他没办法，把东西放在衣柜顶上。她跳起来也够不到，这才停了下来，不停地喘气。

“绣绣，你到底是怎么了？你和我说！”

终于从她手里保住了东西，他第三次发问，问完，自己忽然若有所悟。

早上离开前，她有些不快，他是知道的。他想再陪她，但确实是有事，这才走了，他原本打算中午回去看一下她的。是她还在为小玉环的事和自己生气？但气成这样，一张脸都白了，他真的又心疼又糊涂，实在想不明白。

这会儿她在气头上，他也想不了别的，只想她快些息怒，便朝她伸手，想让她先坐下。

“绣绣，你是不是还在为早上的事生气？我真的没有怪你的意思。其实全是我不好，我没把事情处理好，才……”

刚才抢东西没抢过他，她还在呼哧呼哧喘气，见他朝自己伸过手来，一把拍开：“你凭什么怪我？这样对她已经够客气了！是她自己要死的，别说没死成，就算真死了，也是活该，我是不会有半点愧疚的！”

聂载沉一时说不出话，看着她。

白锦绣冷笑了一下：“看我干什么？我就是这样的人！你后悔娶我了是吧？要是没有当初，你也就不用勉强娶我！”她顿了一顿，再次开口，声音已是微微发颤，“我告诉你，聂载沉，不只你后悔，其实我也后悔。我真的后悔了。”

她的眼圈泛红，眼中分明渐渐溢满泪光，却还是强忍着眼泪，不肯掉落。

“绣绣，到底出了什么事？”

聂载沉彻底呆住了。他从没见过她这个样子。直到这一刻，他才终于意识到，绝不可能是因为今天早上的那点不愉快，她才变得如此愤怒而伤心。

可是除了这个，和自己有关的，还有什么能叫她情绪变成这样？

他怔怔地望着她，忽然心跳加速——他想到了一件事！

“绣绣！你知道了？是因为我母亲……”

他声音艰涩，停了下来。

眼泪再也忍不住，从她的眼眶里滚落下来。

“是，我知道了！要不是现在我知道了，你还要瞒我多久？你心里就没把我当成你的妻子，却又一次次地骗我。就算一开始是我强迫你的，可是后来我有逼你吗？”

“聂载沉，你真是个混蛋！”

她想狠狠打他一耳光，却终究下不去手，改而擦去眼泪，一把推开他，转身奔了出去，匆匆坐上汽车，很快绝尘而去。

第18章

聂载沉追了出来，望着汽车迅速远去，只剩下了影子。他心焦不已，又追了几步，停下来，回到司令部，吩咐侍从官去通知取消会议，随即离开。

他匆匆赶到西关白家。门房见他来了，笑脸相迎。

“你们小姐回来了吗？”他问。

门房摇头：“小姐早上回来过一趟，但没进去，很快就坐车走了，现在还没有回来！”

聂载沉一愣，看了眼庭院里停车的地方，果然没有她乘坐的那辆汽车。

聂载沉又问白镜堂和张琬琰，被告知两人也都不在家，各自有事出去了。

聂载沉有一种直觉，她既然没第一时间回白家，那就不会马上回来。他想到她跑走时落泪的双眼、看着自己的眼神，还有那几声质问，整个人陷入了深深的懊悔和自责，对自己更是痛恨无比。

当初结婚前，他之所以一念之差，最后没有对母亲说这件事情，顾虑的就是她阴晴不定的性子。他没有信心她真的会长久喜欢自己，也疑虑她对即将到来的这桩婚姻的态度。

在他看来，婚姻应当是严肃，慎重，经过深思熟虑的，一旦决定就是一辈子的大事。但是她的言行总是让他觉得她不过是心血来潮，极有可能哪天就会因为某种新的心血来潮而毫不犹豫地抛弃这段婚姻。

他喜欢她，在她有危险的时候，他可以不顾一切乃至舍弃性命去救她，保护她，但他真的做不到跟随她的步调，将自己完全投入到这段突如其来也极有可能短命的婚姻中。

他没有信心。或许，也是因为爱得不够而已。

结婚后，他因为忙碌，没法在她身上倾注更多的时间和关注。原本那么骄傲任性的她，没有在他面前抱怨过半句，每天对他笑脸相迎，甚至为了和他能离得近些，还搬到了条件远不如白家的司令部居住。

她对他的依恋，点点滴滴，他怎么可能没有察觉。

不止一次，夜深时，当她在他怀里沉沉睡去，他看着她恬静满足的睡容，仿佛自己就是她全部的世界，再想到当初他做的那个自私利己的决定，他整个人就会陷入深深的懊悔和自责。

越是和她相处，他越是发现，原来她是这么可爱，让他迷恋得无法自拔，他甚至开始相信，她或许真的能和他共度一生。他为自己当初对她的怀疑而羞愧。

在娶了她之前，他告诉自己，即便日后被她抛弃，他也是完全能够接受的。但是现在，他却不愿想象那一天了。他没法就那样平静地接受她再也不喜欢他、不要他了的事实。

他知道自己做错事了。而且，这是一件现在能要他命的大事。

他也曾一次次地想向她坦白，祈求她的宽恕，却又一次次地话到嘴边无法开口。他贪恋着她对他的依恋和信赖，不敢想象她知道后会是什么反应。

面对她，他永远都是摇摆不定，患得患失，节节败退——就像当初，他分明不想娶她，却又可耻地坚守不住原则，最后还是把她留下一样。

他聂载沉，就是个完完全全的懦夫，自私的懦夫。

现在一切都结束了。再也用不着挣扎犹豫，畏首畏尾，上天干脆利落地替他解决了。她知道了，虽然他还不知道她是怎么知道的。

“姑爷，要不你进来坐吧。等等小姐说不定就回来了！”

门房见他定定地立着，请他入内。

聂载沉回过神来。他没法就这么在白家坐着等她回来，但是她没回家，又在气头上，会去哪里呢?

聂载沉离开白家，站在车马熙攘的广州街头。

他穿着制服，在人流里鹤立鸡群，十分显眼，很快就被周围的路人认了出来。

路人纷纷放慢脚步，甚至停了下来，对他投来敬畏又好奇的目光，相互交头接耳，探究着他怎么一个人突然这样出现在街头，站着一动不动。

聂载沉茫然不觉。他已经快要急疯了。也是直到现在，他才发现他对她的了解，竟然是这么贫乏。他不知道她喜欢吃什么，不知道她平常会去什么地方，也不知道她在广州都有些什么朋友。他对她，什么都不知道。

围观的人群里，忽然钻出来一个手里拿着公文包的男人，兴奋地跑到他面前，说自己是某报记者，正想去司令部请他有空接受一个采访，想知道接下来关于民生建设的计划。

聂载沉看着面前这个不停说话的人，突然想到了一个她曾经去过的地方。他一把推开记者，迈步就走。

他赶到德隆饭店，果然，在街边的停车场看到了她的那辆汽车。他的心脏一阵狂跳，疾步登上大门外的台阶，冲进酒店大堂，在周围人目光的注视下，奔到前台，问她住在哪个房间。

侍者却不认得他，不肯回答。

聂载沉道：“我是白小姐的丈夫！”

侍者一愣，看了他一眼，小心地解释：“对不起先生，刚才是经理带着白小姐直接上去的，我也不知道是哪个房间……”

“把他给我叫来！现在！”

“是，是，您稍等！”

侍者见他面带怒色，语气强硬，慌忙离开。很快，弗兰从大堂后走了过来，脸上带着笑，说：“聂先生！欢迎光临！请问有什么需要为您效劳的地方？”

“我太太住哪个房间？”聂载沉开口就问。

弗兰顿了一顿，报了个房号。就是上次她替他过生日开的那个房间。

“白小姐在里头休息。我很愿意为你带路。”弗兰看着他，迈步就要随他同去。

“多谢，不必了！”

聂载沉淡淡道了一句，撇下笑嘻嘻的弗兰，迈步而去，循着楼梯迅速上到七楼，奔到她的房间门口。他停住脚步，平复了下猛烈的心跳和微微紊乱的呼吸，定住心神，终于抬起手，试着按下了门铃。

“绣绣，是我！你开门！”

他已经做好了她拒绝自己的准备，想着她要是不肯开门，他就从楼顶的天台爬进阳台。她在里头，无论如何，他也一定要见到她的面，向她道歉，恳求她的原谅。

但是出乎意料的是，她并没有拒他于门外。

不过按了几下门铃，他就听到门里传来门锁转动的声音。

门开了，她的身影出现在门里。

她的眼睛红红的，眼角还沾着泪痕，显然刚才一直在哭，但是不知道为什么，表情却很平静。她抬起红肿的眼，和门外的他对望片刻，说：“进来吧。”

这样的她，让聂载沉完全措手不及。她的平静太过异常，异常得让聂载沉生出一种不祥之兆。他才平复下去的心跳，再次加快。

她说完，转身进去坐在床边，仿佛在等着他进来。

聂载沉在门口立了片刻，迈步入内。他关上门，看了她一眼，慢慢地走过去，最后停在她的面前。她微微地低着头，鬓发有点乱，脸上还沾着没干透的泪痕，模样看起来无比可怜。

聂载沉胸中情感翻涌。他想抱住她，像他以前经常做的那样亲吻她，祈求她的原谅。他会尽快带她去见他的母亲，如果她还愿意的话。

但是他不敢伸手碰她了。他在她面前立了良久，说：“绣绣，我错了。”

他说完，见她没有任何反应，仿佛没有听到似的，胸中一热，再也忍不住，抬手握住了她的双肩。

“绣绣……”

白锦绣忽然抬起头，将他搭在自己肩上的手推开，说：“聂载沉，我们结束了。为了你的名誉和我爹这边的考虑，现在可以暂时不公开，等过些时候，时机方便了，我们就宣布离婚。”

她说完，双眸望着他，神色平静。

聂载沉浑身的血液仿佛骤然被冻住。

“我不同意！”他僵了片刻，忽然说道，“绣绣，我知道我错了。我不该这样对待你的。我真的后悔了！我不止一次想要告诉你的……”

白锦绣摇了摇头，打断了他的话：“聂载沉，你不用再为这个自责后悔或者想要请求我的原谅了，我原谅你了，真的。抱歉，早上我太冲动了。设身处地，如果换成我是你，我想我做得绝不会比你更好。我能理解你的心情和顾虑。”

聂载沉怔住了。

他很快回过神来，上去紧紧地抓住她的手：“绣绣，我求你了，你别这样好吗？我知道你很伤心，你还在怪我。你要我怎样都可以，只要你能原谅我……”

白锦绣将自己的手从他的掌中抽离：“聂载沉，我真的没怪你。早上我对你说，我后悔自己当初的决定，是真的。我也想清楚了，我之前大概也不是真的有多爱你。丁婉玉说我和她争夺你，她说的大概是对的。当时要是没有她和我抢，我就算再怎么喜欢你，应当也不会那么急着要和你结婚。那时候，我以为我只要得到你，以后我就会很快乐。现在我才知道，我得到了你，但我根本没有想象中的那么快乐。”

她慢慢地站起来，凝视着他：“我不快乐，一点也不！我如愿以偿嫁给了你，却要时刻想着你高不高兴，担心你母亲喜不喜欢我，我害怕你因为娶了我而忍受外来的压力，我送给你的东西，你也从来不用。你让我觉得，我永远没法和你真正地合为一体……”

她的眼睛突然再次红了，但是没等到眼泪掉下来，就偏过脸飞快地擦去。

“我累了。”她吸了一口气，“我就是个自私的人。以前想得到你，我用尽了手段，现在得到了，我发现不过也就如此，还把你我都弄得这么累。这和我原本的想象相去甚远。”

聂载沉愣住。

“绣绣……”半晌，他叫了她一声，声音有些颤抖。

“聂载沉，一句话，你对于我没有当初的吸引力了，我对你也没兴趣了。就这样吧。往后你得已解脱，我也可以重新过回我原来的生活。”

她的话冷静而无情，像刀子一样，一刀一刀地飞向她的情郎加丈夫。

“今天我就搬回家去，你不用回了。我会向我哥哥嫂子解释的。等过些时日方便了，正式宣布消息。”

她说完，丢下呆若木鸡的聂载沉，踩着高跟鞋咔嗒咔嗒离去，很快将他丢在了身后。

第19章

当天晚上，白锦绣收拾了个随身箱子，回到西关白家。

张琬琰正在大厅里和管事说话，忽然看见司机帮她提了个箱子进来，好像是要住家里的样子，就问怎么回事。

“嫂子，我搬回来住了。”

小姑子前些时候高高兴兴搬出去的情景，张琬琰还记忆犹新，这才多久，突然又回来了，张琬琰一怔：“怎么回事？那边怎么不住了？”

“老屋子潮气太重，天气一暖，蚊子也多。我不想住了！”

小姑子娇生惯养，出去住了几天吃不了苦，改主意要回来，张琬琰没觉得奇怪，反正她也觉得小姑子不适合住在那里，就说：“我就知道你住不了几天！我本来就不让你搬的，现在知道不方便了吧？住家里多好。”

白锦绣不说话。

张琬琰又看了眼她的身后：“载沅呢？怎么没和你一道回来？”

“他最近很忙，暂时回不来，住那边方便做事。嫂子，我累了，先上去休息。”

小姑子看起来确实脸色不大好，面带倦容，张琬琰就让女佣帮她提东西上去，再问她吃饭的事，听她说已经吃过了，也就作罢。

小姑子搬回来住，张琬琰起先并没有放在心上，但连着三天，她发现聂载沉一直没回来，小姑子也整天在房间里画她的那些东西，都没怎么出来，渐渐觉得有点不对劲。

这天傍晚，她从外头应酬回来，问用人聂载沉有没有回来，被告知还是没回，再问小姑子，说好像在房间里。

张琬琰沉吟了下，打算去司令部看看。正吩咐人去厨房准备点吃食带出去，忽然听到用人喊道："聂姑爷回来了！"

张琬琰转头，看见聂载沉从外头走了进来。

他穿着熨得笔挺的制服，头发似乎新理过，显得十分精神，手里还拿着一束装饰得十分漂亮的红色玫瑰花，以及一盒用彩纸包起来的看起来像是巧克力的糖果。

一定是送给小姑子的。

这有点反常。张琬琰从没见他之前往家里带过这种东西，现在见他不但忙完事情回家了，竟然还学起西洋做派知道讨小姑子的欢心，忍住笑迎了上去，和他寒暄了几句，问他有没有吃饭。

他显得有点不自然，说自己吃过了，迟疑了下，问："绣绣……她在吗？"

"在！在房间里呢！快上去吧！"张琬琰催促道。

聂载沉看了眼楼梯的方向，向张琬琰道了声谢，快步上了楼，来到两人住的房间外，停在门口，抬手轻轻叩了叩虚掩的门。

"敲什么敲？肚子不饿！饿了我自己会下去吃饭的！"

房间里传出不耐烦的声音。

聂载沉的心跳陡然加快。他吸了一口气，慢慢地推开门，一眼就看见她背对着门，也没坐，就趴在靠窗的一张桌前，手里握着一支笔，正在纸上不停地画着什么东西。

斜阳从窗外射入，将她的身影笼罩，她忙忙碌碌，没有回头。

他站在门口，看着她的背影，等了片刻，见她始终没有回头，便走了进去，叫了她一声："绣绣！"

白锦绣手一顿，转过头，视线落到他的身上，扫了眼他手里的花和糖果："不是叫你不要来了吗？"语气十分冷淡。

聂载沉把带来的花和糖果放在桌上，慢慢地道："绣绣，我希望你能再给我个机会。"

白锦绣回头，继续画着，说："我觉得我那天的话已经说得很清楚了。你走吧。"

他不走。

白锦绣又继续画了几笔，手一歪，稿纸上的线条歪了。她一下甩了铅笔，转身朝外走去。

"你不走，我走。"

聂载沉一把握住她的胳膊。

白锦绣停步，低头看了眼他抓着自己的手，抬起头："放开！"

"绣绣，你再考虑一下好吗？不要这样。我之所以后来一直没告诉你那件事，是我怕你不肯原谅我……"他在她的耳边低声恳求着。

白锦绣恍若未闻，推搡着他。两个人正纠缠着，门外传来一阵踢踏踢踏的跑步声。

"姑父！他们说你来了！好久没看到你啦！"

阿宣推开门，跑了进来。

两人对望一眼。聂载沉松开她，白锦绣蹙眉，捡回铅笔，又继续画起了草稿。

"姑父！我想去你那边玩，但娘不准我去！"

阿宣的辫子早已剪掉，现在前头的头发也留长了，刘海剪平，就跟在脑袋上扣了半个西瓜皮似的。他仰着头和聂载沉说话。

聂载沉脸上露出笑容，点头道："下次姑父带你去。"

"好！我要去司令部玩喽！"

阿宣高兴地跳了起来，扭头看见桌上的花和巧克力，"咦"了一声，走过去翻了两下，拿起糖果晃了晃："姑姑，我能吃吗？"

“吃吧，你全拿去。他特意买给你的！”白锦绣头也没回地说道。

阿宣的两道眉毛虫子似的扭了扭，看了眼白锦绣的背影，又看了眼聂载沅，不客气地拿起糖果：“那我吃啦！”

他三两下撕开盒子，拿出一颗，拨开糖纸放进嘴里，抿了抿，笑眯了眼。

“谢谢姑父！我走啦！下次记得带我去玩！”

他抱着糖果飞快地跑了出去，正想溜回自己的房间，被张琬琰看见，叫了过去。

“你拿的是什么？”

“巧克力呀！”

张琬琰“哎呀”一声，抓住儿子的手：“这是你姑父送给你姑姑的！你吃什么？给我还回去！”

阿宣抱着不放。

“姑姑和姑父吵架！她不让姑父抱她！我都看见了！她不要，送给我了！”

张琬琰一愣，手一松，被阿宣溜掉了。

阿宣跑出去后，白锦绣也掷了铅笔，把画了几天的全部稿纸收了收，对着还站在自己身后的聂载沅说了句“自便”，转身走进里间卧室，躺在床上，闭上眼睛睡觉。

聂载沅一个人在外间立着，暮色渐渐浓重，天黑了下来。他终于慢慢转身，迈步出了房间，步伐有些沉重。

张琬琰坐在楼下客厅里，见他下来，起身叫他随自己来。

他跟了过去，来到一间没人的侧厅，张琬琰叫他坐下，问道：“载沅，绣绣是不是和你吵架了？”

她问完，见他没否认，就知道是真的了，“哎”了一声：“我说呢，她怎么又搬回来住了！好好的，她和你闹什么啊？真是小孩子脾气，都结婚了，还没个大人样！”

她责备了小姑几句，又看了眼聂载沅。

“是不是她怪你太忙，没时间陪她？你是男人，别和她一般见识。她脾气是急了点，但过去也就没事了。你放心，她哪里做得不到，你和我说，嫂子一定会帮你说她的！”

聂载沉道：“不是她的缘故。是我做错了事，对不起她。”

张琬琰一愣：“你对不起她？”

她立刻就想到之前自己处理过的小玉环。难道除了小玉环，他还和别的什么女人牵扯不清？

她盯着聂载沉。聂载沉默然片刻，说：“我母亲当初缺席婚礼，是因为我没有告诉她我和绣绣结婚的事。她不知道。”

张琬琰起先以为自己听错了，怔愣片刻，才反应过来：“什么？姑爷你说什么？你母亲不知道你娶了我家绣绣？你没说？”

“是我的错……”

张琬琰勃然大怒，打断他的话：“聂载沉！你太过分了啊！结婚这样的大事，不管出于什么理由，你既然要娶，怎么能连你的母亲都不告知？这叫什么事？你把我家绣绣当什么人了？”张琬琰气得站了起来，指着聂载沉，“你不会是觉得自己了不起，我家绣绣配不上你？我告诉你，大官我白家见多了！没了你，只要我们想，绣绣立马就能嫁个比你更大的官！我真没想到啊，你……”

“嫂子！”

厅外忽然传来一道声音，白锦绣跑了进来。

“当初是我非要嫁给他，他本来就不想娶我，没办法才点头的。你用不着怪他，是我的事！我和他自己会解决！嫂子你不用管！”

张琬琰瞠目结舌：“绣绣，你——”

白锦绣沉着脸，看着聂载沉：“走了！”

聂载沉慢慢地站了起来。

她转身就走，带着聂载沉到了白家大门口，打开门，冷冷地说：“你活该，自己找骂！叫你到处说！有本事再找我爹说！明天登报说！正好，一道把离婚布告也登了！”

他沉默着，看着她。

“别来了！不想看见你！”

她把他推了出去，当的一声，关了门。

一辆豪华马车驶来，停在门口，白镜堂从马车里下来，看见门外的聂载沉，一愣，急忙上来。

“载沉？怎么站在门口不进去？家里没人？进来吧！”

聂载沉很快转过身，微笑道：“刚见过绣绣出来。我还有事，先走了，下回再来找大哥嫂子坐坐。”

他说完，朝白镜堂点了点头，走了。

这个妹夫现在身份和以前不同了，白镜堂知道他非常忙碌。这几天妹妹回家住，他也没回来过，现在见他回来又走，也不疑有他，进去后，回房和张琬琰提了一句刚才在门外碰到人的事。

张琬琰刚才虽然出于一时气愤，叱骂了一顿小姑子的男人，但压根就没打算把聂载沉向他母亲隐瞒婚事的事捅得人尽皆知。别说公公了，也不好让丈夫知道，她随口搪塞了两句，稍晚些，端了盘新切好的瓜果来到小姑房间，见她又在灯下忙着画画，把果盘放在桌上，用小银叉叉了一块苹果递过去，凑上前看了一眼，说：“白天画，晚上画，怎么就画不完？你在忙什么？”

白锦绣接过来吃了一口，眼睛盯着画稿，说：“之前我听大哥说咱们在东山那边有家小纺织厂，赚不了多少，事情还多，就想关了。我早就想接过来做点事。现在有空了。”

张琬琰不以为意：“你想接过来做点事也好，只是别太累就行。”

“嫂子你有事吗？没事就去休息吧。我累了自己会睡的。”

张琬琰自然不肯走，说：“绣绣，嫂子跟你说，这事情是他不对，嫂子替你骂过他了，我看他也是很后悔。反正也就我们几个自己人知道，我看就算了吧，你别和他计较了！男人啊，别管在外头看着有多威风，回家了有些事就是糊里糊涂弄不清楚，你要真和他置气，非把自己气死不可。”

白锦绣没应和。

“听嫂子的话，别扭几天，也差不多了。他现在是广州司令，官也不小，万一被人知道你们闹别扭，影响不好。况且你们小夫妻，也不能这样长久分居。你让他回家住，回家了，要是你还有气，关上门，随便你怎么罚！”

她劝完，见小姑还是不作声，就说：“那就这样啊，明天就让他回家好了！”

白锦绣说：“嫂子，你别忙了。既然你已经知道了，我不妨和你说。我已经想好了，我们离婚，等日后方便了就登报。”

张琬琰吓了一大跳。

“什么？”她一把夺了白锦绣手里的铅笔，“别画了！你胡说什么！我知道你留过洋，不拿这个当回事。可气归气，别动不动就说这个！”

“嫂子，我没有胡说。我已经想得很清楚了。”

白锦绣拿回笔，又继续低头画着。

张琬琰气恼，在一旁走来走去：“我就知道！当初你结婚，我就担心过。看看，现在真的这样了！说结就结，说离就离！结婚离婚是小事吗？载沉确实不对，但也不至于要离婚啊！你是想气坏爹吗？”

她抱怨了许久，见小姑没有半点反应，知道她脾气拗，现在自己这么说她，怕是半点用也没有。在张琬琰看来，无论从声誉、利益还是小姑个人来说，这个婚都是万万不能离的。

聂载沉的地位现在已经开始稳固，以他的能力，往后的地位也只会越来越高。除了这件事让人生气，他别的也没什么过错。倒不是愁小姑没了他，日后就没别人要，怕就怕她现在一时生气不要他，万一以后又后悔，那就不好办了。

只要聂载沉那边咬住了不同意，小姑这边再怎么闹腾也上不了天。等她气头过去，小夫妻床头打架床尾和，自然也就没事了。张琬琰很快就打定主意，不再念叨，转身要走。

“嫂子！”白锦绣忽然叫住了她。

张琬琰停步。

“嫂子，你想去找他是吧？这是我和他的事情，我有我自己的考虑，我会尽量降低可能造成的不良影响。嫂子，请你不要掺和。”

她的语气十分严肃。

张琬琰一愣，见自己的心思被小姑子说中，叹了口气，摇头走了。

张琬琰走后，白锦绣也无心做事，收拾了东西，洗漱出来，看见白天他送来的那束花被用人插进了一只花瓶里，摆在床头，灯光映照，花瓣娇艳。

她看了一会儿，抱着瓶子出去，丢到了外间的废纸篓里，转身回来，爬上床躺了下去。

那一晚和小姑子对话过后，张琬琰自然不便瞒着小姑子再去找聂载沉说什么，但她见聂载沉此后也没再回来住，担心两个人真的就此生分，又见小姑子开始忙着往东山那家纺织厂跑，天天早出晚归，看着竟然是真的要把聂载沉抛在脑后的样子，张琬琰暗自心焦，怕小夫妻长久分居惹出闲话，因此不但隔三岔五派人以小姑子的名义往司令部里送汤、送吃食，还特别关注报纸上和聂载沉有关的消息。

大约半个月后，这天一早，张琬琰趁着小姑吃早饭还没出门，把几份报纸推到她的面前，说："绣绣，报纸都在说载沉明天要护送大总统北上，这可是大事，这一去也不知道要多久回来。"她叹了口气，"外头都不知道乱成什么样了，也就我们广东还算安生。这兵荒马乱的，真叫人不安心，还不如以前那时候呢！"

白锦绣放下碗筷，说："嫂子你慢慢吃，我去东山了。今天新到了一批机器，我很忙。"

她拿了自己的外套和包，走了出去，坐上汽车，很快出了家门。

张琬琰实在是忍不住了，到客厅里拿起电话，接到司令部。

电话很快被接通，接电话的是秘书官，听到是白家少奶奶打来的，就让她稍等，说自己立刻去会议室叫聂司令。

聂载沉很快回来，接起电话，叫了声"嫂子"。

张琬琰笑道："最近送过去的东西，你都吃了吧？是我小姑叫人送的。她呀，就是嘴硬，等再过些天，也就没事了。"

她真的不要他了，不许他再去找她，现在还天天忙着往白家在东山的那家工厂跑，还怎么可能给他送那些吃的？他心中涌出一丝苦涩，"唔"了一声："我知道。多谢嫂子。"

“我看好多报纸都在说你明天要北上公干？晚上有空的话，你过来啊，镜堂说给你饯行。”

“劳烦嫂子代我转达对大哥的谢意，我心领了，晚上有事，去不了。”

张琬琰失望，但也知道他应该确实真的是来不了，只好道：“那行，你自己要小心，办完了事，早些回来，到时候咱们再给你接风。”

“谢谢嫂子。”

聂载沉放下电话，出神片刻，出了办公室，匆匆赶往会议室。

第20章

一切事情，包括明早北上的出行路线和他离开后广州的安全防范等，终于全部安排完毕。聂载沉从防卫严密的大总统下榻处归来，回到了司令部的办公室。

因为此行事关重大，秘书官这会儿还没走，带着手下人在秘书室里等着他回来，以备召唤。

一连忙碌了好些天，聂载沉解散了业已疲倦的众人，让大家都回去休息。

晚上十点钟，办公室里的最后一盏电灯熄灭，伴着渐渐远去的脚步声，整个司令部陷入了黑暗的寂静。

聂载沉了无睡意，和衣仰躺在临时休息室里那张狭窄的铁床上，看着手中的一块金表。

这是白锦绣从前送给他的那块表。因为不习惯随身佩戴这么奢侈华丽的物件，他一直没用过。那天被盛怒下的她弄坏后，他把表从床底找回来，送去钟表铺修理，因为配件需要从香港带过来，所以修了很久，前几天才刚取回来。

分离的表壳被装了回去，原本摔裂踩坏的玻璃表面也恢复如初。钟表匠说这只进口表价钱不菲，东西也是顶好的，摔成这样了，时针还在继续精准走动，只需换下被损坏的外壳就可以了——显然，他对这只名表的损坏原因十分好奇。

明早就要北上南京，此行举国瞩目。作为大总统的近身随行，聂载沉最快也要两三个月才能回来。

他捏着表，轻轻地抚摩着它锃亮的表壳，触手感到金属的冰冷，他忽然抑制不住心底那种想要再见她一面的冲动，把表放进衣服的贴身内兜里，从床上迅速起身，走了出来，开着那辆为迎接大总统而准备的汽车离开司令部，驶入夜色迷茫的街头。

他终于来到西关白家附近，将汽车停在桥头的那株凤凰树下，走到白家的大门前。

快要晚上十一点了，附近的人家都已休息，除了路上有几盏路灯，周围很暗。白家也是如此。隔着高耸的门墙，隐约只见门房附近透出的一点灯光。他们从前一起住过的那个房间的窗户，现在也是黑漆漆一片。

这么晚了，她应当已经休息了。

大门紧闭着，聂载沉在门外踟蹰片刻，终于上去，准备按下门铃时，身后传来汽车引擎的声音。

伴着一束车灯晃动的光，他转头看见那座桥上出现了一辆汽车，开了下来，驶向白家大门。

他的心微微一跳，隐身在了门旁路边的一道暗影里。

汽车停在白家大门前。借着路灯的光，他看见一个西装革履、相貌斯文的年轻男子从驾驶位上迅速下来，走到后车，打开车门。

聂载沉知道这个人。罗林士，是岳父白成山的一个老友——轮船招商局某大董的公子，留学归来，学的似乎是机械，曾在报纸上发表文章呼吁实业兴国。

白锦绣从车里下来，对方殷勤地替她按下门铃。门房很快打开了门。

“今天麻烦你了，多谢。进去坐坐吧，我大哥应该在家。”

白锦绣邀罗林士入内。

父亲和罗家相交多年，她自然也认识从前同去欧洲留学的罗家公子。罗公子回国后办实业，在香港开了一家洋行，专门进口国内需要的机械。

这次纺织厂购的这批进口机器是从香港运过来的，今天到货，竟然是罗林士来送货，还留下来帮她亲手调试机器，一直忙到晚上快十点，才终于结束，之后又坚持要亲自送她回家。

罗林士道："忙了一天，不早了，锦绣你应当很累，今晚就不再打扰，明天我再来拜访兄长。你快点进去休息。"

白锦绣含笑点头，和罗林士道别，进了白家大门。

罗公子没有立刻走，在门外站着，等到一面窗户里亮起灯光，隐约有一道人影出现在了窗后，拉上窗帘，他继续站了片刻，这才吹着轻快的口哨，愉快地上车离去。

伴着汽车远去的声音，周围再次安静下来。

聂载沉微微仰面，望着那扇隐隐透出灯光的窗，再没有按门铃去惊动她了。

那扇窗户里的灯光最后熄了，房间里暗了下去。

聂载沉在暗夜的路灯下立了许久，摸出怀里那块带了他体温的金表，看了眼时间。时针快要指向零点了。

他想起那天她对他说"她不快乐，一点也不快乐"时那双泛红的眼，心里一阵难受。他知道她说的不是气话，都是真的。因为他原本就是这么一个无趣、和她的世界相差甚远的人。那双美丽的眼睛，怎么可能永远停留在他的身上？

他终于合上表盖，将金表放回怀中，最后看了一眼那扇窗户，转身经过桥头那株花开烂漫的凤凰树，回到车里，又坐了片刻，终于驾车离去。

白锦绣站在窗户后，透过窗帘缝隙，望着那个站在昏暗路灯下的模模糊糊的身影，仿佛站成了一根夜色里的柱子。

柱子最后还是动了，走了，影子消失在暗夜里。

没用的男人。整个就是一窝囊废。以前是，现在也是。她心里冷笑，唰地一把拉上窗帘，转身回到床上，闭眼睡了下去。

第二天早上，广州各界名流人士，包括以白镜堂为首的商界实业代表，一道去通车不久的火车站欢送大总统北上。晚上，罗公子来到白家做客，主人留饭，一起吃了晚饭后，白镜堂和他闲聊，提及早上的送行，说场面隆重，此行又关乎国运，想必会是明天全国报纸的头版头条。张琬琰就兴致勃勃地推断作为功臣之一的聂载沉，会被委任什么样的官职。

白锦绣知道她是说给自己听的，没怎么上心。现在东山的那个纺织厂才是她最关心的，就好比她的生活里出现了一个新的爱人，令她激情无限。纺织厂从前生产的都是毛巾之类的东西，她按照自己的想法计划改成一间服装厂，设备、管理人员和工人都差不多了，很快就能正式开工。她本就喜欢漂亮的衣服，能把自己的设计变成实际，想想就令人期待。

她照旧忙忙碌碌，每天早出晚归。

张琬琰最关心的是她和聂载沉的事。张琬琰起先还以为小姑只是三分钟热度，没想到她竟然来真的，对这事绝口不提。张琬琰虽然心里十分失望，但聂载沉现在又不在广州，她也是无计可施，只能盼他早点回来，到时候再另外看怎么让两人和好。

白锦绣知道嫂子在打什么主意，反正和她说不清。好多事情，自己说服不了她，就好似她也说服不了自己一样，于是也就不管她了，一心扑在工厂里。这天，在聂载沉离开广州一周之后，某妇女进步协会邀她以夫人的身份参加一场募捐活动。

她现在还没法拒绝，就去了。午后回来，见还有半天时间，她换了身衣服，想去东山工厂，这时客厅里电话响起，用人接了之后叫她，说是司令部打来的。

白锦绣蹙了蹙眉，走过去接了。

电话是秘书官打来的，说是司令老家来了一个人，说司令的母亲在家里出了点事，急着要他回家。因为司令不在，所以秘书官就打给了白锦绣。

白锦绣一怔，立刻说道：“知道了，我马上来！”

她放下电话，叫司机开车送自己去司令部，很快就赶到了。

秘书官正等在司令部的大门外，显得有点焦急，见她来了，急忙跑上来迎接，朝她敬了个礼。

“他母亲出什么事了？”白锦绣一下车就问。

“说是摔了一跤，有点严重。”

“来的人呢？快带我去！”

秘书官将她带到会客室。里面有个脚穿布鞋，身子只挨着半边椅子坐的乡下中年男子，看起来老实巴交，十分拘谨。他见秘书官领着一个穿着华美衣裳、带着一身香风的年轻美丽女子进来，急忙站了起来，不敢多看，只朝她鞠躬，叫她夫人。

“你是谁？老夫人出什么事了？”白锦绣问他。

来人是石头的父亲，用带着浓重口音的话说，差不多两个月前，外头来了个人探望聂母，带了好些礼物，那人走后，聂母就显得心事重重。前些时日，她出去到河边洗衣服，不小心摔了一跤，昏迷了过去。乡人急忙去县城请来郎中医治，疗效甚微，怕她出事，石头父亲就赶来广州，打听到聂载沉在这里，今天找了过来。

“多久前摔伤的？”白锦绣问。

“我在路上也走了二十来天，算起来快一个月了。”

白锦绣眉头紧皱。

“夫人，要不要发个电报给司令？”秘书官问。

“不必了！他知道了也回不来，没必要让他分心！”白锦绣说。

“是，是！夫人说得是！”秘书官连连点头。

“那老夫人那边……”

“我叫上医生，我过去！”没有半分犹豫，白锦绣立刻就做了决定。

“好，好，有什么需要，夫人尽管吩咐卑职！”

白锦绣叫他先安排石头父亲休息，自己出了司令部，立刻就叫来了广州一个医术精湛的名医，把聂母的情况向他说明后，让他带上一切可能用得到的最好的医药和设备，随自己马上动身去往滇西。

她开口召唤，就算路途遥远，医生又怎敢不从，一口答应，说明早就可以带着护士上路。

白锦绣打电话到工厂交代了事情，回到家里，收拾随身之物。

张琬琰正好在家，跟了进来:“你收拾东西干什么？又去哪儿？”

“嫂子，我要去云南，出趟远门，工厂的事。”她不想和嫂子说自己要去哪里，免得她想太多误会。

张琬琰“哎呀”一声，百般阻挠，最后自然是失败了，双手叉胸，不高兴地问:“那你去多久？”

“说不准，快则月余吧。”她随口说道。

阿生那天提过一句，去那里不但路途遥远，中间还有很多山路，道路难行，甚至要穿过悬崖古道。火车也只通了前头的一小段路，后头全靠原始畜力，在路上很费时间。

张琬琰抱怨个不停，见小姑根本不理睬自己，无可奈何，只好说:“那地方太远，你非要去，那就带上人手！我叫家里管事……不行，还是叫司令部派兵送你去！”

这个白锦绣没反对。张琬琰一边抱怨，一边出去往司令部打电话找秘书官。

这一夜，白锦绣在床上翻来覆去睡不着觉，终于熬到天亮，在微明的晨曦里，她带着准时赶来的医生和一队秘书官从警卫营里挑出来的卫兵，匆忙踏上了去往滇西的路。

第21章

从广州出发，穿广西入云南，位于川滇边境楚雄附近，太平县就在这里。

整段路程，不下四五千里。

白锦绣担心他母亲病情延误下去，万一不可挽回，恨不能插翅而飞，路上晓行夜宿。晚间错过了市镇旅馆，就投宿在村头庄尾的人家里，没有人家，便就地野外搭帐。住宿之恶劣，行路之艰辛，自不用多说，但她无暇觉苦，一心只想快些赶到。

这样在路上奔了十来天，终于到了昆明。当夜在昆明略作休整，第二天，天还没亮，她从父亲在昆明的一个生意老友那里借来一辆汽车继续上路，走完能行车的路段后，又改雇当地骡车，过了一座又一座的山，穿过开在半山崖的茶马古道，又是一番奔波，这一天，终于进入太平县，在石头父亲的引领下，翻了最后一道山梁，抵达了此行的终点。

这里实在偏远，连巨大的变革浪潮也无法激起巨大的响应。经过太平县城的时候，白锦绣就看到街道上很多人的脑后还是拖着长辫，县城如此，乡下更甚，民众看起来几乎就和前朝没什么两样。

村人对广州这个名字并不陌生，因为沉哥就在那里做事，但千里之外的广州到底是什么样，谁也没亲眼见过，只觉得那里应当天花乱坠，街上到处走着蓝眼珠、金头发的洋人。聂母出了事，县城郎中束手无策，他们都知道石头父亲赶去广州叫沉哥回来了。他们天天盼，今天终于等到了从广州来的人，却不是沉哥，而是一个年轻美貌的城里小姐，头发像洋人一样卷，身上穿的衣服也是洋人样式的。她跟着石头父亲走进村落里，就好像金凤凰突然掉进鸡窝，顿时惹来了村人的好奇和观望，三三两两地跟在她后头，都往聂家去了。

白锦绣动身急，抓到什么就穿什么出来了，根本没考虑打扮的问题，现在更没心思管这些，带着医生随石头父亲匆匆赶到聂家，推开院门，立刻就往屋里快步走去。

石头母亲和另一个住在近旁的妇人正在病榻前伴床，看着在床上躺了多日还没见好的聂母，两人愁眉不展，又惦记着沉哥不知什么时候才能回来，正烦恼着，突然听到外头传来喊声："回来了！回来了！广州城的郎中也请来了！"

石头母亲辨出是出门多日的丈夫的声音，以为丈夫把聂载沉叫了回来，惊喜不已，站起来就迎了出去，抬眼却见院子里匆匆走进来一个漂亮的小姐，不禁一愣。

白锦绣飞快地奔进屋里，看见靠墙的一张床上躺着一个鬓发花白的老妇人，知道她就是聂载沉的母亲，见她双目紧闭，脸色苍白，看着有些浮肿，顿时心慌意乱，扭头就催医生快给她看病。

医生知道白小姐急得很，也顾不得歇一口气，立刻拿出随身带的医疗设备，开始检查病人。

石头母亲站在门口看了一会儿，回头见村民都陆陆续续地跟了进来，纷纷站在院子里，朝着屋里张望，低声地议论，就把丈夫拉到一边，轻声问："她是谁？沉哥呢？"

那天白锦绣和同为广州人的秘书官讲的是粤语，石头父亲自然是半句不懂，又是第一次出远门，到广州那样的城里，晕头转向，睡了一晚，第二天清早又稀里糊涂地跟着上了路，根本也没弄清楚这位白小姐到底是什么人，只知道那些当兵的看起来对她都很尊敬，就摇了摇头："我不知道。我找到沉哥做事的地方，他们就把白小姐叫来了，她没说几句，就让我带着她和郎中上路了！"

"那她和沉哥是什么关系？"

石头父亲又摇头："我也不知道。"

见丈夫嘴里问不出什么，她又关心聂母的病情，也就作罢，和村人一道屏着呼吸看医生治病救人。

医生仔细检查了一番，向石头母亲详问当时摔跤的情景后，立刻安排治疗。

天黑了，石头母亲和另几个妇人忙着做饭，又收拾出了一间聂家的空屋，请白锦绣住。医生和同行的护卫以及白家管事也都安顿了下来。

聂母还是没有醒来。

夜渐渐深了，石头母亲见那位广州城里来的白小姐一直坐在病床前，怕她受累，就进屋让她去歇息，说自己和别的妇人会轮值在这里陪伴。

医生对白锦绣说，聂母可能是头部瘀血导致的昏迷。现在的医疗手段还做不到精准的开颅去瘀手术，但他已经用了一种最新的特效药，能帮助降低颅压，让水肿慢慢消退。根据损伤的情况，人或许可以苏醒，再慢慢治疗恢复。

医生的意思，应该就是还有另外一种可能，她或许就此醒不来了，甚至危及生命。

白锦绣看着烛火中那张和聂载沉依稀有着几分相似的面容，心情沉重，根本就没法安心睡觉。她指着一旁搭着的一张床铺说："我来陪吧。我累了的话，自己会睡在这里的。"

石头母亲见她不肯走，也就随她了，说自己住在附近，让她有事来叫，说完退了出去。

她刚走出院子，等在外头的几个妇人就扯着她问："白小姐是不是我们沉哥在广州城里讨的媳妇啊？长得真俊，沉哥好眼光。怪不得婶母都看不上来做媒的人家。"

这已是今天不知道第几拨过来向她这么打听的人了。石头母亲怕被里头的小姐听到，嘘了一声，将人拉得远了些，低声说:“我男人说他也不知道！你们可别乱说！万一不是，那就得罪人了！”

这位白小姐虽然不知道是什么来头，但随她同行的都是拿枪的士兵，同来的那位管事，应该是她的用人，却看起来比县城里最有钱的黄老爷还有气派。

妇人们一听是这样，也就不敢妄言，闲谈了几句，各自散了。

这个晚上，白锦绣伴在病榻前，上半夜帮护士打针喂药，下半夜才在床铺上眯了一会儿。

第二天，医生继续用药。当夜也是白锦绣陪床。

这样过了三天，他的母亲还是没有醒来。白锦绣的心情更加沉重了，连晚饭都吃不下去。

护士打完今天的最后一针，去休息了。白锦绣陪了一会儿，发现聂母有点出汗，就打来温水，拧了毛巾，替她擦去脸和脖颈上的汗，又替她擦手。擦完后，她坐在一旁，照着医生的叮嘱，尽可能多地给她揉捏腿脚和身体。

她揉了许久，胳膊酸痛，他母亲却依然闭着眼睛，没有半点反应。她想起医生说的越是迟迟不醒，醒不过来的风险就越大，再也忍不住，偷偷地哭了起来。

她一边擦着眼泪，一边继续帮他母亲揉捏，终于倦极，握着他母亲的手，身子趴在床边，睡了过去。也不知道过了多久，她睡得迷迷糊糊，忽然感到有什么东西在碰自己的脸。她睁开眼睛，发现他母亲竟然睁开了眼睛，半靠在床头望着她，神色慈和，又带了几分困惑，手轻轻地碰了碰她还带着泪痕的面颊。

她醒了！他妈妈终于醒了！

白锦绣惊喜万分，一下朝她扑了过去，紧紧抱住她的身子，呜的一声，又哭了起来。她也不知道自己怎么就这样了。反正她现在的心情，又高兴又委屈。

“乖囡，乖囡，莫哭，莫哭……”

聂母吃力地抬起胳膊，抱着她，轻轻拍着她的背。

“你是哪家女娃？怎么在我家里？”

白锦绣终于反应过来，知道自己失态，慌忙坐起来，抹了抹眼睛，说:“老夫人，我姓白，你叫我绣绣就行。你稍等，我去叫医生！”

“医生！医生！老夫人醒了！”

她站起来，抬脚就要跑，根本就没留意自己之前放在地上的那个水盆，一脚踢了上去。

咣当一声，盆子被她踢翻，泼了一地的水。

白锦绣一窘，飞快地看了眼床上的聂母，怕她责怪自己毛手毛脚，慌忙要去扶盆子。

“没关系，没关系……你放着别动了，小心滑倒……脚踢到了，疼不？”

白锦绣松了口气，摇头说不疼，这才跑了出去。

医生很快过来，替聂母检查一番，让她照着指令移动手脚，转转眼珠。聂母照着做了，虽然很是吃力，但都能勉强完成。

医生对白锦绣笑道：“太好了！这真的出乎我的意料！老夫人看起来应该不会有太大的问题了，接下来再治疗，应该就能慢慢恢复了。”

白锦绣欣喜万分，多日来一直悬着的心，终于彻底放了下来。

住在附近的石头母亲早被她刚才的喊叫声惊动，匆匆跑来，发现聂母醒了，自然欢天喜地。

昏迷的时候，聂母吃的都是流食，后来又靠医生给她注射针剂补充营养，人消瘦了许多，她要去给聂母煮粥，出屋前对聂母笑道：“婶母，你前些时日躺着都不知道，这回真的多亏了白小姐！石头他爹去广州本来是叫沉哥的，谁知沉哥不在，是白小姐带着医生来的，她天天晚上在你床前陪着，我看着她的脸都瘦了一圈！”

聂母十分心疼，催白锦绣去睡觉：“乖囡，别陪我了，我没事了，你去好好睡一觉。”

他母亲终于平安醒来，白锦绣也就放心了。确实，熬了这么多天，兴奋过后，她也感到疲倦，就照着他母亲的吩咐，回到自己住的那间屋子，洗了洗，睡了下去。

她睡到第二天日上三竿才醒来，睁开眼睛，发现太阳都要晒屁股了。

这里不是自己家，睡到太阳落山都没事。她赶紧爬起来，匆匆洗漱了下，跑到他母亲的屋子，看见石头母亲还有另几个妇人也在，几人正说着话，见她过来，笑着看向她。石头母亲说厨房里给她留了早饭，叫她去吃。白锦绣说不饿。

“听话，去吃。乖囡，你太瘦了，身上都没几两肉。吃饱了才能长肉。”他母亲也哄她。

白锦绣就乖乖地去吃了，吃了一个馒头，已经饱了，低头看了看自己的胸，把剩下的一个也吃了。

她回来，看见屋里人都走了，只剩下了聂母一个人。

她走过去，坐到床边，继续给她揉捏腿脚。

“白小姐，你和我儿子认识吧？他是你什么人啊？石头他娘说，石头爹去广州找我儿子，他不在，那边的人就把你叫来了。”

白锦绣忽然听到他母亲问这个，心一跳，手停了下来。抬眼看见他母亲望着自己，唇角含着慈和的微笑，白锦绣小声说：“他以前是我舅舅手下的人。我家里有个妹妹，他救过我妹妹。这回他有事离开广州，我听说老夫人出事，我想无论如何也要带着医生过来看您的。”

她有点紧张，偷偷地看过去。

他母亲没说话，过了一会儿，“哦”了一声，微微笑道：“原来是这样，我知道了。等下回我见了载沉，一定让他好好谢谢你。”

她应该是信了，也没有再追问下去，白锦绣暗暗地松了口气。

第22章

聂母醒过来后，病情慢慢开始好转。再过几天，已经能下地被扶着走路了。

医生说她每天都要这样走一下，有助于身体恢复。白锦绣就常扶着她出来，在院子或者门口走一会儿路。

村里的人现在都认识她，只不过不再像她刚来那天那样全跑过来围观，除了石头母亲和另几个常来一起照顾聂母的妇人，其余人看见她，还是不大敢靠近。

白锦绣原本的计划是他母亲只要没危险了，她就立刻回广州。现在他母亲的身体已经有所恢复，听医生的意思，接下来一段时间，只要继续吃药，注意休养，应该也就没大问题了。

她对那个人是真的心灰意冷，也不想再和他扯上半点什么关系，甚至不想听他再多说一句话。自从知道他不把和自己结婚的事告诉他母亲的那一刻起，他只要一开口说话，她听了就要生气，冲动得想一脚踹死他——她不想把自己气死。

但是现在，她又不是很想走了。

虽然她已决心和那个人就此一刀两断，这是真的。她白锦绣没什么拿不起放不下的东西。但是他的母亲和他不一样。他母亲人真的很好，说话总是轻声细语，看着她的时候，目光那么慈祥，还那么疼她，总是怕她累，不让她做任何事，催她去休息。虽然是个乡间妇人，一举一动却斯文又端庄，总是让她想起自己小时候就没了的娘亲。

她的身体还没完全恢复，自己要是现在走，医生肯定也会回去。万一医生走了，她要是再有复发，那就不好了。于是白锦绣又继续留了下来。虽然住的地方简陋，以往的一些生活习惯，譬如洗澡、如厕，都得被迫改变，刚开始是有点不便，但过来的路上在野地里都睡过，这又算什么。她很快就适应了。

这天傍晚，雨停了，吃过饭，她就像前几天那样，扶着他母亲走出院子，来到门外散步，逛了一圈，遇到了几个住得远些的村里妇人。几人问他母亲身体安好后，仿佛想和白锦绣打招呼，又不敢开口，目光显得有些胆怯。白锦绣不想她们怕自己，就主动露出笑脸，说:“我姓白，叫白锦绣，家住广州西关。往后你们要是有家里人去广州，需要帮忙的话，尽管来找我。”

妇人们受宠若惊，连声道谢，纷纷对聂母道:“白小姐人真好啊！还特意大老远来这里照顾你。是婶母你什么人啊？”

聂母含笑，看了眼默不作声的女孩，说:“是载沉在广州做事认识的尊长家里的千金，载沉有事离开广州，请她留意我，正好我不争气出了这个事，她是受托来看我的。”

妇人们“哦哦”地点头，连声夸奖，问东问西，和聂母拉起了家常。

白锦绣刚开始听到妇人们向聂母询问她的情况，有点紧张，现在不知怎的，心里忽然又有点难过。

“累了吧？回去吧？”

她忽然听到耳边有人轻声问，抬眼对上他母亲投来的关切目光，一下就驱散了心头的阴影，甜蜜地笑道:“好，我扶您。”

她扶着他母亲转身回家，慢慢走到石头家附近时，一头半大猪崽也不知怎么回事恰好从猪圈里跑了出来，石头在后头追赶着，猪就拱开院门蹿了出来，大约是受了惊，嗷嗷地叫着，不偏不倚，朝两人的方向冲了过来。

白锦绣何曾见过这样的情景，吓得跳了起来，下意识地扭头就想跑，突然想到还有聂母，慌忙又抱住了她，把她挡在自己的身后。

“去！”

聂母冲着猪崽喝了一声，提起拐杖扫了一下。猪崽就改了方向，嗷嗷叫着从旁边的一个泥水坑里蹚了过去，溅出一片污泥，跑掉了。

“乖囡，你没吓着吧？没事了，没事了！”

聂母赶跑了猪，立刻安慰还挡在自己前头的白锦绣。

白锦绣扭头看了一眼石头追着猪跑远的背影，惊魂未定：“我没事。老夫人你还好吧？”

聂母笑道：“我也没事。都怪那只小牲畜，吓着你了。走吧，回家了。”

白锦绣见她都好，这才放下了心，定了定神，扶着她进了院子。

猪跑过水坑时，她的裙裾被溅了一大片的污泥，聂母让她先去换衣服。

她出来时带的衣服不多，只有换洗的两三套，这两天断断续续在下雨，衣服都还没干。白锦绣就说洗下污泥就行，不用换了。

聂母说：“湿漉漉的不能穿，当心着凉。我还留着年轻时穿过的几件衣裳，旧是旧了些，但还算干净，你要是不嫌弃，先暂时换一下。”

白锦绣说好。聂母就打开一只看起来有些年头的厚重的樟木衣箱，从里面拿出一套月白色的褂裙，递了过来。

白锦绣接过散发着清香的樟丸气味的衣服，到自己睡的屋里换上，走出来，聂母端详了下，笑道：“我给你梳梳头吧。”

白锦绣就坐到了她的身边。

聂母在窗前给她梳头。她的手很巧，很快就帮白锦绣梳了一个发髻，端详了下，笑道：“乖囡生得可真好看啊。”

白锦绣照了照镜子，镜子里的她穿着朴素却雅致的老式褂裙，发髻简单却真的很漂亮。听他母亲夸自己，心里有点甜，拉着她的手撒娇：“是老夫人你头发梳得好才对！”

聂母就笑了，一边帮她整理着掉在外头的一绺碎发，一边闲聊道：“绣绣，你在广州应当和我儿子也算熟的吧？他年纪也不小了，那边有没有什么女孩看得上他？”

白锦绣的心咯噔一下，果断摇头：“没有！怎么可能！”刚说完，忽然觉得不对劲，一顿，又急忙改口，“我也不知道。”

她说完，又偷偷地看聂母。幸好她神色如常，只是笑着叹了口气：“我儿子从小就笨，两三岁了还不开口说话，那会儿我还以为他是个哑巴，愁了好久。后来可算说话了，又呆得很，从小呆到大。现在想必也是不会讨女孩子的喜欢。偏偏又离我那么远，我想管也管不了，有时想想都犯愁。”

白锦绣不说话。

“对了！”她仿佛突然想起什么，注视着白锦绣，“上回也是广州那边有个人带着好些东西大老远地来看我，说是白小姐派来的。当时我问是哪个白小姐，他又不跟我说清楚。是不是就是乖囡你啊？”

白锦绣支支吾吾：“是我……我也是感激他救了我妹妹，所以叫人来探望一下老夫人……”

“老夫人你坐着，我去看看医生在忙什么，怎么还不过来给你检查身体？”她站了起来，急忙走了出去。

幸好这之后，他母亲再也没在她面前提及半句关于她儿子的话了。白锦绣慢慢又放松下来。

第二天午后，聂母吃了药，在屋里午睡。白锦绣睡不着，忽然想起一件事，从床上爬了下去，蹑手蹑脚地经过聂母的房前，走向对面的一间屋子。

这里应该就是他小时候住的地方。

门没锁。白锦绣看了眼身后，做贼似的轻轻推开门，走了进去。

屋子四四方方的，显然已经很久没住人了，但还是干干净净，应该时常有打扫。里面的摆设非常简单——靠窗一张旧书桌，桌上有笔墨纸砚，桌下一张椅，此外就只有床和一个衣柜，别无多物。

白锦绣屏住呼吸，环顾四周，视线落到床底，看到那里好像有一只旧木箱，就走了过去。她把箱子从床底拖了出来，打开后，里面整整齐齐地码着一些旧书，应该是他小时候上私塾念过的。除了书，还有个蝈蝈笼子以及木头枪和木头刀之类的东西。

白锦绣好似发现了新大陆，又紧张又兴奋，蹲在地上，在箱子里翻来翻去，看看这个，看看那个。看到一本《饮冰室专集》，书都毛边了，显然是他经常看的，就顺手拿了出来，翻了翻，发现扉页用毛笔端端正正地写着一列字："三军可夺帅，匹夫不可夺志。"旁边还有一个备注："乙巳年三月二十一日深夜。自勉。"

白锦绣掐算了一下，应该是他离家外出前十四五岁时留下的。想象着少年的他一脸严肃地在某个深夜于这个房间里提笔写下这一列字的情景，她撇了撇嘴。

不可夺志？

不想娶她，最后还不是娶了。不要脸的男人。

她扭头，想找个笔，把他的这几个字涂黑。

"绣绣……你在哪儿？"

身后忽然传来一阵脚步声，他母亲的声音飘了过来。

白锦绣吓了一大跳，慌忙把书丢了回去，又手忙脚乱地将刚才掏出来放在床上的蝈蝈笼和刀枪那些东西一股脑扫了进去，正使劲推着箱子想塞回床底，身后的门已被推开，他母亲出现在了门口。

白锦绣的脸顿时涨得通红，赶紧站了起来，结结巴巴地说："我，我刚才睡不着，我想来找找看，有没有什么书可以看……"

他母亲笑了，说："就在这个箱子里。我刚醒来没看见你，以为你去了哪里，这才来找你。没事，你慢慢看，我先走了。"

她转身要走，白锦绣哪里还留得下，忙追了上去扶住她："我等下再看吧。"

他母亲轻轻拍了拍她的手，说："没事。你随便看。"

这时，院子外头忽然由远及近，传来一阵掺杂着噼噼啪啪鞭炮声的唢呐声，仿佛来了很多人，很快，有人就在门外喊道："聂老夫人在家吗？我们来给老夫人报喜啦！"

聂母和白锦绣对望一眼，说："出什么事了？你扶我看看去。"

白锦绣扶着聂母走了出去，看见院子里拥入了一大帮人，一个人当先快步上来，朝着聂母恭恭敬敬地鞠躬，自称太平县县长，随后迫不及待地拿出一张报纸，说："老夫人！大喜啊！鄙人今天才知道，令郎乃国家之功臣，功劳赫赫！这不，报纸都登了！令郎在南京做大官啦！陆军部要员！我赶紧带着人来通知老夫人！我太平县自古人杰地灵，今日又出了令郎这样的英才，实在是地方荣光，我等与有荣焉！"

他话音落下，身后那些本地缙绅纷纷附和，后头的鞭炮声和呜里哇啦的唢呐声又响了起来。

村民全都来了，聚在院子外头议论纷纷，喜笑颜开。

白锦绣拿过报纸瞥了一眼，是几天前的旧报。头版登着一张会议合影的照片，果然，聂载沉也在后排。

她见聂母看着自己，就点了点头。聂母顿了一下，也没多大热情，脸上只是露出微笑，向县长道谢。

县长十分热情，要将聂母接去县城居住，说房子都给她准备好了。聂母婉拒，说身体有些不便，让石头母亲等人帮自己接待客人。

众人听说了她前些时候昏迷的事，不敢让她太过劳累，一番恭维贺喜之后，终于散了。县长一干人等被太公请去参观祠堂，聂家的院子里，热闹却还远远没有结束。

那批人前脚刚走，后脚又来了一个穿着马褂、拖着辫子，看起来像是本地富户的肥胖男子，身侧还有个媒婆。来人就是太平县里赫赫有名的大财主，黄老爷。

黄老爷今天亲自提着东西上门，恭维了一番聂母，媒婆就将聂母搀进屋里，笑嘻嘻地展开三寸不烂之舌，说黄老爷家有个小姐，年方二八，貌美多才，贤惠可人，与聂载沉是郎才女貌，天作之合，想诚心联姻，百年好合。

聂母看了眼一旁的白锦绣，对媒婆笑道："我前些日子刚得到消息，我儿子在广州那边已经有了要说亲的人，黄老爷的美意，只怕是要拂了。劳烦你帮我向黄老爷赔个罪。"

媒婆大失所望，但还是不死心，又苦苦劝说讨媳妇还是本地的好，知根知底。聂母态度坚决，媒婆说得口干舌燥，无计可施，最后只得怏怏而去。

“绣绣，这种事，没有我儿子自己点头，我是不会在家里给他说的。万一他在外头有了自己中意的人呢？你说是吧？”媒婆走了，聂母对她说道。

白锦绣勉强笑了笑，点了点头。

当天晚上，她辗转一夜，第二天就向聂母提出告辞，说家里还有事，现在她病情稳了，自己也该回去了。

聂母诚恳挽留，见她不肯再留，也就不再强求，答应了下来。

白锦绣住了最后一夜，次日一早，她带着聂母和石头母亲等人给她准备的许多当地土产，离开了这个地方。

临行前，聂母给了她一封信，请她回广州后转交给她的儿子。

白锦绣答应了，收了信，循着原路，又是一番跋涉，这一日终于回到了广州。

算算时间，从出发到回来，过去了差不多两个月的时间。

张琬琰早等得脖子都长了，终于等到她平安归来，这才放下了心，问东问西。白锦绣绝口不提自己去了哪个地方，用在路上预先想好的话搪塞了她。

她回来两天之后，得知了一个消息，聂载沉昨夜回广州了。

一早，她收拾完，穿好衣服，准备去工厂。临出门前，拿出那封带回来的信，心里斗争了好久，终于还是忍不住，偷偷拆开了。

信上只有四个字：“见字速归。”

第23章

聂载沉乘昨夜最后一班火车，于深夜两点回到广州。他的身边除了两名随行，无任何排场，也没有通知人来接。

深夜的车站光线昏暗，火车上下来了几十个行夜路的乘客。站务员睡眼惺忪地坐在站台的出口前，不耐烦地吆喝乘客出示车票，检查后予以放行。

“挤什么挤？赶着投胎？票！”

前头的人走了过去，站务员打着哈欠，跷着一条腿，拦住了通道，将聂载沉的一名随行挡住。

随行面露怒色，正要呵斥，聂载沉阻拦了他，示意他配合。

随行取出了票。

站务员拿过票，翻了翻，抬眼瞥了下走近的人，借着灯光，忽然认出来人了。他吃惊不已，慌忙收回架着的腿，一下跳了起来，先是不停鞠躬，很快又改为下跪：“小的刚才不知道是司令回来，有眼无珠！罪该万死！罪该万死！”

随行看了一眼聂载沉，立刻呵斥道：“干什么？现在不兴这一套！没看报纸吗？起来！”

站务员“哎”了一声，从地上爬起来：“小的习惯了，一时没想起来……冒犯了司令，司令恕罪，司令恕罪，下次再也不敢了……”

根深蒂固的积习自然是难改。聂载沉想起南京此行种种，明争暗斗，波云诡谲，未来恐怕仍是前路多艰，心情不禁有些沉重，迈步从通道口走了出去。

出了车站，他让随从各自回家，自己却在广州漆黑的街头独自立着，眺望着西关方向的夜空，良久，终于转身，往司令部而去。

除了这里，他也无地可去了。

司令部里除了站岗的卫兵，空无一人。聂载沉回到自己休息的地方，只觉得满身疲惫。他脱了外套躺了下去，闭上眼睛。

离天亮还有两个小时，他还可以抓紧时间休息一下，他却怎么也睡不着。一闭上眼，眼前就是他离开前那一夜别的男人深夜送她回家的一幕。

那位罗公子显然是在大献殷勤，居心叵测。她却和他笑语盈盈。

虽然极度嫉妒，当时一度恨不得冲上去，宣示自己对她的所有权，但聂载沉还是不得不承认，他们看起来是那么相配。

她是他的女人，以前对他那么好，追着他，一定要嫁给他。现在她却再也不肯原谅他了。他真的被她无情地抛弃了。

他又想起那天，她不知怎地误送了秘书官说的什么大补汤来自己这里时的情景。聂载沉忽然觉得自己前所未有地无力。

深夜被得而复失的孤单啃噬得无法入眠的这一刻，大约也是可以允许男人软弱无力的。

黑暗中，他从床头柜的抽屉里摸索出一盒军队特供的烟，又摸出一只打火机，点了一支烟，深深地吸了一口。伴着吸进肺腑里又吐出来的那阵辛辣而呛人的烟雾，他长长地吐出一口气。

早晨八点钟，秘书官骑着一辆自行车准时来司令部上班。听到侍从室的人说聂司令昨晚已经回来了，他匆匆停好车，一路小跑，到了办公室，敲了敲门，推门探头进去，果然，司令已经坐在办公桌后，正在看着自己留在桌上等着他审阅的文件。秘书官“哎哟”一声，进去敬礼说:“司令，您怎么不声不响就回来了？市政府昨天还向卑职打听您的消息，问您什么时候回来，到时要组织军乐队去车站迎接您呢。”

聂载沉端坐在桌后，衣装严整，军服上的衣扣扣得整整齐齐，脸颊也刮得干干净净，显得英俊而精神。他抬起头，问:“我不在的时候，有事吗？”

“有，有！”秘书官急忙放下公文包,“司令你去南京后没几天，老家就来了个人，说是您母亲在家中摔了一跤，有些严重，昏迷不醒。您老家县城里的郎中治不了，他们就找来这里通知您……”

聂载沉吃了一惊，扔下手里的文件，猛地站了起来:“这么久了，为什么不发电报通知我？”

他的话里带着怒气。

“司令您别急！我还没说完。”秘书官忙道,“当时我立刻通知了夫人。夫人赶了过来，说您知道了也回不来，不必影响您，她第二天就带着医生赶了过去，前几天才回来。我听送她过去的卫队队长说，老夫人已经平安无事了！”

聂载沉一愣，定了片刻，突然撇下秘书官大步而去。

他开着司令部里新置的那辆代步车，赶到了西关白家。

“聂姑爷您回来了？”门房已经好久没看到他了，见他来了，十分高兴，急忙打开了门。

“你们小姐在家吗？”

“小姐一早就去东山工厂了，您进来坐……”

聂载沉摆了摆手，跳上车，立刻往东山而去。

东山位于广州城东郊外，大东门出去几里地，因附近几座平缓的小山丘而得名。再过些年，这里将会变成广州新贵阶层的聚居区，别墅云集，但现在还没这么热闹，附近只有稻田鱼塘，一些洋人以及本地商人投资兴办的工厂，还有一个高尔夫球场。

聂载沉一口气赶到工厂。

门卫是个彪形大汉，不认得聂载沉，见他穿着军服，很有气度，不敢不敬，但顾忌工厂的规矩，也不敢立刻放行，就隔着铁门说："这位军爷，您稍等，我先去通知下我们白经理。我们这里多是女工，白经理有制度，访客须经许可才能放行。"

聂载沉颔首，压下心中恨不得立刻见到她的冲动，看了里头一眼。

门卫跑了进去，又很快出来，给他打开铁门。

聂载沉问了声她的办公室在哪里，走了进去。

工厂占地不是很大，但环境整洁，布局合理，车间和文员工作区分开。车间里整齐地摆着一架架机器，一片忙碌的景象。

聂载沉找到她的办公室，是一间两层楼的房子。一个戴着眼镜的年轻男秘书坐在门口，见他进来，站起来指着后头说："您是聂先生吧？白经理在后面，您进去就行。"

聂载沉定了定神，走了进去，走到通往二楼经理室的楼梯前，他停下了脚步。

白锦绣就在二楼的走廊上，侧对着他，和一个看起来像是工厂管理人员的中年男人在说话。

她穿了身灰色的男式裤装，高跟鞋，长发用发夹整齐地束在脑后，柔软而微微鬈曲的发丝贴着她修长优美的白皙脖颈，顺服地垂落在后背上。她白嫩的手指里，夹了一支细长的铅笔，随着她说话的节奏，精心涂着红色指甲油的指尖，轻轻地敲着笔杆。

聂载沉不敢惊动她，在原地等着。

白锦绣早就瞥见他进来了，没有理睬，继续和副经理说话，说完了，副经理下楼，看见了聂载沉，认得他，忙叫他"聂姑爷"。

聂载沉颔首，等人走了，仰头看她，见她走到了楼梯口，双臂抱胸，居高临下，冷冷地看着自己。

他略一迟疑，正要上去，她开口道："找我什么事？"

聂载沉顿了一顿，停了下来："我昨晚回来的，早上听说我母亲之前出了事，是你……"

"你母亲已经没事了！"她打断了他的话。

聂载沉继续道:“我知道。我过来，是想向你道谢……”

“不必！”她再次打断了他，声音冷淡,“以前你救过我，我是在还人情。我白家人什么都能欠，不能欠人情。”

聂载沉来的时候，浑身的血液暗暗激荡，但是现在，如被一桶冰水当头浇下。他微微仰头，望着她居高临下地俯视着自己的两道冷淡眸光，血液慢慢地凉了下来。他不知道自己还能说什么，更不知道他还能做什么。她是真的彻底拒他于门外了。

他深深地吸了一口气，压抑着胸腔里翻腾着的苦涩，说:“无论如何，我还是非常感激你的。谢谢你了。你忙吧，我不打扰你了。”

他慢慢地转过身。

“等一下！”身后忽然又传来她的声音。

聂载沉的心微微一跳，心底已经熄灭的那点希望之火，仿佛被一阵风吹跑了灰烬，一下又挣扎着跳动起来。

他立刻转回身，看着她踩着高跟鞋，走进身后那间办公室的门里，很快又出来，手里多了一封信。

她朝他钩了钩白嫩的食指。

聂载沉立刻三步并作两步地爬上楼梯，停在她的面前。

“绣绣……”他叫了她一声，气息有点不稳。

她蹙了蹙眉，盯了他一眼，把手里的信递给他。

“你母亲叫我转给你的！”

聂载沉接过来，打开本就没有封口的信封，拿出里面的信纸，展开看了一眼，说:“我母亲叫我立刻回去。”

白锦绣仍是双手抱胸，翘着下巴,“哼”了一声:“我问你了吗？你以为我会有兴趣知道？”

聂载沉一顿，慢慢地收了信，不再说话。

“你打算什么时候回去？”她看了他一眼，又冷冷地问。

“尽快。把亟待处理的事解决掉，明天吧。”他低声说。

“你给我听着，我去的时候，对你母亲说你救了我妹妹，我是为了还人情才走的那一趟。她还是不知道那些事。这也是你自己想要的！现在你回去，她要是问你，你知道该怎么说吧？”

聂载沉没吭声。

她蓦然提高音量：“我不允许你在你母亲面前提半句我和你的事！我和你是不可能了！她身体刚好了一些，没必要再让她知道！”

他依然沉默着。

“聂载沉，我在和你说话！你听到没？”

聂载沉抬起头，对上她那双仿佛冒着火星的漂亮眼睛，缓缓点了点头。

白锦绣“哼”了一声：“你知道轻重就可以了。行了，走吧！我很忙，没空再陪你说话了！”

她撇下他扭身走了，进了那间挂着“经理室”铭牌的门，哐地一下关了门。

聂载沉站了一会儿，艰难转身，慢慢下了楼梯。

他出了工厂，在车里又坐了片刻，收拾了黯然而紊乱的心绪，回到司令部，一直忙碌到深夜，第二天清早，又马不停蹄地上了开往老家的火车。

上一次回去的时候，他心事重重，不知该如何开口向母亲解释自己的婚事，颇有近乡情怯之感。而这一趟，他日夜兼程，路上只用了十天就赶到了太平县，在这一天的深夜，他翻过山梁，踏过村口的老桥，穿过漆黑的只听到远处传来几声狗吠的宁静村落，回到了自己的家中。

这么晚了，聂母还没睡，独自坐在窗前小桌的灯下，缝着一件小儿穿的柔软小衣，一针一线，细细密密。忽然听到外头传来拍门声，她放下针线，出去打开门，看见月光下立着一道高大挺拔的身影，认出来是儿子。见他连夜赶路归来，聂母脸上露出笑容，让他进屋。

聂载沉叫了声娘，跟着进屋，见母亲要去给自己做东西吃，就说在路上吃过干粮了，不饿。

聂母也没坚持，就坐了回去。

聂载沉开口问她的身体，聂母笑道：“已经没事了。这回幸亏有白小姐。她带着医生，辛辛苦苦赶过来给我治病。我这条命就是她救的。白家想必是非同一般的人家。这样的千金小姐，不但带医生来救我，竟还亲手服侍我。我都不知道我是哪里来的福气。”

聂载沉没有说话。

聂母看了一眼灯火下儿子那张沉默的脸，问:“载沉，你知道娘为什么要叫你回来吗？”

“儿子许久没回来探望了。这回您出事，就算没有娘的信，儿子也会尽快回来看您的。”聂载沉说道。

聂母摇头:“不是为了这个！我知道你现在和以前不一样了，忙得很。我身体也没事了，要不是有一件事，我非得问个清楚，我也不会叫你回来的！”

聂载沉迟疑了下，问:“娘，什么事？”

聂母看着儿子，脸上的笑容渐渐消失。

“你老实跟我说，你和白小姐，到底是什么关系？”

第24章

油灯的火光在微微跳动。

聂载沉慢慢低下头，没有回答。

儿子的这种沉默，让做母亲的反而立刻确认了此前的疑虑和猜测。那位白小姐不但和儿子有关系，而且关系必定非同一般。她唯一不确定的，就是两人到底已经到了怎样的程度，以及，为什么白小姐要在自己面前刻意撇清她和儿子的关系。

“说！”

母亲的声音再次响在耳边，带了催促之意。

聂载沉慢慢抬起眼，对上母亲投来的目光，想起白锦绣那天的严厉警告，喉咙仿佛被什么锁住，连发声都变得如此艰难。

聂母看着依旧无言的儿子，眼底隐隐聚起了不悦的怒气。她太了解自己的这个儿子了。看他这副吞吞吐吐的模样，绝对是做错了事。

她抬手拍了下桌面，发出“啪”的响声。

“有什么话是不能说的？你还不给我说！”

聂载沉知道是无法隐瞒了。他也不想再隐瞒了。

“娘……绣绣她……我和她……在广州成亲了……”

聂母愣住，片刻后，慢慢地问：“什么时候的事？”

“去年底。就是上次我回家探望您，回去后就……”他的声音消失了。

聂母再次愣住，屋子里也随之陷入一片寂静。

“结婚这么大的事，我为什么不知道？”半晌，她盯着对面的儿子，一字一字地问。

聂载沉有些不敢直视母亲那双严厉的眼睛，压抑着烦乱的心绪，说：“是儿子的错……娘你要是生气，只管责罚儿子，不要气坏了身体……”

聂母有点不敢相信，这样的事，真的是自己这个从小沉稳做事、从不让她担心的儿子干出来的。

自从那个自称奉了“白小姐”之名来看她的人走后，她就觉得广州的那位“白小姐”应该和自己的儿子关系特殊，而且其中似有什么隐情。那天，她去河边洗衣，就是想得入神，一时不慎，没留意脚下，滑了一跤才摔倒了。

这次见到白小姐的真人，她走了之后，聂母对她和儿子的关系做过许多猜测，甚至疑心难道是儿子这几年出去学坏了，狗胆包天地坏了她的清白，她这种名门闺秀，哪怕喜欢自己的儿子，一时恐怕也接受不了，生了气，这才和他在闹别扭？

她无论如何也没想到，两人竟然已经成亲了，前些时日来的那位白小姐是自己的儿媳妇，而儿子竟然向自己隐瞒了婚事。聂母简直是惊呆了。

“载沉，你说的都是真的？”她喘出一口气，盯着儿子问。

“是。”

“现在她是知道了你瞒着我，在和你生气？”

聂载沉心脏一阵紧缩，仿佛有针在刺。

“是，她知道了，要和儿子离婚。”他咬了咬牙，“她，她不要我了……”

屋子里再次陷入死寂。

聂母坐在小桌前，一动不动地看着针线筐里那件快要做好的小衣裳，眼前忽然有点发黑，身体微微晃了晃。

“娘，你身体刚好了些，你别生气。全是我的错，我不该瞒着你的……你小心……”聂载沉急忙扶住她。

聂母定了定神，一把推开儿子朝自己伸过来的手，从凳子上下去，抄起一个鸡毛掸子，倒过来，朝着儿子就抽了过去。

她是用尽了全力。“啪”的响亮一声，鸡毛掸子竹柄的那一头重重地抽在聂载沉的屁股上，一下从中折断，绑着鸡毛的鬃绳也被打断了，鸡毛飞散出去，落了一地。

聂母握着被打断的鸡毛掸子，喘了几口气，一把丢掉，转身到院子的柴火堆里抽出一根柴棒，怒不可遏地朝着还定在原地一动不动的聂载沉骂道：“那么多年我白教你了！竟然干出这样荒唐的事！”

“给我把衣服脱了！跪下去！”她又喝了一声。

聂载沉看了一眼母亲手里那根柴棒，默默脱了衣服，光着膀子，跪在地上。

聂母攥着柴棒，朝着儿子露出来的后背狠狠打去，啪啪之声，不绝于耳。

聂载沉一动不动地跪着，承受着来自母亲的怒火。

很快，他的后背就被柴棒打破了，青一道紫一道，血丝从伤口里出来，沾在柴棒上，情状可怜。

聂母却是丝毫没有手软，依旧一边打，一边骂：“你瞒着我就算了！这么好的小姐，看上你，愿意嫁给你，你不喜欢就不要娶；娶了，婚礼上不让我露脸，你是要置她于何地？她到底怎么对不起你了，你干出这样的事？你给我说！说不出来个由头，我就打死你！”

聂载沉忍着后背的疼痛，说：“娘，你息怒。儿子当时是顾虑齐大非偶，怕她心血来潮才和我成亲，婚姻不会长久，我怕母亲会失望，一时糊涂，所以没有禀告，隐瞒了下来。”

他不说还好，这一说，聂母更是怒火攻心：“这叫什么荒唐理由！你还给自己找借口！我打死你算了！”

毕竟刚大病一场，打了片刻，聂母渐渐没了力气，咬紧牙关，又狠狠抽了最后几下，手一阵发软，拿不住，柴棒脱手而出，掉在了地上。

她终于停了下来，喘息片刻，慢慢地坐回到凳子上，闭着眼睛，一言不发。

聂载沉没有再辩解，也没有站起来，依然那样跪着。后背上血痕道道，伤口处的血丝渐渐凝成小血珠，沿着他的腰背慢慢流了下来。

良久，聂母睁开眼睛，盯着儿子道：“你刚才说她不要你了？”

聂载沉黯然点头：“是。她说不喜欢儿子了，对我没感情了……我其实早就后悔了，再三地向她道歉，她怎么也不肯原谅我。现在之所以还没对外公布，是时候还没到。她说等哪天方便了，就要登报发告示……”

他想起她说这话时的无情模样，声音有些暗哑，停住了。

聂母看着跪在自己面前垂头丧气的儿子，刚才好不容易有点下去的怒气又上来了。她实在是想不通，自己怎么会养出这么一个蠢到家的儿子，简直恨不得拿柴棒再敲他的脑袋，好把他敲醒。

“载沉，你到底是呆还是傻？绣绣要不是真的中意你，她那样一个千金小姐，凭什么嫁给你？她要是真的对你没了感情，不喜欢你了，又怎么会千里迢迢从广州赶来这种地方，照顾我这个老婆子？就算她出于道义，难道她不能派别人带着医生过来，非得自己来？”

聂载沉一下呆住，聂母却气得眼泪都流了下来。

“我那天醒来，半夜看见一个没见过的囡儿趴在我的床边，脸上挂着泪，攥着我的手就这么哭着睡了过去,看了就叫人心疼！她之前可是连我的面都没见过，凭什么对我这么关心？因为我是你的娘！她是想着你，你懂不懂！你的脑子呢？你整天到底都在想些什么！”

聂载沉如醍醐灌顶，心陡然怦怦跳得厉害，几乎要从胸腔里蹦了出来，后背更是沁出一层热汗，汗浸着破了的伤口，整片后背又辣又痛。他浑身的血液却烫了起来，从地上慢慢地站了起来。

聂母已经擦去眼泪，冷冷地说：“我听你刚才的口气，什么她心血来潮，难道她以前还逼着你非要娶她不成？我呸！你哪来的脸？我可不管这些！那么好的一个囡儿，我看她是伤心至极了，就是你对不起她！”

聂载沉低头，一声不吭。

“我告诉你，女人心软的时候很软，真狠起来，没你们男人什么事！我也懒得问你到底是怎么道的歉。养了你这么个身在福中不知福的窝囊儿子，我是没脸替你向她求情了。就算她看在我这老脸的分上跟你和好了，心里怕也是有疙瘩。”聂母拿起先前在做的那件小衣服，低头继续缝着最后的几下针脚，“我不逼你，你自己看着办吧。我要是等不到她叫我一声娘，你这辈子也不用给我娶什么儿媳妇了，打光棍儿到老好了，我眼不见心不烦！”

聂载沉的呼吸渐渐粗重，看着低头做针线不再理会自己的母亲，忽然一把抄起刚才脱下的衣服和随身箱子，扭头转身就走。

“站住，你干什么去？”身后传来聂母的问话声。

他停下脚步，转过头：“娘，我明白了！我这就回去了！”

聂母看了眼他背上的伤，皱眉道：“大半夜，黑灯瞎火地刚回来，再急也急不了这一夜。明天再去。”说着她放下针线，起身去拿伤药。

聂载沉见母亲这么开口了，只得压下恨不得立刻飞回到她身边的念头，“哦”了一声。

聂母拿了伤药回来，打了一盆水，叫儿子趴在床上，拿针替他挑去留在皮肉里的刺，最后替他上药，见儿子背上血痕道道，皮肉肿胀，知道自己刚才在气头上，下手狠了，恨铁不成钢地叹气道：“你从小到大，我这可是第一回打你。你要是能吃个教训，哪天给我把儿媳妇再带回来，你也不算白挨一场打！”

聂载沉闭着眼睛，趴着一动不动。

他忍着痛，睡了一夜，第二天，带上母亲给的伤药和叮嘱，在晨曦的微明中，再次踏上了返回的路。

第25章

这一趟从广州到太平，再从太平回去，他只用了大半个月的时间。

这一日，终于就要到广州了，临入城前，聂载沉却犹豫了下，最后没有立刻进去，而是绕道，先往古城去见白成山。

白成山虽在古城，但每天的时事大报都会在次日准时送到他的手上。他早在报纸上看到女婿南京之行的报道了，傍晚忽听用人说女婿过来了，他有些意外，更是欣喜，叫人摆了一桌酒菜，当晚翁婿对酌，问他如今北边形势如何。

聂载沉道："国府虽已成立，北边表面也支持，实际却阳奉阴违，政令有名无实，难以推行。就是南京内部也是矛盾不断，各持己见，恐怕难以维持长久。"

白成山沉吟片刻，问："是老冯在背后主使吗？"

聂载沉颔首。

白成山叹气："老冯向来野心勃勃，又有人支持，岂会甘心服从。那么你往后如何打算？"

聂载沉道："稳固南疆，这是重中之重。其余见机而动，尽力而为。"

白成山是做实业的，自然三句不离本行，点头道："好。但愿局势能长久平稳，这样实业才能有长足发展的机会。"

这场翁婿对酌，谈及时局，白成山虽觉遗憾，但女婿特意过来陪着自己喝酒，他还是十分兴奋，当晚喝了一大壶的酒，有些醉了，却还不去睡，领着女婿又来到书房，笑呵呵地说："你这趟过来，除了看我，是不是还有别的事？有事的话，你尽管说。"

聂载沉望着岳父，走到他的面前，循着旧礼向他行了一个郑重的谢罪之礼。

白成山猜到他或有别的事，却没想到他会对自己行这样的礼，忙惊讶起身，晃过来扶起了女婿。

"你这是干什么？突然对我行如此大礼？"

聂载沉从地上站了起来。

"岳父，有件事我之前一直欺瞒于你，今天特意过来，是想恳请岳父宽恕，给我一个改过的机会。"

"什么事啊？你会有什么事瞒着我？"白成山莫名其妙。

"当初我娶绣绣，家母未能出席婚礼，不是出于行路不便的缘故，而是我回去接她的时候向她隐瞒了婚事。我母亲是最近才知道我和绣绣结婚了。"

白成山晚上喝下去的酒全都变成了水，他瞪着聂载沉，半晌才说出来话："你这是什么意思？"

"当初我怕婚姻难以维持长久，这才隐瞒了家母……全是我的错。不但辱没了绣绣，也对不起岳父对我的器重和信任。绣绣知道了这事，坚决要和我离婚。我刚从老家回来，回去见绣绣之前，想先来向岳父谢罪。恳请岳父宽恕，再给我一个机会，容我去追求你的女儿，获得她的谅解。"

白成山脸上的笑容消失了，眉头紧皱，慢慢地坐回椅子里，一言不发。

突然听到这样的事，说一点也不恼，自然是假的。但他态度诚恳，主动找上自己坦白，看着确实是懊悔的样子。再回想他们成亲时的仓促，当时白成山就觉得或有隐情，只是因为太过于欣赏这个年轻人，就没深究。夫妻之间的事，谁对谁错，他自己这个做长辈的，更是不便横加指责。

白成山沉吟片刻，脸自然还是绷着的，说：“我这里是没事的。至于绣绣那里，看她自己吧。她要是原谅了你，我自然不会反对。”

聂载沉松了一口气，郑重道谢：“多谢岳父！”

白成山盯着女婿看了一会儿，慢慢放松下来，酒意就又冒了上来，拂了拂手，说：“好了好了，别左一个谢右一个谢了！自家人这么客气做什么？晚上你在这儿住一夜，好好想一想，怎么让我早些抱上外孙才是正事！”说完双手背后，晃晃悠悠地出去了。

聂载沉在古城留宿一夜，次日便动身回广州，于隔日的傍晚，终于抵达。他风尘仆仆地进了司令部，略作休整，秘书官就抱着一大摞文件走了进来，放到桌上，捡要紧的先跟他说。

新成立的省府其实只是个维持运转机能的皮囊而已，重要的问题，还是得广州司令部的办公室做决策。他不在的这些天，自然堆积了许多事。秘书官说了一会儿，把亟待解决的文件拣出来放到上头，见他翻了翻，忽然抬头问自己：“我不在的时候，夫人那边有没有来找过？”

秘书官早就看出白小姐和聂司令不和了，前些时日司令都是一个人睡在司令部里，如同光棍儿。不只自己，司令部里也开始流传司令夫妇二人感情不和的消息了。

“白小姐自己没找来过……但白家的少奶奶隔三岔五会打电话问司令什么时候回来，对司令很是关心。”他说完，小心地看着聂载沉。

聂载沉没说话，很快站了起来，说：“我先走了，有事明天再说。”

“好，好，司令你路上辛苦，是该好好休息。”秘书官赔着笑脸附和。

聂载沉打了个电话到白家，被告知白锦绣还没回来，就提着自己简单的随身行李离开司令部，开车去往东山，来到工厂门外，下去向那个守门的大汉问她。

果然，她还在里头。

聂载沉指着停在门口的另一辆有点眼熟的汽车，问：“你们白经理现在有访客吗？”

“是，是，不过也不算访客，过来是有事。先前白小姐订购了一批机器，说是什么磨合保养，我也听不懂，卖机器的那位罗公子就亲自过来帮忙。”

聂载沉沉吟着。

守门的现在也知道了这个年轻男子的身份——白家姑爷兼广州司令，好像在南京那边还做着什么官来着，这次哪敢像上次那样拦着，给他打开门，道：“聂司令，您进去吧。”

聂载沉看了一眼里头，说：“让她先忙，我在这里等她好了。”

他回到车上，开始等待。

工厂里的女工放工，从大门里说说笑笑地拥出来，各自回家。

她没出来。

天渐渐黑了下来。母亲那天下手确实不轻，因为急着赶路，加上天气渐热，他自己上药也不是很方便，后背的伤恢复得不是很好。聂载沉忍着身上传来的不适，耐心地等她，最后从车里下来，站在路边舒展筋骨，见那个守门大汉一直在偷偷看着自己，朝他招了招手。

大汉急忙跑了过来，躬身道：“聂司令有事？”

聂载沉从车里拿了一包香烟递给他。大汉见是罕见的特供烟，受宠若惊，急忙双手接过，点了一支，抽了一口，赞叹道：“真是好烟！比我平常抽的不知道要好多少！多谢聂司令。”

聂载沉微笑问道：“罗公子经常来工厂找我太太？”

“是，是。不只罗公子，还有一个蓝眼睛黄头发的洋人，上次来邀夫人去打什么高尔夫……”他说着瞥了一眼聂载沉，“不过那天工厂很忙，夫人没去。那个洋人的中国话说得很好，说他下次再来。我都听到了。”

聂载沉没作声，立了片刻，掏出怀里的金表打开表盖，看了一眼。快到晚上九点了。

这时，大门里传出一阵高跟鞋落地的声音。

“夫人出来了！”大汉忙跑了回去。

白锦绣忙到这会儿才结束了今天的事，和罗林士一道出了工厂大门，对他笑道：“今天又麻烦你了，实在过意不去。其实这种日常保养，下次你派个技师来就可以了，不必亲自过来的。”

“没事！保证每一台机器都完美运转是我的职责。况且我今天正好没事。”

罗林士打开汽车的门，刚叫了一声“锦绣”，突然听到身后传来一道声音：“绣绣！我来接你回家了。”

他转头，看见聂载沉竟从路旁的暗处走了出来，停在白锦绣面前，不禁一怔。

白锦绣也是意外，没想到他这么快就从老家回来了，居然还跑到这里来，大言不惭地说什么要接自己回家。

“白小姐，聂司令五点多就来了，我说请他进去，他不进，说不好打扰您做事，一直就在这里等着您呢。”守门的插了句话。

她盯着聂载沉，心里有点犹豫。她半点也不想和他同行，但是还没离婚，当着守门人和罗林士的面直接扫他颜面，有些不妥。

聂载沉也没等她开口，又转向罗林士，朝他点了点头，算是打招呼，说：“多谢罗公子帮了我太太的忙。今天也不早了，我们先回去了，下次什么时候有空，我再请罗公子坐坐。”

他轻轻握住白锦绣的一只手，带着她来到车前，打开车门，让她坐进去。

白锦绣莫名生出一种被挟持的感觉，越发不快，想当场给他脸色看，却又做不出来，强忍着火气上了车。

聂载沉替她关上车门，自己也上去，很快发动汽车疾驰而去。

“绣绣，你肚子饿吗？我在来的路上买了果露蛋挞和豆沙包，都是刚出炉的。”

他开出去一段路，一只手操控着方向盘，另一只手伸过来，递来一只油纸包。

白锦绣一巴掌拍掉了他手里的东西。他看了她一眼，把纸包捡起来放在她旁边，转头继续开车，没再说话了。

白锦绣双手抱胸，闭着眼睛靠在椅背上。

汽车入了城，到白家的时候，是十点钟还差一刻。

白锦绣也不等他替自己开车门，等车一停下，推开车门就走了下去。

门房打开大门，看见聂载沉也来了，叫了声姑爷。

白锦绣走了几步，觉得有点不对劲，转头见他把点心递给门房，随即跟着自己上来，手里还提了一只箱子。她一愣，停下脚步："你干什么？"

"绣绣，我想回来住——"

"我睡沙发就可以的。"见她双眉竖起，聂载沉立刻又说道。

"不行！我说过，我不想再见到你，你以为我在开玩笑？"

这么长时间了，反正家里人现在也都知道自己和他闹离婚的事，白锦绣也就没了顾忌，转头对着门房道："不要放他进来！"说完自顾自走了进去。

门房目送小姐身影入内，抱着点心对着聂载沉不住地赔罪："姑爷，对不住了。不是我不让，是我们家小姐，她要是发脾气……"

聂载沉苦笑了下，摆了摆手，说没事。

门房对自家姑爷充满同情，扭头看了眼里头，忽然想了起来，忙道："姑爷，你稍等，我去叫少奶奶出来！"说着跑了进去。

白镜堂今天不知怎的还没回家，也没说去了哪儿，张琬琰有点不放心，加上小姑也没回来，就先打发儿子去睡了，自己在客厅里等着。刚才小姑终于回来，看起来不大高兴的样子，张琬琰问了两句，见她说没事，还以为是工厂的杂事闹心，就也没在意。等小姑上去，张琬琰就继续等丈夫，忽见门房找来，说聂姑爷也来了，但被小姐挡在了门外。张琬琰立刻出去，见聂载沉背对着门，双手插兜，站在路边，背影看着颇是无助，立刻招呼人把他的东西拿进来送上楼，自己领着他也进去了，说："别和她一般见识。没事，你哄哄她就好了。"

聂载沉向她道谢，看了眼两人住的房间的方向，窗户里已经亮起了灯。他上了楼，推开还没上锁的房门，走了进去，听到里面的浴室里传出一阵水声。

她在洗澡。

他迟疑了下，没再试着进到里卧，停在外间。

水声停了，过了一会儿，里卧的门把手上传来开锁扭动的声音，那扇乳白色的门打开了。

白锦绣用手指拢着已经半干的蓬松长发，从里头走了出来，抬眼突然看见他就立在自己面前，吓了一大跳。

"你怎么上来了？"

聂载沉望着她的眼睛，说:“嫂子放我进来的。”

白锦绣盯着他放在地上的箱子，眉头皱起。

“绣绣，最近几个月我一直在跑，真的很累。司令部那边睡不好觉……”他声音低沉，说了两句，断了。

白锦绣瞥了他一眼，见他脸颊瘦削，看起来确实比之前憔悴了不少。她“哼”了一声，掉头回到里卧，砰地关上门，咔嗒一声上了锁。

聂载沉站了片刻，上去敲了敲，没听到她的回应，低声说:“绣绣，你开下门好吗？让我先洗个澡。”

门里没动静，聂载沉等了一会儿，正无可奈何地想去找张琬琰，让她晚上先给自己另外收拾个房间落脚，忽然听到门锁转动的声音，转头见门开了。

她已经换上睡衣，打开门，也没看他，自顾自趴在枕上，翘着两只纤细小腿，手里握了一支铅笔，继续画着她的画。

聂载沉脱去外套，身上还剩一件里头的白色衬衣，正要进浴室，忽然听到她问:“背上怎么回事？”

聂载沉转头，见她两道目光落在自己背上，顿悟过来。最近他东奔西走，休息得也不好，伤口没结好痂，想必弄脏了贴身衣物，渗透出来，被她看见了。

他不想让她知道自己被母亲责打的事，有点丢脸，怕她知道了更是瞧不起自己，就摇头说没事。

白锦绣可没那么好糊弄，刚才明明看见他衣服都渗出了疑似血迹的脏污，丢下铅笔就从床上下去了。

“脱衣服！”

他不肯。

“脱！”

聂载沉只好慢慢脱去衣裳，露出后背。

背上的大部分伤痕都已结疤，但面积最大的一道伤口还没完全愈合，伤口还软，今天也不知道怎么蹭的，又破了，血水就是从这道伤口里渗出来弄脏衣服的。

白锦绣睁大眼睛，看着他后背露出来的一道道吓人的伤痕，顿时火冒三丈：

“怎么回事？你是死人吗？让人这样打你？是谁？”

聂载沉没办法，只好说道：“绣绣你别气。是我娘。”

白锦绣一愣，忽然明白了过来。一定是他妈妈怪他不好，打了他一顿。白锦绣见他神色尴尬地看着自己，顿了一顿，冷笑道：“活该。”说完扭头，又爬回床上继续画着自己的东西。

聂载沉在一旁站了片刻，见她不理会自己，就走进浴室洗了个澡，反身对着镜子，费力地上了药，穿好衣服走了出来。

她已经收拾东西躺了下去，一头长发散在枕上，被子拉到胸口，细细的胳膊搭在被子外头，微微歪着脸，闭着眼睛，仿佛已经睡着了。

聂载沉在床前站着，看了她一会儿，伸手关了灯，轻手轻脚地朝着他之前睡过的那张沙发走去，正要躺下时，忽然听到她懒洋洋的声音传了过来：“出去，睡外间。”

聂载沉一顿，转过身。

呼的一下，什么东西从床上飞了过来，轻飘飘地砸到他的脸上，跟着掉落下来。

聂载沉一把接住这只填了鹅绒的柔软的枕头，在昏暗中又站了一会儿，终于迈步，慢慢走了出去。

第26章

外间也有一张沙发。

聂载沉侧卧在上面，过了一夜，第二天早上不到七点，他听到里卧隐隐传来白锦绣起床的动静。他坐了起来。过了一会儿，门打开，她走了出来，已经打扮妥当，从他身边经过，下楼去吃早饭。

聂载沉很快也洗漱完毕，穿好衣服后，匆匆跟着下去了，见她已经朝着大门走去，司机在车旁等着，忙追了上去。

“不用你送，我自己过去就行。”她对聂载沉说。

聂载沉拿过司机手里的车钥匙，让司机自便，对她说：“还是我送你吧。同路。”

他替她打开了车门。

司令部确实也在城东。白锦绣淡淡地看了他一眼，然后坐了进去。

聂载沉送她到了工厂，停下车，转头问她：“你晚上大约几点？我来接你。”

白锦绣没看他，说：“我也不知道。我自己会走，不用你来接我。”

说完，她拿起放在一边的包，下车进了工厂大门。门卫大汉急忙跑出来迎接她。

聂载沉目送着她的背影消失在大门后。

正是工厂开工的时间，女工们三三两两地往工厂走去，经过大门时不停地看他，人都走过去了，还要扭头来看。

聂载沉在原地站了片刻，上车离去。

他离开广州有一段时间了，上午处理了几件要紧的事，下午和省府来的人开会，听一帮人坐在那里为市政建设的事争吵。坐到下午四点，他打断争论，让他们商量好了再来找自己。

他匆匆结束会议，出了司令部就来到东山工厂，门卫大汉却告诉他来得不巧，下午夫人出去了，是和那个洋人一道走的。

“聂司令，我替您留意了一下，夫人是去了郊球场，好像参加什么活动。”

郊球场就在东山，附近还有个马场，是广州的洋人和新兴富贵阶层经常出入的场所。这个球场是一个名叫詹姆斯的商人投资建的，不久前刚从九洞扩建成十八洞。

聂载沉这才想起来，球场好像就是今天重新开业，送给他的贵宾邀请函还压在办公桌上的一摞文件下面。

他开车过去，很快来到球场附近。

今天球场重新开业，虽然是下午了，但里头还是有很多人，大门两旁几乎聚集了全广州的所有汽车，看起来十分气派。

聂载沉将车停在一块空地上，思忖了下，决定不进去了，就在这里等她。

他靠在座椅上闭目养神，忽然听到近旁传来一道热情的招呼声：“聂，我尊敬的朋友！这么巧，又在这里遇到你了！”

聂载沉睁眼，看见车外站着那个外国商人约翰逊。

约翰逊要进球场和人谈生意，对聂载沉来到这里却不进去感到十分不解，于是再三邀他与自己同入。聂载沉其实心里何尝不想看她？略微迟疑了下，便下车同行。

他随约翰逊进入球场。

不远处，一片宽阔的草坪上聚了几十个人，多是西装马甲或者身穿球衣、手中拿着球棒的洋人，也有一些西装革履的中国人。皮肤晒得黝黑的球童光着脚飞快地奔跑穿梭在球场各处捡球。球场边上有一株高大的乔木，近旁是几丛修剪平整的矮灌木，灌木后是一排带着遮阳伞的桌椅。

他一眼就在人群里看到了她。

她已经换了一双平跟鞋，靠坐在椅子里，身边围了好几个洋人，或站或坐，其中就有那个法国人弗兰。她和他们说说笑笑，姿态优雅而随意。一名男子取出一支香烟，殷勤地递上，想要替她点着。她轻轻摇了下食指，不知道说了句什么，那人耸了耸肩，似在向她道歉，随即收了烟。

过了一会儿，一个手里拿着球棒的男子走到她的面前，躬身和她说话，看起来像是在邀她打球。她笑着站起身，接过球棒，在众人的注目下来到一个三杆洞的发球台前，侧身站好位后，双手握住球杆，对准那只白色的小球，一杆击出。

球仿佛一只小鸟飞上天空，在空中划出一道长长的近乎完美的抛物线，朝着前方果岭的中洞杯而去，不偏不倚，最后落入洞中。

帅气而漂亮的一杆入洞。这是球场改为十八洞后，今天打出的第一个老鹰球。

想打出老鹰球，除了技术，更需要好运。

这是好运的标志。

球场里立刻爆发出一阵伴着掌声的喝彩声。刚才邀她打球的詹姆斯十分高兴，向她行了一个表示尊敬和感激的躬身礼，很绅士地握住她刚打出了幸运球的手，吻了一下她的手背。

弗兰更是兴奋得不行，挤到她的身边，和人谈论刚才的一杆入洞，简直比自己打出来的还要得意。

聂载沉站在球场边的大树后，静静地看着前方草坪上仿佛整个人都在太阳下熠熠发光的她，这一刻的心情，既骄傲，又带了几分难言的失落。

她完全没有察觉到他的到来，看起来似乎也不会立刻就走。聂载沉取出表看了眼时间，想出去在外头继续慢慢等她，这时，球场东南角的方向发出一阵异样的响动。

附近就是马场，东南方向的这个角落为了通行方便，就没有砌墙，而是用一排移动的高过人的栅栏和树木分隔了开来。一匹高大的枣红色的雄马仿佛受了惊，不知怎的挣脱出来，跨过栅栏，冲破树木墙，朝着这边的高尔夫球场冲来。

受惊的马距离发球台虽然有点远，但不幸的是，刚才有人打了个失误球，球偏得老远，飞到了东南方向。一个十来岁的球童正跑去捡球，雄马仿佛找到了目标，朝着球童狂奔而来。

球童被这突然的变故惊呆了，一时忘记躲闪，手里捏着刚捡起来的球，定定地站着，一动不动。

“我的上帝！”

“天哪！”

球场这边的人很快就看到了这一幕，纷纷发出惊叫声。

践踏惨案眼看就要发生。惊马速度太快，球童离这里至少有百米，上去救人是不可能了。聂载沉当机立断，拔出随身携带的手枪，从树后奔了出来，瞄准那匹奔跑中的马，朝着马的额心扣动了扳机。

“砰”的一声刺耳枪响，红马仿佛喝醉了酒，往前又奔出十来米，趔趔趄趄地晃了几下，最后倒在了距离球童不过几米远的地上。

众人终于反应过来，球场的秩序乱了，有人奔向事故地点，有人扭头寻找刚才开枪的人。

“王子！我的王子！”

一个英国人从栅栏破口的地方飞快地追了过来，跑到红马边，蹲下去检查了一下马，仰天发出一道愤怒又震惊的吼声。

“谁杀死了我的王子？谁？”

詹姆斯早就看见了聂载沉，笑着上来和他握手，对他的到来表示欢迎。听到那边的吼声，他快步过去，提醒对方：“安德鲁，是广州司令开的枪。我劝你不要这么夸张！你难道不知道，是你的马发了疯，惊吓我的客人在先？幸好我的客人们都安然无恙，否则我一定追究你的责任！”

英国人看了一眼聂载沉，不敢再大声叫嚷，心痛不已，抱着死马，表情比死了儿子还要痛苦。

弗兰也跑了过来，见马的额头正中被子弹射出一个手指粗的口子，污血正不断地从中涌出。

这么远的距离，还是快速移动的目标，这样精准的一枪毙命……弗兰也曾服役于部队，心里不禁惊叹于聂载沉的枪法，摇了摇头："安德鲁，你不能怪任何人！你刚才应该看好它的！它这样冲过来，差点踩死这个孩子！"

英国人被他的话提醒，顿时将一腔怒气发到球童身上，大声嚷道："我的上帝！你说得轻巧！你知道王子的身价吗？它是血统最纯正最高贵的马，以前替我赢过多少个冠军！我为我的王子花了多少钱！"

他咬牙切齿，走到坐在地上还在瑟瑟发抖的球童面前，抬脚就要狠狠踹过去。

"安德鲁先生，我提醒你注意你的态度和行为！"

身后传来一道带着愤怒的冰冷的声音。安德鲁转头，见白锦绣推开挡在她面前的弗兰，走过去将球童从地上扶了起来，让他的伙伴带走了他，随即朝这边看过来。

"你的马死了，确实很遗憾，我也喜欢马，它是匹好马。但不管你觉得它多高贵，它就是一头牲畜！牲畜是需要人管教的。它的死是你自己疏忽所致！非要说是谁杀死了它，那就是你自己！原本你的态度要是好一些，我心情好，或许还可以考虑弥补你的损失，但是现在，你叫我非常恶心！你敢踢一脚试试？你的马场存在严重的安全隐患，我丈夫今天就能下令关了它！你可以看看，你们的领事大人会不会为你说话！"

安德鲁立刻蔫了，脸一阵红一阵白，看了一眼不远处的聂载沉，迟疑了下，很快，脸上露出笑脸，上来朝着白锦绣鞠躬："确实是我的错。刚才惊吓到您了，夫人见谅。"

他变脸倒是迅速，一下恢复了平日风度翩翩的绅士模样，又走到聂载沉面前道歉："刚才幸好有司令在，及时出手，阻止了一场可怕的悲剧，否则我真的不知该如何是好了。"

这场有惊无险的意外总算安然渡过。詹姆斯叫人迅速抬走马尸，清理了地方，笑容满面地走来，请他们夫妇二人再去打球。

白锦绣哪里还有心情？她婉拒了詹姆斯的挽留，在众人的注目下，挽着聂载沉的胳膊出了球场。

一出来，身后没了人，她就松开了他的胳膊。

聂载沉看了她一眼，走过去将汽车开过来。她上了车，一路沉默地回了家。

白镜堂今天难得回来得早，聂载沉也是，一家人少见地一起吃了顿晚饭。

不知为什么，或是生意上有挂心的事，白镜堂不像平日那么健谈，话不多。阿宣人小，照例是不被准许在饭桌上多说话的。聂载沉和白锦绣更是没什么话，一顿饭全是张琬琰在那里说，不停地撮合两人："你们结婚也有些时候了，前几天遇到个姑婆，向我打听绣绣肚子的事呢。我说你们年轻，又各自那么忙，再晚些也是无妨。"

聂载沉看了眼坐在自己旁边的白锦绣。她正低头专心地吃着一盏燕蛋乳，纤指捏着银勺的柄，舀了一勺，送进嘴里。

张琬琰又转向白锦绣："我对外头人这么说说而已。绣绣，你听嫂子的，别只顾自己瞎忙，心也收一收，别只顾着玩，没必要的应酬、聚会什么的，就不要去了。赶紧生个孩子。对了，要是有了，一定要及时告诉嫂子。爹嘴上没说，心里应该也盼着呢。"

白锦绣抬起眼皮："嫂子，阿宣没人玩，怪可怜的，我看他成天到处折腾。嫂子你还年轻，和大哥倒是该快点再生个小的，这样阿宣就能当哥哥了。"

"对，对，我要当哥哥！"被禁言的阿宣见缝插针，立刻表示赞成。

张琬琰心一跳，飞快瞄了一眼丈夫，见他仿佛还沉浸在什么心事里，似乎没留意到这边的对话，心里不禁有点失落，面上却笑道："好了好了，别拿嫂子开玩笑了。都一大把年纪了，还生什么生？你们年轻人生一个才是要紧。"

白锦绣放下勺子："哥，嫂子，我吃饱了。你们慢慢吃。"

她站起来，摸了摸阿宣的西瓜皮一样的脑袋，转身走了。

"载沉，她不懂事没关系，你自己要主动，抓紧点！"等小姑子走了，张琬琰又小声提醒聂载沉。

聂载沉有点不自在，胡乱点了下头，几口吃完饭，也放下筷子站了起来。

这晚和昨晚一样，白锦绣睡里卧的床，聂载沉睡外间的沙发。

他睡不着，在令他无法完全舒展长腿的狭窄的沙发上辗转反侧，闭着眼，脑海里就浮现出白天她在球场上挥杆而出的一幕。到了大约深夜零点，他感到有点口渴，于是翻身起来，走到桌前，端起一只装水的玻璃壶倒水，不小心碰了下杯子，杯子打翻，沿着桌面滚落，眼看就要掉到地上。他眼疾手快，弯腰接住，转头看了眼里卧的门，嘘了口气，正要轻轻放回杯子，突然听到里卧的门发出开启的声音，接着啪的一声，灯突然亮了。

他转过头，见她穿着睡衣从门里探身出来骂自己："你在做什么？几点了还这么吵！你影响别人休息知不知道？"

聂载沉放好杯子，为自己刚才的不慎向她道歉。

她盯了眼水壶和杯子，啪地又关了灯，缩了回去，关上门，消失在他的视线里。

周围安静下来，聂载沉在夜色里立了片刻，回到沙发上，坐了许久，终于站了起来，走到里卧门前，敲了敲，随即推开，望着床上那道模模糊糊的暗影，说："绣绣，我睡不着。"

一阵静默之后，她的声音传来："你睡不着，关我什么事？"

"我背上很痛，睡不着，自己上药不方便，你能不能帮我？"

他等了好一会儿，终于听到床上传出一阵窸窸窣窣的声音。她爬了起来，伸手打开床头灯，坐在床边盯着他。

"过来！"她终于开口了。

聂载沉走了过去。

"衣服脱了！"

他脱去衣服。

"趴下！"

他趴在床上。

她下了地，到浴室拿来药，坐在他旁边。

"绣绣，我用你送给我的金表了，每天都带在身上。"他忽然说道。

白锦绣淡淡地道:“你爱用不用。已经是我不要的东西了！”

他沉默了。

白锦绣看着他后背那一片还带着青紫印痕的伤，皱眉道:“你娘到底怎么打的你？”

“我进门没说两句，她就火了，拿鸡毛掸子打我的……”他忽然顿住。

“打你什么？”

他不说了。

“快说！”

他只好指了指自己身体的某个部位。

白锦绣瞥了一眼他的屁股，嘴角微微动了一下。

“打了一下就断了，她就去抽了根柴棒回来，上头全是刺，打了几十下，打不动飞了出去，才完了……”

他趴在枕上，声音听起来闷闷的。

白锦绣给那道最深的还没完全愈合的伤口上药，哼了一声:“你脑子呢？你就这样不动挨打？笨死了活该！”

她上完药，指尖轻轻按摩皮肤片刻，等膏体都被吸收了，才站了起来。

“记得吃消炎药。”

她转身要回浴室去洗手，刚才一直趴着的男人突然翻身坐了起来，握住她的一只手，阻止了她的离开。

“你干什么？”白锦绣冷下脸。

“绣绣，我知道你很伤心，我对不起你，我真的后悔了。当初要结婚的时候，我担心你不是真的喜欢我。我怕你很快就会对我失去兴趣，所以回家接我母亲的时候，我一时糊涂，隐瞒了婚事。但后来我很快就后悔了。好多次我想向你坦白，最后总是没说，是我怕你知道了生气，真的不要我了。绣绣，你原谅我，好不好？”

他凝视着她，慢慢地抓紧了掌心中她的手。

第27章

白锦绣垂眸，一动不动。

聂载沉等了片刻，将她的另一只手也慢慢握住，完全地拢入自己的掌心，轻轻带着，想将她拥入怀里，像他曾多次做的那样。

她忽然动了下身子，缓缓地抬起眼眸，对上他的目光。

“聂载沉，这就是你想对我说的全部了吗？”她轻声地问。

聂载沉一怔，心中涌出一缕不祥之兆。

“绣绣，我请求你，原谅我！”他再一次强调，更紧地握住了她的双手。

她和他对望片刻，将自己的手从他的掌心轻轻地抽离出来。

“我知道。”她点了点头，“确实，刚知道这件事的时候，我很生气，觉得无法接受，但后来，我原谅你了，这一点我也对你说过的。真的，没有骗你。”

她说她已经原谅自己了，但聂载沉分明感觉到，她再也不是从前那个追在他的身后要他和她结婚的白小姐了——那时候，她曾被他视为必须承担的责任，而现在，他才知道，那样的她，是何等珍贵和可爱。

聂载沉想要时光倒流，想要她在他的面前还是从前的白小姐，会纵情地欢笑，也肆意地骄纵。然而发生了什么，他不知道。她原谅了他犯下的错，她却也变了。

聂载沉的心，慢慢地沉了下去。

“聂载沉，我觉得我还是喜欢你，对你有感情的，否则我不会去照顾你的母亲。往后，如果还有类似这样需要我的地方，我还是会很愿意替你去做的。但也就这样了……”

她的眼睛里隐隐有了水光，转过脸去，停了片刻。

聂载沉看见了，心仿佛被什么重重地扯了一下，伸手想抱她，她却很快又转了过来。

“你刚才的解释，非常合情，也非常合理，我接受你的道歉，真的。但我也实话和你说，即便你这样向我解释、道歉了，我的心里，也没有圆满了。我找不到从前那种不顾一切只想嫁给你的感觉了。其实全怪我不好。或许是我这个人太过贪心，想要的太多，也太任性，本来就不适合结婚。你当初的顾虑是对的。现在我们这样，你要是愿意离婚，就照我之前提议的，等你什么时候觉得方便了我们就公开；你要是不想离，我也不会坚持强迫你。你进来睡床上吧，我们是夫妻。”

她说完上床，躺了下去，闭目片刻，忽然又睁开眼眸，说：“对了，还有件事和你说一声，我也是前几天才知道的。我从前送去欧洲参展的一幅画获了奖，我的老师发电报给我，叫我过去参加活动。到时候，会有很多机会和我喜欢的大师近距离见面，这是我一直期待的，我会去的。”

聂载沉倏然转头：“什么时候走？多久回来？”

“下个月。回来的话，看情况，至少半年吧。你也知道的，不算在欧洲的停留，光是来回坐船，就要两三个月了。既然去了，我会计划停留得久一些。所以接下来我会很忙。出发前，我会让工厂的事全部步入正轨。明晚我要和《妇女画刊》的主编吃饭，讨论广而告之的计划，接下来还有样衣展示推广等好多事情。我不知道我会几点回家。你是个大忙人，比我更忙，事情也更重要，真的不必耽误正事特意来接我了。”

聂载沉看着她。

白锦绣抬手掩嘴打了个哈欠，随即朝他笑了笑：“很晚了，明天还有事，你关灯吧，你也好睡了。”

她朝床的里侧挪了挪身子，给他让出了一块睡觉的地方，翻了个身，背对着他蜷着，睡了过去。

这一夜，再无别话。

第二天，她果然像她对他说过的那样，忙碌极了。

她从前是个生活作息没什么规律可言的人，常常是兴致来了就通宵达旦地画画，然后第二天睡得昏天暗地不起来。但是现在，她天天早上六点多就起床，七点准时出发，让司机兼保镖送她去工厂。晚上倘若八九点能回来，已经算是早的了，时常深夜才归。往往是聂载沉已经回来了，她还在工厂，或者在外面哪里参加某个聚会派对。

这样十来天后，这一天的晚上，聂载沉结束了一天的忙碌回到白家，已经晚上十点多了，白锦绣却还是没回来。

空荡荡的房间，空荡荡的床。聂载沉了无睡意，站在窗前，望着大门的方向，出神片刻，他下去问白家用人：“小姐今晚去了哪里，她有没有说？”

“姑爷，正想上去和您说呢，刚才没遇到，您就已经上楼了。小姐傍晚打过电话回来，说今天她有一个好朋友过生日，大家在德隆饭店里开生日派对庆贺。她晚上不回来了，晚了就直接睡饭店里。”

聂载沉回到房间，仰躺在床上，躺了一会儿，忽然翻身起来，穿好衣服，出房间下楼，开着车出门了。

他到达德隆饭店时，已过午夜。饭店大堂的值夜门童告诉他，今晚饭店里确实有个通宵派对，好像是一个南洋富商的女儿过生日。

“哪里？”

“二楼玫瑰舞厅。”

聂载沉穿过空无一人的雕嵌着华丽巴洛克纹饰的走廊，很快来到二楼，找到了玫瑰舞厅。

两扇镶了彩色玻璃的柚木门后，传出一阵几乎震耳欲聋的乐声和喧哗声。

聂载沉推开玻璃门，脚步停顿了一下。

舞厅里灯火辉煌，令人目眩，场地里至少容纳了上百名穿着各色华服的男男女女。但和普通聚会或者舞会不同的是，这是一场化装舞会，所有人的脸上都戴着面具，在现场两支乐队奏出的充满节奏感的乐曲声中饮酒、跳舞、狂欢。

这里和外面的午夜，犹如两个世界。

聂载沉的眼睛很快就适应了光线。

里头人太多了，女人们的脸上戴着各色面具，遮挡住大部分的面容，一时很难分辨。

他走了进去，在人群中寻找着白锦绣。很快他就注意到了一个女郎。

她穿着一条柔和的黑天鹅色欧洲复古宫廷长裙，细细的腰肢，裙摆拖地，露出半边香肩和两只胳膊。

她的脸上戴着一只精致的金色威尼斯即兴戏剧Colombina（意大利语，意为小鸽子）半遮挡面具，面具上镶嵌着璀璨的水晶和美丽的羽毛。面具遮挡了她的上半部面颊，只露出一双眼睛、一张鲜红的唇和尖尖的漂亮的下巴。

和周围打扮得五彩缤纷的女人相比，黑裙、金面具的她，非但没有黯然失色，反而脱颖而出，艳压群芳，叫人无法不留意到她。

她的手上端着香槟杯，杯中泛着金黄色的酒液，她浅浅地抿了一口，看起来仿佛有些醉了，扶了扶额，不想喝了。身侧一个紧紧相随的男人立刻殷勤接过，放在一边。

这个男人戴着三角黑帽，穿着黑色斗篷，脸上同样戴着一只下半部翘起如同鸟喙的白色面具。面具遮挡了他全部的脸，只露出两只眼睛。

聂载沉一眼就认了出来，这黑衣女子就是白锦绣，而那个男人，从身形判断，应该是法国人弗兰。

他停下脚步，看着弗兰轻轻扶着步伐有些不稳的她坐到一张椅子里，随即附耳对她低低地说了句什么，然后直起身，很快就召来了一个现场表演的魔术师。

魔术师停在她面前，双手交握，扭了几下，手心里突然冒出一簇喷射的火花，火花宛如流星雨，绚丽无比。接着，魔术师翻了下手，往空中抓了一下，就变出了一朵玫瑰花。魔术师上前，单膝跪地，将玫瑰花献给她。

她笑着接过花。弗兰再次俯身到她耳畔，这回不知道又说了什么，她抬手捂住嘴，不停地笑。

一个装扮成埃及艳后的女郎站立不稳，忽然撞到聂载沉身上，她的身子贴过来，又抬起一只胳膊，压在了聂载沉的胸膛上。

"亲爱的，你是谁？晚上怎么没见过你？你刚进来我就看到你了。我的脚有点痛，如果你能扶我一下，我将十分感激……"

聂载沉一动不动，双目紧紧地盯着前方的白锦绣。

她笑完又扶了扶额，接着和弗兰说了句什么，弗兰立刻伸手，看起来要将她从椅子上扶起来，带去别的什么地方。

聂载沉一把拿开女人搭在自己胸膛上的手，突然大步走到她的身边，在弗兰的手要碰到她的前一刻，一把攥住了她的胳膊。

"绣绣，该回家了！"

他俯身下去，贴着她的耳朵，低声说道。

她戴着金色面具的脸仰了起来，面具后露出的那双美丽眼眸一眨不眨，对他的突然现身，仿佛还没反应过来。

"聂先生，是你？"弗兰从面具后发出的声音，更是掩饰不住他的惊讶。

聂载沉直起身，面无表情地将白锦绣从椅子上拉起来，扶着她的胳膊，搂住她的半边身子，带着她朝外走去。

白锦绣大约是真的喝多了，脚步略微踉跄。

"聂先生……"弗兰摘下面具，追了上来。

聂载沉将走路不稳的她一把抱了起来。周围的女人纷纷捂嘴，发出低低的惊叹声。他在四周投来的无数目光下，抱着自己醉酒的女人，朝着那两扇嵌着彩色玻璃的门快步而去，很快将灯红酒绿和不夜狂欢抛在了身后。

白锦绣挣扎了几下，或是醉了，很快就停止了挣扎，任他抱着自己下楼，出了饭店大门。

聂载沉打开车门，将她放到后座，随即"砰"的一声关了车门，自己上车，开车迅速离去。

路上，她一动不动，或是睡了过去。他也没有回头，双眼一眨不眨地平视前方，踩下油门，汽车咆哮在午夜空无一人的广州街头，回到了西关白家。

门房打开大门，他开车进去，将软绵绵的她从车里抱了出来，走了进去。快到两人房间时，她仿佛终于醒来，又挣扎起来，说：“你放我下来，我自己会走路……”声音听起来含含糊糊。

他充耳不闻似的到了房门前，推开门，走到里卧，一把掀了她脸上的面具，将还不停挣扎的她丢在床上。

她“哎哟”一声，人趴在被子上，姿态不是很优雅。

“你不会轻点吗！你干什么这么凶……”

她嘴里抱怨着，慢吞吞地爬了起来。

他站在床前，盯着床上的她。

白锦绣坐起来，摸了摸自己的脸，发现面具没了，皱眉微微歪着脑袋，和他对望片刻。男人的脸上带着隐忍的，仿佛已经快要到达临界点的怒气。

“我口渴。”过了一会儿，她说。

聂载沉一顿，终于还是转身，去给她倒水。

“我要冰的！越冰越好！我要热死了！”身后传来她的指令。

聂载沉倒了一杯温水，回来递给她。

白锦绣接过，喝了下去，全都喝光了，终于长长地呼出一口气，把空杯子递还给他，随即又扑在枕头上，闭上了眼睛。

聂载沉把杯子放在床头柜上，看着仿佛已经睡过去的她，揉了揉自己的额，慢慢地坐在了床边。床头灯将他的背影投在对面的一堵墙上，沉凝无比，宛若暗夜下的千钧重岩。

“绣绣，你往后不要再这样了！”他终于开口，一字一字地道，背对着她，没有转身。

身后没有半点反应，过了一会儿，伴着翻身的动静，一只脚丫踢了过来，打在他的腰上。

“聂载沉，你不会是生气了吧？”

他没动，也没回答她。

“你别太过分！”她又踢了一下他的背，声音还是含糊不清，但听起来仿佛很不高兴，“我以前在国外一起读书的好朋友从南洋来广州，她过生日邀请我，我能不去吗？”

聂载沉沉默着，没有回答她。

“你不会是怀疑我和弗兰吧？”她哼了一声，“他是我的一个关系很好的异性朋友而已，我们认识了很多年。我要给你戴绿帽，早就戴了，还会等到现在？小肚鸡肠！聂载沉你还是男人吗？我瞧不起你！”

她大约是真的醉了，咚地一下，又踢了他一脚，尽情地讥嘲他。

聂载沉闭目，强压下身体里那簇燃起的他自己根本就无法浇灭的怒火。他怕自己再对着这样的她，不知道会干出什么事来。

“你醉了！你还是睡觉吧！”

他的声音僵硬无比。

这时已快凌晨四点。她的脸一碰到枕头，就闭上眼睛，沉沉而眠。

终于睡醒时，她感到头有点痛，慢慢睁开眼睛，见窗帘还低低地垂着，只有隐隐的光从窗帘的缝隙里透进来，卧室里十分昏暗。

她又闭上了眼。

他没走，还睡在她的身边，但似乎早就醒了，感觉她动了，立刻靠过来抱住她，亲昵地摸了摸她的脸，又轻轻亲了亲她的额头。

“绣绣，你醒了？还累吗？”

男人的声音温柔无比，再也听不出半分昨夜的怒气了。

白锦绣在他怀里没动，等头痛感稍稍过去了些，问他：“几点了？”

“快十点……”

白锦绣一把推开他，坐起来就要爬下床。

聂载沉伸臂将她抱了回来。她再次挣脱，迅速地下了床，匆匆找着自己的衣服，说：“睡得太晚了！我得去工厂了，走之前，我得亲自看着出一批货，不能出任何岔子！”

聂载沉慢慢地坐起来，看了她一会儿，也掀开被子下了地，很快穿好自己的衣服。

“我送你去吧。”

她没说什么，撇下他，匆匆进了浴室洗漱。

十点半，他将她送到了工厂的大门前。他要下去替她开车门，她自己已经打开了，就要下去的时候，忽然说道：“我和弗兰，确实只是朋友。他的家人在法国已经替他定了婚约，他就要回去结婚了，到时候我们同行。”

聂载沉没作声。

“还有，昨晚的事，你也别想多。”

他握着方向盘的手顿住。她说完，朝他笑了笑，推开车门下了车，在守门大汉的恭迎下踩着高跟鞋走进了工厂大门。

守门大汉目送白经理入内，又赶紧跑过来，和还坐在车里的聂载沉躬身打招呼。

“聂司令，要不要进去坐坐？”

聂载沉收回目光，摆了摆手，掉头疾驰而去。

这天晚上，他在司令部工作到很晚还没回去。到了九点多的时候，白家用人上来，对白锦绣说，姑爷刚才打电话回来，说晚上有事，不回来了。

白锦绣正坐在桌前，忙着打算盘核对账目，听了，手在算盘珠子上停了一停，“嗯”了一声，表示知道了。

用人退了出去，她继续低头忙碌，过了一会儿，门被人轻轻推开，转头见阿宣探头进来。

这么晚了，他照例应该上床睡觉了，身上倒是穿着睡衣。

“怎么还不去睡？”白锦绣问侄儿，问完，没听到回答，又看了他一眼。

阿宣站在门口，吞吞吐吐，神色沮丧，和平常的样子大不相同。

白锦绣想了一下，推开算盘，走过去牵他进来，关上了门。

“怎么了？”

阿宣扁了扁嘴，眼圈忽然红了："姑姑，我爹在外面和别的女人好了！"

白锦绣吓了一跳。

在她的印象里，哥哥虽然和嫂子算不上关系特别好，但这么多年，别说像别的公子哥那样纳妾，就是在外头，她也从没听说过他风流胡来的传言。

哥哥是个知轻重的稳重人，这一点，白锦绣一直很相信。

"阿宣你胡说什么？"

"我没有胡说。"阿宣擦了擦眼睛，"前两天，爹送我去上学，到了一个地方，叫人看着我，让我等一会儿，自己一个人走进了巷子里。我偷偷跟了上去，看见他敲门，里头出来一个女人，那个女人看见我爹就笑，还让他进去说话了。过了好一会儿我爹才出来。那个女人我以前和爹也在路上遇到过。爹一定是做了坏事！我不想爹做坏事！我不敢告诉娘亲，姑姑你要帮我！"

阿宣呜呜地哭。

白锦绣惊呆了，终于反应过来，问道："那个女人住哪里你还记得吗？"

阿宣点头："青浦路中间的巷子，路边有棵树，进去数到第五个门就是了！"

"你不会弄错吧？"

"我数了好几遍，不会错的！"

"你爹晚上回来了吗？"

"还没回……我娘自己一个人在屋里……"

白锦绣顿时怒火中烧，叫阿宣先回房睡觉。

"你放心，先不要告诉别人。姑姑会帮你的！姑姑这就过去看看！"

打发走阿宣，白锦绣换了身衣服，正要出去，又走了回来，往司令部打了个电话，让值班的去叫聂载沉。

电话终于接通。

"绣绣？"他的声音听起来带了点迟疑，仿佛不敢相信她会打电话给自己。

"立刻给我回来，跟我去个地方！我等你！"

她报了个地名，啪地挂了电话，走了出去。

第28章

聂载沉没让她等多久，很快就赶到了她指定的地点，刚停下车，白锦绣就打开车门上来，吩咐他开往青浦街。

聂载沉这一晚忙完事情，心绪有些纷乱，想着回去后有些不知该如何面对她，这才打电话说了不回。没想到她又叫自己来这里，他感到莫名其妙的同时，又见她神色极是难看，也不敢多问，照着她的吩咐开了一段路，听她不住地催促自己开得再快些，聂载沉终于忍不住，将车停下来，转身问她："绣绣，到底出什么事了？这么晚了，你去青浦街做什么？"

白锦绣怒道："男人真的没有一个好东西！我大哥竟然瞒着我嫂子在青浦街养了个女人！现在他人就在那里！"

聂载沉一怔。

她把阿宣之前和自己说的话讲了一遍。

"现在这么晚了，他还没回家，一定是在那个女人那里！"

聂载沉眉头微皱。

“你还愣着干什么？还不快点给我过去！”白锦绣想到自己的兄长现在可能正在那间屋子里干着背叛嫂子的事，心头怒火就突突地跳，见他不动，冲着他大声喝道。

聂载沉急忙扭头，继续开车，很快到了地方，见她下了车，仿佛在找着某条巷子的路口，实在忍不住了，上去将她拦住。

“绣绣，你这样有点不妥……”

白锦绣之所以叫他和自己同行，考虑的是这种事不好让不相干的外人知道。

“你什么意思？”她看到阿宣说的那条巷口有棵树的巷子，正要奔进去，见他非但不跟来，反而阻拦自己，火气更大了，“你不想帮我就算了，你回去好了！一丘之貉！我自己进去！”

她使劲推他。

聂载沉攥住她的手腕不放，耐心地劝她：“绣绣你听我说，你不要这么冲动。假设大哥现在就在里头，你这样打上门去，除了让他难堪，对解决事情没半点好处。即便你是他的妹妹，他也不会真的听你的。再说了，你这样冲进去，能有什么用？难道你想当场打死那个女人？”

“我还没说完！”见她神色激动似要反驳，聂载沉又立刻截了她的话，“还有，你大哥今晚没回家，未必就是在这里，或者他确实在这里，但说不定现在已经回家了。要是他人不在，你这样上门，对方死不承认，你能怎么样？”

白锦绣简直快要气哭了：“那你说，到底怎么办！难道就这样让我大哥和那个女人……”

“你听我说，刚才大哥没回家，不代表现在还没回。我们先回去。他回家了最好，其中有什么误会也未必。阿宣看到的只是表面。要是他没回，咱们再说。你放心，不管怎么样，我尽快先帮你了解这家住户的情况，知道了底细，再商量怎么办。要是真是大哥的人，我们再商量，你看可以吗？”

白锦绣虽然恨不得立刻冲进去把屋子砸得稀巴烂，再痛捶自己的兄长和那个女人，但残余的理智提醒她，聂载沉说得全都对。

她固执地停在巷口，一动不动。

“别气坏了。走吧，先回家。”

聂载沉揽她入怀，半推半抱，终于将愤怒的白小姐弄回到车上，回头看了眼那条巷子，开车回了西关。

两人到家时，已是深夜十一点多。问了门房，说少爷大约十点多回来了，今晚有个应酬，喝了不少酒，醉了，被人送了回来。

聂载沉看了她一眼，带着她上去，自然也就留了下来。

白锦绣一夜无眠，在床上翻来覆去，弄得聂载沉也是没法好好睡觉。第二天早上，他起来，见她趴在枕上一动不动，两只眼睛盯着床头，也不知道在想什么，就再三叮嘱，叫她不要冲动，自己会先尽快去帮她了解情况。

白锦绣懒洋洋地嗯了一声。

聂载沉走了，白锦绣在床上又翻来覆去片刻，起了身。

工厂的运作已经渐渐进入正轨，今天没什么重要的事。她下楼没看见张琬琰，问用人，用人说少爷昨晚宿醉未醒，这会儿还没起来，管事不在，少奶奶就自己送孙少爷去上学了，应该快回来了。

昨晚大哥虽然没去那里，但白锦绣心里的火半点没少，不过是被聂载沉的劝勉强压了下去。现在她听到大哥还在睡，哪里还忍得住，转身就上了楼，往兄嫂住的地方走去。径直到了卧室门前，她用尽全力，先啪啪啪地重重拍了几下，接着“咣当”一声，踹开了门。

白镜堂昨晚喝得太多，这会儿刚有点酒醒，头还晕乎乎的，听到门口传来打雷似的拍门声，人是被惊醒了，但还是没法睁开眼睛。

白锦绣见他还闭着眼睛睡觉，气不打一处来，扭头跑进盥洗室，端了盆水出来，走到床前，朝着白镜堂一头就泼了下去。

白镜堂被冷水当头泼醒，打了个激灵，大怒，睁开眼睛，看见床前竟然站着自己的妹妹，正一脸怒气地盯着自己。他刚才的满腔怒火顿时没了，吓了一跳，抹了把湿淋淋的脸，赶紧抓过被子压在身上，飞快地坐了起来。

“绣绣，大清早的，你干什么？”

白锦绣停在床前，盯着自己的大哥，叉腰冷笑：“干什么？问你自己！大哥，你干了这么好的事，真是了不得了！信不信我立刻告诉爹去！让爹知道了，不扒了你的皮！这回你可别想我再像小时候那样救你了！”

白镜堂莫名其妙，不知道妹妹为什么一大早突然冲自己发这么大的火，还放出这样的威胁，他突然想起一件事，心里有点虚，打了个激灵，赶紧问：“绣绣，你这话什么意思？大哥怎么了？”

白锦绣见他还想试探自己，心里越发气愤，扭头就走。

白镜堂赶紧穿了衣服下床，追了出来，拦住妹妹哄道：“绣绣，绣绣，好妹妹，你先别气，你到底是什么意思，大哥怎么了，你悄悄先和大哥把话说清楚。你想怎么样都行，大哥都答应你，你可千万别到爹面前胡说八道……”

可怜在外头威风八面，人人见了都要敬一声白爷的白家大少爷，这会儿碰到自己这个不按理出牌的妹妹，也只能这样低声下气地哄。

大嫂没对不起大哥，他竟干出这样的事。白锦绣见大哥还拿自己当不懂事的小孩子，越看他越觉得面目可憎。她正要质问，忽然听到门外传来一道声音：“怎么了，绣绣你怎么在这里？”

白锦绣转头，见张琬琰回来了，站在门口，看着自己和大哥，一顿，到了嘴边的话硬生生吞了回去，说了声没事，狠狠地瞪了白镜堂一眼，转身走了。

她回到房间，努力平下心里的气愤，换了身衣服，先去了工厂。

这一个早上，白锦绣都无心做事。好在聂载沉的电话来得很快，不到中午，就打过来告诉她，他已经查清楚了。

他叫人在屋主那里看过租契，承租人确实是白镜堂身边的人，是半个月前的事了。里头住的是个姓柳的妇人，平常深居简出，身边有个使唤的用人。

“绣绣，你晚上等我回家，我们再商量要不要告诉大嫂，看怎么帮她，或者我先去和大哥谈谈。毕竟，他俩才是当事人。”电话里，聂载沉再三地叮嘱她。

他似乎很忙，说话的时候，那头声音很杂乱，白锦绣胡乱答应下来，挂了电话，在办公室里坐着，不停地甩着手里的铅笔，正命令自己要克制，要忍耐，忽然听到秘书敲了敲门，说她的嫂子来了。

白锦绣一愣，急忙出去，看见张琬琰从一辆马车里下来，正站在工厂门口，身旁是她以前从娘家带过来的张老妈子。白锦绣快步迎去，挽住她的胳膊问:“嫂子你怎么来了？”

张琬琰笑道:“你接手这间工厂，忙了也好久了，我今天没事，过来看看。”

白锦绣就带着她参观车间等各处地方。张琬琰显得很好奇，跟着白锦绣看了一圈，最后来到她的办公室，打量了一眼里头的摆设，最后视线落到办公桌上那个巨大的嵌铜地球仪上。

白锦绣给她看她们现在所在的位置，又指着她从前读书的欧洲版块说:“嫂子，我以前就在这里念书。”

张琬琰摸了摸地球仪，叹了口气:“绣绣，大嫂以前不赞同你出国留学，现在看来，是大嫂错了。你这样其实挺好的，女人是该多为自己想想。”

大嫂突然过来，白锦绣就觉得有点不对劲，现在听她又这么说，心里越发怀疑起来。

张琬琰慢慢坐了下去，说:“绣绣，早上你找你大哥想说什么，我其实都知道的。你不必找他说了。就这样吧，我也想开了。”

白锦绣一愣:“大嫂，你什么意思？”

张琬琰道:“他把那个姓柳的女人安置在了青浦街，我前些天就已经知道了。”

“大嫂你知道了？”白锦绣这下是真的吃惊了。

“是。”张琬琰点了点头。

“你知道了，为什么一声不吭，不和我大哥闹？”

张琬琰沉默了片刻，说:“这个女人就是你大哥娶我之前相好过的那个，早两年成了寡妇，去年和你大哥重新见了面，还管他借钱。当时我知道了，和你大哥闹了一场，很没意思。后来我忍了气，想着日子终归还是要过下去的，就出面把她一家都迁回了老家。我是想着事情过去就算了，往后你大哥要是能收心也就行了……”

张琬琰笑了笑，眼睛里隐隐有泪光闪烁。

“张妈当时就说我心太软，不下狠手，怕日后有隐患。我虽然恨，但真的做不了太绝的事，我自己是没关系，但总要给阿宣积点福的，绣绣你说是吧？果然你大哥还是没死心，过去了这么久，又和那个柳氏好上了，这回还干脆弄了宅子把人藏起来。我还能怎么样？把人接回家做小，成全他俩？我是没这么大度，何况人家也未必愿意做小。和他闹，他也不心疼我，心里只有那个女人。要是去那边闹，万一被人知道，反而坏了白家的名声，叫人笑话。我现在也不指望什么了，就这样吧，当傻瓜什么都不知道，各过各的好了。我把阿宣养大教好，日后等爹百年了，我就过自己的，也是清静。”她看向白锦绣，又说，“绣绣，我知道你性子比我还烈，这事，嫂子感激你，但你真的不必管了，你也管不了。闹到爹跟前，就算他惧怕爹，答应和那个女人断了，不又是和从前一样，还是我拆了他俩，坏了他们的好事？他心里恐怕只会更加恨我而已。对着这样的丈夫，我也没意思。”

白锦绣强忍怒气道：“嫂子！你能想得开，太好不过了！最好你就撕破脸，和我大哥离婚，一拍两散！你要是有顾忌，实在不想离，也没关系，可千万别在家再伺候他了！我过些天要去欧洲，不如你带着阿宣和我一起去，咱们去欧洲玩个一年半载，自己开心要紧！”

张琬琰摇了摇头：“不行不行，我走了，家里怎么办？”

“大哥在外头风流快活，你干什么一天到晚想着这些？白家养了这么多管事，不做事干什么？吃白饭吗？不用说了，就这么定了！”

张琬琰面露迟疑：“这……爹那边怎么交代啊？这不大好……”

“爹那边到时候我去说！大哥干出这样辱没家风的事，爹能说你什么？”

张琬琰犹豫再三，终于说道：“绣绣，你让我想想再说……”

白锦绣不再逼迫她，点头道：“行，大嫂你先考虑。不管去不去，反正你可千万不要再给我大哥好脸色了！大嫂，你母亲前些时日不是身体不适吗？你这就回家，陪你母亲，不要回来了！头一回也就算了，大哥还蹬鼻子上脸，无药可救！”

张琬琰沉默片刻，说：“我知道。我收拾收拾，先回家清静几天也好。嫂子过来，是怕你要替嫂子打抱不平，万一事情闹大，坏了白家的名声，也影响你们兄妹的感情。你不用担心，嫂子不难过，我自己知道的。”

白锦绣嗯嗯地应着。

张琬琰的心情自然不好，说完了事，再坐片刻，就起身要走。

工厂里没事，白锦绣就和她一道回了白家，帮她收拾好东西，答应了晚上送阿宣过去。送走张琬琰，白锦绣坐在客厅里，出起了神。

白锦绣是答应了不闹，可没答应就这么便宜了那个姓柳的女人。她才不管他们两人从前是被棒打鸳鸯还是怎么了，反正早就不作数了。现在不管是大哥先引诱她，还是她先引诱大哥，明知道他是有妇之夫，还有孩子，就这样被他养在外宅里，实在无耻。

时间还早，才下午三点。白锦绣沉吟片刻，叫来张琬琰留下带阿宣的张老妈子，和她说了几句。老妈子一听，摩拳擦掌。白锦绣就带着人，让司机开车，送自己去了青浦街。

第29章

白锦绣带着张妈来到青浦街的第五扇门前。张妈拍了拍门，很快，门后传来一阵疾行而来的脚步声，门闩被人抽开，一个中年女佣喜滋滋地打开了门，嘴里说:“白爷，您可算来……”

女佣看清了站在门外的两人。一个是年轻貌美的夫人，一个是沉着脸的老妈子。她一愣，话收了回去，赶紧回头，看向自己身后。

白锦绣望进去。

门里是个小四合院，堂屋里快步出来一个和张琬琰差不多年纪的妇人，一张瓜子脸，削肩瘦腰，皮肤白皙，穿了身藕色的褂裙，腕上戴着一只银镯，手里捏了一块帕子，脸上带笑。她走到门槛前，一手扶着门，一手提起裙裾，正要迈步，突然看见门外的白锦绣，脸上的笑容顿时僵住，人也立在了原地。

白锦绣走了进去。

“哎，你们是谁？怎么就进来了？”女佣伸手要拦，张妈一个巴掌甩了过去，女佣“哎哟”一声捂住了脸。

“你们怎么动手打人？你们是谁？夫人！”女佣嚷着，转头冲着少妇叫夫人。

白锦绣径直走进去，看了看院子。墙边放了个大瓷缸，里头养了几条金鱼，飘着几朵碗莲，一旁是一片花圃，种了些兰花，泥还很新，看着像是最近才移栽下去的。

妇人很快就镇定下来，走了出来，望着白锦绣，迟疑了下，脸上露出微笑，轻声道：“你就是白家那位闺名锦绣的小姐吗？我姓柳，很多年前，我见过你的，你可还认得我？”

白锦绣可懒得装什么笑脸，从头到脚打量她一眼，说：“不认得。”

柳氏一顿，面露尬色，很快又镇定下来，道：“不认得也没关系。白小姐今天大驾光临，不知道是为了什么事？”

白锦绣看了一眼屋里，说：“我听说我大哥在这里租了间屋子，今天正好没事，心情好，就过来看看。你是替我大哥看房的？收拾得还不错，看得挺好，这才几天，就养上了鱼，种上了花。”

柳氏勉强维持着脸上的笑容，说：“我没事，这里恰好离花市不远，见地空着，我也喜欢兰花，就随便种了两株，叫白小姐见笑了。”

白锦绣“哦”了一声：“这么巧，我也喜欢兰花。”她转向张妈，说，“帮我摘几朵。”

张妈应了一声，踏进花圃，三两下就把地上的兰花全拔了出来，又揪下花朵，递了过来：“小姐给您。”

白锦绣接过来，闻了闻，皱眉道：“什么空谷幽兰，臭花还差不多！”她随手把花丢在地上，看向柳氏，“不好意思，没征得你的同意就摘了你的花。不过这花想必是我大哥花的钱，我摘几朵也是无妨，柳家婶子你说是吧？”

柳氏心知自己是惹上了白家小姐，也知道她刁蛮骄纵，哪里敢说半个不字，赶紧摇头，说无妨。

刚才被打了耳光的女佣也看出情况不对了，缩在一旁不敢出声。

“白小姐，你看我，只顾说话了，你进来坐吧。”柳氏勉强笑道。

白锦绣走了进去，经过堂屋，又径直走到一间看起来像是卧室的房间，随手推开门，打量了一眼。里头陈设雅致，熏着线香，住进来才几天，墙上就挂了字画，还有一架子的书，桌上笔墨纸砚一应齐全，花瓶里供着一支木香，床上铺着水红色的绣着鸳鸯的丝绸盖被，铺得整整齐齐。

白锦绣走进去，坐到床边试了试。

“今天起，我就住这里了。”

柳氏脸色微微一变。

“怎么，柳家婶子你不愿意？”

“愿意，愿意的。白小姐要是看得上，尽管住，多久都没关系。”柳氏脸上的笑分明已经快要挂不住了。

白锦绣瞥了她一眼，又起身走到桌前，看着桌上摆着的一方砚台。这砚台不错，应该是老物，看起来有些年头了，颜色很润。

“这是哪儿来的？也是我哥拿过来的？”白锦绣指着问。

“不是不是。”柳氏忙摇头，“这是先父生前留给我的纪念之物。”

“哦。”白锦绣点了点头，拿起来端详一下，五指一松，砚台掉落在地，“啪”的一声，碎裂成了几块。

“真是抱歉，一时手滑，弄坏了你父亲给你的纪念物。回头叫个匠人补补，应当还是能再用的。”白锦绣笑眯眯地赔礼。

“没事……没事……”

柳氏声音发抖，眼睛看着地上的碎块，脸都白了。

白锦绣冷笑。不过砸了一块破砚而已，就这么一副模样，巴着自己哥哥不放的时候，怎么就不想想另一个女人的处境和阿宣的心情？

白锦绣一向对女性宽容，但“无耻”这个词，用在这个看起来一派林下之风的书香柳氏身上，实在是名副其实。

“婶子你不怪我就好。我口渴了，给我沏茶！”

柳氏匆匆出去，叫女佣烧水。水开了，她取来龙井茶和龙泉梅子青的一套茶具，拿沸水洗了又洗，沏好茶，亲手端了上来，赔笑道：“白小姐，喝茶。”

白锦绣端起茶杯，喝了一口，吐了出来，顺手把茶壶连同茶杯一道扫在了地上。

“这么烫！是想烫死我吗？”

这套茶具挺值钱的，柳氏心疼不已，只能赔礼。

白锦绣沉着脸，片刻，又转怒为笑，说：“刚才我态度不好。我从小就这样，你既然见过小时候的我，想必也是知道的。婶子，你多多担待。”

“没事，没事。白小姐是天真烂漫，全是我的不好，刚才忘了提醒。”

柳氏心里已经把白家小姐骂得七窍流血长脓生疮，但又顾忌她的身份，不敢表露半分，自己蹲下去捡起了一地的碎瓷片。

白锦绣冷眼看着，等她起来了，说：“不早了，我肚子有点饿了，给我做点吃的吧！”

“好，好，白小姐稍等！就是不知道白小姐要过来吃饭，我这里都没准备什么菜。”

“随便烧几个就行，我又不挑！”

柳氏含恨而出，叫来女佣，又怕女佣做的东西她不满意，干脆自己亲自下厨，忙忙碌碌，终于做了炒鲜虾仁、嫩姜鸭片、豆腐蒸鱼，又另烧了个汤，把桌子擦了又擦，上了菜，这才过去请人用饭。

这会儿天也有点黑了。白锦绣看了眼时间，晚上六点。

她走到饭桌边，看了一眼站在一边的柳氏和女佣，一句客气话也没有，拿起筷子，挑了挑摆在最前头的那碟炒鲜虾仁，最后勉强夹起一只虾，闻了闻，随手就甩在了桌上，皱眉道：“一股腥味，叫我怎么吃！”

“白小姐，你再吃吃这个。”柳氏将嫩姜鸭片换到她面前。

白锦绣夹起一片，咬了咬，吐了出来，啪地放下筷子，朝着柳氏冷冷地道：“做的都是什么？猪都不吃！你当我是什么人，就这么对付我？”

她看了一眼张妈。张妈上前，抬手就把桌上的菜全扫到了地上，顿时碗碟碎裂，狼藉一片，汤水满地，还泼在了柳氏的裙上。

柳氏再会忍，也终于忍不住了。

她几年前死了丈夫，不肯自降身份随便改嫁，日子过得不易，靠兄弟，难免就要听些嫂子的闲话。去年她和白镜堂再次偶遇，对方是鼎鼎有名的豪门公子，对自己仿佛还有几分旧情，她怎么可能没有心动。

有白老爷在，她也没指望能取代张琬琰的位子或是进白家做小，她也不愿做小，就想做个外室，等日后白老爷没了，自己要是已经生个一儿半女出来，到时再论别的。没想到计划还没来得及实施，就被张琬琰破坏了，她只能跟着兄嫂回了老家。

她的兄嫂并不怜惜妹妹，回家不久，就张罗着要给她另外安排婚事。明明有希望可以跟着白家大少爷，清高的她又怎么甘心就此在乡间沉沦，于是她百般抗拒。上个月她说服了兄嫂，让人悄悄送她回广州，说到了广州就不用他们管了。兄嫂也猜到了她的意图，要是能成，他们自然求之不得，于是就将她悄悄送了回来。

她到了广州后，抱着最后一搏的念头悄悄去找白镜堂，哭诉兄嫂无情，要将她嫁给乡下一个老东西做填房，她宁死不嫁，实在走投无路，只好又来找他帮忙，求他照应下自己。白镜堂自然是不忍一口拒绝，派了个亲信去她兄嫂那里问，她兄嫂自然是照着先前的吩咐，哭诉乡间生活不易，收成不好，说实在没有办法。白镜堂十分为难，明知不妥，万一被张琬琰知道，又是一场大闹，但柳氏又情状可怜，流泪不止，他实在不忍就此撒开，最后硬着头皮先把她暂时安置在了这个地方，想着怎么想个办法赶紧把事情弄好。

柳氏住下后，前些日子频频邀请白镜堂过来，但他来得很少，即便来了也是白天，匆匆停留，对自己一番安慰，随后很快就走。

虽然是落脚了，但只是个暂时的地方，离自己的目标还相去甚远。柳氏心中失望，这两天正绞尽脑汁想着怎么让白镜堂晚上过来再留下人。只有留下了人，事情才算成功。没想到白镜堂没来，今天竟来了白家小姐。

她知道白小姐刁蛮骄纵，也看出她应该是知道了什么，故意过来找碴儿的。原本她想着息事宁人，等把人送走，自己正好可以借着这个被他妹妹欺负的由头向白镜堂索取怜惜，没想到她竟然这么羞辱自己。

柳氏在人前，从来也是个惜脸的，今天忍了这么久，实在忍不住了，微微变了脸色，一字一字地道："白小姐，我看你是白爷妹妹，这才对你以礼相待，步步退让，你这样，未免太过无礼了吧？白爷从前原本与我相识，他也答应过要娶我的，后来是他失约在先，负了我！我如今也没想怎么样，就不过想有个依靠而已。我一不争，二不抢，倘若少奶奶肯容我，我也愿意侍候她，给她敬茶。何况，这是你大哥的事，你一个嫁出去的妹妹，管得未免也太宽了。”

白锦绣笑了：“我能不能管，你说了算吗？你是什么东西？别人家怎么样和我没关系，反正我白家是容不了你！什么样的破烂人家才会把女儿送去给人做外室？你当年还自命才女，我听说你父亲当年在广州有几分清名，怎么教养出你这样不知廉耻的女儿？”

柳氏对亡父十分敬重，想起那方古砚，指甲紧紧插入手心，咬牙道：“白小姐，我今天受的侮辱已经够多了！请你离开我这里！当年要不是你兄长负了我，我何至于落到今天这种任你羞辱的地步？”

她恼羞成怒了，白锦绣反而放松下来，走到她面前，打量了两眼，摇了摇头：“瞧瞧你的样子。你以为什么样的人都能进我白家的门？我爹当年为什么反对你和我大哥的婚事？不是因为你出身贫寒，是因为你只会吟风弄月、卖弄才学，你除了这个，一无是处！你读那么多书，不过就是为了增加你在男人眼中的吸引力，好给自己标个好身价而已。从这一点说，你和外面那些女人没什么区别，你甚至不如她们，至少她们堂堂正正，你却分明想要还要遮遮掩掩。我本来不懂，我大哥到底看上了你什么，现在我是知道了。可惜啊，你做梦！我白家这样的门庭，怎么可能容许被你这样的人玷污？”

柳氏听她竟把自己说得如此不堪，气得浑身发抖：“白锦绣，你说什么？你再说一遍？”

“你一无是处，不知廉耻！听不懂吗？”

柳氏恨不得生啖了面前这个毫无教养又挑衅着自己的白家小姐，一时理智尽失，红着眼睛，咬牙抬手就要扇她耳光。

“怎么，你想打我？你打啊！”

就在这时，身后突然冲进来一个人，怒喝一声：“住手！”

白镜堂飞奔而入，一把攥住了柳氏的胳膊，怒道：“你想干什么？你敢打我妹妹！”

和白镜堂同来的聂载沉早把白锦绣一把护进怀里，见她仿佛不甘心，没挨成打反倒很不高兴的样子，很是无奈。

他下午又接到了白锦绣的电话，要他晚上六点前务必把她大哥带到这个地方，让他不要惊动里头的人，说自己会和那个柳氏说一番话，让大哥听听，这个柳氏到底是个什么东西。

她这么吩咐了，他也不敢不从。正要放下事情去找白镜堂，也是巧，白镜堂竟然自己找上门来。

妹妹早上的那当头一盆冷水，让白镜堂越想越是后怕，猜她应当是知道了自己瞒着张琬琰安置柳氏的事。她知道了，张琬琰那里，迟早怕是也要露馅，万一再捅到父亲面前，那可真成马蜂窝了。这下，柳氏顿时变成了烫手山芋，他想甩，一时又甩不掉，想来想去就想到了妹夫，这才赶紧跑过来，想叫他帮忙劝劝妹妹，别把事情告诉父亲，也别告诉妻子，说自己一定会尽快解决，彻底把人送回去，往后再无干系。

考虑到白镜堂也是有身份的人，聂载沉看破不说破，一口答应下来，随后说白锦绣可能会去找柳氏的麻烦，万一闹起来不好。白镜堂怕自己一个人对付不了凶悍的妹妹，死活拽着妹夫一道过来，刚才他就在外头，把屋里的争吵听得清清楚楚。

他感到无比震惊。

在他的记忆里，柳氏一直都是他们初遇时那低头不胜娇羞的美好模样，他觉得她清高、孤傲，犹如顾影自怜的空谷幽兰，更是一枝高贵的雪中白梅，本该被人折下用玉瓶高高供起。因为自己当年的退缩，她跌落凡间，流离至此地步，现在需要他的拯救，他是愧疚的，怜惜的，心里也有几分对往昔的怀念，这才一而再再而三地瞒着妻子出手相助。

他万万没想到，柳氏竟然也有这样的一面。

她想委身于自己，他是心知肚明的，此前也徘徊犹豫过，但碍于各种束缚，他始终克制自己，没有迈出那一步。

他没想到的是，她会说出那样的话，刚才她面容扭曲咬牙切齿的模样，连妻子张琬琰往常和自己吵架都不至于如此狰狞，更不用说，她竟还敢伸手要打自己的妹妹。

仿佛一尊神像瞬间崩塌，白镜堂又是愤怒，又是懊悔。

“白爷！镜堂！不是这样的！你千万不要误会！我不是故意想要打她的……”柳氏突然看见白镜堂闯进来，吓得魂飞魄散，脸色惨白，整个人不停颤抖，“你听我解释……是你妹妹她……她一过来就对我百般刁难，还故意砸了我父亲留给我的砚……”

柳氏双手死死地拖住白镜堂的胳膊，眼泪流了下来。

可惜她的眼泪，不管流得有多动人，再也不能打动这个男人的心了。

白镜堂甩开她的手，柳氏站立不稳，跌倒在地上。

“我妹妹毁了你什么东西，我照价赔偿。你回去吧，往后好自为之。”

“镜堂，你不能不管我——”

柳氏哀哀痛哭，白镜堂已是转身大步离去。

聂载沉死死地攥着白锦绣的手，让她和自己一道站在外头，唯恐她挣脱又跑进去凑热闹。忽然看见白镜堂满面怒容地走出来，仿佛有话要对白锦绣说，聂载沉这才松开她的手，自己站到一旁去避嫌。

“绣绣，你嫂子下午突然回了娘家，是不是知道了这个事？”白镜堂低声问她。

白锦绣“哼”了一声：“我不知道！”

“妹妹，好妹妹，哥哥错了，往后再也不敢了。你帮下哥哥……”

“大哥，这些话你和大嫂去说吧，听不听是她的事，我不知道！我倒希望她想开点，过些天带着阿宣和我一起去欧洲旅游，也是不错！”

“什么？”白镜堂愣住。

白锦绣不再理会兄长，转身就走。

“载沉！”

白镜堂急忙转而向妹夫求助。

可惜他的妹夫也是自身难保，朝他投来一个爱莫能助的眼神，转身赶紧去追他的妹妹。

白锦绣走到车边，揉着自己刚才被他攥得还有点发疼的手，低声埋怨。

这边没有路灯，天色也暗，聂载沉看了眼身后，见无旁人，握住她的手，轻轻替她揉了下，低声道：“怪我不好，刚才太大力了。我是怕你又跑进去，万一挨打。”

他想起来刚才那一幕，还是心有余悸。

白锦绣哼道：“她要是打我一下，我就打回十下，一百下。我痛，她比我更痛。反正也不吃亏，有什么关系！”

聂载沉摇了摇头，打开车门推她进去：“好了好了，先回家吧。”

晚上回到家，张琬琰自然没回来，阿宣也去了张家，白镜堂大约也跑过去了，白家只剩下他们两个人。

两人洗过澡，一起上了床，躺在床上。

聂载沉闭着眼睛，想着自己的心事，忽然听到她自言自语似的说：“男人是不是都像我大哥那样，没良心，不知道谁才是真的对他好？”

聂载沉睁开眼，转过脸，见她闭着眼，似是有感而发。他沉默片刻，轻声说：“我不会像大哥那样的。”

白锦绣睁开眼睛，看着他。

聂载沉和她对望片刻，柔声道：“你昨晚都没睡好，今天还这么折腾，累了吧？你睡吧。”

白锦绣翻身侧卧对着他，两人就变成了面对面，相互凝视着对方的眼睛，谁也没再说话。

慢慢地，也不知道是谁先靠向谁，两人的脸，最后碰在了一起，温热的呼吸相交，他的额头抵着她的额头。

白锦绣忽然仿佛害羞了，睫毛颤了下，垂下眼眸，慢慢地闭上了她的眼睛。

聂载沉高挺的鼻梁亲昵地蹭了下她的脸颊，轻轻吻住了她的唇。

卧室里静悄悄的，窗帘低垂，只有柔和的灯光，以及两人同步的心跳声。

第30章

白镜堂昨夜赶去张家，也不知道发生了什么，最后一个人垂头丧气地深夜归来。今早的饭桌上，他对妹妹赔着笑脸，恭维她最近越来越漂亮，说想要什么自己送给她，希望她能开口替自己在她嫂子面前说好话，却遭到妹妹的冷脸相对："大哥，我张嘴就只会叫大嫂和我一道去欧洲，别的话我嘴笨说不来。玩个一年半载怎么了？反正大嫂那么大一个人，平常站在大哥跟前，我见大哥眼睛里也没看到她，现在这是怎么了？"

白镜堂讪讪地笑。

就在昨夜之前，他还是家有贤妻稚子、外有红颜知己并且完全能够进一步发展关系以弥补旧日遗憾，又是事业有成、呼风唤雨、春风得意的名门公子。不过一夜之间，妻子带着儿子回了娘家，他吃了人生中的第一个闭门羹，曾被他在心里高高供起的白月光，好似一个被捉住、洗掉脸上脂粉的半老徐娘，现在他想起柳氏就是一张狂怒失控、面目走形的不再年轻的脸，年少时期留给他的美好记忆彻底毁了。不止这样，现在他的妹妹也对他爱理不理，并且看着仿佛时刻准备对他落井下石，唯一还愿意和他说话的妹夫显然夫纲不振，迫于妹妹的“淫威”，并不敢为他发出任何声音。白镜堂深刻地感到自己被孤立了，他彷徨又焦虑，对这种局面束手无策，今天又有生意上的事，最后只得心事重重地出了门。

聂载沉目睹着发生在自己妻兄身上的这一系列的深刻变故，同情之余，心里未尝不是没有庆幸，甚至有些因他人之祸而自己得福的窃喜。

上次她深夜不归，彻夜狂欢，他在内心深处暗暗活跃着的嫉妒、愤怒、自怜自艾等阴暗情感的驱动下，把她强行弄回了家，他原本感到十分畅快，因为她的完全顺服，在她面前，甚至生平第一回生出了一种她已臣服于自己的感觉，期待着往后两人关系或能破冰。谁知第二天她就翻脸不认人，证明了昨夜的一切都不过是他的错觉。聂载沉感到迷茫而尴尬。就在他犹如在十字街口彷徨，不知该如何继续走下去的时候，他的妻兄不失时机地搞出了这样一桩闹剧。

因为别人的错误和痛苦，聂载沉因祸得福了。不但事发当晚就顺顺利利地劝住了暴怒的白小姐，顺便跟着她回了家，一夜之间，两人又变得亲密无间。她仿佛也彻底忘记了他向她道歉表白的那一夜，她对他说过的那些令他伤心又无解的无情言语。

聂载沉小心翼翼地守着这来之不易的平静，不敢在她面前提半句，暗暗希望她已经忘记了她说过的那些话。但是饭桌上，她对白镜堂说的话，一下又提醒了聂载沉，也打破了他因为这些转变而生出的一丝幻想。

她还是原来的样子，出了房门就不认他了。她还是要去欧洲，离开他一年半载。

聂载沉自然不会自私到强行阻止她追求自己的理想和快乐，他也没这个本事。但听到她用这样随意的口气谈及两人即将分开的日子，他五味杂陈，忽然就吃不下饭了，心里有一种犹如深闺怨妇似的不能说的感觉。

要是真的一年半载见不到她，他会想她，每天都想。但她很快就会把他抛在脑后，抛得干干净净。他知道。

早饭后，聂载沉送她去了工厂，随后转道回到司令部，思绪还有点沉浸在即将到来的分离的伤感里，但很快，秘书官送来的一份电报，立刻驱散了他脑海里的杂念。

局势发生突变。南府为大局考虑，愿意有条件地退让。北京将取代它，和平地成为新的唯一的合法政府。北府不日将派遣一吴姓特派员南下，听取地方意见与建议，共议事项。

这个看起来突然而至的消息，实际却早就有迹可循。

新旧交替的剧烈变革里，实力是唯一的指挥棒。因为理想而成立的南府，虽然众望所归，被人寄予厚望，所有人都热切地期盼着它能化腐朽为神奇，治愈这片土地的沉疴痼疾，但从诞生的第一天起，它就先天不足，人心不齐，充满了各种妥协和退让。

这样的结果是必然的。聂载沉早就料到会有这一天，他也在等着这一天。但当这一天真的变为现实，他还是感到了一丝迷茫和失落。

他没法不顾虑，他和许多像他的人一样曾少年热血追寻着的理想，但这或许会因为这个变故就此折翼，成为昙花一现的乌托邦。

“司令，这里还有一份北京发给您的私人电报。”

秘书官又恭敬地递上来一份电报。

聂载沉接过来，展开看了一眼，慢慢地收了起来。

秘书官见他神色凝重，不敢打扰，悄悄地退了出去。

白锦绣很快也从铺天盖地的报章上获悉了这个消息。

这消息对某些人来说自然重大无比。但因为离得远，于广州普通的百姓而言，不过就是茶余饭后多了个谈资，远比不上从前街头巷尾剪头发去龙旗的热闹，日子该怎么过还是怎么过。

离她预定的要动身出发的日子也近了。她这些天越发忙碌。这天晚上，她在工厂一直忙到晚上将近十点才结束，出来的时候，看见一道背影面向着远处丘野，立在工厂门外的路边，旁边停了一辆汽车，看起来仿佛等了有些时候了。

她一眼就认了出来，是聂载沉。

他听到动静，转过头，脸上立刻露出笑容，朝她快步走来。

“白经理，聂司令早就来了，一直就在这里等您，我让他进去，他也不进，说不打扰您呢。”

守门大汉殷勤地送白锦绣出来，又替聂司令说好话。

白锦绣知道今天是那个吴特派员一行人抵达的日子，照理说他会很忙，却没想到他会来这里接自己，还等了这么久，就问了一句。

聂载沉说：“无妨。也没什么重要的事，不过是见个面，做些官面上的应酬而已。”

白锦绣盯着他专心开车的后脑勺：“你怎么了？是不是有心事？”

他转过脸，朝她微微一笑：“没事，你放心。”

白锦绣知道南北两府的交替应当对他造成了不小的影响，但这种事超出了她的能力范畴，他自己应当能处置好，她也就没太在意，加上最近疲于工作，实在很累，坐着坐着就打起了盹。

过了一会儿，他再次回头看她，见她闭目靠在椅背上，就放缓了些车速，平稳前行，直到回到白家。

白锦绣实在是累，到家收拾好后已是深夜，她爬上床很快就睡了过去，也不知道睡到了几点，从梦里醒来，下意识地伸手摸了摸，摸了个空，发现聂载沉不在。浴室里好像也没有什么声音。

“聂载沉——”

她闭着眼含含糊糊地叫他。

很快，他就从外间快步进来，上了床，躺回她的身边。

“大半夜的你不睡觉做什么……”她翻身，抬腿啪地压在他的身上，抱怨道。

“有点热，我刚去开窗了，你继续睡。”他低声哄她。

白锦绣闭着眼，伸手胡乱摸了摸他。

他一动不动，任她摸。她摸了一会儿，往他的胸膛贴了贴，“唔”了一声，闭上眼睛，正要继续睡，忽然闻到一股淡淡的烟味。

她再贴过去一些，小兽似的在他身上嗅了嗅，手改而摸到他的腰上狠狠拧了一下。

“叫我不要抽烟，你自己现在会了！还学会骗我了！什么热去开窗？这里热你去开外头的窗？干什么不睡觉半夜去外头抽烟？你是不是有心事？”

他顿了一下，向她道歉：“刚才确实在想事，没睡着，怕吵醒你就出去了。下次不这样了。你快睡吧。”

“什么事？和北边来的人有关？”白锦绣追问。

他顿了一顿，“唔”了一声，很快又说：“也没什么。我自己再考虑一下就可以了。你放心，没问题。”

他显然不想和她具体说是什么事，说完搂住她，亲了亲。

第二天，因为昨夜睡得很晚，她早上爬不起来，等她睡醒的时候，他人已经走了。

白锦绣起床收拾好，自己坐车去了工厂。

今天照旧是忙碌的一天。到了傍晚，她想起昨天他来接自己却不进来的事，正想叫秘书去吩咐守门人，要是他今天来了就过来告诉自己，秘书却正好过来敲门，说工厂门外来了一位访客。

“谁？”

“来人姓顾，自称顾景鸿，说是白经理您的一位故交，诚心前来拜望。”

白锦绣一愣。

顾景鸿？那个已经消失了很久，她几乎已经忘记了的前总督府公子顾景鸿？

从前他奇袭将军府的行动失败后，人就不知所终，随后也就沉寂了下去，彻底没了消息。没想到他现在竟突然又回来了。

白锦绣对和他见面没有半点兴趣，皱了皱眉，正想叫秘书打发走人，忽然想起一件事，又迟疑了下，改口说：“让他进来。”

第31章

伴着皮鞋踏过木地板发出的响声，一个青年男子迈着矫健步伐，来到办公室门口，随即停步转身，朝向办公室里的白锦绣。

他身穿崭新的北府高级军官制服，腰束皮带，脚上的皮鞋油光可鉴，从头到脚，透着一种意气风发、英姿迫人的风度。

他的两道目光投向埋首于办公桌的白锦绣，面上露出微笑，朝她颔首。

“久违了，锦绣！”

白锦绣示意跟在他身后的秘书下去，低头继续写完自己的东西，也没起身，只旋上水笔的笔帽，放下去，旋即在椅中坐直身体。

“请叫我聂太太。你来什么事？”

顾景鸿对她的冷淡显然毫不在意，停在门口注视她片刻，慢慢踱步而入，讪笑道：“你还是和以前一样，没半点变化，连说话的语气都一模一样，令我终于有了一种归乡的亲切感。”

白锦绣看着他，没有回应。

他又自顾自打量起她办公室里的陈设。

“你的品位也是一如既往地好，要不是刚经过下面的工厂，我很难相信，这里是一间工厂办公室。”

白锦绣说：“你什么事，直接说。我很忙，没时间和你叙旧。”

“好吧。”他从上衣内兜里取出一张烫金名片，递了上来，“我这次是随吴特派员南下的。”

白锦绣看了一眼，挑眉道：“顾公子，哦不对，现在应当叫你顾专员。想必你当初趁夜炮轰偷袭将军府的事迹，如今也成了志士壮举，变成你的通行证了吧？失敬。”

顾景鸿仿佛丝毫没有察觉她话中的讥讽之意，或许也并不介意，他神色如常，说：“成王败寇而已。现如今，人人张口闭口理想抱负，背后种种勾当，谁是清白，谁是混浊？成大事，又何必拘泥于小节。”

白锦绣冷冷地道：“我这里不过是个小工厂，劳你屈尊亲临，有什么指教，洗耳恭听。”

顾景鸿注视着她冷漠的面容，渐渐收了笑容，说：“确实是有一事。聂夫人应当知道，吴特派员这次南下广州，除了公事，也是带着嘱托，诚邀聂司令代表广东北上，共议大事，这是民心所向、众望所归的。但司令不知何故，对此似乎存有异见，迟迟不予回复。我知道他和南府渊源不浅，但私人归私人，一切当以国计为重，当早日回应，以促大事。吴特派员对他，是寄予厚望的。至于我今日不请自来，纯粹是出于旧日交情，希望你能适当劝告他一番。就我私人而言，从前因为种种，固然与他生过龃龉，但若大家往后能够共事，过往于我完全不计，今后我可与他精诚合作。”

“聂夫人，你以为呢？”他说完，注视着她，双眼一眨不眨。

“原来是这样，倒要多谢你的好意了。不过我一个女人，平常只知道吃喝玩乐，闲得无聊，最多也就拿自家小厂子消遣一下。这种男人的事，我不懂，也不管。真这么重要，你自己找他说就是了。”她朝他笑了笑，“不好意思，这里是工厂，也没可以招待你的茶水，我不送你了，你自便吧。”

她拿起水笔，旋开笔帽，低头重新做事。

顾景鸿在她面前立着，望着她埋头不再看自己的身影，片刻后，倏然转身离去。

他的脚步声消失在耳畔，白锦绣慢慢停了手中的笔。她想起昨夜他睡不着却瞒着自己，显然不欲影响她的一幕，忽然感到心神不宁，再也无法安心做事了。

夜幕渐渐降临，到了交班时间，白班的女工下机，夜班的接替做事。秘书过来敲门，问她今天还有没有事需要自己做。

白锦绣回过神，让秘书回去，自己再坐片刻，看了眼时间。晚上六点多。她站起来，离开办公室，想回家。

工厂在东大门外，聂载沉没法每天来接她，就将原来的司机换了，换成他手下挑出来的一个人，会开车，更是训练有素，随身配枪，此刻正在门房保卫处等着，见她出来，立刻跑去车库开车。

白锦绣走出大门，站在路边等车，忽然听到身后传来窸窸窣窣的脚步声，扭头看清暮色里的来人，不禁吃了一惊。

是真的吃惊。

“顾景鸿？你怎么还没走！”

顾景鸿从工厂围墙旁的野树后走了出来，停在她的面前。

暮色浓重，阴影投在他的面容上，映得他目光灼灼闪烁，有些怪异。

“你想干什么？”白锦绣厌恶他向自己投来的这种目光，皱眉质问他。

司机已经将车开了出来，看见这一幕，立刻下车走了过来：“夫人，有事吗？”

顾景鸿道：“锦绣，你不必害怕，我对你没有恶意，叫聂载沉的人不必这么紧张。我在这里等你，是还有话要和你说。”

白锦绣对司机说了声没事。司机后退了些，在车旁等待。

“什么话？快说！”

“我知道你因为从前被绑架一事对我怀有怨气。我做过的我承认，那事是与我脱不了干系。但当时目标不在你，也绝无伤人的意图。我那时极想得到你的心，以致于鬼迷心窍，确实做得过了。我本想借机救你，以获得你的感激。等我知道是你被误绑时，已是迟了，后来发生的事，也不在我的控制范围内……”

“本来是想绑我的侄儿，是吗？有区别吗？你干了那么多见不得光的事，最后见机快，跑了，现在还换了身皮回来，算你走运。我没兴趣听你说这些！”

白锦绣转身要走，被他伸手拦住。

白锦绣盯了一眼他挡在自己身前的手。顾景鸿急忙收了回去。

“锦绣，你别这样。不管怎么样，在我心里，当你是自己人。我是真的喜欢你，才和你说实话的。聂载沉这个人有些不识时务，他要是螳臂当车，绝对没有好下场，还会牵连你和你们白家。我可以发誓，我会保护你，保护你们白家，只要你肯再给我一个机会！”

怒火，犹如火星点着了野草，窸窸窣窣地燃了起来。

“锦绣？”他等了片刻，试探着叫还沉默着的她。

她慢慢地抬起头，视线落到对面这个男子的脸上。

“顾景鸿，你从前条件也不算差，你知道我为什么就是看不上你吗？”

“因为你太识时务了。”她一字一顿地说道，“世上有太多像你这样的投机者，而哪怕利润再高，我白家也从不做投机生意。所以你那份足以感动自己的所谓喜欢，在我看来一文不值！”

“在我心里，我丈夫是这世上最好的。倘若有一天，我和我白家真的需要保护，能保护我们的，也只有他，而不是你，或者别的任何人！”

白锦绣再不想多看对方一眼，转身走到汽车旁。司机替她开门，她坐了进去，说了句“回家”。

汽车载着她，从还僵立在路旁的顾景鸿身边开了过去。

她回到白家，聂载沉还没回来。用人说，刚刚姑爷打了个电话回来，说他晚上有事，回得晚，叫小姐回家后不用等他，自己早些休息。

白锦绣耐心等着，等到快晚上九点，她按捺不住，往司令部打了个电话，问他在哪里。

这个时间，秘书官还在，接起电话，说聂司令晚上接待完吴特派员，刚回到司令部，现在还在处理白天剩下的一些事，问要不要把电话转给他。

白锦绣叫他不用转，挂了。

她在客厅里来回走了几步，忽然不想再在家里这样苦等他回来了，她想立刻见到他。

她出了门，让司机开车送自己去司令部，到了司令部大门前，她问卫兵他是否在里头，却被告知，司令在半个小时前已经一个人离开了。

白锦绣以为他回家了，只是路上错过自己没有看到而已，立刻掉头回去。然而再次回到家中，门房却说姑爷并没有回来。

他去哪儿了？

白锦绣一下停了脚步，定在大门之外。

“小姐？您不进来吗？”门房等着，见她一动不动，出声提醒。

白锦绣蓦然转身，打开车门再次弯腰坐了进去，吩咐司机开车去西营。

她不知道他是不是真的去了那里，但她有一种感觉，他或许是去了那里，那个他曾经摸爬滚打一路走过来的地方。

西营的东校场里，如今已经升职为团长的陈立亲自带着官兵在夜训，无意间看见校场的入口处立着一道人影。那人仿佛在看着校场里的士兵，夜色中，身影显得有些凝重。

因为距离远，加上入口处光线昏暗，他以为是哪个士兵在偷懒，叱喝了一声：“哪个营的？站着干什么？还不去训练！”

人影动了一下，朝着这边走过来。

“聂司令！”

“是聂司令来了！”

随着那道人影走近，附近的几个士兵认出人来，大声叫了起来，其余人听到，无不惊喜和激动，纷纷停下训练，齐刷刷地看过来。

陈立一愣，迅速跑上去迎接，立正敬礼后，跟上去问：“司令，你今晚怎么会来这里，有吩咐吗？”

聂载沉朝向自己敬礼的官兵颔首，让他们继续训练，说：“没事。只是晚上忙完了，看还早，想过来看看。”

他平常事务繁忙，已经有些时候没回过西营了，陈立十分高兴，说：“行，司令您随便看。”

他陪着聂载沉视察了一圈，指着校场东方向那一群正在训练摔跤的士兵，说：“那边是长洲岛军校过来短期参训的，虽然都是新兵，但初生牛犊不怕虎啊，个顶个地拼。昨天比武，有个学生竟把一个比武好手的老兵顶翻了！”

军官带领军校兵正在训练，忽然看见陈立陪着聂载沉走来，立刻停下，正要集合队伍听训话，聂载沉摆了摆手，让他们不必停下。

军校兵见聂载沉突然来此观看夜训，浑身来劲，加倍奋勇，铿锵的吼声此起彼伏。

“怎么样？聂司令你也好久没下场了吧？大家现在都还传着司令你当初在西营时打遍全营无敌手的事迹呢，要是手痒，下场亲自调教调教？”

“请司令指教！”近旁几个大胆的军校兵起哄道。

聂载沉看着面前这一张张粘着泥汗充满斗志的脸，笑了，脱下外套走过去，叫来昨天那个顶翻老兵的士兵，亲自教他如何在贴身搏斗时以动制动，借力巧胜，一番摔打后，又逐一指点其余士兵。

夜训结束，士兵们意犹未尽地列队解散。聂载沉也是久违地出了一身热汗。

“聂司令，卑职送您出去。”陈立走过来说道。

聂载沉擦了擦额上的汗，叫他自便，说等下自己会离开。

陈立依命而去。

官兵散尽，校场很快变得空空荡荡，四周的照明也依次熄灭，最后只剩一只夜探灯还放着光，照着夜色下这个空阔而巨大的场地。

聂载沉在校场的昏暗角落里立了片刻，下意识地从衣兜里摸出一支烟，点了，深深地吸了一口。

他需要一点刺激，好让他能用最清醒的头脑，去做一个至关重要的决定。

那封私人电报发自老冯，随后到来的特派员在和他私谈时，承诺只要他答应亲赴北府参会，表忠心，造大势，给各省起带头表率作用，北府不但让他留任，另外也将任命他做两广军务督办。到时候，他就是名副其实的“南方王”。

一边是唾手可得的巨大权势。另一边，没有提。

无须提，聂载沉也知道是什么。残酷的倾轧里，不是共享富贵的亲信人，那就只剩异心者。刀枪相对，只是时日长短的问题。

这件事已在他的脑海里反复思量，但到了现在，聂载沉还是无法做出决定。

于他，做这个决定原本并不算难，但是现在不一样了。他娶了白家的小姐，这样一朵人间富贵花。他做的每一个决定，不再只关系他自身荣辱或是生死，他必须要为她和她的家人考虑。

未来之事或可预见，但谁也无法明晰判定福祸。

他迟疑着，担心自己今日的抉择，会在将来的某日给她和她的家人带来灾祸。

白锦绣赶到西营，终于在校场里找到了她想见的人。

他一个人，一动不动地在夜色中立着，背影沉凝。

她在他的身后停下脚步，默默地看了他许久，终于迈步朝他走了过去。

他很快就听到了身后的脚步声，转头瞥了一眼，立刻拿掉了咬在嘴里的香烟，迅速踩灭烟头，随即转身朝她快步迎去。

“绣绣，你怎么来这里了？”他问。

白锦绣停在他面前，微微仰脸看着他，没有说话。

聂载沉轻咳一声，说：“刚才我不好，又抽烟了……我向你保证，这真是最后一次了……”

她还是没说话，只是伸手到他的衣兜里，摸出香烟和打火机，点着，送到他手上，帮他夹在指间。

“没关系。”她说，“你抽好了。我知道你有心事。”

聂载沉望着她，有些艰难地开口道：“绣绣，我……”

“你先听我说。”白锦绣打断了他，“聂载沉，我知道你现在应该面临着一个对你而言很是艰难的选择。我想告诉你，你做决定的时候，不必顾虑我、我家，或者和我有关的任何别的东西。你就照着你自己的本心去决定。不管将来怎样，是福，我享着；是祸，我就担着。”

她说完顿了一下："谁叫我当初强迫你娶了我呢？我乐意。"

香烟从聂载沉的指间跌落到他的脚边。他静默地立着，一动不动。

"晚上我其实找了你挺久的，就是想和你说这个。现在说完了，我没事了。你要是还没想好，你再慢慢考虑。我不打扰你了。"

她转过身，朝着校场口走去。

聂载沉这才回过神来，几步追了上去，伸臂从后紧紧地将她抱住，不肯放开。

她立着，感到身后男人飞快跳动着的心脏，慢慢地闭上了眼睛。

她就这样被他从后抱着，背贴着他的胸膛，立在空荡荡的巨大的校场里，良久睁开眼，扳开他扣在自己腰身上的手，握住，转头一笑："走吧，回去了！"

第32章

第二天，聂载沉正准备先去一趟古城，恰好刘广竟从古城来了，送来了白成山的一封信。

他岳父的信写得简短，说前两天，有位罗姓老友被人委派到了古城，他留人钓鱼喝酒，只叙旧，不谈别事，聂载沉这边要是有事，自己看情况定就是，不必顾虑过多。

聂载沉立刻写了一封回信，恭敬入封，叫刘广回去代他转呈，随后出门到司令部，命秘书官将人请来，自己在会议室等着。

吴特派员很快到来。聂载沉将他迎入，命人奉茶，又亲自给他点烟，说:“我平时只知打仗，别的一概不通，这几天也没能尽到地主之谊好好招待，还望海涵。”

吴特派员挡了挡，说他自己来，点着烟吸了一口，靠在椅中，交起腿，笑道：“聂司令客气。这两日，我不但领略了羊城八景，口福更是不浅。早就听闻有‘食在广府’之说，如今来了，才知名不虚传，实在是我等饕餮之乐土，要不是另有别事，我真就长居不走了。至于聂司令，咱们上次在南京就见过面的，此前我就听闻过你的名字，当时晤面之后，更是大有相见恨晚之感。司令你年纪轻轻就有如此成就，如今又得大好机会，不是我奉承，日后做兄弟的，还要你提携一二呢。”说完哈哈大笑起来。

聂载沉微笑道：“不敢当如此抬举。上次所谈之事，我已考虑好了，将你请来，就是想答复于你。”

“你尽管讲。”吴特派员神色显得十分愉悦。

聂载沉颔首：“北府成立，我自当通电支持，到时国会召开，我这边也会派全权代表北上列席。烦请特派员代我向冯老致谢，后生聂某，感激他在大总统面前的提携举荐之恩，但能力有限，如今仅仅维持广东局面就已殚精竭虑，实在无力分心当此重任，请另聘英才。”

特派员脸上的笑容渐渐消失，看着他，用刻意着重的语气一字一字地道：“聂司令，你自己当真不去？冯老对你可是万般惜才，在大总统面前力荐，大总统对你也是寄予厚望，望你再慎重考虑，不要辜负美意，日后追悔莫及。”

聂载沉说：“我在南疆效命，并无区别。”

特派员和他对望片刻，脸色渐渐阴沉，点了点头，站起身说告辞。

聂载沉也不挽留，随之起身。

“聂司令事务繁忙，我明早便动身北归，你且留步，不劳相送。”

聂载沉也未坚持，送他出了会议室，便叫人代自己将特派员送出司令部大门。

人走了之后，他回到办公室，却有些无心于事，索性早早回去。到了大门口时，他看见一个公司文员模样的人和门房说着话，恭敬地递上一个信封，随后转身离去了。

“姑爷，您今天回得早啊！”门房转头看见他，忙跑来打开大门。

“刚才船务公司派人送来船票，姑爷您顺道带给小姐吧。小姐今天回得也早，已经在家里了。”

聂载沉接过那个印有法国游船公司标志的轻飘飘的信封，快到客厅前时，他抽出里面的一张船票，看了一眼。

下周日上午十点，“皇后号”游船高级包厢，目的地法兰西马赛港。

只剩一周时间了。他的视线在船票的日期上停顿几秒，随即捏紧信封，走了进去。

他来到房门外，见门开着，地上敞着一个大箱子，她在书桌前整理着要带走的画册、书籍等。白镜堂在她身边央告："绣绣，好妹妹，柳氏已经被她兄嫂接走了，往后我再不会和她有任何往来！我发誓！你看在大哥对你好的情分上，你帮下忙。大哥真的知错了！"

她翻着书，头也没抬地说："大嫂对我也挺好。"

"绣绣，绣绣，大哥说真的。早上大哥又去张家了，还豁出脸去找丈母娘认错了，丈母娘都说没什么大事，叫她回家，她还是不回！见都不见我！"

"哎，我说大哥你这人怎么这么自私？现在我又没劝大嫂离婚，只不过带她出去玩几天，散个心而已，你就这么想不开？"

白锦绣恼了，转向白镜堂，两道秀眉皱起。

"一年半载的，怎么算也不是几天啊！"白镜堂见妹妹生气了，不敢再大声，小声嘀咕着。

"我不管，除非大嫂自己说不去！"

白锦绣心硬如铁，任凭兄长怎么说，还是一口拒绝。忽然看见聂载沉站在门口，她瞥了一眼他手里的信封："是船票吗？说今天给我送过来的。"

聂载沉走进房间，点了点头，将船票递过去，却被白镜堂一把夺走，抖出里面的船票，见有三张，他脸色微变，扭头朝着聂载沉使了个眼色，自己走了出去。

聂载沉想装作没看见，奈何白镜堂在门口咳嗽个不停，他没办法，只好跟了出去。才出了门，他就被白镜堂扯着带到一旁的一间书房里，关上了门。

"大哥，什么事？"

"载沉，这回你一定要帮大哥！你帮我想个法子，怎么劝回你嫂子，让她原谅我！"

聂载沉有点无奈："大哥，这个我恐怕不行……"

"只要你肯帮我，你就一定行！我妹妹那样的性子，你都能把她哄得好好的。你赶紧帮我想个办法！我也不是一定不让你嫂子出去散心，我是怕你嫂子跟我妹妹那么久，万一学成我妹妹那个样子就不好了！”

聂载沉皱眉：“绣绣哪个样子不好了？”

白镜堂见妹夫不高兴了，赶紧补救道：“哎！载沉你别误会，我不是说绣绣不好，我是说绣绣那脾气，张口闭口就是离婚，除了你脾气好，哪个男人能受得了……”他越是解释，越发现妹夫脸色不对，顿了下脚，说，“反正我意思你知道的！大家都是男人，你别跟我计较这些了！快帮我想个法子！当初我妹妹嫁给你，我可没说半句不好的话！”

自从柳氏那事后，他这几天两头跑，又要去张家，又要顾着工作，回家还被亲妹妹嘲讽，眼眶都凹进去了一圈。

聂载沉实在看不过眼，终于说道：“大哥，你都想到找嫂子的母亲认错了，怎么不去找岳父？让岳父教训几句，他再发个话。嫂子不听你的，难道还不听岳父的？”

白镜堂一呆。

他一时糊涂和柳氏牵扯不清，原本最怕的就是被父亲知道，所以事发后，他根本就没想过主动去向父亲坦白。现在忽然被妹夫的一句话点醒，顿时犹如在黑暗中见到了一盏指路明灯。

只要他拼得一身剐，去找父亲认错，再求父亲帮忙开口说句话，妻子不会不给父亲这个面子的。先把人劝回家，关起门来，自己再好好向她赔罪，事情也就过去了。

白镜堂大喜，用力地抓住妹夫的手：“载沉，真有你的！多谢了！大哥知道了，这就去古城！”

“你们鬼鬼祟祟在干什么？”

门忽然被人推开，聂载沉转头，看见白锦绣站在门口，狐疑地看着自己和白镜堂。

白镜堂一心只想快点赶到古城去，立刻松开妹夫的手，朝着妹妹赔笑，退出书房，去找刘广商议回古城的事了。

白锦绣目送兄长离去，问聂载沉：“怎么回事？我大哥看着很高兴，对你还一副很感激的样子？你们到底在说什么？”

聂载沉不敢瞒她，就把刚才白镜堂求自己，他就帮忙出主意让他去找岳父的事说了，说完赶紧又补了一句：“大哥他逼我，我没办法，只好给他胡乱出了个主意。我不是故意的！”

白锦绣“哼”了一声：“狼狈为奸！”说完扭头，就回房间里去了。

聂载沉慢慢地跟了进去，见她继续收拾着行李，上前从后搂住她的腰，轻轻亲了亲她的耳垂，低声说：“绣绣，谢谢你昨晚的话。我已经回复特派员了，不会北上。”

白锦绣一顿，“嗯”了一声，随即松开他搂着自己的双手，继续挑着散在床上的一大堆衣裳，说：“知道了。”

聂载沉双手插兜，站在一旁，看了她一会儿，又说：“你还缺什么，我帮你去准备。”

“你说我还能缺什么？”她应了一句，端详着刚挑出来的一条长裙，放在一边。

“那我帮你收拾东西？”

“不用，我自己会收。”她还是没转头。

聂载沉那双已经从兜里掏出来的手，又慢慢地插了回去。

她忽然转头说道：“对了，我好久没去我嫂子家了，她母亲前些时日身体不好，我一直在忙，也没去看。正好今天有空，我们一起过去看一下嫂子，顺便再探望探望她母亲。”

聂载沉应了声好。她换了衣裳，带着伴手礼，到了张家，探望过张琬琰的母亲后，回来发现白镜堂已经心急火燎地连夜上路去往古城了。

白锦绣觉得父亲知道这事后，肯定会责罚大哥一顿，然后再出来做个和事佬，让大嫂回家和大哥重归于好。没想到过了几天，没见大哥回来，刘广倒又来了，白锦绣不禁奇怪起来。

“刘叔？我大哥呢，怎么没回？我爹怎么说？”白锦绣问他。

刘广说：“大少爷还在古城那边呢，我先回来，替老爷传个话。”

刘广想起这事，现在还是感到下巴疼：

“大少爷那天赶到古城，硬着头皮把他推不过旧情，瞒着少奶奶暂时安置柳氏的事说了出来，然后认错说自己往后再也不会犯了，求老爷帮他说句话，先让他把少奶奶接回家。

“老爷听了，当时也没发脾气，只是让他去家祠里跪着，跪了整整一夜，不许合眼睡觉，也不准起来，然后第二天早上，老爷说了一句话。”

“我爹说什么？”

“老爷说，让少奶奶只管放心和小姐出去散心。老爷叫我转告少奶奶，她在家里操持了这么多年不容易，委屈他都看在眼里，这回出去多久都行，一应旅费，全部由老爷给。还叫你们多带几个人。只要你们安全，玩好，别的都没问题。”

白锦绣大感意外，没想到父亲竟说出这样的话。

“那我大哥呢？他怎么不回来？”

刘广感到自己下巴仿佛又痛了，忍不住摸了摸，说：“大少爷摔了，回不来啦！”

白镜堂被罚跪了整整一夜，第二天起来，膝盖肿胀，几乎都要废了，被人扶着才能勉强走路。

他原本指望跪完之后，父亲消了气就会帮自己说话，没想到却迎来当头一阵棒喝，他顿时傻了眼，又不敢再说什么，只好垂头丧气地准备回广州。谁知上马车的时候，他腿脚不利索，又心神恍惚，一不小心摔了下去，不但把腿骨摔了，还因为是脸着地，下巴也撞到了地上的一块尖锐的石头上，活生生被磕出了一道大血口子，当场血流如注，险些没痛晕过去。

“这不，大少爷回不来了，人躺在那儿呢，我就先过来替老爷传话。”

白锦绣一惊，没想到大哥竟蠢到这种地步，把自己摔成了这副模样。

虽然她生气他耳根子软，和别的女人牵扯不清，但听到他受伤，还是忍不住心疼起来，急忙跑到张家，把父亲的话和大哥摔伤了的消息转给了张琬琰。

张母本就催女儿回家，一听，很是焦急，立刻催促女儿赶紧回去。张琬琰也没说什么，收拾了东西，带着阿宣回了白家，又向刘广打听了几句丈夫的情况，显得有点心神不宁。

“娘，你赶紧去看看爹啊！他下巴摔没了，不就会变得很丑？往后吃饭喝汤，是不是有洞要漏？”

阿宣忧心忡忡，想象力丰富，立刻替父亲考虑起了将来美观和实用的双重隐患。

张琬琰“呸”了一声，站起来对小姑说：“绣绣，要不我先过去看看？阿宣也催我，反正离开船还有几天，我去去就回。”

“行，大嫂你赶紧去吧！”

张琬琰点了点头，收拾了点东西，匆匆上路去了古城。

第33章

张琬琰匆匆赶到古城。

白镜堂一只脚打着石膏，下巴上也缠了一圈绷带，躺在床上正闭着眼休息，忽然听到屋外起了脚步声，听到一阵说话声传来，他辨出是妻子和用人在说话，一下睁开眼睛，扭头望去。

门被推开，妻子张琬琰站在门槛外，没有进来，两道目光扫了过来。

“少奶奶，大少爷这几天都这样躺着，下巴也肿得厉害，吃个饭喝口水都疼，您快看看吧。”虎妞介绍着大少爷的伤情，目光充满同情。

“琬琰……”白镜堂有气无力，声音发抖，挣扎着要从床上爬起来。

“哎呀，大少爷你快躺着吧。”虎妞走了进去，扭头却见少奶奶还是立在门槛外一动不动，不禁感到不解，停下脚步问，“少奶奶？”

张琬琰冷冷地和丈夫对视片刻。

“琬琰，我……我不是故意要麻烦你的……”

白镜堂张了张嘴，又慢慢地闭上了。

“虎妞，你先伺候着大少爷吧。”

张琬琰终于开口，淡淡地说了一句，随即收回目光，转身走了。

“大少爷，少奶奶怎么了？您都这样了，少奶奶怎么不心疼，好像还在生您的气？”

虎妞本以为大少爷摔成这样，少奶奶过来看见了肯定会心疼，没想到她一反常态，竟这么漠不关心。

大少爷平常为人好，对用人们也很和气，她也不怕他，忍不住就问了出来，问完了，见他盯着自己，看着仿佛生气了似的，吐了吐舌头，赶紧溜了出来。

张琬琰找到在书房里写字的公公，说自己来了，给他问安。

白成山颔首，说：“你们的事，我都知道了。他老大不小，却还糊涂着，我也没法再管他了，由他去好了。我给你的话，刘广想必也转达了。你从前在家也是爹疼娘爱，嫁了镜堂，反倒受了委屈，这些年不容易，我都知道。我还是那句话，这回你放心去散心，多久都行，不用记挂家里的事，有我呢。”

对着丈夫，张琬琰是余恨未尽，冷着脸也是本心表现，但现在，听到一向威严的公公对自己和颜悦色地说着这样的话，不知怎的，她的眼眶反倒发热起来，道：“媳妇十分感激。其实我也有很多不周到的地方。”

白成山道：“金无足赤。你已经做得可以了，不必对自己过分苛责。”

张琬琰忍住心中酸楚，点头道：“多谢爹的话。爹，你忙吧，媳妇不打扰了，再去看一下镜堂。”

她退出书房，拭去眼泪，等情绪平复了些，回到丈夫跟前。

白镜堂见她又来了，站在床前盯着自己，费力地慢慢爬了起来，小声说：“琬琰，我知道错了，你原谅我吧……往后我一定改……”

他那一摔很是厉害，不但下巴破了，这两天腮也跟着肿了，说话有点口齿含糊。

他说完，见妻子还是没有半点反应，不敢再出声，垂头丧气地低下了头。

张琬琰出神片刻，说：“你再休息几天，等能上路了，就一起回广州。”

“行，行，都听你的……琬琰你要是想今天走，其实我今天也能上路的……”

“叫你躺，你就躺，啰唆那么多干什么？”张琬琰冷冷地道。

“知道了，知道了，我躺……”

白镜堂再没了往日的大少爷劲，见妻子仿佛不耐烦了，急忙闭口，又躺了下去。

张琬琰在古城陪了几天，等丈夫的下巴和腮帮消了肿，终于能正常饮食，腿脚也没疼得那么厉害了，这才向公公辞行，带着人回了广州。

白锦绣晚上回家，得知兄嫂已经回来了，立刻过去探望兄长，发现他脚上还上着石膏，下巴贴着绷带，精神萎靡，眼圈发黑，几天不见，好似变了个人，全没了往日的倜傥，埋怨道：“大哥，你可真是吃饱了撑着，没事自己找罪受。叫你再瞒着嫂子干好事！”她埋怨完，又问，“你脸还疼吗？”

“大哥没事了。绣绣你不用担心……”白镜堂有气无力地摇了摇头。

阿宣最关心父亲的下巴还在不在，有没有洞，今天见到了人，看到他的下巴还在，洞也没有，吃饭喝水都和以前一样，这才终于放下心，对着父亲嚷：“爹你没事，那太好了。这样我就能和娘一起跟着姑姑出去玩了！”

白镜堂垂头丧气，一言不发。

张琬琰坐在一旁叠着衣物，没说什么。

白锦绣还有点东西没收拾完，看望完大哥，就回了自己房间，正忙着，忽然听到敲门声，过去开门，见张琬琰来了。

“嫂子，东西都收拾好了吗？后天一早就要出发了，路上单程就要四十五天，咱们要经过香港、西贡、新加坡、吉布提，就是红海那里，然后过埃及的苏伊士运河，这是去欧洲最近的航线了，以前不走这里，路要更远。要是嫂子有兴趣，咱们回程的时候，可以中途下来，再把这些地方都玩……”

张琬琰咳了一声，说：“绣绣，有个事，嫂子想和你商量一下……”

白锦绣停下来，看向她。

“你大哥摔成这样，家里跟外头一大堆的事，爹对我好，发话让我放心去，但他年纪大了，我实在放不下心就这么走了，想来想去，还是……”

她停下来，看着白锦绣。

“下回？下回有机会我再跟你去？”她看着小姑子的脸色，终于小心翼翼地说道。

白锦绣晚上回来见她心事重重，就猜到她这趟是走不成了。这会儿见她看着自己的样子，怕自己会责备她没用似的，叹了声女人心软，幸好自己不会像她这样，说道：“行，没问题，大嫂你要是实在放不下心，出去了也是牵肠挂肚。下回吧，下回有机会，我再带大嫂出去玩。”

其实那天见到公公的面，听他对自己说了那样一番话，张琬琰就已经决定不走了。她唯一的担心是小姑子，怕她知道了恨自己不争气。现在见她很是理解自己，张琬琰终于松了口气，感激不已：“行，行，你不生气就好，那就这么定了，可惜订好的船票，怕是不能退了。”

“船票没事。大嫂，你不去，那阿宣……”

阿宣对这趟出行，可是盼望至极。

“我不去，他自然也不用去了，他那么皮，跟着你，你还怎么做事？”

张琬琰又展现出了做母亲的强势的一面，替儿子做了决定，转身匆匆出了房间。

结果自不用多说。可怜的阿宣，听闻噩耗，发出一声响彻白府的尖利惨叫：“娘！你这样对我，我的心都要碎了！”被他母亲严厉训斥后，他当晚只能泪洒被窝，哭得眼泪鼻涕糊满一枕头。最后，总算是姑姑安慰他，说再过几年，等他长大些，就让他出国念书，到时候他想去哪儿就去哪儿，想怎么玩就怎么玩。阿宣的一颗受伤心灵，这才终于勉强被治愈，伴着留学梦抽抽搭搭地睡了过去。

聂载沉今晚回来得迟了些，得知兄嫂已经归家，就去探望白镜堂，却发现他虽然形容憔悴，伤痕累累，但精神头居然看起来还不错，有些意外。

白镜堂叫用人都出去后，埋怨妹夫：“载沉，你给我出的什么馊主意！要不是我自己不小心摔了一跤，白跪了一夜不说，你嫂子照样不理我！”

听他这语气，仿佛两人已经和好了。

“嫂子已经没事了？和好了？”聂载沉不禁诧异。

“好是说不上好……”白镜堂一顿，“不过她不走了，这是真的！早知道这一招管用，我就不用费那么多劲，自己从楼梯上滚下来就好了！”

聂载沉不禁佩服地看着他。

“载沉，我妹妹这一走可不是三两天，是至少半年！半年啊！你真放心让她丢下你，和那个一看就不是好东西的法国人一起走？”

白镜堂自己半截身子还在烂泥坑里埋着，转头又开始替妹夫操起心来。

聂载沉一下沉默了。

“你怎么不开窍？我不就是现成的榜样吗？她后天就走，趁明天还有机会，你在司令部里把自己弄个伤出来，打伤胳膊什么的，流点血，就说枪走火了！我妹妹看你受伤了，那还不心软？她一心软不就不走了！反正又不是什么非去不可的事。”

聂载沉还是没说话。

“我是为你好，你自己考虑考虑，再不想想办法，她可就真飞了！”

聂载沉满怀心事地出来，回到房间，见地上已经收拾好的要带走的大箱子足有七八个，看着就跟要搬家似的。她坐在书桌前，忙着写临走前要交给工厂副经理的东西。

他看了她的背影一会儿。

“你回来了？你去洗澡吧。我还有点事没做好，你先睡觉。”她没回头，只这么吩咐着。

聂载沉走进内卧，洗完澡，躺了下去，等她上床。

第二天，聂载沉忙完一天的事，独自坐在办公室里，出神片刻后，他打开抽屉，盯着里头放着的一把手枪，盯了片刻，慢慢拿了出来，枪口对着自己的胳膊，愣了愣。恰好这时秘书官敲门，探头进来，一眼看见了，一愣，赶紧道:“司令，您做什么？当心走火！”

聂载沉立刻收起枪，一把关了抽屉，抬头道:“没事。”

秘书官走进来，把几份文件放在他的桌上，跟他说起事来，聂载沉却心不在焉，忽然站了起来。

“我有事，明天过来再说吧。”

他一把抄起挂在椅背上的外套，丢下秘书官走了出去。

他开车到了工厂。

明早她就要动身，毕竟是要走至少半年，许多事都得交代好，所以这几天她忙得像只陀螺。现在才下午四点，明晃晃的大太阳挂在头顶上，她自然还在厂里。

果然，守门大汉证实了他的猜测。

“聂司令，你进去吧。”

聂载沉摆了摆手。

他等在工厂外一个不引人注目的角落，坐在乱草丛旁的河岸上，随手扯了一根野草，把草芯含在嘴里，慢慢地嚼着。

清苦的味道在嘴里散开，他在日光下眯着眼，看着远山的轮廓，一直等，等到了晚上十点多，她终于被副经理、秘书和另几个工厂的管理人员送了出来。

“你怎么又不进去？我说过的，不用你在外头等我！进来这件事对你来说很难吗？”

她看到他现身，十分生气，竟当场变脸，破天荒地当着还没走的副经理等人的面，厉声斥责他。

聂载沉没想到她会突然发这么大的火，一时顿住。

剩下几人见状不妙，急忙装作耳聋目盲，若无其事地和聂载沉打招呼，预祝白经理此行海波不扬，一帆风顺，随后赶紧各自散去。

“绣绣，我知道你今天很忙，怕打扰你，所以才没进去，在外头等你也是一样的。”聂载沉解释道。

她立了片刻，一言不发，朝着汽车走去。

聂载沉立刻快步上前，替她开了车门。

她显得很疲惫，胳膊肘撑着一侧的额头，闭目一动不动，仿佛睡了过去。到了白家，她睁开眼，自己下车走了进去。

所有行李都已经被搬到了楼下大厅口，堆起来老高。她从旁边走了过去。

两人回到房间，她先去洗澡，聂载沉随后出来，见她已经躺在床上，背对着自己，看着像是睡了过去。

他轻轻地上了床，关了灯，躺下去后，过了一会儿，听到她说："对不起聂载沉，这两天事情太多，我有点累。刚才不该那样对你的。"

"我知道。"聂载沉替她拉了拉被子，"没关系。你累了，好好睡吧。"

她不再说话，这一夜也再没有动，就那样卧在他的身边，沉沉而眠。

聂载沉却是彻夜难眠。从凌晨三四点开始，他看着身边睡得朦朦胧胧的她。时间一分一秒地走过去，终于还是天亮了。

七点钟，她睡醒了，慢慢地睁开眼睛，看见他靠坐在床头，低头望着自己。

她仰着脸和他对望片刻，朝他笑了下，随即伸了个懒腰，爬了起来，说："该起床了。"

"今天天气真好。"她拉开窗帘说道。

聂载沉看了一眼，阳光明媚，万里无云，确实极好。

早上十点开船，因为有许多行李要搬，得提早过去。

八点钟，她吃了早饭，收拾了最后一些随身的零碎物品，和含着两泡眼泪死死抱着门柱子巴巴地望着自己的阿宣道别，就准备出发去码头。

白镜堂拄着拐杖要亲自送妹妹，被她劝住，然后她叫嫂子张琬琰也不用送了。

"有他呢，他送我！"

她睨了身旁的聂载沉一眼，抹了艳红色的唇微微弯了弯，翘出一道妩媚的弧度。

第34章

聂载沉望着她瞟向自己的明媚眸光，心跳忽然加快，心神一荡。

“走吧，还等什么？”

她转身，自己上了车。

她的那些大箱子都用马车运着先发往码头了。聂载沉定了定神，帮她将随身的一只小巧箱子放上车，开车出门而去。

渐渐靠近码头，街道上车水马龙，人来人往。到了码头，入口更是人头攒动，一派繁忙。

这趟去往欧洲的邮轮，一个月只发一次。等了一个月的乘客，从四面八方赶来，聚集在码头上，搬运行李的，和家人亲友道别的，意气风发的，对前途忐忑的，欢笑的，忧愁的……你能在开船前的码头上，看遍悲欢离合，人生百态。

“皇后号”邮轮已经停泊在岸边，码头和甲板之间搭了几条通道。船员们忙着在通道口检查船票，指挥秩序。她的随从已经开始往船上搬运行李。

聂载沉下车，帮她提着手提箱，护着她穿过拥挤的人潮，到了那条供头等舱客人通行的通道前。近旁的码头上忽然有人大声喊她的名字，聂载沉转头，看见那个法国人朝着这边兴高采烈地招手，一旁还有个穿着船长制服，看起来很有绅士风度的白发老者。

弗兰奔到白锦绣面前，说："我一大早就来了，一直在这里等你呢！"他转头指着身后走来的船长，"这是我们的Broe船长！"

船长脱下自己的手套，握住白锦绣伸来的一只戴着白色手套的纤手，虚吻了下她的手背，笑道："白小姐，非常荣幸能再次送你去往法兰西。如果我没记错的话，上次你从法兰西归来，坐的恰好也是我的'皇后号'。"

白锦绣含笑点头，见他的目光转向聂载沉，说："这是我的丈夫，聂。"

"我听说过，年轻的司令先生！很荣幸见到您。"

聂载沉和老船长握手，说道："我妻子接下来的一段旅途，劳烦船长先生了。"

"司令先生，放心吧，我以我三十年海上航行的经验向你保证，接下来，您太太在'皇后号'上的每一天，都将是愉快的经历。"

聂载沉向他道谢。

"聂先生，你放心回去吧，接下来我会帮你照顾好她的，直到她登上马赛港的陆地！"弗兰说着，伸手去拿他刚才因为和船长握手而放在脚边的箱子。

聂载沉看向她。

白锦绣对他微笑着道："已经到了，我也不是头一回坐船，我会很享受接下来的旅程的。你也有事，不必特意等船开动了，现在就回吧。"

弗兰提起箱子，作势就要迈步上去。

聂载沉望着这艘立着巨大烟囱的邮轮，看着拥挤在甲板上抓着栏杆和岸上送行的人依依不舍地挥手道别的乘客，心中忽然生出一种前所未有的浓烈的不舍。

她真的就要掉头上船离开自己了。现在起，今夜，明天，后天……许多天，一段漫长的日子里，她将身处大洋彼岸，他见不到她，更不可能和她同睡一张床，抱她入眠，和她晨昏共度。

"绣绣……"

就在这一刻，突然仿佛有无数的话涌了上来，他想要让她知道。

她微微挑眉，两道眸光落在他的脸上。

“你……路上当心。到了，立刻发个电报给我。”他张口，终于这样说道。

白锦绣耸了耸肩：“知道了。那就这样吧。我上船了，你回吧。”

她不再看他，扶了扶头上戴着的漂亮的帽子，免得过桥时被风吹下水，随即转身，迈步去往甲板。弗兰立刻提着箱子跟了上去。

聂载沉立在人来人往的码头，看着那道倩影过了通道，在船长的扶持下登上甲板，她朝身边的船长点头微笑，接着继续朝里走去，渐渐就要被甲板上涌动的人所埋没。

她走了，犹如一去，再不复返。

“嘟——”

船上忽然发出一道深沉的鸣笛声。

通道口的船员吹着口哨，向着四周大声喊道：“离开船只有十分钟了！最后十分钟！没有上船的，立刻上船！送行的人，可以走了！”

汽笛声骤然消失，犹如落入混浊的江水，再不复闻。

“先生，请后退一些！注意安全！船就要开了——”

船员忽然留意到立在码头的这个身穿制服的年轻男人，走过来出声提醒他。

聂载沉的双眼一眨不眨地看着前方的甲板，就在她的身影被淹没的一刹那，他忽然再也控制不住自己，朝着通道快步走去。

“先生！船票！请出示你的船票！”

船员回过神，急忙上来阻拦，却哪里拦得住。他一晃就从船员身侧闪了过去，又推开挡在前头的人，疾奔往前，转眼已经登上了甲板。

几十米的一条通道而已，他却走得心跳加速，呼吸不稳。他左右看了一下，没看见她的身影，但那个船长正在前方不远处和人说着话，聂载沉立刻奔了过去。

“对不起船长，打扰一下，我太太人呢？”

船长见是聂载沉，指了指自己右手边的一条通道，随即道：“可是司令先生，不到十分钟，船就要开了。”

聂载沉来不及说什么，匆匆道了声谢，立刻掉头，朝着他指的方向追过去。

“船长！船长！刚才那个和你说话的男人没有票！推开我就上来了！”刚才那名船员终于气喘吁吁地追上来，大声喊道。

船长看向聂载沉离开的方向，冲着船员摆了摆手，示意他不必再管。

聂载沉追出去几十米，停在一条分成左右两边的岔道口旁。

他看了一下身边，前后左右，到处都是匆匆走动的刚上船忙着安置的人，唯独不见她的身影。

太阳晒在头顶，他的汗水迅速冒了一头。

“绣绣！绣绣！”

他想都没想，放声喊她的名字，惹得周围人纷纷回头看他。

“绣绣！你听到了吗？”他丝毫没有理会，又高声喊叫。

“我在这儿！你干什么？”

身后突然传来一道女子的声音。

聂载沉的心一跳，猛地转头，见她竟然一个人立在自己身后，手里拿着帽子，微微蹙眉，看着自己。

“绣绣！”

聂载沉狂喜，立刻朝她奔去，一把抓住她的手，拽着她奔到甲板上人少的角落，最后停在船舷旁。

“聂载沉，你搞什么名堂呢？船快要开了！”白锦绣冲他嚷道。

“绣绣，你先什么都别问，我上来，是觉得在你走之前，有话一定要和你说！”

他的呼吸有点急促。白锦绣的眼睫微微颤抖了下，安静下来。

“绣绣，当初刚认识你的时候，我有点怕你。”他长长地呼了一口气，说道，“我从没有遇到过像你这样漂亮、骄傲、大胆的女孩。你的锋芒能割伤人。我对着你的时候，不知道该怎么去接你的话，不知道你为什么生气……”

他顿了一下，继续说道：“其实就算是现在，我有时候还是想不明白，你为什么生气。不过那些并不重要，我想告诉你，不知道从什么时候起，你把我的心拿走了，是真的。但那时候，我从没有想过得到你，和你一起生活，更不用说一辈子了。这些对我来说，都太过遥远。但我每天都会想到你。早上我醒过来、晚上睡着之前、白天在校场里休息的空当，我都会想到你。你还记得在古城巡防营里，我受伤的时候，你冲进来训斥那个士兵的事吗？那时我有点被你惊到了，之前我没见过你这么凶，但后来，我心里其实是有点高兴的。我感觉得到，你那会儿天天来找我，或许并不仅仅是为了逼我答应帮你的忙。你或许真的是有点关心我的。”

起先，白锦绣没有看他，视线一直落在船舷外那漂浮着一片白色浮沫的暗沉江水上。慢慢地，她抬起眼，对上了他的双眼。

他凝视着她，说：“绣绣，那时候我之所以会抢过起火的断桥，唯一的原因，就是对面的人是你。这个世上，除了我母亲，无论换成别的什么人，在那样的情况下，我都做不到那样，我不会的。只有你。但是后来，你要我娶你，我又迟疑了。”

他再次深吸一口气，说：“在我看来，爱一个人是需要资格的。我承认是我自卑了，在你面前，我无法忽略我和你的种种不般配。假使那时候，要我娶她的是别的女子，我恰巧也喜欢她，我不会觉得我没有资格去爱她。但是你不一样，绣绣，你是独一无二的。你太美丽，太耀眼，而我和你相比，太过普通。我觉得你像一个充满好奇心和好胜心的淘气孩子，我只是你眼里的一件新奇玩物，所以你把目光放在了我身上，想要得到我。我没有信心能让你长久地把注意力一直放在我身上，我也不认为我能赢得你长久而稳固的爱，所以我在我母亲面前选择了隐瞒。

“绣绣，对比起你曾经为了我做的一切，我配不上你。但是现在，我真的知道了我是有多幸运。我不担心你哪天会不要我了。我会让自己配得上你，好让你一辈子把目光都停在我身上，再也看不到别人。我会努力的。”

轮船再次发出一阵鸣笛，这是即将开动的最后信号了。岸边和船舷上，随之发出一阵离别的巨大嘈杂声。

白锦绣微微仰脸，睁大眼眸，一眨不眨地望着对面这个强烈的阳光照射之下年轻而英俊的男人。

“现在我之所以这样上来，对你说这些，不是阻拦你去追求你的光，我想在你离开前，让你知道……”他顿了一顿，一字一字地说，“我爱你，白小姐。当初能被选中去替你开车，做你的司机，是我聂载沉这辈子遇到过的最幸运的事。”

他双手握住她的肩，将她带入自己怀中，紧紧地抱了一下。

“我的上帝！你们这是怎么了？”到处找白锦绣的弗兰终于看到了她，却已然目瞪口呆。

“聂司令！船就要离岸了！”船长站在远处，大声喊道。

“绣绣，我要说的都说完了。我下去了。你旅途愉快，到了那边好好玩！”

聂载沉低头迅速亲了一下她额前的一片秀发，随即松开还愣怔着她，转身快步离去。

“很抱歉，我这就下了。”他朝船长道歉，奔到船边，从最后还剩着的一条通道上下了船。

他的足底刚一踏上码头，通道就在他的身后收了回去，舱门关闭。

聂载沉站在岸边，目送着邮轮在汽笛和岸边的嘈杂声中排开波浪，徐徐离岸，越去越远，终于，彻底消失在了视线中。

岸边聚集的人流渐渐散去，他终于转身，双手插兜，慢慢地走出码头。

“官爷！买包香烟吧！”

一个赤着脚，脖子上挂着一只硕大烟匣的孩童跑到他的面前兜售。

聂载沉伸手取烟，忽然顿了一下，又摆了摆手，从旁而过。

“官爷你行行好！我娘生病了，没钱看病，我要挣钱给她买药！”那孩子仰起脸，央求着他。

他走到车边，从车里取出放着的几枚银圆，丢到那孩子的烟匣里。

“回去让你娘看病。我不抽烟。”

“谢谢官爷！谢谢官爷！”孩子紧紧地抓着银圆，朝他感激地鞠躬，转身飞快地跑远了。

聂载沉手握着车门，再次眺望了一眼那艘载着她远去的船的方向，回过头，正要上车，突然听到身后有人喊自己：“军爷，军爷！”

他转头，见一个搬运工跑过来，指着后头说：“码头有个夫人，叫你过去帮她提箱子！”

聂载沉定了片刻，突然回过神来，心脏一阵狂跳，拔腿就往码头奔去。

他奔到那个片刻前他才刚刚离开的地方，脚步停住。

她独自一人站在岸边，脚边放着一只小巧的箱子，两手压着她头上的帽子，免得被大风吹飞。见他出现，她丢下箱子朝他走了过来，说：“我让船长放小船送我上来的。你也知道，我反正就这样，我现在又不想走了！你还欠我一个有你母亲参加的婚礼！”

她说完，放下压着帽子的手，微微翘着她那漂亮的下巴，睥睨着他。

热血在聂载沉的身体里流淌，他望着她，沙哑着声音说道：“好。明天我就带你回去，补偿给你。”

她“哼”了一声：“算你识相！还不去把我的箱子提过来！”

她撇下他，走向汽车。

聂载沉看着她打开车门，弯腰坐了进去，过去将她的箱子提了，快步回到车上。

他坐到前头的驾驶位里，却没有立刻发车离开，而是转过脸，看着她。

白锦绣摘下帽子，正照着随身包里摸出来的小镜子整理头发，发现他不走，扭头在看自己，就停下来和他对望了一眼。

“你看我干什么？欧洲那么远，在海上要漂一两个月，谁试过谁知道！简直不是人过的日子！也就阿宣那种小孩子才会想去！我才懒得去呢！还不送我回家去？昨晚都没睡好，我回家要睡觉！”

“悉听尊便。白小姐坐好。”

他柔声道，说完微微一笑，随即转身准备开车。

白锦绣看着他的背，却再也无法挪开视线。这讨厌的男人，为什么一个后背都这么迷人！

聂载沉低头就要发动汽车，冷不防她一把丢掉镜子，从后面抱住他的脖颈，扳过他的脸，张嘴就咬住了他的唇。

“聂载沉，你太可恨了，你明明会说话的，为什么现在才说……你是要气死我吗？”

她一边胡乱地亲他，一边含含糊糊地说，声音忽然哽咽起来，又狠狠地咬了一下他的嘴。

聂载沉一动不动，任她咬着自己，凝视着她有点泛红的眼皮，手指爱怜地轻轻抚摸了下，突然一把扯过车窗帘，低头狠狠地吻住了她。

良久，聂载沉终于松开面颊绯红的她，将他的雇主白小姐，抱坐到自己旁边的座位里，开着车，朝西关疾驰而去。

第35章

姑爷一大早送小姐去码头了，大少爷养着病，闭门谢客，少奶奶这一早好像都在忙着对付孙少爷。门房没事，关了门，正躲在屋里捏着花生米哼小调，忽然听到门外传来汽车喇叭声，也不知道是谁来了，急忙跑了出去。

“小姐？姑爷？”

门房一愣，赶紧打开大门让车开进来。

“小姐，你不是走了吗？怎么又回来了？”门房实在忍不住好奇，问了一句。

白锦绣从车里出来，抿嘴一笑，攥着身旁那个给她开车门的男子的手，转身就朝里走去，说：“我不想去了！”

门房站在门口，看着小姐拉着聂姑爷往里头快步而去的背影，摇了摇头。他走出去，张望了下后头，没看见装行李的车，便喊道：“小姐，怎么就你人回来了？东西呢？”

他转头，见小姐拉着姑爷，早就走得不见了人影。

对于张琬琰，早上小姑子被送走后，儿子倒是没有满地打滚撒泼，只抱着门柱眼泪汪汪，瞧着倒更可怜些。张琬琰也不忍再叱骂他，和张妈一起哄了半天，总算把他和门柱分开了。

“张妈，叫人把东西都送回房间归置了吧。”

因为临行前才决定最后不走了，她和儿子的几只大行李箱还没来得及搬回去，都堆在客厅角落里。

张妈答应了一声，叫了几个用人过来。用人刚伸手要去拿一只箱子，阿宣扑过来蹲在箱子旁，死死抱着不准人碰。

这只箱子是他早早亲手收拾出来的，之前跟宝贝似的，睡觉也摆在床头。里头装的全是他原本要带出去的各种玩意，包括他姑姑去年回家送给他的那套铁皮人玩具。

“就放这里！谁也不许动！等我去留学了，我带上船！”阿宣一边掉泪，一边嚷着。

张琬琰又是好笑又是好气，就叫用人不用管他这个箱子了，让他自己坐在上头守着，等守得没意思了，自然也就作罢。

她吩咐完，想着自己回娘家的这段时间，小姑子是油瓶倒了也不扶的甩手掌柜，家里积了些需要家主做主的事，正想去账房先把要紧的事处理了，忽然看见小姑拉着聂载沉从外头进来，愣了。

“绣绣，你没坐船走？”

正抱着箱子抹眼泪的阿宣猛地回头，一下瞪大了眼睛。

客厅里除了张琬琰，还有好多用人，十几双眼睛，齐刷刷地盯着小姐和姑爷拉在一起的手。

白锦绣见他仿佛有点不自在，非但不松开，反而和他五指相握，说：“是，我不走了，回来了。”

“怎么回事？”张琬琰十分诧异，走过来问道。

白锦绣看了一眼阿宣，说：“阿宣，姑姑怕你伤心，所以都上船了还是下来了。你走不成，姑姑也不去了。”

阿宣顿时满足了，感动得丢开箱子就跑过来，一边掉眼泪，一边说：“姑姑你对我真好！以前我还对姑父说了姑姑你的坏话！以后我再也不说了！”

“乖，没事，长大了记得孝敬姑姑就行。”白锦绣笑眯眯地用另一只空着的手摸了摸阿宣的脑袋，直起身要带着男人上楼，忽然看见兄长拄着拐杖，从客厅尽头楼梯旁的一条走道里艰难地走了出来。

因为腿脚不便，他暂时被张琬琰安排住在了楼下。

前头有一道台阶，他喊妻子：“琬琰，你过来，扶我一下。”

张琬琰蹲下去，拿手帕给儿子擦眼泪鼻涕，头也没回。

用人们面面相觑，也没人敢上去扶大少爷一把。

聂载沉见他晃晃悠悠，怕他摔了，看不过眼，松开被她握着的手，走过去扶了一把。

“怎么回事，我妹妹不走了？”白镜堂一时也顾不上被妻子无视、被孤立的郁闷，等站稳了，低声问妹夫。

聂载沉点了点头。

白镜堂看了妹妹一眼，又打量一眼妹夫，见他好端端的，别说像自己这么惨了，浑身上下，连个小针眼都找不着。显然，他并不是因为照着自己的法子才哄妹妹回来的，想起刚才看见妹妹当众握着他的手不肯放的样子，白镜堂又是佩服又是好奇。

“我看她是铁了心要走的，你怎么把她哄回来的？”白镜堂压低声问妹夫。

聂载沉不说。白镜堂一心想参考他的法子，好尽快哄妻子回心转意，自然不会轻易放弃。

“载沉，你这样就不好了，我对你掏心掏肺，你连这都瞒我？”

刚才回来的路上，和聂载沉是一切尽在不言中，白锦绣急着想回房间和他独处，见大哥拉着他还在角落里嘀嘀咕咕没完没了，咳嗽了一声，说：“聂载沉，你陪大哥慢慢聊好了！我上去了！”

说完，自己上了楼。

聂载沉也早就心不在焉，刚才就在不停看她，见她扭头走了，白镜堂却还拽着自己不放，立刻指了指自己的嘴，随即撇下白镜堂，转身跟了上去。

他快步走到房间门口，见门关着，伸手去开，扭了扭门把，却发现门被锁了。他急忙敲门，里头却没反应。

“绣绣！快开门！”他压低声，叫了她几下。

“说，刚才为什么不让我握你的手？丢脸？”门后终于传来她的声音。

“不是不是，你别误会。我是看大哥要摔了，才去扶他一把。不松开手，我怎么过去？”

“你和我哥最近很聊得来啊！你再去陪他说话好了，不用管我！”

“都是他找我。我不想和他多说话的！”

“阿宣以前对你说了我什么坏话？”

“说……你以后会不要我……”

“你是不是信了，才对我那么坏？”

聂载沉一顿。

“绣绣，你再不开门，我就回司令部了。今天还有事，本来就打算送走你我就回去……”

“你敢！聂载沉你给我回来！”

关着的门一下开了，白锦绣伸手把转身作势欲走的年轻男人一把拽了进来，砰地关上门，双臂搂住他的脖颈。

“亲我！亲我，我就不生你的气了。”她仰着漂亮的脸，命令他。

聂载沉低头看着她，却没动。

“你敢不听我的？”

“绣绣，我和你到里面去，我再亲你……”

他沙哑着声，低低地道了一句，一把抱起她，大步走到里卧门前，抬脚踢开门，走了进去。

这一天深夜，两人相拥而眠。

白锦绣不肯老老实实休息，问他到底是什么时候开始喜欢自己的。

聂载沉也不知道。等他意识到自己喜欢白小姐时，他已陷入其中。他被她逼着说了好几个时间点，她都不满意。最后被迫说是那天送她回古城的路上，看到她那张自画像的时候。她唾他不要脸，还是不满意。他没办法，只好说，是他当司机去香港接她，第一眼看到她时，他就已经开始喜欢她了。

她终于满意了，高高兴兴地亲了他一口，靠在他的怀里，睡了过去。

第二天早上，聂载沉醒来，发现自己破天荒地起晚了，她竟比自己起得早。此时，她身上套了一件宽松的白色睡衣，坐在窗户边的那张沙发上，面向自己，一手拿着画夹，一手握着铅笔，像是对着自己在画画。

窗外透出一片晨曦，窗户半开，天鹅绒的遮光窗帘也拉开了，剩下半透明的白色轻纱，伴着窗外吹入的晨风轻轻掠动。

她略微低头，目光落在不停移动的笔端，神色显得十分专注。

“绣绣……”聂载沉含含糊糊地叫她，想翻身坐起来。

“给我躺着，别动！”她忽然说。

聂载沉一愣，看了眼自己，下意识地想伸手拿被子挡一下。

“我叫你不要动啊！我快画好了！”

聂载沉一下明白了，她这是在画自己，拿自己当她的什么模特了。

虽然他浑身别扭，但她要画，自己以前好像也答应过她，没办法，只能忍下来。

“好了吗绣绣？”过了一会儿，他问。

“快了快了！别催！”

他耐着性子，继续等。

再过了一会儿，他又问：“绣绣，好了没？”

“还没呢！你别乱动！”她不耐烦地道。

又过了好一会儿，他第三次发问：“绣绣，快了吗？”

“你催什么？还没呢，动来动去，叫我怎么画——”

聂载沉再也忍耐不住，一个翻身下地，赤脚走到她面前，拿掉她手里的画夹和笔，丢开，将人压在了沙发上。

“聂载沉，你要干什么……”

她扑腾了两下，奈何他力气大，生气的责备声戛然而止。

这个早上，等到两人终于能好好说话的时候，太阳已经升得很高了。聂载沉让她继续睡，自己先去司令部，把事情交代好，就尽快带她回去。

“我母亲很喜欢你，应当也在盼着能再见到你。”

白锦绣终于松开搂着他脖子不放的胳膊，点头说好。她想了一下，又说这趟回去，把他的母亲也接过来，以后一起住。她一个人住那么远，不方便。

聂载沉朝她微微一笑，说:“我听你的。”

第36章

司令昨天整整一天没来，今天眼看半天又要过去了，还是没露面。这样破天荒的情况，秘书官还是头一回遇到。

他在办公室里不停地看表，想打个电话去白家，问用人司令今天到底还来不来，但又有点顾忌，正犹豫着，忽然听到一阵熟悉的脚步声，抬头见聂载沉终于来了，正从门外的走廊上经过，秘书官松了口气，急忙拿起文件，跑出自己的办公室跟了上去。

“司令，不是说昨天送完夫人就过来吗？后来一直没见您，我想司令必定有事，也未曾打扰。”

其实是他知道夫人撇下司令要出国半年，上司心里苦，所以昨天虽然等不到人，他也不敢贸然打电话问。

“她不走了！留下了。”

聂载沉走进办公室，坐下去说道，神色看起来如常，但语气里的愉悦却掩饰不住。

“恭喜司令，贺喜司令！夫人真乃司令的知己贤内助，司令有福气啊，实在叫人艳羡！”

秘书官立马奉上一通马屁——这是他在前清陆军衙门里做事多年留下的后遗症。倒也不是他特意想拍马屁，而是习惯已融入骨血，顺时应景，张嘴就来，想改都改不了。

聂载沉笑了笑，问：“昨天我没来，江西那边有回电吗？”

“有，有，今早刚收到的电报！知道司令您在等着，所以刚才正想给您打电话呢。”

秘书官送上夹着电报的文件夹。

聂载沉神色立刻肃然，接过来看了一眼，合上电报，说道：“回电，说我十分感激，记下这个人情了，往后愿同心勠力，共克艰难。”

秘书官一一记下，又道：“还有一件事。昨天那个外国商人打来电话，说货今晚就能到指定的地方，叫您准备收货。”

“知道了。你再告诉他，到时我会亲自验货，东西要是不好，他一分钱也别想拿到！”

秘书官说：“司令放心，昨天他自己说的，司令您是内行，绝对全部照您给的单子弄的，一点也不会错。”

聂载沉点头：“我收完货，这两天有事要出门，再回一趟老家，大概一个月的时间。在外我会定期联系，有事你及时报告。”

“行！只要能联系得上，司令您尽管放心去！”

秘书官话音刚落，走廊上传来一阵急促的脚步声，一个秘书手里拿着一份文件走了进来。

“司令，通讯处刚收到封川那边发来的急电！”

秘书官立刻转呈。

“司令，出了什么事？是梧州有动静？”

封川位于两广交界，对面就是梧州，梧州以前是广西一个重要的军镇，所以一听到封川有急电，秘书官立刻联想到了梧州。

他看见电报的封头上贴了最高等级急电的标志，应该是十万火急的消息，但是聂司令看完电报，除了神色凝重些，并不见别的什么表情，就忍不住问了一句。

聂载沉没有立刻回答，陷入了沉思。

果然不出他所料，广西的刘荣动手了。

电报报告，梧州至少集结了一个师，于昨夜连夜开到两省边境，天明时炮轰贺江口。贺江口的广东守军顽强反击，但因对方火力凶猛，这边弹药不足，在对峙两个小时后，被迫放弃，撤退到了封川，同时发来急电，请求支援并等待上命。

开炮的借口，是刘荣要为从前的韶州标统陈济南报仇，称两人早已是结义兄弟，他的兄弟被聂载沉干掉了，他自然要为兄弟报仇。

从拒绝北上，特派员拂袖离去的那一天起，聂载沉就准备着应对北府对自己的发难了。

非常时期，杀鸡儆猴，警告和自己一样或者抱观望态度的人，这是非常必要的雷霆手段，没半点毛病。换成是自己处在对方的位置，遇到这样的情况，也会这么做。

而刘荣肯受驱策，自然不是白白浪费枪炮子弹。两广虽向来被相提并论，但比起富庶的广东，广西油水有限。这两年穷得叮当响的刘荣，眼下得到这样默许的机会，得到授意去抢地抢钱，他何乐而不为。

“通知军事部处长以上级别的所有要员，立刻放下手头的事，去往会议室。半个小时后，准时开会！”

聂载沉放下手里的电报，下令道。

秘书官一凛，知道是出了大事，立刻带着手下去准备会议。

聂载沉走后，白锦绣睡到下午才醒过来，饥肠辘辘，下地都站不稳，吃了点东西后才感到力气慢慢恢复过来。想到他说要带自己回老家，白锦绣就一边等他回来，一边收拾起两人动身回太平的行装。

早上她下船太过匆忙，根本没空管行李，何况小船也放不下那么多大箱子。等邮轮抵达香港，她的随从会带着东西下船，再运送回来。

但是她等不及那些箱子回来了，说不定明天就要和他出发。何况，那些原本要带出国穿的衣物也不大适合这趟出行。

她打开衣柜先帮他收拾东西，很快收拾好后，又整理自己要带出门的东西，忙忙碌碌，不觉天就黑了，张琬琰上来说，刚才司令部里的一个秘书打来电话，说他有事，晚上回来可能会很晚，叫她不必等他。

这样的情况，白锦绣已是见怪不怪，听完就有一种感觉，十有八九，这趟回他老家的计划是要搁浅了。

她一直等到深夜，过了凌晨，才听到外间传来开门的声音。他终于回来了。

她本来正躺在床上看书，听到声音立刻丢开书，飞快地下床，朝着正往里头走来的他扑了过去。

他一把接住她，抱起走进里卧，放她坐到了床边。

“肚子饿吗？”白锦绣端详了下，见他眉宇略带疲倦，问道。

“不饿。”他摇头，看着她，欲言又止。

“怎么了？有事就说。”

他迟疑了下，说：“绣绣，有战事了。广西刘荣借口报仇，今早越境炮轰封川。此战非常重要，南北各省，全都盯着。不把他打趴下，将后患无穷。我亲自督战，明早就动身去梧州！”

他的语气带了几分狠戾。白锦绣一下愣住。

他见吓到了她，忙放缓语调，又安慰她：“你别害怕，有我在，广东不会有事的！”

白锦绣回过神来，摇头道：“不是，我没有害怕！我只是担心事发突然……”

“别担心，我有所准备，也不算是仓促应战。”他耐心地向她解释，“之前我拒绝北上，就知道不会太平，自然不会坐以待毙。广东接壤闽、赣、湘、桂四省。现在刘荣来犯，我和他打，没问题，关键是其余三省。福建孙敏福，江西李少璞，还有湖南，他们要是趁火打劫，广东腹背受敌，才是最大的麻烦。”

海军的军费开支庞大，舰艇的维护和保养犹如无底之洞，前朝留下的这支南粤水师，现在形同虚设，几乎起不了什么大用，无论是南府还是北府，无力也根本不会为它拨下一分的军费。陆军对此颇有微词，之前在军事部的会议上，陆军军官频频表示不满，希望能效仿福建，裁撤海军，补贴陆军。但聂载沉将议案一直压着，没有点头。

“福建解散了海军，我留着全部的舰艇，一艘也不裁撤，就是为了今日。只要孙敏福有任何的异动，我的舰艇就能在二十四小时内开到福州，炮轰福州。有这个震慑，他不会轻举妄动。”

白锦绣恍然大悟，又追问：“江西和湖南呢？”

“江西省长是我从前的同学，我对他很是了解，志同道合。他今天也给了我明确的答复，可以信任。至于湖南新军，一向亲近北府，实力也很雄厚，现在应该是在观望，确实是个大问题。不过此前，我已调方大春到了韶州，命他严守北线。今晚我刚收到一批武器和弹药，已经安排上路了。有了这些新增装备，就算湖南新军真的攻打，两面夹击，方大春应当至少能够坚守一段时日，这段时间，我带主力亲自督战广西，争取速战速决！”

白锦绣听完他的详细部署，悬着的心才终于落了下来，沉默片刻，说：“我今天恰好帮你收拾了些东西。你先休息吧，我去看看，有没有落下什么……”

她站起来要走，被聂载沉拉住了手。

“绣绣，打仗要带的东西很简单。”他解下身上的佩枪，朝她晃了晃，放在床头柜上。

“这么晚了，你也累了，先陪我一起睡觉吧。”他望着她，微笑道。

白锦绣和他对望片刻，说：“好。”

次日清早，五点钟，天才微微泛白，白锦绣和闻讯有些忧心的兄嫂一道送走了聂载沉。

他开着车，很快就消失在曚昽的晨曦里。她回到房间，想补觉，却怎么也睡不着，等了些时间，她打了个电话到司令部。秘书官接起来，告诉她聂司令已经前往梧州了，并答应会随时把收到的战况第一时间通知她。

白锦绣不停地告诉自己不必担心，他很快就能凯旋，但是不去记挂，又怎么可能做得到。

她度过了难熬的几天，这一天再也忍不住，动身回古城去找自己的父亲。

粤桂两军会战梧州，聂载沉和刘荣各自亲临第一战场督战，狭路相逢，一触即发。这个消息，这几天已经成了各大报纸的头版头条。

汽车停在古城白家的门前，白锦绣从车上下来，一口气都没来得及喘，就奔进了父亲书房，看见父亲戴着老花镜在看报纸，读的版面，正是和战事有关的消息。

女儿来了，他也不过抬眼从眼镜上方看了她一下，又继续低头看着自己的报纸。

白锦绣上前，把报纸从父亲的手里拿开。

“爹，你别看了！现在聂载沉在打广西，爹，你能不能出面组织两广还有南方别的大商会资助社团进行活动，声讨那个刘荣，揭发他走狗的真面目，对他和北府施加舆论压力？我听说姓刘的在广西盘剥百姓，敲骨吸髓，人人恨他入骨！只要爹出面，北方我不知道，但南方商会，一定会卖你的面子！”

白成山摘下眼镜，说：“舆论助战，想法不错。但仗都已经打起来了，事到临头，作用有限。”

“我知道！可是总比什么都不做要好！北边还有湘军虎视眈眈，随时可能参战，聂载沉极有可能腹背受敌！”

白成山沉吟片刻，从抽屉里拿出一张看起来像是地图的纸，摊开，招手让女儿过来。

白锦绣过去，见是一张铁路布局图，不禁一愣：“爹，你让我看这个干什么？现在我和你说打仗呢！”

白成山没接她的话，继续说道：“这张铁路线路分布图，是你舅舅做广州将军的时候派人勘测绘制好的。当时鄂湘粤三省上下齐心协力，好不容易终于从洋人手里拿回了铁路权，你舅舅是踌躇满志，想要修一条能通出广州向北延伸的铁路，奈何时局多艰，资金匮乏，空有图纸，最后什么也没修成，他人就离开了……”

白成山说起旧事，神色有点唏嘘。

白锦绣虽然还迷糊着，却默默听着，不再发声了。

白成山唏嘘过后，回过神来，说："爹是咱们商办铁路总公司的大股东，这几年，爹已联合广州总商会还有各大善堂，集股筹资将近三千万元。现在广东局面终于日趋稳定，修建铁路已能提上日程，至少，要把我们广东境内的修完。湖南却是至今毫无动静。爹去给湖南商会会长写封信，让他转交给省长。"

白锦绣迟疑了下，小声道："爹，我知道你的面子大，但这种事，就凭你一封信……"

白成山笑了起来："绣绣，打仗是为了什么？除了少数是为了正义，其余打来打去的，哪家不是为了利益？你爹的老脸自然不顶用，但有钱能使鬼推磨，任凭是再难缠的老鬼，只要出得起价，也照样听人驱策。爹打算尽快重启铁路计划，顺带可以帮他们修至株洲，让湖南那边折价入股，不够的，就允许以工时补缺，以此让他一点股份。你说，他有这样坐地分红的机会，是会听爹的话，还是听北边的话？"白成山望着女儿，笑问道。

白锦绣欢喜地搂住父亲的脖子："爹，你太厉害了！谢谢爹！"

白成山笑道："你爹也是算过的，账确实亏。但人活世上，赚那么多钱，死了也带不走。若是能早日修好连通两省的铁路，不但利国利民，于商业流通更是大有裨益。这笔账，算到底，不亏！"

"还有，谁叫载沉是你爹的女婿呢？你爹不帮他，帮谁？"

白锦绣拼命点头，连忙说："爹，你快写信！快点！"

她立刻把笔墨纸砚送到父亲面前，殷勤地替他研墨。

白成山看了女儿一眼，摇了摇头，提笔写了信，封印后，叫来刘广，命他亲自走一趟，尽快把信送到。

第37章

“爹，现在打仗，这里虽然离得远，但你一个人在古城我有点不放心，不如爹和我一道先回广州吧。”

刘广动身走后，白锦绣劝父亲。

白成山沉吟之际，用人传报，说古城巡防营的营长来了，在外头求见。

白成山让他把人带了进来。

营长早就剪了辫子，现在一身新式军服，看见白成山，却还是下跪磕头，说：“小的见过白老爷！”

白成山忙叫他起来，问他何事。

营长站起来说：“白老爷，前几天广州来了人，是聂司令派来的，提醒我要打仗了，叫我加强巡防。小的刚才听手下来报，说在城外遇到一个形迹可疑的人，一盘问，带广西那边口音，要抓的时候竟叫那贼小子跳河跑了。小的觉得不对劲，过来通知老爷。”

白成山看向女儿。

“爹，走了！”白锦绣立刻催促。

白成山也不再迟疑，颔首道：“行，爹听你的，今天就走吧。”

广州西关，白家大少爷白镜堂受伤的下巴今天终于可以拆线了。

医生替他拆线，阿宣听到父亲嘴里不停地发出嘶嘶的声音，仿佛十分疼痛，不禁同情道：“爹，你还很疼吗？”

“疼死你爹了！还有这个脚，也不知道要哪天才能好！阿宣，你过来，扶爹起来！”

白镜堂瞥着一旁的张琬琰，应着儿子的话。

阿宣应了一声，跑过去让父亲撑着自己的肩，帮他站起来，让他一跳一跳地往前走，阿宣对母亲说：“娘，爹说他要疼死了！”

张琬琰转向医生道了句谢，送人出门，要进去时，看见远处开来一辆汽车，停在自家门口，车门打开，里头下来了广州市市长和几个经济官员，还有商会的人。

市长看见张琬琰，急忙上来问：“少奶奶，白公子在家吗？我有急事要找他商议！”

看他们这样子，应当是出了什么大事。

“在的。诸位请进。”

张琬琰知道丈夫平日注重仪表，刚才他只穿个背心短裤，不好见客，就先吩咐用人通知大少爷见客，随后才将一行人领了进去。

白镜堂现身的时候，已经换好了衣服。虽然下巴带着疤，一只脚也还打着石膏，好在底子硬，看起来和平常也是相差无几。

他招呼几人入座，为自己不便行走没法迎客道歉，客套了一番后，问是什么事。

一个官员恭敬地道：“白公子，是这样的，那个刘荣以前是个土匪，人称活阎王，以前还曾带着人马杀到我们广州附近，杀人屠城，无恶不作。现在他又打来，大家都很担心。不止这样，也不知道哪里传开的流言，说聂司令得罪了大总统，这回不但刘荣要来，湖南的人也在韶州那边等着，这要是两头打起来，也不知道会怎么样，市面上有米店囤粮惜售，趁机哄抬价格。我们一发现，就立刻禁止了，但不管用，越禁，流言传得越厉害，现在全广州都这样了，才几天，米价就比之前涨了一倍！米价涨了，别的也都跟着涨……"

白镜堂勃然大怒："哪家米店带的头？"

"现在也说不清楚是哪家了，反正没一家不涨的！不只是广州，别的地方也开始了。到处人心惶惶啊！"

市长想起聂载沉临走前特意和自己会面，要自己在他离开后确保广州秩序稳定，忍不住掏出手帕，擦了擦脑门上的汗，接话道："白公子，我知道你这段时日受伤，身体不便，原本不好上门打扰。但这事，我想来想去，只能找您了。前两年，咱们全省的收成不好，加上天天都闹乱子，到处打仗，粮食储备不多，现在就算全部放出来也起不了什么水花。就算现在要抓人，也是没用。昨天警察局的抓了两个米店老板，他们的婆娘就带着娃跑到警察局门口说要上吊撞墙，影响不好……"

白镜堂满面怒容，腾地站了起来："我这就去商会！立刻召人开会，禁止投机，恢复米价！"

他说完，用力地拔下脚上的石膏，甩到地上，脚套进鞋子里，拔腿就朝外大步而去。

张琬琰见丈夫怒而起身，怕他站立不稳，正想上去扶一把，却见他自己拆了石膏，健步如飞，转眼间就出了客厅，哪里有半点腿脚受伤未愈的样子？

张琬琰目瞪口呆，回过神追出去，见他已和市长一行人出门匆匆离去。

她走回来，拿起地上的石膏套，越想越是不对劲，就把丈夫身边的跟班叫了过来，指着石膏问是怎么回事。

跟班的见大少爷自己露了馅，哪里还敢隐瞒，立刻招供，说那天要离开古城时，大少爷从车上摔了下去，下巴是真的磕坏了，但腿脚其实只是扭伤，没有骨折。后来医生过来的时候，他非要那个医生给他打石膏，还严令不许向少奶奶打小报告。

张琬琰气得不轻，叫跟班的出去，想了下，压下怒气，收了石膏不提。

很快，广州最大的十几家米铺老板收到了去商会开会的消息，得知是白镜堂的意思，他们不敢抗命，私下等人到齐了，结伴一起走进商会楼的会议室里。

白镜堂坐在桌后，模样悠闲，和几个人在喝茶，看见众人进来，笑着招呼道："六爷……哦不对，应该叫六伯，你们来了？坐，都坐！"

白镜堂先喊六爷又改口叫六伯的这个人，是广州最大的米铺老板，开了十几家米店，和白家沾了点远亲。

广州富商满地，这些到会的，自然也都是有钱人。

"镜堂啊，听说你前些时日受了伤，怎么样，好点没？"六爷一边和白镜堂寒暄说着客气话，一边坐了下去。

其余人也跟着他，慢吞吞地坐了下去。

"破了点相而已，小事。正好趁我爹不在跟前，偷懒几天。"白镜堂笑着指了指自己的下巴，随即让人上茶。

众人见他说说笑笑，原本悬着的心渐渐放了下来，也跟着搭讪，奉承他年轻有为，有其父当年之风。会议室里的气氛轻松起来。

白镜堂放下茶碗，笑道："我知道众位叔伯都是忙人，今天厚着脸皮把你们都请来这里，实不相瞒，是有事相求。"

在座的哪个不是精明过人，一听这话，顿时都不吭声了，全看着六爷。

六爷笑道："镜堂你不必客气，有事请说，我洗耳恭听。"

白镜堂道："刚才我来这里前，去前头的茶楼先吃个了茶，叫了两个小碟，平时也就一两角的事，竟然要了我三角，整整涨了一半！我实在惊讶，一问，才知道源头是米价大涨。我起先还糊涂，这才几天，又不是灾荒，怎么大米就突然涨价了，后来遇到个明白人，指点了我一番，我这才知道，原来是大家怕刘荣打过来闹的。"

他站起身，提了个茶壶，走到六爷身边，亲自给他续茶。

"六伯，你也知道聂司令和我的关系，比亲兄弟还亲。现在他人不在广州，广州出了这样的乱子，俗话说民以食为天，我这个做兄长的，怎么也得出来转一圈是不是？六伯，你是我的长辈，那也就是聂司令的长辈，你又是咱们广州有头有脸的人，你看能不能帮个忙，帮侄儿管教下你那些只知道赚昧心钱的同行和后辈，先把米价压下来？米价下来了，别的自然也跟着下来。下回侄儿再去喝茶，也就不用多掏钱了！”

会议室里鸦雀无声。

六爷咳嗽了一声，迟疑了下，赔笑道：“镜堂啊，不是六伯我不肯帮，只是这米价，它全是跟着市场走的，米就那么点，买的人多了，价格自然就涨了。我也没办法啊！”

其余人纷纷附和：“是啊，是啊，不是我们想涨价，我们也是跟市场走……”

白镜堂脸上的笑容消失了。

“六爷，怎么我在街上听人说，咱们广州第一个涨价的就是你家？现在聂司令在前头和刘荣打仗，你这么干，是不是觉得咱们广东干不过广西，聂司令打不过刘荣？”

众人之所以哄抬米价，倒也没想那么深远，只是出于商人逐利的本性而已，现在听白镜堂这么说，吓了一跳。

六爷慌忙摆手：“镜堂，你可千万别冤枉我！给我天大的胆，我也不敢这么想！这个涨价，也真不是我家先起的头……”

“砰”的一声，白镜堂猛地砸了手里的茶壶，碎片四下飞溅。六爷见白家这个一向温文尔雅的大少爷突然翻脸，急忙闭口。

“现在聂司令在前方打仗，广州乱了，分了他的神，万一要是有个失手，刘荣那个土匪来了，你们一个个以为还能过得像现在这么滋润？刘荣不把你们的血吸干，他就不是活阎王！现在聂司令给你们脸，你们不要脸，竟敢趁着这个机会哄抬物价，扰乱人心，这要是倒回去几年，把你们全绑去菜市口砍了头也不冤！”

众人噤若寒蝉，没一个敢出声。

白镜堂的目光扫过面前这十几个富商，冷冷地道：“今天我就把话放这里了，你们回去了，立刻就给我恢复原价！这是广州商会的决定！哪个要是敢贪图小利，赚这种吸人血的钱，就算聂司令回来不枪毙你们，往后我要是还让你们在广州这个地界混，我白镜堂就让出商会董事的位子，由你们去做！”

说完，他看向六爷：“六伯，你想当吗？要是你嫌董事不够，我去和我爹商量一下，让他干脆把总商会会长的位子也让给你？”

“不敢不敢！镜堂你不要再拿六伯开玩笑了！”六爷面红耳赤，“你放心，六伯我明白了！一定支持聂司令！支持镜堂！回去了，我马上带头恢复原价，等司令回来，还望镜堂能替我在他面前多美言几句！”

白镜堂知道这帮人都是不见棺材不掉泪的老滑头，好好说根本没用，知道他们现在是被震慑住了，又露出笑容，说：“早这样不就好了？大家和气生财。放心，只要你们支持聂司令，等他凯旋，人人都是功臣！”

“多谢白公子，多谢白公子！”众人争着道谢。

“行了，没事了，都回去吧，做该做的事！”白镜堂拂了拂手。

“是，是，那我们先走了……”

“六伯，您小心台阶。我扶您。”

白镜堂将六爷等一干人送出商会大楼，叫刚才参会的几个政府官员立刻跟进这个事，等人都走了，他摸了摸刚才因为说了太多话而有点胀痛的下巴，正想回家，突然想起一件事，心咯噔一跳，低头看着自己的脚。

“完了！”

当天下午，张琬琰从管事那里得知消息，全广州最大的十几个米店，伙计齐齐挂出降价销售的牌子，价格恢复到了每斗六角的旧价，也就是说，一银圆可以买差不多三十斤米。那些小米铺见大店平价，自然也跟着降价。消息很快传开，苦于米价飙升的市民欣喜不已，奔走相告。

张琬琰松了口气，等着丈夫回来，却迟迟没等到人。她还以为他有别的事，一直等到天黑，还是不见踪影，于是派人去商会打听，这才得知消息，大少爷白天办完了事，记挂妹妹，亲自去古城接她了。

张琬琰气得差点仰面倒地，但人都跑了，也只能再次忍下怒气，耐心等他回来。

桂军侵入广东地界，占领贺江口后，刘荣就下令在江口西面驻扎营地，和对面的粤军隔水相望。

他虽然出身土匪，又早对广东垂涎三尺，恨不得立刻打到广州，将两广全部占为己有，但他做事并不鲁莽，更深知聂载沉不是吃素的。不说他一步登天，年纪轻轻就做完了自己吭哧吭哧做了二十年的事，这回怎么得罪的北边，理由就让他感到有点不是滋味。

粤军人数虽居劣势，但部队装备远胜自己这边，贸然深入腹地，万一吃亏，到时肯定是偷鸡不成蚀把米。

他的计划，是在两省边境一带先制造战事，压上全部的主力，猛烈打压。只要传出几次获胜的消息，湖南那边肯定坐不住，怕被自己抢占先机，定会出兵。到那个时候自己再入粤，聂载沉首尾难顾，还没真打，就先输了一半。

傍晚，天快要黑时，刘荣和参谋部的几个参谋正在营房里商议着接下来的行动，一个通讯连的连长跑了进来，说聂载沉亲自来了，现在就在江口，要和他对话。

刘荣和手下对视一眼。

“将军，您当年威风八面的时候，聂载沉还不知道在哪儿玩泥巴呢！他是不是害怕了，想来求饶？”一个参谋奉承他。

刘荣哈哈大笑：“现在的年轻人可了不得！不要轻视他们！走，跟我过去，听听他都要说什么！”

聂载沉站在贺江口东的一道岗坡上，用望远镜观察着隔岸几公里外的桂军军营，看见一支军队跟随一个骑马的留着一字胡的中年人过来，知道这人就是刘荣。他放下望远镜，纵身跃下几丈高的岗头，走到江边，高声道：“对面就是刘荣？我聂载沉！”

刘荣听他上来就指名道姓，没半点后辈之礼，心里不痛快，道：“正是刘某！可算等到你来了，还以为你要当缩头乌龟！姓聂的，你杀我结拜兄弟，等着，等我打到广州，我拿你人头，祭我兄弟！”

聂载沉接过侍从官递来的一个扬声喇叭，对着对岸说道：“对面的桂军兄弟听着，两广同根，如同手足。陈济南一事更是我广东的内部事，现在刘荣借口报仇，挑起事端。我再给你们最后一个机会，今夜零点之前，全部撤出我广东贺江口，退回你们自己的地方！零点之后，这里剩一人，我杀一人！你们进一步，我进十步！”

伴着他那还没消散的充满杀气的声音，他将扬声喇叭掷了出去，转身大步而去。

岸边一排士兵齐刷刷地举起长枪，对着空中那只尚未落下的喇叭开了一枪。一片陡然而起的整齐的枪声，喇叭瞬间被打得支离破碎，变成无数大大小小的碎片，四散飞溅，纷纷坠入江面，消失不见。

士兵开完枪，又迅速列队，很快随着聂载沉消失在了岗后。

刘荣和他身边的人吃了一惊。后头的卫兵听到枪响，立刻冲过来保护。

他盯着对面已经空荡荡的岸，脸色阴沉，示意卫兵下去，抬头看了眼天色，冷冷地道：“姓聂的倒挺会摆花架子。我知道他应该有几门挺厉害的大炮，但深更半夜，他的炮兵就是长了十双眼，也不可能打到我们的营房！他真要开炮，就让他自己玩好了！”

话虽这么说，但为防他手下炮兵趁白天测算好朝自己这边准确开火的坐标，等天黑后，刘荣下令营地悄悄转移位置。

他自然不会后退，后退岂不是表示自己怕了对方？他命令部队平挪至少一公里，换个地方扎营。这样，即便他们白天测过方位，入夜后真的开火，这也是一个安全的距离。

拆帐篷搬地方是个麻烦事，桂军士兵接到上头的命令，抱怨连连，没办法只好挪窝，折腾了半晌，到了晚上快十点，总算能够躺下去休息了。

仗打得多了，也就见多了敌人发出的各种警告或威胁，不过都是震慑对方提升自己士气的手段而已。两军阵地相隔五六公里，又是晚上，桂军官兵根本不信他们能精准炮轰自己的大营，所以当晚除了增加了一些守卫，其余人全都照常休息。

快到晚上十二点的时候，两个岗哨凑在一起点火抽烟，抱怨三个月前的军饷还没发齐，谈及对面，十分羡慕，据说粤军的普通士兵每月就有五个银圆，从不拖欠。

“他自己天天吃香喝辣，还养了十几个小老婆，还想叫我们不拿钱卖命？再欠着不发，我干脆投那边好了！”一个岗哨骂了句粗话，嘀咕了一声。

“你想去人家就收？做梦吧。”

“快零点了吧？你说他们会不会真的晚上朝我们开炮？”起头那个忽然有点担心，抬头看了下夜空。

另一个抽了口烟，转身想小解，嘴里说“肯定是虚张声势，不用自己吓自己”，却突然一顿：“快看，怎么回事？起火了！”

他的伙伴扭头，看见身后大营旁的一片野地里，突然升起一大团显然是浇了汽油的巨大烟火，烟火腾空，在漆黑的夜色里，看起来犹如一道冲天而起的红色火龙。

两人惊呆了，反应过来，正要发出警报，这时，又听到身后远处的空中，传来一阵响声。

两人齐齐扭头。

东面那片漆黑夜空的深处，出现了一个红点，那红点渐渐近了，是一团燃烧着的红色火球。火球越来越大，越来越大，朝着这边疾速而来。

两人突然明白过来，相互看了一眼，齐齐跳了起来。

“妈呀，真的炸了！”

“要死了！快跑！”

第一颗155毫米口径火炮的炮弹，呼啸着飞过五公里的夜路，在那团火光的指引下，从这两个桂军士兵的头顶掠过，准确无误地落在桂军营房那个临时支起来的有点歪歪扭扭的大门后，轰然一声巨响，伴着一团巨大的火光，大门瞬间被炸上了天。

第38章

零点一过，聂载沉下令，向瞭望塔观测到的起火点半径三百米内，进行精准炮火打击。五门最新式大口径火炮，朝着设定好的坐标方位齐齐发射炮弹，狂轰滥炸。

第一枚炮弹呼啸而至，摧毁营房大门时，桂军士兵才从睡梦里被这巨大的响动惊醒，但大部分人仍然没反应过来，直到第二枚、第三枚相继落在附近，爆炸和巨大的气浪瞬间又掀飞了好几个帐篷，耳中传入同伴惨烈的呼叫声，他们这才终于明白过来是怎么回事。

粤军真的如聂载沉先前警告的一样，零点一过就开火了。最可怕的是，炮弹竟然好像长了眼睛，大半夜的，这么远，竟然也能打到这里。

桂军军营顿时乱成了一锅粥。刘荣从睡梦中惊醒，奔出营帐，见营地起了好几处大火，士兵们争相逃命。刘荣又惊又怒，拔枪朝天连射，大吼着命人镇定，还没喊完，“轰”的一声，一颗炮弹落到了距离他不过十几米远的地方，炸飞了近旁几个正在逃跑的桂军士兵，裹着泥土和石块的炙热气浪也将他整个人都抛了出去。

不远处的几个军官大惊，等爆炸过后，慌忙跑来，七手八脚地将他从泥巴里扶了起来，见他只是破了皮流了点血，松了口气，纷纷劝他赶紧下令，先退回自己的地盘。

刘荣抖去头上的泥土，定了定神，看看自己的前后左右，见官兵全被打蒙了只顾逃命，根本没人再听他指挥，这样的情况下，已经不可能组织什么有效的反击了，刘荣只能下令后撤，被人扶着，在身后炮火的追赶下上了马，一口气退回到广西梧州地界，确认后头的粤军并没有乘胜越境追击，这才喘息稍定，停了下来。

天明后，刘荣下令集结部队，清点损失，获悉昨夜被炮火打死了七八十人，受伤几百人，还丢了些来不及搬走的粮草。

占了广东一点地方才几天，还没焐热就被赶了回来，什么好处也没捞着，还损兵丢粮。刘荣喘着粗气直骂娘，参谋们不敢吭声，等他气平了些，问他下一步的行动计划。

“我养你们干什么的？什么都问我！全是饭桶！”

一个参谋忙道：“聂载沉看来是有备而来，不好对付。咱们真和他硬碰硬，鹬蚌相争，反而让北边和湖南得利。不如先按兵不动，催北边给我们拨款，逼湖南发兵。湖南不动，咱们不打！反正是北边急，咱们又不急！”

刘荣走来走去，烦躁不安，转念一想，自己的武器装备虽然比不上姓聂的那个小子，但桂军有足足两个军的编制，官兵大多身经百战，只要能搞到钱，真豁了出去，未必就打不过对方。退一万步说，就算真打不过，拖也要拖死他。

现在的关键就是湖南。

他很快就做了决定，采纳参谋的意见，下令让官兵修筑工事，就地休整。

“姓聂的小子，才开头而已，你别得意，只要湖南发兵，我非弄死你不可——”他咬牙切齿，隔空放着狠话，还没说完，通讯连连长又急匆匆地跑了进来。

“报告！不好了！怀集刚刚发来急电，说遭到了粤军的攻击！”

怀集过去是贺州，再过去，就是阳朔和桂林。

桂林从明朝开始就设广西布政司，清末时为防范越南滋事，曾争论是否将首府迁到南宁，民国后刘荣控制广西，为表示自己的御外之态，宣布将省府迁到南宁，但还没完全搬过去，许多部门仍在桂林，家里的十几个老婆更是嫌南宁地方偏远，不肯过去，都还留在桂林，犹如有两个省府。

会议室里安静几秒，刘荣一下跳了起来："对方多少兵力？火力怎样？"

"火力凶猛，人数很多，保守估计至少一个师！守怀集的兄弟快要顶不住了！请求紧急支援！"

怀集要是丢了，桂林也就危险了。

刘荣大骂道："难怪没有追上来！原来是打桂林的主意呢！姓聂的，你给我等着！"

他把主力都调来了梧州，怀集只有两个步兵营和一个炮营，刘荣立刻下令，调拨一个精锐师，外加炮兵营，火速赶往怀集阻止粤军入境，无论如何也要守住地方。

部队紧急调拨出去后，刘荣无心别事，睡也睡不着，命人给北府发去紧急电报后，又不停地催问怀集的战报，一夜无眠，他熬得两眼通红。到了第二天晚上，他累得实在撑不住，叫人盯着战况，自己去睡觉，头才沾到枕头，那个通讯连连长和参谋们又跑过来找他，带来了新的消息。

两个消息。

第一个是，师团连夜行军，终于在一天一夜后赶到了怀集，粤军的炮火却哑了，战斗也停了。团长派人潜去刺探，这才知道，原来对面只有几门火炮在不同方位疯狂开炮，虚张声势，军队不过只是广宁当地的守军，外加一个团而已。

刘荣恼怒万分，正要下令让部队对广宁发动报复性攻击，参谋又递上来一份电报："南宁告急！"

这是第二个消息。南宁守军报告，疑似有大批粤军昨夜分别集结在广东廉州的西乡和永平，对南宁形成两面夹击之势，一旦入境，以南宁现在的兵力，根本不可能应对，请求火速支援。

刘荣气得一脚踹翻了面前的一张桌子。

“将军息怒！怀集和南宁，一个在东，一个在西，战线太长！聂载沉或是在玩我们，想让我们疲于奔命，未必真的就是要攻打南宁！我们不能上当！”一个参谋劝他。

“万一呢？万一我们不管，他声东击西，真的就是想打南宁呢！南宁现在可只有不到一千人马！要是丢了，说军心动摇，那都是轻的！”另一个参谋反对。

参谋官各持己见，争辩不休。

“全给我住口！”刘荣大吼一声。

参谋官们停了下来，全都看着他。

刘荣来回走了几步，咬牙道：“南宁不能丢！丢了，我脸往哪里搁？我不信姓聂的现在就敢深入广西打桂林。立刻传令，调二师全速去往南宁，誓死守卫！将一师从怀集调回来听命，留两个营防守！”

参谋官确实争不出个对错，见他下令，看起来也只能这样了，立刻照办。

赶去怀集的桂军主力还没喘匀气，转个身又接到了回去的调令，个个骂娘。

步兵调拨，靠的只有两条腿。不只是士兵，连军官也是疲倦不堪。但军令如山，只能照办。士兵们一路骂骂咧咧，有骂刘荣没用的，也有骂聂载沉缺德的，也不像来时那样奋力赶路了，扛着枪，背着干粮，走走停停，费了三天才回去，到了地方，个个筋疲力尽，坐下去就不起来了，军官骂也没用。

刘荣出去朝天放了一枪，威胁要枪毙带头偷懒的人，地上的大片士兵才勉强爬了起来。

“都给我打起精神来！怀集没打仗不好吗？至于为什么要把你们调回梧州，是因为这里打去广州最方便！我当年就是从这里出发，一路杀到广州！欠的军饷很快就到！到了立马就发，一个子也不会少！等到了广州，不止军饷，要什么有什么……”

他正扯着嗓子训话，那个通讯连连长再一次跑过来，上气不接下气，连军令都不顾了，挥着手里的电报，当场就扯开嗓子吼道：“将军，不好了——怀集再次发来急电，粤军又发动攻击了！这次是真的，真的主力！”

第二天清早，疲倦至极的桂军主力再一次掉头，正奔走在他们前几天刚走过的去往怀集的路上，刘荣就收到了最新的战况电报。

怀集昨天下午就丢了，接着不过一夜工夫，贺州也失守了。聂载沉只要再拿下平乐和阳朔，下面就是省府桂林。

很明显，聂载沉的目标，竟然真的是打桂林。

刘荣简直要吐血了，什么也顾不得，当机立断，再次下令主力军半途返回，随同自己全部撤往平乐，沿途设下多道关卡，严防死守，无论如何，都要将来势汹汹的粤军阻挡在平乐之外，保卫省府。

他现在是不想打也不成了。家门都破了，还丢了院子，根本没有退路可走。在平乐驻扎下来后，一天之内，他又向北边连着发了四五道电报，威胁湖南要是还不出兵，万一他丢掉桂林，大不了鱼死网破，公开之前双方的往来记录，向国人揭发这场粤桂之战的真相。

老土匪刘荣在广西平乐暴跳如雷，千里之外的湖南，省长谭宏志此刻静静地坐在他官邸的书房里，看着摆在自己面前的两样东西，几乎没费什么劲，很快就做了决定。

他把左边那封再次催促他发兵的电报撕了，随手丢在废纸篓里，收起湖南商会会长转来的信，叫来自己的秘书官，口述道："发电报给大总统，说我非常愿意支持，但确实有苦衷。军队钱粮短缺，无力出兵，省内百姓，穷困潦倒，再打，就要摊派钱粮，我身为父母官，不忍继续压榨治下子民，会想办法尽快另弄钱粮，等凑齐了，到时再开拔南下。"

"另外，再替我发电报给白成山老爷子，说湖广相连，大门开放，欢迎他随时前来考察，到时我必亲自迎客！"

秘书官记录完毕，立刻发送电报。

刘荣很快就收到了密探发来的消息。自己这边打得地皮都开花了，湖南那边非但没有半点动静，原本驻在郴州的军队这两天反而还在陆续撤退，越看越不对劲。

就在他焦虑不安之时，收到了北府的最新回电，还是以前的老话，保证湖南很快就会出兵，让他放心去打，同时许诺尽快给他调拨军费，再派特使过来，支持他的复仇行动。

刘荣一把撕了电报，破口大骂。参谋部的人也分成了战和两派，吵成一团。

平乐这边，刘荣红着眼睛在上火，贺州这边的景象，却是大不相同。

聂载沉攻下贺州后，下令部队就地驻扎，暂停行动，并严令部下，不得骚扰当地百姓，敢触犯军纪的，就地枪毙。

第一天，当地百姓对这支来自外省的军队十分惧怕，贺州县长早就带着老婆儿子卷着家当连夜逃去桂林了，县城里除了老弱妇孺，剩下能跑的也全都跑光了，躲在附近的乡下和野外避祸。过了几天，他们发现这些当兵的非但没有烧杀劫掠，连县城的门都没进去，这才放下心来，开始陆陆续续地回家。

两广接壤，许多广西商人频繁出入广州，当地一些商人得知是广东司令聂载沉亲自领的兵，连最后一点顾虑也没了，高兴得很，到处宣扬，说他如何如何好，有个天下第一有钱的老丈人，不缺钱，不像刘荣，往死里逼他们缴纳钱粮，现在竟然连家里起火烧饭都要纳柴火税了。

百姓们一传十，十传百，个个都盼着粤军不要走了，最好把刘荣赶跑，让他们也归聂司令管。很快，有许多当地青壮年主动找来要帮部队运送物资。聂载沉让人登记了姓名，许诺等打完仗给他们按日发放工钱。消息传开，全县轰动，第二天就有县公颤巍巍地拄着拐杖带着一大帮人过来求见聂载沉，要求他不要回去，直接收了这个地方。

聂载沉送走当地县民，回到临时设立的指挥部，通讯处送来了一封刚刚发自韶州的电报。

方大春汇报，湖南军队不知道为什么这几天都在撤退。在他发这封电报前，原本驻在两省边境的重兵已经撤完了。他怕对方使诈，派侦察兵过去确认，得知他们撤得干干净净，连根毛都没剩下，不像是迷魂阵。

他之所以没有一鼓作气继续深入广西，而是暂停在贺州，就是顾虑湖南。

在给刘荣一个迎头痛击后，聂载沉还在观望局势，以定后步。现在突然收到这样的好消息，全体参谋惊喜不已，纷纷推测湖南为什么突然撤军，最后一致认定，应该是谭宏志和北府条件没谈拢，崩了。

聂载沉看着电报，眉头微蹙。

参谋们谈论了一会儿，建议他趁着这个机会，刘荣又还没筑完工事，尽快拿下平乐，剑指桂林，以此向刘荣施压，逼他投降，让他割点肉，赔点钱，就此结束战事。

参谋们议论着，见聂载沉没有表示，渐渐停下，都看向他。

聂载沉有些想不明白，和北府关系不错的湖南为什么在这种关键时刻突然背叛了对方？

这时，通讯处又送来一封电报，说是发给聂司令的私人电报。

聂载沉接过来展开——是他岳父白成山发来的，上头就一句话，湖南老谭邀他赴湘考察商业，问何日结束两广战事，方便出行。

聂载沉顿时明白过来。虽然他还不知道岳父到底和谭宏志谈过什么，但显然，湖南突然撤军，一定是自己的岳父从中转圜的结果。

他抑制住有些加快的心跳，抬头见参谋部的人都看着自己，呼出一口气，缓缓地站了起来，一字一字地道："你们说错了。此战，不是剑指桂林，而是打下桂林！"

指挥部里一下安静了，参谋们相互交换眼神，掩不住惊诧之意。

一个参谋开口道："司令，你的意思是……"

聂载沉的步伐带着杀气，走到悬在墙上的两广军事图前，用指挥棒在上头画了一个大圈，停住，环顾着面前的人。

"就是你们想的那个意思！现在没了后顾之忧，既然已经开打，那就打个痛快！与其时刻防范，不如自己控制！"

参谋们迟疑着。

"前朝就有两广总督，这自然没问题，唯一的问题是北府不可能坐视不管。就算他们没法派兵来打，但有舆论。现在各省分治，我们要是赶跑刘荣，驻军广西，往后如何应对舆论？"终于，有人问出了压在所有人心头上的顾虑。

聂载沉笑了笑，说："有什么舆论需要应对的？我不过是顺应广西一千万民众的民意，赶跑了一个土匪头子，暂时接管而已，让他们派新省长来就是了。"

参谋们顿悟过来。

北府想从北方派兵一直打到广东，这是不可能的。南京周围现在还聚着各省三十万新军，光应付这个，就够北府焦头烂额了。他们要继续打，就只能驱使广东周围的几个省份。但谁也不是傻子，哪个会不计后果凭空跳出来打仗？

“对啊！广西百姓欢迎我们司令，看哪个吃了豹子胆的敢拂逆民意。敢来一个，就送一个！”

参谋们发出一阵大笑声。

聂载沉收了笑容：“传我的令，明早六点，进攻平乐！目标，桂林！”

“是！”

贺州城外的粤军临时作战指挥司令部里，传出一道响亮的应答声。

第39章

刘荣为了阻挡粤军前进，在平乐设了多道关卡，但粤军不但武器精良，士兵更是犹如猛龙过江，个个英勇，相比之下，桂军气势根本没法和敌人相提并论。

不过短短一周，前头的关卡就相继攻破，最后只剩下由两峰寨、团山堡和榕津寨三点一线构成的一道平行防御。

这三个口都能通向阳朔和桂林，中间的团山堡地势险要，易守难攻，被刘荣视为阻挡聂载沉的有力盾牌。他在这里集合了自己的精锐主力。为了防止聂载沉拣软柿子捏，去攻击两峰寨或是榕津寨，他下令将方圆几百里所有能抓到的几万名的百姓，全驱赶到了这两个地方，锁死四边城门，困住他们不许逃离。

他的目的，是让百姓在前头当肉盾，自己布兵在后。至于那些被困百姓的哭号，和他就没关系了。百姓号哭得越厉害，对他而言，越是有利。

这场两广之战，全国关注，有不怕死的报社记者在实地跟踪报道。今天只要聂载沉敢下令开炮，明天他就会被冠上不顾百姓死活的刽子手的骂名，遭到全国唾骂。

这个战术是参谋部里一个姓李的参谋给刘荣出的，果然救了他一命。原本被打得气都快要断了的刘荣凭着这一招，终于缓了过来。对面的粤军停止了攻击。接连响了一个星期快要把人耳朵都震聋的炮火声，总算是暂时平息了。

当晚，刘荣勉强定下心神，命全体士兵就地休息，随时准备再次应战，自己集合参谋和手下的高级军官商议接下来的对策。

会议室里烟雾缭绕，气味呛人，二十多号人，围着桌子抽了一根又一根的烟，却没什么人说话。

“全哑巴了？都给我说话！”刘荣双眼通红，拍案而起。

“将军，湖南阴了我们一把，别指望他们出兵了！北面也靠不住！再打下去，兄弟们都是白白送死！不如趁着这个机会和聂载沉谈和，咱们自认倒霉，给点好处……”终于，有个团长站起来说道。

“放屁！我当年提刀上马的时候，姓聂的小子还在玩泥巴！你现在叫我向他投降？两军交战，你竟敢惑乱军心！要不是看在你跟我多年的分上，我现在就一枪崩了你！”

那名团长急忙低头认错。

“滚出去！”

“是，是，卑职滚——”

正在这时，外头急匆匆地跑进来一个联络官，喊道：“不好了！下头的士兵在闹事，要和将军对话！说今晚要是再拿不到之前欠的军饷，他们全都不打了！”

众人吃了一惊，顿时侧耳细听，果然，隐隐听到营房方向传来一阵喧闹声，中间还夹杂着零星枪声。

“哪个敢闹事，我这就过去，先枪毙了！”

刘荣脸色发青，腾地站起来，怒气冲冲地就要出去，走到门口，他又停了下来，站了半晌，回头命参谋长代自己去训话，平息事端。

“军饷发不下去，我说什么好啊？”参谋长面露难色。

“说什么你自己不会想？这都不行，你还当什么参谋长？我现在就撤了你！”

“是！是！我这就去！”

参谋长无可奈何，硬着头皮正要过去，忽然听到门外传来卫兵的通报声：“报告！北府特使到！”

门外走进来一个青年军官，对着刘荣笑道：“刘省长！我来迟了，望勿见怪！”

会议室里的人大多是以前就在广西官场里混的，自然认得来人，前总督府公子顾景鸿。大家都听说过他以前炮轰广州将军康成府邸，想要占领广州，结果事没成，自己反而被迫跑路，没想到现在竟又露面了，还是以这样的身份回归。

刘荣盯着他，皮笑肉不笑地扯了扯嘴角，说：“你就是特使？说吧，大总统有什么指教？”

李姓参谋官匆匆走到他身边，附耳低声道：“将军，以百姓为肉盾阻止粤军前行的法子，其实是顾特使叫我转给你的！”

刘荣眯了眯眼，神色终于缓和了些，叫旁人都下去了，只剩自己和顾景鸿两人，道：“顾公子，我上了个大当，现在也没时间和你们再玩虚头巴脑的东西了。我听信北府去打聂载沉，出人又出力，伤亡惨重，这下倒好，要钱不给钱，还和湖南一道阴我，害得我现在进退两难。现在你来，还想干什么？”

顾景鸿微笑道：“湖南临阵变卦，北府也是没有想到的。你放心，日后一定会给你一个交代！现在我来，是给你带下拨的钱。”

“多少？”

“二十万。”

“什么，才二十万？”刘荣失望至极，冷笑道，“你们是在拿我当叫花子打发是吧？现在外头士兵就在等着要钱，我还死伤了那么多人，你们拿个二十万过来，塞牙缝都不够！聂载沉的兵个个如狼似虎，等着扑上来撕咬！你们让我落到这个地步，现在拿二十万想打发我？要是再丢了桂林，大不了我叫报纸记者把真相公布出来！”

顾景鸿面上的笑容消失，冷冷地道：“你敢？真要丢了桂林，也是你自己无能！你要敢说一句不该说的话，就是真的在自掘坟墓！”

刘荣的脸色难看无比，一时说不出话来。

“行了！大总统也有难处，到处都要钱，你就多体谅一下。”顾景鸿的神色稍缓。

“不是我不体谅！现在外头的士兵就在闹事，等着发钱！我有什么办法？行！我认输，不打了！”

“你到底要多少？”顾景鸿问。

“至少一百万！没一百万，这个关过不去！”

“一百万是吧？我给你带来了。”

顾景鸿走到门口，朝外说道：“抬进来！”

两个士兵抬着一个麻袋走了进来，放在地上。

“钱在里头，你自己看。”

刘荣狐疑地上去解开麻袋，扒拉开，见里头躺着一个晕过去的青年男子，一身西装，戴着一副金边眼镜，看着像是富家公子。

“这就是钱？你耍我？”他忍不住怒道。

顾景鸿走过来，将麻袋口扎好，说：“北方罗家的公子。南白北罗，两大巨富，你没见过，应当也听过的吧？”

“罗家的公子？”刘荣惊讶道，“你把他绑了？”

“确切地说，是刘省长你把他绑了。并且，我已经以你的名义和罗家人谈好了，他们愿意支付一百万大洋。明天中午前，钱就会运到这里，到时候，你等着收钱！”

“什么？你竟然说是我绑的？”刘荣又惊又怒，差点没跳起来。

顾景鸿冷冷地盯着他：“装什么好人？你不是派土匪去古城搞白成山了吗？我先帮你绑个更容易到手的难道不好？现在钱就要来了，你自己看！你要是不想要，可以立马放人。不过我告诉你，仗都打到这分上了，以我对聂载沉的了解，就算你想收手，他现在未必也肯放过你了！”

他坐下去，自己倒了一杯茶，不紧不慢地喝了一口，说：“你看着办吧！”

刘荣老脸一热，只不过犹豫片刻，立刻就做了决定，咬牙道：“行！我认了！”

外头的喧哗声又起，一个军官急匆匆地奔进来：“将军，不行！参谋长的话他们不听，闹得更厉害了，一定要见将军的面！”

刘荣立刻赶了过去，答应士兵立刻每人发放两块银圆，剩余还欠着的，保证明天下发，又拿自己的人头担保，士兵这才终于停止骚乱，陆续排队，等着去领今晚发放的银圆。

事情终于暂时平息下去。刘荣擦了擦汗，回到会议室里，看了一眼地上的麻袋，朝还坐在桌边悠闲喝茶的顾景鸿道："顾公子，我刚才可是拿我的人头担保了，明天要是发不出钱，你别怪我对你不客气！"

顾景鸿放下茶杯，盯着刘荣，一字一顿地说道："这句话该我对你说！等钱到手，我希望你好好打，千万别让大总统失望！"

凌晨，参谋部和高级军官都已散去休息，聂载沉却还是丝毫没有睡意。

他独自站在营房的一片空地里，眺望着远处桂军驻扎方向的那片漆黑夜空，思量着下一步的行动。

刚才的会议，参谋部的人无不痛骂刘荣使用人盾的卑劣手段，但除了骂，一时也没有别的办法。聂载沉也不得不承认，对手的这一招，虽然阴险，但确实有效地阻挡了他前进的脚步。

战事中，因炮轰而误伤平民，这是无法避免的事。但现在，两峰寨和榕津寨的两座县城里，军民混杂，挤满了手无寸铁的平民，自己要是下令开炮，无论这场战事起因是什么，谁对谁错，聂载沉必定会受到全国舆论的指责。更何况，他确实也不是会做出这种事的人。从这一点来说，对方倒抓得颇准。

现在就只剩下一个问题了，什么时候强攻团山堡。

士兵们从广州长途跋涉到边境，没休整就直接投入战斗，连续打了多日，已见疲倦。而团山堡不但地势利守，刘荣也就只剩这一个翻身机会了，必定会全力以赴。至于桂军，更不是乌合之众，全体严阵以待，这将会是一场恶战。

"司令，有人求见！"

忽然身后传来脚步声，侍从官走过来通报道。

"谁？"

"一个姓罗的人！说是罗林士公子的叔叔，还说司令应当认得这个罗公子。"

聂载沉微微一怔，随即道："把人带进来。"

罗林士的叔父名叫罗汉卿，中年人，西装革履，相貌和罗林士有几分相似，见到聂载沉，立刻递上了自己的名片。

名片上印了好几个头衔：上海商会会长、轮船招商局某部经理等，但其中最显眼的一个头衔，是最上方的北府实业部部长办公室主任。

聂载沉看了一眼名片，问他找自己什么事。

罗汉卿神色沉重："聂司令，我的侄儿被刘荣绑架了，他索要一百万现洋，限定明天送到他的手上，我已筹集完毕，钱全部运到，但我生怕这个刘荣言而无信，明天要是收了钱，贪欲加倍，还不放我侄儿，我也没有办法。我侄儿落到那种人手里，危在旦夕，我想来想去，只能今夜来这里求见你。我兄长与您的老泰山是老友，恳请聂司令看在白老爷的面上，无论如何，出手相助！"

聂载沉不禁惊讶，没有想到刘荣的手竟然会伸得这么长，把罗家的公子绑了。

他再次瞥了一眼名片，问："罗先生，你们应当与大总统也有往来，出了这样的事，怎么不去找大总统帮忙？"

罗汉卿恨恨地道："别提了！我兄长第一时间就去见了！他话说得好听，什么闻之震怒，答应帮着要人，但这么多天过去，只派秘书回了个话，说什么对方对他现在怀有不满，电报都不回，一时也是难要回人，只叫我们耐心等待！"

聂载沉听完，不再问话。罗汉卿见他眉头微皱，似在考虑什么，等了一会儿，实在心焦，说道："聂司令，恳请您无论如何也帮个忙，只要明天我侄儿能安全回来，此恩此情，我罗家人没齿难忘！"

聂载沉摆了摆手，又沉吟片刻，仿佛终于做了什么决定，道："这个忙，我可以帮你，但我也有一事，想要请你帮我。不知道你愿不愿意？"

"聂司令请讲！只要我能做到，定义无反顾！"

"好，那我就不客气了！"聂载沉将自己的计划说了一遍，最后道，"我会派最好的特勤作为随从和你同行，随时随地以生命保护你与罗公子的人身安全！"

罗汉卿有些迟疑，但想到若是不答应，自己明天单独行动，刘荣那种人，什么事都能干出来，最后极有可能钱打了水漂，人也要不回来，只好道："好，一切全听聂司令的安排！我没问题！"

聂载沉颔首，命侍从官派人带着罗汉卿去休息，再立刻请来参谋部和师级以上的高级军官，连夜召开紧急会议。

众人刚躺下去没多久，又纷纷赶了过来，很快人就到齐了，见聂载沉独自在指挥部里，站在那张两广军事图前。众人等了片刻，问道："聂司令，突然又叫我们过来，什么事？"

"明天正午，强攻团山堡！"

聂载沉转身说道，目光炯炯，话就是命令，带着让人无法质疑的气场。

这个决定其实让在场的所有人都感到意外。因为之前会议的初步看法是让士兵先休整几天再强攻目标，现在他却突然改了主意。

完全是出于对上司的全然信任和无条件服从，参谋官们没有多问，立刻回应。

聂载沉这才讲述了今晚罗汉卿的到来以及因为他的到来而促使自己想到的一个作战思路。

参谋官们听完，目光顿时发亮，变得兴奋起来。指挥室里也随之忙碌起来，侍从官进进出出，很快，就将制订出的详细作战方案逐级传达了下去。

最后，聂载沉下令，全体官兵准备作战，六点天明之前抵达各自指定的地点，等待号令，到时强攻目标。

粤军很快集结完毕，出发之前，列队等待最后的检阅。

聂载沉在参谋官和侍从官的陪同下现身。他让身后的人止步，自己走到士兵面前，只说了一句："明天我将和你们一起战斗！胜利属于光荣粤军！"

他的话很快传遍全营，士兵们热血沸腾，连日作战的疲劳也不翼而飞，纷纷遵照指令，转身奔赴战场。

第二天中午，团山堡的高耸城楼前，负责瞭望的桂军士兵看见对面的路上来了一列骡车队伍，车子总共有十几辆，看起来仿佛载了沉重的货物，慢慢地朝着城门而来。士兵叫来长官，长官用望远镜观察了片刻，面露喜色，命人赶紧去通知刘荣。

这一行商旅车队终于来到城门前，停下后，从一辆马车里跳下来一个穿着西装的中年人，朝着上头喊话："我罗汉卿！钱到了！叫你们刘省长出来接！"

很快，被刘荣派来等在这里的副官带着一队士兵从门里出来，笑嘻嘻地鞠躬，嘴里说着辛苦，眼睛却滴溜溜地看着骡车上装的货物。

罗汉卿走到车旁，掀开上头盖着的一层草垫，再叫随从搬开压在上头的用来伪装的装了稻谷的麻袋，露出下面堆叠起来的许多小麻袋，解开其中一个袋子，让对方检查。

袋子里装的全部都是银圆，在阳光的照耀下，发着亮闪闪的光芒。

“每袋一千块，总共一千个这样的袋子，一百万！一块也不少！”他冷冷地说道。

副官眼睛发亮，吞了口唾沫，伸手插进袋子里，捞出下面的银圆，取了一块弹了一下，吹口气，听到声音后，随手又检查了同车的另几袋，检查完，再去后头的骡车上看。

罗汉卿在一旁冷眼看着。

副官一一检查，终于确定这十几辆骡车里装的全部都是银圆，并无掺假，这才放下心来，擦了擦脑门上激动的汗，回到罗汉卿面前，笑道：“辛苦了！可以进去了！”说着，叫人把稻谷搬开，赶车进去。

“慢着！”罗汉卿阻止道，“我还没看到我的侄儿！先去把他给我带过来，我要亲眼看到他的平安，钱才可以拿走！”

对方虽然被敲诈，却也是商界有头有脸的人物，副官不敢过于得罪，嘴上答应着，心里骂着多事，叫人进去通知。

刘荣正在里头等着。和看起来气定神闲的顾景鸿不同，他的心情焦急而忐忑，刚才终于听到罗家如数把钱运送到这里的消息后，他松了口气，但他自己不想露脸，就叫副官出面。现在听到罗汉卿要先见人，他骂了声娘：“再啰唆，干脆连老的也一块绑了！还是这个钱来得容易！早知道该要两百万的！”

哗啦一声，顾景鸿掼下手里的茶盏，冷冷地道：“刘省长，我警告你，照着先前说好的，钱到手就放人，你给我好好地打仗，别多事，弄得最后有钱没命花！”

刘荣心里贪念刚起，见他疾言厉色，一愣，打着哈哈道：“行，行，顾公子，这回你给我弄来了救命钱，我听你的！不多事！这就叫人把小的带出去！”

他走到门口，背对着顾景鸿，高声命人将罗家公子带出去，暗中却朝手下使了个眼色。

反正自己已经把人都得罪光了，光脚的不怕穿鞋的，索性一不做二不休，再敲一笔，才算够本。

他的手下是跟了他多年的心腹，一个眼神就明白意思，知道这是在暗示收了钱再悄悄把人弄回来，就点了点头，快步而去。

可怜罗林士，原本富家贵公子，现在连眼镜也少了一片，嘴巴被布堵着，手也绑着，狼狈不堪，被人推着跌跌撞撞走了出去。来到城门口，他远远看见自己的叔父来了，激动万分，想要跑过去，却不慎摔倒在地。

罗汉卿想去接侄儿，却被刚出来的那个副官拦住了，笑道："罗老爷别急，你要看人，人不是来了吗？咱们先把货运进去再说。"

罗汉卿看着身边的持枪士兵，忍气吞声，转头命手下将骡车赶进去。

十几辆装满了银圆的骡车，慢悠悠地从城门进来，吸引了城门附近无数桂军守军的目光。走在最后的一辆骡车，或许是受重太过，车轴突然断了，车身翻到一边，车里堆得小山似的麻袋倾覆而下，许多口袋扎绳松开了，哗啦一声，伴着仙乐似的银圆落地的撞击声，无数银圆从车里滚了出来，堆满一地，许多银圆滚铁环似的，滴溜溜满地打滚，阳光照射，一片耀目。

士兵被这一幕吸引，所有人都扭过头来，双目放光，紧紧地盯着。

"分钱啦！这是上头欠咱们的军饷！"

突然，也不知道哪个先喊了一声，一个士兵丢开手里的枪，撒腿冲了过去，扑到地上，抓起银圆就朝自己衣兜里塞。

这下热闹了，附近的其他人跟着蜂拥而上，争先恐后地抢着地上的银圆，唯恐动作慢了抢不过别人。

抢钱的人越来越多，抢完地上的，就开始抢麻袋，后头的那辆车抢光了，就奔去抢前头的车，到了最后，连城门负责瞭望的士兵也跑了过来。所有人都红了眼，疯了似的你推我，我挤你，手里抓着银圆，许多人还打了起来，乱成一团。

"住手！全给我住手——"

副官见场面失控，大惊，喝令士兵全部停止，却根本没人听。

“快，给我去阻止他们！”

他转头命自己的人上去，却见这些人两眼早就看得发直，确实听话冲了上去，却不是阻拦，而是加入了抢钱的乱战。

副官面如土色，知道场面是完全失控了，正要去找刘荣报告，扭头又看见身后更多的士兵正往这边冲来，情急之下，拔出手枪，朝天砰砰砰连放数枪，声嘶力竭地吼道：“再敢抢钱，统统枪毙！”

枪声尖锐，周围的士兵停了一下，但不过片刻，身后那帮刚赶到的士兵发现自己来迟了，地上已经没剩多少钱了，红着眼骂了声娘，将副官一脚踹翻在地，众人踩着他的身体呼啦啦地朝着人堆就扑了过去。

“都……住手……”

副官被士兵踩得两眼上翻，挣扎着勉强要爬起来，突然看见一枚银圆滴溜溜地朝着自己滚来，他一把抓住，看了下左右，正要偷偷藏进衣兜里，就在这时，伴着头顶一阵由远及近呼啸而来的呜声，一枚炮弹越过城墙，落到了城门后的一辆骡车旁。

轰然而起的剧烈爆炸声里，地上无数的银圆被炸飞，变成了一块块扭曲的滚烫的金属碎片，又从空中纷纷坠落，桂军士兵的头顶上犹如下起了一场灼热的金属雨，附近几个正在抢钱的士兵被炮弹击中，倒在地上，痛苦哀号。

“轰——”

几乎是在同一时刻，又一颗炸弹飞来，这次落在城头，一下就炸塌了半个角楼，破碎的石块和木料倾泻而下。

“不好了！粤军打来啦——”

团山堡城门附近，突然发出一道声嘶力竭的充满惊惧的呼号声。

罗汉卿昨夜带来的这个意外消息，让聂载沉得到启发，决定利用这个机会，速战速决。

按照计划，城门附近起乱子的时候，以随从身份随罗汉卿入城的特勤就将叔侄二人迅速带走，以避开即将到来的炮火攻击。

城楼很快被炸塌，撕开了一个口子。天亮前就抵达附近预先埋伏起来的粤军士兵冲入城中，枪声猛烈而密集，那些还没从抢钱大战中完全回过神的桂军士兵根本无法抵挡，有的搂着钱只顾逃命，有的找不到自己的枪，剩下的也如同无头苍蝇。城门附近被扫倒一大片人后，刘荣闻讯才气急败坏地跑出来，组织其余部下奋力抵抗，奈何毫无士气，勉强抵挡一番，到了最后短兵相接之时，桂军更是兵败如山倒。

不过半天工夫，天黑之前，这场战斗就结束了。桂军的两个军彻底消失。除了死伤和趁乱逃散的，大部分的桂军主力缴械投降，刘荣被一队亲信保护着准备逃往桂林，逃到阳朔时，获悉桂林已被另一支粤军打了下来，他无路可去，也顾不得还在城里的老婆，只能仓皇转向，逃往北方。

曾叱咤风云的一代贼王，如同丧家之犬。在去了北方后，他虽屡次想要卷土重来，奈何人物辈出，两广始终稳如磐石，他再也没了东山再起的机会，只能带着后来聂载沉做好事，替他送过来的十几个大小老婆做起了寓公，几年后老婆们走的走，跑的跑，他也病死他乡——这是后话。

战斗结束，粤军占领团山堡，城门附近，士兵们已经清理完了战场。

罗汉卿带着劫后余生的侄儿罗林士找了过来，向聂载沉道谢。

聂载沉指着路边由士兵持枪押着的几辆骡车，说："这是清理出来，加上从俘虏那里回收过来的，总数大约只有原来的一半。其余或损毁，或不知下落。这些你带回去吧。"

罗汉卿原本没指望回收赎金。一百万确实不是小数目，但也就当破财消灾了。他见最后竟收回了将近一半，已是意外之喜，自然说要谢，称愿捐出来给粤军充当军费。

聂载沉道："罗先生你已帮了我大忙。心意领了，钱就不收了。你们今晚可以在这里过一夜，明早我安排人送你们回去。"

罗汉卿感激不已，连连道谢。

罗林士站在一旁，虽然模样还是十分狼狈，但精神看起来总算是恢复了些，看着聂载沉和自己叔父说话,迟疑半晌,终于开口道:“聂司令,这回多谢你了……”

他的声音越来越低，最后如同在嗫嚅，神色显得有些羞愧。

聂载沉笑了笑:“不必客气。罗公子是我太太的朋友，应当的。”

罗林士低头不语。

聂载沉叫侍从官带罗家叔侄下去休息，随即回到指挥部。

参谋官向他汇报了两峰寨和榕津寨的最新进展情况，说被困在城里的百姓已经全部释放，军队也接管了地方。现在接下来要做的，就是扫荡广西境内剩下的残余盘踞势力。

聂载沉让人制订详细方案。

“已经初步制订完毕，司令您先过目。”参谋长将文件递了过来。

“动作很快啊！”聂载沉有点意外，称赞了一句。

“多谢司令褒奖！司令妙计，带着弟兄们打仗的时候，我就知道稳了，后方无事，就和手下弄了出来！”参谋长的神色有些得意。

聂载沉一笑，接过来正低头看着，一个侍从官走了进来，说下面抓到了一个人。

“报告司令，刚才一师三营营长来报，说他的手下追击桂军逃兵追到恭城，在平川江的渡口遇到一个人，穿着民服，脚上却是军靴，十分可疑，就将其抓获。随后有人认了出来，说是前总督府公子顾景鸿。现人已押到，如何处置，请司令指示！”

刘荣的参谋已经招供，北边这回派了个特使过来指导刘荣作战，肉盾计和绑架罗公子，都出自这个特使之手。此人就是顾景鸿。

聂载沉略一沉吟，放下手里的文件，站了起来。

“我去看看吧。”

顾景鸿穿着一件破旧的寻常百姓衣服，双手被缚，再无往日风度。聂载沉到的时候，他正被几个士兵押着走在城外的野地旁，忽然看见聂载沉从对面骑马而来，他停下脚步，慢慢闭目仰头，神色倨傲，任凭士兵呵斥，一动不动，仿佛原地生根。

聂载沉翻身下马，走到近前，叫士兵退开。

顾景鸿慢慢睁眼，盯着聂载沉道:“你来是想看我笑话吗？要是这样，恐怕要让你失望了。”他说完，又闭上双眼，身体站得笔直，神色决然，毫无惧色。

聂载沉看了他片刻，说:“顾公子，有件事我有些不解，倘若你不介意，可否告知，你身为前总督公子，当初留洋求学，初心为何？”

顾景鸿没有应声。

聂载沉继续道:“赴海外留学求知，曾被国人视为畏途险径，如今早大不相同了。据我所见，愿远赴海外求学的青年，无论身份高低，十有八九都是一腔热血。学文的，或为拓展眼界，知新求知，或短刀匹马，救国救民。学科学技工的，譬如被你绑架的罗公子，倡导实业兴国。我听说顾公子当初学的是政治，看你今日所为，不知道你学政治，当初目的为何？”

顾景鸿终于睁眼，“哼”了一声:“聂载沉，我知道你的言下之意。你以为我当初没接触过所谓的新党？理想浮夸，不切实际！我早就看透了，什么理想，全是空话，只是他们争权夺利的工具而已。这回要不是刘荣这个酒囊饭袋，你不可能赢得这么轻松！天要亡我，我认输，但我输的是天，不是你聂载沉！现在落到你手上，你要杀就杀，我岂会受你羞辱，向你求饶？”

聂载沉道:“生逢末世，时局艰难，确实是我辈之不幸，但风起云涌，何尝又不是凤凰涅槃？人活于世，自然会有私欲，我也不能免俗。但人之所以为人，就是私欲之外知道克制和责任。我少年时最喜欢读的书，是自由斋主人梁先生的文章，最喜欢的一篇，是他多年前见于报纸的《少年中国说》一文，我至今还能倒背如流。梁先生说，吾心目中有一少年中国在，制出将来之少年中国者，中国少年之责任也。人各有志，但即便不能顶天立地，也当无愧初心。这次我不会杀你。等北边来了人接你，你就回去吧。往后你好自为之，别再犯我手里！”

他命士兵将他送去会馆，转身上马，要走之时，忽然想起来，又回头道:“当初我刚升标统，你给我送来贺礼。道不同不相为谋，东西完璧归赵，改日我叫人送还给你！”

顾景鸿看着前方那道驭马离去的背影，僵了片刻，忽然咬牙，高声道："刘荣指使人去了古城，白成山或有危险！"他说完又补了一句，"我是看在从前顾家和白家的交情上，才提醒你的！"

聂载沉倏然停马，回头看了他一眼，猛地掉头，抽了一下马鞭，纵马疾驰而去。

他在参谋官和侍从官们惊诧的目光中大步奔入临时指挥部，立刻命人往广州司令部发急电。

漫长的二十分钟后，报务员收到回电，迅速翻译出来，站起来正要念，被焦急等在一旁的聂载沉一把夺过。

回电说，十天之前，司令部接到白公子的急报，称他去古城的时候，路上发现了一批匪兵，怀疑是要攻击古城。司令部当即派了留守广州的军队前去，抵达后才发现古城巡防营已经解决了那帮匪兵。白老爷和夫人安然无恙，现在还在古城里。

聂载沉拿着电报，又看了一遍，吁出一口气，擦了擦脑门上冒出的汗，立刻出来，对着等着外头还摸不清头脑的参谋官下令道："剩下的事交给你们，保持通讯畅通。我有急事，回去了！"

他说完，丢下身后的人，大步走出指挥室。

当夜他就动身上路，一路急行，于三天后的黄昏，终于赶到古城。

古城门外，夕照依旧。城门快要关闭了，几个县民挑着担子，急匆匆地赶着进城回家，忽然听到身后传来马跑的声音，扭头见来了一队骑马的官兵，纷纷停在路边看着。等人渐渐近了，有眼尖的认出来人，嚷道："这不是白老爷家的那个女婿吗？姓……姓什么来着？好像是广州那边的大官？"

"姓聂！是来接白小姐的吧？前两天我看见白小姐在这里陪着白老爷呢。"

"怪不得。对了！前几天咱们这里闹土匪，怎么没看见聂女婿过来？"

"有事吧？"

"再大的事，也不该不来啊！这女婿当得……"那人啧啧摇头，替白老爷深感遗憾，见聂载沉快骑马到近前了，怕被他听见，忙又改口，"说起土匪，我那天都没看见长啥样。那天我正好不舒服，吃了药，迷迷糊糊地躺着，等我睡醒，我婆娘跟我说城外来了土匪，我一觉的工夫，就全没了。她想着我睡着了，索性就没叫醒我……”

古城消息闭塞，两广仗都打完了，县民还是浑然不觉，在路边议论着白老爷的“不孝”女婿，又从女婿扯到了前些天那场没掀起半点水花的土匪动乱。

聂载沉纵马从县民身旁疾驰而过，入城赶到白家老宅门前。老徐出来正准备亲手点亮门口的灯笼，忽然看见聂载沉骑马到了，十分欢喜，跑下台阶迎接。

“聂姑爷，你来了？”

“老爷和小姐还在后院钓鱼呢，钓了一下午！”不等聂载沉问，老徐自己忙说，伸手去牵马。

聂载沉登上台阶，从白家门口那只被人生生摸秃的石狮旁快步走过，又跨进门槛，穿过前堂，最后来到白成山平日钓鱼的那片池塘边，一眼看到了自己的岳父和她的背影。

她穿着漂亮的长裙，坐在父亲身边的一只小凳子上，双手托腮，嘴里说：“爹，怎么还没鱼上钩？我都要急死了！你都钓一下午了！爹，你是不是不会钓了？我来！我给你钓！”她伸出手，要去抢父亲的鱼竿。

“别吵！你在爹边上，鱼都被你吓跑了！”

“有了有了！”

白成山一把提竿，钓起了一条尺把长的鲫鱼。

她高兴得跳起来，抢着要去抓鱼，无意间看见他竟立在不远处的通道上看着自己，都不知道已经看了多久，一愣，说：“聂载沉，你可算回来了！”

终于又听到她这样连名带姓地叫自己了。聂载沉感到胸膛一热：“绣绣……”

“还站着干什么？过来！”她指着自己脚边桶里那条刚钓到的鱼，“帮我提着！晚上我给你烧鲫鱼吃！”

第40章

聂载沉立刻上前提起水桶，又看向白成山："岳父。"

白成山收起钓竿，笑呵呵地说："赶紧送去厨房，让绣绣露一手，叫你也尝尝她做的鲫鱼汤！咱们有话等晚上吃了饭，慢慢说。知道下午我为什么钓不到鱼？她坐在我边上，嘴巴说着你，一下午都没停。鱼就是要咬钩，也被她吓跑了！"

"爹！你胡说！我才没有！"白锦绣顿了下脚，扭头就走。

聂载沉心中涌过一阵暖流，朝老泰山点了点头，抬眼见她已经绕过前头那堵墙，身影消失在了拐角处，连忙提桶追了上去，跟着拐了弯，前头却已看不到她了。

他有些诧异她竟走得那么快，正想叫她，忽然看到身旁树丛后人影一晃。

"绣……"

她把他一把拽了过去，聂载沉还没反应过来，就被她抱住，压在了墙角里。

聂载沉手里拎着的桶掉落在地，桶翻了，水全洒了，鱼在草地上啪啪地跳。

一开始是她亲他，很快变成他亲她。两人在树丛后抱了好久，她终于松开了他，让他把那条跳到墙角奄奄一息的鱼抓了回来。

“王妈，你帮我杀下鱼，我不敢……”到了厨房，她娇娇地叫着厨娘。

“行，行，马上！”胖胖的厨娘立刻放下手里正在切着的菜，先帮她杀鱼。她围着厨娘忙忙碌碌，递这个递那个，转头见他还站在厨房门边看着自己，说：“你还不走？别在这里妨碍我！”

聂载沉被她赶走，转身想去找老泰山，忽然看见对面走廊来了一个人，竟是白镜堂。没想到他现在还在这里，聂载沉不禁有点意外，停了脚步。

白镜堂满脸笑容，快步走到他面前，亲热地抓住他的胳膊：“我下午出城去了趟农庄，才一进门他们就说你回来了！我起先还有点不信，没想到是真的！太好了！仗打完了？”

聂载沉点头，简单说了两句战况。白镜堂欣喜不已：“知道咱们这边一定能胜，但没想到胜得这么快！佩服！”

聂载沉更关心之前的土匪围城，向他询问详情。

原来那天白成山和女儿收拾好了准备回广州，没想到上路没多久，巡防营的人就追上来报告，说发现了一帮土匪，人数不少，前后包抄，不能走了。白成山立刻掉头回城，下令关闭城门。

巡防营的官兵从前受训过，聂载沉离开后，也并未松懈，一直保持着日常操练，武器和装备又优良，那群土匪不过乌合之众，手里拿的也是土枪，本想过来偷袭啃肥肉，没想到遇到了铁板。双方开火，土匪被打得魂飞魄散，死的死，逃的逃，战斗很快就结束了。

“等我带着人赶到，已经没事了，不过虚惊一场，所以当时没通知你，免得你分心。”

聂载沉向白镜堂道谢，又闲聊了几句，看着白镜堂的脚，有点诧异他好得这么快。

“是啊是啊，我是比一般人要好得快，经摔，这不挺好……”白镜堂听他问自己的脚，顿时变得不自然了，解释完，干笑了两声。

聂载沉怎么也想不到他是装的，就信以为真，点头道：“痊愈了就好。”知道他在广州事多，顺口又问了一句，“那你怎么还没回广州？嫂子他们也来了吗？”

“这个，他们没来……我本来早就想回去的，只是这边还有好多事，前几天修祠堂，今天又去农庄，我不是还走不了嘛……”

他正解释着自己不回广州的理由，忽然一个用人跑来，冲着这边喊：“大少爷！少奶奶带着孙少爷从广州来啦，到门口了……”

白镜堂吓了一大跳，一把抓住聂载沉，说：“载沉，我好像有点不舒服……不行了，你先帮我去接一下你大嫂他们吧，我得去躺躺……”说完转身就走。

聂载沉看着他飞快离去的背影，实在有点不解，摇了摇头，出去接张琬琰和阿宣。

“姑父！你回来了？”阿宣看见他，雀跃不已，奔进来抱住他的腿。

张琬琰听他说打完仗了，也是十分欢喜，笑容满面的。

“大嫂，刚才大哥说他头痛，应该回房躺下去了。我送你过去看看他。”

聂载沉要帮她提东西，张琬琰笑道：“让他休息好了。东西让人拿进去就行，你自己忙，我先去看下爹和绣绣。”说着朝里走去。

夜幕渐渐降临，白家老宅的饭厅里灯火通明，白锦绣端着托盘，亲手把自己烧好的鲫鱼豆腐汤送上桌。

“开饭了！”

白老爷、今晚刚到的张琬琰和阿宣、白锦绣还有聂载沉，一家人全都坐了下去，就少了一个白镜堂。

“大嫂，我大哥呢？”白锦绣问张琬琰。

张琬琰道：“刚才阿宣去叫了，他说下午在庄子里可能吹了风，有点头疼，不想吃饭，想睡觉。不要管他了，咱们先吃。”

伤筋动骨一百天，大哥那个打石膏的脚竟然好得这么快，这几天又一直不回广州，非要待在这里，说什么祠堂旧了，他监工翻修，今天还抢了管事的活，亲自跑去农庄。白锦绣早就猜到是怎么回事了，更不用说他好端端的，嫂子一来，就说吹了风头疼，现在连吃饭都不敢露脸。

白锦绣原本还有点气大哥糊涂，这会儿倒是有点同情他了，也不再多问，指着桌上那盆鲫鱼汤，说："这是爹下午钓的，我亲手做的，可好吃了！"

阿宣拿着勺子正要舀，忽然听到姑姑说是她做的，立刻收了勺。

白锦绣见父亲也不动，只笑着看自己，有点不高兴，看向坐在自己旁边的聂载沉。

聂载沉立刻拿起小碗，舀了一勺鱼肉和汤，吃了一口，动作一顿。

"怎么样？"

对上白小姐投来的殷切目光，他咽了下去，说："很好吃。"

白锦绣又高兴了，见他很快就低头吃完，又体贴地帮他舀了一碗，送到他面前："那你多吃点！"

对面的阿宣见姑父吃得很香，看起来仿佛真的很美味，实在忍不住，半信半疑地也舀了一勺，才吃进嘴里，就噗的一口吐掉了。

"姑姑，姑父骗你！你做的鱼汤好咸，还有一股腥味，可难吃了！"

白锦绣转向聂载沉，见他看着自己，竟然没有发声替自己辩白，就从他手里端过碗，气道："算了，不勉强你们！我自己吃！"

她才喝了一口汤，脸色微变，愣住了。

聂载沉发现她有点不对劲，立刻又把那只小碗挪到自己面前，说："好吃的！等下我把这盆都吃光……"

她突然弯下腰，竟然呕了起来。

"看吧看吧！姑姑你自己都吃吐了！我没有乱说吧！"阿宣嚷道。

聂载沉急忙起身扶她，轻轻拍着她的后背："绣绣你怎么了？不舒服吗？"

白锦绣呕了几下，慢慢地直起身，接过他端来的水，漱了漱口，摇头说："我没事……"话音未落，忽然又感到胸口一阵闷，想吐，一把推开他，俯身到桌下，再次呕了起来。

聂载沉这下真的担心起来，等她吐完，见她脸色不大好，握了握她的手，感到她手心很凉，正想说送她回房休息，却忽然听刚才一直看着小姑子呕吐的张琬琰道："绣绣是不是有了啊？"

聂载沉一愣，没明白是什么意思，看着白锦绣。

张琬琰走过来，凑到小姑子耳边，低声问她：“上个月月事是不是没来？”

白锦绣想了下，好像真的没来，只不过那时他在打仗，她一直记挂着，没怎么留意而已。她迟疑了下，点了点头。

张琬琰见小夫妇两人还懵懵懂懂，摸了摸小姑的小腹，对着白成山笑道：“爹，你就要当外祖父了！”又对阿宣说，“阿宣，你快要有弟弟妹妹啦！”

阿宣高兴坏了，一下蹦了起来，朝着姑姑跑去，嘴里嚷着：“哪里哪里？弟弟妹妹在哪里？”

张琬琰急忙一把拉开儿子：“你离远点！别毛手毛脚撞到你姑姑！”

聂载沉这才终于明白过来，实在太过意外，又无比欣喜，心跳得厉害，以至于一时没了反应，看着身边的白小姐，一动不动。

她也呆呆的，和他四目相对。

张琬琰掩嘴笑道：“都高兴傻了！等着，这就去请郎中来把脉！”

她高声叫来管事，让管事把古城里的老郎中请过来。老郎中很快乘着马车来了，坐下后，闭目替白家小姐诊脉。

满屋人都屏着呼吸不敢透气。

老郎中睁开眼睛，笑道：“少奶奶说得没错，确实是喜脉，胎象稳健，我再开一服养胎的方子就是。恭喜白老爷，恭喜聂大人！”

满屋人顿时喜笑颜开。等管事递上红包，送走老郎中，白成山让管事再给家里的用人每人也都发个红包。白家上下喜气洋洋，比过年还要热闹。

两人回了房，聂载沉凝视着坐在床边显得有点手足无措的白小姐，握住她的手，说：“绣绣，你还是不舒服吗？”

白锦绣突然得知自己竟然怀孕了，想到肚子里竟然有个小娃娃，一开始与其说是高兴，还不如说是惊吓，到现在还是有点没回过神，见他望着自己，目光关切，抬手就打：“都怪你！讨厌……”

她心里也不知哪来的委屈，眼圈红了。

聂载沉抱住她哄道：“是，是，都怪我不好，你别生气，你打我好了。”

白锦绣打了他几下，扑到他怀里，问：“聂载沉，你给我老实说，你这么高兴，是不是以后你就喜欢小孩，不喜欢我了？”

聂载沉急忙摇头：“不会的！绣绣你放心，我最喜欢你。”

白锦绣还是哭丧着脸：“可是肚子大了，我就会变丑，你会嫌弃我……”

“绣绣你怎么都好看，我不会嫌弃你。”

“真的？”

“真的！”

她终于不吭声了。

聂载沉抱她躺在床上，望着她漂亮的眼睛，低低地道：“绣绣，我没想到我这么快就能当父亲了，我太高兴了。谢谢你。”

白锦绣和他对望着，说：“你真的很高兴？”

聂载沉颔首。

她想了下，问：“婆婆知道了，她会不会也很高兴？”

聂载沉再次点头：“一定！”

白小姐终于开心了，伸手搂着丈夫的脖颈，说：“我也很高兴。”

聂载沉这才放下心，这时听到张琬琰敲门，说安胎药已经煎好了。

他亲了亲她，下床过去开门，见张琬琰端药进来，坐在床边，不停地和她说着安胎养胎的话，想起自己还没向岳父道谢，就先出去找白成山了。

张琬琰接过小姑喝完的药碗，往她嘴里塞了块杏脯，继续叮嘱她要小心，说：“尤其现在头几个月，你可不要再像以前一样蹦来蹦去了。等过了这段时间，自己再当心些，就没事了。”

她说一句，白锦绣点一下头。

张琬琰见小姑很听话，满意了，笑着站了起来。

“行了，我该说的都说完了，你自己看着办。你好好休息，我先走了。”

她点了点小姑的脑袋，端起空碗，走了出去。

第41章

张琬琰从小姑的卧房里出来，脚步顿了顿，把托盘递给用人，往自己住的地方走去，快到的时候，遇见虎妞从对面走过来。

“少奶奶，你来了？刚才大少爷问我你去了哪里，我说小姐有喜了，少奶奶去了小姐那里。”

“他在屋里干什么？”张琬琰脸上的笑容没了，看了眼卧房的方向。

“大少爷说他头有点疼，躺着呢，叫他看郎中，又不看，说躺躺就好。”

张琬琰让虎妞下去，继续往里走去，走到门口，推门进去，床上却不见人。她看了眼四周。

“白镜堂！有本事你给我躲一辈子！你给我滚出来——”

门后突然伸过来一双手臂，将她一把抱住，张琬琰还没反应过来，就被人亲住了嘴。

她吓了一大跳，回过神来，发现是丈夫，想也没想，一把推开，顺手又甩了一巴掌过去。

“啪”的一声，白镜堂没站稳脚，一下跌坐到了地上。

“你打我？”他捂住自己的一边脸，难以置信地睁大眼，坐在地上冲着妻子嚷。

张琬琰含怒，擦了擦自己刚才被丈夫亲过的嘴，冷笑道：“打的就是你！不服气？找爹说去，休了我好了！”

白镜堂一下不吭声了。

他刚才躲在房里，等到天黑也不见妻子过来，叫来虎妞一打听，原来是妹妹有喜了，这才松了口气，就想趁着高兴，该怎么才能哄她消气，想来想去，想到了之前自己向妹夫讨教时他指嘴巴的动作，忽然明白过来，应该是亲嘴，想必女人都是吃这一套的。于是他刚才躲在门后，见妻子进来，抱住她就亲，想着等亲完了，她没脾气了，再趁机给她赔罪认错，没想到非但没讨到好，反而吃了一巴掌。

刚才那一巴掌，她打得实在不轻，他一边的脸火辣辣地疼。

他捂脸在地上坐了一会儿，和冷冷看着自己的妻子对望片刻，忽然爬起来，凑上去，指着自己的另一边脸，道：“琬琰，我知道我错了，满身都是错！你打得太好了！你再打！我这边还欠着！你再打我！”

丈夫忽然从地上爬起来，要她再打他，张琬琰吓了一跳，后退一步，戒备地盯着他：“白镜堂你想干什么？”

“琬琰，我错了，我就欠你打。你打我啊，别停！”他朝妻子走去。

“离我远点！”张琬琰从没见过丈夫这副无赖的模样，不住地后退，一直退到床边，被床沿挡住了。

“琬琰，只要你不生气，你怎么打我都行……”白镜堂抓住妻子的手往自己脸上抽。

“滚滚滚！”张琬琰头皮发麻，使劲推他。他死活不退，两人纠缠时，她脚下有点站立不稳，跌坐到了床上。

“琬琰，我真的错了。第一，不该瞒着你和别的女人纠缠不清；第二，不该骗你摔坏了脚。我真的太浑了，你原谅我吧。”

白镜堂不敢坐到床上，干脆蹲在她脚边，抱住她的腿，过了一会儿，见妻子始终沉默不语，态度仿佛软了下来，他慢慢松了口气。

“琬琰，我真的知道错了……”

烛火摇曳，她低着头坐在床沿上，一动不动。白镜堂盯着看了一会儿，慢慢地蹭到她身边，伸手一把抱住了。

卧室外忽然传来一阵跑步声，“哗”地一下，刚才忘了上闩的门被人一把推开。阿宣兴冲冲地跑进来，嘴里嚷着：“娘！我刚才已经想好了，就让姑姑给我生弟弟，你什么时候再给我生个妹妹……”

他抬起头，突然看见父亲抱着母亲坐在床边，一下瞪大了眼睛，慌忙捂住眼。

“我什么都没看见！”阿宣嚷完，转身赶紧跑了。

白镜堂急忙起身过去闩门，回来一把抱住妻子，却发现妻子没有半点反应，抬头见她闭着眼睛竟在无声地哭，眼泪顺着面颊不停滚落。

白镜堂吃了一惊。两人结婚多年，张琬琰性情好强，他还是第一次看到她在自己面前这样哭，急忙抱住她，替她擦着眼泪。

“琬琰你别伤心了，我错了，我一定改……”

张琬琰再次推开他，睁开眼睛，坐起来说：“白镜堂，我知道你当初就看不上我，我也知道，我读书少，没见识，更不知道温柔贤惠那一套，配不上你！所以这些年，在你跟前我自认低你一等，你说什么我听着，我尽力伺候你，想法子让你满意，做我该做的。做得对，是我的本分;做错了，我想法子弥补。我就想着我这么努力了，哪天你良心发现，也能看我一眼。谁知道你这个杀千刀的！你现在口口声声说自己错了，那你知道我到底为了什么伤心？”

白镜堂面带愧色，小声地说：“你是怪我瞒着你，和柳氏纠缠不清……”

张琬琰摇头：“你果然还是不知道！摸着良心说，你当初娶我并非本愿，这些年在外头行走，花花世界，也就现在才闹出这么点事，我不该揪着不放的。世上又哪里有那么多像聂姑爷那样一心一意的男人？能嫁给你，我原本已经很知足了，谁还没有一时糊涂的时候？我伤心的是同床共枕了将近十年，你到现在，一有点事，就还想着瞒我，不跟我说！你要是一直这样，就算这回姓柳的女人过去了，往后说不定还会有姓花的姓草的。”她拭了下眼睛，继续道，“你躲在这边的这些天，我也想过了，不怪你。归根结底，怪我自己。十年了，我也没半点长进，没能让你知道我其实也不是无理取闹的人。不过现在我也想开了，做人要有自知之明，做不到，也就不必勉强自己。现在聂姑爷打了胜仗，小姑有了身孕，大家都高兴，我也不想抓着这个破事不放，弄得大家都扫兴。你不必躲着不敢回去了，这几天广州不知道多少人找你。往后咱们就这样吧，各自都好好过，我也是。就算活到六十，从现在算起来也还有一半多的时间，我也不算很老，往后跟小姑学学，眼界放宽，再做点自己想做的事，省得跟从前似的，没事整天盯着你，反招你的烦。”

她理了理自己刚才被丈夫弄得有点散乱的鬓发，站起来，朝着门口走去。

“还早，我先去爹那里看看有没有事。你自便吧。”

整个事情，她竟然是这样考虑的。

白镜堂真的是没有想到妻子竟然说出了如此一番话。明明是无比熟悉的她，弯眉，凤眼，银盘似的一张脸，却又有点刚认识似的感觉。

他望着她的背影，在她伸手开门要出去的时候，一下追了上去，从后面再次抱住了她。

“琬琰，是我太蠢，以前心也被蒙了，放着自己的女人不去爱。现在我真的知道错了。我也没脸叫你原谅，你就看在阿宣的面上，再给我个机会，我往后一定改！”

张琬琰挣扎着，却被丈夫紧紧抱住无论如何也不放，到底是撑不过男人的力气，还是被他抱起来送到了床上去。

“琬琰你躺着，手别乱动，你听我跟你慢慢说，我有好多话……”

“白镜堂，你个不要脸的老鬼……”

白家老宅的书房里，此刻却是另一番景象。

聂载沉获悉老泰山以铁路为条件帮自己转圜，十分感激。

“岳父，要不是你及时出手，有湖南这个威胁，我在广西也不能这么放得开手脚。多谢岳父。”

白成山笑着道：“都是自家人，说什么谢。现在人被赶跑了，往后你有什么打算？”

“第一步是收编刘荣旧部，能用的用，该遣散的遣散。第二步是和云南那边打个招呼。对方算是我的前辈，此前在南京也碰过面，志同道合。这回我在广西打仗，收到过电报，说他保护我的母亲，叫我不必记挂，所以这点完全没问题。第三步是平乱剿匪。除了刘荣，那边还有好几股势力。等这些都做得差不多了，就是民生。废除苛捐杂税，发展工商，这就要岳父帮忙了。要是有可能的话，再筹资修一条铁路，那就更好了。”

白成山点头道：“很好，你考虑得很周到。日后只要有需要，我一定大力支持。”

翁婿畅谈，不觉时间飞快。白成山忽然想起女儿，拍了下额，说：“糟了！我只顾和你说话，忘了！绣绣有了身孕，就她那性子，怕是比以前更娇气了！你刚回来，赶紧去陪她吧，省得她又和你闹脾气。”

聂载沉想到自己就快做父亲了，难掩心中喜悦，立刻站起来说：“那好。岳父你早些休息，我先去看绣绣了。”

“去吧去吧！”白成山挥手。

聂载沉退出书房，快步回往房间，快到的时候，迎头看见虎妞从里头出来，手里拿着一幅画，看见自己，飞快跑了过来，展开手里的画给他看，口中道：“姑爷你看，小姐给我的画！以前她说有空了就给我画一幅画像，我还以为小姐随口说说，没想到她一直记着，真的给我画了！原来我这么好看啊！”

聂载沉看了一眼，画里果然是这丫头，景象是在田野河畔采着野花。画中人物不但五官肖似，画面看着更是叫人赏心悦目。聂载沉点头，说确实好看。

“我拿去给阿生看！”虎妞宝贝似的捧着画，欢天喜地地跑了。

聂载沉走进卧室。

白锦绣已经换了宽松的睡衣，垂着一头长发，趴在挂着绣花帐的老式月洞床上，懒洋洋地翻着手里的一本书，眼睛也没看他，说：“和我爹说话很得劲吧？怎么舍得回来？不继续秉烛夜谈了？晚上干脆就在我爹那里打地铺，你们爷儿俩说一夜，多好！”

聂载沉装没听到，脱了自己的外套，坐到床边，伸手把她手里的书拿掉，又将她抱着翻身躺在枕上，摸了摸她平坦的小腹，最后靠过去，耳朵贴着她的肚子听动静。

白锦绣绷不住了，推开他的头："聂载沉你是不是傻？孩子才多大，现在怎么可能让你听到什么动静！"

聂载沉顺势将她搂入怀中，亲了亲，说："绣绣，有个事和你商量一下。我陪你再休息几天，把手上的事安排好，就去把我母亲接过来，你看可以吗？"

"好。"她刚说完，忽然仿佛想起来什么，又摇头道，"不行不行！"

他一愣。

她从他的怀里坐了起来，说："我要和你一起去！你以前答应过的，欠我一个有你母亲的婚礼。不但要有你母亲在，我还要在你老家所有人的面前办。最多再过两三个月，我就能出门了。我身体可好了，都能帮你打架。你要是实在不放心，我也可以坐船，我们走水路！"

"不行。你怀孕了，走水路也不行，太远了。"聂载沉拒绝了，语气坚决，没有商量的余地。

她不高兴地盯着他，见他不松口，"哼"了一声："你不让我去，是不是还想在你老家娶什么黄老爷绿老爷家的小姐？我上次去的时候，都看见了！媒婆就当着我的面来向婆婆提亲！我都要气死了！你这个坏蛋！"

聂载沉赶紧搂住她："都怪我！我的错！等你生完孩子吧。生完了，我一定带你回家办，把所有人都请来，让他们知道你是我在广州娶的媳妇。"

她神色郁闷，终于勉勉强强地点头道："好吧。可是还要等那么久！"

"听话。很快的，一下就过去了。"

她"嗯"了一声，忽然又想起一件事："可是婆婆怎么办？她年纪大了，不方便这样来来去去……"她犹豫了一下，很快忍痛下了决心，"算了算了！也不用非得再回去在你老家的人面前补了！你还是尽快去把婆婆接过来吧。只要婆婆她知道就好了。"

聂载沉凝视着她，慢慢地收紧搂着她的双臂："绣绣，要不我明天发个电报回去，和我母亲商量一下，看她是什么意思，你看可以吗？”

她点头道：“好，我都听婆婆的。”

聂载沉亲她，只觉得怎么都亲不够，他觉得白小姐怎么都是可爱。他的心已经盛满对她的满满爱意，不停地溢出来。

她仿佛也感觉到了他的感情，伸手回抱住他。

这个宁静的古城夜晚，繁星如梦。

相拥片刻，她慵懒地睁眸，说想看月亮。他就抱着她来到庭院的阶前，让她坐在自己怀里，靠在他的胸膛上，仰头看着头顶那片古城的夜空。

“以前刚认识你，我们来这里的时候，我不知道原来我会这么爱你。真的，我爱你，我太爱你了，聂载沉。”她用好听的声音说道。

聂载沉的手掌轻轻覆住她温暖的小腹，在她耳畔低低地道：“我也是。”

“你知道下午我爹钓起鱼，我为什么那么高兴吗？”

聂载沉摇头。

“都是因为你呀！我天天都想你，盼着你回来。我今天就在心里想，要是我爹能钓到一条鱼，只要一条，你很快就能回来。可是他今天一开始居然一条也钓不到，我真的快要急死了……”说着她转过头，问，“你想我吗？”

今晚白家有喜，母亲也还没出来抓自己去睡觉，阿宣躲开张妈，快活地到处晃荡。他想再来看看自己的弟弟，刚刚摸到这里，却看见姑父抱着姑姑坐在台阶上，急忙又捂住了眼睛。

今晚这是怎么了！不小心竟然又让他看到了一次！

他实在是不明白，大人真奇怪，怎么就那么喜欢抱来抱去的？

阿宣生怕自己眼睛长疔，费解地叹了口气，转身悄悄走了。

后记一

白锦绣一直都想和他搬出去单独住，这个念头从没打消过，到了现在，更是有这个必要了。毕竟他的身份摆着，正式官邸是必不可少的，往后要是还像从前那样随自己住在白家的话，即便于私无碍，于公也是不便。所以一番考虑过后，她将官邸选在了将军府的旧址。

将军府虽然有些年头了，但原本是座王府，内里明廊画柱，高脊广舍，后来才变成了历任广州将军的府邸。当初遭到炮轰后，又起了火，建筑损毁不少，在她的舅舅康成离开后，府邸充公，大门落锁，空置至今。

既然选了地方，白锦绣也就不耽搁，立刻着手修缮。几个月后，地方收拾好，她带着自己的人，还有配备到官邸的侍从官和卫队，择日搬了进去。

这会儿她已经怀孕六七个月了。聂载沉虽然很想朝夕陪在她的身边，但两广战事甫停，他要顾的事情千头万绪，这半年中，倒有好几个月，人都不在广州。

她就要为自己生孩子了，肚子也一天天大起来，自己却不能常伴左右，每回要出门，聂载沉都有些愧疚。好在白锦绣不是怀孕了就什么都不干，整天吃了睡，睡醒翘首等丈夫陪伴的人。虽然为了避免冲撞胎儿，怀孕后她就极少出现在公众场合，但她仍时常在工厂走动。

工厂的业务现在蒸蒸日上，之前的投入已经初步实现了赢利，不但生产她出于兴趣才做的高级女装，也生产面向普罗大众的价廉物美的棉纱织物。出自她手的高级女装，每种款式都是限量的，虽然价格不菲，却受到了广州有钱太太和姑娘们的争相追捧，往往推出一款，几天内就预订一空，能穿上她的衣裳，一时成了身份的象征。而另一条生产线的棉纱织物，与市面上大量的同类进口商品相比，质量不输，价钱更低，大受欢迎，订单不绝。原本的场地和机器已经不够用了，她考虑将附近的地皮买来，扩建厂房、增加设备，就和嫂子商量，邀她入股。张琬琰一口答应，姑嫂两人一同经营。

就这样忙忙碌碌，很快到了生产前两个月，聂载沉见她身子越来越重，有些不放心，张琬琰更是不让她再出门了。

肚子里的孩子其实非常乖，除了刚到来的时候让她吐了几天，后来再没有让她有什么不舒服的感觉。白锦绣感到自己壮得简直赛过小老虎，除了容易饿，睡得比平常多，其余几乎与以前没什么两样，根本就闲不住。但现在快要生了，他们都那么紧张，她走一步路，左右就有人伸手要扶。她也不想让他们过于担心，加上肚子确实很大了，像弯腰这样的简单动作，做起来也比以前要困难，所以她也就听从安排不出去了，在家安心等着她和聂载沉的头一个孩子降生。

她是在上午开始腹痛的。当时聂载沉在司令部里开着会，忽然秘书官急匆匆地跑过来打断，说白家少奶奶打电话来了，夫人肚子有点痛，怕是要生，让他能回去的话尽快回去。

他立刻中断会议，慌慌张张地赶了回去。聂载沉一路都在想着昨晚半夜她醒来，再也睡不着，使劲地掐着自己的手臂说生孩子会痛得要人命，她该怎么办的一幕，一时心慌意乱，恨不得自己替她生才好。谁知道才进门，就见张琬琰笑吟吟地迎出来，对他说她已经生了，是个儿子，母子平安。

“头胎生这么快，连产婆都说接生了半辈子还是头一回遇到，真是母子有福。”

聂载沉简直像在做梦，还有点发晕。他定了定神，冲进去，看见她躺在床上，怀里竟然真的多了一个用襁褓包起来的小小人。

“聂载沉你快过来看呀。我给你生的儿子！他的头发好浓密，睫毛好长。他好看吧？他还喜欢我！眼睛都没睁开，刚才小手就一直抓着我的指头，不肯放开我呢。”

她轻声轻气地和他说着话，语气里充满了骄傲。

“我好喜欢他呀，我们以后叫他麟儿，麟子凤雏，好不好？”

他们的长子麟儿养得健康又活泼，很快就满三个月了，两人也准备动身去往他的老家滇西太平。

之前发现她有孕后，聂载沉把好消息告诉了自己的母亲，打算立刻接她过来。聂母闻讯极为欣喜，但在获悉儿媳有着那样一个心愿后，她想都没想，立刻就对儿子说自己先不去了，她在家中等着，等到儿媳生完孩子带着孩子一起过来。

白锦绣等得望眼欲穿，终于一切准备好，明早就能动身出发了。临行前的这个晚上，麟儿吃饱了，被乳母带着在隔壁屋里睡了，她在卧室里挑着明天出门要穿的衣服，聂载沉抓紧时间看临行前剩下的最后几份文件，突然听到里面传出她“啊——”的尖叫声，吓了一跳，急忙跑了进去。

“怎么了？出什么事了？”

“我的腰！”原来她刚才试衣服时发现以前的衣服有点紧，一量，腰身还没恢复到原来的尺寸，竟比原来足足粗了一寸！

“怎么办？我这么胖，跟你回去了，我怎么见人！”她哭丧着脸，“都怪你！我说我少吃点！你非要让我吃！”

聂载沉松了口气，实在看不出来她的腰比以前到底粗在了哪里，说没有胖。她不听，扔下尺子跑过来打他：“你还骗我！明明胖了！喏，这里，这里，全都是肉！还说没有！”

聂载沉感到自己大约没法在这个问题上说服她了，就说：“以前你瘦了点，现在正好，我喜欢！”

她还是摇头：“我不信，你骗我！”

聂载沉没办法，只好说：“我真的喜欢……”他附到她的耳旁，对她低低地说了一句话。

白锦绣低头看了一眼自己，咬了咬唇："讨厌！聂载沉，你这个人原来这么坏的！"

她嘴里说着讨厌，骂他这个人坏，可是神色里明明是得意。聂载沉看着她笑。

"你还敢笑我……"她顿了顿脚，衣服也不挑了，抡拳追着打他。

聂载沉忍不住大笑，让她打了自己几下，抱住了她。

关于夫人身材肥瘦的问题，这一夜，就这么被聂司令完美地解决掉了。

第二天，他带着妻儿登上等候在码头的一艘军舰，走两广相连的内陆水道。水路自然比陆路长，但军舰速度很快，入滇后，事先打过招呼，一路也是畅行无阻。半个多月后，军舰接近太平县，只剩最后一段陆路了。

汽车已在码头等着，卫兵随车在后，一行人很快到了县城。

这一趟纯属私人之行，聂载沉不想惊动无关之人，不但自己换了便装，同行的卫兵也是便衣，看起来像是携着家小出门的寻常人。县城的这段路也不适合行车，就改换马车入城。正是中午饭点，他怕她饿了，想先带她去县城里最好的一家酒楼吃饭。

白锦绣问了路，得知离这儿隔了好几条街，心里急着快些见到他的母亲，就说："不用费事了。找个干净点的地方，随便吃点就行。"

她指了指前头一家门口站了一个伙计的饭馆，说："那家就可以。伙计衣服干净。"

掌柜在柜台后看见门外停下一辆马车，从车上下来一对衣衫光鲜的年轻夫妇，脸生，不是本地人。男的青色长袍，器宇轩昂，女的穿了一身水蓝袢裙，肤白貌美，抱着襁褓中一个遮得严严实实的孩子。两边随从个个也都精壮不凡。小地方难得遇到这样的出色人物，掌柜岂敢怠慢，忙亲自出来招呼，将人带到一个相对清静的角落，安顿好随行后，叫伙计把这张桌擦了又擦，送上茶水，说："我家虽然店小，没设雅座包厢，委屈公子和夫人了，但想吃什么，尽管点。只要菜单上有，点了，保管做得干干净净，吃得可口。"

白锦绣看了眼菜单，问聂载沉："你这里有什么好吃的啊？你点。"

聂载沉就点了几道菜。掌柜一听，端详了他一眼，问:“公子你是本地行家?以前没见过你啊。”

聂载沉笑了笑:“少年时外出，所以掌柜眼生。”

掌柜“哦”了一声:“怪不得！”又打量了一眼坐在他身边的白锦绣,“看二位这气派，来头不凡，来我这儿吃饭，是给我天大的面子，多谢多谢！”

聂载沉笑道:“快些上菜吧。我夫人饿了。”

“马上，马上！”掌柜急忙吆喝伙计传菜。

聂载沉用开水帮她烫过碗筷，又给她倒了一杯茶，说:“你累了吧?我来抱麟儿。”

“不累。我抱。”

白锦绣喜欢抱自己的儿子。软软的身子，淡淡的奶香，现在还会冲自己笑了，越看越爱。

她打开襁褓，低头逗着怀中的麟儿。

正是饭点，饭馆里坐满了食客，刚才进来的这对亮眼的年轻夫妇，自然吸引了许多目光，说话的也都停了下来，见二人坐定后并无什么特殊举动，只对着怀中孩子碰额低头，喁喁细语，正是寻常小夫妇的模样，也就没了兴趣，继续先前的话题。

白锦绣正逗着麟儿，忽然听到邻桌一人说:“我有个亲戚跟聂督军是同一个地方的，前两天他进县城，说先前聂老夫人收到了信，督军要带着他在广州娶的媳妇来祭祖，再接她过去享福。算着日子，这几天应该要到了。听说咱们县长天天派人在县城门口蹲着，就等着督军来呢！”

同桌的另一个人问道:“聂督军在广州娶的媳妇是什么人啊?”

这问题一下勾出了众人的兴趣，全都停下了原本的话题。不止这一桌，周围的食客也开始议论，说什么的都有，最离谱的，竟然有人说是他从前刚到广州时，落难街头，一分钱逼死英雄好汉，对他伸出援手的一个红颜知己，后来他飞黄腾达当上督军，报恩娶了对方。

那人说得有鼻子有眼，就仿佛自己亲眼所见，周围的人都信以为真，议论个不停。

白锦绣听着，心里急得不行，更是郁闷不已，要不是聂载沉握住她的手加以制止，她都想把麟儿交给乳母，自己拍桌叱骂那人信口开河了。

这时，另一头有一个穿着绸褂商户打扮的人摇头说道："你们就别以讹传讹了！什么街头红颜！我有个舅舅在广州那边做生意，恰好上个月回来探亲说起过，聂督军娶的是鼎鼎有名的南商白成山白老爷的女儿，不但娶了，现在都有儿子了！白老爷是谁你们不知道没关系，我告诉你们，他就是拔根汗毛，也能轻轻松松买下我们整个太平县的地皮，懂了没？白小姐可是正儿八经金枝玉叶的千金大小姐！你们也就只知道跟着戏文胡编乱造什么街头落难红颜知己的故事，简直是无知至极，叫人笑掉大牙！"

白锦绣彻底松了一口气，满意了。总算还有个明白人。

这样，他老家的人很快都会知道，聂载沉已经娶了妻，娶的还是她白锦绣，可不是什么别的乱七八糟的女人。

饭馆里的食客们安静片刻，又低声议论，嗡嗡声一片。过了一会儿，也不知道哪个说了句什么，食客们忽然纷纷扭头，看着坐在角落的那对带着随行、抱着幼子的年轻夫妇，若有所思。

掌柜自然也想到了，越看越像。但要是真的督军夫妇，排场怎会这么简单？他一时又不敢确定，迟疑了一下，脸上带笑，正要上前试探一下，忽然门外传来一阵杂乱的脚步声，仿佛有人正往这边跑来，转头看见县长带着身后一大堆人跨进门槛，气喘吁吁地停住，左右张望几下，视线很快落到那个年轻男子的脸上，定了一定，"哎呀"一声，冲上前去，对着那男子下跪，行了个磕头礼："聂督军远道而来，卑职有失远迎，督军恕罪！"又转向那位抱着孩子的年轻女子，"夫人一同在上，请受卑职一拜！"说完，又磕了个头。

其余食客见县长都磕头了，全跟着围上来下跪叩首。

同行的侍从官叫人全部起来，把新规矩又讲了一遍。县长嘴里说着"是"，从地上爬起来，站在一边笑容满面地说："督军，从县城到您那里还要翻山，夫人带着小公子行路不便，卑职已经准备好了软轿，等您和夫人用完饭，就送你们过去吧。"

聂载沉本就打算在县城里雇轿的，见他已经备好，就道了声谢。

周围全是人，还那么吵。白锦绣知道这顿饭是没法吃了，原本还担心嘈杂声会吓到麟儿，幸好他的小脸蛋贴着自己，在襁褓里又呼呼地睡了过去，心里只想快点走，就对聂载沉说："我们出发吧。"

掌柜反应快，立刻吩咐伙计打包吃食，伙计手脚麻利，很快收拾好了。聂载沉叫侍从官给了钱，带着妻儿出来，上路往家里赶去。

县长定要随同，脚夫抬着轿，一行百余人，浩浩荡荡，终于在傍晚时分，翻过山，到了村口那座老石桥前。

消息早就传来，聂太公带着全村人迎了出来，跟县长一样，要行跪拜礼，立刻被聂载沉拦住了。

白锦绣抱着怀里的儿子，站在丈夫身边，看见石头母亲扶着穿了一身干净新衣的婆婆快步走过来，一下激动起来，叫了声"娘"，朝她走了过去。

聂母应了一声，笑着问道："乖囡你来啦？路上都好吧？"

"好！"

白锦绣一听到她那温柔慈和的声音，眼圈就红了。他母亲之所以要留在这里等他们来，必定是知道了自己的那个心愿，想要满足她。她忽然有点羞愧，为自己的那点小心思。

"娘，怪我不好，现在才来。"

聂母摇头道："快别这么说，是娘自己高兴要等你们的。他就是我的乖孙子？叫什么啊？"聂母看向她怀里的襁褓，问道。

"娘，孩子小名叫麟儿。您要抱吗？"

"好，好，我来抱下我的乖孙。"

聂母笑得脸上皱纹都开了花，小心翼翼地从白锦绣的怀里接过自己的孙儿，看着还酣眠的麟儿，爱得不行，只看了一眼，忙又用斗篷将麟儿小心地遮挡住，稳稳当当地抱在怀里，说："知道你们这几天要到，全都准备好了，就等你们来了。快回家吧！"

白锦绣挽着婆婆，在石头母亲等人的簇拥下，一路笑着，踏进家门。

夜幕降临，庄中点亮了灯笼，从村头一路照到村尾，又杀猪宰羊，搬出美酒，几口大灶吐着欢快的火苗，小孩子笑闹着奔走其间，使劲地闻着肉香，咽着口水。妇人们围着灶台，说说笑笑，办了十几桌丰盛的筵席。

这天晚上，庄中全部的人都来了，庆贺沉哥在广州娶了天仙似的白家媳妇，现在又喜得贵子，大家围桌而坐，猜拳吃酒，热闹极了。

白锦绣盼着这一刻，已经盼了许久，现在终于来了，想起自己上次过来时的情景，反而有点不好意思。

他母亲不但贴心，而且手巧，等她来的这段时间，不但给麟儿做了好多小衣小帽，竟也给她做了一套绣着美丽的折枝葡萄花纹的大红衣裳，寓意多子多福。

她非常喜欢，立刻就换上了，现在躲在屋里，等吉时到了，去给婆婆叩首敬茶。

时间应该快要到了。她侧耳听着外头传来的阵阵喧闹声，正紧张着，忽然听到外面传来一阵妇人们的嬉笑声。

“沉哥，上次白小姐来我们这里，我就觉得她是你媳妇，果然被我猜中了。”石头母亲的笑声传入耳中。

“沉哥你好福气！”其余人也笑个不停。

笑声里，熟悉的脚步声渐近，有人敲门。

白锦绣急忙跑到镜子前，对镜自照，镜中人娇面如花。她深深地吸一口气，走过去，打开了门。

聂载沉笑着站在门外，视线落到她的脸上，看了她片刻，朝她伸手过来，轻声说：“绣绣，走吧，我带你去我母亲那里。”

她点头，将自己的手放进他的手里，和他十指相握，走了出去。

这不是她和他的第一次婚礼。

他们曾经有过一个比今晚要盛大不知道多少倍的婚礼。但是今晚，这个简单而热闹的小山村里的仪式，不知道为什么，却让她心情异常激动。

他握着她的手带她走的时候，她觉得自己真正地像个新娘，身边的男子，是她的心上人。

她终于彻底地圆满了。

她被他带着踏入站满围观者的聂家堂屋，来到他母亲面前，穿着她亲手为自己做的嫁衣，向着自己所爱的男人的母亲郑重下跪，叩首，给她敬茶，又收了她笑眯眯递给自己的红包，最后在妇人们抛洒的花生和米粒中，和他回到了两人今晚的洞房。

就是他从前的那间卧室。

墙刷白过，贴了双喜的剪纸，红烛高烧，连被褥都是新的。

她今晚的新郎抱起她，将她送到床上，温柔地亲吻她，她忽然想起上次自己偷看他的箱子时的一幕，忍不住笑了起来。

他停下，问她笑什么。

她摇头不说。他追问，她还是不说。那是她自己的小秘密。

聂载沉望着她的笑靥，忽然将她从床上拉起来，说："绣绣，我带你去个地方。"

"去哪里？"

他不说。

她跟着他，撇下前头还在喧闹的客人们，糊里糊涂地从后门偷偷溜了出去，来到一道山坳前。

他叫她闭上眼睛。

她乖乖地闭上，被他带着转了个方向，听见他说"睁开吧"。她睁开眼睛，顿时被眼前的景象惊呆了。

面前流萤飞舞，星星点点，天空里犹如飞满了一盏盏的小灯笼。她情不自禁地伸手，一只萤火虫停在她的手上。此情此景，犹如梦幻。

"绣绣，这是我小时候夏夜常来的地方，你喜欢吗？"

她点头："喜欢！回去了我要画这里！"

"绣绣，我其实还欠你一样东西。"

她听到他在自己耳边说道。

她的眼睛被眼前的梦幻场景所吸引，有点心不在焉，随口说道："你还欠我什么？"

他还欠自己什么，她也想不出来。

“我还欠你一个求婚。”

她一愣，转过脸。

聂载沉凝视着她那双犹如映着点点星光的眼眸。

“白小姐，我请求你嫁给我，我会爱你，保护你一辈子的。你愿意吗？”

他的声音低沉，却又一字一句，在她的耳边清清楚楚地响起。

她的眼眶忽然又热了，回过神来，用力地点头，擦了下眼睛，又打了他一下。

“聂载沉你好讨厌！好端端的，干吗又把我弄哭……”

她“呜”了一声，一下扑到这个男人的怀里，紧紧地抱住了他。

两人回来时，客人已经散得差不多了。他母亲的屋里，麟儿醒了，躺在一只摇篮里。

他母亲正坐在摇篮边，一边轻轻推着摇篮，一边低声哼着儿歌：“睡啊睡啊，乖乖睡啊，到了肚饿，你再醒来，抱你起来，吃个饱饱……”

随着这充满慈爱的声音，麟儿好奇地睁大了眼睛，晃着他的小手小脚，手脚上用红绳缚着的小银铃发出轻微而悦耳的声音，这声音散入宁静的夏夜，动听至极。

两人在门外静静看了片刻，对望一眼，相互一笑，握手悄悄离去。

后记二

这一天，天空万里无云，北方冬天的阳光照在天津总站的站台上，空气又干又冷，离下一班从北京到这里的火车抵达还有二十分钟，但站台上已经来了许多人，几乎集齐了天津当下的所有当权人物和各界名流。站在最前头的，是不久前刚爬上位子的直隶省长，姓吴。站台上除了这些或披着威风神气的军大衣，或戴着貂帽裹着裘衣的人，还有一支军乐队和许多翘首等待的记者。

这么多人今天齐聚在此，是要接一位从北京南下的全国闻名的大人物。

这位大人物就是聂载沉。他因不久前刚结束的那场护国战争而被全国报章誉为英雄，声望卓著。两个月前，战事结束后，国家重新步入正轨，举国欢庆胜利。他这次来北方的目的，是为了参加会议，每到一地，无不受各界热烈欢迎。今天事毕，他南下路过天津。

“来了，来了——”

伴着远处传来的一阵鸣笛声，众人看见火车出现在了视野里。站台上一阵骚动。

军乐队的队长收到命令，打起精神，凌空舞了下手中的指挥枪头，乐队立刻奏起高亢的欢迎乐曲。

火车仿佛一头喷着黑烟的钢铁巨兽，轰隆隆地进了站台。停稳后，一节车厢的车门被门后的卫兵打开，从车上走下来一个穿着呢子军大衣的年轻男人，面容英俊，双目炯炯。正是聂载沉。

“聂老弟，你可算到了！自从三年前广州一别，为兄我就望眼欲穿，一直盼着能再和你晤面！”

吴省长快步上前，热情地握住聂载沉的手。

这位吴省长，就是当日曾作为特派员南下和聂载沉会面的那一位。如今他却摇身一变，当上了直隶省长。

聂载沉笑着颔首回应。

寒暄几句，吴省长回头，冲着身后众人哈哈笑道：“我与聂督军从前在南京就有过兄弟交情！今天他到了这里，机会难得，公事之余，我定要与他好好叙旧一番！”说完站好位置，让记者拍照。

这种场面话，聂载沉早已见怪不怪，自然不会多说什么。

众人纷纷附和，争相上来和他打招呼，站台上闪光灯一片。拍照后，在军乐队奏出的乐曲声中，省长带着贵宾走出站台。

火车站外的路边也聚了许多前来欢迎的人，大多是市民和手里举旗的年轻学生，看见聂载沉的身影出现，欢呼声四起。聂载沉停步，挥手向着对自己致意的学生招呼了一下，随即坐上一辆汽车离去。

他要在天津停留两天，下榻在著名的利顺德大饭店。抵达后的当晚，他受天津文化人士的邀请，在吴省长和各界名流的陪同下去看戏。唱戏的女伶现在红得发紫，大受追捧，据说还是不久前在护国战争中遭受牵连，被迫下野，如今寓居天津的某公干的干女儿。

台上女伶的戏唱得自然好，行云流水，满堂喝彩。看完戏后，聂载沉以劳累为由早早回了饭店休息。谁知第二天，报纸不但报道了他抵达天津的消息，同时在小报的报头上，竟然出现了关于他与昨晚唱戏的女伶的桃色新闻。

根据小报的描述，该著名女伶几年前本是在广州唱粤戏的，当时就已小有名气。据说那时她就和聂督军有旧情，至于后来她为何辗转飘零孤身到了北方改唱京戏，那就不得而知了。总之文字描述颇为暧昧，暗示当时因为男方已婚，女伶不容于夫人。

这则新闻顿时吸引了无数目光，当天诸多晚报疯狂转载，一夜之间，护国英雄与乱世红颜的桃色往事，传得人尽皆知。

次日，聂载沉事毕，计划明早动身离开天津。当晚，直隶省长包下了一间大饭店，贵宾陪坐，为聂载沉送行。

聂载沉到天津后，从早到晚，所到之地记者全程跟踪。这场饭局，自然也有记者请求入内拍照报道。

吴省长刚上台，屁股还没坐热，他私心想多蹭些这位声望卓著的护国英雄的光，自然愿意让报纸渲染自己和他的关系，就一口答应下来。酒过三巡，吴省长笑道："聂老弟，你在广州多年，只听粤戏，不听京戏。昨晚我们这边的戏，你听得可还入耳？"

"京戏粤戏各有所长，南北习惯使然。昨晚的戏，自然是好。"聂载沉道。

"你这么说，我就放心了。"吴省长朝包厢门口的方向轻轻鼓掌，又扭头笑嘻嘻地说，"昨晚唱戏的女伶，你或许不知，现在她在我们天津鼎鼎有名，多少人一掷千金，想听她开腔唱一句都没有机会。自古美人爱英雄啊，她对聂老弟无比敬仰，这不，老哥我晚上索性就把她也叫来了，让她给老弟敬杯酒。"

众人转头，看见门外进来一个女子，一身丽衣，面染胭脂，身姿曼妙，双目如水，果然是小玉环。

报纸大加转载的关于她和聂载沉的旧日桃色新闻，在场谁人不知？此时，见她进来后，一双妙目盈盈望着座中的聂载沉，朝他姗姗而去，众人顿时跟着叫好。

小玉环目光流转，在起哄声中笑盈盈地走到聂载沉的身边，端起伙计倒上的一杯酒，送到他面前，含笑道："我对督军慕名已久，今晚有幸，竟在这里见面，实在是三生有幸。请督军饮了此杯。"

包厢里的起哄声更大了，记者们也急忙靠近，争着抢占最好的位置，摆好架势拍照。

聂载沉没有动，更是没有起来。

吴省长笑道：“怎么了，聂老弟？莫非美人敬酒，酒未入口，老弟就酒不醉人人自醉了？”

周围的笑声和起哄声更大了。

聂载沉终于站了起来，却没有伸手接酒，而是说道：“不是醉酒。是不敢喝。”

吴省长一愣，随即道：“英雄美人两相配，美人青睐，老弟有什么不敢喝的？莫非真的是被人给醉倒了？”

他自以为说得风趣，说完自己哈哈大笑。周围人也都跟着他笑起来。

聂载沉道：“吴省长误会了，何来之醉。实在是因为我答应过夫人，出门在外，须与无关异性保持距离，更不用说饮酒了。”

他看向还双手举杯送在自己面前的小玉环，神色淡漠道：“抱歉，鄙人惧内。你这杯酒，鄙人不便喝。”

包厢里的杂声一下没了，众人面面相觑。

小玉环脸上的笑容陡然凝固，目光定定地望着他，那双捧着杯子的手却还是不肯放下，依然僵在半空，脸上勉强露出笑容，柔声道：“小女子对督军真的是万分敬仰。督军莫非真的不给我半点面子？不过一杯薄酒而已。”

吴省长也反应过来，咂摸了一下，觉得这场面有点不好看，打着哈哈道：“看不出来，聂老弟还会说笑！听你这意思，莫非夫人神机妙算，算到你此行会遇到美人，所以提前对老弟你耳提面命？”

聂载沉笑了笑：“自然不是。我夫人很忙，每天她自己的事都做不完，哪里来的心思管我这些。吴省长有所不知，其实全因当初我刚认识夫人时，对她一见倾心，百般追求，才对她许了这般诺言。”他看向周围的人，说道，“诸位应当也听说过我夫人。当初她嫁给我时，我不过广州新军下的区区一名标统。要不是许下这个重诺，以她的出身地位，当日怎么可能看得上我，下嫁于我？”

他说完，转向一旁听得张大嘴巴的记者们，说：“你们可以记下我今晚说过的每一句话。一个字也不用删。我既然当众说了出来，也就不惧被人知道惧内。”

包厢里顿时爆发出一阵大笑声，记者没想到他竟当众发表这样的言论，主动谈及他与夫人的秘密往事，实在吸引眼球，有心大写文章，又惧怕他不让登载，没想到他竟主动允许，纷纷大喜过望，提笔记录。

包厢里，再没有人关注小玉环了。她的脸色变得苍白，随即变得赤红。那双捧着酒杯的手，再也无力继续停留在半空，慢慢地放了下去。

“聂督军，这回你北上，夫人怎么没有随行？我久闻夫人之名，不但兴办实业，更是画家。听说她的画在欧洲还获奖展览过，实在想一睹夫人风采。”

记者消息灵通，对这些自然不陌生，又开口追问。

“这回我原本是想带她来的，但她没空。我岳父在上海办了一所大学，下设美术专科，她现在忙着筹备美术专科的一个画展。顺便说一声，画展面向公众开放，在座诸位如果有兴趣，也可以去参观一番。”

“好！夫人的事业，为兄一定支持！今晚回去了，就叫我妻女一起去上海看画展！”

吴省长立刻表态，众人也跟着纷纷点头，又奉承道：“聂夫人不但辅佐督军，贤妻良母，还从事实业，又是著名画家，如此身兼数职，实在是当今妇女之先进榜样！”

聂载沉点头：“确实如此。当初我能娶她为妻，实在是此生之幸。”

记者们飞快记录。

聂载沉斟了一杯酒，说：“今晚也尽兴了，感谢省长款待，也多谢诸位拨冗相陪。明早还要赶火车南下，鄙人先行告辞，下回有机会再聚。”

他朝吴省长和其余人敬了杯酒，饮了，放下酒杯，转身离去。

当夜一回饭店，他就下令随从动身，坐最后一班南下的火车，连夜离开天津。

次日上午，上海新立的大学，美术专科学院面向公众举办的画展，迎来了一波又一波的参观者。参观的多是本地慕名而来的学生，也有社会人士。

展览厅的一角里，一个穿着深驼色细绒大衣的年轻女子，被一群学生围着。她的手中拿着画笔，在画架前亲自示范作画。

女子的打扮并不出挑，但容貌极美，举手投足，更是自带风范，一身贵气。

学生们聚精会神地看完她的示范，和她探讨近期颇遭舆论抨击的关于用人体模特作画的话题。

女子道："对西方美术的学习者来说，用人体模特练习作画，不但必要，而且必须，也必会遭遇质疑和反对，并且短期之内，无法改变。但我相信，随着民智日益启发，终有一天，质疑和反对必会消声。我的专科会设人体模特室，改变就从我们这里开始。"

学生们热烈鼓掌。

这位年轻女子就是白锦绣。

人群里，她忽然看见儿子被便衣警卫队长牵了进来，正往这边走来，知道是找自己，就笑着和学生道了别，放下画笔，朝着儿子走去，忽然听到身旁有人叫自己："表妹！"

她转头，见叫自己的人是丁婉玉。

几年没见，丁婉玉已是妇人打扮，全身上下戴满首饰，人也富态了不少，看起来日子过得还不错。

白锦绣知道她那一年跟着舅舅舅母去了香港后，嫁给一个死了太太的中年富商做继室，后来又跟着丈夫回来定居上海，只是没想到，她今天会来这里。

白锦绣停下脚步，露出微笑，也叫了她一声"丁表姐"。

丁婉玉朝她慢慢走来，停在面前，环顾一圈，说："表妹，你现在真挺风光。妹夫就不用说了，你自己也挺不错。我承认，我真的是没法和你相比。今天原本不好意思来你面前露脸的，但想到你远道而来，咱们毕竟是亲戚，也不好装作不知道，所以厚着脸皮就来了。"

"不必客气。欢迎参观画展。表姐你要是需要向导，我可以叫人来带你。"白锦绣笑着应道。

"不用麻烦你了，我自己等一下随便看看就行。"

"也好。表姐你自便。我还有事，先走了。"

白锦绣正要迈步，忽然听到丁婉玉用充满同情的语气说："表妹，不知道你看了昨天的报纸没？我无意间看到一则消息，和咱们以前认识的一个在广州唱戏的叫小玉环的女伶有关。唉，男人嘛，在外头混久了，见得多了，难免都学会了逢场作戏，哪怕是妹夫那样的人，也不能免俗啊。表妹，你千万不要放在心上。做人呢，自己保持心情愉快要紧。”

白锦绣停住脚步，瞥了她一眼，笑了：“丁表姐，你到现在还这么关心我，我真的挺意外。你放心，我心情相当好。你这么替我难过，大概是还没来得及看今天的报纸吧？赶紧去看看。看了，我相信你也一定能和我一样。确实就像你刚才说的，做人呢，自己保持心情愉快要紧。”

丁婉玉呆了，万万没想到，她竟然会是如此反应。自己确实还没来得及看今天的报纸，今早就找来了这里。难道又发生了什么，是自己不知道的？

“夫人，督军提早离开天津，昨夜连夜坐火车南下，半小时后到站，要来这里接夫人。”

警卫队长上前禀告。

白锦绣点了点头，弯腰亲了亲跑到自己身边的儿子的脸，说：“走吧，你爹来了，娘和你去车站接他。”

她朝还呆着的丁婉玉笑了笑，牵着儿子的手走了出去，坐上一辆在外等候的汽车，在前后汽车的护卫下去往火车站。

这个丁表姐，这么多年了，还是放不开，现在突然冒出来，是想看自己的笑话吗？等她看到今早报纸的最新消息，嘴巴恐怕都会气歪吧？

坐在汽车里，白锦绣搂住儿子笑了。

“娘，刚才那个女人说的小玉环是谁啊？”麟儿忽然问道。

“哦，是以前一个喜欢你爹的女人。”做母亲的说。

麟儿轻轻皱眉：“那刚才那个和娘说话的女人呢？”

“也是以前一个喜欢你爹的女人。”做母亲的又说。

“她可厉害了。要是在欧洲，我和她都是男人的话，大概就要靠决斗来决定谁能得到你爹了。”

她又补了一句。

麟儿的一双小眉头皱得更厉害了。

“爹以前怎么那么多女人喜欢？这样不好。娘你一定很伤心。”

“是啊，你爹那会儿对娘还不好！娘当时可伤心了。可惜那会儿还没有麟儿，要不然麟儿能安慰娘。”

麟儿急忙伸出小手，把她紧紧地抱住：“娘，你不要伤心！等见了爹，我就帮娘说他！”

“好。还是儿子对我最好了。”

白锦绣反手抱住儿子，让他坐在自己的腿上。

麟儿在母亲又香又软的怀里安静地靠了一会儿，又仰起头小声地问：“娘，那时候还没有麟儿，爹对你又不好，你是怎么把爹抢来的？”

“因为娘又漂亮又可爱啊！”

麟儿对母亲大言不惭的自夸是完全相信了，点头道：“是。我也喜欢娘。等下见了爹，我会让爹对娘更好的。”

白锦绣笑眯眯地抱紧儿子，香了他一口，心情好极了。

人人都爱白小姐，连儿子都宠着她，她这辈子，还有什么不满足的？

番外

西北，在一片一望无际的戈壁里，徐北海带着他的一队手下，在这里已执行了将近三个月的任务。

这一次，他们的任务很特殊，不是作战，而是保护一支在这里工作的考古队人员。

其实两年前，这一群人就曾来过这里。起因，是当地的放羊人无意间在此地发现了一些石刻和壁画，随后，消息辗转传到北平，不久便有专家带队来考察，判断是唐代遗留的大面积古迹。因地方偏僻，气候干燥，侥幸躲过了自然的侵袭和人为的盗掠，至今得以保存，具有极高的艺术和文物价值，但也亟须修复和保护。但那个时候，因为战争的缘故，考古队的工作无法进行下去，在初步勘察过后，就被迫撤离。

两年前，也是徐北海负责保护他们的。当时他是偶然接下的这个任务。根据司令的说法，这些人都来自大学和博物院，不是教授学者，就是著名的专家，反正全是了不得的大知识分子，在社会上很有声望，绝对不能在这里出事。而这种地方，不但野兽出没，保不齐还有土匪和流兵。为了确保他们的人身安全，司令特意抽调人手，派他带队保护。

现在，战火得以平息，这些人就又来了。徐北海也再次作为军方的领队，来执行保护任务。但和前次不一样的是，这一次，其实是他主动请命随考古队来这里的。

他们的任务很简单。白天在附近看着这些人工作，晚上在营地里分班巡逻守夜。简单的事，也就意味着枯燥。一开始，徐北海手下的人觉得这事轻松，如同白拿钱，还挺高兴，但随着时间流逝，每天都是这样，大家终于开始受不了了，私下嘀咕个不停。

“队长，这些人成天就在那里刨土，拍照，画画，他们怎么就不厌烦？”

“咱们到底还要在这鸟不拉屎鸡不生蛋的鬼地方待多久？”

“就是！我宁可再去打仗，也比待在这里好！”

几个轮值士兵抱怨着，望向远处那片一望无际的漠漠戈壁，一脸的绝望。

确实，作为一支在战争中立过大功、得过授勋的功勋战队，被派来执行这样的任务，有些大材小用。更何况，这是他主动揽来的任务——他为自己的那点私心感到有些歉疚。但没办法，他不放心让别人来执行这个任务。

他望了一眼不远处那一帮正忙于工作的人，听手下越抱怨越起劲，低声命令道不准太过大声，免得被他们听到。

等抱怨声停止后，他的目光投向前方，穿过那几个正各自忙于工作的教授学者，落到一个年轻女孩的背影上。

她也在忙碌着，坐在一块平坦的岩石上，正临摹着面前的一幅残缺壁画。

她头戴遮阳帽，穿着普通的女学生的长裙，背影沐浴在夕阳里，显得纤细而苗条。

倘若不是自己日夜陪同，亲眼所见，他很难相信，有着如此出身的一位年轻小姐，竟能在这种地方一待就是几个月，经受着日复一日的风吹日晒和恶劣的饮食居住条件，没有丝毫的抱怨。

她要在天黑前完成这幅壁画的临摹，专心致志，仿佛完全没有留意到他投向她的目光。就在他察觉到自己的失态，怕被手下人看出来时，待要收回目光，她却忽然微微转过脸。

年轻的小姐弯眉杏眼，眼角微微上挑，清纯中带了几分娇媚。

她冲他笑了一下，随即又低头继续临摹。

不过是一个短暂的微笑而已，他的心却怦怦地跳了起来，暗暗地，一阵面红耳热。

“快看！聂小姐刚才好像朝这边笑了？”

“是不是冲我在笑？”

“赶紧去撒泡尿照照自己——”

徐北海听见身后又传来士兵低声说笑的声音。

有聂小姐在，大约是这三个月来支撑他的手下熬过来的唯一动力了。

只有他知道，其实，她方才那嫣然一笑，是为了自己。

因为，她是他的女友。

两年前，他执行保护任务的时候，有一天，她为了追寻一处壁画，不慎迷路落了单，他及时留意并找到了她，最后将她安全地带回了营地。

爱意，便是从那时候开始，在两个年轻人的心田里萌生。

这两年来，当初的那份爱意，不但经受住了分离的考验，到了现在，也早已变成了深深的爱恋和感情。

只是，他是最近才知道了她真实的身份。

刚开始交往的时候，他以为她只是北平大学里跟着学者来这里进行考察工作的学生，并且，透过她优雅的谈吐和不惧吃苦的坚韧品格，他推测，她应当出身于一个家境相对普通的书香门第。

她自己也是这么和他说的，说父母都是大学里的老师。

即便那样，他还是担心，她的父母在知道了他们的事情后，会不会反对她和自己在一起。

他根本没有想到的是，她竟是聂将军的女儿，不但如此，母亲还是著名的画家，家中的兄长，则是一位物理学者。

真的，倘若一开始就知道她的家世的话，他是绝不会放任自己陷入这段感情的。两个人的地位和门庭，相差太过悬殊了。

然而现在，他知道了，却已是深深地坠入爱河，再也无法收回感情了。甚至，当她因为当初欺骗了自己而向他道歉的时候，他都做不到生她的气。

他想起她前些日子对自己说的那件事，心里除了甜蜜，就只剩下了担忧和紧张。

夜幕降临，考古队结束了今天的工作，吃过晚饭后，教授们围坐在篝火前，高谈阔论，交流着白天的发现。

徐北海应她的约，避开众人，悄悄来到营地附近的一片山崖后，到了那里，却不见她人，正在四顾找她，忽然听到身后传来刻意放轻的接近的脚步声。

接着，从后面伸来一双柔软的手，捂住他的眼睛，嘴里一甜，又被塞进了一颗太妃糖。

他不动，身后的女孩发出笑声，接着，眼睛也被松开了，他这才转身，见她笑盈盈地站在自己身后，像只快乐的小鸟一样，扑到他的怀里，两只胳膊绕住他的脖颈，踮起脚尖，热情地吻住了他。

他情不自禁，也伸出双臂，抱紧了女孩的身子。

“甜吗？”

当亲吻终于结束后，她仰着脸，气喘吁吁地问他。

徐北海的气息亦是紊乱，低头看她：“甜。”

真的很甜。不只是他嘴里那糖果的余味，还有女孩的吻。

甜上加甜。

她笑道：“我还以为已经吃完了，刚刚晚饭过后，回帐篷里翻了翻匣子，发现还有一颗！我自己都舍不得吃，特意留给你！”

徐北海心中一阵甜蜜，又有点感动，望着她，一时不知该说什么才好。

她对他的反应显然不是很满意，嘟了嘟嘴，不高兴地说：“你怎么了？看你这几天都魂不守舍，心事重重的样子。”

徐北海急忙摇头，说自己没事。

她盯着他，说："你骗我！快跟我说！再不说，我不理你了！"

徐北海无可奈何，迟疑了下，终于低声道："可宁，我有些担心，聂将军和夫人……会不会不允许我……"

她一愣，随即明白过来，急忙摇头，握住他的手，安慰他："你放心吧！我爹和我娘不是那样的人。他们也最喜欢我了，只要我喜欢你，他们绝不会反对的！何况你又这么好！以前在北平，你也见过我大哥的，他也很认可你，我爹娘怎么可能不接受你？等这里的事情完了，说好了，你要和我回去，我正式把你介绍给他们，你可不能耍赖！"

她的兄长聂柏麟，从前在北平时，她确实介绍自己认识过。

聂柏麟的身上，带着一种学者特有的严谨和儒雅的气质。当时，从言谈里，他确实能感觉出来，她的兄长态度友好，应该还算欣赏自己。但那时候，自己还不是她的男友……

徐北海的心底还是带了几分顾虑，见她这么欢喜，不忍扫她的兴，微笑点头道："我听你的。"

她又开心了，晃了晃手里拿着的一支手电筒，说："走吧，你陪我再去白天的那幅壁画那里，我还想看看。"

徐北海应好，带着她过去。

两个月后，初秋时节，林籁泉韵，层林尽染。凉爽的山风里，一辆小汽车平稳地开在去往浮县的山道上。

开车的是刘广的儿子刘福。他继承了父亲的精明强干，是白家如今的得力助手。

他这趟出门，是奉命去北平接回孙小姐，也就是白老爷的宝贝外孙女聂可宁。

可宁小姐是白小姐快三十岁的时候才生的女儿，比她的哥哥小了将近十岁，从小到大，全家将她当作宝贝一样。尤其是聂姑爷，视她为掌上明珠，极是宠爱。

她受了母亲白小姐的影响，从小喜爱美术，且很有天分。她这样的家世，自然能够时常接触当代的许多学者和大家，渐渐地，她对文保产生了浓厚的兴趣，大学便选择了这个专业，不畏艰苦，随老师实地去往偏僻的各地进行文物考察和修复工作。前两年，因为战争，她的学业受到影响，所以耽搁了。眼下战争一结束，她就立刻参与了一个项目，一直没有回家。

工作小组由军方出人保护，聂姑爷和白小姐对可宁小姐的安全是稍稍放下了心，但还是心疼她，担心她在艰苦的工作环境里吃苦，几次发电报让她回来，偏偏她性子倔，认定了就不回头。上个月，家里好不容易获悉，她那个项目终于初步结束，人也回了北平，便立刻派刘福去将人接回来。

刘福原本还担心，小姐不会那么听话地回来，意外的是，在广州，他就和主动回来的孙小姐碰上了头。

此刻，可宁小姐已顺利地被他接了回来，人就坐在汽车的后座上。但是……还有另外一个意外。

他没想到，和可宁小姐一道归来的，还有另外一位年轻人。

刘福开着车，偷偷瞟了一眼后座的方向。

路远，车开了半天，可宁小姐应是疲了，此刻正闭着眼睛，将头靠在她身边的那年轻男子的肩上。年轻男子身穿一套整齐而笔挺的军官制服，头戴军帽，观其军衔，应是中校。他坐得笔直，双目平视前方，一动不动，任可宁小姐将脑袋靠在他的肩上。半天了，刘福见他几乎就没改过坐姿。

刘福又瞟了一眼，终于意识到这年轻人大约觉察到了自己对他的窥探，有些拘谨，便不再看他，专心开车，心里却很是不安。

可宁小姐从广州动身前，给聂将军和白小姐打了一个电话，说今日带着她男友一起回家，介绍给他们，说他名叫徐北海。接着，这个姓徐的年轻人在电话里向他们做了一个简短的自我介绍，刘福在一旁，听得清清楚楚。

虽然这个年轻人容貌英俊，仪表堂堂，并且，以他这样二十出头的年纪，军衔真的不低了，但他出身寒微，父母双亡。最主要的是，他从事的是军职。

而据刘福所知，这并不符合白小姐的择婿标准。

但他看得出来，小姐却很是喜欢这个年轻人。他真的暗暗担心，一旦小姐带他回了家，白小姐那一关，能不能过得去？

傍晚，汽车开进古城，停在白家那座老宅的大门前。

刘福停好车，请可宁小姐和那姓徐的年轻人下车。

年轻人向他低声道谢。

门房早等在门口，见人回来了，飞奔入内通报。

聂可宁早就醒了，领着徐北海进去，见他双目望着大门的方向，似乎有些拘谨，就握了握他的手，给他暗暗打气，轻声笑道："进去吧，不要怕！我阿公还有爹娘，都是极好的人。"

徐北海将带来的礼物交给刘福，跟着身边的女孩，迈步踏进这座老宅的大门。一路进去，不断遇到出来相迎的白家用人，众人脸上都带着欢喜之色，向他身边的女孩鞠躬问好，自然了，目光也都投向了他。

他便如此经过这一路的目光审视，最后随她穿过一个四方庭院，来到大堂，迎面看见一位老者立在堂外的台阶上。

老者年近耄耋，须发皆白，精神却极是矍铄，身穿一袭旧式长袍，手里拄着一根拐杖，脸上带着笑意。

"阿公！我好想你呀！"

她一看见老者，便飞快地奔了上去，登上台阶，伸出双手抱住了对方。

老者摸了摸她的脑袋，神色间充满了慈爱："总算是回来啦！阿公还以为可宁把我忘了呢！"

"怎么会呢！可宁在外头的时候，天天都想着阿公呢！"

徐北海见她撒完娇，转头看向自己，对老者介绍道："阿公，他就是徐北海，我在电话里说过的，你知道的！"说完笑着招手，"徐北海，你快来！我阿公！"

徐北海见老者的两道目光投到自己身上，不禁微微紧张。他知道，这老者便是她的外祖父，大名鼎鼎的南商白成山。

他定了定神，立刻上前，走到台阶下，恭敬地行了一个传统的下辈见长者的礼节："白老先生好，晚辈徐北海，久仰老先生之名，今日能够得见，万分荣幸。"

"你这么客气做什么？怎么不叫阿公！"她有些不满，轻声埋怨。

徐北海不敢，微微低头，等着老者的回应。

白成山打量着面前的年轻人。他也是今天才从女儿口中得知，外孙女竟有了男友，今日会一起带回家。

一见到这个年轻人的面，白成山的心里就生出了好感。在他的身上，白成山仿佛看到了当年女婿年轻时的影子。白成山很相信自己的眼光，凭直觉认为这个年轻人很不错，更是知礼。

他颇是喜欢，暗暗点了点头，笑呵呵地说："听我宝贝外孙女的，叫阿公吧！"

徐北海心跳一阵加快，知道白成山这是认可自己了，立刻改口："阿公！"

白成山点头，示意他进来。

"大哥！你怎么也在家？"

这时，徐北海又听到她发出了一声惊喜的尖叫。

他抬眼，见大堂里走出来一个戴眼镜、身穿西装的俊朗青年。他一眼便认了出来，正是从前和自己有过一面之缘的聂家长兄聂柏麟。

"我怎么就不能在家了？"聂柏麟迎上扑向自己的妹妹，抬手揉了揉她留着短发的脑袋。

可宁急忙躲避："大哥你又弄乱我头发！我不是这个意思！你知道的！大哥你故意冤枉我！"

徐北海看着。他心爱的女孩，回到家中，就变成了受尽宠爱的小公主。

"我是说，大哥你分明在家，为什么不告诉我一声？我要是知道，就早点回来了！我都好久没见到大哥的面了！"

聂柏麟笑道："我是听母亲说你最近可能回家，想见你一面，才特意赶回来的，前两天刚到。今天不让刘福告诉你，就是想给你个惊喜。"他说完又叹气，"想见我这大忙人妹妹一面，也是不容易啊！"

可宁顿脚："大哥你取笑我！我再忙，也没大哥你忙！你还好意思说我？你多久没回来看爹娘还有阿公了？"

她和兄长说笑片刻，忽然想了起来，回头招手道："徐北海，你愣着干什么？快过来！这是我大哥！以前我介绍你们认识过的！"

徐北海上前，心里正踌躇着自己该如何称呼对方，聂柏麟已抬手拍了拍他的肩，说：“小子，看不出来，挺厉害的，能降服我妹妹！”

徐北海松了口气，立刻叫了一声大哥。

她却不高兴了：“讨厌！我怎么了？大哥你怎么说话的！”她嘶嘴，抱怨兄长对自己的诋毁，眼睛一转，说道，“大哥，你的女朋友呢？你还不给我找一个嫂子！”

聂柏麟忙收回自己的话，笑着摆了摆手，随即转向徐北海，朝他点了点头：“父亲母亲在里头了。”

徐北海知道，接下来，这最后一关，才是最难的。

他微微颔首，低声向聂柏麟道谢，压下心中随之涌出的紧张，默默地跟着挽住白成山说说笑笑的她，往里而去。

在白家的一间侧花厅里，徐北海终于见到了她的父亲和母亲——大名鼎鼎的聂将军，还有他身边那位看起来高贵又美貌的中年女子。

将军的名字，徐北海早已如雷贯耳。和他想象中的一样，聂将军两鬓微霜，面容威严，不苟言笑。在她介绍自己的时候，他的脸上不见半分笑意，只用两道冷淡的目光盯着自己。

他向将军夫妇行了一个标准的军礼，叫过“聂将军”“聂夫人”，随即肃立，微微垂眸，纹丝不动。

花厅里安静下去，气氛也变得尴尬起来。

聂可宁看了眼自己心爱的人，见他立着，这样凉爽的天，他的额头却已微微沁汗，父亲却还是绷着脸，一言不发，又是心疼，又有点不满，急忙上前，推了推父亲。

“爹！你怎么不说话？你快说话呀！”她小声央求。

聂载沉终于点了点头，脸上却还是没什么笑容。

聂可宁咬了咬唇，赶紧转向外祖父：“阿公！”又挽住母亲的胳膊告状，“娘！你看爹！”

白成山觑了一眼女婿的神色，咳了一声，转向女儿笑眯眯道：“吃饭了吧？

这天一转凉，白天长了，肚子也就饿得快……”

老父亲出面打圆场，女儿委屈又不安。白锦绣再望一眼立在面前的这个带了几分拘谨的年轻人，想了一下，朝他微笑着点了点头，说：“走吧！晚饭备好了，先去吃饭。”

饭桌上，白成山丝毫也不掩饰自己对这个初次登门的年轻人的喜爱之情，频频招呼他吃菜，询问一些他日常做的事。徐北海有问必答，态度恭谨，但基本上，他都在倾听着她和家人的说说笑笑。

这顿饭，终于吃完了。

坐下后就几乎没怎么开口的聂将军朝他道了声“随我来”，说完，起身便走。

徐北海应是，立刻跟着站了起来，向还坐在桌边的白老爷子、将军夫人、长兄，还有她，点了点头，随着将军快步而去。

可宁不放心，忙也站起了身。

“你留下！”做父亲的停步，转头命令道。

“爹！”

平日最是疼她的父亲这回却没有任何反应，可宁只好拽住父亲的胳膊，将他拖到一边，耳语道：“爹，你到底要和他说什么？”

父亲还是不语。

可宁使出撒娇大法：“爹，求求你了，千万不要太凶！他胆子小，经不住你吓唬！”

女儿一脸的哀求，聂载沉瞥了一眼那小子，继续往书房走去。

做女儿的没办法，只好转向自己的心上人，用眼神鼓励他。

徐北海沉默着，跟着将军到了书房，入内掩门，走到他的面前，停住，微微垂目。

书房里安静得仿佛能听到自己的心跳声，徐北海知道，对面的将军，一直在盯着自己。

半晌，忽然，他听到耳边响起一道声音：“你要怎样，才能远离我的女儿？多少钱？或者想要什么官职，说。”

徐北海抬起眼，见将军端坐，不怒自威，双目如电，射向自己。他压下心底那陡然翻腾的强烈情绪，顿了一顿，道：“我倾心于聂小姐。若是有幸能得将军的应允，许我能向小姐求婚的资格，我感激不尽。钱或是官职，并非我之所求。”

将军岿然不动，神色也依旧淡漠：“说得好听。你胆子不小，敢打我女儿的主意！小子，你听着，我知道你不错，但我是不会把我女儿嫁给你的。你还是趁早死心，想要什么就说！”他顿了一顿，盯着对面的年轻人，目光意味深长，“这样对你也好。否则，我怕你日后会后悔。”

徐北海岂会听不出将军话中那威胁的意味？他心中更是清楚，将军若真要对付自己，便是将他彻底打入地狱，也不过是一句话的事。

“将军，我并非没有自知之明之人。无论哪方面的条件，我自知，皆是远远配不上聂小姐——”

“既然知道，为何还要接近我的女儿？”将军毫不留情地打断了他的话。

徐北海沉默片刻，再次开口道：“是我的错，不自量力。我也知道，我唯一可取之处，便是对聂小姐的一片赤诚之心。希望将军您能给我一个机会，我会努力，假以时日，不敢说让聂小姐锦衣玉食，但我必倾尽所能，让她衣食无忧，我会对她好一辈子……”

跟着外孙女正躲在书房门外偷听的白成山感到一阵牙疼。

这情景，这对话……怎的如此熟悉？一种似曾相识的感觉。

外孙女仿佛发急，伸手就要推门闯入，白成山眼疾手快，一把拦住了她。

可宁抬头，见阿公示意她看后头。她转脸，这才发现母亲不知何时也来了，此刻就站在她身后。

白成山见偷听被女儿抓了个现行，有点尴尬，朝外孙女眨了眨眼睛，随即双手背后，若无其事地踱步而去。

老父亲年纪越大，心性就越跟小孩一样，竟然跟着女儿在这里偷听。白锦绣想笑，又有点好气，目送父亲的背影离去后，她望向女儿，点了点头，示意她随自己来。

可宁随着母亲进屋，想起刚才听到的父亲和徐北海的对话，忍不住眼眶一热，扑进母亲怀里，说:“娘，我和他两年前就认识了，当时是我和教授去西北做研究，有一天，我不小心落单迷了路，是他半夜找到了我，救了我。也是我想和他好，先追求他的！一开始我瞒着他，没有告诉他你们的身份。我怕他知道了不肯和我好。我骗他说，我爹娘都只是普通的教书老师，后来我才告诉他你们的身份，那时候他已经和我好了。他真的不是怀着目的接近我的！娘，你快去帮我跟爹解释一下，千万不要让爹误会他了！”

白锦绣从来没有想过，女儿在外，竟然不声不响地交了一位男友，感情还已经好到了能带回家的地步。她更是没有想到，女儿竟会喜欢这样一位年轻人。

今早接到女儿电话的时候，实在是太过突然。她望着女儿眼眶发红、泫然欲泣的模样，微微出神。

她原本的希望是，女儿将来最好嫁一个门当户对、从事普通职业的人。她没有想到，阴差阳错，女儿竟和自己年轻时一样，喜欢上了一位与她父亲从事相同职业的年轻人。

并非是她看不起这年轻人，当年自己的丈夫亦出身低微。她只是想到丈夫这半生戎马生涯，如今总算能够退隐了，她不愿女儿也和从前的自己一样，担惊受怕。另外，做母亲的，确实不可避免，她也有一点别的顾虑。毕竟，世上像聂载沉这样的男子，不多。她担心女儿涉世未深，万一看走了眼，所以才让丈夫替自己试探一下这个年轻人的人品。退一万步说，若真能就此令对方知难而退，也未尝不是一件好事。

“我看这个年轻人就很不错！绣绣，你莫轻看了少年郎！想当年，载沉不也是这样过来的？”

身后忽然传来一道声音。

白锦绣转头，见方才走开的老父亲不知何时又转了回来，拄着拐杖立在门口，微微皱着眉头。

女儿立刻奔到她外祖父的身边，翘着下巴，连说话的声音都大了:“就是！阿公都这么说！阿公难道会看错人吗？”说完又感到伤心，忍不住趴到阿公的怀里，眼眶都红了。

白成山见不得宝贝外孙女伤心，急忙拍着她的背，低声安慰：“你莫担心，阿公支持你们！”

这一老一小……白锦绣暗自叹气，也想问问丈夫的意思，沉吟了下，道：“行了，别哭了，我去瞧瞧！”

书房里，聂载沉继续道：“你也不必急着这就给我答复。既然来了，晚上你留下，再考虑一夜，想清楚了，明早给我回复也不迟。”

徐北海眼都未眨一下，立刻道：“多谢将军，但我没什么再可以考虑的了。方才说的每一句每一字，皆是肺腑之言，不会更改。我只希望将军您能给我一个机会。”

为了她，就算是再大的羞辱，他也愿意承受。他不能为了保全自己的自尊，如此轻易就放弃她，转头走出这间书房。只要还有一线机会，他便愿意再去努力。

聂载沉注视着面前这个胆敢与自己对望的年轻人，忽然颔首道：“也好，那我就给你一个证明自己的机会！”他走了出去，将刘福叫进来，低声吩咐了几句。

刘福面露惊诧，回过神来，点了点头，说了声知道。聂载沉不再说话，丢下人径直离去。

刘福对徐北海道：“徐先生，您随我去个地方。”

天黑透了，刘福将人带到黄龙山的那道断龙涧前，指着前方道：“徐先生，将军需考验你的身手与胆量。明日你若能借绳索荡过去，从这头安然到达对面，将军便允许你和我们家小姐交往。”

雨季刚过，两岸孤峰峭壁，相对耸立，中间宽达十来丈，因是深夜，看不到涧底，但光听谷底隐隐传上来的轰鸣水声，便能想象这道断涧有多深，涧底又是如何凶险。

只借助一根绳索，从这里荡到对面，胆量和身手缺一不可。否则，即便敢荡过去，若是控制不好，撞到了对面的石壁，或者万一失手掉落，即便不死，也是逃不过筋断骨折的下场。

徐北海却没有丝毫犹豫，点头道：“劳烦刘团长了，明日我尽力一试。”

刘福将他的反应悉数收入眼底，不动声色地道："徐先生请先随我回去，今夜好生休息，等养好了精神，明日再来。"

深夜，徐北海在留宿的客房里迟迟无眠。他和衣而卧，忽然听到门口传来轻微的叩门声。

凭着直觉，他猜到来人是谁，立刻睁眼从床上翻身而起，走过去打开门，果然，一道娇小的身影从门外溜了进来，随即扑进他的怀里，将他紧紧抱住。

"我爹太狠了……他是想要你的命……那个地方，人怎么可能抓着绳子从这一头荡到另一头？万一你要是掉下去，或者摔到对面的悬崖上……"女孩的声音微微发颤，紧紧地搂着他，"徐北海，我不会让你为我冒这样无谓的险的！你现在赶紧就走，我也跟你一起走！我已经收拾好东西了，我们远走高飞！我爹要是不回心转意，往后我就不回来了！"

她说完，拽住他的手，带着他，转身便要匆匆往外而去。

徐北海心里一暖，反手握住她的手，立在原地没动。

"你怎么了？还愣着干什么？快点！"她转头催促他，却见他摇了摇头，说："可宁，我不能就这样带你走。我不怕，我也相信，明天我能安全过去的，你放心吧。不要为我担心，我会没事的。"

"徐北海！你真的没必要冒这种险！"女孩顿了顿脚，"我爹他就是成心为难你的！"

月光映出女孩焦急的脸，徐北海低头凝视着她，道："我真的没事，你放心。将军肯给我这个机会，我就已经很感激了。"

女孩停了下来，呆呆地望了他片刻，忽然再次扑进他的怀里，喃喃地道："徐北海，你怎么这么傻！"

夜色之中，徐北海轻轻地抱了她片刻，随即放开怀中的女孩，低声道："你回去吧，安心睡觉。"

片刻之后，刘福向还没有睡下的聂姑爷和白小姐禀报了自己方才尾随小姐所见的那一幕。

“最后小姐被劝了回去，这会儿已经回房休息了。”

白锦绣和聂载沉对望一眼，随即对刘福道：“知道了，辛苦你了，你也去休息吧。”

刘福走后，两人安歇，躺在床上，白锦绣抱住丈夫的腰。

“亏你想得出来这办法。这样看来，这个年轻人不但有胆色，人品也靠得住，不会跟着可宁胡来。他的上司倒没替他吹。确实有几分你年轻时的样子。”

今早一接完女儿的电话，聂载沉立刻又和徐北海的上司通话，调查他的背景和情况。

聂载沉闭目道：“还是配不上我的女儿。”

白锦绣知道他心里其实也是有些欣赏这年轻人的，但和自己一样，欣赏归欣赏，把唯一的爱女嫁给他，又是另外一回事了。

她握拳轻轻捶了一下丈夫的胸膛，低声笑道：“架不住你女儿喜欢他呀。不止爹看好，我听麟儿的意思，他对这个年轻人，也是认可的……”

聂载沉伸臂搂着她，没有说话。

她在丈夫宽厚的怀里慢慢闭目，打了个哈欠：“算了……明天再看吧。”

次日，徐北海在刘福等人的陪同下，再次来到断龙涧。

白天再看这个地方，情形比昨夜所见，越发令人惊心动魄。从崖头到涧底，深达数十丈，下面水势湍急，两岸更是危峰兀立，崖壁如刃。几个随同的家仆甚至不敢靠近，只在后面站着，望着这姓徐的年轻人在崖边做着准备。

可宁不顾劝阻，一早便跟了过来，此刻就在一旁。

虽然他很镇定，但他的沉着还是无法令她安心。她控制不住自己的情绪，又是担心，又是焦虑，简直没有勇气去看接下来的一幕了。

她也真的想不通，一向开明的父亲，为什么这么狠心，竟要自己的心上人去做这么危险的事情！

徐北海察看地形，判断自己纵身过去后可能到达的方位，做好了准备后，他朝女孩微微一笑，随即转头，目光投向对岸。

他最后试了试手中的绳索，深深地吸一口气，正准备奋力一跃，忽然这时，身后传来一道声音："等一下！"

他停住，转头见她的兄长聂柏麟笑吟吟地从山道后走了过来，笑道："父亲说了，不用试了，都回去吧！"

这一天接下来的时间里，徐北海只觉自己如坠梦中。将军神色依然严肃，但说的话，却和昨日完全不同。

将军说，同意自己和他女儿交往了，但现在还不能娶她，至少要等到她大学毕业之后。

徐北海简直不敢相信，竟会有这么好的运气，如此轻而易举，就获得了将军的首肯。

他身边的可宁更是欣喜若狂，飞奔着扑进她父亲的怀里，亲了一下他严肃的脸庞，又扑进她母亲怀中，再攥着阿公和兄长的胳膊不停地晃，又哭又笑："我就知道，爹娘不是那样的人！"

他在一旁默默地立着，心底慢慢地涌出一缕幸福的感觉。

傍晚，白锦绣站在楼上卧室的窗边，目送着老父亲带着女儿和那姓徐的年轻人出去晚钓。

老父亲双手背后，悠悠地走在前面，两个年轻人跟在他身后，提着水桶和钓具，亲密地低声说说笑笑，身影渐渐远去。

她抬头，望了一眼身边的丈夫。他的双目依然注视着那几道身影消失的方向，神色凝重。

她低声取笑他："人都走了，还看什么，这么舍不得？"

聂载沉一笑，这才收回目光，望向妻子。

她手拿尘巾，拭着画框上落下的一层薄薄灰尘，笑着叹道："女儿大了，咱们也老了，不觉得而已……"

聂载沉走了过去，伸臂从后抱住妻子的腰，让她靠在自己的胸膛里，低头深深嗅了一口来自她发丝的芬芳，唇附到她的耳边，低语道：“绣绣没老，还是和以前一样。”

白锦绣微微偏头，略带撒娇似的，斜睨一眼丈夫的脸。

在她的眼里，不管经历了多少风雨，哪怕双鬓已然染霜，聂载沉也永远都是这么英俊而迷人，充满了吸引力，一如当年他们年轻时的初次相遇。

这一点倒是真的。

她伸手摸了摸丈夫的脸庞。聂载沉笑了，目光随即落向墙上的一幅画。

夕阳正从窗外斜射而入，落在墙上，照着这幅用画框装裱的油画。画面里，是满天的夕阳。在金色的光中，一个年轻男人在水边饮马，只见背影，身体的肌肉线条却充满了力量和美感。

白锦绣擦拭着落在画框上的一层薄薄的灰，半晌没听到丈夫的声音，正要回头，忽然身后伸来一只手，握住了她的手，接着，她听到丈夫与自己亲昵地耳语：“好久没有舒活筋骨了，我带你骑马去？”

她转头，见他低头凝视着自己，眸光微亮。

她下意识地扭头，看了一眼那幅夕阳饮马图，心微微一跳，往事忽然涌上心头。

她一顿，丢了手里的尘巾，转身亲了亲那张英俊而刚毅的面庞，低声笑道：“好啊，那你带我去吧！”

男人轻笑，握紧妻子的手，带着她出了画室。

河边，徐北海默默地陪着白成山钓鱼，可宁在一旁忙着剥橘子喂给他吃。他有些羞赧，怕被阿公看见，偏过脸躲避，却躲不开，脸微热，张嘴吃进了她喂给自己的橘子。

可宁想起父亲考验徐北海的事，心里还是有点后怕，忍不住抱怨道：“阿公，你知道我爹为什么要徐北海做那件事吗？当时真的吓死我了！”

白成山眼睛盯着水面上的浮标，慢吞吞地道：“这个呀，这个怪不了你爹，他年轻的时候，为了救你娘，做过相同的事。”

可宁和徐北海对望一眼，随即诧异地睁大眼睛，说：“阿公，你是说我爹年轻时，为了救娘，曾从悬崖这头跳到了那头？”

“是啊。”白成山点头，眯着眼回忆当时的情景，“那会儿的情形，可比现在危险多了！藤桥起了火，眼看就要烧断了，你娘却被坏人劫持着，人在对岸。千钧一发之际，你爹抓着被火烧断的藤桥，硬是从这头荡到了那一头，这才救回了你娘。”

原来父亲年轻时竟如此勇猛，还有过一段英雄救美的冒险浪漫故事？

“为什么呢？当年出了什么事？我爹是怎样和我娘认识的？阿公你快和我说说！”可宁顿时来了兴趣，急忙坐到阿公身边，不停地追问。

白成山笑呵呵地道：“这个呀，说起来可就话长了。话说，你爹刚认识你娘的时候，那会儿还是前清，民国还没成立呢……”

《恋恋浮城2》完